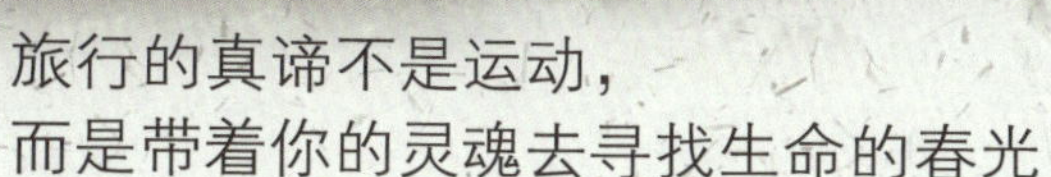

胜景撷英

国内旅游散记

（上）

曹进堂／著

图书在版编目（CIP）数据

胜景撷英 : 国内旅游散记 : 上下册 / 曹进堂著
. -- 北京 : 中国商业出版社 , 2023.12
ISBN 978-7-5208-2735-5

Ⅰ . ①胜… Ⅱ . ①曹… Ⅲ . ①游记—作品集—中国—
当代 Ⅳ . ① I267.4

中国国家版本馆 CIP 数据核字 (2023) 第 230374 号

责任编辑：朱丽丽

中国商业出版社出版发行
（www.zgsycb.com　100053　北京广安门内报国寺 1 号）
总编室：010-63180647　编辑室：010-63033100
发行部：010-83120835/8286
新华书店经销
北京美图印务有限公司印刷

*

710 毫米 ×1000 毫米　16 开　61.75 印张　764 千字
2023 年 12 月第 1 版　2023 年 12 月第 1 次印刷
定价：298.00 元（全二册）

* * * *

作者的话

2019年第四季度，我写的《天涯览胜》——境外旅游杂记出版发行后，就想再写一部境外旅游的“姊妹篇”——国内旅游散记。老伴怕我太累，劝我说：“你都快80岁的人了，别搞得太累，到此封笔吧。”

我当时听了她的话，2020年休息了一年，但撰写国内游记的梦想总是萦绕在脑海中难以挥去。我把自己的想法告诉了老伴，她说：“继续写吧，反正你也闲不住。”于是，2021年我又动笔了。

我为何执意要写这么一本书呢？想法有五。

一是通过旅游，我更加深爱伟大的祖国，深爱祖国的大好河山和名胜古迹，深爱中华民族的悠久历史和传统文化。我曾去过全国一百二十多个地级以上城市，游览了若干旅游景点，积累了大量资料，如不充分利用，写成作品，实为可惜。如果把在旅游中印象深刻且有教育意义的所见所闻所想撰写出来，宣扬出去，让读者更加了解和更加热爱我们伟大的祖国，岂不是一件宣传正能量的好事。

二是在几十年的写作中我深深体会到，写作不仅可以更好地调动大脑的认知，强化记忆，锻炼思维能力，而且可以开阔眼界，陶冶情操，增进学养，调适

心境。这种可以延缓衰老、提高幸福指数的活动，何乐而不为呢？如果把游记写成书，也是一件很自豪很幸福的事儿。正如苏联著名作家托尔斯泰说过的一句名言：人生的幸福，是能为人类写一部书。

三是我把写作当成一种休闲方式。实际上，写作纯粹是我的一种爱好，可以说我也有这种能力，我把它当成“写着玩”“玩着写”，不给自己施加压力，而且还要做到“三不影响”：不影响我所担负的党务工作，尽心尽力做好国家粮食和物资储备局离退休干部办公室党委委员和支部书记的工作；不影响家务劳动和锻炼身体；不影响与家人、亲属的娱乐活动。在此前提下，有空就写，没空便搁笔。

四是写作是一种深入扎实学习的好方式。著书立说是一项既严肃又严密的工作，来不得半点儿马虎和虚假。你所提供的是一种健康的精神食粮，绝不是误人子弟的糟糠。因此，我在写作中凡是遇到历史事件、历史人物、引用的诗词文赋等，我都到相关的史书、典籍中认真核对。有时为一个字或一个词语，词典没有查《辞海》，《辞海》没有查《辞源》，直到弄准确为止。这个过程就是一个很好的学习过程，而且学得扎实，记得牢靠。对此，我是乐此不疲、兴趣盎然的。书成之后，一种令人愉悦的成就感油然而生，这不就是创造生活、美化生活、享受生活吗？再说，创作一部书看似微不足道，但不管怎么说，大小也是一种文化建树吧。

五是我今年80周岁，这部封笔之作也是自己给自己送的80大寿生日礼物。应该说，还是很有纪念意义的。

旅游，在我的业余生活与读书写作中占有同等重要的位置，它给我的精神生活增添了无限乐趣。正如明代旅游学家、地理学家徐霞客所说：“读万卷书，行万里路。”因为在旅游中经历多，见识广，既能亲历世间自然美景和名胜古迹，又能获知各地的民风民俗和人文知识，得到丰富高雅的精神享受。有位哲人说得更为深刻：“旅行的真谛不是运动，而是带着你的灵魂去寻找到生命的春光。”

其实，古人就很看重旅游，把旅游视为陶冶“德行”与“情操”的一种行之有效的方式。如孔子说的“知者乐水，仁者乐山”；西汉文学家枚乘讲的“游涉”能够“陶阳气”，“荡春心”；魏晋时期的名士提出的以山水“游目骋怀”，缓解“幽愤之情”。唐代大诗人李白“五岳寻仙不辞远，一生好入名山游”。他的足迹遍及黄河上下、长江南北，也泛舟于洞庭、鄱阳湖上，三山五岳都留下了精美的诗篇。明代的徐霞客是中国历史上杰出的旅行家和地理学家。他弃绝科举，放弃仕途，用一生从事旅游和地理考察。他的《徐霞客游记》内容涵盖地貌、河流、水文、地质、气象、动植物、民俗民风，纠正了儒家经典《尚书》中的地理学错误，等等。可谓是中国古代杰出的地学百科全书。这些都对我乐于旅游有所启发。

我在旅游中为了获取更多知识，基本做到四点：一是善于看，及时捕捉闪光点；二是乐于听，尤其是名胜古迹的来龙去脉、传说故事等；三是勤于记，记下自己感兴趣的点点滴滴，拍下具有纪念意义的照片；四是重收集，注意收集与景点有关的资料。做到以上四点，撰写旅游文章就得心应手了。

撰写游记是一个享受“重游”或称“神游”的过程，它给作者的精神生活平添了无穷的乐趣。坐在书案前，饶有兴趣地翻阅笔记本，浏览所拍的诸多照片，筛选可用的资料，静静地进行回忆与思考，将游览过的景物在脑海中一一显现，然后进行构思，把所见所闻所感倾注笔端，形成文章。这对我而言，简直是一种愉悦身心的高雅享受。如在描写山区的溪流瀑布、山腰的绿茶翠竹、山上的道观佛寺时，就像是听到了水声，闻到了茶香，见到香火，自然而然地产生一种不可言喻的游仙寻异、超然脱俗的感觉。

另外，每一处名胜古迹，都有它的形成过程和历史背景，也都蕴含着丰富深远的人文色彩。如历史名人的光顾，文人墨客撰写诗词文赋、楹联碑刻等，在写作中必然有所涉及，有所思考，在本书中这方面的内容还真不少。这种涉及、引用和思考，更能激发读者对中华民族传统文化的执着眷恋，更能激发读者对祖国大好河山的深情热爱！

书名《胜景撷英——国内旅游散记（上下册）》。胜景，风景优美之处也。“江山留胜迹，我辈复登临。”胜迹包括自然景观和人文景观，它承载着丰富的文化内涵，历史越久，积淀越厚，尤其经由历代文人雅士的吟诵赞美，胜景越显示出其生命力。

撷英（撷，Xié），即摘采精英、选取精华。副书名“国内旅游散记”，以对应“境外旅游杂记”，因是“姊妹篇”嘛！

需要说明的是，我写的旅游景点，基本是当年我去游览时的见闻，可能与后来经过修葺、扩建的景点不太一样，但基本概况不会有太大的变化，否则就不称其为“名胜古迹”了。

另外，我在绝大多数文章的结尾或文内写了可能不太符合格律的诗词。这完全是有感而发，顺口一溜，表达一下心情而已，没有进行精雕细琢。如有不当，诚请读者批评指正。

最后我要说的是，这本书的第一读者是我的老伴于芳茹女士。我每写完一篇，她都认真审读，指出问题与不足，及时进行修改。因为许多景点我俩一起去过，我还引用了她游览后写的不少诗词。在此，我要对老伴说声“谢谢”！

需要说明的是，附录的《陶然亭往事——我与“半个法律人”曹进堂的故事》，是我的好朋友、《法制日报》原总编辑陈应革在报纸上发表的近万字的文章。文中叙述了我俩四十多年来的交往和友谊，写得非常精彩。我将其收录本书，作为永久的纪念。

曹进堂
2023年4月1日于北京

目录

黑龙江

“东方明珠”哈尔滨 / 002
八女投江气节贞 / 009
高峡平湖——镜泊湖 / 012
“森林之都”伊春市 / 017
乔榛事迹令人赞 / 022

吉林

殉国战地瞻靖宇 / 026
一步三看长白山 / 030
历史沧桑伪皇宫 / 035
一碧如洗松花湖 / 040

辽宁

九百九十九莲峰 / 044
人间独此一洞天 / 049
富有诗意大连市 / 056

河北

水乡泽国白洋淀 / 066
名扬四海狼牙山 / 073
皇家陵园清西陵 / 079
万里长城第一关 / 083
避暑山庄离宫苑 / 089
民族融合外八庙 / 099
天造地设棒槌山 / 105
正定古城隆兴寺 / 108
邯郸古都故事多 / 115

山西

际山枕水晋王祠 / 126
古韵悠悠平遥城 / 136

山东

魅力迷人青岛市 / 150
雄奇秀美东海崂 / 157

东隅屏藩刘公岛 / 164
烟台源于烽烟台 / 171
人间仙境蓬莱阁 / 178
海上仙山长山岛 / 189
一城山色半城湖 / 194
水涌若轮趵突泉 / 206
一代才女李清照 / 212
千佛山与万佛洞 / 223
圣城曲阜瞻孔子 / 228

安徽

黄山归来不看山 / 242
鬼斧神工翡翠谷 / 253
“莲花佛国”九华山 / 256
歙砚牌坊臭鳜鱼 / 264
色正芒寒包公祠 / 270
张辽威震逍遥津 / 277

江苏

虎踞龙盘南京城 / 284
夜泊秦淮近酒家 / 296
“人间天堂”苏州城 / 302
姑苏城外寒山寺 / 312
如诗似画同里镇 / 319
因画成名周庄镇 / 328
红色经典沙家浜 / 335
乐在常熟吃河豚 / 345
秋游太湖鼋头渚 / 350

上海

色彩斑斓大上海 / 358
游览豫园城隍庙 / 368

浙江

人间天堂杭西湖 / 376
岳王庙里谒岳飞 / 401
飞来峰前灵隐寺 / 410
绍兴古城多名士 / 418
鲁迅故乡觅鲁迅 / 425
咸亨店小名气大 / 439
王羲之与《兰亭集序》 / 443
陆游、唐婉与沈园 / 462
海天佛国普陀山 / 476
奉化溪口看蒋宅 / 486
锦山绣水千岛湖 / 493
安吉竹乡美如画 / 505

黑龙江

“东方明珠”哈尔滨

我对哈尔滨有种特殊感情，因为那是我爱人的故乡。

20世纪上半叶，哈尔滨被西方人誉为“东方小巴黎”“东方莫斯科”，因为整座城市充溢着时尚浪漫的西方韵味儿。

1968年以后的50多年里，或因工作关系，或专门去探亲，我曾十几次去过哈尔滨。我多次乘船畅游过松花江，屡屡乘车横跨松花江老桥和新建的两座新桥，江南岸的防洪纪念塔和中央大街都留下了我的足迹，游览了太阳岛、兆麟公园、异国风情园和位于阿城的松风山，观赏了著名的冰灯展和圣·索菲亚教堂等。现仅将我印象较深的几个景点描述如下。

中西合璧时尚城

漫步在哈尔滨市的繁华街道上，谁曾想到一百多年前，这里还是一个仅有几户人家的小渔村。而坐落在市区以东的阿城，却有着悠久的历史。1970年10月中旬我第一次去阿城时，就听说那是金朝（1115—1234年）建都之地。公元1114年，女真族完颜部落首领阿骨打起兵抗辽（辽建国于公元916年，国号“契丹”，947年改国号为“辽”，1125年为金所灭），第二年建立金国，定都上京，即阿城。金国灭辽后，派大将金兀术（即完颜宗弼，阿骨打第四子）进犯大宋王朝。此人领兵纵横驰骋，不可一世，阿城至今保留着金兀术在上京居住时的遗址。1234年金国灭亡后，包括阿城在内的哈尔滨地区，先后成为元、明、清三朝的统治领地。

清雍正六年（1728年），清政府与沙俄政府签订了《恰克图条约》，开放了边城恰克图市场，允许两国在此通商。1898年，以哈尔滨为起点修建“中东铁路”，1903年铁路建成后，大批洋人拥入哈尔滨，尤以沙俄、英、法、德、日和犹太人居多。他们在这里修路盖房，建厂办学，开办银行，广开商店和饭店，建造各种教堂。到20世纪初，哈尔滨已发展成为一个国际性通商口岸，来自30多个国家的近20万人到此居住和工作，成为远东地区的著名城市。

在哈尔滨的道里、道外等繁华街区，不时看到一些以外国人名、地名命名的建筑和街道。如：果戈里大街（果戈里是19世纪上半叶俄国著名作家，代表作有长篇小说《死魂灵》、讽刺喜剧《钦差大臣》等）、普希金会所（普希金系19世纪上半叶俄国民族诗人，代表作有《致大海》《冬天的夜晚》《纪念碑》等）以及马迭尔宾馆、塔道斯西餐厅、伏尔加庄园、圣·索菲亚教堂等，许多街道、楼房极具欧洲风格。

其他区域的街道、建筑物，基本是中国传统风貌。前几年我去哈尔滨，城市建设规模都不是以前的模样了。但道里、道外中西合璧的风格仍很鲜明，国内外游客络绎不绝。

著名的圣·索菲亚教堂

建于一百多年前的圣·索菲亚教堂位于哈尔滨市道里区透笼街。20世纪40年代和50年代初，我爱人全家就住在这座教堂附近，后搬到香坊区安埠街。我爱人说，她小时候迷了路，只要看到圣·索菲亚教堂，就能找到家。

哈尔滨曾有许多座教堂，还有伊斯兰教的清真寺，也有佛教寺院，如位于南岗区的极乐寺。

教堂是舶来品，是随着西方侵略者的洋枪洋炮进入中国的。1900年，在八国联军攻陷天津、北京的同时，沙俄占据了东北三省的主要城市。1903年，中东铁路建成通车后，哈尔滨成了东正教传教中心，沙俄东西伯利亚第四步兵师随之侵入哈尔滨。为了稳定军心，祈祷圣灵庇护，沙俄在该市建造了圣·索菲亚教堂，专供该步兵师所用。

我曾两次去看圣·索菲亚教堂。这座拜占庭式教堂的建筑规模，虽不能与西方国家的一些大教堂相比，却是远东地区最大的东正教教堂，也是哈尔滨留存至今最漂亮的一座教堂，市民们大都称其为“喇嘛台”。

圣·索菲亚教堂为砖石结构，墙体为红砖，整座教堂分为四层，高53.35米。中央的主体建筑被一个大穹隆覆盖，厅内可容纳2000人。墨绿色的俄罗斯式穹顶如同一颗巨大饱满的“洋葱头”，表面饰有格式花纹；穹顶上的金色十字架高耸入云，在阳光照射下熠熠生辉；几十个罗马风格的拱券高窗幽静深邃，透着一股神秘感；赭红色的砖墙颜色虽已变淡，但仍不失历史沧桑的美感；前后左右有四个拱形大门供人出入，各扇门都非常厚重。正门顶部为钟楼，悬挂着一大六小七座铜铸乐钟，恰好为七个音符，可敲打出抑扬顿挫的钟声。在过去每逢重大宗教节日，专职敲钟人会把七座乐钟上的钟槌用绳子拴好，另一头系在自己身上的不同部位，敲钟时手脚并用，有节奏地拉动钟绳，铿锵悦耳的钟乐声响彻云霄，在几十公里外的阿城都能听得见，堪称哈尔滨市的一大奇观，可惜现在已听不到那浑厚美妙的声音了，因为这座教堂的宗教功能早已不复存在。我在20世纪70年代去看时，大门紧闭，“谢绝参观”。据说现已改建成哈尔滨市历史博物馆。不过，其外部“圣容”仍很壮美，并成为哈市的一处独特的地标建筑，也是沙俄侵略我国东北的历史见证和重要遗迹。1996年，这座教堂由国务院公布为第四批全国重点文物保护单位。

繁华的中央大街

哈尔滨中央大街是该市最繁华的商业步行街，它以独特鲜明的欧式建筑、别具一格的方块石马路、鳞次栉比的精品店和俄式餐饮店、异彩纷呈的文化艺术而著称。

我曾多次去逛中央大街。一是我在国家商业机关工作了几十年，对商业步行街、商城等情有独钟，不管到了哪个省市，总要去看看当地的商业设施。二是我的一位好朋友王一哲20世纪90年代初从市商委法规处调到坐落在中央大街一侧的中央商城任总经理。1995年我到哈尔滨时，他亲自开车将我接到中央商城参观，并陪我逛了中央大街，中午一起吃俄式西餐。

一百多年前，中央大街这个地方还是一片地势低洼的草甸子。中东铁路当局在修铁路时先在泥泞的湿地中开辟出一条土路，以便运送筑路器材。铁路通车后便把这一地带拨给散居在哈尔滨的居民。两年后，这里形成了一条主要由中国人居住的“中国大街”。后来，一位颇有眼光的俄国工程师经过精心勘察和设计，在“中国大街”上铺上了花岗岩石块，其形状、大小如同俄式面包，引来了许多外国人到此建店经商。其中有英国公爵、法国绅士、德国先生、俄国将军、日本浪人、犹太商贾等，以犹太人和俄国人居多。如1901年建成的高加索风味的塔道斯西餐厅，1906年落成的马迭尔宾馆，1918年竣工的巴洛克建筑风格的“教育书店”，1923年开办的犹太国民银行等，逐步发展成为一条国际性商业街，1928年正式改名为“中央大街”。

改革开放以来，经过整建后的中央大街全长达1.5千米，宽20多米，其中石铺路宽11米，欧式建筑70多栋，几乎涵盖了西方巴洛克、文艺复兴和现代风格等著名流派，加之150多盏欧式古典路灯和多处草坪、喷泉，使整座大街显得多姿多彩，成为哈尔滨的一张亮丽名片。

我和爱人徜徉在中央大街上，边走边欣赏具有异国风情的景色，她还不时地向我述说着20世纪50年代中央大街的旧貌和她曾走失的旧闻逸事。

她说，那时候的中央大街等主要繁华街道，到处可见“老毛子”。当时看到苏联人吃着“大列巴”面包，夹着红香肠，喝着啤酒，心里特别羡慕。没想到，比他们更好的幸福生活，现在我们也享受上了。

我曾应哈尔滨的亲朋好友之邀，分别到马迭尔西餐厅和华梅西餐厅就餐，除传统牛排等西餐菜肴外，马迭尔的奶油里脊、奶油鸡脯、奶油烤鱼和高加索罐焖牛尾、炭烤羊肉和红菜汤给我留下了深刻印象。我们一边吃着，一边听着俄罗斯音乐，那种浪漫时尚的氛围，令人回味无穷。

风景如画的太阳岛

“明媚的夏日里天空多么晴朗，美丽的太阳岛多么令人神往。”电影《哈尔滨的夏天》插曲《太阳岛上》中的这两句歌词，一下子就把人们的思绪带到了风景如画的太阳岛上。

太阳岛坐落在松花江北岸，是哈尔滨市著名风景名胜区。这里一年四季皆有景，无人不在图画中。所以太阳岛有着“春看花、夏玩水、秋观树、冬赏雪”之说。

本书作者与爱人于芳茹 1997 年 7 月在哈尔滨松花江畔防洪纪念塔前留影

我到太阳岛游览时正值中秋季节。进园后，首先映入眼帘的是“水阁云天”四个大字，是黑龙江省原省长陈雷所题。沿着方石路前行，路两旁遍植树木，枫红松绿，垂柳轻摇；树下设有石桌、石凳，供游人随时小憩。

继续前行，景点越多，景色越美，其中的“岛中湖”极具吸引力。据说那是从1980年开始，哈尔滨市民通过义务劳动挖出来的人工湖，并起了一个很浪漫的名字——天鹅湖。挖出来的大量土方，一部分用到了改造周围的环境上，大部分堆积成了一座土山，名曰“太阳山”，并成为太阳岛的一景。

看吧，太阳岛上有湖有水，水上有桥有亭，湖中有鸟有鹅，湖边有山有树，湖周有溪有径，有瀑有声，还有花圃草坪，小径通幽，秋叶泛金，层林尽染，山水相映，云霞倒映，加之点缀在岛上的欧式木质别墅和中式楼阁，使整座园林呈现出中西合璧、景色秀丽、景观质朴、野趣浓郁的氛围。漫步其间寻芳览胜，有路皆通人间仙境，岚光景色变幻无穷，宛如进入童话世界。难怪人们赞美它：美丽的太阳岛多么令人神往！

对此，作者也曾写诗赞曰：

寻芳览胜游兴浓，水阁云天气势雄。
霜染层林枝带笑，霞披亭廊瓦泛红。
鸳鸯悠闲戏莲影，银鸥掠浪觅鱼踪。
雨后彩虹无限美，难敌江桥南北横。

八女投江气节贞

一个惊天地、泣鬼神的真实故事，一个在生死关头选择以身殉国的英雄群体，这就是1938年10月上旬发生在东北的“八女投江”事迹。

1990年9月上旬，我随同事到哈尔滨、牡丹江、沈阳调研。当时正值金风送爽的季节，东北大地景色秀丽，令人心旷神怡。尤其是从哈尔滨乘火车去牡丹江的途中，名城名胜屡映眼帘。如千年古城阿城、以东北抗日名将赵尚志之名命名的尚志市、国际滑雪胜地亚布力、海林市境内的智取威虎山英雄——杨子荣墓等。到达牡丹江虽已太阳偏西，我们还是抓紧时间到牡丹江岸边的江滨公园瞻仰了“八女投江”群雕，接受了一次活生生的爱国主义、革命英雄主义教育。

这座坐北朝南的群雕，是中共牡丹江市委、市政府1984年决定建造，由中央美术学院两位教授精心设计，四川美术学院用质地坚硬、洁白无瑕的花岗岩精雕细琢而成，于1988年8月1日正式揭幕。这三个“8”字，且选在八一建军节这天举行落成典礼，寓意着军中八位忠肝义胆的巾帼英雄。更为巧妙的是，群雕长18米，宽6.8米，高8.8米，占地面积8000平方米，四个数字中均有“8”，都喻示着英勇投江的“八女”，可见设计者匠心独具，煞费心思。群雕前的石座上刻有“八女投江”四个红色大字，系时任全国政协主席、周恩来总理的夫人邓颖超所题。群雕南侧，建有一座“八

1990 年 9 月上旬作者在牡丹江“八女投江”群雕前留影

女投江”纪念碑，时任全国政协副主席、全国妇联主席、朱德的夫人康克清题写了“八女投江 永垂不朽”八个大字。据说在乌斯浑河畔也建了一座“八女投江”群雕和纪念碑，实现了东北抗日联军二路军总指挥周保中当年关于“乌斯浑河畔牡丹江岸将来应有烈士标芳”的夙愿。

聆听着“八女投江”感人肺腑的故事，凝望着栩栩如生的群雕，我似乎看到了“八女”的领军人物、东北抗联二路军五军妇女团政治指导员冷云，强忍着丈夫牺牲的巨大悲痛，挥泪告别了出生才两个月的婴儿，毅然随第一师上百人的队伍踏上了西征之路；看到了部队拂晓时在牡丹江支流乌斯浑河渡口与上千名日伪军狭路相逢，当时敌强我弱，情势凶险，隐蔽着的冷云等八位女同志分成三个战斗小组，突然从敌群背后猛烈开火，将敌人的火力吸引到自己这边，掩护主力部队迅速摆脱了敌人的攻击，她们却被敌人团团围困在了江边。

前有滚滚浪涛，后有残暴豺狼，且已弹尽援绝，逼降声、活捉声不绝于耳，背水再战几无可能。在这生死关头，共产党员冷云坚定地对大家说："我们都是共产党员、抗联战士，宁死也不做俘虏。为祖国的解放而战死，是我们最大的光荣！"说完，向敌群扔出了最后一颗手榴弹，趁敌人卧倒之机毁掉枪支，义无反顾地挽臂沉入冰冷的江底，集体壮烈殉国。这八位风华正茂的巾帼英雄，年龄最大的冷云只有23岁，最小的王惠民才13岁啊！

听着、想着、看着、忆着，英烈们的壮举顿时化作了炽热的泪水，瞬间又凝聚成了一种炽盛的爱国情怀和学英雄、做英雄的热切渴望。巾帼悲壮千秋绿，英雄拼死万古丹。我被八女的献身精神所感染，当天晚上，我在宾馆写了以下观后感：

肃立在"八女投江"群雕前，
英烈们的壮举令人震撼。
日寇搅起的腥风血雨，
侵袭了东北的黑水白山。
英勇不屈的中华儿女啊，
奋起走向了抗战的前线。
冷云等八姐妹敢于为祖国扛鼎，
为民族解放而殉难心甘情愿。
因为她们坚信：
"英特纳雄耐尔"一定会实现！

高峡平湖——镜泊湖

我曾于1990年9月上旬和2011年7月初先后两次游览镜泊湖，令人难以忘却的则是第一次。

1990年我所见到的镜泊湖，原始原貌原生态，神秘神奇神来笔。那是我初识的镜泊湖，令人叹赏的高峡出平湖。

从牡丹江向东前往，一路秋色一路景。司机师傅替我们遗憾："你们早来一个多月就好了，那时香瓜满坡，瓜摊遍地，空气中都飘着香气。不过现在还有西瓜，又沙又甜。"

车到宁安市界，公路旁的西瓜地里确实散落着不少没有摘的西瓜，公路两旁也摆着一些西瓜摊。我们在途中停车，到瓜地里选购了两个沙瓤大西瓜。那种拍拍这个、弹弹那个、自挑自摘的过程，令人十分开心。

过了宁安市不远就进入了崇山峻岭。汽车沿着蜿蜒的盘山公路行驶在松林中，不时看到浑身带有灰白斑点的大尾巴松鼠在林间蹿来蹿去，或在树上蹿上蹿下，甚至胆大妄为地横穿公路；也曾看到雌雄两只野鸡在悠闲地寻觅食物。突然眼前一亮，汽车驶出松林，一泓碧水飘天外，两岸青山入境来。"到了，到镜泊湖了。"司机提醒道。

那时的镜泊湖，既无进出大门，也无收费人员，完全是自然环境。汽车直接开到了湖东北角临湖而建的宾馆。站在宾馆墙根，便可甩竿垂钓。那种恍如置身于世外桃源的感觉，如梦如幻，妙不可言。

宾馆的经理是一位50岁左右的山东壮汉，在这里工作已经20多年，

作者夫妇 2011 年 7 月初在镜泊湖景区大门前

但仍操着一口地道的胶东话。他对镜泊湖的历史和景点了如指掌，介绍起来如数家珍，还时不时地重复着叶剑英元帅对镜泊湖的两句赞美诗——山上平湖水上山，北国风光胜江南，并在酒桌上以调侃的口吻“改造”苏东坡的一句诗。他说：“苏东坡有一首诗，其中两句是‘欲把西湖比西子（指：西施），淡妆浓抹总相宜’。我认为应当把诗中的‘西湖’改为‘镜泊’。因为我们镜泊湖不比西湖差，也可说是北方的西湖。明天你们去游湖，看看就知道它有多美了。”

据介绍，约在四五千年前，宁安市境内的山区先后爆发过五次火山，大量的熔岩冷却后堆积成一座巨坝，将牡丹江上游的水高高拦住，形成了一座湖面海拔350米狭长的堰塞湖。山泉川流，汇入湖中，且湖水湛蓝，

清平如镜，因而得名“镜泊湖”。

镜泊湖的形状不像其他地方的圆形或半圆形湖泊，而是随着山谷与河道呈狭长形，蜿蜒曲折，从黑龙江省宁安市一直延伸到吉林省边界，南北长达百里，有“百里长湖”之称；东西宽窄不一，最宽处达6公里，最窄处只有300多米，宛如一条裁剪不齐的蓝色绸带轻飘在群山密林之间。湖水南浅北深，总面积达95平方公里。湖中的八大景点名称颇具白山黑水特色，即吊水楼瀑布、大孤山、小孤山、道士山、珍珠门、白石砬子、城墙砬子、老鸹砬子，听起来好像历史上“红胡子”盘踞的山寨。

我们第二天上午乘船游湖。游船一路往南，船速较慢，便于游览。湖面平静，水不扬波，黛色水域，深不可测，据说最深处达六七十米。站立船头向前远眺，云落清波天连水，一望无际；东西两岸，群山连绵，林木丛生，少有人影，更无鸟鸣，出奇地静，印证了镜泊湖“三不”的传言：鸟不叫，蝉不鸣，虫不声。据说这是火山爆发区的奇特现象，究竟是何原因造成，无人说得清。

继续前行，风光无限，可谓“人在镜中行，云影无光上下明”。湖面阔处，水天一碧涟不起，苍鹭低翔鱼竞潜。窄处则是山峭石险水荡漾，树翠丛茂船缓行。时而山重水复，时而湖中有山，正如有诗所赞：褶曲湖山几复湾，云落清波若镜天。

我问导游：“湖两岸是原始森林吗？怎么不见参天大树？”

“这些树木大都是解放后新栽的，过去的原始森林被日本关东军烧光了。因为他们害怕东北抗日联军藏在这些森林里。你们向左看，山脚下的那几间红瓦房是一个水电站，当年东北抗联曾在这里消灭了日寇的一个守备队。”

这使我想起在哈尔滨“兆麟公园”和“东北烈士纪念馆”参观时，

作者夫妇（右）与内妹于方莉及其女儿赵晓嬿在镜泊湖

知道了东北抗日联军曾在镜泊湖一带与日军进行过殊死搏斗。东北抗联第四军军长李延禄指挥的“镜泊湖连环战”，将日本关东军天野旅团基本全歼。东北抗联第三路军总指挥李兆麟在《露营之歌》第三段中也写到了镜泊湖：“草枯金风急，露晨火不燃。弟兄们，镜泊瀑泉唤起午梦酣。”正由于镜泊湖经历过战争的洗礼，所以它更有光彩、更加美丽、更吸引人。

湖中多岛屿，如同光彩照人的珍珠镶嵌在碧波中。如我们看到的一座名为“老鸹砬子”的小岛，犹如一只老鸹（乌鸦）卧在湖中。岛上苍松翠柏，确有老鸹栖于林中。

游船驶到一座湖中山时，特意环岛一周。导游介绍说：这个岛过去曾

有野猪出没，因而当地人称其为“野猪林”。20世纪50年代初，苏联领导人斯大林逝世后，他的儿子被追杀，被迫逃到这个岛上避难，这在当时是天大的秘密。

我听后颇为震惊，并对这座“湖中山”产生了敬意。回京后曾以《野猪林》为题，草拟了一首小诗：

湖中黛岛赛仙山，林密幽深舍数间。

异域风云突变幻，王孙避难不嫌寒（指寒碜）。

由于镜泊湖的湖光山色大同小异，我们游览了约大半个湖便掉转船头往回赶，以便下午去看吊水楼瀑布。

吊水楼瀑布又称镜泊湖瀑布，当时与贵州的黄果树瀑布、黄河上的壶口瀑布、四川九寨沟的诺日朗瀑布、江西庐山的三叠瀑布并称“中国大陆五大瀑布”，也是到1990年为止我所见到的第一个大瀑布。

吊水楼瀑布位于镜泊湖北端。那几天刚下过大雨，瀑布水流量很大，老远就听到了瀑布飞流跌落深潭的轰鸣声，“镜泊瀑泉唤起午梦酣”名不虚传。

站在瀑布对岸望去，只见几十米宽的瀑布水帘如银河倒泻，浪花四溅，雾气蒸腾，声震如雷，确有“飞落千秋雪，雷鸣百里秋”之美。

真没想到，祖国的北疆竟有与锦绣江南相媲美的高峡平湖。赞叹之余，我曾作七言绝句一首：

一泓碧水落山川，潋滟湖光映照天。

景色迷得游人醉，凝情缱绻忘回船。

“森林之都”伊春市

伊春，黑龙江省辖地级市，位于小兴安岭腹地，北部与俄罗斯隔江相望。绵延数百公里的茫茫群山被浩瀚的400万公顷森林覆盖，上百种野生动物活跃其间，不畏狂风巨浪的林海蕴含着质朴、神秘、灵动的美。伊春被赋予了“森林之都”“中国林都”“红松故乡”等美誉。

2005年7月中旬，受伊春市人民政府之邀，时任中国商业联合会副会长的安惠民和我作为贵宾，出席了“第五届中国黑龙江伊春森林生态旅游节开幕式”，并根据“走进大森林，回归大自然”的活动宗旨，游览了伊春五营国家森林公园，参加了汤旺河上的漂流活动和篝火晚会等。整个活动内容丰富，隆重活泼，是我一生中参加的唯一的一次森林旅游节庆活动。

7月18日上午的森林生态旅游节开幕式结束后，我们到伊春市以北约20公里处参观极有代表性的五营森林公园。据陪同我们参观的人介绍，伊春拥有亚洲面积最大、保存最完整的红松原始森林，其中心点就在五营森林区。这里的树种以红松为主，还有兴安岭山区特有的落叶松、樟子松，以及云杉、冷杉、枫树、水曲柳、黄杨木等一百多种树木。森林中生活着东北虎、黑熊、马鹿、驼鹿、狍子、猞猁等六七十种珍稀野生动物，以及飞龙、榛鸡等260多种鸟类。名贵药材、各种野果、野菜、蘑菇的种类更是不计其数，矿产资源也十分丰富，如特有的白垩纪中晚期恐龙化石等。

“路两旁山林中的树好像不太高大，这也是原始森林吗？”我问。

“都是原始森林。不过，中华人民共和国成立后，为了经济建设的需要，五六十年代国家曾有计划、有组织地对部分树林进行砍伐。这条公路两旁的原始森林也被砍伐，后又栽上了新树，但森林深处的古树都保存完好。”陪同人员说。

说到小兴安岭伐树，使我想起了我国当代诗人郭小川1962年到伊春林区采风后写的“林区三唱之一”的《祝酒歌》。其中写道：“小兴安岭是一朵花，森林就是花中蕊”“山中的老虎呀，美在背；树上的百灵呀，美在嘴；咱们林区的工人啊，美在内”“广厦千万间，等这儿的木材做门楣；铁路千百条，等这儿的枕木铺钢轨。国家的任务是大旗，咱是旗下的突击队”“锯大树，就像割麦穗；扛木头，就像举酒杯”“一声令下，万树来归；冰雪滑道上，木材如流水；贮木场上，枕木似山堆”。可见当时伊春的伐木场上是何等的热闹，何等的壮观！

五营森林区已辟为国家森林公园，位于小兴安岭南坡、伊春市以北约20公里，占地面积140多平方公里，各具特色的游览景点十五六个。如松乡桥、观涛塔、森林小火车、绿野公园、黑瞎子岭、虎啸山、兴安鹿苑、观松大道、丽丰湖等。中华人民共和国成立后，刘少奇、万里、李德生、田纪云等党和国家领导人先后到五营林区视察过，如今这里已成为著名旅游景点。

我们进入公园大门后，主动放弃了乘坐小火车观光的安排，选择步行进入森林，亲身体验行走在密林深处的神秘感觉。

森林是一个完整的生态体系，是集生长的乔木及与之共存的植物、动物、微生物和土壤、气候的总体。倘若只有树木，没有丰富的植被、鸟类、昆虫、溪谷、河流，那只能叫树林。

五营原始森林山峻林茂，杂草丛生，树下枯叶铺地。为了游客的安

本书作者 2005 年 7 月在黑龙江林都伊春

全，在山林间用木板搭建了一条约1.5公里的栈道。栈道两旁林海茫茫，浓荫蔽天。傍树攀爬的野藤和簇簇荆榛以及多种草药，都是森林之宝；坡下溪水潺潺，碧草萋萋，花香阵阵，蝶飞莺鸣。低矮的灌木和地面上的苔藓蓄存着水分，为森林的生态做着奉献。我时而跑到奇形怪状的古树前拍照，时而绕着几百年前的粗大古树凝视、沉思。在松乡桥附近，有一棵树龄达800多年的“老寿星”，被人们称为“树神”，许多人走到树前虔诚地向其膜拜。在红松林，一棵有着500多年树龄的红松高约40米，仰头看不到树梢，主干直径一米多，两人才能合抱，这些古树现都被视为国宝。

前进，再前进；上坡，再上坡；加油，再加油！已是气喘吁吁的我，不断地给自己加油、打气，终于攀登到了山顶的观涛塔，观林海，听松涛。

这座高达47米的森林瞭望塔系钢架结构，据说是五营林区最高的人文景观。从螺旋式塔梯爬到塔顶瞭望，远山近岭，尽收眼底，茫茫林海，一望无际，风吹松林，犹如海涛，别有一番意趣。我想，天然森林蕴含着大自然的美丽，对大森林的保护，就是对大自然的尊重和敬畏！

在餐桌上交换名片时，我惊喜地发现坐在我旁边的竟是大名鼎鼎的上海电影译制厂配音演员乔榛和丁建华。我们在一起交谈、敬酒并合影留念。

晚餐后我们一起出席篝火晚会，那是我第一次观看有五六位俄罗斯演员参与的在篝火旁举办的狂野娱乐活动。一边看演出，一边饮啤酒，并不时地吃着野味烧烤，感到既别致又新奇。

在第二天到汤旺河参加漂流活动期间，导游介绍说，小兴安岭不仅山多林密，而且水系发达，仅伊春地区就有100多条河流，最大的河流当数汤旺河。在抗日战争时期，东北抗联第六军的部队沿着汤旺河进入人迹罕至的小兴安岭原始森林。当时正值伏天，森林里浓荫蔽天，密不透风，闷热异常；加之雨水甚多，道路泥泞，蚊蠓猖獗，部队行军十分艰难，将近一个月才走出小兴安岭。伊春的爱国主义教育基地就有这方面的记载。

的确，时任东北抗联第六军政委的李兆麟在《露营之歌》第二段中生动地记载了这一史实：“浓荫蔽天，野花弥漫，湿云低暗，足溃汗滴气喘难。烟火冲空起，蚊吮血透衫。战士们！热忱踏破兴安万重山。奋斗啊！重任在肩，突封锁，破重围，曙光至，黑暗一扫完。”

回京后我曾作小诗一首：

眺望兴安远近间，高低玉树覆山川。

葳蕤挺秀因何在？飒飒声中有抗联。

我对漂流并不陌生。曾在福建武夷山中的河流上坐在竹排的小竹椅上漂流；曾在浙江安吉竹林间的河流划小船漂流；这次在汤旺河上自划橡胶筏漂流，还是第一次。

按规定，两人合划一条橡胶筏，可自找“对象”。我在大帐篷里换上黄色防护服后，一出门就看到一位女士向我走来。“同志，你好。我是省旅游报的记者，不会游泳，想找一个会游泳的与我坐一个筏子，否则我不敢上。”

“上吧，你算找对人了，但要配合好，以免发生危险。”

汤旺河里的水极为清澈，河底各式各样的石头和游来游去的鱼清晰可见。虽是炎热夏季，河水仍很冰凉。我们漂流的这一河段虽有水流湍急之处，但我自视水性不错，所以毫无怯意。但到漩涡处，漂流筏还是打转转，并不时地与其他漂流筏发生碰撞，把那位女记者吓得大呼小叫。我一直提醒她“坐好别动，保持平衡”。约一小时，漂流到了终点。如果再漂，恐怕我也难以坚持，因为太累了。上岸后那位记者一再向我表示感谢！

一趟伊春之行，我对伊春有了一个基本印象：它有生机勃勃的广袤山林，有冰清玉洁的河流小溪，有四季变换的色彩风姿，有松涛阵阵的林海雪原，有清新纯净的新鲜空气，有淳厚质朴的当地山民。但是，只有以丰富的情感去体量、用兄弟般的诚心去丈量这座“森林之都”，才能体验到它那深沉的胸怀中所蕴含的质朴和灵动的壮美。

啊，伊春！啊，小兴安岭！我以这篇拙文纪念我曾走进您那美丽的身躯，歌颂您曾为祖国的建设所做出的重大贡献，也让更多的人了解我国的北方有个美丽的伊春。

乔榛事迹令人赞

写完伊春，意犹未尽，还想写写我心目中的英雄乔榛。

前文已经提及，在伊春五营林区的晚宴上，我与上海电影译制厂配音演员乔榛、丁建华同桌就餐。我看过他俩的名片后，对这次不期而遇始料不及。

“哎呀，久仰大名。今天巧遇，十分荣幸！”

“看来你看过我们配音的电影？”曾在近200部译制片中为女主角配音的演员丁建华说。

“看过不少呢！字幕上都有配音演员的名字。乔先生好像在白求恩的电影中为白求恩配音，在托尔斯泰的《战争与和平》中为男主角配音；丁（建华）导演在日本影片《追捕》中为真由美配音，在《茜茜公主》里为茜茜配音。因这几部电影的故事我都看过原著，还去过茜茜的娘家（德国慕尼黑）和婆家（奥地利首都维也纳）参观，所以印象比较深刻。

“曹先生的记性真好。”乔榛夸我。

我们三人合影后，边吃边谈，气氛融洽。

我悄悄地问丁建华：“乔先生一直是光头吗？”

由于我们仨挨着坐，我的话不料被乔榛听到了。他大大方方地说：“我呀，是个有着20年癌龄的癌症患者，是化疗把我的满头黑发化没了。不过你们别担心，这种病不会传染。”

2005 年 7 月，作者（中）与著名电影配音演员乔榛（左）、丁建华（右）在伊春合影留念

“啊，20年，你的身体和精神状态还这么好？”

我有点儿惊愕。因为乔榛长得高大壮实、白白胖胖，哪像患有顽症的病人。

“癌症这个东西虽然可怕，但如果你不怕它，它就怕你。你们看，我这不是好好的吗？还能从上海来到伊春，我很开心。”

接着，丁建华断断续续地介绍了乔榛与病魔做斗争的故事，听后令人震撼。

乔榛1960年就考入了上海戏剧学院，因患肝炎休学一年，毕业后分配到上海电影译制厂任配音演员，担任过该厂厂长，参与了近千部外国影视

剧主角的配音和译制导演工作，曾荣获政府奖、华表奖、金鸡奖等15项大奖，被誉为“新中国电影译制行业的领军人物”。

1985年，风华正茂的乔榛被确诊患有泌尿系统恶性肿瘤。后又经历过四次癌症、三次心肌梗死，八次与死亡狭路相逢，他以顽强的意志、不屈的精神，一次次地从死亡线上“跑”了回来。他一边治疗，一边坚持工作，始终活跃在演出、朗诵、演讲的舞台上，积极参加公益活动。前不久我在电视里还看到乔榛在上海举办的一场公益展演活动中朗诵了几首富有穿透力的诗歌。快80岁的人了，精神状态还那么饱满。如果不是别人介绍，谁会想到他是一个重症病人呢！

乔榛与癌症斗争了近40年，至今仍站在工作的前沿，原因有两个：一是事业心极强，始终不忘工作，信奉“工作者是美丽的”；二是心态积极向上。正如他所说：“人的精神状态对疾病至关重要，千万不能在精神上垮下去。一旦精神垮了，生理上的生命随时可能终结。”

那天晚餐后，我们一起去参加篝火晚会，一起观看燃放焰火，精神一直都很好。但第二天他俩没有参加漂流活动，而是提前回上海参加另一场活动去了。

乔榛，在死亡线上屡战屡胜的乔榛，怀着“癌弹”一直坚持工作的乔榛，在我的心目中他就是英雄，是值得我们学习的榜样。后来，我多次在患病的亲友、同事面前谈起乔榛的事迹，意在鼓励他们以正确的态度对待和战胜疾病。也许，能在精神上起一点点作用吧！

现作七言绝句一首，权作巧遇乔榛的纪念：

乔公译制配音片，万众开心盛赞欢。

病入膏肓无惧色，但留美誉在人间。

吉林

殉国战地瞻靖宇

“关东杨靖宇，豫府马骥生。壮矣殉国殇，雄哉铁干城。断粮仍驰骋，孤胆凭纵横。四岛岂亡华，白山志雄风。”这首诗是对民族英雄杨靖宇的真实写照。

20世纪50年代，我就知道杨靖宇是东北抗联著名民族英雄。2011年7月30日至8月3日，我和爱人随中国商业联合会组织的“红色之旅”，到长白山西麓、松花江源头之一的吉林省靖宇县三道崴子“杨靖宇烈士陵园”，恭敬地参谒抗日民族英雄杨靖宇将军。

7月31日早晨，我们从长春下车后吃过早餐，便乘旅游大巴向东南行驶。当时正值盛夏，东北大地上的高粱、玉米绿油油的，一望无际；丘陵上的松树、桦树等阴森森的，神秘莫测；大大小小的河流、溪水清澈见底，潺潺流淌。此情此景，使人自然而然地想到当年东北抗联将士在这片广袤的土地上与日寇浴血奋战的身影。四个小时的行程，我竟毫无倦意，一直在看着想着，并回忆着我看过的东北抗联英勇抗击日寇的感人故事。

汽车进入靖宇县界后，导游开始介绍情况：靖宇县原叫濛江县，1940年2月杨靖宇在该县三道崴子壮烈牺牲后，人们敬仰这位英雄，便将濛江县改名为靖宇县。以杨将军的名字命名的单位还有很多，如靖宇镇、靖宇村、靖宇路、靖宇小学、靖宇宾馆、靖宇支队等。靖宇县的许多人出门在

2011 年 7 月，作者到吉林省靖宇县杨靖宇将军殉难地瞻仰时留影

外，不说自己是“吉林人”，而是自豪地称为“靖宇人”。

我们的汽车直接开到了杨靖宇将军殉国地三道崴子，下车后沿着一条笔直洁净的马路徒步前往。马路两旁，红、黄色花朵和碧草各成一行，远远望去，宛如两条三色彩带铺设在马路两侧，一直“铺”到靖宇殉国地。我想，这一定是献给杨将军的彩色挽联。两条彩带后是浓绿挺拔的苍松，如同两排威武雄壮的卫士，时刻守护着抗日名将杨靖宇。

步行了两三百米，便到了靖宇将军雕像前。他身穿棉大衣，头戴棉帽，右手握着望远镜，威风凛凛地傲然而立。黑色石座上刻有“民族英雄杨靖宇将军”九个大字。我们肃立在雕像前，崇敬之情油然而生，深深地向英雄三鞠躬！

再往前走，一座四柱双檐、古香古色的牌楼立于马路中央。牌楼上用繁体字书写着“杨靖宇将军殉国地”八个金光闪闪的大字，是我党著名领导人陈云同志所书。大家都神情肃穆地排队在牌楼前拍照，全体团员还集体照了一张合影，发到了中国商业联合会网站上。

牌楼后不远处有一座黄色凉亭，亭中矗立着杨靖宇纪念碑。我们站在

碑前瞻仰参谒。纪念碑后是绵延起伏、树木葱茏的崇山峻岭，那是将军当年与日寇血战的战场。

由于当天无风，周围环境出奇地静，既听不到野兽叫，也听不见鸟儿鸣，就连树木、庄稼也发不出任何响声。噢，我明白了，一切生物都在为杨靖宇将军和牺牲的将士们默哀，怕发出声响惊动了烈士的英灵！

据介绍，杨靖宇原名马尚德，字"骥生"，河南省驻马店地区确山县人，生于1905年，1926年加入中国共产党，第二年任确山县农民革命军总指挥，后调到开封、洛阳从事秘密工作，1929年奉命调往东北，任中共抚顺特别支部书记。这期间，曾五次被捕入狱，虽屡遭酷刑，他始终坚贞不屈，信念不移，顽强地与敌斗争！

1931年发生了"九一八"事变，日寇侵占了东三省。杨靖宇奉命调任中共哈尔滨市委书记兼满洲省委军委代理书记；1932年又奉命到南满组建中国工农红军第32军南满游击队任政治委员。当地朝鲜族人居多，为便于工作，他毅然违背"行不更名、坐不改姓"的祖训，化名杨靖宇。在朝鲜语中，"靖宇"是驱逐外敌之意。此后，杨靖宇先后任东北人民革命军第一军第一师师长兼政委、东北抗日联军总指挥、第一军军长兼政委、第一军总司令兼政委等职。

杨靖宇率部长期转战于南满的山林之中，在敌强我弱的条件下，采取夜袭、伏击、迂回等游击战术，打得敌人胆战心惊，以致被日寇称为"满洲治安之癌"。1938年，敌人调动日伪军警6万余人，在军事上对杨靖宇部疯狂地进行大讨伐，同时进行经济封锁和政治诱降。在天寒地冻、弹尽粮绝的困境面前，杨靖宇以"头颅不惜抛掉，鲜血可以喷洒，而忠贞不贰的意志是不可动摇的"崇高气节，坚持与敌人进行殊死搏斗，因而被中共中央六中全会赞为"在冰天雪地里与敌周旋七年多的不怕困苦艰难、英勇奋斗之模范”。毛泽东则撰文称赞“有名的义勇军领袖杨靖宇”。

至1939年，由于敌军的长期围困和清剿，东北抗联处于极度困难时期。为了保存实力，决定将第一军的3000多人化整为零，便于突围 。1940年2月，部队冲出重重包围，隐蔽在濛江县五金顶子山的杨靖宇及身边仅剩的六名战士，被汉奸发现并出卖。同月23日下午，敌人在三道崴子包围了已断粮五天的杨靖宇等人，几名战士英勇地牺牲了。双脚严重冻伤、右臂挂彩的杨靖宇，只身倚靠在一棵树后，左手持手枪，顽强地向敌人射击。日寇看劝降不成，便以密集火力将他射杀，牺牲时仅有35岁。

围剿他的敌寇深感疑惑：断粮五天的杨靖宇是靠什么维持了这么多天?

为了弄个究竟，残暴的日军不仅惨无人道地割下了杨靖宇的头颅，而且剖开了他的胸腹，发现他的胃里竟没有一粒粮食，全是草根树皮和棉絮。日本人被震撼了，参与围剿的日军伪通化省警卫厅厅长岸谷隆一郎不得不承认：“虽为敌人，睹其壮烈亦为之感叹：大大的英雄。”

多少年来，祖国没有忘记杨靖宇将军和他领导的东北抗日联军。1957年7月15日，朱德为杨靖宇题词：“人民英雄杨靖宇同志永垂不朽！”《抗日名将杨靖宇》《杨靖宇年谱》《杨靖宇全传》等书籍陆续出版，并拍摄了《民族英雄杨靖宇》专题片。在吉林省通化市、杨靖宇县和将军的家乡建起了杨靖宇烈士陵园和纪念馆等，以各种形式传颂杨靖宇和东北抗联的英雄事迹，对激发广大人民的爱国主义情怀，产生了不可估量的作用。我怀着崇敬的心情草拟了《参谒杨靖宇烈士》一诗：

亲临战地悼忠魂，将军驰骋万世勋。

伏击聚歼倭精锐，夜袭横扫伪满军。

粮断五日草充饥，弹尽匹马血洒尽。

墓志碑铭公可晓？千古流芳激后人。

一步三看长白山

位于吉林省东南部的长白山，犹如一条巨龙横亘在中朝两国的边境线上，绵延数千里，巍峨峻峭，气势磅礴，号称“关东第一山”。

长白山海拔2747米，因其主峰白头山全是白色浮石，加之山高天寒，常年积雪，从而得名“长白山”，与四川的峨眉山、日本的富士山并称“亚洲三大雪山”。历史上，这座山是满族的“圣山”，他们在这片白山黑水的领地上依靠狩猎维持生活，繁衍后代。当时的女真人称长白山为“白头山”含有“长相思，到白头”的寓意。

长白山还是东北著名的“三大江”——松花江、图们江、鸭绿江的发源地。滔滔三江，茫茫林海，千峰万壑，瀑布飞悬，碧水天池，冰清雪洁，构成了风光奇特、美景奇幻的巨幅画卷，游人如织，流连忘返。正如歌曲《长白山我的摇篮》所唱：“我对蓝天说，你是云海的帆；我对大地说，你是森林的船；我对远古说，你是祖先的家；我对江河说，你是生命的源。长白山，我的摇篮，三千里方圆。天池水，妈妈的乳汁，瀑布挂着我的思恋。天天想你千百遍，一步三看……”

这处“水光潋滟晴方好，山色空蒙雨亦奇”的北国奇景，我很早就想去看看。在职工作的那些年，虽然多次到吉林调研或参会，都以工作太忙为由，婉然谢绝了接待方邀请到长白山游览的安排，直到2011年，这一愿望才得以实现。

从靖宇县乘车向东行驶，四个多小时到达“长白山下第一镇”——二道白河。这个边陲小镇是进出长白山北坡核心景区的重要门户，常住人口虽然不足5万（2017年年末），但水资源和森林资源相当丰富。二道白河的水白得晶莹碧透，路两边的美人松美得妖艳，白桦古树奇得参天，因而有着“神山、圣水、奇林、仙果之乡”的美誉。

夏天天长夜短，晚饭后偏西的太阳离地面尚有一竿。我们沿着二道白河的步道不疾不徐地散步，遥瞻山势奇绝的长白“神山”，观赏源清流洁的二道“圣水”，欣赏亭亭玉立的白桦“奇树”，品尝脆甜可口的“仙果”香瓜，恍若飘忽于仙境般，令人心旷神怡。晚上，凭票走进全镇唯一的一座大礼堂，观看当地极具特色的文艺演出，其中最出彩的是服饰艳丽、舞姿飘逸的朝鲜族舞蹈和原汁原味的东北二人转，不时赢得热烈掌声！

第二天早餐后，乘车从二道白河前往长白山北门。汽车匀速行驶在蜿蜒的公路上，路两旁全是葱郁的密林，松树和白桦树居多，林地被灌木和绿草覆盖，不时地看到飞鸟和个头不大的松鼠。啊，这就是一望无际的森林之海，这就是身披绿衫的长白山脚下。

车到长白山北坡，一座山门矗立在进山的要道上。门楼白墙绿瓦，飞檐凌空，古香古色，极具民族风格。山门的门洞一大二小，中间的高大门洞之上，用繁体字题写着“长白山”三个黑色大字，左门洞上是“天水”，右门洞上是“云峰”，两边是茂密的松林，风景幽雅，自然恬静。我们纷纷在山门前拍照留念，留下了几十张珍贵照片。

进山门后，我们又乘大巴走了十几公里山路，到了去往峰顶的倒站口。凡是要到峰顶游览天池的人，必须在这里换乘特别定制的日本“猎豹”吉普车。这段路虽然只有10.5公里，却有72个弯，且弯路陡峭，汽车

作者夫妇在长白山

只能盘旋而行。我们五六个或七八个人同坐一辆敞篷吉普车，系好保险带后，双手紧攥扶手，心情复杂地出发了。

看吧，几十辆“猎豹”如同一条弯弯曲曲的长蛇，奋不顾身地向山顶爬去。开始大家在车上还有说有笑，并指指点点地欣赏“远近高低各不同”的绮丽风光，大有“无限风光在险峰”的意境。但随着弯路越来越高、越来越陡，汽车基本是贴着路边左突右拐，人在车里也是不由自主地左摇右甩，路边就是千丈深渊，的确令人心惊胆战，胆小者吓得闭上了双眼，有的甚至大呼小叫，但司机并不减速。据司机讲，这段路其他汽车根本开不上来，一般司机看着都眼晕，更不敢往上开了。

可以说，这是一次惊心动魄的经历，令人终生难忘。

车旋七十二盘，下车惊见火山岩。车到海拔2000多米高的“冻原”地带停下，再往上，只能攀登700多级台阶了。

此时阴云密布，随之下起了毛毛细雨，我们上山时地上湿漉漉的，越往上路越陡，我和老伴相互照顾着艰难攀爬，气喘吁吁地爬到了白头山之巅的天池。

当时我们都撑着雨伞，但导游让我们全部把雨伞收起来，并为每人发了一件简易塑料雨披。因为天池海拔2000多米，天气变化无常。有时风和日丽，可转眼间就会黑云密布，暴雨倾盆；时而狂风大作，浓云一扫而光。因撑开的雨伞极易招风，有可能连人带伞刮到湖里或山下，具有一定的危险性，所以不让游人在峰顶上撑伞。

据介绍，长白山是一座巨大的休眠火山，先后于1597年8月、1688年4月、1702年4月三次大喷发，天池就是火山喷发形成的喷火口积水湖。天池的形状呈椭圆形，南北长4.85公里，东西宽3.35公里，平均水深204米，最深处竟达373米，是我国所有湖泊中最深的湖。湖的实际海拔2185米，是我国火山口湖泊中海拔最高的。由于湖大水深，又有积雪常年向湖中注水，所以成为鸭绿江、图们江、松花江三江的发源地，不断地为人类造福。

天池被白云峰、龙门峰、天文峰等16座峻峰环绕着，其中有九座在中国境内，对面是朝鲜的崇山峻岭，所以说天池是中朝两国的界湖。

天池这块宛如镶嵌在群峰竞秀中千姿百态的瑰丽碧玉，在云雾缭绕中若隐若现，更增添了一种神秘感，吸引着无数国内外游客前来观览。

但是，变化无常的天气常让许多游客高兴而来，扫兴而归，看来“十到九不见”的传言不虚。即游客到天池十次，可能会有九次看不到天池的真容，当然也包括我们这次。那天上午一直下着蒙蒙细雨，整个天池被雾雨笼罩，什么都看不清楚，只隐约看到周围的巍峨群峰，据说到下午两点后才能放晴。我们只好在几个地方拍了一些背景比较模糊的照片作为留念。

实际上，高山湖泊基本都存在这一特殊情况。1994年我第一次到新疆天山的天池游览时，也遇到了雨天，而且下得特别大，我们在山上的宾馆等了六个小时雨也未停，只好冒雨回到乌鲁木齐。直到1999年9月的一天下午去看时，才看到了风景秀丽的天山天池。

由于高山上较冷，我们看了约半小时便开始下山，途中观赏了落差68米高的长白瀑布。这个瀑布从天池北部循山岩豁口喷涌而出，池水流入乘槎河（又称“通天河”）。流淌二里多地后，从68米高的悬崖峭壁飞流直下，泻入谷底深渊，溅起几丈高的巨大浪花，水汽弥漫，声如雷鸣，使人不由得想起李白的“飞流直下三千尺，疑是银河落九天”的著名诗句。

下山后的天气与山上截然不同，天空晴朗，风雨皆无，导游领着我们到温泉区游览。走了大约二里路，看到一个小瀑布从悬崖处凌空而下，犹如白练悬天。瀑布顶处是中朝边界，从我国这边很难上到顶部，而朝鲜那边则很容易上去，他们也经常组织旅游团到此游览。

在温泉旅游区，我们不仅看了被称为“神泉”的地热温泉，而且去看了长白“药水泉”。“神泉”常年热气腾腾，蒸汽缭绕，泡在里边对关节炎有一定的疗效。“药水泉”则清凉可口，解渴去暑，被当地称为“天然汽水”。随后，我们沿河游览，并钻进一片茂密的原始森林，林中的红松、白桦、椴树、柞树、黄波椤等多种树木粗大挺拔，枝繁叶茂；灌木丛和山葡萄、五味子等蔓延缠绕，交织成荫；有些树长得奇形怪状，有的像动物，有的如仙人，有的粗树主干上有深洞，洞中又长出了小树；树下百花争妍，彩蝶飞舞，并且不时地听到鸟鸣虫叫。整座森林芳香弥漫，生机勃勃，令人流连忘返。我们在不同的树木前，在林中弯弯曲曲的小路边，在河边葱绿的灌木间，拍下了一张又一张美艳的照片。

回京后我曾赋五言律诗一首《游长白山》：

神往峻山巅，车疾险道旋。
探奇云海外，觅胜瀑帘边。
雾锁青峦嶂，烟笼碧玉盘。
朦胧诗画现，意境印心田。

历史沧桑伪皇宫

我这里说的伪皇宫，是指清朝末代皇帝、后沦为伪满洲帝国傀儡皇帝的爱新觉罗·溥仪在吉林省长春市修建的皇宫。

1999年8月2日至8日，我到长春参加“全国糖酒暨储备糖工作会议”和“全国食品工作会议”，会后去参观了长春电影制片厂和伪满皇宫。

20世纪五六十年代，长春电影制片厂与北京电影制片厂、上海电影制片厂、“八一”电影制片厂是我国最著名的四大电影制片厂，不仅制作的电影数量多，而且质量上乘，深受全国人民的欢迎。1961年我国评选的22位电影明星中，就有长影厂的李亚林、张圆、庞学勤、金迪。但到我去参观时，长影厂早已物是人非，破败不堪，令人诧异。我们看了旧厂房和诸多旧道具，不少人发出“怎么会弄成这样？”“可惜，可惜了这个制片厂”的叹息。我们分别在挂有“长春电影制片厂”和“长影集团影视旅游有限公司”牌子的“电影宫”门前拍照留念，算是“到此一游”。

伪满皇宫本来是不想去看的，因我厌恶溥仪这个历史罪人。只因过去看过溥仪写的《我的前半生》一书，并看了著名演员陈道明在《末代皇帝》中饰演的溥仪，所以还是怀着复杂的心情与大家一起去看了看。

伪满皇宫坐落在长春市内的光复北路，这个地方的前身是民国时期管理吉林、黑龙江两省盐务的“吉黑榷运局”官署。

说起溥仪这个人，也够可怜的。他一生三上三下，像个木偶似的一直在别人的摆布下做皇帝。清光绪三十四年（1908年）十月，清光绪帝和慈禧太后同时患重病，并在11月14日、15日两天内先后死去。载沣（光绪的弟弟）的儿子、年仅三岁的溥仪登上了清王朝末代皇帝的宝座，第二年改年号为“宣统”，由光绪帝后隆裕和载沣摄政。1912年2月12日，在袁世凯的威逼下被迫退位，清王朝灭亡，延续了两千多年的封建帝制到此结束，袁世凯攫取了中华民国总统，后又当了83天“中华帝国”皇帝，即被推翻。

1917年7月1日，一直忠于清廷的原清朝江南提督、后被袁世凯任命为长江巡阅使的张勋在德国人支持下发动复辟，扶持12岁的溥仪二次登上了皇帝之位，但仅仅12天又被赶下了台，并被逐出皇宫，张勋逃进外国使馆。

1931年“九一八”事变后，日本帝国主义阴谋在东北建立伪政权，便派时任关东军参谋长的土肥原到天津面见溥仪，请他到东北领导一个“独立自主”的新国家。溥仪大喜过望，认为这是“恢复祖业、重登大宝”的大好时机。1932年3月，在日本帝国主义的精心策划下，溥仪正式出任伪满洲国“执政”。在任“执政”期间，他签署了日本人为他准备好的《日满议定书》，出卖了大量国家主权。1934年3月1日，溥仪第三次登基，当上了“满洲国”皇帝，定年号为“康德”，将长春市改为“新京市”，并定为“国都”。在日本人的策划下，成立伪国务院及外交部、司法部、治安部、经济部、兴农部、文教部、交通部等“八大部”，支撑伪满洲国的运转。

溥仪登基称帝后，享有了日本人需要他享有的“尊荣”，同时也遭受了日本人给他带来的屈辱、痛苦和灾难。当他认识到自己的真实地位和处境后，便由为了“恢复祖业”而变为忍辱卑屈只求保命了。

1937年“七七事变”后，他继续听命于日本关东军，签发了大量出卖民族利益、支持日军的“满洲国”政令。1945年8月15日日本宣布无条件投降，溥仪在随关东军准备乘飞机逃往日本时被苏联红军俘虏。作为第二次世界大战的重要战犯，溥仪被押往苏联。1950年7月，苏联政府将溥仪及其他伪满战犯全部移交给了中国政府。从此，溥仪在辽宁抚顺战犯管理所被改造了九年，1959年12月被特赦释放，回到北京，被安排到全国政协文史资料研究委员会任专员，负责整理清末和北洋政府时期的文史资料，并在闲暇时撰写自传《我的前半生》。他非常感激中国共产党对他的不杀之恩，并将毛泽东、周恩来视为恩人。1962年“五一”前夕，在各方人士的帮助下，溥仪与北京关厢医院的护士李淑贤结婚。可新婚不久，溥仪就不时溺血。1967年10月17日，因所患肾癌恶化而病逝，享年61岁。他死后先是葬在北京，后经国家有关部门批准，移葬到了清西陵。

作者在“勤民楼”前留影

以上简要叙述了溥仪的人生轨迹，下面文归正传，继续说说我参观伪皇宫的情况。

据介绍，溥仪于1934年称帝后，对伪皇宫进行了大规模修建，到1940年，先后建成了内外两庭。外庭有勤民楼、嘉乐殿、怀远楼。“勤民楼”是溥仪根据“敬天法祖，勤政爱民”的祖训命名的，以示自己能够“勤政爱民”，恢复大清王朝的宏愿。这是一座二层方形圆楼，中间为方形天井，是溥仪处理政务，接见日本关东军司令、外国使节和伪满洲国官吏，举办重大活动的地方。当年溥仪与日本人签订的丧权辱国的“议定书”，就是在这座楼里进行的，他把东北的主权，拱手让给了日本帝国主义。

“嘉乐殿”是溥仪举办大型宴会和会见重要客人的殿堂。“怀远楼”则是供奉清朝列祖列宗牌位的“祠堂”，溥仪希望他的列祖列宗保佑他延续大清王朝的辉煌。当然，那不过是一厢情愿而已。

内廷主要有缉熙楼、同德殿，还有一些附属建筑，如御花园、养鱼池、跑马场、书画库、假山、防空地下室等。

“缉熙楼”是溥仪和皇后婉容、祥贵人谭玉玲的住所。楼名取自《诗经·大雅·文王》“穆穆文王，于缉熙敬止”句。《诗经》的这句话，是形容文王品德光明正大。溥仪引用“缉熙”二字，可能想做“光明正大”的“文王”。可他的卖国行径还不如祥贵人谭玉玲。谭玉玲17岁进宫，不仅长得漂亮，而且很正直，溥仪非常喜欢她，可惜只活了22岁。因为她有反日思想，不时流露反日情绪，引起了日本人的不满。溥仪怀疑是日本人下毒害死了她。

“同德殿”是一座二层宫殿式建筑。溥仪为了表达他与日本侵略者同心同德，共和共荣，取“日满一心一意”之意而命名“同德殿”，可见他当时对日寇是何等的忠诚。这座宫殿主要用于娱乐活动和政治活动。

总体来看，伪满皇宫不是很大，据说建筑面积仅有12公顷。但整体建筑具有多样化的特点。既有中国旧式建筑，又有中日合璧的殿堂，还有欧式建筑。这种古今中外杂糅、不伦不类的建筑群，具有明显的殖民性特征。

如此一座体现丧权辱国特征的建筑，干吗还留着它呢?

因为这是一处了解中国尤其是东北特殊历史之地。1962年7月，时任中共中央宣传部副部长的周扬到长春考察伪满皇宫时指示："要把伪满皇宫由文化部门管理起来，使之成为展览中国末代皇帝前半生和日本帝国主义侵略东北罪行的场所。"2001年，伪满皇宫改为"伪满皇宫博物院"，从反面角度成为爱国教育基地。

古人云："前事不忘，后事之师。"我们从书籍和电影中看到末代皇帝溥仪，只是直观地看到了他荣辱的一生。通过到伪满皇宫实地参观，才真正了解到那段历史的复杂和残酷。尤其是那些溥仪与日本关东军签订的出卖主权的"议定"和统治东北人民的"政令"，让我真正了解到日本帝国主义是如何操纵以溥仪为首的伪满洲国傀儡政权，对东北人民进行血腥殖民统治的罪行，也看到了封建制度的腐朽没落，从而更加热爱中国共产党和党领导的中华人民共和国。这，就是我参观后的心里话。

从下面这首小词《卖花声·参观伪满皇宫》，也可以看出我参观后的心情。

倭寇占关山，狼烟漫漫。
强立满洲伪政权。
尊位许惑末代帝，愿擎皇幡。
似犬任主牵，尾摇神癫。
何人卖国得复还?
终获得特赦归京去，感恩谢天。

一碧如洗松花湖

作者在松花湖的游船上

“松花湖在哪里？”

20世纪五六十年代，全国大多数成年人都不知道，现在许多人大概也没听说过。

若问“丰满水电站在哪里？”那时的成年人甚至连高小以上的学生，大都知道在东北吉林的松花江上。因为当时丰满水力发电站是我国最大的一座水电站，由于宣传力度较大，所以知名度很高。

殊不知，在松花江上拦水筑坝建设水电站所形成的人工湖，就叫松花湖。

2011年8月2日，我们之所以去游览，很大因素是慕“丰满水电站”之名而去，看看到底是个什么样子。

据介绍，1931年“九一八”事变后，日本侵略者占领了东三省。1937年，日寇强征20万中国劳工，在吉林市东南15公里处的松花江上，拦阻江水建水电站，历经五年，1942年建成发电，那时叫“小丰满水电站”。以“丰满大坝”为界，下游称“小丰满”，上游称“大丰满”，大坝拦截形成的湖称为“松花湖”，当地人也称“丰满水库”。

中华人民共和国成立后，党和政府对整座发电站、大坝和周围环境进行了扩建和整修，更换发电机组，使年发电量达到近20亿度，成为东北电网的主力。

丰满水电站是国家重点保护工程，原则上不接待个人参观，所以去参观游览的大都是集体组织。我们去参观时，看到有全副武装的武警人员把守。

在水电站附近有一个“万人坑”，那是日本侵略者压榨、残害中国劳工的罪证。在建设水电站的五年里，这里留下了中国劳工的累累白骨，大批劳工惨死后，便被日伪人员统统扔进“万人坑”。中华人民共和国成立后，政府在“万人坑”旁立了纪念塔，并建了纪念馆，既是对亡灵的缅怀，也是对日寇的控诉。

我们通过安检后，绕过发电厂往南，便到了松花湖。登堤前望，满眼翠绿，一碧如洗，湖光山色，秀美壮丽。

大坝前的松花湖，湖面宽阔，宛如海湾，岸边码头处有不少漂亮的游船。乘船向上游驶去，湖形逐渐呈狭长多湾之状，蜿蜒曲折，变幻莫测。湖的两岸，有不少狭长的沟谷，湖水向里延伸而去，加之形状各异的湖湾河汊，扑朔迷离，宛如水上迷宫。

据说松花湖南北长180公里，湖面最宽处5公里；水深平均30米至40米，最深处达75米；总面积550平方公里，储水量108亿立方米。湖水主要来自松花江、辉发河、金沙河等七八条河流，以及长白山融化的积雪。

我们去游览时正值盛夏，坐在船上前行，只见烟波浩渺，万顷一碧，湖水清清，凉风习习。两岸群山绵延，山峰竞秀，层峦叠嶂，悬崖峻峭，绿涛如海，百花盛开。那种群山抱绿水、碧波绕青山、植被覆幽谷、鸟兽尽撒欢的自然景观，引人入胜，赏心悦目。

据介绍，在松花湖两岸的山林里，盛产人参、五味子等珍贵药材，以

及山蘑、榛子等土特产品；栖息着140多种野生动物，湖里的淡水鱼品种更是数不胜数。

冬季的松花湖还有奇特的一景——雾凇，可惜我们去得不是时候，但我多次见过，不过是在哈尔滨，没有松花湖的雾凇壮观。

据介绍，松花湖湖面冬季结冰，冰层达1米多厚。因水力发电站常年开机发电，通过大坝发电机的江水落差大，水流急，温度高，使坝下75公里以内的松花江江面冬季不结冰。当气温降到25摄氏度左右时，江面的水蒸气冉冉升起，形成雾气，在气压和风速适宜的情况下，凝结在两岸的松树和柳树上，成为微型晶体颗粒，进而形成结构疏松、色彩洁白的“树挂”，当地人又叫“冰花”，气象学上的学名叫“雾凇”。这种世所罕见的“雾凇”，与长江三峡、桂林山水、云南石林并称为“中国四大自然景观”。人们还用形象的语言对其赞誉，如银装素裹、寿翁须眉、玉树琼枝、松枝凌飞、玉菊怒放、梨花盛开，等等。

由于松花湖以水旷、山幽、林秀、雪佳著称，并有“北方明珠”之誉，1988年被国务院批准为“全国重点风景区”。近些年来，到此处参观游览的人也越来越多。我国当代著名诗人贺敬之到此游览后，写下了“水明三峡少，林秀西子无。此行傲范蠡，输我松花湖”的诗句（范蠡系春秋战国时期的越国大夫。晚年放情太湖山水。今无锡蠡园、蠡湖，传说是他与美女西施归休终老之所）。1994年6月，时任中共中央总书记、国家主席的江泽民同志到此考察时欣然题词：“青山绿水松花湖”。

松花湖的自然风光的确很美，我和老伴都认为不虚此行。正如我在一首诗里所说的：

山光水色碧无疆，湖中倒影浸崖嶂。
疑是渊明诗中画，哪知明珠群峰藏。

辽　宁

九百九十九莲峰

千山，在中国的山脉和旅游景点中似乎名气不大，许多人甚至还不知道有这座山。但我去游览后，顿感此山别有一番洞天。

1996年8月下旬，应辽宁朋友的极力推荐，我和爱人去游览了地跨鞍山、辽阳、海城三地的千山。由于汽车不准进山门，我们下车后只好步行前往。正门是一座牌坊式的传统建筑，宽大漂亮。正中上方写着“千山”两个大字，两旁有两副用繁体字写的对联。靠里的一副是“千峰留胜迹，万代欢游人”，靠外的一副是“千峰插云汉，万壑起松风”。整座山脉面积达44万平方公里，是东三省三大名山之一，素有“辽东明珠”之称。

我们一边往山里走，一边听千山管理处导游的介绍：千山由999座状似莲花的山峰组成，主峰高达708米。历史上，这座山曾被称为“积翠山”“千朵莲花山”等，这源于一个美丽的传说。

很早很早以前，这座当时名为“积翠山”的山上住着一位善良的女神，名叫“积翠仙子”。由于莲花与提倡行善的佛家有缘，女神决定用九霄云霞绣出千朵莲花送给人间。当她绣完999朵时，她手中的绣花针不慎掉落到一块巨石上，从中劈开了不到一米宽的石缝，形成了“一线天”的奇特景观。积翠仙子由于没有完成“千朵莲花”的夙愿，伤心地长叹而息，并将999朵莲花撒向人间，结果变成了999座峰峦。还有人说，后人为

作者夫妇在千山大门前留影

了实现积翠仙子的心愿，下大力气筑造了一座山峰，始足千山。实际上，这不过是人们对女神的尊崇而假设的美好愿望而已，千山至今仍为999座山峰。

千山群峰拔地，雄伟峻峭，状似莲花，以独特的群体英姿，构成了一幅无峰不奇、无石不峭、无庙不古、无景不秀的天然画卷。虽无三山五岳之巍峨，却有千峰万岩之壮美，可谓“识得关东千山秀，不看五岳也无悔”。清代诗人姚元之曾赞曰：“明霞为饰玉为容，山到辽阳峦峰重。欲问青天花数朵，九百九十九芙蓉”（莲花又称荷花、芙蓉、芙渠等）。

我们边走边看，边看边拍照。所到之处，峰峦叠嶂，沟壑积翠，林海茫茫，松涛阵阵，竹木葱茏，琪花瑶草，似乎在上演着一幕幕绿色圆舞

曲。据说千山的森林覆盖率达95%以上，各种植物800多种，珍稀野生动物近百种。山路两旁，树木成林，绿草茵茵，蜂飞蝶舞，鸟语花香，置身其间，宛如进入了陶渊明笔下的桃花源，顿感神清气爽，心情舒畅！

千山的另一大特点是自然景观与人文景观的完美结合，人文景观的主体则是以佛教、道教为主的宗教文化。据介绍，千山的佛教和道教始于隋唐，到佛教盛行的唐朝，千山已建成了五座较大的寺院，即大安寺、龙泉寺、祖越寺、中会寺、香岩寺，被世人称为“千山五大禅林”。千山的12座尼姑庵也是比较有名的，如鎏金庵、木鱼庵、南泉庵、洪谷庵等。

与佛教同时兴起的道教，到明、清二朝达到鼎盛。千山的道教庙宇主要有八观、九宫，如无量观、普安观、南泉观、圆通观、慈祥观、太安宫、朝阳宫、五龙宫等，所以才有了“无庙（寺）不古”之说。另外，千山还有八仙塔、祖师塔、葛公塔等九座古塔，以及不少古洞、奇石和110座古石碑等。这些古代建筑宛若颗颗闪闪发光的宝石，镶嵌在青山秀谷之中，与险峰、怪石、幽壑、密林等自然景观相互衬托，构成了一幅优美雅静、气势宏伟的动人图画。多少年来，佛、道两教共处一山，各遵教义，和平相处，共做善事，因而香火旺盛，香客游人络绎不绝。有位诗人写得好：临山已谛金钟响，入庙共闻玉炉香。

我们进山门后往前走了约一里路，右侧便有一座白墙青瓦庙观，导游说那是“无量观”，清朝康熙年间所建，是千山道教中最大的道观。该观最早建在一个很大的山洞中，非砖石土木构造，故称“无梁观”。后逐渐扩大建筑规模，并改名为“无量观”，取“功德无量”之意。

无量观这一建筑群依山随景而建。此处重峦叠峰环抱，苍松翠柏环绕，山势峭拔险奇，景色飘逸幽丽。主要建筑有老君殿、三官殿、慈航殿和一阁、一堂、一楼、二洞、三塔、一台。各组殿堂呈阶梯状层层上升，随地形起伏，高低交错，布局严整，是典型的明、清时期的“观”“宫”建筑特征。据说原有神像77尊，“文化大革命”中遭到破坏，后在落实宗教政策中进行修复或重塑，到1996年我们去游览时，已复原60多尊。

通往无量观的山路曲折蜿蜒，皆以碎石铺成。路两旁浓荫夹道，沿山路往上走，给人以清幽、神爽之感。

由于我们以前参观过几座道观，如中国道教协会所在地——北京的“白云观”，中国道教十大洞天中的第五洞天——四川青城山“宝仙九室之洞天”，河南嵩山的“中岳庙”等。加之时间有限，所以没有进“无量观”内参观，只在观前和一座塔前照了几张照片，并在高处俯瞰整座建筑群，确实宏伟壮观，且有一种玄妙莫测的神秘感。著名作家冰心在《千山行》一诗中，对“无量观”给予了高度评价。其中写道：“建筑精奇世罕见，鬼斧神工忆鲁班。美景天然如画图，仙阙蓬莱若此般。观名无量儒士集，墨客骚人时往还。”

千山的最高峰名为“仙人台”，海拔708米，相传曾有仙人乘鹤飞到此处与人对弈而得名。由于地处千山南部，路途很远，我们没有到那里游览，便直奔离我们较近的千山第二高峰——五佛顶。

五佛顶地处“天外天”风景区，这个景区是千山的第二高峰，海拔450米至554米。景点也很多，如“一线天”“天外天”“九重天”“云霞关”“鹦鹉石”“龙泉寺”“祖越寺”“普安观”等，最高峰便是海拔554米的五佛顶。自古以来，这里就有“登不上五佛顶，看不尽千山景”之说。

那天我们是乘索道上到五佛顶的。据介绍，1990年前，徒步攀登五佛顶需要两个多小时。1990年修建了781米的空中索道，七八分钟即可到达索道终点站——普安观。这是千山最高的道观，正如流传的一句话：山高不

过仙人台，庙高不过普安观。

下了索道，攀藤扶葛，攀爬了最后五分之一的路程才到达峰顶。峰顶是一块约300平方米的枣核状平台，南北长20多米，东西宽15米。平顶上安放着五尊白色石佛坐像，依次是日月灯明佛、阿闪佛、释迦牟尼像、无量寿佛、焰肩佛。每尊石佛高约一米，身披红色袈裟，面南端坐，形象逼真，栩栩如生。供奉五佛石碑、大香炉、功德箱等一应俱全。

我们小心翼翼地站在五佛顶上的安全点，从不同方位眺望千山美景。远望，群峰千姿百态，薄雾缭绕峰尖，使人想起了陶渊明《和郭主簿》中的“陵岑耸逸峰，遥瞻皆奇绝”的优美诗句。近看，“千岩竞秀显姿，林海苍翠尽染”，真有点儿“白云抱幽石，绿筱媚清涟”的意境。据说清朝康熙、乾隆、嘉庆皇帝都曾到此游览，并欣然命笔题词。

赏尽了千山美景，我们便分别在五尊石佛前，在写有“五佛顶”的巨石旁，在设有安全栏的几个站点拍照留念，然后恋恋不舍地下了山。

真没想到，辽宁竟有如此风景如画的旅游胜地，也没想到千山景色会如此之美，正如我在一首诗中所写：

千山郁郁气峥嵘，九百九十九莲峰。
林壑尽染奇松劲，层峦嶙峋峭石晶。
神秘古刹迎佳客，曲径云梯接彩虹。
借问香炉何处是，僧侣笑指五佛顶。

人间独此一洞天

“钟乳奇峰景万千，轻舟碧水诗画间。钟秀只应仙界有，人间独此一洞天。”这首诗描写的是辽宁本溪水洞的神奇、美妙与壮观。

1988年我在商业部政策法规司工作时，受邀参加了新建的本溪商业大厦开业典礼。在本溪期间，去看了该市的两大名胜。一是世界上最小的湖泊“本溪湖”；二是亚洲最大、世界最长的地下河溶洞“本溪水洞”。1996年8月，我和爱人到辽宁旅游时，根据我的建议，首站就是本溪。

本溪是辽宁的一个地级市，其市名源于“本溪湖”。然而，这个湖的水面还不到15平方米。我当时就惊诧地对陪同我的人说：“这还叫湖？还不如我们村里的湾大呢！”

然而，湖小名气大。因其被列为“世界上最小的湖”和“东北十景”之一。

据介绍，这个小湖原是一个阔大洞口前的水潭，常年从石灰岩隙缝中流出的水进入水潭，然后从潭口向东流入河内。由于水潭外阔内窄，极像用犀牛角做成的酒杯，故被人们称为“杯犀湖”。清雍正年间，辽东文人高升尧书写了“辽宁本溪湖”，并凿于洞口上方，因而改称“本溪湖”。随着岁月的变迁，我去游览时山洞已经消失，湖也处在了市中心的位置。1939年，以湖名设立“本溪湖市”，中华人民共和国成立后正式定名为本溪市。

本溪水洞位于本溪市东北35公里处玉京山下的太子河畔，是一个洞口朝北的大型暗河型溶洞。洞口呈半月状，宽28米，高20米。从稍远处看，好似巨鲸张口猎吞食物。

1988年冬我去游览时，洞口还有点天荒地老的原始形状。嵯峨嶙峋的岩石上满是枯草，树木早已落叶，一片凄凉景象。而八年后的1996年8月再去，洞口前已呈现一派现代化气息。商店、饭店、花园、鱼池、停车场等一应俱全，而且游人很多。洞口处原来的篱笆帐子也不见了，土路变成了柏油马路，已完全没有了过去那种古朴、荒凉、神秘的氛围。

本溪水洞的总体走向是从西北往东南，洞穴弯弯曲曲呈“龙”状，由水洞、旱洞、泄水洞三部分组成。水洞居中，旱洞居右，泄水洞在左。进入洞口，从一条宽大的下坡走廊先到宽20米、高6米的银河宫。中间是一个水面宽阔的河湾，乘船游览水洞，就从这个河湾的码头登船。

河湾右侧的旱洞长约300米，洞口不大。我第一次去参观时尚未完全开发，我们只在洞口借着微弱的灯光往里看了看，原始洞穴的味道很浓。由于旱洞构造奇特，大小洞穴呈椭圆状，洞壁也很光滑，状如龙蟠，所以又称“蟠龙洞”。第二次去游览水洞时已允许游人到两个旱洞参观。其中一个洞比较低矮，只能弯腰伏进，我和爱人不愿受那个罪，便选择进入第二个洞，但这个洞又较狭窄，只能侧身徐进。我在前探路，她随后跟进。洞内高低错落，弯弯曲曲，我们时上时下。洞中套洞，大小、深浅不一，但里面都有电灯。走了五六十米，前方有提醒：当心毒虫和古井。说是里面有一口圆圆的深井，名曰“海眼”，常年活水不断，而且深不可测。不知水从哪里来，也不知流往何处去，非常神秘。我们一听，吓得赶紧退回。

银河宫左侧的泄水洞长约70米，水洞里的水全部从这条洞流出，注

作者夫妇在本溪水洞前

入太子河，所以又称“银波洞”。我两次去水洞，都没见到泄水洞的真面目。因为洞体很低，水流湍急，难以进入。这个洞有两大奇景。一是里面栖息着成千上万只红色蝙蝠，以奇特的栖息方式悬垂洞顶，当地百姓称为“蝙蝠洞”。而在其他洞栖息的蝙蝠却是黑色的，所以泄水洞的红蝙蝠被称为“一大奇观”。二是洞中暗河河水清澈，无眼小鱼成群结队，徜徉游弋，靠嗅觉寻觅蝠粪，食之生存。就这两景，构成了一幅“穹悬无数红蝙蝠，水下徜徉无眼鱼”的奇特图画。

本溪水洞中的暗河弯弯曲曲，长流不息，故又称“九曲银河洞”。多少年来，关于这个水洞的传说有好几种，如“孽龙伏诛”“九头妖蛇被缚”，而传得最多的还是“怪兽喷水”。

据传，在本溪地界玉京山下的石洞里，住着一位美丽的仙女。她仰慕修炼成仙、由大蛐蟮变成男子汉，并在玉京山建起了紫霄宫宝殿的洪钧老祖。两人结婚后生有一儿一女。一天夜里突然从福地洞天之外传来隆隆雷声，随之汹涌的大水滚滚而来，将黎民百姓卷到狂涛恶浪之中，洪钧老祖起来查看，发现是一条多角怪兽口吐百丈高的特大水柱残害生灵。洪钧大怒，举起拐杖与怪兽大战了几万个回合。结果不分胜负。洪钧老祖急中生智，让女儿九天玄女拿来白玉宝瓶，将怪兽喷了近200天的大水统统收入宝瓶，结果只有大半瓶，怪兽无奈，终于认输，并拜洪钧老祖为师，立功赎罪。洪钧老祖怕他野性难改，便施法将他压到水洞底下，让他常年吐水，为民造福。就这样，怪兽吐出来的水经久不息，终成洞中暗河，流到洞外后汇入太子河。

多年来，正因为有这些骇人的传说，所以无人敢进这个水洞。直到1961年，山东微山湖朱长青老人仗着自己有娴熟的驾船技术，首次进入这个几百万年的古洞，但也只是在暗河中前进了几十米。由于感到恐惧无比，只好迅速折回。在后来的几十年里，当地多次组织人力进行开发，甚至邀请国外的探险家和潜水专家进行探察，也才陆续开发了几公里。因为越往里水洞的结构越复杂，暗河的险情也越多，甚至难以乘船前行。所以不少探险者不是望而生畏，就是望而却步。水洞究竟有多长，暗河的源头到底在何处？至今是个谜。

关于水洞的形成，比较科学的说法是，远在四五亿年前，本溪水洞地区曾是汪洋大海。后来由于地壳运动频繁，海水逐渐退去，这里缓慢地抬升为陆地。石灰岩在地质运动中不断地被挤压，发生褶曲，地盘上升，形成山岭。又经过亿年的地壳运动，石灰岩屡屡受到挤压、拉伸和溶蚀，产生了断裂并形成许多隙缝，日积月累，逐渐形成沟壑或洞穴。本溪水洞的洞龄，已有四五百万年，至今仍在继续发育。我是赞成这一观点的。至于洞中有恶龙、蛇精、怪兽兴风作浪等荒诞不经的神话传说，只不过是增添点神秘色彩而已！

游览本溪水洞，须从银河宫的银河码头上船，在暗河中逆流而上，观赏沿途四宫三峡的奇美风光。

四宫是银河宫、二仙宫、玉皇宫、北极宫；三峡则是芙蓉峡、双剑峡、玉象峡。顺序是：一宫后必有一峡。那瑰丽的宫景，险美的峡色，奇异的石钟乳，光彩斑斓，迷人心魄。

银河宫之所以有一个既阔又深的港湾，是因为洞中长流不息的河水全部聚到此处，从左侧的泄水洞注入太子河。我们从这里上船后逆水而行。开始，由于船速较慢，因而无波无浪。又因灯光点点，以致洞中幽暗，恍如进入昏黑的太空，我爱人紧张得紧紧抱着我的胳膊，到了第一峡——芙蓉峡，灯光略微亮了一些，导游也打开了话匣子。

他说，多少年来，这条暗河里的水长流不息，日流量约2万吨。水深平均2米左右，最深处达7米多。河中有小鱼，但这种鱼有眼无珠。可能是几百万年以来水洞与外界隔绝，洞内漆黑，无任何亮光的缘故。后在水洞开发过程中，人们凭着电灯的亮光，才发现了这种无眼珠之鱼。

耳听为虚，眼见为实。游船行到水流缓慢处，我们在清澈的浅水中果然发现了这种黑色小鱼在河底游动，据说这是在暗河中发现的唯一生物。

我们的游船在曲折蜿蜒的暗河中行驶，导游不时提醒大家注意安全。因为有的河段水流湍急，有的拐弯处可见尖石探出，有的钟乳石从洞顶下垂较低，如不小心，极易碰到脑袋。

水洞很长，但各处高低宽窄不一，最开阔处据说高达38米，宽70米。暗河两岸也有旱洞，仍保留着原始形态。河两旁随处可见千姿百态的钟

乳石和奇特的岩石，其形态有的像自然景观，如飞泉、雪山、祥云、剑群等；有的像惟妙惟肖的物体或物件，如仙丹石、宝塔、斜塔、宝鼎、春笋、玉米笋、宝莲灯等；有的形似人物或动物，如双寿福星、孔雀开屏、群猴、玉象、独角兽、麒麟等。最大的从几十米的洞顶一直垂到地面，非常壮观。

这些钟乳石大体分为五种，即石钟乳、石花、石笋、石幔、石柱。凝结于顶壁呈钟乳状的叫石钟乳；呈各式各样花形的叫石花；在地面凝结成竹笋状的叫石笋；凝挂于洞壁、接地拄天的叫石幔；石笋和石钟乳连接起来的叫石柱。含量丰富的碳酸钙滴水这位“雕塑艺术大师”，不仅雕造了形状各异的钟乳石，而且将其涂染上了各种色彩，洁白的、乳黄的、浅蓝的、淡绿的、粉红的、炭黑的，光彩斑斓，晶莹剔透，形象逼真，美轮美奂。

“四宫”“三峡”的称谓，完全是人们根据其景色特点凭借惊人的想象力为其命名的。如芙蓉峡，游船到此，导游会让你仰望洞顶。只见无数钟乳倒垂，极似莲花（又称芙蓉）盛开；平视两岸，洞壁间的朵朵石花竞相开放，绘成了一幅绝妙的芙蓉壁画，故名芙蓉峡。

又如洞中第二峡双剑峡，此处的许多钟乳犹如群剑悬天，锋刀罩顶。其中“倚天长剑”和“斩妖神剑”从几十米高的洞顶垂下，剑尖几乎点于水面，剑光森森，令人惊悚。另有一对立于洞顶的“鸳鸯剑”，长约五米，双刃锋利，朝夕相依，似在等候主人。“谁遗双剑立洞头，可有隐情寄清流？斯人已伴云鹤去，留于来者思悠悠。”

玉象峡是洞中三峡中最长的一峡，景点也最多。如“卧牛回望”“玉象戏水”“孽龙伏诛”“大醉塔”“虎口闸”等。

北极宫是最后一个景点。这里寒风习习，雨雾溟蒙，有的地方珠雨溅落，导游说那是“吉祥雨”，淋到身上可得福。

此处洞体高大宽阔，“雪山映日”“昆仑披雪”等景点有七八个，洞壁上银装素裹的石幔比比皆是，恍如进入了一个冰雪世界。

游船到此，不能再前，因河中有巨石阻航，只能掉头返回。

据介绍，本溪水洞至今仍有“三谜”未解。一是水从何处来？水洞到底有多长？二是风从何处来？是否有天洞？三是洞中有洞，大洞小洞，左洞右洞，上洞下洞，到底有多少洞？这些洞特别是大洞，到底通向哪里？这些疑问，始终萦绕着游客的心。可真是：古洞玄玄混沌开，天公造物巧安排。涌水飒风来何处？亟须能人破疑猜。

看了本溪水洞，寓情于景，我萌生三点感叹。

一是感叹天高地迥，大自然鬼斧神工，造化无穷，竟在山底下生成龙宫般的仙境。这种天作之合、地变化醇的壮观奇闻，恍如隔世，令人产生无限遐思！

二是感叹形象思维颇佳之人，为各个景点、景物取了恰如其分的名字，其想象力着实丰富。可谓地献神趣，天道好还，人则投桃报李，各得其所。

三是感叹当初探洞人的胆识和魄力。我们那么多人在灯光通亮的洞中游览，尚且有点儿胆战心悸。初探原始水洞者在伸手不见五指、鬼神邪说传得神乎其神的情况下，怎么敢下水探察？简直令人钦佩至极。我爱人当时倒是说了一句实话：“这个水洞呀！神秘得令人恐惧，我是在战战兢兢中开了一次眼界。”

第二次参观后，我曾写了四句顺口溜，现抄录如下：

心玄神幻荡游船，恍如隔世不见天。

七分钟乳三分水，疑是置身龙宫间。

富有诗意大连市

大连位于辽东半岛南端，东临黄海，西濒渤海，是我国著名的海港城市和旅游胜地。

我曾八次去过大连，最早的一次是1969年6月，我在《人生三杯水》一书中以“夜到大连，竟然饿肚皮”为题作了记述。

20世纪90年代我去大连的次数最多，或是调查研究，或是参加会议，或是帮企业研究解决疑难问题。通过调研，我曾撰写并发表了多篇文章，如《大连食品集团公司是一个依法经商的好企业》《学法是企业的根本建设——访大连市第一粮油食品供应公司总经理修国良》；并根据大连一家公司的资产纠纷写了一篇评论，名为《是资产租赁还是租赁经营》，刊登到了当时的《法治日报》上。真正意义上的旅游仅有两次，一次是和老伴儿，另一次是和同事。

早些时候去大连，从北京乘坐火车到沈阳，然后往南，十五六个小时才能到达，后来就全是坐飞机了。从北京一直往东偏南飞行，55分钟即到，非常方便。

我第一次去大连，当时叫“旅大市”。后来再去就改为“大连市”了，据说旅顺口早年曾叫“旅顺市”。这改来改去的感到有点儿乱，到底是怎么一回事儿呢？2011年，我再去大连的时候，专门请教过大连市商业

作者夫妇在大连旅顺口留影

联合总会陈兆新同志，并请他找点儿历史资料给我看，这才基本弄清了三个城市名称演变的脉络。

战国时期，雄踞北方的燕国东扩，将包括旅顺在内的辽东半岛纳入本国版图。两晋（西晋、东晋）时期，因旅顺南端的铁山远远望去，黑乎乎的，犹如一块巨大的乌石，便将这一地区取名“乌石津”，“津”即“渡口”。唐、元二朝，又先后改为“都里镇”和“狮子口”。元末明初，朱元璋派军队分别从山东登州（现蓬莱）、莱州乘船渡海，一路顺风抵达狮子口，上岸后很快攻克辽东。由此，取“旅途平顺”之意，将“狮子口”改为“旅顺口”。

1894年，中日甲午战争爆发，两国军队在黄海上决战，结果大清北洋水师惨败。同年10月，日军攻克旅顺城，对城内进行了三天四夜大屠杀，

死难人数将近2万。后在沙皇俄国的强大压力下，1898年旅顺口被沙俄强占，并在大连湾岸边兴建“达里尼市”，想把该市建成“东方巴黎”。仅仅五六年，市内就有了铁路和供电设施。1969年我从大连去旅顺，就是坐着旧时修建的小火车去的，两地相隔三四十公里。

当时沙俄把旅顺口从日本人手中夺走，日本人一直憋着一口气。1904年，日本对沙俄不宣而战，将沙俄太平洋舰队死死封锁在旅顺港内。经过激战，日军虽战死2.27多万人，但最后沙俄太平洋舰队还是以失败而告终。第二年，日俄签订合约，沙俄被迫将在东北的一切权益转让给日本。日本为了洗刷沙俄印记，将“达里尼市”改为大连市，1924年又单独设旅顺市。

1936年日本将在辽宁的管理机构从旅顺迁到大连，大连成了辽东的首府。又将满铁的铁路与大连的港口连接在一起，很快就建成了现代化港口，货物吞吐量跃升为中国港的第二位。到1945年8月15日日本宣布无条件投降时，大连的面积已达45平方公里，人口40多万。

日本投降后，国民党政府为了换取苏联的援助，与苏联秘密签订了《中苏友好同盟条约》，将旅顺、大连拱手送给了苏联。苏军接管后，非常看重旅顺港，便分别成立了旅顺市和大连县，1950年成立包括旅顺、大连在内的“旅大市”。中华人民共和国成立后，党和政府一再要求苏联将旅大市归还中国，但斯大林赖着不还。1953年斯大林逝世后，继任的赫鲁晓夫答应归还，但直到1955年5月苏军才全部撤离，与祖国阔别了60年的旅顺、大连终于回到了祖国的怀抱。当年我国著名诗人闻一多先生（1899—1946年）曾写诗呼唤：“我们是旅顺、大连，孪生兄弟。我们的命运应该如何地比拟？两个强邻将我们来回地蹴蹋，我们是暴徒脚下的两团烂泥。母亲，归期到了，快领我们回来，你不知道儿们如何想念你！”

由此可见，一个小小旅顺口，半部曲折现代史啊！

以上基本厘清了旅顺、大连、旅大三者的演变脉络。下面简要说说我曾参观过的几个主要景点，重点是海滨景区和旅顺口景区。

大连海滨景区最美的景色是滨海路沿途风光。这条蜿蜒曲折的海岸线公路长达32公里。如果从东往西游览，公路右侧是长满各种树木、花草的山峦；左侧是烟波浩瀚的大海和千姿百态的礁石以及形状各异的岛屿，奇景迭出，美不胜收。

滨海路分为东、中、西三路。东路的著名景点有海之韵公园、棒槌岛，包括老虎滩海洋馆在内的老虎滩公园、老虎雕像群等。中路有著名的横跨海汊的北大桥、秀月峰、燕窝岭等。西路从傅家庄公园到星海公园，中间有金沙滩、银沙滩、白云山和好几个海水浴场。其中，给我印象最深的是老虎滩和北大桥。

被誉为“大连风景之冠”的老虎滩，以自然风景著称，同时点缀着一些凉亭、红柱、雕塑等人文景观。海湾的浪涛常年有节奏地撞击着海岸，犹如一首永不停息的摇篮曲。在老虎滩湾的南北两岸，建了一条空中观光索道，南岸的起点固定在一座山崖上，我还上去看了看。北岸的起点则建了一座效仿澳大利亚悉尼歌剧院的“贝壳”式建筑。不少人乘坐空中索道上的缆车，从空中观赏海景，别有一番风味。

1996年我和老伴去大连时，游览了老虎滩乐园夜景和海洋公园。海洋馆里的海洋动物种类很多，不仅有白鲸、海豚、企鹅等南极珍稀海洋动物，而且有美女靓男与大型鲨鱼一同游泳，看着好惊险。电影《美人鱼》中的一些镜头，就是在这里取的景。

1991年9月下旬，商业部在大连召开“全国商业企业法律顾问工作会议”。会后，政策法规司司长黄进留下我与他在大连调研，我们去参观了

从老虎滩宾馆一直往南在滨海路两旁举办的中国（大连）商品展销会，晚上参加了灯火晚会。

2011年6月，我和中国商业联合会副秘书长、办公室主任周京英到大连调研时，在一个星期天去游览了棒槌岛等景点。

棒槌，是捶打衣物的木棒，形状前粗后细，多用于捶打洗的衣服，以便将衣服中的脏东西捶出。在我们山东老家俗称“木瓜子”，对玉米棒子也叫“棒槌”。棒槌岛就是因为形似棒槌而得名，刻在一块巨石上的“棒槌岛”三个红色大字，系毛泽东所书，我还站在这块巨石旁拍了一张纪念照。

棒槌岛三面环山，一面濒海。北面为群山环抱，南面是开阔的海面和凹凸不平的鹅卵石海滩，所以这是一座以山、海、滩、岛为主要景观的游览胜地。岛上盖有风格各异的别墅群，据说是当年国家领导人到此避暑疗养的地方之一。

滨海中路，我较熟悉。因此，我在此地的宾馆住了七天。

1990年10月17日至23日，商业部政策法规司在大连召开商业法论证会，会后又到一些单位调研，我们所住的宾馆离滨海中路只有百米左右，那可是个风景优雅的黄金地段啊！

每天早上我都起得很早，快步走到滨海，向东或往西跑步两三公里，往东跑到北大桥，往西跑到傅家庄。或者找条能够下到海边的小路，到海边捡贝壳，或到礁石缝里捉小螃蟹。遇到退潮，小螃蟹和水洼里的小鱼比较多。将捉到的螃蟹放到事先准备好的塑料袋里，带回宾馆洗净，用白酒泡到碗里，再加少许盐，做“醉蟹”下酒，鲜着哪！

北大桥，在大连之所以出名，一是建桥时间早，在20世纪五六十年代吧。二是跨海汊建桥，不仅水深，而且地形险要。三是此处青山绿水，风景优美。四是这座大桥不仅坚固，而且漂亮，许多人慕名而去参观游览。

作者在大连棒槌岛

我曾去过三次，1996年8月我和老伴到大连游览时也去参观过，并在此合影留念。

历史上，旅顺口是我国的重要海上门户，旅顺港口又是一座天然良港，地理位置雄险，水阔港深，现已成为我国北方的重要军港和造船基地。

1969年我从大连去旅顺时，是乘坐古老的小火车去的，许多在旅顺工作的工人，也都乘坐小火车上下班。改革开放以来，发达的公路已经取代了小火车，而且现在已有了轻轨。

我曾三次到旅顺口参观游览，第一感觉是海军基地的神秘性。站在高处眺望，旅顺口外大海茫茫，礁岛棋布；口内峰峦叠翠，风光绮丽。由于军港比较隐蔽，很难看到战舰，更增添了一种神秘感。

想看海军兵器，就到白云山上的海军兵器馆。1996年我和老伴去旅顺游览时，专门去参观了由中央军委原副主席刘华清题写的“旅顺海军兵器馆”。馆内陈列着我国自行设计建造的海军部分武器装备，如“海军一号”鱼雷快艇、鱼雷和鱼雷发射器、雷达、直升机、水陆两栖坦克、岸基导弹、地空导弹、舰炮、潜水救生钟等。我们站在各种兵器前拍照，并到飞机驾驶舱留影。

由于旅顺在历史上所具有的特殊性，所以历史古迹较多，据说景区内有47处重点保护文物，其中有多处中国近代史上记载中日甲午战争以及日本侵华战争的各种工事、堡垒等战争遗迹，又以地标性建筑白云山塔较为著名。

白云山地处旅顺港北岸，海拔130多米。我们乘坐汽车从东北部沿着盘山公路，一直开到山顶停车场。

据介绍，白云山原名“西官山”。清光绪六年（1880年），直隶总督兼北洋大臣李鸿章陪同光绪皇帝的父亲醇亲王到旅顺口视察时，幕僚向他们介绍说：对面那座山叫黄金山。李鸿章说：既有黄金，应有白玉。那时候的朝廷重臣，说话也是一言九鼎，何况又有皇帝的父亲在场。此后即将“西官山”改为“白云山”。听说还有另一种说法：白玉山以山石洁白如玉而得名。

每次去旅顺，一进入城区便看到耸立在白云山顶上的高塔，那是日寇侵略旅顺的重要罪证。

1904年，日军以强大的兵力在旅顺口与俄军激战，打败俄军后再次侵占了旅顺口。为了美化日军，纪念在日俄战争中为效忠天皇而战死的2.2万多名官兵，日本于1907年开始在白云山顶建造纪念塔，历时两年多建成，取名“表忠塔”。

这座用钢筋混凝土建造的圆形塔，高66.8米，塔尖呈弹头状。整座塔好似一支蜡烛，据说寓意着祭奠“亡灵”的“长明灯”。塔的顶端北面，刻有铜制铭文，记载了日俄争夺旅顺要塞的简要过程。当然是自我炫耀，美化日军。

我们进入塔内参观，步行273级陡峭的螺旋铁梯，一直上到塔顶。俯瞰前方和左侧，那美丽的旅顺港口、大海、山峦、城区的一系列风景尽收眼底，这才真正感受到了旅顺口的美。

说真的，看到这座美化日军的纪念塔，我心里总不是个滋味。我曾想：“为何不炸掉它呢？”据说不少人也有这种反应。但国家考虑问题深谋远虑，认为这是日本帝国主义侵略中国的重要罪证，可作为爱国主义教育基地。事实证明，这样做是正确的。

在旅顺，我们还参观了旅顺博物馆、中苏友谊塔、太阳沟樱桃园等，并驱车到大连北部的金州区，游览金石滩风景名胜区，就不一一赘述了。

现作七律《旅顺口怀古》一首，以抒胸臆。

忍向沧桑问旧朝，话说史料怒难消。
北熊东寇兵戎见，深港溟湾战火烧。
割地丧权成鬼域，回归亮剑震凌霄。
风光尽入巡览眼，启我文心百感潮。

河 北

水乡泽国白洋淀

白洋淀是我很早就憧憬的地方。因在20世纪五六十年代，我曾看过长篇小说《新儿女英雄传》和著名作家孙犁的短篇小说《荷花淀》，以及电影《小兵张嘎》。在这些优秀作品里，白洋淀浩渺壮阔的湖面、密密丛丛的芦苇、争奇斗艳的荷花、神出鬼没的雁翎队等，都给我留下了深刻印象。那时我曾想：何时才能亲自到白洋淀去看看呢？

2009年6月下旬和2011年8月中旬，我分别从东、西两个方向去游览了向往已久的白洋淀。我们乘船游览了迷宫式的芦苇荡，欣赏了荷花淀中的荷莲，参观了文化园中的雁翎队纪念馆、嘎子村、康熙水围行宫等。

据介绍，白洋淀古称“掘鲤淀”“白羊淀”，位于河北省中部，总面积366平方公里，其中80%以上在安新县境内，是华北地区最大的自然淡水湖，以生态独特、风光秀丽、物产丰富、文化底蕴丰厚著称于世，素有“华北明珠”之誉。

白洋淀的形态的确很独特。水域内143个淀泊星罗棋布，3700多条大小水沟纵横交错，39个小岛点缀其间，10万亩荷塘接天映日，12万亩芦苇密密麻麻，加之丰富的水生动植物和芦苇荡中的各种鸟类，构成了一幅美丽的自然画卷。

我第一次到白洋淀是从淀西的保定方向去的，第二次则是从白洋淀东

河北白洋淀一隅

南部的任丘市到白洋淀东岸的。不管从哪个方向到白洋淀游览，都要乘船游览享誉全国的芦苇荡。

芦苇又称“芦荻”，在白洋淀和我们山东老家叫“苇子”。还有个比较生疏的名字——蒹葭，尚未抽穗的芦苇称“蒹”，初生的芦苇称“葭”。《诗经·秦风》中有一篇《蒹葭》，共三段，每段八句，都以“蒹葭”开头。第一段前四句是：“蒹葭苍苍，白露为霜，所谓伊人，在水一方。”是说芦苇一片白茫茫，清晨露水变成霜，我欣赏的那个人啊，他在河水哪一方？短短四句，给人以悠远的美感、情思和无邪的诗意想象。

游船先是在一片涟漪微起的宽阔水面上绕了小半圈，便驶入了浩渺无边，纵横交错的芦苇荡河道。苇荡中的河道基本呈“非”字形，两旁有无数壕沟延伸，壕沟又生河汊。河道犹如大树，干生枝，枝生杈，一生十，十生百，百生千，一直生了3700多条大小不一的壕沟，将140多个淀泊连起

来，构成了一片宽阔、幽深、曲折的芦苇荡世界。河道、壕沟，两岸全是青翠的芦苇，宛如绿色的军阵。苇秆挺拔，苇叶婆娑，苇穗轻摇，深情脉脉地向我们颔首致意。

据导游介绍，白洋淀是我国重要的芦苇产地之一。这里的芦苇以产量庞大、质地优良而享誉全国。全湖的苇地到底有多少？过去谁也不知道。后来经有关部门测算，大约有12万亩。噢，难怪孙犁在《荷花淀》中写道："要问白洋淀有多少苇地，不知道；每年出多少苇子，也不知道。只晓得每年芦花飘飞苇叶黄的时候，全淀的芦苇收割，垛起垛来，在白洋淀周围的广场上，就成了一条苇子的长城。"

白洋淀的芦苇质地之所以优良，主要是因为水质营养丰富，根系异常发达，茎秆高大健壮，苇叶大而厚实，芦穗饱满絮多，用处极为广泛。在十多个芦苇品种中，以"白皮栽苇"质量最佳。这种苇子高达四米以上，苇秆白皙，节长皮薄，纤维柔韧，主要用于编篮编篓、编席编帘，制作高级苇箔出口，供不应求。俗话说，靠山吃山，靠水吃水。白洋淀的水上人家从来就没有种庄稼的田地，芦苇就是他们的庄稼，历朝历代，全靠芦苇编织自己的美好生活。

游船越往深处行驶，纵横交错的水道越来越多，芦苇也越来越茂密。我想，如我一个人租船进苇荡游玩，肯定会横冲直撞地迷失方向，很难顺利地走出芦苇荡。在抗日战争中，活跃在这片芦苇荡里的抗日武装"雁翎队"，天当被，地当床，芦苇是屏障，神出鬼没地打得鬼子晕头转向。电影《小兵张嘎》的故事就发生在这里。不愧是：雁翎神兵震敌胆，北国西湖永流芳。

"啊，这湖里还有村庄？"我像航海者发现了新大陆似的叫了起来。

原来我们的船开进了一个水边村。这个村有点儿特别，即被水道"切割”得七零八落，横七竖八的巷子如同迷宫。我们的游船刚要从另一条水道往回走，突然一个男孩跳进水道，潜入水下，一会儿便从十几米外的地方露出了小脑瓜，并顽皮地做鬼脸，太有意思了！我用四句话记下了这一特写：

游艇芦荡湖汊行，寻觅当年雁翎踪。

忽有顽童潜入水，疑是嘎子显俏影。

我第二次去白洋淀，是从东岸坐较小的游艇到西岸的。游艇时而在浩渺的水面疾驶，激起的水浪和着湖风在耳边飒飒作响；时而漫游在一处淀泊中，观看渔民布网和“教唆”鱼鹰下水捉鱼；时而进入荷花、菖蒲水域，观赏晚荷和睡莲；时而沿着水道钻入芦苇荡，左转右拐地在壕沟中“撒欢”，观赏正在盛开的芦花。站在船头远远望去，犹如无际的皑皑白雪，蜻蜓、蝴蝶在里面飞来舞去，有些落在芦叶上轻轻地扇着翅膀休息。各种小鸟在片片芦苇之间或水面上飞上飞下捉虫吃，时见苇枝上吊着鸟窝，窝里的幼鸟在叽叽啾啾地叫着，其浓厚的野趣令人叹为观止。

游览了芦苇荡后，便到占地面积达80万平方米的白洋淀文化苑参观。这个文化苑建有荷花大观园、雁翎队纪念馆、嘎子村、康熙水围行宫等八个景点。苑内荷花塘翠绿，荷花绽放，垂柳依依，苇叶苍苍，淀水清清，渔舟漂漂，水鸟翻飞，游人熙熙，组成了一幅亮丽的绿色画卷，为淀内注入了一股清新的气息，将无限神奇的奥秘展现给了游客，令人心旷神怡。

白洋淀文化苑中的荷塘有三四处，如西北部的“世界名荷园”，中部的“太空荷花园”，东南部的“荷花淀”。这几处荷塘均有河道连通。我们从荷花淀码头乘船，先到著名的荷花淀去看传统荷莲，并参观了“孙犁纪念馆”。

荷花淀的河道两边，一边是茂密的芦苇，另一边是大片的传统荷莲。

当年，著名作家孙犁以明媚如画的白洋淀荷花为背景，写出了脍炙人口的短篇小说《荷花淀》。这篇作品笔调轻柔，语言优美，通篇洋溢着动人的诗情画意和浓郁的浪漫主义色彩。他写荷花：荷花箭高高地挺出来，是监视白洋淀的哨兵吧。他写妇女划船之快：小船活像离开了水皮的一条打跳的梭鱼。虽然只有一两句话，但比喻形象，极具地方特色，活像一幅优美的图画。

孙犁是现代文学流派“白洋淀派”的领袖人物（山西是以赵树理为代表的“山药蛋派”），他写了许多与白洋淀有关的作品，如《嘱咐》《光荣》《蒿儿梁》《藏》《村歌》《纪念》等。因此，将孙犁纪念馆建在白洋淀正符合他的白洋淀情结。我们在纪念馆里看到了孙犁在各个历史时期的图片和他的一系列著作，以及他日常生活的用品等，受到了一次印象深刻的文化艺术熏陶。

改革开放以来，白洋淀引进了六七百种国内外名荷，如娇艳的睡莲，比大笸箩还大、上面足可坐两个五六岁儿童的南美王莲等。这些精品大都栽种到了“世界名荷园”和“太空荷花园”中。

舟在水中行，人在画中游。水道两旁，硕大的荷叶铺满了宽阔的水面，无数箭荷花分布在莲叶之间。有的含苞欲放，有的半开半合，但绝大多数已经盛开。有红色的、白色的、黄色的、粉红色的、淡黄色的、红白相间的，等等，箭箭挺拔，争奇斗艳。也有的荷花已经发蔫，但顽强着不愿凋谢。翠绿的莲蓬亭亭玉立，莲蓬上均匀地布满了莲子。我们在船上争先恐后地拍照，欢声笑语地议论着哪种荷花好，使人不由得想起了唐代诗人王昌龄的《采莲曲》：“荷叶罗裙一色裁，芙蓉向脸两边开。乱入池中看不见，闻歌始觉有人来。”

看过姹紫嫣红的荷花，我们又慕名去参观雁翎队纪念馆。

“雁翎队，是神兵，来无影，去无踪。千顷苇塘摆战场，抬杆专打鬼子兵。”这首民谣歌颂的就是抗战时期的雁翎队。

雁翎队纪念馆设有“冀中抗日根据地的建立”“侵华日军在白洋淀的暴行”“雁翎队与水上游击战”“喜迎抗战胜利”等七八个展厅。据介绍，1939年日寇攻占新安县（现安新县）后，即对白洋淀进行扫荡。不久，在中国共产党的领导下，由白洋淀渔猎户22人组成了抗日游击队，主要武器是打猎用的火药枪和威力更大的“大抬杆”（刚解放时我们村里也有“大抬杆”）。由于这两种武器的引火处极易被水打湿，枪口也容易灌水，他们便用雁翎（大雁翅膀和尾巴上的羽毛）堵塞，等开火时再将其拔出，“雁翎队”因此而得名。

在党组织的领导下，雁翎队队员逐渐发展到200多人。他们从小就在白洋淀里捕鱼捉虾，非常熟悉白洋淀的地形，且水性极好。白天，他们划着船以芦苇荡为屏障，神出鬼没地与日伪军周旋。忽而在主河道上设伏，袭击敌人的运输船；转眼间又划进了芦苇荡中的河汊，措手不及地将敌人打得人仰船翻。到了晚上，不是去除汉奸，就是去端敌人的炮楼和据点。在几年的时间里，与日伪军进行了大大小小70多次战斗，歼灭、俘虏了日伪军近千人，成为冀中地区一支独具特色的武装力量，谱写了一曲白洋淀人民抗日救国的英雄赞歌。

在雁翎队纪念馆里，我们看到了大量的历史照片、图表、文献资料，以及流传下来的实物和栩栩如生的雕塑，其中就有雁翎队队员使用的火药枪、大抬杆、手榴弹、炸药包等。其中有一件小小的“武器”引起了我的注意：那不是孙犁笔下的鱼钩吗？

我清楚地记得，孙犁在《白洋淀纪事》第一篇《芦花荡》的故事里，描写一位“老头子”用又鲜又大的莲蓬引诱日军进入一片水域，致使鬼子

被水下布满的锋利“粘钩”咬住而难以动弹，结果束手被歼或被擒。

看过这部小说多年了，对这一情节的记忆是那么深刻，在雁翎队纪念馆里看到的诸多实物又是那么熟悉和亲切。我对雁翎队的敬佩，终于在这个纪念馆里与“神交”已久的英雄们见面了。

雁翎队的故事已过去了80多年，岁月虽然磨平了当年曾经辉煌一时的往事，而机智勇敢的“雁翎精神”却教育了一代又一代国人。冀中人民那纯美而崇高的品格，仍像芦苇那样坚挺而顽强，仍像荷花那样灿烂而纯洁。我不由得诵出四句感言：雁翎抬杆烽火急，芦苇荡中任伏击。同仇敌忾杀倭寇，纪念馆里颂壮士。

改革开放以来，白洋淀也充分利用当地资源，在淀内开设了特色市场，我第二次到白洋淀时专门去看了这个市场，当地土特产品琳琅满目。如各种芦苇制品，荷花、莲叶、莲子、鲜藕等荷莲产品；从淀中捕获的鱼、鳖、虾、蟹和乌龟等；生、熟菱角，芡实粉（芡是水生植物，叶像荷叶，芡的种子称“芡实”）、咸鸭蛋、雁翎扇等。我买了10个咸鸭蛋、两斤煮熟的菱角和两把雁翎扇(10元钱一把)。尤其那两把极具特色的雁翎扇，已经使用十几年了，至今仍很结实，每年夏天我一拿起它来，就想起了美丽的白洋淀和英勇的雁翎队。

现作七律《畅游白洋淀》一首：

轻舟湖汊纵横行，苇鸟啁哳抱怨声。
芦絮洁白迎远客，莲花艳丽引蝶蜂。
淀泊布网肥鱼蹦，舢舨调鹰猎物丰。
淡雾凝云时阵雨，炊烟缕缕岸边升。

名扬四海狼牙山

提起抗日战争时期的狼牙山五壮士，我国成年人大概无人不晓。尤其电影《狼牙山五壮士》在全国上映后，“五壮士”那撼天地、泣鬼神的英雄壮举，很快传遍了祖国大地，狼牙山也由此名扬四海。缘此，我很想去看看狼牙山，直到2006年8月，中国商业联合会办公室组织红色旅游时，这一夙愿才得以实现。

狼牙山位于河北省易县西南45公里的太行山北端东麓，离北京和保定市都不太远。上午8点我们乘大巴从北京向西南方向行驶，中午就到了狼牙山脚下，住进了一座不错的旅馆。

“风萧萧兮易水寒”“狼山屯兵上百万”。易县（古称益州）、易水和狼牙山，在历史上就有不少传奇故事，最著名的莫过于“荆轲刺秦王”了。

2200多年前的战国时期，易县是燕国的领地。强大的秦国灭了韩、赵二国后，准备消灭燕国。燕太子丹深知难敌秦国，但为拯救燕国，便以重金招募勇士荆轲刺杀秦王。公元前227年，荆轲与太子丹等人经过谋划，以献秦始皇痛恨的秦国叛将樊於期的头颅和卷有匕首的燕国最富饶的督亢（现河北涿州以东地区）地图为名前往秦国。动身那天，太子丹和荆轲的好朋友高渐离等着白衣送行到易水岸边时，高渐离动情击筑（乐器），声音悲壮，众人泣涕，荆轲和着节拍慷慨高唱：“风萧萧兮易水寒，壮士一去兮不复返！”然后将太子丹斟的酒一饮而尽，登车而去。但在献地图时，“发图，图穷匕首见”，刺秦王不中，反而被杀，燕国也于公元前

222年被秦所灭。这就是成语“图穷匕见”的来历。

据传，明朝开国皇帝朱元璋当年曾派他的儿子燕王朱棣到易县一带与元军作战，结果兵败。燕王带着突围出来的百十号人隐居在狼牙山中广招谋士，招兵买马，扩军备战，十几年间竟然发展到了百万之众，终于扫平入侵元军，一雪兵败之耻，并用手中兵权夺取了皇位。对燕王朱棣来说，狼牙山是他的发祥地，当年燕王在狼牙山的屯兵处，至今犹在。

狼牙山东西南北各约15公里，总面积约225平方公里。由于山势险峻，峭石峥嵘，奇峰耸立，参差迭起，状似狼牙，故得此名。

狼牙山有5坨36峰，如第一高峰“大联坨”，第四高峰“棋盘坨”，海拔1105米的“莲花瓣峰”等。从整座山势看，北部和西部均为悬崖峭壁，深谷险涧；东、南两面山势稍缓，各有一条羊肠小道通向主峰棋盘坨。但从半山腰再往上就比较险要了，仅从“天梯”“阎王鼻子”“小鬼脸”“仙人桥”等名称，就可略知其山势之险。我们就是从狼牙山的东面上山的。

在步行上山的途中，我看到了路两旁的石礅上贴有二三十张标语。细看，原来是反动组织法轮功的残渣余孽所为，矛头直指中国共产党和党中央。作为一名老党员，政治上还是比较敏感的，我气愤地将那些反动标语全部揭下，有的同事也帮着揭，撕碎后扔进了垃圾箱。这种以实际行动维护党的声誉和党中央权威的做法，受到了商会党委的表扬！

从山下往山上望去，奇峰峻峭，层林尽染，苍松翠柏，漫山遍野，尤其是山顶上的狼牙山五壮士纪念塔，在阳光照射下格外醒目。导游说，如果步行上下山，一下午的时间肯定下不了山，老同志的身体也难以承受。于是，我们乘坐缆车上到了三分之二的位置，下缆车后艰难地往山顶攀登。山路崎岖蜿蜒，虽经修筑，有些地方仍然险要。经峭壁，抬头不见顶；遇深涧，低头看不到底；爬陡坡，爬一会儿就得歇歇脚，缓缓气，擦擦汗。在拐弯处或路稍宽的地方，总有山民兜售山货或卖西瓜、矿泉水之类的消费品。遇有奇树怪石，我们便停下来拍照留念，偶有俏皮的松鼠，两条后腿站立，前爪抓耳挠腮，既可爱又可笑。若稍微吓唬它一下，旋即逃得无影无踪，非常有趣。

作者在狼牙山

快到山顶了。这最后半里路阶梯虽然较陡，但在“五壮士”精神的鼓舞下，我们一鼓作气登上了山顶的狼牙山五壮士纪念塔。

这是一座石破天惊的英雄纪念塔。

在残酷的抗日战争中，日寇于1941年秋天大举对晋察冀抗日根据地进行大扫荡。同年9月下旬，3500多名日伪军对狼牙山八路军根据地进行铁壁合围。由于敌强我弱，上级决定由我军主力部队带领当地老百姓撤离狼牙山。担任掩护撤离任务的第一军分区一团七连官兵，在石门一带利用有利地形阻击敌人，连续鏖战好几天。敌人误以为是八路军主力部队，一路紧追不舍。由于敌人在人数和武器方面占据绝对优势，七连只能边打边往

山上退。从石门退到阎王鼻子，又退到棋盘坨，用地雷、手榴弹和滚石与敌人死拼。敌人调来大炮猛轰，七连官兵伤亡惨重，连长刘福山也身负重伤。为避开日军锋芒，指导员蔡展鹏命令六班进行阻击，掩护连队撤离。实际上，当时六班也只剩下五个人：班长马宝玉，副班长葛振林，战士胡德林、胡福才、宋学义。

他们利用熟悉地形的优势节节阻击，巧妙地与数千名日伪军周旋了一整天，傍晚将敌人引上了棋盘坨顶峰。五名勇士也已退到了绝路，再退就是探头不见底的深谷。子弹打光了，手榴弹扔光了，能搬动的石头也砸光了。在这既不能打又无处退，敌人又步步逼近的情况下，五个人围在一起，一致表示宁死不屈，决不当俘虏。他们将枪支砸毁或扔进深谷后，共产党员、班长马宝玉带头，高呼口号，义无反顾地纵身跳下万丈悬崖，马宝玉和胡德林、胡福才叔侄俩英勇牺牲；葛振林、宋学义被半山腰的山核桃树挂住幸免于难，但脊背和腰部受伤严重。他们用生命和鲜血谱写了一首气壮山河的壮丽诗篇！

为纪念五位勇士的英雄壮举，1941年10月8日，晋察冀军区颁布了《关于学习狼牙山五壮士的训令》，号召全军区指战员向五壮士学习。1942年，晋察冀军区授予第一军分区第一团七连“狼牙山五壮士连”荣誉称号。同年在海拔1105米的棋盘峰顶建造了十多米高的五壮士纪念塔，聂荣臻司令员兼政委题词：视死如归本革命军人应有精神，宁死不屈乃燕赵英雄光荣传统。但这座纪念塔在1943年被日寇用大炮摧毁。为缅怀英雄，党和政府于1959年重建了一座19米高的五壮士纪念塔，后在地震中坍塌。1986年，又重新建造了现在的这座极具特色的纪念塔。新塔占地69平米方，钢筋混凝土结构，极为坚固。底座直径3.06米，乳黄色的塔身高21.5米，共五层，呈正五边形，塔顶是一座红柱、黄琉璃瓦的五角凉亭。塔的正面镶嵌着聂荣臻元帅题写的“狼牙山五勇士纪念塔”九个金黄色大字，塔身底部刻着栩栩如生的五壮士汉白玉浮雕像。纪念塔东边有一碑廊，碑廊东端是一座样式与塔帽相同的五角碑亭，亭内立有大理石碑，碑上刻有彭真、聂荣臻、杨成武、刘澜涛等12位老一辈革命家的题词。1986年10月15日，这座“狼牙山五勇士纪念塔”被国务院批准为“全国重点烈士纪念建筑物保护单位”。

我们漫步在纪念塔周围认真参观，并在塔前宣誓，向英雄行礼！此时此刻，似乎看到了五壮士牵着敌人的鼻子边打边登峰的情景，看到了壮士们飞身跳下悬崖以身殉国的身影。他们是真正的民族英雄，他们像峥嵘峻峭的狼牙山一样永垂不朽！不知不觉，眼睛湿润了，痛恨日寇的怒火也在胸中燃烧！“看吧，千山万壑，铜壁铁墙，抗日的烽火燃烧在太行山上，气焰千万丈”“我们在太行山上，我们在太行山上，山高林又密，兵强马又壮。敌人从哪里进攻，我们就要他在哪里灭亡。”我不由自主地哼起了由冼星海作曲的革命歌曲《在太行山上》。

我们站在纪念塔四周的栏杆边远眺，可见千峰万岭，云雾缭绕，犹如大海中的滚滚波涛，起伏跌宕，一会儿清晰，一会儿隐没。尤其向西望去，苍松翠柏，一望无际；石林耸立，自然天成；大小莲花峰如出水芙蓉，傲然怒放。整个山势就好像茫茫云海中的浩瀚莲池，劲松为叶，一碧万顷；山峰为花，朵朵各异。难怪在战国时期，就以“郎山竞秀”成为当时燕国十景之一，后又被人称为“北方小黄山”。

在下山时，我决定不坐缆车，与年轻的同事们一道步行下山。因为下山容易上山难，当时我虽已63周岁，但身体尚健。下山的路弯弯曲曲得像盘爬在山上的一条巨大蟒蛇，时坡时陡。印象最深的是要穿过一个大溶洞，从上面顺着一部梯子下到洞中。洞里滴答滴答地一直滴水，我们是踩

着水走出洞口的。洞口外不远处有一较为平坦的地块，有不少商贩在此卖货，我还为老伴儿买了两把当地产的桃木梳子，老乡说“桃木可避邪”！

下山后我们又去参观2001年落成的“狼牙山五勇士陈列馆”，馆名是杨成武上将亲笔题写。

陈列馆设有图片、历史资料、抗战实物、战斗场景等展厅，生动地再现了抗日军民在中国共产党领导下，奋勇抗击日寇的大无畏精神和保家卫国的悲壮历史！

我们一边参观，一边听着狼牙山五壮士赞歌：“棋盘坨，山顶峰，狼牙山上血花红，英雄的神八路，吓破敌胆鬼神惊……”最后，我们在陈列馆前集体宣誓：决心继承革命烈士遗志，为党的事业奋斗终身！

巍巍太行山，潇潇易水寒；天地英雄气，千秋尚凛然。英雄是一个国家共同记忆的一部分，是民族精神的内核之一。一个有希望的民族，不能没有英雄；一个有前途的国家，也不能没有英雄；一个掌握国家的执政党，更不能没有英雄。但近些年来，社会上出现了一股矮化、玷污、抹黑早已被全社会公认的英雄人物的逆流。那些道德素质低下、思想境界卑微者，企图通过颠覆民族英雄形象，动摇人们的理想信念，包括对狼牙山五壮士的恶意诋毁，是可忍，孰不可忍！但凡有一点良知的人，在民族英雄面前都应怀着一颗崇敬、虔诚的心，尊重历史，尊重英雄，学习英雄，争做英雄，一代一代传下去，以告慰英雄们的在天之灵！

七绝 · 游狼牙山有感

身临险境莅深渊，恶寇穷凶碾战盘。

壮士跳崖昭日月，丰碑铭刻在心间。

皇家陵园清西陵

2006年7月上旬，我们从狼牙山回京的途中，游览了清代皇家陵园清西陵。

清代的皇家陵园主要集中在北京以东，位于河北遵化的清东陵和北京西南约100公里的河北易县永宁山下。清东陵埋葬着顺治、康熙、乾隆、咸丰、同治五位皇帝；清西陵埋葬着雍正、嘉庆、道光、光绪四位皇帝。末代皇帝溥仪（宣统）死后也葬到了清西陵，但未建陵，只是一个坟墓。如此说来，清西陵也埋葬着五位皇帝。2011年，清东陵和清西陵同时被第24届世界遗产委员会评为“世界文化遗产”，列入了《世界文化遗产名录》。

清西陵始建于雍正八年（1730年）。据说雍正的陵址原选定在清东陵的九凤朝阳山，但在墓穴中发现有沙石，雍正认为“实不可用”，命另选“万年吉地”。后经多处勘查，选定了易县永宁山下的丘陵地带。此处西北高，东南低，境内重峦叠嶂，丛林茂盛，河道纵横，又是北易水河的发源地，确实是一块风水宝地。加之永宁山的名字又很吉利，有“永宁天下”之意。因此雍正帝非常满意，认为这里“山脉水法条理分明，洵为上吉之壤”。

从1730年开始建雍正帝的泰陵，到民国四年（1915年）光绪帝的崇陵建成，历时185年。这里一共埋葬着四位皇帝、九位皇后、57位妃嫔、

作者在清西陵的泰陵方城明楼前留影

六位阿哥、两位公主和两位王爷，计80位皇族人士（未算后来的溥仪等人）。

清西陵的建筑面积5万多平方米，宫殿1000多间，石雕刻、石建筑100多座。共有14座皇家陵寝，其中帝陵四座，即雍正的泰陵、嘉庆的昌陵、道光的慕陵、光绪的崇陵；（皇）后陵三座，即泰东陵、昌西陵、慕东陵；妃陵三座，其他陵寝四座。皇帝、皇后和王爷陵均用黄色琉璃瓦盖顶，而妃嫔、公主、阿哥园则用绿色琉璃瓦盖顶，可谓等级分明。

从陵墓的布局看，以雍正的泰陵为中心，西面分布着嘉庆的昌陵和道光的慕陵，东面分布着光绪的崇陵和溥仪的坟墓。各位皇帝的皇后、妃嫔及公主、阿哥的陵、园，分别分布在帝陵的左右，体现了附属关系。所有陵墓都有神道连接，形成了枝状网络，既体现了亲属关系，又便于相互

“联系”。可以说，这种布局比较奇特。

由于时间关系，我们重点参观了雍正帝的泰陵。

走进泰陵，首先映入眼帘的是一条宽10米、长2500米的神道贯穿于陵区，全部由大青砖铺成。神道从南向北走，过了五孔桥有三座用青花石建筑的石牌坊，上面刻着包括山水、花草、飞禽、走兽等在内的精美图形，据说是清西陵建筑中具有代表性的作品。

再往前是一座大红门，那是清西陵的总门户。面阔34.8米，进深11.35米，高13.3米。门两侧是既宽厚又高大的风水墙，各向东、西延伸，据说长达21公里，将分布在各处的所有陵寝全部包容其中，既坚固，又壮观。

继续往前走，可以看到错落有致的几十座单体建筑，如圣德神功碑楼、七孔石桥、石像生、龙凤门、朝房、隆恩殿、方城明楼等。在一个大广场中央，矗立着一座高达26米的大碑楼，名曰“圣德神功碑楼”，是记述雍正皇帝生平功绩的建筑。广场四角各有一座高达12米的华表与大碑楼相衬，显得格外肃穆。大碑楼内，有两座高大的石碑，被庞大的石雕赑屃（bì xì，传说中的龙子，像龟，猛壮有力，极能负重）驮着。碑身的阳面用满、汉两种文字镌刻着雍正帝生前的丰功伟绩，看后令人肃然起敬。特别是看了电视连续剧《雍正王朝》，我对这位皇帝还是很钦佩的。

泰陵神道两侧，有五对精美的石雕，又叫“石像生”，分别是文臣、武将、骏马、大象和狮子。

再往前走，分别是龙凤门、小牌楼、隆恩门和隆恩殿。隆恩殿是在陵寝祭祀时的主要场所，所以又称“享殿”。殿内设有三间暖阁，中间的暖阁设神龛，供奉着雍正帝和皇后的牌位。阁内以金砖铺地，处处充斥着奢华。

此处还有一座方形城堡式建筑，名叫方城明楼。明楼后面便是埋葬皇帝的地宫宝顶。

据介绍，清西陵的崇陵是中国最后一座帝王陵墓，埋葬着光绪皇帝和隆裕皇后。实际上，光绪生前没有建陵，宣统帝溥仪1909年登基后决定在西陵为光绪建崇陵。1911年发生辛亥革命后，这座陵墓尚未完工，但新成立的民国政府根据《优待条件》，准许继续修建。1913年年末，光绪帝驾崩五年后入葬崇陵。可惜的是，这座陵墓的地宫后来被盗，破坏了它的完整性。

清西陵的建筑，真实地记录了清王朝从强盛到衰亡的历史轨迹，其建筑艺术则被誉为“中国传统建筑艺术博物馆”。432座古代建筑，数以千计的雕刻和彩绘作品，尤其是被视为“珍品”的泰陵的三座石牌坊、慕陵的金丝楠木大殿、昌陵的回音壁、崇陵的铜梁铁柱等，从不同的侧面展示了18世纪30年代至20世纪20年代初中国陵寝建筑的重大发展和变化。对此，世界遗产委员会给予了很高的评价：“清朝皇家陵寝依照风水理论，精心选址，将数量众多的建筑物巧妙地安置于地下。它是人类改变自然的产物，体现了传统的建筑和装饰思想，阐释了封建中国持续了500余年的世界观与权力观。”

现作小词《江城子·清西陵》一首：

永宁山坡易水旁，峻之嶂，吉之壤。
几座陵寝，依序立苍茫。
最显泰陵雍正帝，隆恩殿，居中央。
大清王朝几经霜，实堪伤，静思量。
内乱外扰，由强至衰亡。
艳阳依然照大地，国力盛，赤旗飏！

万里长城第一关

山海关，以“天下第一关”“万里长城第一关”等美名享誉国内外。

1997年8月6日，应河北省贸易厅之邀，我参加了在秦皇岛天鹅宾馆召开的全省酒类专卖管理工作会议，会后去游览了闻名遐迩的山海关。

秦皇岛市与辽宁省接壤，南临渤海。据说公元前215年，秦始皇东巡谒石（在北戴河以南的“七里海”），欲入海求仙，曾驻跸于此，故得名“秦皇岛”。

山海关北依燕山，南襟渤海，又是重要关隘，集山、海、关三者于一体，因而得名“山海关”。我们在参观时还听到了一个传说：600多年前，朱元璋做了明朝皇帝后，派大将徐达率兵到塞北围城设防，巩固北方边塞。徐达经过勘察，决定扩筑万里长城，并建关设卫。他将古代的燕山长城向东一直伸延到渤海边，并在此处建起一座巍峨雄关。他高兴地向朱元璋汇报说：那座城池北依山、南傍海，真可谓是山海之雄关啊！朱元璋听后一挥手说：那就叫山海关吧！

山海关是明长城东部起点的第一关隘，与万里长城中部的居庸关（在北京八达岭处）、西部的嘉峪关（位于甘肃西部）合称“万里长城三大名关”，山海关居首。因此地是扼守华北与东北的咽喉要冲，自古以来就是兵家必争之地，有“两京（沈阳旧称‘盛京’）锁钥无双地，万里长城第一关”之誉，在明朝则被视为“京师屏翰，辽左咽喉”之要塞。现在，山

海关已成为国家5A级旅游景区，因其一年四季皆有美景：春游悬阳观桃李，夏驭巨龙斗狂澜，秋登燕塞赏红叶，冬看长城舞银练。

山海关由七座城堡、十大关隘和雄伟的长城组成。经明代200多年不断修建，终将其建成了一个结构严谨、层次清晰、功能完备的军事防御体系，堪称万里长城建筑史上的奇作。

山海关的主体建筑是耸立在长城之上的镇东楼，又叫箭楼。这座威武雄壮的建筑青砖碧瓦，雄视四野，具有很强的威慑力。楼上悬一长5米、高1.5米的巨匾，上书“天下第一关”五个楷书大字，是明朝著名书法家萧显所书，笔力苍劲浑厚，颇具镇关之风，堪称古今巨作。

在楼的南北两侧，各有一门名为“威武大将军”的铁炮，据说铸造于明朝崇祯年间，距今已有400年的历史。铁炮的炮身长2.7米，重达2500公斤，当时是山海关的重型防御武器，现已成为珍贵的历史文物。

登上城楼俯瞰，山海关古城全貌尽收眼底。近看，呈四方形的山海关古城历史痕迹明显，城墙用青砖包砌，墙外环绕护城河，城内大街小巷和四合院民居保留了明代古朴的原样。远眺，北部群山雄奇秀丽，东部渤海碧波万顷，西部长城蜿蜒连绵，一座座瞭望台、烽火台朦胧可见，似乎看到了守关将士的英俊威武，似乎看到了烽火台上狼烟四起，似乎看到了挥舞马刀、弯弓射雕的入侵者面对巍巍长城和雄伟关隘而无可奈何！顿感这泱泱雄关给人增添了无限勇气和力量。有诗赞曰：彩霞映高楼，雄关添生机。朝观沧海日，夕看燕山雨。游客楼台上，纷纷话今昔。

在参观中，城楼上的一景令人感到好奇。即主楼上的48个可开可关的箭窗，窗板上都涂有红底、白环、黑靶心图案。我不解其意， 问带队的同志，他亦不解。叫来工作人员讲解，才知道48个箭窗的用处是可以从四面八方观察和打击敌人。而酷似鹰眼的靶心则是用于吓唬飞鸟，因有些飞鸟

作者在山海关秦始皇求仙入海处留影（远处为导航塔）

会到窗户处筑巢，影响兵士观察和作战。画上这个图案，惧怕老鹰的飞鸟就不敢到箭窗上来了。

哦，原来是这个用意，我真佩服设计人员的睿智。

在明代，山海关在御敌中发挥了重大作用。如明天启元年（1621年），一代巾帼英雄秦良玉奉旨率领“白杆兵”从四川北上，浴血山海关，杀得后金（清）努尔哈赤第八子皇太极连弃滦州等四城，被迫退到山海关外。抗倭名将戚继光更是在山海关为抗击倭寇做出了重大贡献。

明朝中后期，倭寇不断地从海上侵犯明朝领土，甚至威胁着京师的安全。明隆庆元年（1567年），张居正被穆宗皇帝任命为首辅（宰相）后，调福建总兵戚继光入京，任命总理蓟州、昌平、保定三镇练兵事，保卫京

师。戚继光在任16年，他与另一军事家谭纶提出在居庸关到山海关间的长城上修建3000座墩台，以加强边塞的防守，当即得到穆宗皇帝的批准。这是明朝继100年前成化年间后一次较大规模修筑长城，其中包括修建长城东部起点入海的“老龙头”。

由于城墙入海七丈，要在惊涛骇浪中修筑一座海滨要塞谈何容易。涨潮时波涛汹涌，海浪冲天，难以施工。戚继光率领英勇善战的“戚家军”，在海水退潮后昼夜苦战。整座工程全部用方形巨石砌筑，巨石间用铁水浇铸，使其连接为一体，固若金汤，在万里长城建筑中独一无二。

这项工程之所以叫“老龙头”，缘于万里长城犹如一条巨龙，从嘉峪关往东，穿过茫茫沙漠，跨越巍巍群山，直到渤海之滨山海关，入海部分的石头城海拔25米，犹如昂首怒吼的龙头，故名“老龙头”。

我们登上老龙头，走马观花地看了靖卤台等景点，又重点参观了老龙头的制高点澄海楼。这座建筑为全木质结构，楼上有明天启二年（1622年）兵部尚书孙承宗所写的“雄襟万里”四个大字；匾额上的“澄海楼”是清乾隆帝所书。还记得有一块耸立着的石碑，上面镌刻着“天开海岳”四个苍劲有力的大字。当年，这座海上雄城不仅为抵御倭寇的侵扰起了重大作用，而且曾一度成为明朝抵抗后金的重要屏障。崇祯二年（1629年），皇太极率领清兵不敢从山海关进犯北京，却绕道古北口踏过长城，杀向京城。明朝战将、曾在宁远大捷中打垮努尔哈赤、在宁锦大捷中打败皇太极的袁崇焕闻讯后，星夜从山海关驰援北京。崇祯帝中了皇太极的反间计，盲目地将袁崇焕杀害，导致明朝灭亡，崇祯帝自缢于故宫后的煤山（现景山），这真是一个民族切肤蚀骨的千古之痛啊！

站在老龙头，前望大海，回看山海关，抚今追昔，感慨万千，一种爱国豪情油然而生，这也许是一个老兵的情怀使然。

我们从老龙头下来后登上快艇，体验了一下乘坐快艇畅游大海的快感。艇在海面飞，浪花两边溅，风在耳边响，人感有点险，驰出十余里，旋即往回转。下艇后我们又去游览了海拔519米的角山。

角山在山海关城楼以北，集山、城、寺于一体。山门是明代建筑风格，极像一个“山”字。门的正面匾额写着“角山长城”，背面则是“碧海雄峰”。角山的最高峰为平顶，名曰“太平顶”。长城在山上随地势而建，蜿蜒向西而去，险要处修有古战台、烽台、关隘等建筑。有诗赞曰：“自古尽道关城险，无险要隘在角山。”角山长城内侧山腰静谧处建有一座古朴典雅的寺庙——栖霞寺。可能是因地形特殊和沿海天气的影响，寺庙一带时雨时晴，且常现“瑞莲捧日”奇景。有诗形容：山寺巍峨逼太清，下方阴雨上方晴。阶前俯视蛟龙斗，槛外高悬日月明。

走出角山大门，我们便乘车去看最后一个景点——孟姜女庙。

说起孟姜女，人们并不陌生。“孟姜女千里寻夫”“孟姜女哭长城”的传说已流传了一两千年，甚至编成文艺作品，搬上了戏剧舞台，讴歌这位忠贞烈女，鞭挞暴君秦始皇。

孟姜女庙又称“贞女祠”，位于山海关城东六公里的凤凰山望夫石村后的山岗上，据说建于宋代以前。庙前有108级台阶直通山门，在往上走的过程中有一种奇妙的神秘感。庙的周围是红色围墙，院内分前后两殿，而且设有钟楼。前殿正中有座泥塑孟姜女雕像，两旁侍立童男童女，并有一副据说是南宋右丞相文天祥题写的楹联，“秦皇安在哉万里长城筑怨，姜女未亡也千秋片石铭贞”，横批“万古流芳”。仔细琢磨这22个字的楹联，对秦始皇和陕西民妇孟姜女的对比，既鲜明又深刻。尤其“筑怨”二字真乃点睛之笔，一针见血地指出了秦始皇筑了长城，也筑了民怨，导致秦王朝在广大人民心中崩溃，秦始皇的暴政导致了秦朝的灭亡。

在前殿的墙壁上还镶嵌着不少碑刻，我只记得有清朝乾隆、嘉庆、道光几个皇帝的题词。由于时间关系，当时未来得及将题词的内容记下来。

后殿有两个小景点，我对它们有点印象，即“望夫石”和“振衣亭”。

望夫石上有坑，传说当年孟姜女就是站在这块石头上望夫的，并且站出了足迹。“片石”虽然不太大，但上面铭刻着孟姜女对爱情的矢志不渝，对秦始皇暴政的血泪控诉，因而被后人视为“铭贞”的“千秋片石”。离望夫石不远的振衣亭，据说是孟姜女更衣梳妆的地方，我对这两个景点的由来不大相信。又一想，既然是庙，也就无所谓真假了。也许是后人根据多少年来演绎的传说而设置的，出发点是好的，否则就没有这么多故事了。

在科技和军事高速发展的今天，山海关和万里长城已不再是“一夫当关，万夫莫开”的铜墙铁壁，但它的历史功绩是永远不可磨灭的。中华民族不怕艰险、不畏强敌、英勇不屈的斗争精神，也始终像万里长城和山海关一样，屹立在每个人的心中！

笔落至此，意犹未尽，现作《七律 · 山海关》一首：

雄关屹立浪涛边，戍隘凌空寇胆寒。
龙首高昂伏漭海，城墙连嶂筑屏藩。
倚栏遐想千军号，登顶遥观万里烟。
今日神州扬利器，经天纬地震人寰。

避暑山庄离宫苑

承德，是清朝自康熙以后历代皇帝的避暑、狩猎之地。承德避暑山庄则以“一座山庄，半部清史”闻名于世。

承德位于河北省东北部，距北京180公里。1997年5月，我在中华人民共和国国内贸易部政策体制法规司工作时，曾两次因公去承德。5月初与我们司的许延平处长及河北省贸易厅的同志到承德市及所属的承德、丰宁、隆化、围场等几个县就酒类市场管理问题进行调研。因当时承德的酒类生产和酒类市场管理搞得比较好，回京后我写了一篇较长的经验性文章。同时也了解到了承德人的酒量和豪放，听听我当时记的几句顺口溜就知道了：东走西行，喝不过丰宁；南来北往，喝不过围场；上上下下，喝不过隆化；省喝京喝，喝不过承德；等等。

同年5月底，我又到承德市参加国内贸易部在皇宫大酒店召开的全国酒类市场管理工作会议，会后游览了著名的承德避暑山庄和有关名胜古迹。

承德源从热河来

承德，原称“热河”。清雍正十一年（1733年），雍正皇帝取“承受先祖德泽”之意，设“承德直隶州”，始称“承德”。后来，又设置“热

河省”，省会设在承德，于是，“热河”一度成为承德的代名词。前些年上演的电视连续剧《打狗棍》，剧中的抗日传奇故事就发生在热河省省会承德。

中华人民共和国成立后的1955年，“热河省”被撤销，承德划归河北省，为省直辖市。随着旅游业的发展，承德凭借优美的自然环境和丰厚的名胜古迹，逐渐发展成为一座著名的旅游城市。为了扩大宣传，招徕游客，还编了《承德十大景歌》：避暑山庄景最奇，风摩岭外望东睨，罗汉山高人尽见，磬锤峰大话非虚，蛤蟆石儿朝南卧，德汇门前热水溪，鸡冠挂月三千丈，僧帽连云数百余，朝阳双塔藏仙子，元宝穴内长灵芝。

历史上承德之所以被称为热河省，源于当地有条著名的河流——热河。它的发源地是位于湖区东北隅的热河泉，我们专门去参观了这个景点。只见泉旁立有一块条石，上面用繁体字镌刻着“热河”二字。清澈的泉水从多个地下泉眼中涌出，似有蒸汽。据说很早以前冒出的泉水都是热的，汇成一条不大的河流，故名“热河”。有诗赞曰：吐玉喷珠飨嘉宾，寒来最是见精神。冰封塞外三千里，泉水独留一段春。

“热河”之所以名气大，原因有二：第一，它是世界上最短的河。河水从五孔闸流出宫墙后，沿御道长堤流入武烈河，全长仅有700米。第二，它是清帝乾隆赋诗赞扬的河。诗曰：夕阳红绿一湖明，入夕花藏衹业晶。却是清香收不住，因风馥郁送舟轻。

福地天成皇宫苑

承德避暑山庄是康熙皇帝为了维护多民族国家的统一和强塞固疆而建造的大型宫苑，又称“热河行宫”“承德离宫”，据说是我国现存的最大

承德避暑山庄一角

的皇家宫苑。“康乾盛世”130多年，两朝皇帝几乎每年都要在此驻跸半年之久，甚至有时一年来两三次。因此，承德成了清朝京城以外的陪都和第二个政治中心。1961年3月，承德避暑山庄被国务院列为全国第一批重点文物保护单位；1994年12月被联合国列入《世界文化遗产名录》。

承德避暑山庄坐落在承德市北部燕山层峦谷地之中的武烈河两岸，是集皇家园林、宗教庙宇、自然山光水色于一体的游览避暑胜地。

这座山庄始建于康熙四十二年（1703年），历经康熙、雍正、乾隆三朝，耗时89年，直到乾隆五十七年（1792年）才完全建成。总面积达564万平方米，即5.64平方公里，相当于八个北海公园或两个颐和园，光城墙就长达10公里。

山庄分为两大区域，即宫殿区和苑景区。宫殿区由正宫、松鹤斋、万壑松风和东宫组成；苑景区则由湖泊区、平原区和山峦区三部分组成。由于时间关系，我们只参观了宫殿区和湖泊区的部分景点，以及“外八庙”中的主要寺庙。

由于避暑山庄主要是康乾二帝建造的，因此，山庄里的72个著名景点的名字都是这二位皇帝题写的，每人36个。凡是四个字的景点，都是康熙题写的，如烟波致爽、万壑松风、淡泊敬诚、长虹饮练、水芳岩秀、月色江声等；凡是三个字的景点，都是乾隆题写的，如静好堂、翠云岩、如意湖、清碧亭、玉琴轩、临芳墅等。实际上，避暑山庄的景点多达124个，只是乾隆题字的景点不能超过他爷爷所题的36个而已。

康乾二帝题写的景点名字，都是很有讲究的。如康熙题写的“月色江声”，取苏东坡月夜泛舟的《前赤壁赋》和写月明之夜的《后赤壁赋》的意境。奇绝的是，这座殿门外的支柱看似歪斜欲倒，实则坚牢稳固。据说这一设计出于康熙的授意，寓意是“上梁不正下梁歪”，以此警诫臣工。

乾隆皇帝的题名也是个个有故事、有寓意。如他取松鹤益寿延年之意题写的“松鹤斋”，在此给他母亲祝寿，祝太后益寿延年。又如题写的“戒得堂”，乃为“戒之在得”之意，语出《论语·季氏篇第十六》：“孔子曰：‘君子有三戒：少之时，血气未定，戒之在色；及其壮也，血气方刚，戒之在斗；及其老也，血气既衰，戒之在得。’”以此告诫自己和群臣。

淡雅庄重宫殿区

山庄的宫殿区位于湖泊区以南，其中正宫是主建筑。这座清帝行宫依古代宫廷体制营建，由九进院落组成。既有封建皇宫通有的威严格调，又以简朴淡雅的风格区别于北京和沈阳的故宫。其主要特色是，融合了南北建筑艺术的精华，规模虽然不太大，但布局严谨，格调淡雅。建筑材料多采用青砖灰瓦和原木本色，实现了木架与砖石结构的完美融合，展示了我国古代建筑的高超技艺。虽比不上红墙黄瓦、描金彩绘、富丽堂皇的北京故宫，却也不失帝王宫殿的豪华与庄重。

我们从丽正门进入山庄。这是一座庞大的红色牌楼式“庄门”，门额上的“避暑山庄”四个雄浑的红色大字系康熙御笔。细心的人可能会发现，“避”字右边的“辛”字多写了一横，不少人认为是康熙写错了字，实际不然，我老伴在学写初唐著名书法家欧阳询的传世名作《九成宫醴泉铭》时，也写了这么一个字，我也认为她写错了。经看原件：“皇帝避暑乎九成之宫”一句中的“避”字，确实多了一横。据说在唐代书法作品中，这种异体字经常出现，如“全聚德”的“德”字，就没了“心”上面的一横。我想，“九成宫”是隋、唐两朝皇帝的避暑之地，承德避暑山庄也是避暑之地，康熙帝可能效仿了欧阳询的写法，以此标新立异。当然，这不过是我的猜想而已。

丽正门上的“丽正”二字，则是乾隆所题。“丽正”二字出自《易经·离卦》：“离，丽也。日月丽乎天，百谷草木丽乎土，重明以丽乎正，乃化成天下。”丽，意为依附；正，即正中，或正直；重明，指日月之光。“丽正门”隐喻着皇帝圣明之意。

进入丽正门往里走不远，是巍峨庄重的正殿。在满院苍松的衬托下，显得清幽淡雅，古朴无华。据介绍，这座大殿是皇帝举行盛大庆典、百官觐见、接见少数民族首领和外国使节的重要场所。整座大殿全部用寸木寸金的云南金丝楠木建成，不施彩画，不受虫蛀，且清香可闻，因而被俗称

为“楠木殿”。

走进大殿，只见正上方有一匾额，上书“淡泊敬诚”四个大字，系康熙帝御题。“淡泊”二字源于《易经》“不烦不扰，淡泊不失”。诸葛亮在《诫子书》一文中有两句流传百世的名言：非淡泊无以明志，非宁静无以致远。据说康熙非常喜欢这两句话，不仅以此律己，并教育子孙，而且将其作为治国之道。他将“淡泊敬诚”题于正殿，意义非凡。

在参观中，我将鼻子贴近殿前的木柱和门框上，仔细嗅着金丝楠木的味道，确有一点儿清香气。近300年的建筑了，至今仍闻到楠木的清香，令人赞叹不已！

过了淡泊敬诚殿，不远便是著名的“烟波致爽”殿，是以柳宗元的“四围秀岭，十里澄湖，致有爽气”而得名，所以康熙很喜欢这座有“爽气”的大殿，他在承德时大都在这里处理军机政务。他题写36景时，特将“烟波致爽”作为第一景，并写有史诗般的烟波致爽诗。请看他对这座殿的精彩描绘。

地理上，“北控远烟息，南临近壑嘉”；季节上，“春归鱼出浪，秋敛雁横沙”；建筑上，“触目皆仙草，迎窗遍药花”；天气上，“炎风昼致爽，绵雨夜方赊”；农业上，“土厚登双谷，泉甘剖翠瓜”；历史上，“古人戍武备，今卒断鸣笳”；休养生息上，“生理农商事，聚民至万家”等。活脱脱一幅宏伟壮丽的画卷！

然而到了晚清，这里又承载了众多的历史风云。1820年，年仅60岁的嘉庆皇帝在烟波致爽殿去世。1860年英法联军进攻北京时，咸丰帝逃到承德避难，在这座殿里批准了丧权辱国的《中英北京条约》《中法北京条约》《中俄北京条约》，后于1861年8月22日病逝于该殿。慈禧太后则在这座殿里策划了历史上有名的“辛酉政变”，拿下了“顾命八大臣”，从而走上政坛，垂帘听政48年。

在宫殿区东北部的湖边，有一座幽雅的“万壑松风殿”，那是康熙帝接见官吏、批阅奏章、读书写字的侧堂。这座建在土山壑旁的殿堂，据岗临湖，翠松掩映，静谧典雅，别有韵味。1722年，康熙发现皇四子雍亲王胤禛的四儿子弘历虽然只有11岁，却非常聪明伶俐，十分喜爱，便传旨将弘历送进宫中亲自调教。同年夏天，弘历与父母随爷爷康熙到承德避暑时，康熙将万壑松风殿赐给弘历居住，平时批阅奏章或进餐时，也要弘历侍奉在旁，朝夕教诲，精心调教。1736年，弘历继位，年号乾隆。为了纪念祖父对他的培育之恩，便把“万壑松风殿”题名为“纪恩堂”，后又写下了《避暑山庄纪恩堂记》。可见，乾隆是一个既孝顺又不忘恩的皇帝。

湖光潋滟赛江南

避暑山庄的湖区，是由澄湖、镜湖、银湖、长湖、上湖、下湖、如意湖等七八个形态各异的天然湖泊和沼泽地经过整修而形成的一个大湖，统称“塞湖”，面积达40多万平方米。湖区的总体结构以山环水，以水环岛，洲岛错落，桥堤纵横，湖面贯通，亭榭掩映，步移景异，变化无穷。正如乾隆所说：山庄云水佳，天然去雕饰。

康熙在位时多次下江南，对江浙一带的园林情有独钟，所以避暑山庄的湖光山色、亭轩楼阁等建筑，大都仿照江南的名园佳景建造，而且亲自为景点题名，他题写的36景都极具江南风格。

我们从“万壑松风”侧堂出来后沿坡而下，只见湖边坐落着一座精制的木质小亭，上书“晴碧亭”。据介绍，康熙非常喜欢杭州西湖的美景和赞颂西湖的诗词。他撷取北宋著名诗人苏东坡的诗《饮湖上初晴后

雨二首·其二》“水光潋滟晴方好，山色空蒙雨亦奇”中的“晴”字，和南宋诗人杨万里的诗《晓出净慈寺送林子方》“接天莲叶无穷碧，映日荷花别样红”中的“碧”字，将湖边小亭命名为“晴碧亭”，很有文化韵味。站在亭上，抬头可见“万壑松风”等宫廷建筑，远眺可望美丽的湖光山色，蓝天上的白云飘忽不定，岸边的垂柳摇头摆发，伴随着徐徐微风，令人心旷神怡，恍入仙境。

我们沿着一条由石板铺成的蜿蜒长堤游览风景如画的湖区。这条名叫“芝径云堤”的长堤，是康熙仿照杭州西湖的“苏堤”筑造的。长堤左右皆湖，逶迤曲折，径分三支，中间架木桥，将湖中的“环碧”“月色江声”和“如意洲”三座岛屿连接了起来，成为一条天然路径。站在山坡上看，长堤如枝柄，洲岛像云叶，宛如一枝半躺在水面上的三叶灵芝，又如一线牵的三朵彩云，更像一柄巨型如意，交错于波光粼粼的湖面，湖波镜影，胜趣天成，别致灵动，生机勃勃。正如康熙在《芝径云堤》诗中所写：“自然天成地就势，不待人力假虚设”“命匠先开芝径堤，随山依水揉辐齐。司农莫动帑金费，宁拙舍巧洽群黎”。

沿着芝径云堤向西走不多远，便到了“环碧”岛上。只见花草遍地，古树参天，殿堂幽静，碧水荡漾。走进殿内欣赏古画，细品小诗，观赏窗外美景，别有一番情趣。

在芝径云堤北端，坐落着一座较大的岛屿“如意洲”。岛上有好几个景点，如“延薰山馆”“无暑清凉”“沧浪屿”“一片云”等。我印象最深的是那座古香古色、故事感人的“观莲所”。

据介绍，弘历11岁那年随康熙到承德。一日，康熙与家人到这座亭子游览时，命小孙子弘历背诵诗书。弘历面对湖中的万株莲花，娴熟地背诵了宋代哲学家周敦颐的《爱莲说》（其中的名句“予独爱莲之出淤泥而不染，濯清涟而不妖”流传百世）。全文26句120个字，他竟一口气背了出来。康熙听后喜不自胜，当场为弘历写了鼓励条幅，弘历如获至宝。1736年弘历登基后，为了纪念这段与爷爷相处的美好时光，他将此亭命名为“观莲所”，并且题诗：不染由来是染尘，谁能拈出此花真？秋风过处香盈袖，暂许诗人对碧沦。

如意洲北面与之相连的一座小岛叫“青莲岛”，岛上坐落着一幢二层楼阁，乾隆御题“烟雨楼”。这座楼完全是仿照浙江嘉兴南湖鸳鸯岛上的烟雨楼建成的，乾隆很是喜爱。他在诗中赞曰：“最宜雨态烟容处，无碍天高地广文。却胜南巡凭赏者，平湖风递芰荷芬”“十五年违烟雨楼，重临未免惜情投”等。电视连续剧《还珠格格》中“小燕子”居住的“漱芳斋”，就是在这座烟雨楼取景的。

乾隆帝和他爷爷康熙帝一样，先后六次下江南，也曾到嘉兴南湖烟雨楼游览并留有诗句。我爱人于芳茹1986年5月也去游览过，并以“烟雨楼怀古”为题写了一首七律，前四句是：四处环波载绿洲，红墙金瓦树藏楼。凭栏眺望弥烟雨，高枕低吟写春秋。活生生地再现了晚唐诗人杜牧“南朝四百八十寺，多少楼台烟雨中”的意境。

青莲岛上，除烟雨楼外，还建有“青阳书屋”“对山斋”和“翼亭”。烟雨楼院内点缀着几棵高过楼顶的苍松，四周是白玉石围栏。站在栏边眺望，只见荷莲铺满了周围的湖面，并已挺出无数支荷箭，含苞欲放，野鸭、鸳鸯嬉戏其间，几种小鸟飞上飞下，择机捕食。忽有雾气袭来，如同薄绢细纱，轻烟缭绕，水天一色，美不胜收。

游览了承德避暑山庄后，我当时曾发感慨：清朝皇帝为了享乐，不惜花巨资修建了如此规模宏大的离宫，这要浪费多少劳动人民的血汗钱啊！

但仔细想想，封建社会的帝王为了避暑消夏，或者说为了国政和国

防的需要，选择天然名胜景区修建离宫别苑的举不胜举。如秦朝的阿房宫，西汉的骊山汤，隋朝的仁寿宫，唐朝的华清池，等等。正如乾隆帝在《避暑山庄后序》中所说：盖汉唐以来，离宫别苑何代无之？又说：我皇祖建此山庄，所以诘戎绥遐，崇朴爱物之义，见于御制中，意深远也。这就是说，修建避暑山庄，既有政治、军事、外交上的考虑，也有皇上移情怡性、恬淡养神、避喧听政、清静致远之意，以达到“物尽天然之趣，人忘尘世之怀”的境界，以及“合内外之心，成巩固之业”的目的。现在看来，也给中华民族留下了一份宝贵的物质遗产，其历史价值和旅游文化资源无法估量。从这个意义上来说，我们还得感谢康、乾二帝所做出的贡献呢！我写的一首七律诗，也基本体现了这层意思。

康乾二帝励精勤，理政出巡到日曛。
武略挥师平叛寇，文韬谋划造园林。
天人合璧宫湖美，道法圆通寺庙馨。
功过评说谁判定，八方游客似流云。

民族融合外八庙

承德避暑山庄以外还有一大风景——外八庙。

这组兼容汉、蒙、藏、维（吾尔）民族风格的寺庙建筑群，犹如众星拱月，环列于山庄北面和东面的武烈河两岸及狮子沟的山丘地带。据说这一带原有寺庙11座，其中八座由清政府直接管理，供西方有关国家的使节和我国少数民族的王公贵族朝觐清朝皇帝时礼佛之用，故称“外八庙”。“外八庙”中的溥善寺在历史动乱中早已被毁，现存的七座由北向东依次是殊像寺、普陀宗乘之庙、须弥福寿之庙、普宁寺、安远寺、普乐寺、溥仁寺。这七座寺庙依山就势而建，形式各异，布局自然，气魄雄伟，而且都面向避暑山庄，象征着各族心向中央，民族团结，国家统一。

由于时间关系，我们只参观了其中极具代表性的三座寺庙。

我们参观的第一座寺庙是普宁寺。这座大佛寺坐落在避暑山庄东北部武烈河畔的狮子沟北坡上，依山傍水，风景秀丽。兴建这座佛寺的起因是，清乾隆二十年（1755年），清政府平定了厄鲁特蒙古准噶尔部达瓦齐的叛乱，乾隆皇帝随之在避暑山庄接见了蒙古四部落前来朝觐的王公贵族。为了炫耀平定达瓦齐叛乱的功绩和安抚蒙古各部，决定兴建一座大佛寺，取“臣庶咸（天下咸服）安其居、乐其业、永普宁”之意，命名“普宁寺”，即普天下之安宁。因寺内供奉着高大的金漆佛像，所以俗称“大佛寺”。

规模宏大的普宁寺融合了汉、藏寺庙建筑艺术风格。整座建筑以大雄宝殿为中心。前半部为汉式寺庙建筑格局，后半部则仿西藏三摩耶庙建筑风格。门外耸立着三座牌坊，山门内正中是御碑亭，左右为钟楼和鼓楼。给我印象较深的是那座方形御碑亭，亭内矗立着用满、汉、藏等好几种文字刻写的《御制普宁寺碑》，记述了清廷两次平定准噶尔叛乱的经过，颂扬乾隆统一天山南北广大区域的功绩。

其后是天王殿，殿内供奉着大肚弥勒佛。再往里走，是金碧辉煌的大雄宝殿。殿前的楹柱上有一副醒目的对联：镇留岚气闲庭贮 时落钟声下界闻。殿内供奉着三世佛：中间是“现在佛”释迦牟尼，左为“过去佛”迦叶，右为“未来佛”弥勒。两侧山墙前的石坛上，供奉着十八罗汉雕像；山墙上绘有普贤、文殊、弥勒、观世音、地藏王等八大菩萨像。

从大雄宝殿后门出来，须登42级台阶，进入藏式建筑部分。主殿为“大乘之阁”，屋顶覆盖着黄色琉璃瓦，体现着汉式风格。阁内佛前抱柱上的一对楹联是：具大神通宽十行 是真清净现三身。意思是，佛和菩萨具有深不可测的神通，圆满地修成了能利于他人的“十行”；修炼到真正清幽洁净的境界，就会神通广大，能显现法身、报身、应身来普度众生。这是颂扬佛和菩萨的德行和功力，教育人们积德行善。

大乘之阁内供奉着一尊42只臂的观音菩萨木质雕像，俗称“千手千眼观音菩萨”，高22.28米，腰围15米，重达120吨。此尊雕像手持日、月、乾坤带和铃杵等法器，慈眉善目，神态安详，造型优美，工艺精湛，比例匀称，确为我国古代雕刻艺术之珍品。在大乘之阁四周，有象征太阳、月亮的日、月殿和白、绿、黑、红四座喇嘛塔等配套建筑。东面有一所名为“妙严室”的四合院，是乾隆皇帝瞻礼的御座房，供其休

承德普陀宗乘之庙一角

息和念经之用。

我们参观的第二座寺庙是“普陀宗乘之庙”，俗称“小布达拉宫”。这座寺庙位于避暑山庄正北，始建于乾隆三十二年（1767年）三月，历时四年半建成，建筑面积22万平方米，是“外八庙”中最大的一座。

从外部看，这座建筑只是一面特大的红墙和七层小窗，但顶部的金瓦在阳光反射下令人睁不开眼。我们边往上走，边听导游介绍：当时的清政府为了加强对西藏和内蒙古地区的管理，针对“因其教不易其俗”的特点，采取了“以俗习为治”的民族宗教政策。西藏是藏传佛教喇嘛教的中心，是“藩服皈依之总汇”，所以乾隆非常重视这一教派。为了庆祝他六十寿辰和他母亲皇太后八十大寿在同一年，更好地接待信奉喇嘛的蒙古

王公前来祝寿，不惜耗费大量人力、物力、财力，依照达赖喇嘛在西藏拉萨所居住的布达拉宫建造普陀宗乘之庙。恰在此时，远离祖国一个半世纪的蒙古族土尔扈特部落在首领渥巴锡的带领下，毅然脱离沙皇俄国，历尽千难万险，驰驱万里，东归大清王朝。前些年拍摄的一部规模宏大的电影《东归》，描写的就是这一事件。对此，乾隆帝龙颜大悦，专门在这座寺庙的大红台接见了渥巴锡首领。

乾隆将这座寺庙命名为“普陀宗乘之庙”是有讲究的。“普陀”是梵文的音译，是印度佛教圣地、观音菩萨的道场。承德的这座普陀宗乘之庙与浙江的普陀山、拉萨布达拉宫中的“普陀”和“布达拉”，是观世音在中国的三大道场。“宗乘”意为各宗各教发扬宗义和教典。“普陀”与“宗乘”合起来的意思是，发扬观世音菩萨留下的教义和佛教经典。

这座寺庙有大小建筑40多座，其中最有特色的是主体建筑大红台。大红台高达40米，宽60米，建在17.5米高的台座上，红白相衬，色彩夺目。红台正面墙壁中间，自下而上嵌有六个琉璃佛龛，供奉着无量寿佛像，以祝乾隆六十寿诞；红台上端，饰以81个黄琉璃佛龛，供奉着80尊无量寿佛，以贺皇太后八十寿辰；红台顶部，四周是三层群楼，群楼中间是红台顶，意为“万法归一殿”。殿顶鎏金铜瓦，仅铜瓦鎏金就用了头等金叶1万余两。这里是乾隆皇帝和皇太后举办祝寿朝贺之地，也是喇嘛活佛讲经说法之所。

普陀宗乘之庙里的楹联很多，如我顺手记的“秘印妙持超四果　圆光正觉示三乘”“佛光普护三千界　寿城常开万亿春”等。看着这些对联，更感佛教的深奥和神秘。

我们最后参观的须弥福寿之庙，是乾隆皇帝70大寿时为前来祝寿的西藏地方政权领袖六世班禅修建的行宫，占地3.79万平方米。当时来祝寿的民族部落王公贵族和外国使节很多，让乾隆深受感动的是西藏六世班禅额尔德尼从拉萨以西的日喀则长途跋涉2万余里，前到承德为他祝寿。乾隆为了迎接这位远道而来的贵宾，特意仿照日喀则扎什伦布寺，在避暑山庄湖区以北的狮子沟北山山麓建造须弥福寿之庙，供六世班禅讲经及居住，因而又称“班禅行宫”。

据介绍，“须弥福寿”是藏语“扎什伦布”的汉译。“扎什”意为“福寿”，“伦布”意为“须弥山”；“须弥福寿”即“福寿的须弥山”。山门上，悬挂着乾隆书写的《须弥福寿》匾额。乾隆在《须弥福寿之庙碑记》中称这座建筑“都纲及寝室，一如后藏式。金瓦映日辉，玉幢扬风舞”。

从总体建筑格局看，这是一座典型的藏式寺庙，但有些个体建筑和装饰，又是汉族的风格。主体建筑大红台将寺庙分隔成前中后三部分。前部由五孔石桥、石狮子、山门、碑亭、琉璃牌坊组成；后部是琉璃万寿塔，周围是红色围墙，围墙上有城楼式建筑。中间的大红台为三层楼群，中心是“妙高庄严”殿。走进殿内仰望殿顶，只见八条鎏金铜龙张牙舞爪，势欲腾飞，威武壮丽。这三层大殿每层都供奉着佛像，我只记得第二层供奉着释迦牟尼佛像，第一层设有六世班禅诵经宝座。当时六世班禅住在吉祥法喜楼的一层，二层是佛堂，楼顶覆鎏金铜瓦，富丽堂皇，光彩夺目。殿前为白石台，与大红台相连，出入都很方便。

寺后的万寿塔建在方形石台上，塔身用绿色琉璃砖砌成，塔顶用黄色琉璃瓦铺覆，七层八角，象征乾隆七十大寿。这座塔背负青山，是全寺的最高点，所以给我的印象很深。

须弥福寿之寺里的楹联也不少，我记下了自己感兴趣的几副，如：“风铃常转莲花藏　贝叶闲披金字经”“功德无边复无量　因缘非色亦非

空”“便有香风吹左右　似闻了义示缘因”等（“了义”是佛教名词，是“真实”的异名，意思是显示事物的真实内容和真正含义）。

乾隆不惜花巨资盖的这座宏伟建筑，当时就收到了很好的效果。一是推进了中原文化与西藏文化的交流和融合。六世班禅带来了大量的藏传佛教文化，还特意选留20名喇嘛在须弥福寿之庙亲传后藏经律。乾隆也非常重视六世班禅的觐见，专门学习了藏语，在接见班禅时用藏语进行交谈。二是通过这次隆重的接见活动，加强了民族团结。六世班禅承德之行后，断然拒绝了英国人的入藏要求，并明确表示西藏是中国的领土，一切听命于中国皇帝。由此可见，须弥福寿之庙不仅具有很高的建筑艺术价值，而且在历史上为加强民族团结、维护国家统一，发挥了重要作用。

这正是：

天香禅诵入青霄，古寺经声去寂寥。

远客离宫诚觐见，佛门高论睦多娇。

天造地设棒槌山

“不看棒槌山，肯定留遗憾。”当地人对我如是说。

正因如此，我两次到承德，都与同事去观赏了棒槌山。

棒槌山位于避暑山庄以东五里许。依我看，这座山不算高大，据说海拔不到600米，既不雄伟，也不险峻，但很奇特。因在山峦之上矗立着一块上粗下细的巨石，上部直径15.04米，下部直径只有10.7米，上下粗细相差将近5米；石高38.29米，加上凸起的底座，总高度59.42米。其形状既像竖起的大拇指，又像挺拔的仙人掌，也像一颗硕大的带皮花生，但更像一柄带“缨”的洗衣棒槌，故被人们称为“棒槌山”。乾隆二十六年（1761年）的进士、清代史学家、诗歌评论家赵翼赞曰：“峰头惊孑立，石笋忽然生。颇似金茎状，殊惭玉杵名。空中禅棒喝，月下捣衣声。远壮行都色，孤标接太清。”

说它带“缨”，是因为在这块巨石腰间长出了一棵三米高的桑树。据专家测算，这棵桑树与巨石已经相亲相爱了三百多年，可谓是奇景中的奇景了。至于它为什么能在石挺的半腰中生长，一直是一个未解之谜。

更可笑的是，这尊“石挺棒槌”在当地一些人看来，最像采天地之精华的“阳具”，甚至无所避忌地说得更直白、更露骨。据说也确有一些不育妇女虔诚地上山朝拜，并摸一摸棒槌石，以期吸收阳刚之气，祈求能够怀孕生子。当个别妇女得到“应验”后，便一传十、十传百，这种近乎于宗教仪式的习俗，从千百年前一直流传到现在。我们在参观避暑山庄时，就知道有个“磬锤峰”景区。原来，康熙四十一年（1702年），康熙皇帝到承德视察建设避暑山庄时，看到棒槌山的这块擎天巨石犹如磬锤，便赐名“磬锤峰”，并在景区建了一座“锤锋落照”亭，与磬锤峰遥相对应。站在山岗眺望，诸峰横列，山石峻峭，涧水流响，白云缥缈。尤其在夕阳西下之时，余光似火，辉映天际。对此美景，康熙赋诗赞曰：纵目湖山千载留，白云枕涧报深秋。巉岩自有争佳处，未若此峰景最幽。

关于棒槌山的来历，我们在参观中听到了几个传说故事。

一个是“定海神针”的传说。据传，若干年前，承德这个地方是一片汪洋大海。龙王之女偶然遇到了渔民青哥，两人产生了爱情。但龙王不允许，挖空心思地阻止他俩相爱，并就地凿洞放水，企图淹死青哥。是小龙女盗来定海神针，堵死了地下水洞，两人大胜后终于相亲相爱。若干年后，海水退去，定海神针变成了现在的棒槌石柱，永远定在了这里。有诗赞道：撑穹坚铁柱，定海固金针。何日沧沧定，悠悠证古今。

承德棒槌山

另一个是大禹用棒槌制服“蛤蟆精”的传说。据说在远古尧舜时期，大禹治水路过承德这个地方，发现有只蛤蟆精兴风作浪，时发大水残害人民。一心为民除害的大禹怒不可遏，抡起捣衣用的木棒槌将蛤蟆精打翻在地。大禹将大棒槌随地一扔，变成了一块竖立着的大石头，立在了蛤蟆精身旁，只要它一动，就给它一棒槌。从此，被制服的蛤蟆精再也不敢兴风作浪残害人民了。

我当时还编了四句顺口溜：定海神针蛤蟆精，成就承德棒槌峰。崖桑相伴千百载，石茎形奇传美名。

当然，上述传说不过是人们歌颂真善、鞭挞邪恶的美好愿望，科学依据才能证实棒槌山形成的真正原因。

据地质学家考证，约在1.5亿年前，棒槌山这个地方只是承德河湖盆地中的泥沙砾石，后逐渐形成岩石。随着地壳运动的变迁，缓慢地上升为陆地，进而升为墙体般的山体。经过长年风吹雨淋和地壳运动造成的碰撞，墙体逐渐崩塌，最后形成鬼斧神工般的山峰，据说它形成的历史也只有300万年。我认为这种解释比较令人信服。

我们围着棒槌山转了好几圈，越看越感到神秘莫测，总觉得“蛤蟆精”就潜伏在附近。巨石腰间的古老桑树探出身子，似乎在招呼我们“快上来，上来看看”。

“来来来，靠近点。‘摸摸棒槌山，能活一百三。’快摸呀，大家都沾点喜气。”招呼我们的可不是老桑树，而是陪同我们参观的工作人员。

现作七绝《棒槌山》一首：

神针定海峙长空，巨擘擎天磬棒峰。

剑雨刀风磨利刃，千秋矗立报升平。

（注：①擘，bò，大拇指；②磬，qīng，古代用玉或石制成的打击乐器，形状像曲尺。）

正定古城隆兴寺

河北省正定县是一个有着两千多年历史的古城。县城位于华北平原中部，石家庄市以北30公里处。滹沱河从城南由西向东而去，城西是京广铁路，是一个土地肥沃、交通便利的好地方。习近平总书记曾于1982年至1985年在正定县任县委副书记、县委书记。

历史上，正定这个地方曾先后属恒山郡、常山郡、中山县，这三个名字中都有“山”，而正定自古以来就没有山，所以就有了“三山不见山”之说。三国时期，这里是常山郡真定县，是魏国的属地，刘备手下的常胜将军赵云就出生在这里。正如《三国演义》第七回中赵云向公孙瓒所自我介绍的：“某乃常山真定人也，姓赵名云，字子龙。”故被称为“常山赵子龙”。正定县在历史上叫“真定”的时间最长，直到清朝才改为正定县至今。

正定是我国的历史文化名城，名胜古迹甚多，如浩大的古城墙，九楼、四塔、八大寺、二十四座金牌坊等。

我曾于1968年6月、7月和2007年5月、2020年10月四次去过正定。50多年前我第一次去时正赶上大规模地拆西城墙。据说正定城在历史上是按“府”级规划建造的，城墙周长12公里，高三丈三尺，除建有东西南北四座城门外，还在城四角各建有一座角楼。由于建设规模较大，所以在历史上与北京、保定并称“北方三雄镇”。但到中华人民共和国成立时，正定古城墙仅存断壁残垣，各座城门也破旧不堪，摇摇欲坠。在解放后的十几年里，逐渐把所有城墙、城门、角楼拆除。1968年我第一次去正定，下了火车步行到县城的途中，看到许多人正在拆城墙和城西门（据说叫“镇远门”）。40年后再去正定，看到了后来照原样修复的南城门——长乐门。这座分上、下两层的城楼，城门中央书有“长乐门”三个大字，是著名书法家启功先生的墨宝。

在正定的诸多名胜中，我国“十大名寺”之一、被著名建筑大师梁思成先生誉为“京外第一名刹”的隆兴寺，我慕名去过三次。

特殊时期的隆兴寺

1968年我在解放军报社工作时，曾与另一战友两次去正定调查一位干部在抗日战争时期的历史问题。任务完成后，武装部的同志对我们说：“你们回北京的火车是晚上的，下午你们可以去看看隆兴寺。那是国务院公布的第一批国家文物保护单位，里面有尊千手千眼大佛，你站在他的肩膀上，够不到他的耳朵。”

他这一说，勾起了我的好奇心。我们走到那里后，只见寺前有一座双龙照壁，墙为红色，据说长约30米，厚1.2米，高7米，顶部及两侧镶嵌着绿色琉璃瓦，装饰着栩栩如生的飞禽走兽，中间是绿琉璃二龙戏珠浮雕。照壁旁立有一块国务院颁发的“国家文物保护单位”的牌子，时间为1961年。

走到门口，只见寺门紧闭。推门进院，来一战士，说“这是军事单位，闲人免进”。我掏出《解放军报社记者证》，战士看后，不敢怠慢，领我们去见一位领导。那位领导很热情地简要介绍了情况。原来这支部队

在附近执行一项秘密施工任务，晚上就睡在这座寺里的木板房里。因所有殿房早已关闭，只允许我们去看千手千眼大佛，并嘱咐我们注意安全，因为里面有许多大蝙蝠，据说还有大蛇。

我找了一根木棍在前面探路，进殿后只见蛛网横挂，杂草遍地，佛像披尘，静无声息。我们小心翼翼地围着大佛转了一圈，并警惕脚下和每个角落，唯恐遇到大蛇。见一木梯，直通二层，我攀梯而上，但顶部的出口被一块木板盖住，我稳住身体，两手加脑袋将木板顶起并移到一边，拿起棍子上到二层，惊得一些蝙蝠乱飞一气。在二楼看大佛，格外清晰，尤其他手中托着的小佛，各种形象一目了然。因在二层确实有点儿心悸，我们便很快下楼了。

出殿后，见许多高大的古石碑矗立在院内，据说共有40多通，以翔实的资料记述了该寺院的沧桑变化。我们看了十几通，也只是简单地看一下碑文和立碑的时间，最早的石碑是隋朝立的，唐宋以来各朝各代都有。现在看来，这都是国宝啊。

四十年后的隆兴寺

2007年5月初，我与老伴到石家庄看望大舅哥一家时，特地到正定参观了隆兴寺。2010年10月中旬，我陪商务部原副部长、时任中国商业联合会会长的张志刚到石家庄出席“2010年中国·石家庄国际投资贸易洽谈会”，会后到正定考察商品交易批发市场，顺便去参观了隆兴寺。

四十年后的隆兴寺与前大不相同了，不仅所有古建筑得以恢复并刷新，而且僧侣体系健全，香火旺盛，正如导游所说：“这才是原汁原味的隆兴寺。”

据介绍，这座占地面积达8万多平方米的古刹，建于隋文帝（杨坚）开皇六年（586年）。因为建在十六国后燕慕容熙的龙腾苑旧址上，故称“龙藏寺”。北宋开宝二年（969年），开国皇帝赵匡胤亲征河东时驻跸镇州（正定），敕令扩建该寺，并更名“龙兴寺”。清康熙年间改名“隆兴寺”至今。

河北正定隆兴寺一角

隆兴寺现存有双龙照壁、三路单孔石桥、隋代龙藏寺碑，宋代大悲阁、天王殿、摩尼殿、转轮藏殿以及弥陀殿、慈氏殿、戒坛，明代铜铸毗卢佛，清代康熙御碑亭、乾隆御碑亭等十余座古代建筑，分布在南北中轴线及其两侧，总体布局规整严谨，高低错落，主次分明，具有我国古代建筑艺术的优秀传统和独特风格，尤其是完好地保存了宋代佛寺建筑，十分珍贵。

一般来说，规模较大的寺院都设有山门，而隆兴寺却是座“无门寺”。绕过寺前照壁，后面是一座建于清代的三孔石桥，不过桥下无水，可能是为了建筑布局而建的。过了石桥就是天王殿，殿中间的大拱门似乎起着“山门”的作用。拱门正上方横嵌着清代皇帝康熙书写的“敕建隆兴

寺”五个金色大字。

走进天王殿内，只见中间佛坛上供奉着释迦牟尼、文殊、普贤三尊大佛和释迦牟尼的两个弟子阿难、迦什的塑像，佛坛上香雾缭绕，坛前拜谒者众，可见香火之旺。

说到“阿难”和“迦叶”，我查《佛教小词典》得知，阿难是释迦牟尼的堂弟，侍从释迦牟尼25年，是释迦牟尼的“十大弟子”之一。此人长于记忆，被称为“多闻第一”，传说佛教首次结集，是由他诵出的经藏。迦叶也是释迦牟尼的“十大弟子”之一，传说是佛教第一次结集的召集人。

再往前走，便是坐落在中轴线前部的摩尼殿。这座大殿始建于北宋皇祐（仁宗）四年（1052年）。“摩尼”在梵语中意为“珠宝”。“摩尼殿”取自佛经上所说的“摩尼珠，投入浊水，水即清”，意思是去浊取清，脱离尘俗，清静修行。

摩尼殿的建筑结构，按建筑学的话说属“抬梁式木结构”。大殿平面呈十字形，高大面阔，下檐四面正中各凸出一山花抱厦，即各增加一门廊。这种建筑形式在我国古代建筑中独树一帜，被我国古建筑学家梁思成誉为“中国古代建筑的艺臻极品”“世界古建筑的孤例”，并将其录入了《中国建筑史》一书。

摩尼殿内，不仅有一些明代壁画，还在背壁悬塑着玲珑别致的须弥山（古印度神话中的山名，许多佛教造像和绘画以此山为题材，用以表示天上的美好景观），“山”上塑着30尊栩栩如生的罗汉雕像。最引人注目的是中间那座明代雕塑的倒坐观音雕像，高3.4米，头戴宝冠，身披彩帛，左足踏莲，右腿搭在左腿上，右手绕膝轻抚左腕，身体向前稍倾，姿态端庄，面容秀丽，神态恬静。那双琉璃宝珠眼睛微张，向下俯视，目光恰与礼佛者仰视时形成感情上的交流。这种人性化的完美形象，一改以往观音端坐莲台、手持净瓶的形态，也一扫宗教雕像呆板之风，因而被视为佛教美学艺术的上乘之作。当年鲁迅先生曾在山本照相馆购得一张隆兴寺倒坐观音照片，爱不释手，一直摆在他的书桌上，并赞其为“东方美神”。

隆兴寺的主体建筑是宋代兴建的大悲阁，又称大悲宝阁。阁内供奉的大悲菩萨铜像，是我国现存最高的铜铸立式佛教造像，也就是我1968年去看的那座千手千眼观音铜像，只不过当时无人介绍。

据悉，北宋开宝二年（969年）宋太祖征东到正定城西大悲寺礼佛时，得知寺内供奉的唐代四丈九尺高的铜铸大悲菩萨已毁于五代后汉（947—950年）契丹犯界和后周（951—960年）世宗毁佛铸钱两次劫难，并听信寺僧“遇显即毁，遇宋即兴”的箴言，便敕令将城内的“龙藏寺”更名为“龙兴寺”，同时扩大建寺规模，重铸大悲菩萨金身，重盖大悲宝阁。从开宝四年（971年）开工，到开宝八年落成，仅仅用了四年，就建成了一座规模宏大、气势磅礴的大悲阁建筑群。阁楼五檐三层，高达33米，巍峨古朴。尤其阁内端坐在莲台上的那尊铜铸大悲菩萨像，高22米，全身有42条臂，又称“千手千眼大悲菩萨”。当然，说他有“千手千眼”，不过是象征而已，意为“佛法无边”。他的42条臂，除两臂当胸合十外，其余的分别持日、月、净瓶、宝剑、金刚杵等法器，以示解救众生的法力。

可惜，除胸前合十的两臂为原铸外，两侧的40条铜臂在混乱的年代里都已被人锯走，1944年重修大悲阁时，只好安装了木臂，上面裹上布，再涂上一层重漆，最后贴上金箔，其与原铸造的铜臂保持一致，站在观音铜像前仰视，只见其形体高大、比例适度、神态自若，令人仰慕。

在隆兴寺中轴线末端的毗卢殿内，供奉着一尊设计独特、精美绝伦的铜铸毗卢佛。“毗卢”的全名是“毗卢遮那”，意为“光明遍照”，是

一座报恩佛。据说是明代万历皇帝朱翊钧为其生母慈圣皇太后祝寿而御制的，以报母亲的养育之恩。这座毗卢殿原在正定城内，1959年才迁到隆兴寺。殿内的铜铸坐式毗卢佛高6.7米，三层四身相连，面向四方，自下而上渐次缩小，形似宝塔。三层圆鼓形莲座上的千叶莲瓣上，各有一尊小佛，大小佛像共1072尊，可谓“千佛绕毗卢”，造型优美，技艺精湛，堪称海内孤例国宝。

我们看的最后一件宝物是隋开皇六年（586年）刻立的“龙藏碑”。这通被称为“隋碑第一”的石碑，高2米，宽0.9米，碑文用楷书记述了当年恒州刺史王孝仙动员百姓修建龙藏寺的经过。字体虽然还有六朝隶书的余韵，但已是正式楷体字，所以有“楷书之祖”之誉。据说隋朝是汉代隶书向唐代楷书发展的过渡期，而龙藏碑文正是这一时期的代表作。其字体方整清秀，用笔和结构上承南北朝遗风，下开唐楷先河，在我国书法艺术发展史上具有承前启后的重要地位，对研究南北朝至隋唐书法艺术和字体演变具有重要价值。正如近代著名学者康有为所赞：“此六朝集成一碑，非独为隋碑第一也！”

隆兴寺的佛教建筑还有很多，由于时间关系，我们仅是有选择地看了上述几处主要景点。总的感觉是：隆兴寺雄伟、精巧、神奇，以其宏大的殿堂、巍峨的楼阁、逼真的佛像、孤例的隋碑等名胜古迹，展示了博大精深的佛教文化和别具一格的寺院建筑，令人大开眼界。

现顺作记游小诗一首：

徐步隆兴寺，有缘谒禅房。

佛徒诵净土，信众敬好香。

“美神”须弥坐，毗卢莲座上。

未及留片偈，已闻暮鼓响。

邯郸古都故事多

河北邯郸，是一座名胜古迹、历史传说、成语故事充盈的古城，距今已有2400多年的历史，是“战国七雄”（秦、楚、齐、燕、赵、魏、韩）之一赵国的首都，在邯郸产生的四五十个经典成语，如邯郸学步、围魏救赵、完璧归赵、负荆请罪、毛遂自荐、黄粱美梦等，已经成为中华民族文化的丰富遗产。

邯郸位于河北省南部的京广铁路线上，南与河南省接壤。20世纪90年代我在国内贸易部工作时，曾两次到邯郸调研商业改革和应邀参加河北省贸易厅在邯郸召开的相关会议，其间参观了赵武灵王丛台、回车巷、学步桥和黄粱梦吕仙祠等历史古迹。

公元前403年，在社会激烈动荡中，赵烈侯建立了赵国，定都晋阳，即现在的山西太原。公元前386年，赵国从晋阳迁都邯郸，其疆域包括山西中部、陕西东北部、河北西南部。到公元前302年，赵武灵王进行军事改革，实行“胡服骑射”政策，使军力大增。在军事扩张中，占领了河北西部和北部、山西北部以及河套地区，成为显赫一时的强国。但在公元前222年，赵国被强大的秦国灭亡，将其改为“邯郸郡”。到了汉朝，汉高祖刘邦将邯郸郡又改为“赵国”，后来的汉景帝刘启又将其恢复为“邯郸郡”。在汉代，邯郸是黄河以北最大的商业中心，因此被定为全国“五大

都会”之一（其他四个是洛阳、临淄、南阳、成都）。当然，邯郸传奇故事最多、名气最大的时候还是成为赵国首都的时期。现仅介绍我参观过的几处景点。

赵武灵王丛台

赵武灵王丛台简称“武灵丛台”。它是古都邯郸的象征，是邯郸历史沧桑的见证，也是迄今邯郸的标志性古建筑。

顾名思义，赵武灵王丛台是赵武灵王在2300多年前建造的。赵武灵王名“雍”，公元前325年至公元前299年为赵国国君。他即位后，面临周围七八个国家的威胁，而赵国的兵力和装备明显不足，他感到有一种随时都可能亡国的危险。然而，赵武灵王是一个有抱负、有作为的人。为使赵国强大起来，他踌躇满志，大刀阔斧地进行军事改革。他看到胡人精于骑射，勇猛善战，便冲破重重阻力，要求自己的部队甚至国人穿胡服，练骑射，而且自己以身作则，率先垂范。经过几年的整改和苦练，军力大增，便开始向外扩张。陆续攻灭了中山国，攻破了林胡、楼烦，势力向北扩大到燕、代地区，向西到达黄河和九原，终于成为“战国七雄”中的强国之一。

当时，赵武灵王为了更好地观看歌舞演出和观摩军事表演，在邯郸修筑高台。后来他看到了这些坚固高台的军事防御价值，便下令修筑更多的高台，且互相连在一起，规模宏大、结构独特、装饰美观，一时名扬列国，故得名“武灵丛台”。丛台的建立，不仅在战国时期壮大了赵国的声威，而且在历朝历代中也发生了不少故事。最有代表性的是东汉开国皇帝刘秀在这座丛台上收服了绿林起义军大将马武。马武能征善战，帮助刘秀打下了江山。刘秀即位东汉皇帝后，马武又在平定割据势力和抵抗外来侵略中立下了汗马功劳，后被封为杨虚侯。

然而，经过2000多年的风吹雨打、自然灾害毁损、战火摧残等，武灵丛台受到极大破坏。我去参观时的丛台，只幸存下一座用砖石砌成的孤独高台，如同若干年前的古城墙。高台前竖立着一座高大的石碑，上面用繁体字镌刻着“赵武灵丛台遗址”，无声地向人们诉说着过往，继续见证着历史。

邯郸赵武灵王丛台

据说后来为了开发旅游事业，当地政府对丛台进行了修复，尽量恢复其历史原貌。我从别人拍摄的照片中看到，在丛台上盖起的古色古香的古代亭阁，很有皇家气派。以后若有机会再到邯郸，一定去看看修复后的武灵丛台。

邯郸学步桥

“邯郸学步”这个典故，源出《庄子·秋水》中的两句话：“独不闻夫寿陵余子之学行于邯郸欤（yú，语气助词，表示疑问或感叹——作者注）？未得国能，又失其故行矣，直匍匐而归耳。”意思是说，燕国寿陵有个少年，听说赵国人走路姿势很美，便不远千里跑到邯郸学赵国人走路。结果呢？非但没有学会，反而连自己原来走路的姿势也忘掉了，只好爬着返回燕国。后人根据这个故事，概括出了“邯郸学步”这个成语，用来比喻盲目效仿别人的长处，不仅未学到手，反而丧失了自己固有的技能。唐代诗人李白还用这个故事，写出了“寿陵失本步，笑煞邯郸人”的名句。

那么，“学步桥”又是怎么一回事呢？

据传，那位寿陵少年到邯郸后，整天在街上观察、琢磨，并模仿邯郸人走路，但总也学得不像。经过苦思冥想，他悟出了一个“道理”：我与邯郸人站在同一地平线上，无法看全邯郸人走路的姿势，所以学得不像。于是，他到处寻找观察邯郸人走路的最佳境地，终于在一座小桥下看清了邯郸人在桥上走路的全部姿势。然后走到桥上，模仿着走在身边的邯郸人，从桥的这头走到那头，又从那头走到这头，一连走了好几天，还是不见长进。

问题出在哪里呢？他想啊想，终于想到了“原因”：自己固有的寿陵人走路姿势，干扰了自己学邯郸人走路。于是，他决定彻底废掉原来的走路姿势，故意跌卧在地，爬起来照邯郸人的姿态走路。一连学了好几个月，不仅没有学会，反而把自己原来如何走路也忘记了。他只好狼狈地爬着回燕国寿陵。路人看到他这副样子，无不发出讥讽的笑声。

邯郸学步桥

我们专程到邯郸北关去看了横跨在沁河上的石拱“学步桥”。史料记载，学步桥原为木质浮桥，到明朝万历年间才改建为石拱桥，后又多次整修。桥头除有古代美女群雕外，还立有一座石碑，刻着“学步桥”三个行书繁体字。我们几个人站在2000多年之后的同一片土地上，谈论着太久太久之前的“当年”和邯郸学步的典故，感到特别有意思。我站在石碑的右侧，让同事拍了一张颇具纪念意义的照片。

蔺相如回车巷

对于同是上卿的赵国武将廉颇和蔺相如，以及“负荆请罪”和“将

相和”的故事，想必大家并不陌生。邯郸市内的回车巷，就是当年蔺相如用“回车”的方式，躲避从对面而来的廉颇，以免发生不快，因为廉颇对他有闲气。由于蔺相如的豁达，产生了流传2000多年的经典故事——“负荆请罪”，并被编成脍炙人口的戏剧——《将相和》，同时被载入重要史籍——《史记》。

故事的大体情况是这样的。

《韩非子·和氏》和《史记》记载，公元前283年，赵国国君惠文王（武灵王之子）得到一块产自楚国荆山的精美玉璞。由于这块玉是一位叫卞和的人开采到的，所以名叫“和氏璧”。这块玉璧晶莹剔透，宝光四射。正看，洁白无瑕；侧看，则显碧色；置于暗处，闪闪发光；冬日则暖，夏日则阴。秦国昭襄王知道后，极想得到这块璧玉。便差人到赵国送信，说愿以15座城池换取“和氏璧”。这便是“价值连城”这一成语的来历。唐朝诗人杨炯在《夜送赵纵》中还写到了这件事：赵氏连城璧，由来天下传。

当时秦强赵弱，赵惠文王明知秦昭襄王是阴谋骗取，却不敢拒绝，唯恐秦国以此缘由攻击赵国。在难以抉择之际，有位大臣对赵王说，他的门客蔺相如足智多谋，能言善辩，有胆有识，可派他带上和氏璧到秦国处理这一棘手问题。于是，惠文王召见了蔺相如，命他带上和氏璧出使秦国。蔺相如表示：此事让我去办理，秦若给15城，我当即将璧给秦王；他要是无意给15城，我誓死完璧归赵。

蔺相如到了秦国，面对自恃强大、以强凌弱、骄横跋扈、不讲信用的秦昭襄王，机智应对，据理力争，大义凛然，以死相拼。正如《史记·廉颇蔺相如列传》所记：“相如因持璧却立，倚柱，怒发上冲冠。”即愤怒得头发直立，把官帽都顶起来了，从而又产生了一个成语——怒发冲冠。

蔺相如一面舌战秦王，有理有力有节地揭穿秦王的欺骗伎俩；一面秘密派人将和氏璧送回赵国。这就是成语“完璧归赵”的经典故事。

蔺相如完胜秦国，为赵国保住了和氏璧，受到了惠文王的重用，拜为大夫。但气急败坏的秦昭襄王总想找机会出这口气。

过了一段时间，秦昭襄王约赵惠文王到渑池（现河南西部渑池县，我从洛阳去三门峡时曾路过此地）会盟。赵王和几位重臣怕去后遭遇不测，主张不去。而蔺相如却认为，如果不去，秦国会看不起赵国，以后会进一步欺负赵国。并说：“大王还是应该去会盟，我愿随同前往保驾。”惠文王听后，这才决定到渑池会盟。

在会盟中，不怀好意的秦昭襄王变着法子刁难、羞辱赵惠文王。对此，蔺相如义愤填膺，针锋相对地还以厉害，并要“誓以颈血溅大王（指秦王）”。几番争斗，秦王未占到便宜，且被蔺相如羞辱得面红耳赤，由于理亏，又不好在众人面前发作。

先是完璧归赵，继而渑池挫秦，蔺相如功绩显赫，声名鹊起，赵惠文王立即将他升为上卿，位列群臣之首。然而，同为上卿的大将廉颇却不高兴了。

廉颇何许人也？他是赵国的一员名将，武灵王在位时，他南征北战，屡次战胜齐、魏等国，为赵国立下了汗马功劳。惠文王时，更是屡建战功，成为赵国举足轻重的功臣。但在蔺相如升为上卿后，他却居功自傲，不甘心排在蔺相如之后，想择机羞辱蔺相如。

有一天蔺相如乘车外出，在一条不甚宽的街上发现迎面乘车而来的廉颇。为避免发生冲突，蔺相如赶紧命车夫将车子拐进一条小巷里，等廉颇的车子过去后，他的车子才重新回到街上。没想到廉颇命他的车夫调转车头，迎面冲蔺相如而来。蔺相如只好再命车夫拐进了一条小巷，等廉颇走

后才出来。廉颇以为蔺相如怕他，一副洋洋得意的样子。

一天，名士虞卿受赵惠文王之托去拜见廉颇。寒暄之后，虞卿话锋一转："廉将军，若论军功，蔺相如自然不如你；可论气量，你就不如他了。"

廉颇听后勃然大怒："蔺相如以口舌取功名，不过一介懦夫，他有什么气量？"

虞卿说："廉将军，秦王那么大的威势，蔺相如都不怕，他怎么会怕你呢？蔺相如说，'今天的秦国之所以有点怕赵国，它所怕的就是蔺相如跟廉将军团结一致'。如果你们这一文一武互相攻击，那正是秦国所乐见的。到那时，赵国就要遭受秦国的侵略了。所以蔺相如才避开你。很显然，蔺相如是以国家为重，以个人的恩怨为轻。而你……"

"这……"廉颇听后羞愧难当。于是，他袒露肩背，身背荆条，单身徒步，到蔺相如的府上请罪。见到蔺相如，扑通一声跪在地上说："蔺上卿，鄙人见识浅狭，不知上卿胸襟如海，罪过，罪过！请上卿责打我吧！"

廉颇一边说着，一边从身上取下荆条，向蔺相如递去。

蔺相如见状，也跪到了廉颇面前，诚恳地说："廉将军啊，你我都是社稷的重臣，并肩事主，怎敢劳将军前来负荆请罪呀！"

廉颇见蔺相如如此宽宏大量，流着泪说："蔺上卿，我愿与您结成生死之交，虽刎颈而心不变！"

"好呀！"蔺相如爽快地答应了廉颇的请求。

这一将一相，由水火不容而结成了"刎颈之交"，顿时传为美谈。正如《史记·廉颇蔺相如列传》所记载的："廉颇闻之，肉袒负荆，因宾客至蔺相如门谢罪""卒相与欢，为刎颈之交"。

从这个故事中，产生了两个著名成语。后人形容主动向人认错、道歉，自请严厉责罚，称为“负荆请罪”；而对同生死共患难的朋友，则称为“刎颈之交”。

我们看的回车巷，位于邯郸市中区中街南段，是一条不长也不太宽的街道，全长70多米，我们用步子去量，宽一米七八，这在2000多年前，可能算是一条大街了。听当地百姓说，当年蔺相如就住在这条街上，但古代旧房早就无踪影了。

我们从回车巷的这头走到那头，中间确有小巷延伸，那可能就是蔺相如的避匿小巷。因以前看过京剧《将相和》，走在回车巷的街上，似乎也进入了剧情：蔺相如坐车进巷、廉颇负荆跪地请罪、将相和好挽臂大笑等镜头，一一显现眼前，令人感叹不已。

我第一次去邯郸时参观了黄粱梦吕仙祠，1995年3月我写过一篇《黄粱梦里故事多》的游记，刊登到了当年3月17日的《信息日报》上，并已收录到《春华秋实——曹进堂文集》一书中的上集，在此不再赘述。

如前所述，邯郸古都故事多，成语也多。每条成语，都有一个经典故事。现将耳熟能详的部分邯郸成语，编成一组顺口溜，每句前四个字都是成语，有利于学记。

顶天立地放孤儿，奉公守法斩武士。

胡服骑射强军策，围魏救赵战法奇。

惊弓之鸟临武君，盛气凌人惠文妻。

旷日持久国力衰，鹬蚌相争渔人利。

贫贱之交勿相忘，利令智昏犯大忌。

不遗余力秦攻赵，一改古辙挖水池。

纸上谈兵身先死，三寸之舌胜万师。

脱颖而出惊四座，毛遂自荐成大事。
价值连城和氏璧，凌弱恃强欲骗取。
怒发冲冠斥秦王，完璧归赵传千古。
负荆请罪将相和，刎颈之交心不移。
市道之交将军叹，奇货可居鬼生意。
窃符救赵信陵君，舍本逐末违情理。
管窥锥指井底蛙，以卵击石咎自取。
不翼而飞无胫走，智者千虑亦有失。
以己之长攻彼短，背水一战巧易帜。
邯郸学步成笑谈，黄粱美梦空欢喜。

山西

际山枕水晋王祠

晋，山西省的简称。我曾四次去过山西，主要到太原、晋中、平遥和昔阳县大寨参观学习、调研采访、参加会议、游览名胜等。

山西的名胜古迹很多，太原的晋祠和平遥古城给我留下了深刻印象。

晋祠位于太原市西南25公里处的悬瓮山脚下的晋水源头。这座祠堂建筑群以其历史悠久、文物荟萃、风景秀丽而闻名，据说是我国最早的纪念性祠堂，是国务院1961年公布的首批全国重点文物保护单位。

祠，即祠堂，是为供奉、祭祀祖先或有功德的人物而建的房屋。如湖北秭归屈原祠、成都武侯祠（诸葛亮）、广西柳州柳侯祠（柳宗元）、安徽合肥包公祠、浙江淳安海瑞祠等。除太原晋祠外，我还游览过合肥包公祠、成都武侯祠、海口五公祠、广州陈家祠堂等。

“晋祠”是晋王祠的简称，初称“唐叔虞祠”，是为纪念晋国开国国君叔虞而建的祠宇。

司马迁《史记·晋世家》记载：唐叔虞姓姬名虞，字子于，是周武王姬发之子、周成王姬诵之弟。公元前1042年，年幼的成王即位后，由其叔父周公旦摄政。不久，唐国（今太原市南郊晋源镇）发生叛乱，被周公旦率兵平息。有一天，成王与小弟姬虞在花园嬉戏，他从地上捡起一片梧桐叶，将其剪成一个古代帝王诸侯举行朝会时所执的玉圭形状，送给姬虞说："把这'玉圭'送给你，你到唐国去做诸侯吧！"君无戏言。姬虞长大后，成王果真把唐国封给了姬虞。这便是"桐叶封弟"的故事。

叔虞到了唐国后，首先组织治理常给人民带来灾害的汾河、晋水，为民造福。经过两年多的挖渠修堰，兴修水利，改造良田，积极发展农业生产，人民逐步过上了美好稳定的生活，叔虞也受到了唐国人民的拥护和爱戴。周公旦知道后，专门到此考察，并作了一篇《嘉禾篇》，对唐叔虞的业绩大加赞赏。不幸的是，唐叔虞由于过度操劳，一病不起，最终离开了人世。

他死后，人民为了纪念他，建了祠堂祭祀他，这便是"唐叔虞祠"的由来。他儿子"燮"即位后，因境内有晋水，便将国号改为"晋国"，同时将"唐叔虞祠"改为"晋王祠"，简称"晋祠"。南北朝时期，北周（535—581年）的著名诗人庾信曾写有《成王刻桐叶封虞赞》的诗，对这一历史故事给予赞扬："叔虞百里，居之河汾，帝刻桐叶，天书掌文。礼以成德，乐以歌薰。天子无戏，唐有其君。"

至于晋祠创建的具体时间，据说史料最早记载晋祠的是北魏（公元557—589年）地理学家郦道元所著的《水经注》，"际山枕水，有唐叔虞祠"，距今将近1700年了。北齐天保年间（550—559年），文宣帝高洋将晋阳定为别都，在晋祠"大起楼观，穿筑池塘"，兴建了难老泉、鱼沼飞梁桥、八角莲池、望川亭台等。唐贞观二十年（646年），唐太宗李世民亲往晋祠祭祀，并撰《晋祠之铭并序》碑文，一时名声大振。宋太平兴国四年（979年），宋太宗赵光义下令大修晋祠，依山枕水建正殿，供奉唐叔虞。宋仁宗赵祯封唐叔虞为"汾东王"，宋神宗赵顼（xū）封唐叔虞母亲为"显灵昭济圣母"，一起供奉在正殿中，因而又有"圣母殿"之称。到了明、清两朝，又多次增修扩建，最后形成了以圣母殿为主体的殿、

堂、楼、阁、亭、台、池、树为一体的综合建筑群，使晋祠成了一处自然山水与历史文物有机结合的旅游胜地。

晋祠坐西朝东，从山门进入景区，沿着中轴线往里走，只见形体不一的古建筑甚多。如水镜台、会仙桥、金人台、对越坊、献殿、鱼沼飞梁、圣母殿、唐叔虞祠、文昌宫、难老泉亭、舍利生生塔。还有三台阁、关帝庙、东岳殿、三圣祠、胜瀛楼、待风轩等。各式建筑高低错落、主从有致，布局紧凑，规模宏大，既像庙观院落，又如宫廷苑囿。

我们边走边听导游讲解，几乎每处景点都有一个甚至几个历史故事。据我听来，那些故事既有真实的，也有虚拟的，甚至是虚幻的，如神乎其神的神话传说等。游览者都愿意去看有故事的景点，不仅感到新奇，而且印象深刻，例如以下景点。

“水镜台”下埋大缸。进入景区后，看到的第一个景点就是水镜台。据说晋祠建成后，方圆百里的百姓每遇天旱，都络绎不绝地到晋祠里的圣母殿求雨，且常求常灵。到了明朝，人们为了感恩圣母的垂顾，保佑一方百姓风调雨顺，自发地集资建了“水镜台”这座大戏台，在每年的农历七月初三圣母生日和九月初六丰收节，即举办盛大庆祝活动，为圣母唱几天大戏，以此谢恩。

这座大戏台，前为单檐卷棚顶，后为重檐歇山顶，宽大的戏台两边是走廊，建筑样式很别致。开始，由于舞台和看戏的场所较大，听戏的人又太多，离戏台较远的观众听不清戏文。后来，在“仙人”的指点下，在戏台两侧的地下各埋了四口大缸，将“仙人”赐给的那口大缸埋到了戏场中央。从此，水镜台上唱戏，观众无论站在台下任何角落，都能清清楚楚地听清婉转悠扬的音乐和戏文，这可能是大缸所起的作用吧。

“金人台”上四铁汉。过了横跨在智伯渠上的“会仙桥”，便是“金人台”。实际上这是一座砖台，在用砖砌的围栏内，台的四角各立有一位威武刚健的铁汉，据说这四位铁汉是宁波代铸造的，是专门为圣母守护财库和镇邪压魔的。

山西晋祠大门（中间为本书作者）

我问：这个砖台和铁人，为何叫“金人台”？导游说：“因铁属于金、银、铜、铁、锡‘五金’之列，所以称为‘金人台’。既是对四位铁汉的尊重，听起来也好听。”导游还讲了其中二位铁汉的神话故事。

鱼沼飞梁十字桥。晋祠院内有座“水母楼”，里面供奉着水母娘娘，实际上就是一位农村妇女。她端坐在一个盖水缸的蒲团上，衣着朴素，半垂的头发上别着梳子，一副梳妆未毕的神态。就是她，被心狠手辣的婆婆逼着天天到十几里外的山沟里去挑水；是她，冒着回家被婆婆毒打的风险，三次将挑的水送给快渴坏了的老翁和他的马喝；是她，将白发老翁赐给的神鞭引来的水让全村人享用；是她，止住了恶婆婆造孽引来的洪水，救了四方百姓。自己虽然坐化成仙，但留下了一座既能洗衣做饭，又能灌溉农田的清泉。为此，人

们尊称这位叫柳春英的农妇为“水母娘娘”，并为她盖了一座水母楼，常年祭祀她。后来，人们又在清泉源头修建鱼沼，祈求神灵保佑当地永远风调雨顺、五谷丰登。

所谓“鱼沼”，就是一座上档次的大池塘。据传，这座鱼沼建成后，周围各个村庄的人们争先恐后地前来参加竣工祭祀活动。此时，从天空中飞来一只大鹏鸟，落在人群中与人们一起翩翩起舞。刹那间，空中百鸟齐鸣，泉畔上百花齐放，大鹏悠然地飞落到了鱼沼上，化作一座壮丽的十字桥。我认真地看那十字桥，确像一只振翅欲飞的大鹏鸟，故称“飞梁”。

据介绍，这座正方形的鱼沼始建于北宋天圣（宋仁宗赵祯）元年（1023年），重修于崇宁（宋徽宗赵佶）元年（1102年）。有的木板上至今还保留着“大宋崇宁元年九月十八日奉敕重修”的字样。

从建筑形式看，池中立有34根八角石柱，柱顶架有斗拱和梁木，承托着十字形桥面。东西连接着圣母殿和献殿，南北两翼下斜至沿岸，四周有围栏。尤其那座状如大鹏的十字桥，形制奇特，造型优美，据说在我国现存的古桥中独一无二。

雄伟奇巧的“圣母殿”。圣母殿是晋祠的主体建筑，位于中轴线的后端，是为唐叔虞的母亲邑姜所建。这座建筑高19米，上覆黄绿琉璃瓦，雕花脊兽。殿前檐曲线弧度很大，飞翘的殿角与飞梁下折的两翼相互映衬，更显大殿的雄伟与飞梁奇巧。殿的四周建有回廊，前廊有八根盘龙木柱支撑，根根木柱雕工精细，条条盘龙栩栩如生，据说这是我国最早的木雕盘龙柱。

走进殿内，发现里面竟然没有任何立柱支撑穹顶。询问工作人员，说是全殿的重量全靠廊柱和檐柱支撑。如此建筑技巧，在近千年前的宋代，是相当不简单的。

圣母殿内的神台上，供奉着圣母邑姜的彩色雕像。圣母头戴凤冠，身披蟒袍，珠玉点缀，神态端庄，俨然一副女王模样。侍奉她的彩塑侍女有40多尊，尊尊姿态自然，神形兼备，雕工高超，实为我国宋代雕塑之精品。

清朝重建叔虞祠。看了几处景点，听了不少传奇故事，那么，晋祠的主人公唐叔虞的雕像供奉在哪里呢?

导游说，在北头，现在就去看。

据介绍，最早的叔虞祠因年代久远，早已破旧不堪。到了清乾隆年间（1736—1795年），三四位山西籍高官和在山西为官的官员发起重建。他们在原址上建起了五间正殿，改建了享殿（祭祀之殿），新建了东、西配殿，后又经过扩建，形成了现在的规模。如今的唐叔虞祠，坐北朝南，祠门高耸，三个贴金篆刻大字“唐叔祠”立于门额。前临八角池，右倚景空园，左伴唐碑亭。整座建筑以享殿为界，分前后两院。前院回廊环抱，廊内陈列着《华严经》石刻。后院正殿中供奉着唐叔虞塑像，两旁侍立着12尊手执乐器的塑像，多为女性，与真人一般高大，据说是明代所塑，展示着不凡的气派。

碑刻众多唐为最。晋祠有很多碑刻，其中唐碑最多。现举两例。

一是唐太宗李世民写的碑文。这座碑立于晋祠宝翰亭（又称唐碑亭）中，高1.95米，宽1.2米，厚0.7米。

据传，李世民年轻时，随父李渊镇守河东，府衙设在今天的太原。李世民每天习文练武，广交豪杰，为人豪爽，处事果断。在习文方面，酷爱晋代书法家王羲之的行书，对《兰亭集序》更是爱不释手，潜心临摹。天长日久，信手写来，基本达到了以伪乱真的地步。

当时正值隋炀帝杨广执政。他是一个凶恶残忍、横征暴敛的暴君，弄得全国民不聊生。深有抱负的李世民劝说父亲李渊顺应民心，起兵反隋。不料这一提议被杨广的心腹、在李渊手下任偏将的两个人听到并要告密，李渊不得不立即起兵反隋。他带领众将跪在唐叔虞祠前祷告："杨广无道，百姓涂炭。叔虞在上，助我斩此二贼祭旗，起兵反隋杀杨广。"众将齐声响应，没几年就推翻了隋朝，建立了大唐王朝。李世民继位后，广施善政，轻徭薄赋，励精图治，社会经济发展很快，开启了历史上有名的盛唐时期。

李世民是一个不忘恩的人。贞观二十年（646年）一月，他亲临晋祠拜谒唐叔虞，感谢叔虞保佑他们李家取得了江山。并写下了《晋祠之铭并序》碑文，歌颂唐叔虞建国兴邦的德政，赞美晋祠山清水秀的美丽风景，揭批隋炀帝杨广的暴政，宣扬唐王朝爱国爱民的思想和政策。写好后命能工巧匠镌刻到石碑上。全文1203字，笔力遒劲，骨骼雄奇，潇洒飞逸，气象恢宏，并在碑额上注明"贞观廿年正月廿六日"。据说这幅作品的书法艺术，仅次于王羲之的《兰亭集序》，是我国现存最早的一通行书碑。

二是《华严经》石刻，据说是唐代女皇武则天下旨镌刻的。

武则天信佛，尤喜《华严经》。她执政后，晋祠中清澈的泉水突然变红了。武则天认为这是不祥之兆，召来文武百官商议良策，但众臣竟无计可献。最后，当朝宰相狄仁杰奏道："皇上您常讲'佛法无边'。微臣认为，依靠佛力，可去灾异。请圣上将您亲自作序、新译出的《华严经》刻成经幢（刻有佛号、佛像或经文的石柱子，柱身多为六角形或圆形，是中国佛教石刻的一种），镇于斯地，定会见效。"

武则天听后大喜，立即下旨命人将她亲自作序的80卷佛经《大方广佛

作者在晋祠中的碑林前留影

华严经》送到晋祠，命大书法家吕仙乔负责，书写在126块石幢上，令能工巧匠镌刻。几年后，这些经文全部刻好，立于晋祠。据说，此后从晋祠泉眼中流出来的红色泉水竟然神奇般地慢慢变清了。而这126块经幢成了珍贵的历史文物。

“齐年柏”与“复生槐”。我在全国各地游览过不少名胜古迹，千年古树之多，当数晋祠。

晋祠内外，到处可见郁郁葱葱的珍贵林木。穿行在晋祠的石板路上，路两旁和各座古建筑的周围，无处不见参天古树，有的已生长了两三千年，仍然挺拔，但有的已经歪斜，有的半躺在人们搭的架子上，或躺在邻近大树的树杈上。这些古树，用自己的年轮刻录着沧桑历史，静观着千年

多变的世事，书写着自己成长的故事。如难以计算树龄的“长龄柏”；树根外露，颇似凤尾翎毛的“凤尾柏”；将倒在自己身上并支撑着它继续生长的“撑天柏”；一雄一雌，相亲相爱的两棵千年银杏树；等等。而最吸引我的还是最有名的“齐年柏”和“复生槐”。

“齐年柏”是晋祠八景之一，据说植于周朝，距今已有3000多年的历史。虽然现已斜躺在圣母殿左侧一棵粗大柏树的怀抱里，但仍顽强地生长着。

据介绍，在建唐叔虞祠时，有人在悬瓮山涧里发现了两棵连生在一起的翠柏。叔虞的后人听说后，认为这是吉兆，便将这两棵柏树移植到晋祠。由于是连理双柏，故被誉为“齐年柏”。

齐年柏被移植到晋祠后，长势茂盛，挺拔参天，很快超过了祠内其他树木。每当祭祀唐叔虞和圣母时，都在齐年柏前设祭台，举行盛大祭拜仪式，因而被尊为“护祠神木”。

不知过了多少年，高大挺拔的齐年柏可能是太累了的缘故，竟缓缓地向西南方向倾卧下去，将那巨大的身躯躺到了一棵粗壮的柏树杈中。从此，它们不离不弃，生死相依，浓荫疏影，成为晋祠中的一大奇观。那棵支撑着齐年柏继续生长的大柏树，被人们称为“撑天柏”。清代翰林杨二酉有诗赞扬齐天柏：“桐祠荫八百，下阅二千纪。两柏尚九丸，三千龄弗止。同心德不孤，连理长不死。庸知遗世材，得算类若此。”

“复生槐”的故事更为传奇。那棵巨大的槐树生长在晋祠南部的奉圣殿前，树干虽已枯老，但枝繁叶茂，令人称奇。

据导游介绍，这棵巨槐大约植于隋代，已经枯萎多年。在清乾隆二十一年三月十二的庙会上，一位疯疯癫癫的老道士坐在这棵枯槐下叫卖狗皮膏药：“膏药灵应，能治百病。有福来买，无福不信。”但是，无论他如何喊叫，却无一人问津。老道士叹道："如此仙药，来购无人。凡人无福，枯树宜生。"说完回身将膏药贴到枯槐树干上，然后飘然而去。

老道士走后，奇迹发生了：这棵枯萎多年的古槐树居然抽枝发芽，不一会儿就枝青叶绿了。一传十，十传百，人们奔走相告，顿时轰动了整个庙会。许多人赶紧去找那老神仙，但早已不见了踪影。从此，人们都称这棵死而复生的古槐为"复生槐"，并成为晋祠中的重要一景。

晋祠的奇株异树，不仅为游人平添了几分愉悦和游趣，而且曾经倾倒历朝历代的不少文人雅士，作诗赋词的不在少数。我国当代文豪郭沫若先生1959年写的《游晋祠》的诗中，就有"隋槐周柏矜高古，宋殿唐碑竞炜煌"的美妙诗句。

晋祠的景点还有很多，一个上午是不可能看完的。尽管只看了上述几个主要景点，但我没有留下遗憾。因我听信了1988年我在中国政法大学参加国务院举办的政府法制干部培训班时的同学、时任山西省政府法制办干部白雷的劝说："去看看晋祠吧！来太原不看晋祠，等于外地人到北京没去看故宫一样遗憾。"

游览晋祠，感想点滴，现作小词《河渎神·晋祠》一首：

桐叶封侯主，叔虞盛事谁记？

周柏隋槐沧桑历，晋祠铭刻伟绩。

凤阁龙殿系山河，旧曲已换新歌。

中华破浪冲雪，万里江山一色。

古韵悠悠平遥城

2015年6月18日，我和同事兴致勃勃地游览了山西中部著名文化古城平遥。

平遥以“古”闻名天下。整座古城由古城墙、古街道、古店铺、古寺庙、古民居组成了一个庞大的建筑群。1997年12月3日，平遥以惊艳、古朴之美，被列入《世界文化遗产名录》。联合国教科文组织世界遗产委员会对它的评价是：“平遥古城是中国汉民族城市在明清时期的杰出范例。平遥古城保存了其所有特征，而且在中国历史的发展中，向人们展示了一幅非同寻常的文化、社会、经济及宗教发展的完整画卷。”评价之高，非同一般。

不管到什么地方旅游，能遇到一个好导游，确是一件幸事。近60年来，我在国内先后游览了近200个景点，要说各地导游的综合素质，最出色的当数平遥。突出表现是：待人热诚，服务周到；对平遥的历史、景点、典故等了然于胸，介绍时风趣幽默，赢得一致好评。据了解，平遥的导游个个都很好。因为全县的导游由政府有关部门统一领导、统一培训、统一管理，并制定了统一的规章制度和道德规范，谁若违反，会被砸掉“导游饭碗”。因此，他们都慎言谨行、尽职尽责，不敢越雷池一步，一定让游客乘兴而来，满意而归。

据介绍，平遥古城始建于西周宣王（姬静）时期（公元前827—前782年），距今已有2800多年的历史。当年，宣王命文武双全的大将尹吉甫率兵北征猃狁（秦、汉时称“匈奴”），尹吉甫在此地驻军时夯土筑建城垣，作为军事防御设施，为后来的平遥城墙奠定了基础。尹吉甫当时修建的点将台，至今保留在平遥城下东门南120米处，与城墙连为一体。秦始皇统一中国后在此地设平陶县，南北朝时期是北魏的领地。北魏太武帝拓跋焘（424年）忌讳“平陶”（“陶”与“焘”同音），即将“平陶”改为“平遥”，一直延续至今。在后来的多个朝代里，各朝各代都对这座城池进行过不同程度的修建，最后一次大规模扩建是明洪武（太祖朱元璋）三年（1370年）。在明、清两朝500多年间，对平遥城共修葺扩建了26次，最终形成了现存的形制和规模，留下了一份珍贵的文化遗产。我在平遥看的景点和听的故事不少，现仅将印象较深的简述如下。

城方三里门六座

平遥古城呈方形，东西南北各长三华里，故有“平遥城方三里”之称，据说是我国最大的古县城。

平遥城墙周长6.4公里，高11米。四周有六座城门，即南门、北门、上东门、下东门、上西门、下西门。从高处鸟瞰全城，形同欲动而未动的一只巨龟。南城门似龟头，北城门如龟尾，东西四门酷似龟的四足，因而素有“龟城”之称。乍一听，这个名字多难听啊。实际上，自古以来，乌龟是吉祥、长寿的象征，“龟城”寓意着平遥城池固若金汤，长治久安。

据导游介绍，关于“龟城”的来历，还有一段精彩的传奇故事。

早在4000多年前，帝尧被推为部落领袖，定居在平遥一带的“陶”

地。后因汾河洪水泛滥，晋中盆地被夷为晋阳湖，帝尧只好带领臣僚及妻室南迁平阳，即现在的临汾。帝尧故去后，舜即位，便派大禹治理晋阳湖。大禹经过十几年的凿山开渠，终于将晋阳湖水全部导入黄河。过去因水灾外迁的人们听说后，纷纷返回故乡，帝舜也带着娥皇、女英两位妻子（帝尧的两个女儿）回到陶地，并决定在帝尧当初的封地建筑一座城池。那么旧城池遗址究竟在哪里呢？又该在何处建筑城池呢？帝舜一时犯了难。

正当大家一筹莫展时，忽然一只硕大的金色灵龟从波涛滚滚的汾河中爬上岸来，深情地看着娥皇和女英，然后从容地向前爬去，众人感到无比惊异。帝舜说："灵龟出现是吉兆，也许是先皇显灵。我们跟着灵龟，它停在哪里，我们就在哪里建城池。"于是众人便跟着灵龟南行，到了平遥城所在地时，灵龟就趴下不动了。帝舜指着灵龟说："这是上天指定的地方，我们就在这里筑城吧。"并将建城的任务交给大禹。大禹为了感谢这只灵龟的指点，建城时仿照龟的形象规划建造城池，这便是"龟城"的来历。

据介绍，清道光年间，当时的平遥知县对六座城门重新命名，南门改为"迎薰"，北门改为"拱极"，上东门、下东门分别改为"太和"和"亲翰"，上西门、下西门分别改为"永定"和"凤仪"，并亲书匾额。各有特殊含义，如南门迎纳着来自东南方的和煦之风，故而将其命名为"迎薰"，"薰"即熏风。可能是从宋代诗人林升《题临安邸》一诗中"暖风熏得游人醉，直把杭州作汴州"（北宋首都汴梁，即现在的河南开封）中受到的启发吧，但人们还是习惯于古代的叫法。南门、北门、上东门、下西门等，简单明了，方向感强，易记易行。

在古代，处在战略要地的平遥，为了加强城池防御，在各城门外又加了一座重门，里外门之间的围合空间称为“瓮城”，在瓮城中又有大小不一的防御设施。1968年我在北京西直门（正在拆）和后来到西安、山海关、云南大理等地参观古城门时，都见到了重门和瓮城。在过去的战争年代，瓮城为守城将士提供了同敌人迂回和诱敌入瓮的有利条件，往往会起到“瓮中捉鳖”的奇效。

城门之上的门楼俗称“城楼”，不仅代表着一座城的形象，而且是守城将领的指挥部和瞭望所，也是极为重要的射击据点。平遥有六座城楼，我们去看了南、北两座，并登上南门城楼鸟瞰全城风貌。据说在清代康熙年间，为迎接圣驾西巡，对六座城楼全部修缮一新。360多年来的今天，这些城楼虽显沧桑，但仍不失雄伟壮丽风采。

平遥的古城墙也是重要一景。据介绍，该城的古城墙始建于2800多年前的西周，现存的砖石城墙是明朝洪武年间在原来的基础上重建的，距今也有650多年的历史了。在长达6公里多的城墙上，除了六座城楼外，每隔60米至100米向外修有一个突出的墩台，俗称“敌台”，台上筑有敌楼，用以瞭望敌情、存放兵器和供守城将士遮风避雨。据说明代曾设敌楼96座，到清代咸丰年间大修城墙时改为72座。更奇妙的是，多座敌楼正对着城内的某条街巷，守城将士可在敌楼上监控城内的“大动静”，起着对外防御、对内防控的双重作用。

在四周城墙的垛堞上，共筑有3000个垛口（即缺口），以利于守城将士向外射箭或抛檑木滚石，抵御敌人的进攻。巧的是，这3000个垛口和72座敌楼，与孔子的3000弟子、72贤人对应。这种将文化元素巧妙地结合到城防建筑的构思和做法，让人不得不钦佩古人的智慧和聪颖。

在城墙外，还筑有一道重要的防御屏障——壕沟，又称“护城河”。据说在明朝之前，城墙外的护城河宽、深各一丈，即3.3米。明隆庆（穆

宗朱载垕）三年（1569年）扩修时，拓宽为三丈，同时在壕沟上修建了吊桥，便于军民进出城和御敌。

千百年来，平遥城墙除建有诸多军事防卫设施外，还因礼仪的需要建了一些礼制建筑，如点将台、魁星楼、文昌阁、高真庙以及瓮城内的各种祠庙等，以行教化，求得天、地、人之间的和谐共处。

总之，集防御功能、文化功能于一体的平遥古城墙，突出体现了明、清时期中国北方城池的典型特点，承载着厚重的历史文明，是世界文化遗产平遥古城的重要组成部分，受到了中外游客的一致赞誉。

我们从南门城楼下到古城墙上，整座古城尽收眼底。一座座雄伟古朴的建筑，高低不一的古民居，店铺林立的古街道，一派古代景象、古的风味。走到垛口，脑海中立即涌现出守城将士披戴盔甲、持戟弯弓、严阵以待的身影。眺望城外，隐约感到密林中似乎藏有犯城敌兵。此时的我，莫名其妙地觉得自己俨然成了守城卫士。

满城古迹令人惊

平遥城的大街小巷星罗棋布，六条著名的大街将明清时期的近百条街巷"织"成了一座四通八达、繁花似锦的城镇。导游领着我们逛了南北向的南大街和北大街，以及东西向的东大街、西大街、衙门街、城隍庙街的繁华街区。给我的印象是：满城都是名胜古迹，似乎回到了明、清时期。

一是繁华大街中间的古代楼阁极有特色。如南大街上的"金井市楼"（简称"市楼"）、衙门街上的"听雨楼""观风楼"等。这些"街心"楼阁，都是明清时期的建筑，楼高近20米，三四层不等。底层是砖石结构，中间设洞，供来往行人和车马通行。上面几层是造型奇特、古香古色

作者在平遥古城衙门街中段的听雨楼前

的三重或两重檐木构架楼阁，楼顶镶铺着黄绿琉璃瓦，在阳光照耀下，光芒四射。

二是店铺林立，众商云集，特别是南大街和东大街西段、西大街东段。店铺种类五花八门，除传统的商店、饭店、理发店、陶瓷店、珠宝店和诸多老字号店铺外，还有极具时代特色的票号、镖局、当铺、客栈和驿站等。人们说，在这几条商业街上，没有买不到的东西，没有享受不到的服务，可见当年商贸经济之发达。

平遥古城在19世纪中后期，是中国金融业早期发轫（rèn，发轫比喻事业开始进行）而又最为发达的城镇之一，中国的第一家票号“日昇昌”就

平遥古城一角

诞生在平遥。到清朝末年，山西有票号33家，其中平遥多达22家，可见财力之雄厚。

“快看，镖局。”我们在南大街中段路西看到了中国镖局博物馆。

镖局，多么神秘的行业啊。过去只在影视剧里看到过，那些武艺高强的镖师，令我十分敬佩和羡慕。

资料显示，镖局创立由来已久，是旧时经营保镖业务的特殊机构，大多由武艺高强的人员组成，供人雇用或受人委托，靠长途押运现银和贵重物资而收取一定费用，以致发展成为一个特殊行业。到清代中叶，保镖行业发展到极盛，平遥城就有好几家，其中“同兴公”镖局为全国十大镖局之一。我们看到的中国镖局博物馆，就是以同兴公镖局为依托，介绍中国历史上的著名镖局、镖师和这个行业的逸闻趣事，讴歌业内人士出生入死的艰难生涯，同时讲述了同兴公镖局的发展史。

同兴公镖局的创始人王正清早年发迹于北京。他的师父是道光皇帝所拜的武师贾殿魁。王正清精通枪法和内外拳法，不仅武艺高强，而且品德高尚。道光二十九年（1849年），他创办了“同兴公”镖局。在大半个世纪里，该镖局遵循着重信誉、守承诺、重情义、讲道德的处世哲学，承揽了全县多数标号和商号的大宗现银和贵重货物的押运业务，体现了中华民族重仁义、讲诚信的传统美德，弘扬了武林神威，保护了商贸财产的安全。正如该镖局的对联所写：大智大勇威震四方，立信立义诺重千斤。

平遥多客栈，也是一大特色。客栈与大饭店、大酒店不同，其规模不大，设施普通，但吃住方便，且兼营货物存放和运转业务，价格也较便宜，所以很受普通客商的青睐。在明、清和民国时期，平遥的客栈很多，至今还有几十家。除过去保留下来的外，有些民居也改成了民俗客栈，如南大街上的天元奎、四盛庆等七八家客栈，西大街上的德升源、聚贤居等六七家客栈等。这些客栈的院落布局仍保持着明清时期的特色。住宿既有传统土炕，也有现代客房，到此住宿，具有浓厚的古代生活情趣。

古寺古庙多，是平遥的又一特色。仅从《平遥古城导游图》上就可以看到双林寺、镇国寺、兴国寺等佛教寺院十几座，清虚观等道教庙观以及文庙、武庙、城隍庙等近20座。这些寺庙历史悠久，如被列入世界文化遗产的双林寺和百福寺、铁林寺等建于北魏，镇国寺始建于五代时期。清虚观始建于唐代，到了元朝，被元宪宗钦命升格为“太平崇圣宫”，近千年来在全国道教中声名赫赫。观内的“龙虎殿”和“青龙”“白虎”雕像，仍保持元代原貌，具有重要的历史文化价值。

首创票号独居奇

在平遥，我们慕名去参观了被称为“中国金融业鼻祖”的“日昇号”票号。

“票号”亦称“票庄”或“汇兑庄”，是清代创立的一种金融信用机构。由于是山西平遥人首创，又多是山西人经营，故又称“山西票号”。

票号创立初期，主要经营汇兑业务，后发展到存款、放款。自道光三年（1823年）日昇昌票号创立，到咸丰、同治、光绪三代，是票号发展的极盛时期。不仅在山西发展了三四十家，而且在全国70多个城市设立了分号。同时走出国门，在朝鲜仁川和日本大阪、神户、东京及欧洲的城市设立了分号，真正做到了“汇通天下”。

日昇昌票号位于平遥西大街东段路南。据介绍，票号的首创者李大全原是做颜料生意的，由于善谋划、会经营，买卖做到了全国许多城市，资本相当雄厚。到清代中叶，全国商贸发展迅速，以银两、铜钱为货币的大宗支付手段已无法适应经济发展的需要。善于捕捉发展机遇的李大全决定改弦更辙，成立专营异地汇兑业务的机构“日昇昌票号”。“日昇昌”的寓意是旭日东升，繁荣昌盛。为了扩大影响，特请嘉庆年间的状元陈沆题写了《日昇昌记》匾额。因票号是以纸制“会票”为票据凭证，故称“票号”。

日昇昌票号占地面积1400平方米，有21座建筑，由三进式穿堂楼院组合而成。我们进门后看到，前院两侧是柜房、信房和账房，后院是客厅和客房。大掌柜（总经理）、二掌柜的办公用房是窑洞式建筑，以体现山西人的住房特色。小跨院主要是辅助性用房，包括雇员、佣人居室，工作和生活品储存室，厨房和厕所，等等。

在柜房里，陈列着旧时的柜台和称银两的天平等原始物件。墙上挂着几块诗文匾额，匾上的诗文据说是为了保密而设的密码，不是局内人根本不知道是什么意思。比如全年12个月的代码是：谨防假票冒取 勿忘细视书章。开头的“谨”代表1月，依此类推，最后的“章”代表12月。对于每个月30天和银两数目的代码，也都用诗句作了具体规定，如“万千百两”分别用“国宝流通”代替。这种别出心裁的聪明做法，令人叹为观止。

我在参观中看到了好几副体现票号业务的楹联，如“日丽中天万宝精华同耀彩 昇临福地八方辐辏独居奇”，横批“丽日凝辉”。中厅的楹联是“轻重权衡千金日利 中西汇兑一纸风行”，横批“紫垣枢极”。由此可见，金融文化气息十分浓厚。

不知咋的，参观这种地方一直让人感到很神秘，无人大声说话，唯恐惊着“财神”。尤其参观地下金库时，拐来拐去，如同迷宫。据介绍，金库的各道门设计都很特别，很难从外面打开。里边有我国早期的保险柜和一排排货架，上面码着大大小小的各种元宝，虽是仿品，但制作精细，金光闪闪，出售给游客作为纪念，价格50元至千元不等。这只是存放日常流水所用的小金库，据传院内还有个较大的金库沉埋地下，但一直未找到，至今仍是个未被破解之迹。

日昇昌票号创立后，生意兴隆，获利丰厚，山西介休、太谷、祁县的富商纷纷仿效，开办票号。据说除平遥的22家外，太谷县7家，祁县12家，太原市2家，并在北京、天津、上海、重庆、广州、汉口等70多个大中城市设立了分号，如武汉就云集了20多家分号，上海也有18家。由于

“山西票号”在信用制度上规定了重信义、除虚伪，贵忠诚、鄙利己，奉博爱、薄嫉恨，反对以卑劣手段骗取钱财，从而赢得了很高的社会信誉。前几年山西省晋剧院创作演出的晋剧《日昇昌票号》，把这种诚实守信精神刻画得淋漓尽致，深受观众欢迎和好评。

平遥衙署有看头

明、清时期的县级衙署（一般称“县衙”或“县衙门”），我参观过两座。一座是河南省南阳地区内乡县衙署，另一座就是山西省平遥县衙署。

平遥县衙坐落在衙门街上，与正东城隍庙街上的城隍庙对称分设，据说是县衙管阳，城隍庙管阴，阴阳对称，各司其职。当然，这不过是“风水”学说，但普通百姓大都相信这种神秘的东西。

平遥县衙署坐北面南，南北长200多米，东西宽130多米，占地面积2.66万平方米，初建于元朝至正六年（1346年）。现存的除少量元代建筑外，大部分是明万历年间重建的，基本保持着明、清时代的格局。整座建筑主从有序，左文右武，前堂后寝，布局对称，堪称中国封建社会衙署的缩影。

在衙门街上，横跨街道而建的“观风楼”和“听雨楼”格外雄奇，其寓意可能是平遥县衙时时在观天地之风、听民间疾苦吧。这使我想起了清代潍县县令郑板桥的一首诗：“衙斋卧听萧萧竹，疑是民间疾苦声。些小吾曹州县吏，一枝一叶总关情。”

平遥县衙上端，“平遥县署”四个大字历历在目，门口两侧各立一只威风凛凛的石狮和一副很长的楹联。走进大门是第一进院，两侧是负责收取“田赋”和“丁银”的“赋役房”。正北面有一座“仪门”，为县令专用，其他人只能走两边的“人门”和“鬼门”。仪门正面两侧的楹联是：门外四时春和风甘雨 案内三尺法烈日严霜。仪门内的楹联为：百载烟云归咫尺 一署风雨话沧桑。

穿过仪门是一个较大的院落，时称“大堂院”，两侧是六部房，与朝廷的“六部”相对应，按左文右武的礼制而设。东为史、户、礼房，西为兵、刑、工房。北面是“大堂”，也叫“正堂”，是整座县衙的中心，也是县太爷的“大办公室”。每天卯时（早7时）例行升堂，集合全体公务人员布置工作或审理重大案件，一般为一个时辰（两个小时），其余时间县令都在大堂后面的二堂办公。

大堂门上挂有“亲民堂”额匾，标榜县官“民本位”的施政原则。门两旁的楹联我也及时拍照下来，虽然较长，但很有意思，即：吃百姓之饭穿百姓之衣莫道百姓可欺自己也是百姓 得一官不荣失一官不辱勿说一官无用地方全靠一官。

走进大堂，首先映入眼帘的是“明镜高悬”的额匾，表示县官明察秋毫，公正廉明。公案上陈列着县令用过的印信、惊堂木、火签筒、朱笔等；大堂两侧还陈列着明清时期的桐棍、皮槊、肃静牌等。

大堂后是通向二堂的宅门，进入宅门便是二堂院，正中的二堂是知县的日常办公处所，陈设与大堂相似，只是规模小些，一般案件在此审理。门两边的楹联朴实明了：只愿厅中差事少 但愿世上好人多。堂内挂有一匾，上书“天理国法人情”，以此提醒知县在审理案件时既要符合天理、国法，又要体察百姓疾苦。

其他的景点还有许多，包括内宅院、大仙楼、土地祠、酇侯庙、申明亭、监狱等，就不一一介绍了，唯有“署光花园”的一副楹联我很感兴

趣，即“花荫昼静闻莺语 厅落春闲有燕泥”。

平遥县衙吸引了国内外大批游客，不少中央领导同志都去参观过。

我们参观的其他景点和购买当地土特产，就不再赘述了。

现作小词《归自谣·游览平遥》一首：

金灿灿，

龟鉴引航指筑点，

锦城如磐街如染，

游人恋恋拍照敛。

眉梢展，

笑声冲掉疲乏脸。

山东

魅力迷人青岛市

山东第二大城市青岛，被誉为“东方明珠”，离我老家安丘仅有180公里。20世纪五六十年代，我多次去过青岛，给我留下了许多难忘的记忆。

1957年春节后，父亲领我到青岛看望在北海舰队服役的大哥曹修忠，住黄台路海军招待所，当时我才13岁多。

当大哥身着崭新的海军戎装出现在我面前时，他那威武英俊的形象令我异常羡慕，“长大了我也去当兵”的意念，就是那时候产生的。

那次去青岛，创造了我一生多个“第一次”：第一次坐火车和公共汽车，第一次到大城市，第一次见到大海和军舰，第一次吃苹果和香蕉，第一次吃雪里蕻和大米饭，等等。那时我在仓上小学上高小五年级，总以“我大哥是海军”为傲，并向同学们炫耀：我也去过青岛。

1964年1月初，“我要当兵”的理想如愿以偿，在山东省海阳县守备20师52团服役。当年8月，我作为全师的积极分子，到青岛出席“中国人民解放军第67军学习毛主席著作积极分子代表大会”，并在会上发言，被军里树立为“67军新战士学习毛主席著作积极分子”。

在连队工作的四年里，我一直是团、师、军和济南军区的积极分子，因而到青岛参加军里的会议和被安排到军直、其他师、人武部和青岛市有关单位作报告的机会较多，经常在青岛一住就是十天半个月。

青岛是一个比较年轻的海滨城市，到20世纪五六十年代，建市才六七十年，至今也不过120多年。明清时，这里还是一个小渔村，归登州府（蓬莱）管辖。清光绪十七年（1891年），直隶总督兼任北洋大臣李鸿章，在山东巡抚张曜的陪同下巡视胶州湾。他看中了此地的犄角拱卫之势，回京后即上奏朝廷，陈述胶州湾的军事价值，并提议派兵设防，加强军事防御。

同年6月，清廷内阁发布上谕：拟在胶州、烟台各海口添筑炮台，并命登州总兵衙门移至胶州湾。1892年，登州府总兵章高元亲率四营官兵驻扎胶州湾的海港，这就是青岛建制的前身。

年轻的青岛也是多灾多难，曾先后被德国和日本强占并统治了50多年。1897年，德国以两个传教士被杀的“巨野教案”为借口，以武力侵占胶澳地区，逼迫腐朽昏庸的清政府签订了丧权辱国的《胶澳租借条约》，并借用前海湾中一个叫“青岛”的小岛之名，改“胶澳”为“青岛”。从此，青岛沦为德国殖民地。德国人在这里办工厂、盖教堂、建码头、筑工事等，“青岛啤酒”就是德国人那时候创办的，现在还可以看到那个时期建的许多洋楼和天主教堂。给我印象最深的是中山路附近的那座圣弥爱尔大教堂，老远就能看到两侧各耸立着一座钟塔楼，楼顶各有一个十字架。钟楼内悬挂的大钟响起时，声闻数里，增添了天主教堂的神秘感。

1914年，德国发动了第一次世界大战，狡诈的日本人乘德国战败之机，亦用舰炮强占青岛。1919年，由北京爱国学生发起、全国声援的“五四”爱国运动，强烈要求废除与日本签订的丧权辱国的“二十一条”，“还我青岛”的呼声更是一浪高过一浪。慑于强大的政治压力，当时的政府答应了广大爱国人士的要求，并于1922年收回青岛，将其辟为通

商口岸。抗日战争爆发后，日本再次侵占青岛，直至1945年日本无条件投降。中华人民共和国成立后，青岛才真正回到了人民的手中。

青岛三面环海，一面连接陆地，自然环境非常优美。既有漫长的海岸线、金色的沙滩、别致的岛屿、神秘的军港，又有充满异国情调的欧式建筑，起起伏伏、别具一格的马路，以及连绵百里、异峰突起的崂山。清末朝廷重臣、具有改革精神的康有为旅居青岛时，曾赞美“青岛之红瓦绿树、青山碧海为中国第一，恐昔人之仙山楼阁亦比不及，诗文不足形容之”。评价之高，非同一般。

当时我对青岛的感觉是，这座城市比济南显得“洋”，青岛人比山东其他城市的人显得“傲”，说话的表情、语气有点儿怪怪的味道，包括我的几个青岛战友。也许是我过于敏感的缘故吧。

青岛这座美丽的山城，平坦笔直的马路较少，我经常去的中山路、辽宁路就算比较宽大的马路了。大多数马路都随山而建，不是上下坡，就是上下上下坡，还有盘山道。

我到青岛，大多住在大连路67军招待所。晚饭后或星期天出去散步或逛街，来回都是步行，我喜欢那种上下坡的感觉，喜欢边走边看城市风景，看在乡村根本看不到的高楼大厦，看顾客盈门的商店和机器隆隆响的工厂，看古老别致的洋房和天主教堂，听撇腔拿调的青岛人说话，观察城里人的日常生活，等等。早上出去散步，从小马路穿过黄台路，到山东海洋学院跟前的山上去看青岛晨光，看从海面上喷薄而升的太阳，看停泊在军港里的各种战舰，等等。那可真是“刘姥姥进了大观园”，看着什么都新鲜。

青岛又是一座海滨城市，海岸线很长且风景秀丽。前海岸有条非常漂亮的海滨马路——金口路，马路右边的山坡上有许多别墅式小洋楼，军首长大都住在那里，包括我的老师长温安仁副军长。1966年4月下旬，我作为部队代表出席了青岛市群英会，会后又派专人陪同到有关单位作报告，如市直机关、中学、棉纺厂等，就住在金口路上的高级宾馆——青岛交际处。在那里居住的七天里，我每天早上都沿着海滨大道跑步，或到海边看人家钓鱼，或捡贝壳和捉小螃蟹，既好玩，又开心。

青岛中山公园我曾去游览过两次，据说是德国占领青岛时辟建的，当时叫“森林公园”。日本侵占青岛后改名为“旭公园”，意为“旭日东升”，因日本国旗是“太阳旗”，日本侵略中国时，我们称其为“膏药旗”。1922年收复青岛后，将这座公园改名为“第一公园”，1929年又更名为“中山公园”。当时我去游览时，还没有什么珍稀动物，大多是花草树木，仍是“森林公园”的景象，也许现在建设得更好了。

相对而言，我比较喜欢鲁迅公园。这座临海而建的公园原叫“海滨公园”，中华人民共和国成立后，为了纪念鲁迅先生，1950年将其改名为“鲁迅公园”。其特色是，沿海岸线依天然地形和特有环境而建。公园里碧浪撞礁，曲径绕石，青松绿草，亭榭点缀。放眼望去，美不胜收，徜徉其间，心旷神怡。

鲁迅公园东侧有一座水族馆，1964年我去参观时，突然与一“妖怪”遭遇，竟吓得我魂飞魄散。

水族馆的大厅里，四周设置了玻璃大水箱，在不同的水箱里分别养着千奇百怪的海洋动物供人欣赏。我从小就喜欢捉鱼摸虾抠蟹，所以对水族馆非常感兴趣，看得既仔细又专注。当我从大厅的西北角往左一转身时，几乎脸贴脸站着一位白皮肤、黄头发、绿眼睛、大鼻子、满脸黄色络腮胡子的“妖怪”，两眼直勾勾地盯着我。由于事发突然，又是第一次见外国人，顿时吓得我魂不守舍，脑子一片空白。等他慢慢走过去后，我才缓过

青岛栈桥

神来。我问讲解员："这是哪国人，怎么那么吓人？"答曰："荷兰船员，欧洲人长的都那个样。"

我回到连队向战友们说起与"鬼"遭遇的经历时，战友们笑我："看来你也有害怕的时候。咱当兵的不是一不怕苦、二不怕死吗？你怎么怕起荷兰'鬼子'来了？"

以上不过是一段小插曲，要说我最喜欢青岛的哪个景点，首屈一指的当数青岛栈桥了。

青岛栈桥位于中山路最南端的前海湾，正对着中山路。桥身从海岸一直修到海湾深处，全长440米，宽8米，全部是钢筋混凝土结构，实际上就是一座码头。我记得，"栈桥"二字系郭沫若先生所题。

青岛栈桥始建于清光绪十八年（1892年）。当时的登州府总兵章高元率兵从登州到胶州湾后，除着手建造总衙门府外，还构筑了两座码头。

一座是总兵衙门前方的“衙门桥”，长100米，宽6米；另一座就是长200米、宽8米的栈桥。桥面的两侧装有铁护栏，曾被称为“前海栈桥”“李鸿章栈桥”等，是当时胶州湾唯一的一条海上军事运输供给线。

1897年德国占领青岛后，为便于海上物资运输，对栈桥进行了扩建，将桥身延长到350米。1931年9月，青岛市政当局又将桥身加长到440米，并提高了桥面高度。为减缓海浪对栈桥的冲击，在栈桥的最前端增建了半圆形防浪堤，如箭头般刺向惊涛骇浪。最叫绝的是，在防浪堤上增建了一座飞檐八角亭阁——回澜阁。这座海中亭阁周围有24根圆形亭柱支撑，顶部覆以黄色琉璃瓦，在太阳的照射下闪闪发金光。阁内是两层亭堂，楼上四周镶有大玻璃窗，便于游客欣赏美丽的海上风光。匾额上的“回澜阁”三个大字，是著名书法家舒同所书。据说当年回澜阁建成后，时任青岛市市长的沈鸿烈书写了匾额，但在抗日战争中被日军抢掠到日本去了，至今未找回。

从回澜阁的34级阶梯走到楼上眺望，海天一色，一望无际。远处的舰船时隐时现，缓缓前行。层层巨浪有节奏地滚滚而来，撞击到防浪堤上一分为二，瞬间分流到桥的两边，迅速向后去了。成群的白色海鸥飞上飞下，嘎嘎地叫着。整个海面活力十足，令人神情焕发，流连忘返。

以上仅是我对20世纪五六十年代青岛的点滴回忆。1967年12月29日，温安仁副军长从军部陪我一起到他家吃晚饭，饭后登上了从青岛去北京的列车，我被调到中央军委机关报解放军报社工作。至2012年的45年间，我去过全国120多个城市和国外70多个城市，却没有再去青岛。直到2013年和2014年，先后两次到青岛参加全国性会议。遗憾的是，只乘车在市里转了转，未能再去看看变化了的景点，会后就急着乘飞机回京参加另外的会议了。但对青岛改革开放以来发生的巨大变化和取得的辉煌成就，我还是有所了解的，在此不一一赘述。

现作小词一首：

青门引 · 青岛忆

碧海湾扎营，胶澳攻防初定。

熊罴舰炮迫清廷，条约屈辱，半世任欺凌。

“五四”号角催人醒，抗战国民胜。

峥嵘岁月巨变，山城尽沐改革风。

雄奇秀美东海崂

“泰山虽云高，不如东海崂。”这是《齐记》记载的东晋十六国南燕地理学家晏谟对崂山的评价。

崂山位于青岛市区东部的黄海岸边，是我国近海名山，据说形成于亿年前，总面积达400多平方公里。在漫长的岁月中，经过大自然鬼斧神工般的雕凿，形成了东峻西坦、雄奇秀美、海天一胜的独特地貌，古时被视为东夷之地。春秋时期，崂山成为齐国的领地。齐桓公称霸时，疆域东至于海，西至黄河，南到穆陵关和泰山，北到无棣。秦始皇统一中国后，崂山属新设的琅琊郡。隋朝开皇（隋文帝杨坚）十六年（596年）新设即墨县，崂山隶属即墨。直到改革开放后，崂山才成为青岛市的一个直辖市。

我曾多次去过崂山，走遍了那里许多的山水，爬过几座高山，钻过几片竹林，进过几座寺观，看过瀑布和清泉。实事求是地说，与全国三山五岳等高大山脉相比，崂山不算高大，其主峰“巨峰”（又称“崂顶”）海拔也只有1133米。但其特色独特，主要看点有三。

一是山海相连、云气融合的山水景观。崂山的东、南部被碧蓝的大海紧紧拥抱，87公里的海岸线与山海云天紧密相连，形成了一道秀美的风景线。我们曾沿着蜿蜒曲折的东海岸走了五六十里，领略了奇峰异石、深涧清泉、云雾缥缈、座座寺庙点缀其间的美妙景观。眺望大海，不时地看到海中大小不一、长圆各异的岛屿和远处的军舰。海岸边的礁石层层叠叠，

大的如小山，涨潮时汹涌的浪涛撞击着礁石，声如闷雷，浪花四溅。我曾在《忆崂山》诗里写道：

层峦叠嶂罩云烟，瀑落渊潭忽生寒。

风摇竹林婆娑影，浪击嶙礁飞花溅。

山腰丛中矗金寺，通幽深处耸仙观。

星隐鸡鸣晨钟响，东海托起一轮丹。

二是层峦叠嶂、水汽岚光的自然景观。崂山遍布峰、岩、石、洞、松、竹、瀑、泉等自然风景。登上山顶俯瞰，只见群山连绵，层峦叠嶂，怪石嶙峋、峭壁倚天，古洞深涧，飞瀑流泉，松竹成林，云雾缭绕。如有名的美女峰、狮子峰、锦屏岩、翠屏岩、仙人石、骆驼石、游龙洞、明霞洞、神水泉等。尤其崂山的泉水以纯净甘美享誉国内外，是“青岛啤酒”的重要源泉。

我曾在崂山一座较大的清泉附近住过一晚上。那座清泉是一条河的源头，泉水终年从山涧溢出，冒水处是一个清澈见底的深潭，潭水从低处潺潺向下流淌，形成小河，据说那个大泉就是青岛啤酒的资源。站在泉潭边，不觉想起宋代大文学家欧阳修《醉翁亭记》中的名句：“山行六七里，渐闻水声潺潺，而泻出于两峰之间者，酿泉也。”据当地人说，中华人民共和国成立后，德国曾不止一次地提出，愿以德国啤酒的价格进口崂山的泉水。但我国为了保护水资源，未答应德国的要求，改革开放以来是否成交，不得而知。

我首次去崂山时，走的是中路。进山后步行走了两天，然后从东北方向转到东路海边。这一路村庄较多，因此处有不少河流、小溪、清泉，适宜人们居住。我记得有一个较大的瀑布，好像叫“音瀑布”。一片水帘从陡崖倾泻而下，直扑深潭，浪花四溅，声响如潮。据当地人说，这是崂山最大的瀑布，是附近九条河流的源头。在瀑布的不远处，有一块倾斜的巨石，我和叔父曾在一个雨夜在石下住过一个晚上，并到瀑布下的小河里手捧清水解渴。

三是历史悠久、博大精深的文化内涵。由于崂山素有“神窟仙宅”“灵异之府”“洞天福地”等传说，所以备受帝王将相、文人墨客的青睐。史书记载，秦始皇为使自己长生不老，曾经登上崂山，遥望大海中据说有长生不老药的仙山蓬莱和瀛洲，并指派齐人徐福率领几十名童男童女从崂山入海，寻仙觅药。在崂山太清宫东边的路旁，有一块3米高的巨石，上刻“波海参天”四个大字。大字下刻着一行小字“始皇帝二十八年游于此山”，均用繁体字书写，这是秦始皇游历崂山的证据。汉武帝刘彻也曾驾临崂山，祭祀神仙；东汉大学问家郑玄曾在崂山建立书院，著书立说，教学授徒；东晋十六国时期，南燕地理学家晏谟对崂山作出了“泰山虽云高，不如东海崂”的高度评价（见《齐记》）；唐代著名诗人白居易游览崂山时，留下了“我昔东海上，崂山餐紫霞”的名句；元代礼部尚书王思诚、明代大学士高宏图、清代著名学者顾炎武等人，都在崂山留下了脍炙人口的诗文佳句。尤其清康熙年间，大文学家蒲松龄曾到崂山久住，以崂山为背景，写出了多篇佳作，仅收入《聊斋志异》的精彩故事就有八个，其中《香玉》篇是根据崂山太清宫三清殿内一棵山茶树的传说写成的。到了近代，慕名游览崂山的名人也是络绎不绝，如康有为、孙中山、蔡元培、梁实秋、郁达夫、闻一多、郭沫若、臧克家、贺敬之等，他们都留下了大量的诗文和游记。1934年，我国著名诗人郁达夫游览崂山时，被崂山的优美风光所陶醉，挥笔写就“柳台石屋接澄潭，云雾深藏蔚竹庵。十里清溪千尺瀑，果然风景似江南”的诗句。

崂山人文景观的另一大特点是寺庙道观遍布全山，尤以道教最为兴

盛，《崂山道士》的故事曾在20世纪风靡一时。

据介绍，自晋朝以来，许多著名道士纷纷到崂山修行传道，如唐代的王旻、宋代全真道龙门派创始人之一丘处机（长春真人）、明代的张三丰等。到了明朝，崂山道教达到鼎盛时期，全山共有道教建筑9宫、8观、72庵，直到清朝末年。现在保存较好的有太清宫、上清宫、太平宫，还有佛教建筑华严寺，等等。

太清宫位于崂山南麓老君峰下，因与上清宫对称，所以又称“下清宫”，是崂山道观群中历史最为悠久、规模最为宏大的一座道宫。《太清宫志》记载，这座道宫建于汉武帝建元元年（公元前140年），至今已有2160多年的历史了。唐、元、明、清等朝代，都对这座建筑进行了扩建修葺，使其占地面积达到3万多平方米。建有三官殿、三清殿、三皇殿三座大殿，以及5座配殿及客堂、藏经楼等共150多间。

三官殿供奉着天官、地官、水官神像，即我国古代最有影响的三位部落联盟领袖尧、舜、禹。相传，唐尧上应天相，敬天爱民，风调雨顺，故被后人尊为“天官”；虞舜为领袖时，民风和谐，地不生灾，因而被尊为“地官”；夏禹（亦称“大禹”）因势利导，治理水灾，所以被尊为“水官”。

三清殿供奉着玉清仙境的元始天尊，上清仙境的灵宝天尊，太清仙境的道德天尊神像。其中，道德天尊又称“太上老君”，即春秋时期的老子、道教的祖师。据介绍，道教的最高境界称为“三清”，即玉清、上清、太清。“三清”各为一级洞天，各由天尊住持，所以太清宫的影响很大，道徒也最多。

三皇殿供奉着天皇、地皇、人皇三座神像 。所谓“三皇”，是指中华民族远古时期的始祖领袖伏羲、神农和轩辕。三皇殿的东西墙壁上，镶嵌

崂山太清宫

着元太祖成吉思汗赐给丘处机的两道圣旨和金虎牌诏文石刻，等等。

太清宫还有一大特色，即古树名木甚多，且极有名。如三清殿外有一棵植于唐代的老榆树，枝干盘似苍龙，人们称其为“龙头榆”。三官殿院内有一棵高达25米以上的银杏树，系宋朝开国皇帝赵匡胤敕封崂山道士刘若拙重修太清宫时所栽。三清殿院内有一棵山茶树，高达7米，胸围2米，是明朝著名道士张三丰渡海从长门岩岛上移植过来的。据介绍，每到冬天万里雪飘的隆冬时节，这棵山茶竟千花怒放，整棵树上犹如落上了一层红雪，美艳至极。蒲松龄在《聊斋志异》写下的名篇《香玉》，其中穿红衣的花神“绛雪”，就是这棵山茶的化身。

太清宫三皇殿院内有一棵名为“树中树”的古柏，据说是汉代太清

宫的开创者张廉夫所栽。这棵古柏身上缠绕着一棵凌霄藤，形如盘龙，花开时节，满树红花，分外妖娆。更为奇特的是，在这棵古柏的树洞中又长出一棵阔叶乔木——盐肤木，俗称“五倍子”。藤抱树，树生树，三木一体，被人们称为“汉柏凌霄”，为全国仅有，别无二例。

上清宫位于崂山东南角昆仑山南坡，也是赵匡胤赐修建的，规模比太清宫小，占地面积仅有1000平方米左右，又称“崂山庙”。建有山门和前殿、后殿、左偏殿、右偏殿等殿宇房舍28间。前殿为正殿，供奉着元始、灵宝、道德三位天尊神像。后殿供奉着玉皇大帝神像。左偏殿供奉着天官、地官、水官神像。右偏殿供奉着我国道教全真道创始人王重阳及长春真人邱处机等7位真人神像。

太平宫是崂山三大道观之一，坐落在崂山东部上苑山北麓，是宋太祖赵匡胤在公元960年至976年间为华盖真人刘若拙建立的道场。因落成于宋朝太平兴国年间，故初名“太平兴国院”，后改为“太平宫”。

我曾沿着盘山道石阶登上太平宫。途中遇两块巨石，上刻“疑是仙境”，立即将人的思维引入仙境。再往上走，便可看见掩映在青山翠竹中的太平宫了。院门的照壁上刻有“海上宫殿”四个结构严谨、端正饱满的大字。整座建筑青石苍瓦，古朴清雅，显示道家本色。正殿“三清殿”和两座偏殿供奉的神像，与太清宫、上清宫供奉的神像基本相同，不再赘述。

说心里话，参观道观有一种说不清道不明的神秘感。崂山道乐特色独具，是我国道教音乐中的一大分支，主要是音乐风格个性鲜明，并成为青岛文化发展的特色之一。

1967年6月上旬，67军三级干部（军、师、团）会议在青岛召开。因我前不久被树立为“济南军区青年学习毛主席著作标兵”，又是国庆观礼代表，军里把我召到青岛，在大会上为全军三级干部作了一场报告。会后，军里指派一位干事陪同我到军直属单位、守备19师和驻防崂山的一支工兵部队作报告。那次到崂山是乘小汽车去的。汽车在山里的公路上盘山而行，我从车窗努力寻觅1958年我两次去崂山所到过的地方。那支工兵部队住在一个隐蔽的半山腰临时搭建的大帐篷里，四周是青翠的竹林。我们下车后，部队已在路两旁夹道欢迎，掌声在山涧里的回音响亮而浓重。我当时心情激动，感激万千。啊！九年前穿梭于崂山的小乞丐，如今竟成了中国人民解放军的排长，坐着小汽车第二次进崂山，简直令人难以置信。此后我曾写过顺口溜式的一首诗，纪念这次崂山之行。

风驰电掣赴崂山，工兵列队掌声欢。
时隔九载返旧地，乞丐一跃成军官。
当年蛇道随影去，如今公路绕山盘。
沟壑深处备战紧，天然屏障御家园。

2013年和2014年，我先后两次到青岛开会，均住在即墨区海泉湾维景国际大酒店，曾乘车游览崂山。与五六十年前相比，面貌大变，主要是楼堂馆所到处可见，村庄面貌焕然一新，庙宇修葺得更新、更壮观，唯有自然环境变化不大，但松竹更多，绿化得更好了。

东隅屏藩刘公岛

刘公岛，我在学中国近代史时就已知晓。这座位于山东半岛最东端威海海湾中的岛屿，因中日甲午战争而出名。

我曾两次去过威海。1987年9月23日，受商业部刘毅部长（威海市乳山市人）的委托，商业部办公厅副主任王振荣、老干部局局长史清义和我，作为国家部委祝贺单位，代表商业部前往威海，出席9月26日召开的威海由县级市升级为地级市成立大会。会后我们到石岛、刘公岛等地参观。

1994年8月下旬，我和爱人乘飞机前往烟台，先后游览了烟台、威海、养马岛、海阳、蓬莱、长岛、龙口等地，在威海和刘公岛游览了一天。

威海市依山傍海，风景秀丽，谁承想，古时候这里仅是一个小渔村。到了元朝，因山谷中有清澈的泉水长流，故得名“清泉夼”（“夼”，念kuǎng，指两山之间的洼地。胶东一带用此字作地名、村名、人名的较多。我在海阳县当兵时就知道有“刘家夼”“大夼”等。北京电视台我有个朋友叫刘夼，他就是胶东人。很多人不认识这个字，看了他的名片后，干脆叫他“刘大川”）。

“威海”之称，源于明代。明洪武（朱元璋）三十一年，为防倭寇

作者在刘公岛留影

侵袭，在此地设立“威海卫”，意为“威震海疆”，屯兵驻守，加强防护。

在中国近代史上，包括刘公岛在内的威海卫可谓多灾多难。先是1895年中日甲午战争后被日本占领，三年后又沦为英国殖民地，直到32年后的1930年10月才被收回。但在1938年3月的抗日战争中，又沦为日本帝国主义殖民地，1945年日本投降后，才回到了祖国的怀抱。

在那个腥风血雨的年代里，我国著名诗人闻一多曾饱含深情地写了一首《七子之哥——威海卫》：“再让我看守着中华最古的海，这边岸上原有圣人的丘陵在。母亲，莫忘了我是防海的健将，我有一座刘公岛作我的盾牌。快救我回来呀，时机已经到了，我背后葬的尽是圣人的遗骸！母亲，我要回来，母亲！”

从军事角度看，威海的确是得天独厚的军事要塞。它三面环山，东临黄海，西边烟台，西北是渤海海峡，与辽东半岛的旅顺港成掎角之势。威海湾中央的刘公岛扼守港口交通要道，两侧还有黄岛、日岛等多座岛屿，从而构成天然屏障，被古人赞曰“渤海锁钥，拱卫京津的海上

门户”。

刘公岛犹如横浮在威海湾内的一艘战舰。东西长4公里，南北宽2公里，全岛面积3.15平方公里，岛岸线长将近15公里，距威海陆地2.1海里，约合4.89公里（每海里等于1.852公里），岛上的旗顶山海拔153.5米。

据传，东汉末年，汉朝皇族一支的刘公，为躲避曹魏政权的迫害来到此岛，开荒种粮，下海捕鱼，故有“海上刘氏别业”之称，后人称为“刘岛”“刘家岛”或“刘岛山”。明隆庆（穆宗朱载垕）六年（1572年），才在官方奏章和皇帝的诏令中正式出现“刘公岛”，一直延续至今。

清光绪元年（1875年），清政府着手创建北洋海军，北洋大臣李鸿章受命督办。在组建过程中，设立了海军衙门，先后从外国购买了巡洋舰、鱼雷艇、蚊炮船等舰船25艘，编成北洋舰队。光绪十四年（1888年），设海军提督，在威海卫的刘公岛建起了提督署，统领全军操防。还在刘公岛设立了全军办公所、制造所、屯煤所、工程局、铁码头、炮台、水师学堂、海军营房等一大批军事设施，终于将刘公岛建成了一座重要的海军基地。然而，在1895年1月20日发生的中日甲午战争中，懦弱的清政府在这里上演了一出令人扼腕的历史悲剧。

中日甲午战争，是一场日本侵略中国的战争，因爆发于中国农历甲午年，故称“甲午战争”。

日本在明治维新以后，逐步走上了对外扩张的军国主义道路，成为一个侵略成性的帝国主义国家。1894年侵占朝鲜后，又挑起了中日战争，下半年攻占了辽东半岛的安东（今日丹东）、凤凰城、金州、大连、旅顺口等。1895年又将魔爪伸向山东半岛，出动军队2万多人，各种舰艇25艘，直逼威海卫。当时清政府的主和派下令“保舰避战”。狡猾的日军避

作者夫妇在刘公岛西辕门留影

开防御工事齐备、各种战船严阵以待的刘公岛，从海上往南，在荣成县境内的龙须岛登陆，然后兵分两路迂回并从侧后攻占威海卫南岸炮台，同时以舰艇封锁威海港，海陆夹击威海湾。北洋舰队腹背受敌，加之烟台的援军不到，致使全军覆没，威海沦陷。海军提督丁汝昌宁死不降，服毒自杀。北洋水师“致远”舰管带（舰长）邓世昌在弹药将尽、舰受重创的危急关头，开足马力，冲向敌舰“吉野”号，决心与敌同归于尽，但被敌舰发射的鱼雷击中，全舰官兵250多人无一生还。英烈们的英雄壮举，光明日月，永垂不朽！正如一首七绝所写：“敌垒萧条大树凋，高衙依旧俯寒潮。英名丁邓同千古，白骨沉沙恨未消。”

刘公岛虽然风光美丽，环境幽静，并有“十里绝尘埃，清远哗喧少”

的赞誉，但我每次去，心情总是沉甸甸的，因为那是战败之地呀！

从威海市区的旅游码头乘游轮去刘公岛，15分钟即到刘公岛的铁码头。这座由北洋水师修建并使用过的码头，长数百米，一头连着刘公岛，另一头伸向广阔的海域，并在尽头来了个90度的大转折，恰似一条硕大的铁臂。码头的墩桩，全部用厚铁板钉成直径四五尺、长五六丈的方柱，中间灌入水泥，凝结后坚硬如石，直入海底，“铁码头”之称由此而来。经过100多年风吹浪打的洗礼，虽已锈迹斑斑，但仍屹立于海中，供人们使用。后来，人民海军在原有的基础上又加修了一段，将铁码头建成了每年可停靠上百艘水面舰艇的现代化军港。

从铁码头登岛后，即看到西辕门高高飘扬的清龙旗，在海风的吹拂下猎猎作响。蹲在路边的威武石狮，仍然透着几分昔日的威严。古色古香、具有清代建筑特色的门楼上方，用繁体字横写着“西辕门”三个字，使人立即想起了京剧《辕门斩子》中的辕门，以及唐代诗人王昌龄《从军行》中“大漠风尘日色昏，红旗半卷出辕门”的诗句。

这座辕门是北洋海军水师学堂东、西辕门其中的一座。1890年正式开学的水师学堂，是专门为北洋海军培养后备军官的学校，开始只设舰船驾驶专业，共有46名学员。甲午战争战败后，水师学堂停办，那46名学员成为该校唯一的一届毕业生。

在英国强租威海期间，英军在北洋海军水师学堂旧址建起了海军陆战队营房，在旧址的后方，到我去参观时仍保留着一座座当年的英式建筑。而如今的水师学堂，仅有东、西辕门和影壁、垛墙、旗杆等，其余的都是后来复建的。

穿过西辕门，便到了北洋海军提督署，当时的提督就是在甲午战争中为国捐躯的丁汝昌。这是一座三进院落，全是木质建筑，前、中、后分别是议事厅、宴会厅、祭祀殿。前厅已辟为甲午战争史料展览室，陈列着不少史实照片和实物，以及丁汝昌的生平展示。中厅被辟为蜡像馆，最吸引人的是北洋水师将领丁汝昌、邓世昌、刘步蟾等在商讨抗敌大计的蜡塑，个个人物形象逼真，慷慨激昂的表情栩栩如生，令人顿生崇敬之情。我记得在一间厢房里挂着一幅丁汝昌的同乡题写的“正道人间存，青史后人评”。我当时认为写得不错，便将其抄了下来。

1987年我到刘公岛参观时还没有“中国甲午战争纪念馆”。1988年1月13日，国务院正式公布了“刘公岛甲午战争纪念地”为“全国重点保护单位”后，才建起了纪念馆。1994年我和爱人去游览时，看到纪念馆已成规模，战争实物也增添了许多。其中从海底打捞出水的北洋水师“济远”舰上的前双炮，高昂着它那永不屈服的头，令人振奋。我和爱人高兴地站在双炮前合影留念。

中日甲午战争已成为历史，教训极其深刻，我认为主要有以下几点。

首先，当时的清政府软弱无能，屈膝乞和的投降派占了上风，对主战将领不仅不支持，反而进行污蔑、打击，甚至弹劾。包括皇帝在内的投降派中了日本的反间计，在前线将领冒死抵抗、陷于全军覆没的危难关头，竟拒发援兵，导致前方将士心灰意冷，影响战力。可以说，甲午战争的失败结果，是国内投降路线造成的。

其次，北洋海军缺乏实战经验，对作战环境缺乏严密的防御措施。前些年我看过一篇报道和配发的日本特务的照片，说的是在中日甲午战争爆发前的一年内，日本派出精通汉语的特务潜伏到威海卫，主要任务是侦察北洋水师的军事部署，勘察地形，绘制地图，偷拍照片，提供给日军制订对北洋海军的作战方案。譬如日本舰队一开始没有直面攻击威海港内的北洋舰队，而是先派出精锐部队从海上绕到威海以东成山头的龙须岛秘密登

陆，根据特务提供的行军路线分两路，顺利到达威海卫，从背后攻击北洋水师的炮台，炸毁崖岸上的大炮，打乱了北洋水师的军事部署，消除了陆地炮火对日军的威胁，然后海陆夹击，致使北洋威海水师全军覆灭。

最后，北洋海军治军不严，危难之际，岸基部队发生哗变，乱了军心。尽管主战将士拼死战斗，甚至不惜牺牲生命撞击敌舰，与敌人同归于尽，但为时已晚，败局难挽。

令人欣慰的是，今日的刘公岛已成为坚不可摧的海上堡垒和名扬中外的旅游胜地。我们可以自豪地说：帝国主义到中国领海横行霸道的时代一去不复返了，刘公岛已经真正成了璀璨夺目的海上明珠和保卫祖国领土完整的海上门户。

现作小词《浪淘沙·刘公岛》一首：

雾锁旗顶山，涛浪滚翻，风诡云谲起狼烟。

血染沧海仍鏖战，甲午堪怜！

往事越百年，耻难释然，后人争相拜先贤。

万里江天坚如磐，谁敢触线？

烟台源于烽烟台

烟台，因烟台山而得名，而烟台山的得名则源于烽烟台。

20世纪90年代，因工作关系，我多次去烟台，并和爱人专门到烟台地区游览，包括烟台市的滨海大道、烟台山、月亮湾、养马岛、秦始皇东巡宫等，其中印象最深的是烟台山。

史料记载，烟台这个地方在战国时期属齐国，隋朝属莱州，唐代和明、清属登州或莱州。那时，这里仅是一个小渔村，并无什么名气。到了明朝，靠“马上得天下”的朱元璋非常重视国防建设，在全国各要冲之地遍设卫、所、营等军事防御体系和预警机制，烽烟台（又称烽火台、狼烟台等）便是预警系统的重要组成部分。

由于烟台地处要冲，北靠渤海和黄海（养马岛以东便是黄海），与辽东半岛隔海相望，东接威海，所以明朝初年便在这里设立守御千户所（明朝建立后，在京师和全国各地设“卫”“所”。数府划为一个防区设“卫”，如天津卫、威海卫，每卫5600人左右。“卫”下设千户所和百户所，如“海阳所”“宁津所”等。1120人左右称千户所，120人左右称百户所）。同时在山上设烽烟台，如果发现敌情，昼升烽烟，夜举火把，烟台山由此而得名。后来的烟台市之名，则得益于烟台山。

在很早以前，烟台山没有住户，海边渔村的渔民在出海捕鱼前，首先到这座山上观察天象，测风浪，烧香磕头，祈求保佑。渔民出海后遇

到天气变坏，家里的人便到山上面向大海、祈祷尽快风平浪静，亲人平安归来。

清咸丰八年（1858年）五月，英、法强迫清政府与其订立的《中英天津条约》《中法天津条约》，将烟台、营口、南京等地辟为通商口岸。于是，英、法、美、德、日等十六七个国家到烟台山和沿海建立领事馆、洋行、邮局、教堂等，盖了很多风格迥异的别墅，由此带动了当地经济、交通和社会的发展，逐渐成为一个较为繁荣的商埠之地。

在抗日战争中，烟台被日军占领。在1945年8月24日八路军解放烟台的战役中，共歼灭日伪军1500多人，但有89位八路军将士壮烈牺牲。1946年5月，当地军政领导机关在烟台山上的燕台石西北面，建立了一座抗日烈士纪念碑。碑的正面镌刻着“民族英雄名垂千古”八个大字，背面铭刻着89位烈士的英名。

1948年至1978年的30年里，烟台山属“军事要地”，由部队驻防。1979年根据上级领导机关的决定，交由当地政府园林部门管理，后被辟为“烟台山公园”。

游览烟台山

烟台山位于市区北端，东、西、北三面环海，海域辽阔，碧波蓝天。山上植被繁茂，在绿树翠盖中点缀着不少红楼青舍、洋房别墅，尤以红色建筑居多。那是烟台开埠后西方帝国主义国家在此盖的各式建筑物。既有英、法早期的公寓式和外廊式建筑，也有古典式和中西合璧式建筑，显现明显的殖民特征。

烟台山以幽雅著称。漫步游览，可见处处诗景，遍地画意，尤其那几处著名景点，令人印象深刻，难以忘怀。如烽烟台、龙王庙、忠烈祠等传统民俗建筑，以及石船石帆、燕石台、太白石等神奇景点，还有不少美丽动人的神话传说，以及历代文人墨客的题诗石碑等。

作者爱人在烟台山留影

第一“奇”是“龙王庙”中的“燕石台”。在过去的朝代里，住在河湖江海边的村庄大都建有龙王庙，里面供奉着龙王像，愿他保佑一方平安。地处大海边的烟台山更少不了龙王庙。而这座龙王庙院中有一“奇”：不知何年何月在院中立有一块巨石，高、宽各两米，长三米。据传，明朝在烟台山建烽烟台之前，每年春暖花开之时，南燕北归，时常有群燕汇集在这块巨石上休息或嬉戏，成为一大奇观，因而被当地人称为“燕石台”。更为珍贵的是，清光绪年间，浙江文人林炳修在这块巨石上题刻了十句四言诗：“崆峒距左，芝罘在前。依临渤海，镇海齐燕。吁嗟群夷，蚕而食之。唯烟台山，一石岿然。谁守此者，保有万年。”

第二“奇”是悬在陡崖峭壁上的石船石帆。在烟台山背面山腰临海处

的陡崖峭壁间，有一块巨石凌空横卧，石下有石垫，形如帆船，俗称“石船”。石船背面刻有“造化奇观”四个楷书大字，何人题写，可惜未记。清康熙年间，贡士（明清两代，每三年在京城举行一次会试，各省的举人皆可应考，考中者称贡士。只有先考中贡士，才有权参加殿试，考取进士或状元、榜眼、探花等）刘九标写了一首七律刻在石船上：“谁将石壁劈成舟，屹立山腰海上头。纵有风涛惊不到，虽无桨舵势能悠。难供利客奔南北，止许高人宴春秋。去笑胶舟游楚水，问王空自动齐侯。”描绘逼真，字体严谨，陡使石船蓬筚增辉。

另有清代同治年间上杭人由京师乘船到烟台芝罘，观石船后题七言绝句：“一帆万里乘长风，壮志雄添海浪中。片石巍峨参造化，天工端不借人工。”一处自然景观，经过文人墨客题写诗词楹联，更是锦上添花，显得更有价值，欣赏起来也更有意思。

上山后我们急想看看明代的烽烟台，可惜经过600多年的风雨硝烟，现仅存一段南北长15米、东西宽13米、高6.5米的台基，只能凭此台基去想象当年烽烟台的景象了。

20世纪初，英国人在最高处的烽烟台原址上建起了一座便于航海的灯塔，直到中华人民共和国成立后还一直使用。改革开放后，烟台海上安全监管部门在原灯塔的西面新建了一座更加高大的灯塔，通体乳石色，成了烟台市的标志性建筑物。

改革开放以来，当地有关部门还在烟台山景区建了一些新的景点，如空中索道、环海栈桥、水上酒楼，我们还在便于赏景观海的水上酒楼用过一次餐。但我更喜欢1982年新建的另一景点——惹浪亭。顾名思义，“惹浪”就是招惹浪花之意，在“浪花”上作文章，找乐趣。

这座融合古今、精巧别致的建筑，屹立于烟台山东北角波浪撞击的一片礁石上。涨潮时，从远处望去，恰似飞峙于万顷波涛之上、立于千层浪涌之中的画舫；烟雾较大时，又像缥缈在云雾之中的空中楼阁，大有招波惹浪之态，故曰“惹浪亭”，诗情画意浓厚，令人产生无限遐思。

惹浪亭是观海听涛的最佳处。站在亭中，近海远山一览无余。那种浪急波涌、惊涛拍岸的景象，荡人心怀，壮人胆魄。这里又是观看日出日落的最佳处，有人在此观看日出后赋词：“一望直向东，无光未白，海色先红。扶桑（泛指东方，古时传说东方日出之地）出境，涌出匣中。无浪无风，满眼云雾皆扫净。饱看胜景，端属齐康公。”

关于秦始皇东巡的传说

在烟台游览期间，烟台的朋友还领我们去参观了1992年建在经济技术开发区的“秦始皇东巡宫”。那是一座仿古建筑，既雄伟壮观，又古朴典雅。宫内设置了十几个体现秦始皇东巡的场景，用现代化的声光、电子等设备，再现了当年秦始皇东渡求仙的传奇故事。

首个场景“统帅东巡”就很有气势。秦始皇站在危岩上，目送威武的将士和嘶鸣的战马在军旗下雄赳赳地行进，颇有真景实感。“芝罘东渡”“琅琊祭天”“文山吟诗”“巫师炼丹”等场景，既有文化意味，又有传奇色彩。最后以“千秋功罪”作为尾声，对秦始皇有褒有贬，体现了历史唯物主义评价观，这一点我比较认可。

司马迁撰写的《史记》记载，公元前246年，嬴政始皇帝即位。嬴政二十八年（公元前219年），始皇帝向东巡视，登上了邹地的峄山，竖立了颂扬大秦功德的石碑。随后登上泰山，竖立石碑，祭祀天神，下山时突有狂风暴雨袭来，始皇帝便在一棵大树下避雨，并封这棵树为“五大

夫”。之后沿渤海东行，登上芝罘山，竖立石碑颂扬秦的功德。然后继续向东再向南，登临琅琊山，并在那里住了三个月。这期间，他把3万户百姓迁到琅琊山下，免去他们12年的赋税徭役，以示恩德。并在山上建造琅琊台，立碑纪念，表明始皇帝的万丈雄心，等等。

在东巡途中，齐地人徐福上奏，说海中有三座仙山，分别叫蓬莱、方丈、瀛洲，山上有神通广大的神仙和长生不老的仙药，他愿率领童男童女前去寻仙觅药，献于皇上。始皇帝同意，便命徐福率领几十名童男童女入海寻仙。

关于秦始皇东巡的传说，我在山东蓬莱、烟台、养马岛、荣城的成山头、石岛、崂山等地都听到一些。

我在蓬莱听说，秦始皇东巡时到过蓬莱，并登上了丹崖山。

我在烟台听说，秦始皇曾三次东巡到烟台，每次来都兴师动众，劳民伤财，百姓对此怨声载道。相传始皇帝第三次东巡时死在路上，烟台的民众不悲反喜，便造出个“罘”（fú）字，称当地的一座山为“芝罘山”。“罘”由“四”和“不”组成，并与“福”同音，又与象征吉祥幸福的“芝”字并列，喻义是：秦始皇不会来第四次了，这是百姓的福气。

我在养马岛听说，公元前219年秋天，秦始皇东巡时经芝罘沿海东进。一天中午，大队人马来到莒岛对面，此时已是人困马乏。突然一股清风送来阵阵馨香，且有嘶嘶马鸣。众人放眼望去，只见岛上峰峦叠翠，草木葱茏，一群骏马在岛上嬉戏。秦始皇情不自禁地赞道：“好一个养马宝岛！”遂封此岛为“皇家养马岛”，并下旨从全国各地选送良马进岛训练，专供御用。由于百姓不满秦始皇的统治，故将“皇家”二字去掉，直接叫“养马岛”。

我在荣城境内的成山头（又称“成山角”“天尽头”，是中国陆地最东方），也听到了一个传说：公元前219年和公元前210年，秦始皇两次驾临此地，在此修直通龙宫的长桥，以便于入海寻找长生不老药。留下了秦桥遗址、镇龙石、射蛟台、始皇庙，以及丞相李斯手书的“天尽头秦东门”等遗迹。我还在“秦桥遗迹”“天尽头”石碑和全国唯一的一座“始皇庙”前拍照留念。

长话短说，书归正传。我参观了“秦始皇东巡宫”后，对陪同我的朋友说：“秦始皇东巡，烟台并不是重点，在这里既没有留下什么故事，更没有实物。花这么多钱盖这种人造景观，我看也是劳民伤财，没有多大意义，难怪没有什么游客。”

当然，这仅仅是我的看法，后来发展如何，就不得而知了。对于烟台，我喜欢的还是如诗似画的自然风光。那碧波万顷的大海，洁白如雪的浪花，自由飞翔的鸥鸟，宛如神龙的滨海路，传神幽雅的烟台山，形如半月的月亮湾，慈眉善目的“月亮老人”，风光旖旎的养马岛，还有那纯正香醇的张裕葡萄酒，都给我留下了美好的记忆。

现作小词《破阵子·游烟台》：

踏遍烽烟古路，阅尽遗迹无语。

悬崖石帆凌空卧，礁盘惹浪缥缈姿，“半月”老翁喜。

沉思嬴政东巡，轻议芝罘讥觑。

旧城换装景多娇，新市日暖花千树，游人趋若鹜。

人间仙境蓬莱阁

我四次去蓬莱，都是从烟台乘小汽车西行，约两个小时到达。

蓬莱吸引我的，不仅是人间仙境蓬莱阁，我对蓬莱还有一种特殊感情，即我原部队从海阳换防到了蓬莱，我们团的团部就在蓬莱驻防。所以有两次我是去看望老首长的，其中一次是和我爱人一起去的。真正游览蓬莱阁等仙境，也仅有两次。

蓬莱古称“登州”，地处胶东半岛最北端的渤海海边，与长山列岛隔海相望。得天独厚的地理位置，造就了蓬莱冬无严寒、夏无酷暑的宜人气候。加之有闻名遐迩的“八仙过海”神话故事和美轮美奂的海市蜃楼胜景，以及秦始皇、汉武帝曾到此巡幸求仙的历史传说，再经过历代文人墨客添油加醋地渲染，遂被人们视为“人间仙境”。“以为州人游览之所”的蓬莱阁，也于宋代在丹崖山巅上应运而建。

我下汽车后步行前往蓬莱阁建筑群。路两旁，有很多小商贩在出售海产品和体现当地特色的旅游产品，我还买了一副用光滑彩石做的“八仙”人物纪念品，至今还摆在我家的纪念品展示柜里。

据介绍，位于蓬莱城北丹崖山上的蓬莱阁建筑群始建于唐代。唐开元（唐玄宗李隆基的年号）年间（713—743年），在山上盖了一座道教庙宇三清殿；唐代僧人又在山南建了一座佛教寺庙弥陀寺。宋嘉祐六年（1061

年），登州郡守朱处约根据唐人杜祐在《通典》中说的“汉武帝于此望海中蓬莱山，因筑城以为名”的记载，以及“世传蓬莱、方丈、瀛洲皆神仙所居”的传说，认定“登州所居之邑曰蓬莱”，便谋划建蓬莱阁。他将渔民建在丹崖山巅上的龙王庙移到西南侧，在原庙址上建造起了蓬莱阁，目的是“将为州人游览之所”，并撰写了一篇《蓬莱阁记》，从而奠定了庙宇楼阁与园林结构的基础。

宋元丰（宋神宗年号）八年（1085年），在朝廷任朝奉郎（谏官）的苏轼调任知登州军州事，职责是登州太守军政兼管。虽上任仅仅五天就被朝廷调回，却为登州做了一些实事，并留下了不少诗赋。最令人称道的是，他在短短几天，就写了两篇既反映实情又提出可行性建议的奏章，即《乞罢登莱榷盐状》《登州召还议水军状》，“伏乞朝延详酌”“伏候敕旨”。同时写了两篇诗作《海市诗并引》《海上书怀》，以及《登州谢上表》《书吴道子画后》等文章。当地民众为缅怀他的卓然业绩，便在蓬莱阁东侧修建了苏公祠。“五天登州府，千年苏公祠”，一直流传至今。

此后，明、清两朝均有增建扩建，使得这片古建筑群楼台殿阁分布得宜，寺庙园林交相辉映，弥陀寺、龙王宫、天后宫、三清殿、吕祖殿、蓬莱阁六个建筑单体各呈一景，特色鲜明。

现根据我们的游览路线，对重要景点作一简要介绍。

我们从山南沿路往山上走去，首先看到的是右侧唐代建的那座弥陀寺。由于以前在全国各地见的寺庙甚多，所以没有进去参观。再往前走，不远处的左侧坐落着一座八角亭。据说清代康熙年间，皇上下旨普免农民一年的田赋（按田亩征收的土地税）。登州官员为了感念皇上的恩德，便在此修了万民感德碑亭，可惜亭内现仅存碑座。

沿路继续往前走，在碑亭东北侧有一座木质结构大牌坊。据说原来的

古牌坊早已被毁，现在的这座是1981年按原样复建的。牌坊上的“丹崖仙境”四个大字，是董必武1964年到蓬莱视察时应请预写的。

过了丹崖仙境牌坊再往前走，左侧就是龙王宫，即宋代登州郡守朱处约把山顶上的龙王庙移到此处，扩建后比原来的小庙大了许多，并亲自题额“龙王宫”。正殿里供奉着东海龙王的金身塑像，两边塑有分管风、雨、雷、电和维持海上秩序的八名站官，神情威严，胆小者看着害怕。

天后宫位于丹崖仙境牌坊后的山门内，山门上的题额为“显灵”，里面祭祀着一位女性海神。宋崇宁年间（1102—1106年）为她赐庙；宋宣和四年（1122年）敕立“天后圣母庙”，建庙48间。清康熙二十三年（1684年）加封为“天后”，亦称“妈祖”，极受渔民尊崇。

进山门后，院落两侧分别为钟鼓二楼；再往前是一座庙宇式戏楼，为祭神时演戏所用，以使场面更加热闹兴盛。戏楼两侧，各矗立着三块赭色巨石，两两相对，镇妖压邪。对此，清乾隆时的进士、体仁阁大学士、著名书法家、金石家阮元为其命名为“三台石”，以隶书刻之。

天后宫院落北端是前殿，殿内左右各有一尊守门神塑像。前殿内墙东西两侧，镶嵌着五代时期华山道士陈抟书写的“福”“寿”二字，“福”字花体，“寿”字草书，书风迥异，飘飘欲仙。

再往前是正殿，殿前有一棵非常古老的大槐树，据说是唐代所栽，所以被称为“唐槐”。正殿为庙宇式建筑，殿内正中是天后巨像，四名侍女分立左右，两侧的八名站官手执銮驾仪仗，甚是威严。

正殿之后为寝殿，底层正中有天后坐像一尊，东西两间设有寝床卧具，楼上是天后梳洗之处。据说每年阴历正月十六为天后庙会，自古以来，赶庙会的人从四面八方纷至沓来，香火十分旺盛。

三清殿据说建于唐代开元年间（唐玄宗李隆基），我们仅是走马观

作者夫妇在蓬莱留影

花地看了看。正殿内供奉着道教始祖元始天尊、太上道君、太上老君三座神像，左右两侧的守门神是哼哈二将的塑像，左为哼将陈奇，右为哈将郑伦，这是我第一次知道了哼哈二将是何许人也。

位于三清殿东侧的吕祖殿，专为“八仙”之一的吕洞宾而建，因在“八仙”中流传故事最多的就是吕洞宾。历来大多数研究者认为，吕洞宾姓吕名岩，唐末人士，20余年科考进士不第，无奈罢考而游览天下，后被钟离权点化成道，“百余岁而童颜”“步履轻疾，顷刻数百里，世以为神仙”。宋徽宗封他为“妙通真人”，全真道奉其为“纯阳祖师”，又称“吕祖”。他是“八仙”中人情味最浓的一个，他潇洒风趣，和蔼可亲，风流倜傥，除暴安良，斩妖除怪，弘扬正气。历代流传的《吕洞宾三戏白牡丹》的传说故事，颇为精彩。

毫无疑问，蓬莱阁风景区的主角当然就是蓬莱阁了。在古代，蓬莱阁与武汉的黄鹤楼、湖南岳阳的岳阳楼、江西南昌的滕王阁被誉为中国“四大名楼”，可见名气不小。与其他名楼相比，蓬莱阁有五大突出特点：一是该阁是一座真正的古建筑，二是地址没有变过，三是楼梯位于两侧，四

是一座少见的望海楼，五是八仙过海故事的发源地。

蓬莱阁坐落在天后宫与三清殿之间的丹崖绝顶，占地面积3.28万平方米，系双层木构阁楼建筑。阁上四周建有明廊，供游人凭栏远眺。“蓬莱阁”巨匾悬于阁上，是清代书法家铁保所书，笔力雄劲浑厚，弥足珍贵。“九万青天，登梯得路；三千碧海，破浪乘风”的楹联，写出了蓬莱阁的雄伟气势。在阁的西壁，悬挂着董必武的题诗和叶剑英的题联。董老的诗句是：“来游此地恰当时，海国秋风暑气吹。没有神仙有仙境，蓬莱阁上好题诗。”1960年叶剑英在蓬莱阁东侧的卧碑亭中，看到清代龚葆琛写的联语“海市蜃楼皆幻影，忠臣孝子即神仙”的碑刻，便有针对性地挥毫写下了“蓬莱仕女勤劳动，繁荣生活皆神仙”。

在蓬莱阁后墙的外壁，嵌有三方巨石，上面分别刻着“碧海清风”“海不扬波”“环海镜清”。在阁的南短墙间，镶嵌着国民党爱国将领冯玉祥1934年游蓬莱阁时写的题额“碧海丹心”，每字一石，直抒胸臆。

登上蓬莱阁凭栏眺望，不仅阁南的天后宫，阁西的避风亭、澄碧轩，阁东的卧碑亭、苏公祠、宾日楼、普照楼等尽收眼底，而且还有八景，令人心醉神迷。这八景是仙阁凌空、狮洞烟云、渔梁歌钓、日出扶桑、晚潮新月、神山现市、万里澄波、万斛珠玑，各景特色鲜明，富有诗情画意。

如“仙阁凌空”之景，是指蓬莱阁高居丹崖绝顶，直逼长空。阁后是汪洋大海，断崖峭壁悬于碧波之上，如有海上雾气涌来，层层叠叠，裹缠山腰，但见有天无地，高深莫测。游人身处雾中，宛浮凌空仙境，妙趣横生，其乐无穷。正如前人诗句所描：“嵯峨丹阁倚丹崖，俯瞰瀛洲仙子家。万里夜看旸谷日，一帘晴卷海天霞。”

又如“万斛（hú,旧时量器，方形或圆形，口小底大，如斗或‘升’。

容量原为10斗为一斛，后改为五斗）珠玑”。“珠玑”指海边的卵石，被苏轼赞为“皆圆熟可爱”。蓬莱阁下的海边，每当潮落，“珠玑”铺岸，游人争先恐后俯拾，留作纪念，我和爱人就拾了几十枚。“我拾此石归，袖中有东海”“置于盆盎中，日与山海对”，岂不乐哉！

再如“神山现市”之景，即驰名中外的“海市蜃楼”。据说这一奇观早在汉代就有记载。“海旁蜃气象楼台，广野气成宫阙然”（《史记·天官书》）。晋代《三齐略记》中始见“海市”一词：海上蜃气，时结楼台，名海市。宋代苏轼对蓬莱海市仙山亦有文字表述：登州涨海，枕簟（diàn，即枕头竹席）下天水相连，蓬莱三山，仿佛可见。春夏间常见海市，状如烟云，为楼观人物之像（《苏轼文集·尺牍》，尺牍即书信。“牍”是写字用的木板，古代书简长约一尺，故称“尺牍”）。明、清两朝，对蓬莱海市奇观多有记述，如“海市称天下奇观，蓬莱有之”。再如：“登州海市，不止幻楼台殿阁之形，一日见战舰百余，旌仗森然，且有金鼓声，顷之，脱入水。”好家伙，海市蜃楼不仅显现出了楼台殿阁，而且可见战舰百艘和旌旗仪仗，且可听到金鼓之声，可谓奇上加奇。

20世纪八九十年代，我曾几次在报纸和电视中看到蓬莱阁以北的渤海海面上显现海市蜃楼奇观的报道。尤其播放的纪实纪录片，不少镜头给我留下了深刻印象。如海天交换处映出了弧形光带，似雾非雾，似光非光；突现高山一座，山坡上亭台楼阁隐约可见；一会儿又显现出古城墙、古城堡、金字塔和多孔桥，好像还出现过墨绿色森林和渔村等。时隐时现，变幻莫测，令人惊诧不已！可惜我两次去蓬莱阁游览，均无机缘相见海市奇观，也就难以体会到“重楼翠阜出霜晓，异事惊倒百岁翁”（苏轼诗句）的真情实感了。

我曾看过一份资料，说的是，海市是一种大气光学现象，每当春夏

和夏秋之交，海面上空大气的密度会出现层差，光线经过不同密度的空气层时，发生折射或完全反射，便将长山列岛或更远地方的景色反射过来，形成各种奇异景象，或山岛变幻，倒影满天，或楼阁突起，人来车往，且乍现乍隐，随时变幻。我从电视中看到，这种现象在西北沙漠中也曾经出现。也就是说，从现代光学理论来看，这种现象并不神秘。

在弥陀寺正东的海边还有重要一景，那就是闻名遐迩的水城，俗称“小海”。

早在唐代，登州就是全国四大口岸之一，是“日出千杆旗，日落万盏灯”的商贸良港。到了宋代，这里驻有重兵，正如苏轼在《登州召还议水军状》中所说：“自国朝以来，常屯重兵，教习水战，旦暮传烽，以通警急……自景德（宋真宗年号——作者注）以后，屯兵不下四五千人。”可见当时朝廷确将登州视为海疆重镇，严把死守，以御外侮。

明洪武九年（1376年），设登州卫，将宋朝筑堤泊船的“刀鱼寨”拓建为水军基地，操泊战舰，训练水军。至今这里的水门、防浪堤、平浪台、码头、灯塔、城墙、炮台、护城河等海防建筑保存完好。尤其是分别建在水门东、西的两座炮台，上置重炮，虎踞龙盘，互为犄角，如同一道水上长城，用以封锁海面，远距离杀伤海上来犯之敌。

由于水城常年欠修，淤塞甚重，改革开放后当地党政军民开展了大规模清淤修建工作。将内海加深九尺，围堤分层加固，仿古式建活桥、造战船，建明代抗倭爱国将领戚继光祠并竖雕像，铭刻《观水操记》石碑等，国内外游人络绎不绝。因此，国务院将这座水城与蓬莱阁一起，公布为全国重点文物保护单位。

最后说说“八仙过海”，因为这个神话传说始于蓬莱，即“八仙”是从蓬莱过海的。

在我国民间，“八仙过海，各显神通”的故事深入人心，“八仙”甚至渗透到了人们的日常生活中，如“八仙桌”“八仙宴”，西安东关还有一座“八仙宫”，等等。

实际上，铁拐李、钟离权、张果老、吕洞宾、何仙姑、蓝采和、韩湘子、曹国舅八人，原来既不是神，也不是仙，而是颇享盛名的民间艺人。铁拐李从小好学，博览群书，知识丰富。钟离权怀抱鱼鼓，擅长演唱。张果老手执简板，精于曲艺。吕洞宾善写唱词，独树一帜。何仙姑、蓝采和擅长舞蹈，曾奉舞于宫廷。韩湘子长于吹箫，悠扬动听。曹国舅通晓音律，更爱作诗。他们凭借自己的一技之长，自愿组合，四方献艺，因而被人们誉为“八仙”。经过几个朝代的传播和渲染，逐渐将他们神化，并上演了一幕蓬莱醉酒、踏波逐浪、漂洋过海，并在途中各显神通，大战龙王的精彩神剧。

有关“八仙”的传说，我曾看过好几个版本的资料，感到挺有意思。不妨简要归纳一下，以飨读者。

铁拐李，原名李铁拐，又名李玄，位于“八仙”之首，传说是唐玄宗开元至代宗大历之间的人，学道终南山，遇太上老君而得道。他在神游时，其肉体误为弟子火化（也有“被虎所食”之说），游魂附一饿死的乞丐尸体而起，蓬头垢面，袒腹跛足，并用水喷其竹杖而成铁杖。因行走时一瘸一拐，故以“铁拐李”为名。

钟离权，字“寂”，道号“和谷子”，其人物原型出现在五代、宋初之际，北宋道教尊他为“正阳祖师”。后遇华阳真人传授太乙刀圭火符内丹之道术，成为后来“钟吕金丹派”之始。《宣和年谱》《宋史》等书籍中都有他事迹的记载。

张果老，原名张果，因在“八仙”中年事最高，被尊称为“张果

老”。关于张果的记载，最早见于唐代《明皇杂录》。书中说，张果骑一白驴，日行数万里，休则折叠之，其薄如纸，置于巾箱中。新旧《唐书》和《太平广记》中也都有张果的形象记载。至于张果老倒骑驴的传说，则源于民间。

吕洞宾，本文在撰写“吕祖殿”时已作介绍，不再重叙。

何仙姑，“八仙”中唯一的女性，其身世说法不一。一说她是唐代广东增城（现为增城市）女子，十四五岁，住云母溪，因食云母粉成仙。行走如飞，每日到山中采摘野果奉母。一说她是唐朝人，以做鞋为生。其出生时头顶出现六道彩光，天生一副“仙相”。13岁时在山中遇一道士，她吃了道士的一个仙桃，从此不饥不渴，身轻如燕。还有的说她是宋仁宗时湖南永州的一位道姑，宋人笔记中还记载了一些她替人占卜算卦、预测祸福的事。也有的说她是吕洞宾所度的赵仙姑，因手持荷花而被称为“何仙姑”。

蓝采和，南唐时人，《南唐书》《太平广记》中均记述着他的事迹。此人原型是一个江湖流浪汉，行为怪僻，玩世不恭，似狂非狂，贪杯卖唱。常穿破蓝衫，腰束黑木带，一只脚穿鞋，另一只脚则光着。更不寻常的是，他夏天穿棉衣，隆冬季节则卧于雪中而气出如蒸。乞讨时手持三尺柏木板，边走边唱，歌词随口即来。如“踏踏歌，蓝采和，世界能几何？红颜一春树，流光一掷梭。古人混混去不返，今人纷纷来更多”等。由于他心地善良，经常周济穷人，因而得到人们的喜爱，且被神化成仙。

韩湘子，原名韩湘，据传是唐代著名文学家韩愈的宗侄。此人轻狂不羁，不爱读书，韩愈曾对他大加责怪。但他会使法术，在初冬季节能按照韩愈的要求，让牡丹盛开数色花朵，每朵花有诗一联，且能使牡丹变色，韩愈看后大为惊奇。《太平广记》一书中有此记载。

八仙醉酒。前面抱葫芦的是本书作者

曹国舅，名佾，又名景休，北宋初年大将、枢密使曹彬之孙、曹太后之弟，因而以“国舅”相称。他性情和易，通晓音律，喜欢作诗，身历数朝而一帆风顺。后隐迹山林，精思慕道，被钟离权引入仙道，年72岁寿终。

明朝以前，铁拐李等八位仙人的故事，曾在不同的年代、不同的地方流传着，而且传说的人物、故事五花八门，没有一个统一的说法。到了明代，作家吴元泰根据民间的各种传说，创作了小说《东游记》，将八位仙人的成仙经历和诸多故事统一作了安排，形成了比较统一的说法。其中最浓墨重彩的便是“八仙过海，各显其能”。

传说有一天，“八仙”在蓬莱阁下相聚。酒酣之余，铁拐李以葫芦为舟，漂洋过海。张果老紧随其后，倒骑毛驴下海踏波而行。其他六仙也纷纷将各自的宝器抛入海中，乘风破浪，向彼岸而去。途中因炫耀各自的法器而招致意外祸端：蓝采和的玉板在海上发出夺目光芒，结果被龙王的太

子看中，便抢了玉板藏于龙宫。由此引发了“八仙”与龙王大动干戈。龙王一度调集四海之水，企图水淹“八仙”，而“八仙”则借势将泰山移来填海。双方大战不断升级，一时间天翻地覆，地动山摇，给人间带来巨大灾难。这次战争惊动了如来佛祖和太上老君，他们出面调停，才平息了这场争斗。为此，龙王和“八仙”都因各自的过错受到了惩罚。而“八仙过海”的故事却更加广为流传，世世代代，延续不止。

从“八仙”由人变“仙”的诸多故事中我得到了启迪：我们每个人的一生，都是一个修“道”成“仙”的过程。这个“道”，就是高尚的道德，一心为国为民奋斗终身的品德。人的肉体终将会化为骨灰，而“修道”“有为”可流传人间，有“大为”者甚至万世长存。由此看来，“修道成仙”之路，实乃自我修为之路。

从蓬莱阁西北侧的避风亭下来后，沿城墙拾级而上，站在高处远眺，海阔天蓝，茫茫一片，海浪滚滚，海风扑面。突然，脑海中浮现出“八仙”高唱渔歌，踏浪而返。啊，好一处人间仙境。我想，改革开放后的中国，处处欣欣向荣，人人生活幸福，这不是人间仙境又是什么呢?

现作小词一首：

风入松 · 蓬莱游

寻仙观景逛蓬瀛，阁殿伴碑亭。

秦皇汉帝三山觅，长生药，一厢情愿。

福地八仙醉酒，烟波起蜃玄溟。

苏翁翰墨流传，五日留勋功。

海疆万里驰千舸，抗倭兵，劲旅剑横。

修道淡泊名利，轻蔑楼阁空中。

海上仙山长山岛

长岛，又称“长山岛”“长山列岛”“庙岛群岛”，位于胶东半岛和辽东半岛中间的渤海海峡。南距蓬莱7公里，北距旅顺老铁山42公里，由大小上百个岛屿组成，但有居民的岛屿据说只有10个，岛陆面积56平方公里。最大的岛是南长山岛、北长山岛、小长山岛、大长山岛，过去曾是山东省唯一的海岛县——长岛县。

我们在游览蓬莱阁时，站在阁后的丹崖山极目远眺，只见浩渺的沧海中坐落着一群苍翠如黛的岛屿，宛如镶嵌在碧波之上的颗颗宝石。那就是唐诗所描写的“忽闻海上有仙山，山在虚无缥缈间”的长山列岛。当年苏东坡到登州任职时，眺望海中的长山列岛，也不由得发出“真神仙所宅也”的赞叹。

20世纪90年代中期，我和爱人到烟台、威海地区旅游时，曾两次登上长岛游览，九丈崖、月牙湾等景点，给我留下了美好的印记。

我们乘坐战友的小汽车从蓬莱客运码头开到轮渡上，约半小时即到长岛客运码头。然后乘车沿着弯弯曲曲的公路，观览岛上的美丽风光。整座岛屿如同一幅绮丽的立体画卷，各岛有各岛之奇，各景有各景之丽。由于海蚀地貌所形成的奇礁异石，神韵各具，或古朴秀雅，或玲珑剔透，或斑斓多姿。有的礁石突兀群立，堪称海上石林；有的悄然孤立，犹如少女凝神思慕；有的似老僧打坐，沉思渡人如踏浪波。如此等等，不一而足。景

色之多，令人应接不暇。

南长山岛形状如龙，头枕西北，尾甩东南，蜿蜒里余。尾部海滩上堆积着许多卵石，经过千万年风雨、浪涛的冲淋和洗刷，块块光洁如玉。奇特的是，“龙尾”之东，狂涛巨浪，“龙尾”之西，则风平浪静。更奇的是，无论涨潮或退潮，“龙尾”之东的海面总比“龙尾”之西的海面高出一截。舟船由东往西行驰，到了此处总会跌撞一下，像是下了一个台阶，令人称奇。

1996年9月3日，我们第二次到长岛游览时，正赶上总参谋部组织陆海空三军在长岛地区军演，有些区域戒严，加之当天下午我们还要返回烟台，所以将游览的重点选在北长山岛的九丈崖和月牙湾。

九丈崖位于北长山岛的西北角，离客运码头十几公里。这里的地貌海蚀突出，山岩险峻，岩礁棋布，乱石穿空，海浪呼啸，惊涛拍岸，素有“崖壁切削千仞，崖下寒气逼人”之说。而山崖的后侧，则阳光明媚，绿树成荫，草绿花红，莺歌燕舞，大有“崖前崖后天两重，阴阳割昏晓”的神奇意境。

九丈崖公园虽然不是很大，但景点甚多，且较集中，是一处集山、海、礁、崖、洞于一体，融奇、秀、雄、险、幽于一隅的游览胜地。站在九丈崖公园的观景台上眺望，东面黄海辽阔，雄伟壮观；西面危岸高耸，怪石林立；北面烟波浩渺，水天一色，加之蔚蓝的天空，温和的阳光，湿润的海风，清洁的空气，如诗如画，似置身仙境。

我们出了九丈崖公园，便去游览北长山岛最北端的月牙湾。

月牙湾又称“半月湾”，古称“北口”，长约一公里，主要景点是月牙海滩。

据说20世纪50年代，这里是当地驻军的靶场。部队官兵看到这个海湾

作者爱人在长岛九丈崖

依山而促，抱海而卧，形如半月，便取名“半月湾”。1979年叶剑英元帅到长岛视察时，在所赋诗中称“月牙湾”，因而定名为“月牙湾”。

的确，月牙湾如同半轮新月，“月牙湾公园”的标牌也设计成了“半月”形。到了这里，即使是大白天，也让人情不自禁地仰望天空，看看月牙湾与天上的半月是否一样。

月牙湾海水湛蓝，洁净无瑕，滩平沙细，无泥无礁，有的是圆滑晶亮的鹅卵石。我和爱人沿水边观赏，可见五光十色的卵石在清澈的水中随着波浪晃动。我们挽起裤腿，赤脚在浅水中拣选好看的卵石，块块珠圆玉润，光怪陆离。突然海风骤起，浪涌涛翻，排排巨浪滚向岸边，吓得我俩大呼小叫，拔腿就跑，但还是被第一排巨浪打湿了衣服。那种突如其来的险情，疑似海中巨怪作乱，不免令人产生恐惧感。

作者在长岛月牙湾

据介绍，长岛的景点还有很多。如中华人民共和国成立后建的长岛博物馆，馆内陈列着数万件珍贵文物。在长岛烽山公园的主峰上，建了一座巨型雄鹰雕像，已成为长岛的象征。在另一座峰上建了一座鸟展馆，里面展示着许多迁徙候鸟和上百种标本。另外，长岛是海市蜃楼出现最频繁的地域，尤其在七八月间的雨后。过去人们在蓬莱阁上所看到的海市蜃楼奇景，基本都出现在长岛地区。我们两次去长岛，都是晴空万里的好天气，是无缘领略这一壮观美景的。

在长岛的另一种享受，是中午在海鲜馆享用各种海鲜。如炸新鲜小黄鱼，鲜嫩可口，香气扑鼻；清炒海兔子，满肚子黄籽；海肠子炒韭菜，那叫一个鲜。据说这海肠子只有烟台地区的海里有，是清代专供朝廷的贡品，慈禧太后对其大加赞赏。还有清蒸鲜活琵琶虾（俗称“虾耙子”“皮皮虾”等）以及肥硕的鲜海参等，印象都较深。

长岛，神奇的海中仙山；长岛，迷人的美丽风光。我早已铭记脑海，终生难以忘怀。

渔家傲 · 游长岛

踏遍南北长岛路，传说声里寻幽趣。

环顾神龙在何处？

突入目，蜿蜿尾东头枕西。

九丈崖峻千仞壁，雄奇险秀殊仰慕。

月牙珠玑多英姿。

风骤起，嫦娥浪中唤玉兔。

一城山色半城湖

“海右此亭古，济南名士多。”这是唐代著名诗人杜甫在大明湖历下亭所作的一首诗中对济南的评价。

“四面荷花三面柳，一城山色半城湖。”这是清代嘉庆年间山东提督学政刘凤诰对大明湖的赞誉。

济南，山东省省会，原济南军区所在地。因该市泉多，仅有名的清泉就有72处，故称“泉城”。

1964年至1967年的四年里，我在67军守备20师服役，因连续四年是部队的积极分子，年年都到济南出席军区召开的有关会议，经常一年去两三次。住的时间最长的一次是1967年第三季度参加军区组织的“八一报告团”，历时两个多月。

当时我曾随代表团中的部分代表去游览济南三大名胜中的大明湖、趵突泉等著名公园。但在那个年代里，公园里的祠堂殿阁是不开放的，我们也仅是看看自然风光而已。但有两件事令我记忆犹新。

在游览大明湖时，军区政治部的一位首长说，大明湖是济南的标志性公园，古代文人对它有着形象的比喻：“四面荷花三面柳，一城山色半城湖。”“一城山色”指的是映在湖中的“千佛山”。

他又说，大明湖对我党我军是有贡献的。在解放济南的战役中，穷途末路的国民党山东省主席王耀武跑到大明湖躲藏，我军就是在这里把

济南大明湖

他活捉的。

而我真正到济南游览大明湖、趵突泉和千佛山三大名胜，则是在2007年3月底，春暖花开之时，和老伴一起去的，而且看得比较仔细，记的资料也比较丰富。

大明湖位于济南历下区，在省政府以北，仅隔一条大明湖路。湖水由济南的众多清泉汇流成溪，千溪万溪汇聚成了面积达50多公顷、水深两至三米的大湖。湖水经东北角的出水门流进泺水河，然后注入小清河。由此看来，大明湖的湖水是地地道道的“活”水。湖底又是不透水的火成岩，加之合理的排水系统，因而湖水久旱不涸，常年清澈。

据介绍，大明湖历史悠久。西晋（265—317年）之前面积最大，后在

建城墙时将湖分开。北魏地理学家郦道元撰写的地理名著《水经注》中，将此湖称为“历水陂”（“陂”即“池塘”）。唐、宋两朝，先后称为“莲子湖”和“西湖”“北湖”。金代文学家元好问在《济南行记》中始称“大明湖”，并对济南大加赞赏，毫不掩饰地说“羡煞济南山水好”，到了济南就不想走了。正如他在诗中所写：“日日扁舟藕花里，有心长作济南人。”

大明湖的南大门是一座极具民族特色的牌坊式大门楼，中间门大，两侧各有两个稍小的门，七彩单檐上饰有各种祥兽。12根红色斜柱支撑着三阶式坊顶，柱下由石鼓夹抱，极为坚固。三层宝塔式的坊顶覆盖着黄色琉璃瓦。额枋（方形木柱）上绘有“旭日云鹤”“金龙戏珠”等彩色图案。大门正中之上有一匾额（又称“牌额”“牌匾”，简称为“匾”或“额”；横写为“匾”，竖写为“额”），上书“大明湖”三个镏金大字。牌坊大门西侧，矗立着一方清嘉庆十六年（1811年）竖立的“大明湖”石碑，字体与大门匾额上的完全相同。整座大门金碧辉煌，雄伟大气，我和老伴在不同的角度拍摄照片，留作纪念。

走进大门，只见两侧门房对称，上覆青瓦，古朴典雅。房旁建有雕栏石桥，玲珑精巧，给人以“艺术品”之感。桥下有溪，溪水潺潺，是外来泉水经小溪流入湖中。门内西侧设有码头，我们从码头登船，开始游湖之旅。

被誉为“泉城明珠”的大明湖，景色秀丽，看点甚多。早在清乾隆年间，《历城县志·山水考四》中就有赞美大明湖的文字记载：湖光浩渺，山色遥连，夏挹（yì，“舀”的意思）荷浪，秋容芦雪，春色杨烟，鼓枻（yì，即短桨、船舵）其中，如游香园。13世纪意大利旅行家马可·波罗在中国住了十几年，游览了我国大江南北。他在《中国游记》中赞扬大明湖“园林美丽，堪悦心目；湖光山色，应接不暇”。

如依“四面荷花三面柳，一城山色半城湖”的描述，大明湖的美当数锦荷、翠柳、湖光、山色，当然也离不开散落其间的楼台亭榭、廊园祠阁，以及引人入胜的逸闻趣事、历史传说。

“四面荷花”，说明荷多。究竟有多少？我问过导游，他说“至少也有四五十亩”。当然，这仅是个概数。不过，“接天莲叶无穷碧，映日荷花别样红”倒是真的。

大明湖的荷花是有历史渊源的。据说在南北朝时期湖中就遍生荷莲，叶如碧伞，白荷红莲，相互辉映，争奇斗艳。到了唐朝，便以“莲子湖”相称。以后各个朝代，也都在湖里遍植荷莲。每到夏天，荷风送香气，赏荷者如织。

1966年6月中旬，我到济南军区出席“小将会议”期间，与67军的几位代表专门到大明湖观赏荷花。

大明湖水域宽阔，我去时将到荷花盛开季节。站在湖边望去，清波绿盖，满湖鲜碧；荷叶竞长，宛如绿伞。蹲下细看，莲茎擎叶，亭亭玉立；荷箭穿水，尖角摇动，青中泛红，含苞欲放；较高的荷苞半开半合，羞羞答答，正如古词所写，“溪上新荷初出水，花房半弄微红”。也有的已经绽放，红的、白的、粉红色的，散立在“从来不著水”的荷叶之上，远看已是荷花一片，端庄素雅，微风掠过，阵阵清香，沁人心脾。更妙的是，从较稀疏的莲叶间可见个头不大的群鱼游弋，人若有动静，鱼儿旋即钻入水底。偶尔也有翡翠鸟和叫不出名字的鸟儿在湖面上掠水觅鱼。此情此景，真乃一幅水墨丹青，撩人心魄。

据说济南人历来对荷花情有独钟。史书载，过去的历下城“环村种荷”“买得湖田二三亩，沿堤多半种荷花”，就是生动的写照，难怪济南人将荷花定为“市花”呢。

作者爱人在大明湖中的历下亭

2007年3月底，我和老伴去游大明湖时，乘船悠游荷深水阔的荷田，到被称为“天然绝妙大荷池”的“觉沤亭”“藕亭”和三面荷塘的小沧浪等处观莲赏花。可惜季节早了些，荷花尚未开，只有片片小莲花。但听到的有关赞美荷莲的词句，却也很有意思。

清代康熙年间，著名诗人、剧作家孔尚任（山东曲阜人，孔子第64代孙，代表作为《桃花扇》）赞美大明湖“香生荷叶散千家”，这和无名氏写的“六月荷香散满城”如出一辙。一个“散”字，写出了荷香洒满济南城的意境。还有人浓墨重彩描写红色荷花：“芙蓉（荷花的别称）桥畔是儿家，到门一路芙蓉花。水边芙蓉红在水，窗前芙蓉红在纱。”花开水上，将水映红；花开窗前，红透窗纱，多美的一幅风景画呀。

“出淤泥而不染，濯清涟而不妖。”宋代周敦颐《爱莲说》中的这一千古名句，激励了多少后人。人们之所以爱荷，不仅是她那雍容华丽的容姿，更重要的是她那污而不染的高洁品格，以及濯而不妖的无私内心。也许这就是济南人“梅花不种种荷花”的缘故吧。

济南多柳，历来有“家家泉水，户户垂柳”之说。“四面荷花三面柳”的大明湖，更是一片“滟滟清波淡淡风，垂杨垂柳小桥东”的迷人景象。甚至“寻常一样垂杨柳，栽向明湖便有情”。为何？因为大明湖湖水充足，水足则树茂，树茂则生情，即以优雅的风姿向人们展示它的“情”，给人以精神上的愉悦。到大明湖转一圈，看看那到处都有随风起舞、婀娜多姿的翠柳，就知道它为何那么受济南人的青睐，并被定为济南的“市树”了。

柳树是我最喜爱的树种之一。少年时，常在村里的柳树上打鸟捕蝉捉螳螂，春天还折下柳条做柳哨。60年代初三年自然灾害期间，还曾采摘苦涩的柳芽用开水焯后充饥。从那时起，我就与柳树结下了不解之缘。后来又特别喜欢唐代诗人贺知章的《咏柳》诗：“碧玉妆成一树高，万条垂下绿丝绦。不知细叶谁裁出，二月春风似剪刀。”

大明湖南门内左侧码头处，就有不少大柳树。沿湖岸往西、往北再往东，除有建筑物的地方，到处是柳树，如同一队队卫兵守护着滋润它们的大明湖。

每年春分后，春归柳叶新，细芽抱枝条，柳色黄金嫩。清明谷雨时，柳絮漫天际，乱扑行人面，无语随风去。初夏披绿时，候鸟恋柳枝，垂柳吻湖水，缠绵似淑女。刹那大风起，湖面浪冲堤，柳树展衣裙，随风狂起舞。正如北宋著名诗人、齐州（今济南）知州曾巩在《咏柳》诗中所写：“乱条犹未变初黄，倚得东风势便狂。解把飞花蒙日月，不知天地有清霜。”

“一城山色半城湖。”湖，当然是指大明湖；山，无疑就是城外的千佛山了。作者将“湖”与“山”这两个相合相照的自然风物巧妙地安排

到了一起，远处的山成了市内湖的映衬，构思何等巧妙。正如有关诗句所写：四面荷花柳线长，一城山色映沧浪。“铁公祠下水潺潺，古历亭前碧水环。水自无心与山约，常从水底见南山。”这几乎就是“一城山色”的图画版啊。至于对“半城湖”的描写，那就更多了，如“历下城中半是湖，居水分水种菰蒲”“出门十步是烟波”“纵横水路各东西”等。

晚清著名小说家刘鹗在《老残游记》中对“一城山色半城湖”的描写也很精彩：“到了铁公祠前朝南一望，只见对面千佛山上梵宇僧楼，与那苍松翠柏高下相间，红的火红，白的雪白，青的靛青，绿的碧绿。更有那一株半株丹枫夹在里面，仿佛宋人赵千里的一幅大画，做了一架数十里长的屏风。低头望去，谁知那明湖业已澄净得同镜子一般。那千佛山的倒影映在湖里，显得明明白白。那楼台树木，格外光彩，觉得比上头的一个千佛山还要好看，还要清楚。”后人将此景称为“佛山倒映”，成为大明湖的一大景观。这种绘声绘色的描写，给人以身临其境之感，体现了刘鹗描写景物既细致又真切的特点。

大明湖除了自然美景外，湖区还有一阁二园三楼四祠六岛七桥十亭等历史建筑物。如湖南岸有稼轩祠、明湖居、秋柳园、遐园；湖西北岸有铁公祠、八角亭、小沧浪；湖东北岸有南丰祠、张公祠、汇波楼、北极阁；湖中岛上有历下亭、汇泉堂等名胜古迹。我们乘船去游了好几个有故事、有讲究的“园中园”，印象较深的有几座。

辛弃疾纪念祠，又称“稼轩祠”，专为南宋伟大的爱国词人辛弃疾而建，位于大明湖南岸遐园西侧。

辛弃疾，字幼安，号稼轩，山东济南人，其词作充满爱国情怀。他和伟大的爱国诗人陆游代表着南宋爱国主义文学的最高成就，也是继北宋文学家、著名词人苏轼之后，把词所表现的内容推向更广阔的意境，被世人称为宋代豪放派代表“苏辛”。我在电视大学学习中国古代文学史时，教学纲要中将南宋文学家列为一章三节的，只有辛弃疾和陆游。

济南人之所以在大明湖畔为辛弃疾建祠，除了他是济南人的因素外，更重要的他是杰出的民族英雄和杰出的爱国词人。公元1140年他出生时，家乡早已沦陷于金国。他在爷爷爱国思想的教育下，少有壮志。在他21岁时，正赶上金国海陵王完颜亮南下入侵南宋。辛弃疾率领2000多人的起义队伍，加入了济南农民耿京领导的抗金义军。他曾亲率50轻骑驰入金营，于5万军中生擒杀害义军头领耿京并投降金人的叛徒张安国，并率部归南宋。但因坚持抗金而不受信任，被解除武装后任江阴军签判（处理文书的小官）。但他始终力主抗金复仇，25岁时向孝宗皇帝上书《美芹十论》，提出抗金主张，不仅不被采纳，反而不受重用，大都让他任刑狱、知州、安抚使等小官，而且屡遭弹劾，后到江西农村居住，68岁时因长期抑郁，含恨而死，临终前犹呼：“杀贼！杀贼！”与他同时代的著名词人陈亮赞扬辛弃疾是：“眼光有棱，足以映照一世之豪；背胛有负，足以荷载四国之重。”

辛弃疾政治上的失败，成就了他文学上的成功，一腔忠愤，慷慨悲歌；抑郁之气，寄之于词。他填的词现存600余首，是宋代词人中的多产作家，也是我最喜欢的词人之一。他的词思想内容深广，词风豪迈奔放，艺术丰富多彩。或抒发收复中原的豪迈，或倾诉壮志难酬的悲愤，或揭露屈膝投降的卑鄙，或歌颂祖国山河的壮丽。如我最喜欢的《永遇乐·京口北固亭怀古》中的“想当年，金戈铁马，气吞万里如虎”。《破阵子·为陈同甫赋壮语以寄》中的上阕：“醉里挑灯看剑，梦回吹角连营，八百里分麾下，五十弦翻塞外声，沙场秋点兵。”以及《南乡子·登京口北固亭有怀》的上阕：“何处望神州，满眼风光北固楼。千古兴亡多少事？悠

悠，不尽长江滚滚流。”可见辛词激昂豪壮，充满阳刚之美。

辛词风格以豪放为主，但也不乏委婉、清新、隽永，如《青玉案·元夕》中的“众里寻他千百度。蓦然回首，那人却在，灯火阑珊处”的词句，脍炙人口，世代流传。也有的以通俗鲜活的民间口语撰词，诙谐、风趣。如《西江月·遣兴》的下阕：“昨夜松边醉倒，问松我醉何如？只疑松动要来扶，以手推松曰：‘去’！”

大明湖中的稼轩祠坐北朝南，大门上悬挂着陈毅元帅书写的《辛稼轩纪念馆》匾额。当代文豪郭沫若为辛弃疾撰写的楹联也十分引人注目：“铁板铜琶，继东坡高唱大江东去 美芹悲黍，冀南宋莫随鸿雁南飞”。

进门穿厅走到二进院，正厅是辛弃疾的雕像。三进院临湖，院后建有“临湖阁”，阁北水中的七曲石桥上饰有白栏杆，桥下可通小船，桥北接“藕亭”，阁桥相接，桥亭相对，桥下小船悠游，水中亭影浮动，成为幽雅一景。

继而去游“南丰祠”。该祠位于大明湖东北岸，原名“曾公祠”，为纪念北宋文学家、曾任齐州（济南）知州的曾巩所建，清光绪十二年（1886年）改为“南丰祠”，因曾巩是江西南丰人，世称“南丰先生”。宋仁宗嘉祐二年（1057年），38岁的曾巩中进士，历任太平州（安徽当涂县）司法参军，福州、亳州、齐州知州，后擢升为中书舍人，为皇帝起草诏令，并可参与机密大事，64岁病故，为“唐宋八大家”之一。

曾巩也有很高的文学造诣，我在电大学习时，老师专门讲过曾巩的散文和诗词。他的诗词平实质朴，晓畅清健；散文雍容朴实，含蓄简洁，其中《墨池记》《赵公救菑记》（“菑”，zāi，即“灾”）更以委婉、严谨而出名，并为后代所景仰。清人刘熙载在《艺概》中称赞曾巩的文章“来得柔婉”“气味尔雅深厚”。曾巩有诗8卷，计406首，其风格与欧阳修类似，即议论化、散文化，豪放不羁。如反映民族矛盾的《胡使》诗，用“斗食尺衣皆北输”的诗句，批评北宋的投降主义路线。又如反映阶级矛盾的《追租》诗，尖锐批评当时的社会“上下穷割剥”。他的咏物诗写得也很有深意，如前面提到的《咏柳》诗。

在南丰祠殿堂东侧，有一座明朝末年建的钟亭，亭中悬挂着金代明昌年间（1190—1195年）铸造的一口大钟，重达8000公斤，成为大明湖的一宝。

再去看位于湖西北岸的铁公祠。“铁公”即铁铉，河南邓州人，明惠帝（明太祖朱元璋大儿子朱标的第二子朱允炆）时任山东参政。建文（惠帝年号）元年（1399年），燕王朱棣（朱元璋第四子）与刚即位皇帝的侄儿朱允炆为争夺皇位而发生战争。燕王从北京发兵南下，镇守济南的铁铉坚守城池，奋勇还击。朱棣久攻不下，只得绕道进取当时的首都南京。由于铁铉忠于朝廷，破敌有功，被升为兵部尚书。经过三年多的内战，朱棣终于夺得皇位。在复取济南时，铁铉被捕，但他宁死不降，最终受磔（zhé）刑（活活将肢体分裂）。后人为了表彰他的忠烈，建祠祀之。

铁公祠坐北朝南，祠内供奉着铁铉的塑像。穿过祠堂，西侧是“湖山一览楼”，上下两层，登楼可远眺青翠的群山，近览秀丽的湖景，刘鹗观览湖光山色，即在此处。

小沧浪亭。“四面荷花三面柳，一城山色半城湖”的名联，就诞生在这座小亭里。

清乾隆五十七年重修铁公祠时，参照宋代大才子苏舜钦在苏州建的沧浪亭，顺便建了一座小沧浪亭。“沧浪”之名取自《楚辞·渔父》：“沧浪之水清兮，可以濯我缨；沧浪之水浊兮，可以濯吾足。”

大明湖的这座长方形小沧浪亭，坐北朝南，半浸水中。飞檐下悬挂着

时任山东巡抚觉罗崇恩题写的“小沧浪亭”匾额。小亭三面荷花，四面柳浪，小桥流水，莲花逸香。据说清嘉庆九年（1804年）夏天，山东提督学政（一省的高级武官）刘凤诰与山东巡抚、大书法家铁保在此亭宴饮时，刘凤诰一时兴起，即席赋一楹联：四面荷花三面柳，一城山色半城湖。铁保即席书写，成为千古名联和济南的无价之宝。此联至今仍嵌在庭园西廊壁洞两侧，游人至此，无不拍照留念。

历下亭，唐代诗圣杜甫曾在此做客并留下名诗的地方。

这座千年古亭建在湖中小岛上，原称“客亭”，是官府宴请宾客之处，唐朝初年改为“历下亭”，因当时千佛山称为“历山”，大明湖又在历山之下，故称“历下亭”。

唐天宝（唐玄宗李隆基年号）四年（745年），诗人杜甫到临邑看望弟弟杜颖路经济南，恰逢北海（现潍坊）太守李邕（yōng），后者在历下亭宴请这位全唐著名的大诗人和济南有关名士。酒足饭饱之后，杜甫应大家之邀，当场赋《陪李北海宴历下亭》五言诗一首，共12句，最受济南人青睐的两句是：海右此亭古，济南名士多。

矗立在岛中央的历下亭，八角重檐，攒尖宝顶，红柱青瓦，檐悬清朝乾隆皇帝御题“历下亭”匾额。亭北是“名士轩”，是历代文人雅士聚宴之地，楹柱上悬挂着郭沫若先生题写的对联：“杨柳春风万方极乐芙蕖秋月一片大明”。轩内西壁镶嵌着唐天宝年间北海太守李邕和诗人杜甫的石刻画像。东壁嵌有清代诗人、书法家何绍基书写的“历下亭”诗碑。岛上还建有“御碑亭”，亭内矗立着乾隆皇帝题写的《大明湖题》诗碑，等等。

大明湖的景点还有很多，如被誉为“明湖秋月”的“月下亭”；“历下风物，以此为盛”的“遐园”；清初刑部尚书王士祯读书之地，并以

“秋柳”诗闻名的“秋柳园”；号称“江北第一楼”的“超然楼”等，就不一一叙写了。不过，在游览中听到的“蛇不见”“蛙不叫”两个未解之谜，的确令人费解。20世纪90年代，我在《世界奇闻怪事》一书中看到过这一报道。

一是蛇不见。按一般规律来说，潮湿之地是蛇最喜欢的栖息、繁衍之地。由于济南水多，所以无毒蛇也很多，唯独方圆80多顷的大明湖，从来没有发现过蛇。

二是蛙不叫。大明湖里有许多青蛙，但从来不叫。有好事者将大明湖的蛙放到扩城河外的河塘里，蛙便叫了起来。把城外能叫的青蛙放到大明湖里，它再也不叫了。

据说以上两个未解之谜，早就被记载到《历城县志》中，并被列为我国“四大自然生态之谜”之一。难道大明湖里藏有颇受万物尊崇的“精灵”，蛇怕惊吓着他，才躲得远远的？蛙怕惊扰着他，才不敢发出声响？据说有些生物学家研究了大明湖的水温水质和湖中青蛙的生理结构，均未发现异常现象，这就更加怪异了，有待科学家们进一步考察破解。

畅游大明湖，总有一些感触，现以七律诗作为结束语。

湖中倒映浸楼台，风清日朗明镜开。

香荷有情客不断，翠柳无恙鸟复来。

千佛魅影水中动，十亭诗话壁上排。

永忆泉城名士迹，桑榆依旧美贤才。

水涌若轮趵突泉

趵突泉，济南三大名胜之一。据传，清代乾隆皇帝南巡时，在济南喝了用趵突泉水泡的茶，赞其味醇甘美，龙颜大悦，便册封趵突泉为“天下第一泉”，更使该泉誉满天下。

我很喜欢趵突泉，因其景色奇特。在这个世界上，任何国家、任何城市、任何地区的旅游景点，能够给人留下深刻印象甚或终生难忘的，是那些自然与人赋予的性灵。这种性灵不仅奇特新颖，此处独有，他处皆无，而且具有教育意义和启迪功能，如济南的趵突泉。

济南之所以水多，是因为泉多。元代文学家赵孟頫有诗云：“时来泉水濯尘土，冰雪满怀清与孤。”晚清小说家刘鹗则说，济南“家家泉水，户户垂杨”。当代作家老舍在散文《济南的秋天》中深有感触地说，“以量说，以质说，以形式说，哪儿的水能比济南？有泉——到处是泉”。季羡林老先生亦有切身经历：我六岁时从老家清平到济南。那时，人家的地板下、街道的地板下都压着泉。走到哪里，都有泠泠淙淙的泉水声。泉水出世后奔流成溪，千溪万溪，汇聚成了大明湖。

那么济南究竟有多少泉？据说载入史册的有72泉。如：“石蟠水府色苍苍，深处浑如黑虎藏。半夜朔风吹裂石，一声清啸月无光”的“黑虎泉”。串串白色气泡冒，冲到中途落入池，仿佛飘洒银珍珠的“珍珠泉”。倚遍栏杆，听泉吟唱，掬水梳妆的“漱玉泉”。泉水清醇甘洌，壁上仙女沐浴的“九女泉”。诗人三日不醒，情愿醉死济南的“杜康泉”。还有芙蓉泉、玛瑙泉、白石泉、净心泉、濯缨泉、青蛙泉、五龙潭等，居群泉之首的则是趵突泉。

趵突泉位于历下区的趵突泉公园里。我们从南大门进入，门上额横匾上“趵突泉”三字，是清乾隆帝的御笔，因而被人称为“中国园林第一门”。

趵突泉公园不大，泉池及周边的泺源堂、历下堂、观澜亭、李清照纪念堂、李苦禅纪念馆等名胜古迹就占了一大半。在趵突泉附近，还散居着漱玉泉、金线泉、白龙泉、皇华泉、柳絮泉、洗钵泉等30多座名泉。它们均属于趵突泉群系。

历史上趵突泉称“泺”，《春秋》中就有鲁桓公“经十有八年（公元前694年）：春，王正月，公会齐侯（齐襄公）于泺（luò）”的记载。北魏郦道元在《水经注》中写道：“泺水出历城县故城西南，泉源上奋，水涌若轮”“突出雪涛数尺，声如音雷”。据说后来趵突泉还有过“娥英水”“三股水”“瀑流水”等名字。到了北宋，时任齐州（济南）知州的曾巩在趵突泉边建“泺源堂”，并正式赋予“趵突泉”之名。

趵突泉泉池用大块石砌岸，东西长30米，南北宽20米，正常年景水深2米多，其中并排着3个大泉眼，昼夜不停地从地下往上冒水，平均每天冒出来的水约7万立方米，最大涌水量每天可达16万立方米以上。地下水位越高，喷涌越猛，三泉齐涌，蔚为壮观。

那么，趵突泉的水是从哪里来的呢？为何到了济南地界就往上冒呢？带着这个问题，我查了相关资料才知道，这与济南地质条件有关。

济南之南两三公里处是千佛山，古称“历山”，山底下是质地较纯

的石灰岩。这种石灰岩因有缝隙和洞穴，既能储水，也能输送水。济南处在千佛山以北的平原地区，千佛山的石灰岩以30度左右的斜度向北倾斜，地下水便顺着石灰岩大量流向济南，成为济南取之不尽用之不竭的水源。问题是，由于济南是平原地区，地下的岩浆组织紧密，地下水流到这里，受到岩浆岩的阻挡，就流不过去了。岩浆岩之上又覆盖着一层不透水的黏土，地下水又难以流出地面。这些被阻挡的地下水凭着强大的压力，顽强地从地下裂缝中涌出地面，形成了若干个大小不一的水泉。趵突泉这个地方的地下可能有三个较大的缝隙，因而三眼齐涌。我认为这种说法比较科学，令人信服。

在趵突泉周围建的几座古建筑，使这游览景点更加丰富多彩。泉池的西侧是一座古老的建筑物，那是古代建的娥英祠，供奉着五帝时代舜的两个妻子"娥皇"和"女英"（尧的两个女儿）的塑像。北宋曾巩任齐州知州时，在池北岸建泺二堂，南堂临泺水之源，取名"泺源堂"；北堂南对历山，取名"历山堂"，并作《齐州二堂记》。将泺水之源命名为"趵突泉"，同时作七律诗一首："一派遥从玉水分，暗来都洒历山尘。滋荣冬茹温常在，润泽春茶味更真。已觉路傍行似鉴，最怜沙际涌如轮。曾成齐鲁封疆会，况托娥英诧世人。"

建在泉池中的一座金顶建筑，名叫"观澜亭"，古色古香，优雅宁静。建于明天顺五年（1461年），亭名取自《孟子·尽心上》"观水有术，必观其澜"。亭前右侧水中立一石碑，石碑上的"趵突泉"三字是观澜亭的建设者、明代巡抚、书法家胡缵宗所书。我还坐在石碑旁亭子的石阶上照相，人与石碑都照得非常清晰。

在观澜亭左侧池边的水中还立有另一块石碑，上面刻着"第一泉"三字，据说是清代同治年间历城县的一位名人所写。泉池西侧的娥英祠

作者在趵突泉

和泺源堂之间，有一座拱形石桥，游人可在桥上观赏趵突泉水景，故称“观澜桥”。

由于趵突泉有着浓厚的文化韵味，吸引着众多古今文化名人到此赏泉，并留下了诸多题咏。如北宋文学家、书画家苏轼，南宋文学家、金石家、画家李清照，金代末年文学家、史学家元好问，元代文学家、书画家、曾任济南同知（知州的佐官）的赵孟頫，元代散曲家、诗人张养浩，明代思想家、教育家王守仁，清代文学家、史学家王士禛，清代文学家、戏曲家蒲松龄，当代文学家、史学家郭沫若，以及文学家、书画家启功，等等。赵孟頫在《趵突泉》一诗中赞道：“泺水发源天下无，平地涌出白玉壶。”蒲松龄则自豪地认为，趵突泉是“海内之名泉第

一，齐门胜地无双”。

绕着泉池站在不同的地方观览，或坐在观览亭里静赏。可以看到，此水透明，鱼游水藻，蜻蜓悠飞，亭阁倒影，尤其那三眼泉水，咕咚咕咚喷涌而出，像龙潭，像玉壶，像牡丹，像雪莲，细看冥思，都像都像，特别那喷涌之状，蕴含着无穷的力量。正如老舍先生在《趵突泉》一文中所形容："自然的伟大，使你再不敢正眼去看。永远那么纯洁，永远那么活泼，永远那么鲜明，冒，冒，冒，好像永远不感到疲乏。"嗬，这泉水的生命力是何等之强！有副对联形象地刻画出了它的神韵："佛脚清泉，飘飘飘飘飘下两条玉带；源头活水，冒冒冒冒冒出一串珍珠。"

是的。看着这人间胜景，看着这自然奇观，谁能不发出大自然奇妙而伟大的感叹。那充满活力的趵突泉，象征着这座城市旺盛的生命力，从一定意义上来说，泉是济南人的灵魂，泉是人们敬仰的图腾，泉是市民们的未来，而趵突泉则是人们日常生活的晴雨表。因此，趵突泉水位高低的变化，牵动着成千上万济南人的心。水位上涨，人们面露喜色，口碑相传；水位下降，人们的情绪顿时低落，跟着着急上火。据说前些年遭遇大旱，趵突泉曾一度几近停喷，人们急得好像家里断了电，停了水，生活没了滋味儿。就像老舍先生很早就下的断言："假如没有趵突泉，济南会失去它一半的妩媚。"我看此话不虚。

由此可见，作为群泉之首的趵突泉，已不单单是一个旅游景点，而且是关系到济南人精神生活的"鉴泉"。听说这些年济南加大了治理护城河和各个水资源的力度，使整个济南市的环境有了很大改观，人们喜爱的趵突泉也焕发了勃勃生机，再现了水涌若轮的奇观。前几年我从报纸上看到，当时趵突泉的地下水位一度攀升至28.79米，泉水汩汩地昼夜喷涌，义无反顾地流进了泺水河，也流淌到了济南人的心里，永不枯竭。这吉兆象征着济南甚或全省永不停息的发展脚步，象征着齐鲁大地明天会更加美好，而且会越来越好！

俗话说：滴水之恩，当涌泉相报。趵突泉重抖精神，水涌如轮，造福于济南人，不正是对济南人对她精心呵护的报答吗？清泉尚知报恩，人呢？

我写到这里，虽然意犹未尽，但不可过于冗长，还是用四句诗作为结束语吧！

泉涌如龙一池清，玉飞珠溅映彩虹。

天下奇景天下客，主宾合唱四时风。

我和老伴2007年3月30日游览趵突泉后，她竟然写了三首赞美趵突泉的七绝诗，现选一首，以飨读者。

趵突名冠玉三壶，势若激湍隐震嘟。

天道酬勤醇赛露，晶莹碧澄似珍珠。

一代才女李清照

我和老伴在济南游览了趵突泉后，便到趵突泉公园东北隅的李清照纪念堂参观。

李清照，大凡有点文化的人，大概都不会陌生。她是宋代千古流芳、名扬中外、在中华文学史上具有深远影响的女词人。

20世纪80年代初，我在北京广播电视大学学习中国古代文学史时，老师重点讲过李清照及其词作，后来又陆续看过有关李清照的专著。2008年10月11日，中央宣传部新闻局局长、经济日报社前社长徐心华送我一本他主编的《名篇品读三千年》，书中收录了我国文化研究领域资深学者的经典讲座文字稿，是从公元前550年多年的孔子到清代曹雪芹著述《红楼梦》2300多年间选出的21位著名文学家，其中就有李清照。这从一个侧面说明，她在中国文化史上是有一定地位的。

李清照其人其词

李清照，号“易安居士”，于北宋神宗元丰七年（1084年）生于齐州（济南）章丘，卒于南宋高宗绍兴二十五年（1155年），享年72岁。

李清照生在书香门第之家，其父李格非进士出身，官至礼部员外郎，曾以文章受知于苏轼，为“苏门后四学士”之一，博学多才，熟通经史，学问精深。母亲同样出身于书香门第，是宋仁宗朝状元宰相王拱辰的孙女，知书善文，有着很高的文学修养。这种富有文化教养的家庭环境，使李清照从小就受到文化艺术的熏陶，加之她天赋过人，好学上进，博闻强记，所以才思敏捷，下笔成文，出口成章。如她十几岁乘舟游览风景后所作的《如梦令》，就写得惟妙惟肖：“常记溪亭日暮，沉醉不知归路。兴尽晚回舟，误入藕花深处。争渡，争渡，惊起一滩鸥鹭。”她不仅能写诗词散文，而且精通音乐，擅长书法、绘画等，从多方面显示出了与众不同的天赋。对此，南宋著名音乐家、文学家王灼称赞李清照是“自少年便有诗名，才力华赡，逼近前辈，在士大夫中亦不多得”。她提出词“别是一家”之说，强调协律，崇尚典雅、情致，重视词自身的艺术特点。

李清照18岁时，在汴京（现开封，北宋首都）与太学生赵明诚结为伉俪。赵明诚是山东青州人，时年21岁，系当朝宰相赵挺之之子。受其祖父的影响，赵明诚一生酷爱金石书画、碑刻考古以及文学艺术。婚后二人志趣相投，琴瑟和鸣，作诗填词，时相唱和。酬唱之余，共同收藏、研判、校勘金石书画，生活充满了浓厚的书卷气氛和文化色彩。

赵明诚在京城上的太学，是一座只有官宦子弟和非常优秀的平民子弟才能进入的学校，优秀的太学生不用参加科举考试就可以直接做官，而且是京官。另外，宋朝还有一项“以荫入仕”的规定。“荫”即荫庇，子孙凭父祖的官职或功劳享有做官的权利。而上述两个条件，赵明诚都符合。因此，他俩结婚后不久，赵明诚便被任命为鸿胪少卿，是一个负责礼仪典乐的官员。

不幸的是，李清照的父亲李格非和赵明诚的父亲赵挺之在朝廷的党争中遭奸臣蔡京等人的诬陷，被罢官后先后病逝。赵明诚亦受株连，丢官后

偕夫人李清照回山东青州老家居住。

他俩在青州的居住环境犹如世外桃源，便根据东晋文学家陶渊明写的《归来兮辞》和词中的“审容膝之易安”句，为书房取名“归来堂”，即从汴京归乡之意。称李清照的内室为“易安室”，意为“易于安身”。李清照则自号“易安居士”，“居士”即“隐士”也。这从李清照31岁生日那天，丈夫赵明诚为她的一张画像题词中可以看出“隐”意。即：“清丽其词，端庄其品，归去来兮，真堪偕隐。”一个“隐”字，道出了“居士”的真意。这16个字的题词，也是赵明诚对李清照作出的恰如其分的评价。

李清照夫妇在青州老家生活的十多年，是他俩最幸福的岁月。二人倾注心力收藏、整理金石文物，起草专著《金石录》。以读书作诗、填词作对、饮酒赏花、斗茶唱和为娱乐。李清照这一期间的作品，全无悲苦之作，大多是吟风咏月，歌山颂水，夫唱妇随，情真意切。“水光山色与人亲，说不尽，无穷好”（《怨王孙》词中句），兴趣盎然地歌颂大自然的美丽，歌颂人与自然的和谐。

徽宗宣和三年（1121年），41岁的赵明诚重新出仕，先后任职于山东莱州、淄州（淄博）和朝廷直秘阁。不知为什么，他未将李清照带在身边。李清照留在青州期间，写了不少别离相思的爱情诗词，如《一剪梅》中的“云中谁寄锦书来，雁字回时，月满西楼。花自飘零水自流，一种相思，两处忧愁。此情无计可消除，才下眉头，却上心头”。又如《醉花阴》中的“佳节又重阳，玉枕纱厨，半夜凉初透……莫道不消魂，帘卷西风，人比黄花瘦”。

有关资料记载，赵明诚收到李清照寄来的《醉花阴》看后叹赏不已。但又不甘下风，便闭门不出，三天三夜写了50首词，连同李清照的这首词也杂入其中，送请文学造诣很深的友人陆德夫品评。陆认真地反复细品，说“所有词中只有三句绝佳”。赵明诚急问“哪三句”？陆答：“莫道不消魂，帘卷西风，人比黄花瘦。”赵明诚听后对李清照心悦诚服，自叹不如。

可以说，这期间李清照写的词多以委婉含蓄的手法，巧妙地表达了闺中寂寞和相思之情。即便有点儿苦涩，也写得清透明亮；虽有叹息，但哀而不伤，不失轻盈之美。

靖康（宋钦宗赵桓年号）元年（1126年），金兵攻克北宋首都汴京，掠走徽、钦二帝及皇后、宗室、妃嫔、大臣等3000多人，北宋王朝“二百年府库蓄积”为之一空，北宋亡，史称“靖康之变”。1127年5月1日，幸免于难的钦宗之弟、康王赵构在当时的南京（河南商丘）建立南宋，称为“高宗”，改号为“建炎”。这是一个谈“金”色变、坚持与金乞和的皇帝，使国家陷于更大的战乱和灾难中。

由于金兵继续南侵，到处烧杀劫掠，李清照从此过上了悲惨的逃亡生活，从山东逃到江南，历经数次劫难，总算逃到了任江宁（南京）知府的丈夫身边。

1128年春天，金兵大举南下，高宗赵构带领六宫宠臣等逃到江苏扬州，第二年又逃到浙江临安（杭州）。在战乱年代，赵明诚也被频繁调动。由于过于劳累，1129年在安徽池州赴浙江湖州任职途中，病倒于建康，加之用药不慎，不幸病故，终年48岁。李清照悲恸欲绝，含泪做祭，恩爱夫妻，从此永诀。

丈夫死后，李清照大病一场，为避金兵侵害，她孤独一身，辗转颠沛于越州（今绍兴）、奉化、宁海、台州、温州、杭州等地。这期间，她与丈夫毕生的收藏品也丧失殆尽，境况极其悲惨。后又受骗，嫁给既骗色又骗财的伪君子张汝舟，受尽了他的折磨，无奈告发了张汝舟所犯的欺君之

罪，才得以摆脱。后遇赵明诚的二哥赵思诚，在他的照顾下，生活才安定下来。

她在孤寂中顽强地生活着。主要是集中精力整理完成了丈夫赵明诚的《金石录》，共30卷，并作《金石录后序》，以此追思旧物，悼念亡夫。这篇“后序”是她散文的代表作，文中叙述了他们夫妇收藏、整理金石文物的艰辛和《金石录》的内容及成书经过，回忆了婚后生活的忧患得失。在叙事和抒情两方面都写得十分生动，情感异常真挚，因而被后人称为“散文的杰作”。

李清照笔耕不辍，坚持写词，并著有理论性著作《词论》，以及《易安词》《易安居士文集》。同时，她坚持书法、绘画的创作，尤善画墨竹和人物，她画的《白居易琵琶行图》，价值连城。

金兵入侵大宋，李清照经历了国破、家亡、丧夫、逃难、再嫁、离婚等多种磨难，境况凄惨，哀苦无告，给她心灵上留下了严重创伤和难以承受的打击。所以，这个时期她创作的诗多为感叹身世、怀念往事，蕴含着沉痛的国家兴衰之感，以及对当朝软弱无能的不满和忧愤。

一是表达爱国情怀。如在《菩萨蛮》中写道：“故乡何处是？忘了除非醉。”以质朴的语言、轻灵的笔法，抒发了深沉的故土沦亡之悲。又如在《添字丑奴儿》中写道：“伤心枕上三更雨，点滴霖霪。点滴霖霪，愁损北人，不惯起来听。”写出了作者等许多北方人流亡到南方的家国之痛！

二是表达内心苦楚。如在《临江仙》的下阕写道：“感月吟风多少事？如今老去无成。谁怜憔悴更凋零。试灯无意思，踏雪没心情。”表达自己经历国破流离之后对世事的惧怕心理，这简直是受伤心灵的呻吟啊！又如《永遇乐》词的最后六句：“如今憔悴，风鬟霜鬓，怕见夜间出去。不如向、帘儿底下，听人笑语。”这是词人饱经逃难之苦后孤独境况的真实写照，苍凉深郁，感人至深，看着就想落泪。

三是触景生情，直抒胸臆。最能体现李清照晚年思旧情绪和凄苦心境的，是传诵广泛的《声声慢》。这首词通过描写秋天的景色，秋雁、秋菊、秋桐、秋雨、秋分等，无不触动她的愁绪，这种愁绪包含着国破家亡的具体生活内容。

“寻寻觅觅，冷冷清清，凄凄惨惨戚戚。”一开头就出手不凡。连用14个叠字，一气贯下，自然巧妙，流转如珠，字字含愁，声声含悲，抑扬顿挫，如泣如诉，艺术手法大胆新奇，毫无斧凿痕迹，读来恍如身临其境，犹闻其声，感人至深。

这首词通篇情调清冷凄苦，景物与心情融合无迹，环境冷清，淡酒无用，雁过无信，窗儿无情，黄花憔悴，细雨凉心，疾风欺人，一切都渲染着悲凉，着意刻画愁情，最后用“怎一个愁字了得”结束，抒发了作者饱经忧患的悲痛，酿就了浓浓的乡愁。

李清照不仅是著名词人，还是一位诗人，更是一位爱国者。她把生活中个人的悲欢离合、惜春悲秋的感受赋之于词，而把关心国家命运、咏史怀古之类的内容吟之于诗，她的爱国情怀在词中表现得还比较沉隐，而在诗中则表现得很是强烈。如在一次聚会中，李清照受邀作诗，她针对右丞相汪伯彦阴阳怪气的投降言论，铿锵有力地吟诗四句：“生当为人杰，死亦作鬼雄。至今思项羽，不肯过江东。”慷慨激昂，正气凛然，借项羽的宁死不屈，反刺投降派丧权辱国，意思表达得淋漓尽致，充分表现了她宁折不弯的高尚民族气节。

南宋绍兴三年（1133年），宋高宗派枢密院事韩肖胄、工部尚书胡松年赴金议和。时在临安的李清照得知后，提笔作诗三首，详陈自己对当前时局的见解和主张，送给自己所敬重的韩、胡二人。其中第二首诗的最后

四句写道："子孙南渡今几年，漂流遂与流人伍。欲将血泪寄山河，去洒东山一抔土。"既是血泪控诉，又是抗敌呼吁，尽显她所说的"虽处忧患困穷而志不屈"的爱国志气，备受历代称誉。

李清照膝下无嗣，约卒于1155年，享年72岁。

纪念堂瞻仰才女

据了解，李清照纪念堂（馆、园）在全国有三四座，最大的当数我参观过的山东济南"李清照纪念堂"。另外还有：山东章丘"清照园"，位于李清照的老家章丘明水百脉河畔；山东青州"李清照纪念馆"，位于青州古城西门外洋溪湖畔，是李清照的丈夫赵明诚宅居原址。还有浙江金华"李清照纪念堂"，位于金华市著名风景名胜八咏楼内。南宋绍兴四年（1134年）九月，李清照流落到金华避难，投奔到在婺州任太守的赵明诚妹夫李擢处。她登上八咏楼眺望大好河山，写下了忧国忧民的七言绝句："千古风流八咏楼，江山留与后人愁。水通南国三千里，气压江城十四州。"

济南李清照纪念堂始建于1959年，1999年进行了大规模扩建，面积由原来的360平方米扩展到4000平方米，是全国李清照纪念堂、馆中规模最大、内容最丰富的。

这是一座仿宋建筑，是根据李清照的故居在漱玉泉边的文字记载，按照宋代四合院形式建造的。前院门楼是一座飞檐圆顶四柱抱厦，双脊飞翼，门额上挂有红色匾牌，上书"李清照纪念堂"，是郭沫若先生1959年题写的，字体遒劲、潇洒。迎门影壁的正面和背面各有四个大字，分别是"一代词人""传颂千秋"，都是郭沫若先生的墨宝。

影壁之后正厅前，是一座美如画的庭院。只见曲廊环拱，凹凸有致；花木扶疏，绿竹滴翠；海棠花开，樱花披彩；叠轩典雅，溪亭秀丽。满院风景既秉自然之秀，又得人工之美。漫游院内，恍如进入了女词人描绘的诗词意境："却道海棠依旧""花汀草""应是绿肥红瘦"，风景真有说不尽的美。

作者夫妇在济南李清照纪念堂内的漱玉堂

李清照纪念堂正厅坐北朝南，高脊飞檐，灰瓦青砖，红柱架廊，秀美壮观。门两旁抱柱上的楹联"大明湖畔趵突泉边故居在垂杨深处 漱玉集中金石录里文采有后主遗风"，是郭沫若先生所题，是对李清照身世和作品的高度概括。

步入正厅，迎门立有李清照的塑像，手持书卷，形态飘逸，眉宇深锁，若有所思。堂内陈列着李清照的生平事迹和她各种版本的著作和后人研究李清照及其诗词的专著、期刊等资料。《宋史·艺文志》载，李清照的著作有《易安居士文集》7卷、《易安词》6卷，属于全集性的有《李易安集》12卷，可惜这些作品多已佚失，据说流传至今并收入《全宋词》的只有48首，词集名叫《漱玉词》。

纪念堂里还有著名书画家和作家郭沫若、启功、舒同、欧阳中石、李苦禅、茅盾、叶圣陶、臧克家等人的字画，标志着李清照纪念堂的名气和

地位。

东侧曲廊的墙上，镶嵌着三四十位海内外颇有名气的书法家题写的李清照诗词碑刻，为纪念堂平添了丰富的内容。曲廊间建有“叠翠轩”，匾额是山东大学教授蒋维崧1980年7月题写的。轩内东壁为一景窗，游客可凭窗观览院内景色。

两侧曲廊南接“溪亭”，“溪亭”二字取李清照《如梦令》词的首句“常记溪亭日暮”句意。“溪亭”正楷体匾额，也是蒋维崧教授所题。

溪亭以北是洗钵泉，据说是李清照写作洗毛笔之处。院内的许多名贵花木，也都是根据李清照在有关词中提到的花木种植的。如：“试问卷帘人，却道海棠依旧”的海棠；“不如随分尊前醉，莫负东篱菊蕊黄”中的菊；“暖雨晴风初破冻，柳眼梅腮，已觉春心动”的柳和梅；“荫满中庭，叶叶心心，舒卷有余情”的芭蕉树；“翠贴莲蓬小，金销藕叶稀”的荷莲等多种花木。花繁叶茂，蝶飞蜂舞，满院春色，勃勃生机。

站在溪亭旁，想起《如梦令》，不免触景生情，似乎看到了生动的一幕：一位率真活泼的少女，外出尽兴游玩到“日暮”。酒后醉驾小舟，竟然“不知归路”。一人恍恍惚惚，“误入藕花深处”。不免有些着急，奋力挥桨“争渡，争渡”，结果惊散栖息在沙滩上的一群鸥鹭。这绘声绘色的几笔勾勒，构成了一幅极有情趣的荷花仙女图，令人产生无限遐思。

与李清照纪念堂毗邻的“易安旧居”，2002年扩建后，建筑面积将近1500平方米。郭沫若先生曾为旧居赋诗：“一代词人有旧居，半生漂泊憾何如。冷清今日成轰烈，传诵千秋是著书。”

易安旧居由有竹堂、漱玉堂、静治堂等四堂舍以及走廊、方亭、石桥等组成。走进高悬着“易安旧居”匾额的大门，宽敞的庭院里假石堆叠，秀石玲珑，亭阁耸立，小桥流水，绿杨垂柳，翠竹劲松，玉兰映雪，早樱浅红，环境雅致，艺术味浓，大有江南园林之风。

漱玉堂临漱玉泉而建，展室陈列着栩栩如生的四组蜡像，分别是“书香门第”“词坛绽秀”“志同道合”“流寓江南”，再现了李清照一生的不平凡经历。

西配房为金石苑，内展赵明诚的《金石录》和李清照的《金石录后序》等与金石有关的资料。还有一间模拟李清照夫妇的寝室，名为“燕寝凝香”。室内有一组夫妻“斗茶”的雕塑，活灵活现地表达了二人的生活照。

“有竹堂”原是李清照的父亲居汴京时的府邸名字，取竹子“出土有节，凌云虚心”之意。据传“有竹堂”的匾额是清代乾隆年间著名文学家、书画家、曾先后任山东范县、潍县知县的郑燮（号“板桥”）题写的。门两旁的楹联“金石录有几页闲情好梦 漱玉词集多年国恨离愁”，是中国书法家协会副主席欧阳中石题写。堂内展柜里，陈列着各种文物，如清代版本的《金石录》，各种铜镜及其他铜器等。

参观完漱玉堂，我和老伴在堂前合影留念。但在漱玉泉边，引起无限遐思。

历史悠悠，济南名士层出不穷，诗圣杜甫（李白为“诗仙”）都说“济南名士多”。在诸多名士中，最具才女气又作金石声的，唯有李清照。我国大文豪郭沫若都夸她“漱玉集金石录里有后主遗风”。这“后主”指的一定是五代时期南唐国主李煜。其父李璟是南唐皇帝，驾崩后其子李煜继位，故称“后主”。

李煜工书画，精音律，好填词。他的词改革了“花间派”涂饰、雕琢的流弊，用清丽的语言、白描的手法、贴切的比喻，高度的概括力直抒胸臆，创造了独特的风格，为当时的词作打开了新的境界。如《破阵子》中的“四十年来家国，三千里地山河”；《虞美人》中的“问君能有几多

愁，恰似一江春水向东流”；《浪淘沙令》中的“独自莫凭栏，无限江山，别时容易见时难。流水落花春去也，天上人间”等，都是脍炙人口的传世之作，怪不得郭老称李清照的文采有“后主遗风”呢！《词论》一书的作者沈去矜竟将李清照与李煜相提并论。他说：“男中李后主，女中李易安，极是当行本色。”

李煜这个人在词的王国里，不愧是“词中之帝”，但在执政的王国里，却不是当国王的料。他怠于政事，沉湎于酒色，致使国势日下，被宋灭亡，成了宋朝的俘虏，晚年过着俘虏生活，后被赵匡胤的弟弟、宋太宗赵匡义毒死。

有文化的名泉，滋养了有文化的名士。“漱玉集”也好，“漱玉词”“漱玉堂”也罢，这些文化味十足的名字，均来自趵突泉旁、易安居边的“漱玉泉”。在这个泉水边，当年经常有个美人的倩影在这里出现。或在掬水梳妆，或在洗笔刷砚，或在吟诗填词，或在静静沉思。也许，这奔涌不息的泉水赋予了她不尽的灵感和文思；也许，率真坦荡的女词人照彻了漱玉泉的泉水。我想：两者皆有可能吧。

啊，李清照纪念堂，你是传承历史文化的课堂，你是教人爱国的教堂。即使以后我可能不一定再来，所获知识将永远发光。

啊，李清照，你是泉城人的骄傲，我们山东人因你而自豪，中华民族的历史文化因你而更加生辉闪耀。

最后用四句话赞易安居士李清照：

绿肥红瘦惊人词，西风帘卷销魂时。

人杰鬼雄顶天立，欲苏苍生胜后主。

千佛山与万佛洞

2007年3月30日下午，我和老伴去游览济南以南2.5公里处的千佛山。

千佛山古称历山。《史记·五帝本纪》记载，在远古父系氏族社会后期，修养很深、处世严谨、待人诚恳且有威严的虞舜，带着两个妻子娥皇和女英（部落联盟领袖唐尧的两个女儿）到历山脚下耕种。过去，当地农民为了争夺土地经常打得不可开交。虞舜去后，善待农民，在互谅互让方面作出表率，并善于调解农民矛盾。当地农民不仅拥戴虞舜，而且相互谦让，互相帮衬，把生产搞得很好，农民生活也富足了。不久，唐尧去世，虞舜即位，历山即被称为“舜山”。隋开皇（文帝杨坚年号）年间，山东佛教盛行，虔诚的信徒组织起来，依山顺壁雕刻了数千尊石佛，并建了石佛寺，故改“舜山”为“千佛山”。

20世纪90年代，济南市对千佛山进行了大规模扩建，在一里路长的山洞中增设了大小3万多尊佛像，名为“万佛洞”。1000多年来的千佛山，居然变成了名副其实的“万佛山”。

我们从千佛山北门进入，门上额刻有“千佛山”三个金色大字。进山门后沿盘山路上山，当时正值阳春三月，春意盎然，百花盛开。路两旁，棵棵连翘开满了黄花。满山遍野的迎春花枝蔓修长，花色正艳，花朵虽小，但一簇簇遍身是花，加之刚发出的嫩绿芽叶，远远望去，一片金黄。

离北大门不远的盘山路建在山坡上，路两旁耸立着1996年新添的十八罗汉雕像。据有关佛教资料介绍，十八罗汉是释迦牟尼佛的弟子，释迦牟尼令他们长住人间，济度众生，为佛护法，为民造福。他们个个武艺高强，力大无比，既能降龙伏虎，又能缚狮擒妖。虽然相貌、穿戴稀奇古怪，但心地善良，慈悲为怀，惩恶扬善，除暴安良，且对佛祖忠贞不二，愿为护法而献身，因而深受人们敬仰，甚至将他们视为佛的化身，真诚供养，虔诚膜拜。

我们边走边欣赏山区的明媚风光。到一古亭，导游让大家歇歇脚，并向我们介绍亭旁那棵老槐树的故事。

相传，隋朝末期，社会动荡，战事频仍，齐州历城人秦琼（字“叔宝”）参加了翟让、李密领导的瓦岗军，任帐下骠骑。瓦岗军失败后，他旋即投唐，随李世民南征北战，屡立奇功，官至左武卫大将军。秦琼在征战中曾到千佛山，在此休息时将战马拴在这棵老槐树上。当地人听说后，便在此建亭，取名“唐槐亭”，遂成千佛山一景。

再往上走，过了“齐烟九点坊”，不远就是“兴国禅寺”。据说原名“千佛寺”，始建于隋开皇年间。唐贞观（唐太宗李世民的年号）年间（627—649年）进行扩建后改称“兴国禅寺”，意在“依佛兴国”。后遭兵火，殿宇被毁。明、清两朝，多次扩修，建成了以门枋、殿阁、洞窟、摩崖造像为主的建筑格局。寺依山势，东西长220米。山门额嵌“兴国禅寺”泥金巨匾，系中国佛教协会原会长赵朴初所书。两侧嵌有石刻对联“暮鼓晨钟惊醒世间名利客　经声佛号唤回苦海梦迷人”，据说是清末济南的一位秀才写的。

兴国禅寺坐东朝西，山门建在陡崖梯道之上。走进寺门，只见门内两侧有钟、鼓二楼。大雄宝殿在西院，正中供奉着释迦牟尼佛，两侧的陪侍是文殊、普贤两位菩萨和佛门十大弟子泥塑立像。殿前分列南北配殿，分别供奉着地藏菩萨和千手观音等。

作者夫妇在济南千佛山

东院供奉着文殊菩萨和“泰山娘娘”，因千佛山是泰山余脉。传说碧霞元君是东岳大帝之女，宋真宗时封为“天仙玉女碧霞元君”，道教则称“元君”。受玉帝之命，证位“天仙”，统摄岳府神兵，照察人间善恶。我国民间称碧霞元君为“泰山娘娘”，并传说“泰山娘娘”能使妇女多生子，又能保护儿童，所以旧时信仰的群众很多，不仅泰山有庙，其他各地也多见“娘娘庙”，如千佛山。

东院建有一座令游客非常青睐的观景亭——一览亭。站在亭上凭栏向北眺望，济南全景一览无余，不仅可以看到近处明亮如镜的大明湖，而且可以看到济南以北银白如带的黄河。

千佛山的石佛大都集中在兴国禅院西院南侧高耸的山崖上。山崖上刻有“第一弥化”四个篆体大字，每个字四米见方，可能是“弥补感化”之

意，而且是“第一”，可见“佛法无边”。

山崖上有隋代镌刻的石佛60多尊，从崖下仰望，无法想象当年的工匠是如何在悬崖峭壁上完成这些雕刻的。而且所有石佛的形态、表情无一雷同，尊尊慈眉善目，栩栩如生。

山崖下有三个较大的石窟，从西往东依次为龙泉洞、极乐洞、黔娄洞，另外还有一些较小的石窟，里面雕有大小各种形态的石佛130多尊。

龙泉洞洞口朝北，山风进洞，呼啸作响，犹如龙吼。石壁下有一小门，门内有一深两米的清泉，水清见底，终年不涸，故得名“龙泉洞”。清代诗人刘大绅曾作《吟龙泉洞》诗：“千尺高岩万树林，时时洞口老龙吟。不知几夜清秋雨，并作寒泉一水深。”

龙泉洞中南侧石壁上的佛像盘腿而坐，闭目合十，潜心修行，看来定力十足，北风再大，能奈我何？

极乐洞是千佛崖石像群的主洞。洞内正中的阿弥陀佛塑像盘膝而坐，高三米，身后饰佛光。左、右两侧，分别是观世音菩萨和大势至菩萨雕像，不少佛门弟子和游客争相膜拜，嘴里咕哝咕哝，不知在祈求什么。

我们最后去游万佛洞。

1992年，济南有关部门为了扩大旅游事业，弘扬佛教文化，组织人力物力在千佛山北麓兴建万佛洞。为了集中展现中国著名石窟佛像的尊容，很有创意地将河南洛阳龙门、山西大同云冈、甘肃敦煌莫高窟、甘肃天水麦积山四大石窟的精华集于一洞。经过佛教行家和艺术家的精挑细选，浓缩重构，在一里路长的宽敞山洞中分成龙门精华、云冈荟萃、莫高集锦、麦积奇观四大部分，用仿造的手法，雕刻了包括佛祖、菩萨、弟子、天王等在内的近3万尊佛像。最大的金色卧佛长达28米，佛首右侧立着一块山石石碑，上刻“千佛山”三字。洞前矗立着以四川乐山大佛为原型雕塑的大佛，身高15米，佛身金黄，慈眉善目，满脸笑容，游人至此，纷纷膜拜。

洞内反映佛教文化的壁画随处可见，据说有1万多平方米。绘画内容包括彩绘佛像，菩萨、罗汉、千手观音等人物形象，佛祖传教和佛经故事，还有供养人耕作、捕鱼、狩猎等生产场景，既生动活泼，又耐人寻味。所有壁画工笔细腻，线条流畅，色彩清晰，精美瑰丽。或宏伟粗犷，或浑朴含蓄，不同风格交相辉映，再现了中国石窟壁画的艺术魅力，记载着中国佛教发展历史的变迁，构成了一座万千精美雕塑与彩绘壁画相结合的石窟艺术博物馆，蕴藏着深厚的历史文化内涵。

“心中有佛佛自生，心中无佛佛自灭。”佛文化的核心要义是教人向善。作为一个无神论者，我比较欣赏这四句话：存好心，说好话，行好事，做好人。最后再诌四句：

历山郁郁气峥嵘，石佛千尊负盛名。

幽洞又添万佛像，游人如织动泉城。

圣城曲阜瞻孔子

2007年3月31日，我和老伴等五六人从济南到“东方圣城”曲阜，参观孔庙孔府孔林，诚瞻名扬中外的古代思想家、教育家、儒家学派创始人孔子，亲自到那个神圣的环境中感受孔子的教学氛围，受益匪浅。

在我国，孔子的大名可以说家喻户晓。“学而时习之，不亦乐乎？有朋自远方来，不亦乐乎？”“学而不思则罔，思而不学则殆”“学而不厌，诲人不倦”“三人行，必有我师焉”“君子喻于义，小人喻于利”“人无远虑，必有近忧”“君子坦荡荡，小人长戚戚”“和为贵”“吾十有五而志于学，三十而立，四十而不惑，五十而知天命，六十而耳顺，七十而从心所欲，不逾矩”“不在其位，不谋其政”，等等。这些耳熟能详的至理名言，均出自孔子之口，教育和滋养了一代又一代中国人，乃至海外许多人。

孔子其人与《论语》

我比较系统地了解孔子，还是在电大学习春秋战国时期的文学史时，大学讲师专门讲授孔子及他的《春秋》和《论语》。后来我买了这两本书以及《孔子智慧全集》，除通读外，还经常在写文章时引用相关词句。现在要去孔子故居参观学习，自然有一种既激动又崇敬的特别心情。

孔庙中的金声玉振

孔子，名“丘”，字“仲尼”，公元前551年生于鲁国陬（zōu）邑，即今山东曲阜，出身没落贵族家庭。由于在家兄弟中排行第二，故有“孔老二”之称。由于做官的父亲死得很早，家中贫穷，孔子15岁才有志于学。而他爱好广泛，学而不倦，经过数十年的努力，博通礼（节）、（音）乐、射（箭）、御（驾车）、书、数（学）等知识。中年以后开设私学，授徒讲学，名声渐起。后一度出任鲁国掌管工程建筑的“司空”和掌管刑狱、纠察的“大司寇”。因其理想抱负与当政者不和，便辞职离开鲁国。

孔子是一个热心政治活动的人，是一个想以行道或通过做官拯救天下的人。于是，带领几个忠诚于他的弟子周游齐、卫、蔡、陈、宋、楚等国，宣传自己的政治主张和学说。但不被他国接受，尊敬他但就是不接纳

他，屡屡碰钉子，还有几次遇到了生命危险。

孔子为实现自己的理想，周游列国14年，无果而返。回到鲁国后便专心致志地在家开办私学，著书立说。由于教学得体，声名远扬，投到他门下求学的越来越多，号称弟子三千，其中品学兼优者72个，俗称“72贤人”。公元前479年，孔子去世，享年73岁。社会上历来流传的“七十三，八十四，阎王不叫自己去”，这“七十三”大概因孔子而起。

孔子去世后，他的文化遗产、精神遗产却像无价之宝似的代代流传，至今已传了2500多年，孔子也被称为“孔圣人”。成语“三教九流”中的“三教”，指的是儒教、道教、佛教。而且还有“道教出神仙，佛教出菩萨，儒教出圣人”之说，这个“圣人”指的就是孔子。

孔子一生中最突出的贡献是教育。在他之前，历朝历代学校都由官府开办，只有贵族子弟才有上学的权利。孔子破天荒地开办了“私学”，提出了“有教无类”的口号，即招收学生没有门第、贫富、国别之分。所以他的学生既有贵族子弟，如子贡，也有贫民子弟，如子路、颜渊；既有鲁国的，也有其他国家的，这就打破了贵族对教育的垄断。他与官学互为补充，成为我国封建时代学校的重要组成部分，对发展文化教育起到了重要作用，遍布全国各地的私塾，就是私学的主要形式。

孔子开设的主要课程有四门：德行、言语、文学、政事。同时把礼、乐、书、数、御、射等六门技艺也教给学生，让学生在德、智、育等方面全面发展。他鼓励学生把学习和思考统一起来，如果死读书而不加思考就会迷惘；但只想来想去而不认真学习，就会走上邪路，即他说的“学而不思则罔，思而不学则殆”。

孔子在律己方面以身作则。他把“学而不厌，诲人不倦”作为自己的座右铭。意思是学习永远不能满足，不能厌倦；教育人不怕苦和累，不怕疲倦。因此，他教出了许多非常优秀的人才，如政治见长的子路、冉有，德才兼备的颜渊、闵损，口才智慧过人的子贡、公西华，以及子夏、子游等“72贤人”。

孔子到了晚年，集中精力与弟子整理古代文书典籍，将其编辑成书。最有名的是《诗经》《周易》中的《易传》部分、《尚书》《春秋》，这些都被列入了儒家经典“五经”。尤其《春秋》一书，从鲁隐公元年（公元前722年）写起，至鲁哀公十四年（公元前481年）共242年间鲁国的历史，包括政治、军事、日月星辰、天气变化、地震等自然灾害，以及当时其他一些国家的史事。记事有条不紊，语言极为精练，内容甚为丰富，是我国现存的最早的一部编年体史书，也是我国第一部私人撰写的史书。

孔子去世后，他的弟子把他平时的言行记录整理出来，以语录体编成《论语》一书。内容包括《学而》《 为政》《八佾》（yì，古代乐舞的行列。八佾即八列，每列八人）、《里仁》《公冶长》等20篇，每篇若干章，每章记一事或几句话。如第一篇第三章：“子曰：‘巧言令色，鲜矣仁!’”意思是，孔子说：“花言巧语，面目伪善，这样的人，仁德是不可能多的！”

《论语》的内容涉及政治、哲学、教育、文学，以及处世立身之理等，包含着孔子的渊博知识和丰富的生活经验。到了宋代，《论语》与《大学》《中庸》《孟子》合称为“四书”，成为封建时代的基本教科书，并被编入儒家的重要典籍《十三经》。

我们从诸多历史书籍中可以看到，不同的时代和不同的人，心目中的孔子是不一样的。在汉代，孔子被视为神仙或圣人，将孔子的六部经书视为具有最高价值的“国家宪法”，这与汉武帝刘彻“罢黜百家，独尊儒术”有关。司马迁在《史记·孔子世家》中说：“自天子王侯，中国言六

艺者折中于夫子，可谓至圣矣。”将孔子称为“至圣”，影响了汉代之后的历代帝王。隋文帝杨坚、唐高祖李渊、唐高宗李治，都封孔子为“先师”；明世宗朱厚熜封孔子为“至圣先师”；清世祖顺治帝福临封孔子为“大成至圣文选先师”；清康熙帝玄烨则封孔子为“万世师表”，等等。如此多的封号，是儒家思想与中国古代封建专制制度结合的产物。因为儒家思想一直是封建时代所遵循的意识形态，尊孔就是尊儒，尊儒便于统治，有利于巩固国家政权。

到了近代和现代，许多有识之士从哲学和历史的角度去看孔子，认为孔子是一位绝顶聪明的哲人，一位出类拔萃的教师，一位伟大的教育家。简单说：孔子是人不是神。既充分肯定了孔子，又科学地、理性地把孔子的神学化、神秘化予以排除，不能不说这是一种进步。

我很喜欢读《论语》。书中既有治国平天下的学问，又有修身齐家的格言。那些名言警句、精彩典故，传递的是一种朴素的、温暖的生活态度。他告诉读者：哪些事不能做，哪些事应该做，哪些事应该怎么做。句句说到人们心里，对我们的现实生活具有积极影响和指导意义。

《论语》的内容十分丰富，条条都能做到是不可能的，其中孔子提倡的“仁义礼智信”这几种善德，是我最尊崇的。按照孔子的学说，理想的君子人格就是“仁、义、礼、智、信”这五个层面。

仁，即仁者爱人。是我国古代一种以同情、友爱、助人为乐的思想感情为核心的道德观念。有仁爱之心的人，总以慈悲为怀，不仅爱父母、爱长辈、爱家人，还爱朋友、爱国家、爱周围一切事物，成语“仁民爱物”，讲的就是爱护百姓，爱护万物。

有仁爱之心的人，活得心安，活得自在，活得幸福，不但没有忧愁，而且还能长寿。正如孔子所说：“仁者不忧”“仁者寿”。并反问：“人而不仁，如礼何？人而不仁，如乐何？”意思是，一个人没有仁爱之心，遵守礼仪有什么用？礼乐又有什么用？

有仁爱之心的人，往往受人尊重和爱戴，或被称为“仁人君子”“仁人志士”，或被赞为“仁义道德”，说救死扶伤的医生是“医者仁心”等。反之，对不讲仁爱之心的人，则会被人瞧不起，甚至被贬斥。如“这人不仁不义，打爹骂娘，禽兽不如”“某人办事不讲仁义，只想自己”等。

义，即公平正义。一是指公正无私的道理或合乎道德规范的行为。如仁义、正义、道义等；二是指合乎正义和公义的行为，如舍生取义、行侠仗义、义不容辞、义无反顾等，这是古人笃信的行为准则，并将其视为一种高尚的人生观、价值观。从某种意义上说，“义”是人生的一种责任和奉献，是人崇高道德的具体表现。而有些人则不仁不义，为了自己的私利坑人骗人翻脸不认人。正如孔子所剖析的：“君子喻于义，小人喻于利。”并对这种不义行为嗤之以鼻：“不义而富且贵，于我如浮云。”

礼，表示敬意和尊重，这是儒家文化的重要内容之一。礼是行为规范，孔子非常重视。他认为：“礼之用，和为贵。”礼可以拯救人的灵魂，是至高无上的。《左传》里说：“夫礼，天之经也，地之义也，民之行也。”中国是礼仪之邦，向来重视礼节，现在的外交部还专门设有“礼宾司”。在日常生活中，老百姓都懂得礼数、礼貌、礼节，知道礼尚往来；学生见了老师要行礼；祭祀神灵和亡故的人，也有一种礼节；等等。实际上，礼的最高价值取向是和谐。应该说，继承和发扬“礼”，也是构建和谐社会的需要。

智，即智慧才识。在古代，“知”就是“智”。只有通晓天地之道，深明人世之理，而且一定是把握真理的人才称为“智者”，也就是“知”。孔子提倡“当智则智，当愚则愚”，并将仁、智、勇视为成功的

秘诀，即："仁者不忧，知（智）者不惑，勇者不惧。"古代讲智慧，偏重于道德仁义。在科学技术飞速发展的今天，"智"的范畴就不只是道德方面了，把科学精神与人文精神密切结合并统一起来，才是我们现在要发扬的"智"。

信，即讲诚信，守信用。在这方面，孔子有不少论述。如"敬事而信""人而无信，不知其可也""自古皆有死，民无信不立"等。因为诚信是人类社会的基石，是做人之本，兴业之道，治国之策。人无信不立，业无信不兴，府无信不威，国无信不强，已成为历朝历代国人的共识，这要归功于孔子所倡导的"信"。即使在人们的日常生活中，恪守信用同样具有重要意义。人与人之间的交往，可以靠思想、情感、志趣、爱好相互吸引。但光靠这些还不能形成良好的人际关系，还必须靠诚信来维系。"信成于实而失于空"，正是这个道理。一个人说话实实在在，办事踏踏实实，说到做到，不打妄语，就会赢得人们的信任，愿意跟他交往合作，实现双赢或共赢，这就是诚实守信的作用。

孔子的精辟论述还有很多，我仅借此机会，简要谈了谈学习孔子关于"仁义礼智信"的点滴体会。下面谈参观"三孔"。

精神世界的皇宫

山东曲阜的孔庙、孔府、孔林，简称"三孔"，是我国历朝历代纪念孔子、祭祀儒家先祖的圣地。它以丰厚的文化积淀、悠久的历史、宏大的建筑规模、丰富的文物收藏名扬海内外。1994年，"三孔"被联合国列入《世界文化遗产名录》。

曲阜孔庙和孔府坐落在曲阜城内，左庙右府，两孔相邻。孔林稍远，在庙府以北约一公里处。孔庙坐北朝南，南门前有一条小河，过了石桥，便是明朝建的万仞宫墙。墙北有一石坊，名为“金声玉振坊”。“金声玉振”，表示奏乐的全过程，以击钟（金声）开始，以击磬（玉振）为终，象征孔子思想集古圣先贤之大成。坊额上的“金声玉振”四个大字，笔力雄劲，据说是明嘉靖年间著名书法家胡缵宗题写。

过了金声玉振坊，有一单孔石桥，桥两侧各有一座石碑，上刻“官员人等至此下马”，俗称“下马碑”。无论是谁，欲进孔庙，必须在此下马下轿，即使皇帝至此也要下辇，以示对孔子的敬仰。

孔庙的建筑规模很大，466间殿堂全在贯穿南北的一条中轴线上，长约一公里。通过参观，我印象最深的有以下几点。

一是为孔子建庙，突破了礼制。

孔庙建于孔子去世的第二年，即公元前478年。当时鲁哀公下旨将孔子生前的三间住宅辟为孔子祀庙。庙堂里收藏着孔子的衣、冠、车、琴、书、砚等遗物，供奉着孔母和孔子、孔夫人的灵位。

按照周礼，封建社会立庙是有等级规定的。天子建庙七间，诸侯五间，大夫三间，士一间，平民百姓不得立庙。孔子虽然做过鲁国大司寇，但很早就已去职，成为一介布衣。国主为他立祀庙，实属非常之举，这说明孔子确是非常之人。

二是历代帝王祭孔扩庙，规模越来越大。

第一个到孔庙祭孔的是汉高祖刘邦。公元前195年，刘邦经过曲阜时，以“太牢”之礼（供奉猪、牛、羊各一头）祭祀孔子，首开帝王祭孔之先河。自汉高祖刘邦以来，历史上曾有11位皇帝亲临曲阜祭孔，其中乾隆皇帝竟达九次之多。明宪宗朱见深在御制重修孔庙碑文中写道：“朕惟孔子之道天下一日不可无焉，何也？有孔子之道则纲常正，而伦理明，万

物各得其所矣。”“天生孔子，实所以为天地立心，为生民立命，为往圣继绝学焉，万世开太平者也。”历代帝王之所以对孔子如此重视和崇拜，甚至不惜屈尊枉驾曲阜祭拜，说明孔子创立的儒家学说，对于稳固皇权、教化人心、治国平天下具有重要作用。

另外，历朝历代对于修缮、扩建孔庙也十分重视。有关方面记载，2000多年来，孔庙大修15次，中修31次，小修数百次。如东汉桓帝刘志，三国时魏文帝曹丕，以及东魏、唐、宋、元、明、清等朝都对孔庙进行过修缮和扩建。东魏兴和元年（公元539年）修缮孔庙时，“雕塑圣容，旁立十子”，首次为孔子等立塑像。唐太宗李世民、高宗李治、玄宗李隆基相继颁诏修缮扩建孔庙，并要求各州县皆立孔庙，使孔庙在唐代遍布全国。到了宋代，宋哲宗对孔庙进行过大规模扩建，孔庙的殿堂、庑廊达到300多间，比初建时增加了100多倍。

到了明、清两朝，对孔庙的扩建更不得了，竟与皇宫平起平坐。

明弘治年间（1488—1505年），孔庙遭雷击起火，烧毁殿堂123间。明孝宗朱祐樘下诏：仿皇宫建制修建。于是，历时4年，耗银15.2万两，“盖一代盛典，天下之大观”。但在清雍正二年（1724年），孔庙又遭雷击起火，烧毁了很多殿堂。雍正帝胤禛亲到孔庙祭孔，并调集12个府、州、县的人力和技术人员进行了大规模修建，历时7年，终于建成了现在的规模。即：9重堂庙，9进庭院，5重门，包括1阁（奎文阁）、1坛（杏坛）、2堂（诗礼堂、金丝堂）、2斋宿（同文门至奎文阁中间两侧的东、西斋宿）、东、西两庑（wǔ，走廊或廊屋）、3祠（崇圣祠等）、5殿（大成殿、寝殿、圣迹殿、启圣殿、启圣寝殿）、17碑亭（汉石人亭和十三碑亭等）、54座门坊（棂星门、圣时门、圣道门、大中门、同文门、大成门、启圣门、承圣门等，以及金声玉振坊、至圣坊、太和元气坊、道冠古今坊、德伴天地坊等），以及钟楼、鼓楼、角楼、乐器库、礼器库等，共466间，规模之宏大，为中国孔庙之冠。

孔庙最不平常的建筑是九重堂庙、九进庭院和五重门。在封建社会里，“九”和“五”为皇帝专用，因皇帝是“九五之尊”，在建筑上他人不得僭（jiàn）越。按照周礼规制，天子住的皇宫才能五重门，如北京的紫禁城就是五重门。如此看来，孔庙的九进庭院、五重门无疑享用了天子的礼仪。难怪明、清两朝有人说：“中国有两个皇宫，一个是北京紫禁城，那是人间的皇宫，宫里住着九五之尊的皇帝；另一个是山东曲阜孔庙，那是精神世界的皇宫，里面供着思想意识形态的皇帝孔子。”

三是孔庙的建筑物都有讲究。

建筑物的名称至关重要。名字起得好，既能吸人眼球，又能受到赞誉。而名字好不好的标准，一看有没有文化韵味，二看有没有艺术价值。

如建于明代的孔庙南大门，过去也只是称南门而已。虽然方位一目了然，但没有什么讲究。到了清代雍正七年，雍正帝根据《论语》中孔子所说的“人能弘道，非道弘人”，被钦定为“弘道门”。不仅有根据，而且有深意。

又如，大成殿前甬道上的杏坛，建于宋天圣（宋仁宗赵祯年号）年间。据传，这里原是孔子讲学之地，金代又在坛上盖了一座方亭，因四周栽有杏树而得名。每当初春，杏花绽放，杏枝摇曳，在此听讲，好不享受。清乾隆帝到孔庙祭孔时，为杏坛题名，将他手书的“杏坛”竖匾悬于方亭两檐之间，并赋诗一首：“重来又值灿开时，几树东风舞绛枝。岂是人间凡卉比，文明终古共春熙。”顿使杏坛增添了深厚的文化韵味儿和皇家气息。

四是巍峨壮丽的大成殿。

在孔庙的466座殿堂中，大成殿、寝殿、奎文阁被称为“三大殿”或“三大建筑”。“奎文阁”坐落在大成门之南，是一座藏书楼。寝殿位于大成殿后边，是供奉孔子夫人亓官氏的祠堂（“亓”读qí，“亓官”是复姓）。由于时间关系，这两座建筑我们没有进去看，而是重点参观了孔庙的主殿——大成殿。

大成殿是孔庙的核心殿，建于宋真宗天禧二年（1018年），原称宣王殿、宣圣殿。后来，宋徽宗赵佶根据孟子关于“孔子之谓集大成”的评价，尊崇孔子“集古圣先贤之大成”，故而改名“大成殿”。清雍正二年遭雷火烧毁后，经皇帝特许，按皇宫大殿形式设计建造。300多年来，这座雄伟的大殿一直矗立在两米多高的台座上，护以双层石栏，显得巍峨壮丽。它与北京故宫中的太和殿、山东泰安岱庙中的天贶（kuàng，“赐”“赠”之意）殿并称“东方三大殿”。

大成殿高24.8米，面阔九间，进深五间。重檐九脊，雕梁画栋，黄瓦飞甍（méng，指屋脊俯雕），周绕画廊。四周廊下环立28根雕龙石柱，每根高5.98米，直径0.81米，均为整石雕成。其中，殿前的10根石柱为深浮雕，每根石柱上的二龙戏珠栩栩如生。大殿两头和殿后的18根石柱均为八棱，每面浅刻着九条团龙，每根石柱72条，18根石柱共1296条龙，恰应传说中“龙有1296条”之数。不管是大龙小龙，都雕刻得上下飞舞，盘绕飞腾，穿云吸水，传神生动。

大成殿内，中间的雕龙神台上供奉着孔子雕像。头戴12旒（liú，古代帝王礼帽前后悬垂的玉串）冕，身着12章服，手执镇圭（guī，长条玉器），神志“温而厉、威而猛、恭而安”。两侧是他的得意门生塑像，塑像前摆有供桌香案，上面摆着各种祭祀时用的乐器和供品。

孔府、孔林不是我们参观的重点，仅是走门观花地看一看，听专业讲解员讲一讲，起码知道了孔府是怎么回事。

孔庙中的大成殿

孔府位于孔庙东侧，紧挨着的是孔子嫡长孙的衙署。前为官衙，后为内宅，占地240亩，规模也很大。

据介绍，当年汉高祖刘邦到曲阜以“太牢之礼”祭孔时，封孔子九世孙为“奉祀君”，代表国家看管孔庙，祭祀孔子。嗣后，历代帝王相继加封。到了宋代，封孔子的嫡系长孙“衍圣公”。明洪武十年（1377年），将孔府封为“衍圣公府”，并规定曲阜县令由衍圣公兼任，后又规定曲阜县令由衍圣公指定的孔氏族人担任。

孔府有“天下第一家”之称。随着孔子后世官位的升迁，孔府建筑规模也随之扩大，古建筑达到480间。

孔府也是坐北朝南，门前两侧有一对两米多高的威武石狮，守护孔门。大门正中上方悬挂着“圣府”匾额，蓝底金字，为明朝嘉靖年间武英

殿大学士、太子太师严嵩所书。门两侧的蓝底金字楹联：与国咸休安富尊荣公府第，同天并老文章道德圣人家。据说是清代乾隆年间大学士加太子太保纪昀（字“晓岚”）的手书。其中“富”字上面少一点，寓意“富贵无头”；“章”字“早”下的竖通到上面的“立”字中，寓意“文章通天”，形象地说明了孔府在封建社会中的显赫地位。

孔府的门和厅堂楼房很多，大门、二门、重光门、垂珠门，大堂、二堂、三堂、忠恕堂、安怀堂、慕恩堂、报本堂、一贯堂、前堂楼、后堂楼、学房、百户厅、司乐厅、掌事厅、后花园等，我们就是从后花园步行去的孔林。

从孔府后花园出来后，沿着颜庙（孔子的得意门生颜回的庙宇，又称“复圣庙”）西侧的马路一直往北，约走20分钟即到孔林，但大家都很累了，不愿再到孔林。我感觉好不容易来一趟，便一个人跑到进门不远的孔子墓看了看，拜了拜。

孔林又称“至圣林”，是孔子及其后裔的专用墓地，是我国规模最大的氏族墓葬群和人工园林，也是世界上延续时间最长的家族墓地。占地面积清康熙年间就扩大到3000亩，红色围墙长5.6公里，高3米，厚1米，现有各种树木10万多棵。在巨大的石碑上，用篆体字刻着“大成至圣文宣王”，但“王”字的最后一横写到底座之下了，猛然一看，很像个“干”，再细看，才看到低于底座的那一横。据说是因为皇帝也是“王”，为避讳“王”在祭奠“王”时看到“王”字不舒服，才用了这一掩耳盗铃之法，足以显示碑文撰写者的聪慧。

参谒“三孔”感悟：

罢黜百家独尊儒，治国修身著《论语》。

古圣先贤钦赐号，辉煌府第胜帝都。

安　徽

黄山归来不看山

黄山位于皖南。由于峰岩青黑，远望一片苍黛，故在古代称为“黟（yī）山”。据传，中华民族的始祖轩辕黄帝曾在此山炼丹，集天地之灵气，修炼成仙，乘龙升天。唐天宝六年（747年），信奉道教的唐玄宗李隆基据此传说，取“黄帝之山”之意，诏令将“黟山”改名为“黄山”。1990年，黄山被联合国教科文组织列入“世界文化遗产和自然遗产”双遗产名录。世界遗产委员会对黄山的评价是：震旦国中第一名山（“震旦”，古代印度对中国的称呼）。联合国教科文组织官员桑塞尔博士感叹：“我经手报批的山岳风光，没有一个超得过黄山。”

那么，什么才称得上世界遗产呢？根据联合国教科文组织和世界遗产委员会的定义：世界遗产是指人类罕见的、目前无法替代的财富，是全人类公认的具有突出意义的和普遍价值的文物古迹及自然景观。《世界文化遗产名录》和《世界自然遗产名录》，同时被列入这两种世界遗产名录的称为“世界混合遗产”。我国已被列入《世界混合遗产名录》的有四处，即安徽黄山、山东泰山、福建武夷山、四川峨眉山和乐山大佛（两山作为一处）。

黄山以奇特的自然风光著称于世，是中国十大风景名胜中唯一的山岳风光胜地和世界著名旅游胜地，被誉为“天下第一奇山”。

那么，黄山究竟美在何处，奇在哪里呢?

首先，黄山集全国众山之奇美，具有泰山之雄伟，华山之险峻，衡山之烟云，庐山之飞瀑，雁荡山之巧石，峨眉山之俊秀。正如著名画家石涛所说："心期万类中，黄山无不有。"

其次，黄山山峰雄险、奇幻。以莲花峰、天都峰、光明顶三大峰为主体，大小72峰天然布局，错落有致，摩天耸立，峻峭秀丽，石峰峥嵘，崔嵬雄奇，云凝霄汉，气象万千。到此游览者无不称奇。

再次，黄山有"四绝""三瀑"之美景。"四绝"是奇松、怪石、云海、温泉。"三瀑"是：人字瀑、百丈瀑、九龙瀑。著名书画家张大千游览黄山后赞曰："黄山无山不石，无石不松，无松不奇，无奇不有。"

最后，黄山景致美得令"千古奇人"徐霞客"狂叫欲舞"，与同行者"各夸胜绝"。清代《黄山志定本》载，有人问明代旅行家徐霞客："游历四方山河，何处最奇？"徐霞客回答："薄海内外无如徽之黄山，登黄山，天下无山，观止矣！"这段话被后人引申为"五岳归来不看山，黄山归来不看岳"（五岳是：东岳山东泰山，西岳陕西华山，南岳湖南衡山，北岳山西恒山，中岳河南嵩山）。

黄山之所以奇绝，与它所处的地理位置和地质运动、地貌特征及季风气候有关。这条山脉集8亿多年地质频繁且剧烈运动于一体，融峰林地貌、冰川遗迹为一体，兼有地球内外无数次神奇力量所形成的花岗岩石、花岗岩峰、花岗岩洞、花岗岩缝，以及清溪、瀑布、深潭、湖泊、温泉等自然景观。境区内有大、小山峰各36座，峰峭谷深，林木茂密，云雾缭绕，空气清新，夏无酷暑，冬少严寒，确是名副其实的人间仙境。

我曾于1991年4月下旬、1994年7月下旬先后到黄山游览，第一次是和一位老领导到安徽调研，利用周日游览了黄山。第二次是和爱人乘飞机从北京直达黄山市，然后乘汽车到黄山谷香阁宾馆。如果从前山步行登山，虽然只有7.5公里的路程，但由于山路陡峭，且有一定的危险性，即使年轻小伙子也需要三个多小时才能爬到山上的精华景区。当时我们都是50多岁的人了，又都是高血压患者，显然不适合徒步登山。在当地人的带领下，乘车绕到后山云谷索道，乘缆车上山，十几分钟便到了白鹅岭站房。下面，根据我们游览的路线，对相关景点和所见所闻作一简要介绍。

——白鹅岭。从缆车站房出来后，巍峨的白鹅峰映入眼帘。这座海拔1700米的山峰是黄山、“北海”与“东海”的分界线。山势险峻，峭石如柱，沟壑幽深，古松苍劲。峰顶有一凸出巨石，如同白鹅头顶上的红包，故名“白鹅岭”。

——始信峰。过了“仙人桥”，沿着阶梯式山路往北，直上有着“始信黄山天下奇”的始信峰。

始信峰位于北海东部，海拔1668米，属于36座小峰之一，此峰雄峻壑险，石如刀削，悬崖万丈，三面临空，奇松林立，云蒸霞蔚。据传，明代人士黄习远，从黄山的云谷寺游览到此，登山环顾，风景奇绝，如诗如画，似幻而真，妙不可言。过去他虽然也听说过这个地方奇美，但他不怎么相信。耳听为虚，眼见为实。他看过后才相信这是真的。正如他所说：“说也弗信，到者方知。”于是题名“始信”二字，“始信峰”从此得名。

始信峰生长着许多奇松。如两棵树长到一起的“连理松”，长在两峰之间木桥旁供人手扶过桥的“接引松”，树根暴露似龙爪的“龙爪松”，长在悬崖间树身向山涧倾斜的“探海松”，还有卧龙松、黑虎松、聚音松等，松林茂密，苍劲多姿，因而有了“不到始信峰，不见黄山松”之说。有诗赞曰：远听黄山始信峰，遥看石笋长青松。

站在始信峰上眺望，尽览四周美妙风光。如群峰争奇的北海，风姿

作者夫妇游黄山

各异的石柱，百花争艳的散花坞，形象逼真的“十八罗汉朝南海”，惟妙惟肖的“猴子观太平”等。正如民国名人傅增湘对始信峰的赞美：“峰奇今始信，不负此峰名。下瞰散花坞，峰峰玉琢成。摩霄无鸟过，架石有松横。我亦嗟才尽，空劳送笔情。”

——北海。从始信峰到北海，一路奇景，一路风情，身临其境，才能感受到游山玩水的愉悦心情。

黄山北海不是真正的海，而是奇特的云海。当地有句老话：自古黄山云成海。黄山的云海有五个：东海、南海（又称前海）、西海、北海，还有中部的天海。据说黄山的云雾天气每年有200多天。云雾的形成，源于满山遍地的各种植物和水资源产生雾气的蒸腾作用。由于诸多山峰和树冠的阻挡，雾气被迫升腾，逐渐形成水滴，悬在低处的成雾，升到空中的成

云，发展到一定程度形成云海。如烟如雪的白云缥缈在千峰万壑之间，浩瀚如海，既新奇，又壮观。

北海面积达1316公顷，汇集了峻峰、巧石、奇松、云海等诸多奇景。如笔架峰、骆驼峰、“梦笔生花”“猴子观海”、清凉台、散花坞、“观音飘海”“老僧采药”“喜鹊登梅”“猪八戒吃西瓜”等。唐代诗人李白当年到黄山游览时看到北海风景如此秀丽奇特，诗兴大发：“黄山四千仞，三十二莲峰。丹崖夹石柱，菡萏（莲花的别称）金芙蓉。”

位于千峰环抱、云雾缭绕的北海宾馆前，有一座海拔1640米的山峰，上尖下圆，酷似一支巨型毛笔，故名“笔峰”。奇特的是，光秃秃的山顶上，无其他植物，唯从峰尖石缝中长出一棵奇巧的古松。茂密的松叶如同笔的绒毛，葱绿一团，宛如一簇盛开的绿色鲜花。峰前一峭石，形似巨人酣睡做梦，笔峰因而被称为“梦笔生花”。

更巧的是，笔峰对面有一座笔架山，中间山峰高耸，两边各有略低的山峰排列，形如笔架。如果笔峰向笔架山倒去，可正好放到“笔架”上，可谓天生巧合，大自然的造作真是神鬼莫测。清人项黻（fú）有诗赞曰：“石骨棱棱气象殊，虬（qiū，指龙）松积翠锦云铺。天然一管生花笔，写遍奇峰入画图。”

北海的云海确很壮观。观云海，最佳位置是站在海拔1700多米高的清凉台上。这座从狮子峰一侧凸出在三面临空危岩上的观景台，早已架起了围栏，栏下就是深涧。站在台上远眺俯瞰，北海一带的美丽风景尽收眼底。我和爱人正在清凉台上拍照，突然，滚滚云雾如万马奔腾，从两侧山峰之间涌出，倾泻入海，顿时，巨壑深谷烟云弥漫，浩瀚无涯，其汹涌之势，胜过惊涛骇浪。远近山峦，如同散居的岛屿，在虚无缥缈的云海中时隐时现。云雾也毫不客气地向我们袭来，将游客和清凉台裹挟其中，使人产生一种腾云驾雾之感。后来，爱写诗的爱人以“观黄山北海”为题，写了一首七言绝句：“翻滚云烟雾渺茫，奇松险峻似迷藏。摩穹踏浪天宫往，峻岭一时漫紫光。”

在北海看日出，更令人难忘。

1991年4月下旬去游黄山时，我和时任商业部政策法规司副司长的王振荣在山顶上的北海宾馆住了一夜，当晚与同行的安徽省商业厅干部查汉斌约定，早晨到清凉台看日出。

那天夜间下小雨，加上高山气温低，凌晨4时我俩披上棉被，打着雨伞登上了清凉台。没想到，台上已经站满了人，我们只好站在离清凉台较近的栏杆边，耐心等待东方的曙光。可谓是：“山雨洗陡壁，云海涌涛来。为观旭日出，早倚清凉台。”

庆幸的是，小雨在黎明前停了。大约过了四十分钟，东方渐白，继而变红，旭日冉冉升起，眨眼工夫升为半圆，随之喷薄而出，光芒四射，北海的峰壑松石顿时披上了五彩霞光，灿若锦绣，美不胜收。有诗赞曰：“东方遥望斓云霞，时浅时深掩日华，万丈光芒万钧力，一轮喷薄孰能遮。”

——飞来石。我和爱人去的那次，在北海宾馆吃过午餐，便漫步西行，专程去看飞来石。

黄山的奇岩怪石星罗棋布，宛如黄山的风骨，“飞来石”便是其中之一。

广大读者可能还记得，在电视连续剧《红楼梦》的片头，随着“一个是阆苑仙葩，一个是美玉无瑕，若说没奇缘，今生偏又遇着他”的歌声，一块巨石从天外飞来，稳稳当当落在另一块巨石上，那就是在黄山拍的“飞来石”。

飞来石高12米，长7.5米，宽2.5米；石下的岩石长约15米，宽10米，重达360吨。上、下两块岩石间的接触面不大，上面的岩石似从天而降，故名“飞来石”。

关于这块飞来石的来历，当地有几种神话传说，但我赞成地质学家的说法。即：这块奇石是地质变化过程中自然风化形成的，并非神话传说中女娲补天时不小心掉落到黄山的岩石。因为黄山的山体是比较容易风化的粗粒岩石结构，这块所谓的飞来石和地下的山体本来是一体的，经过上亿年的风化，形成了如今的奇观。其他各种奇石的形成，也是这个道理。

我和爱人相互扶托，登上了飞来石下的岩石平台，先是仔细观石拍照，然后眺望西海大峡谷的绮丽风光。只见箭林般的峰峦重重叠叠，云雾缭绕，时隐时现，给人以西天佛境之感。

从飞来石台下来后，我们便沿着上上下下的山路向光明顶进发。为了减轻劳累，我和爱人每人买了一根拐杖，拄拐而行“竹杖芒鞋轻胜马”，感到轻松了许多。

——光明顶。光明顶位于黄山中部，海拔1840米，是黄山第二高峰。此峰顶部平坦，视野开阔，光照时间长，故名“光明顶”。明代普明和尚曾在峰顶建过一座大悲院。1955年，当地政府在原址上建了黄山气象站，高耸入云，老远就能看见，我们就是从气象站西侧往南而去的。站在此处眺望，可看到东海景色和西海群峰，周围的莲花峰、玉屏峰、鳌鱼峰、天都峰等也清晰可见。

——莲花峰。我们从光明顶沿着狭窄陡峭的阶梯前往玉屏楼。过了天海植物园，东边就是黄山第一高峰莲花峰。游神徐霞客在《游记》中说，莲花峰“居黄山之中，独出诸峰之上”。

为我们带路的小伙子说：莲花峰海拔1864.8米，主峰突出，群峰簇拥，好像莲花初开，所以起名“莲花峰”。但这座山峰十分陡峭，你们岁数大了，为了安全起见，咱们就不上去了，坐在这里看看吧。

我们清楚地看到，从莲花岭到峰顶的盘山道上，许多登山者如同蚂蚁爬树，个个艰难地扶着路两边的铁索攀登。那位小伙子说，山顶上的飞龙松、倒挂松很有名。上边的铁索上挂满了各式各样的锁，最多的是年轻情侣或夫妻俩挂上的“爱心锁”，或叫“连心锁”，也有为孩子挂“长命锁”的，寄托了人们的美好心愿。

黄山最高的莲花峰，我两次去虽然都未攀登，但它那雄伟的气势，峻峭的峰体，陡峭的险路，莲状的峰顶，我都欣赏到了。明代人士吴怅对莲花峰的赞美，我认为十分贴切。诗曰：一种青莲吐绛霞，亭亭玉立净无瑕。遥看天际浮云卷，露出峰顶十丈花。

—— 一线天。我们在去玉屏峰的途中，路过“一线天”景点。那是一条狭长的隘巷，两边石壁高达数十丈，最宽的入口处不过两米，最窄处仅有半米宽，只能容一人过。人行其中仰望，蓝天只见一线，真是“天不容数尺光，道不并两人趾”。正如清人李斐在诗中所写：“云里石头开锦缝，从来不许嵌斜阳。何人仰见通霄路，一尺青天万丈长。”

我和爱人在通过一线天时，从上斜着往下走，近百级台阶竟无其他游人。向导在前，我居中，爱人随后紧跟，有一种既神秘又阴森的感觉。我紧下十几级台阶，从下往上给我爱人拍照，效果极佳。

——玉屏峰。玉屏峰位于莲花峰和天都峰之间。由于峰壁宛如玉雕屏障，故名“玉屏峰”。明代普门和尚在峰顶为文殊菩萨建了一座文殊院，“玉屏卧佛”栩栩如生。峰顶上还有众多石刻，如“黄山第一处”“一览众山小”“宇宙大观”“云海大千”“另有天”“佛陀境”等。正如谚语所言：“不到文殊院，不见黄山面。”清人汪士宏有诗赞曰：“玉屏峙霄

汉，鸟道度松门……极目无穷尽，空青抹一痕。”明代徐霞客游览到此，看到左有天都峰，右有莲花峰，两峰秀色，举手可挽，不禁发出“四顾奇峰错列，众壑纵横，真黄山绝胜处”的赞叹。

玉屏楼位于玉屏峰前，楼上的一副对联引人注目。上联“高阁逼云霄，举头红日近”；下联“远山收入画，回首白云低”。

玉屏楼左侧悬崖上挺立着一棵奇松，那就是有名的迎客松。楼前有陪客松，右侧还有一棵送客松。

举世闻名的迎客松，不仅是黄山的标志，而且是中华民族热情好客的象征。整棵松树约有10米高，左侧紧靠岩壁，右侧枝丫伸出，如同扇面，树龄已逾千年。1959年秋天，被列为北京十大建筑之首的人民大会堂落成。中央要求各省、自治区、直辖市在人民大会堂各自的会议厅内，陈列最具本地特色的传统工艺品。安徽省经过研究，决定以黄山迎客松为题材制作一幅铁画，挂到了人民大会堂安徽厅，周恩来总理在审查各省布置的作品时，在安徽厅看到了这幅铁画，对其大加赞赏：“这铁打的迎客松，象征我们祖国万古长青。它既有政治气派，又有艺术魅力，是美与力的最佳结合。”从此，迎客松以独到的迎客形象，出现在人民大会堂贵宾厅和无数的贵宾国礼上，成为中国山水画中不可多见的“国家形象”。1996年6月，联合国教科文组织世界遗产中心主任冯·德罗斯特在考察黄山风景时，站在迎客松前竖起大拇指说：“黄山——中国的名片，我为她骄傲！”

——天都峰。有人说：“不上天都峰，黄山一场空。”但我两次去黄山都没有登天都峰，因陪同人员劝我们千万别去冒险，我们只能坐在玉屏楼前观赏对面的天都峰。

这座摩天山峰海拔1830米，虽然只是黄山的第三大主峰，但却是最险峻之峰。山势陡峭，千仞悬崖，山上有不少奇妙景点，如鲫鱼背、万丈云梯、二僧拜佛、松鼠跳天都、金鸡叫天门、童子拜观音、仙人把洞门、登峰造极石刻等。

作者夫妇在黄山迎客松前

攀登天都峰，有一段长十几米、宽不足一米的山脊，在云雾缭绕中好似出没于波浪中的鱼背，故名“鲫鱼背”。山脊两侧是万丈深渊，游客至此，无不战战兢兢，稍有不慎，就会葬身深涧。据说首次征服天都峰，从鲫鱼背爬到峰顶的是普门和尚1613年创造的奇迹。五年后的1618年，旅行家徐霞客第二次登上了峰顶。直到1934年才开凿了石磴，架设了铁索。1937年，又修建了到峰顶的梯道，计1564级台阶，在危险处架了铁索和栏杆，以保障游客的安全。即使这样，那些八九十度的陡峭台阶，也会把五六十岁的人难住。1965年，时任国家副主席的董必武在游黄山时题诗赞咏天都峰：“奇险天都著，遥观亦有缘。大雄无与并，苍浑莫之先。”

看过天都峰，我们便从前山往下走。由于体力消耗较大，只好拄着拐杖慢慢走，好在下山比上山容易些。但有一段山路，好像叫“百步云梯”，非常陡峭。虽有台阶，但基本是直上直下无斜坡。向导建议我们坐“滑竿”。所谓滑竿，是在两根扁担中间捆绑一把藤椅或竹椅，人坐上后，前后各有一人用双肩抬着下山，当时每人各付30元。我和爱人一看，两人抬着一个人，在那么陡的路上行走相当危险，如果其中一人不慎摔倒，谁都别想活。我和爱人坚决不坐，挪动着脚步慢慢往下蹭。实在累得不行了，就坐在台阶边上休息一会儿，最后还是艰难而安全地取得了胜利。再往下走，就好走多了，总算在太阳下山之前回到了宾馆。

啊，黄山，钟灵毓秀、万古长青的黄山！她已不仅仅是大自然的瑰宝，更是中华民族与全人类共享的珍贵遗产。我为你自豪，我为你骄傲，我为你歌颂！

水调歌头·游黄山

初秋时光好，携妻登黄山。
一路悬崖绝壁，处处古松盘。
我欲勇攀摩霄，怎奈天都陡峭，体魄难随缘。
亲吻飞来石，穿过一线天。
清凉台，旭日出，云海翻。
霞光艳映，刹时变幻景万千。
峰似人生神奇，道如世路艰险，
有为方成“仙”。
自信志坚定，使命不离肩。

鬼斧神工翡翠谷

我和爱人在黄山期间，安徽的朋友极力推荐去游翡翠谷，说那里的风景很别致，并向我们简要介绍了有关情况。

一听这名，就感到非同一般。翡翠者，翠玉也。到处是翠玉的大峡谷，焉能不看？

据说翡翠谷是黄山最长的一条大峡谷，纵深20多公里。我们去看的这一段位于东海区域，长约3公里，从黄山南门附近的宾馆乘车到谷口，约20多分钟。

俗话说，有山必有涧，山大谷必深。翡翠谷是随着黄山的形成而形成的。千万年来，由于谷深崖险，洞穴透邃，林密石奇，溪水多变，兽虫出没，所以被人称为“无人谷”“神秘谷”，基本无人敢涉足。

1986年，上海的36位男女青年到黄山游玩，仗着年轻体壮，毅然进入了这条尚未开发的大峡谷，想走前人没有走过的路。令他们没想到的是，探险竟如此艰难。由于地形复杂，又没有任何路径，所到之处，险象环生，不久就迷了路，既喊不到人，当时又无手机联系，这才感到了恐惧。

为了生存，他们互相劝慰，相互鼓励，主动搀扶，克服了种种困难，终于从几近绝望中脱离了危险，同时在生死线上结下了牢不可破的友谊。回到上海后，有10对结成了终身伴侣，成就了一段佳话。人们根据这一动人故事，将翡翠谷誉称为“情人谷”，并编成歌曲传唱：“山有情，水有

作者夫妇在翡翠谷门前留影

情，情人谷里藏真情。情有我，情有依，患难相助情更浓。”唱者含情，听者动情，感人至深。

20世纪80年代末，有关部门组织人力、物力，终于揭开了这条大峡谷的神秘面纱。经过勘探，发现这是一条风景秀丽、美不胜收的大峡谷，并将其开发成了对外开放的旅游胜地。

关于这条大峡谷的名字，也是有来历的。

黄山的水资源非常丰沛，所以这条大峡谷中的溪水自上而下，从未干涸。千百年来，溪水带着黄山的钟灵之运，从不停歇地冲刷着峡谷中大小不一的花岗岩和鹅卵石，鬼斧神工般地将其雕琢成妙趣横生的大自然奇观。同时，在陡峭或由高向低处形成了100多个深浅不一、形态各异的水池。如花镜池、绿珠池、碧簪池、玉环池、绫罗池、鸳鸯池、孔雀池等。面积超过100平方米的有40多个，最大的达1000多平方米，而且各有特色，非常漂亮。池水清澈碧透，砾石多彩艳丽。由于青山绿树和成片竹林的映衬，以及太阳光线照射角度的不同，水中砾石变化万千，晶莹碧绿，宛如颗颗翡翠洒满峡谷，故名“翡翠谷”，谷中之溪称为“碧玉溪”。

我们沿着大峡谷两岸崎岖不平的小路，边走边观赏溪水中形状各异的奇石和清澈见底的水潭。先是从右岸往上走，遇到不久前建的小桥又走到左岸；一会儿顺着小路下到谷底，或观赏潭中游鱼，或拣选五彩斑斓的彩石，并相互拍照，玩得非常开心。

在形如圆镜的花镜池看到，池中岩石纹理似彩带漂于池中，随波摆动，宛如天女浣纱，令人浮想联翩，如梦如幻。

形如珍珠的绿珠池，水深十几米，我认为称“潭”更合适。一是水深，二是池壁有一15米高的瀑布。瀑水入池，清澈见底，水动石灵，相映生幻，阳光照射，多彩交织，美丽无比。

在碧玉溪中，到处可见被溪水冲洗的巨石。那是在千百万年间，由于地壳无数次剧变，岩石在地动山摇中滚落至谷底，长年累月，被山洪冲刷得光滑如镜，有的横卧在溪水中，有的被浸泡在深水池，还有的被刻上了红字，如“五彩缤纷”，用繁体字镌刻的硕大“爱”字，据说是苏轼的手迹。还有著名书法家启功以及王震、张震、迟浩田等几位将军的题词石刻。

我们继续沿着小路向上走去，只见碧玉溪两岸层峦叠嶂，云雾绕峰，竹林婆娑，洞穴神秘；谷底流水潺潺，怪石嶙峋，一派原生态景象。著名导演李安拍摄的《卧虎藏龙》，许多精彩镜头，如池边爱恋、飞瀑踏波、竹梢打斗等，就是在翡翠谷拍摄的。这部影片荣获奥斯卡五项大奖。

七律 · 畅游翡翠谷

群峰千仞刺苍穹，峡谷溪流卧蟠龙。
一水独开池百座，万石久砺玉满城。
神功造就天宫画，幻巧织成彩毯绒。
牵手扶背游半日，赏心悦目养怡情。

“莲花佛国”九华山

九华山，中国佛教四大名山之一，是地藏菩萨的道场。其他三座佛教名山是山西五台山、四川峨眉山、浙江普陀山，分别是文殊、普贤、观音三位菩萨的道场。据说文殊大智，普贤大行，观音大悲，地藏大愿。谁想许大愿，可上九华山。

九华山位于安徽省青阳县境内，北枕滚滚长江，南屏巍巍黄山，东临风景如画的太平湖，西接人杰地灵的池州市。该山原名“九子山”，后因唐代著名诗人李白游山时写有“昔在九江上，遥望九华峰。天河挂绿水，秀出九芙蓉”（莲花的别称）的诗句，故更名为九华山。

九华山方圆约120平方公里，有99座山峰，16座峻岭，14处悬崖，22处名石，12处古洞，10条秀溪，18处清泉，6座水池，7座水潭，9处深涧等自然景观。主峰十王峰海拔1345米，山势雄伟奇峻，拱卫主峰的群山峻岭千姿百态，青松翠竹，满山遍布；银瀑飞泻，潭水波翻；秀溪萦环，泉水潺潺；莲峰云海，青沟深涧；平岗积雪，摩空梵宫；名胜古迹，点缀其中。好一派神奇灵秀的山水风景，难以捉摸的大自然造化功能。

九华山不仅自然风光旖旎，人文气氛也非常浓郁，因为它是一座闻名遐迩的佛教名山。

作者夫妇在九华山

早在东晋隆安（安帝司马德宗的年号）五年，西竺（印度）僧人杯渡来到九华结茅为庵，弘扬佛法，佛教自此传入九华。《宋高僧传》二十《地藏传》载，有新罗国（今朝鲜、韩国）王族金乔觉，自幼信佛，“心慈貌恶，颖悟天然”。唐开元（唐玄宗李隆基第二个年号）七年（719年），24岁的金乔觉毅然放弃王族生活，削发为僧，历经艰险，渡海来华。抵达江南后，辗转游历，落脚皖南九华山这块风水宝地。他在此以黑埌甘泉度日，端坐无念，苦心修行75年。《地藏十轮经》谓其“安忍不动犹如大地，静虑深密犹如地藏”，故得名。称其受释迦牟尼佛嘱咐，在释迦既灭、弥勒未生之前，自誓必尽度六生道众生，拯救诸苦，始愿成佛。但他发愿：“众生度尽，方证菩提；地狱未空，誓不成佛。”唐贞元（德宗李适第三个年号）十年（794年），他忽然召众徒告别，跏趺圆寂，终

年99岁（跏趺，即盘腿而坐，佛教修行的一种坐法）。

金乔觉大和尚坐化后，众信徒积极为他建塔纪念。据说三年后塔建成时，开棺膜拜，只见肉身不坏，“颜色如生，兜罗手软，骨节有生，如撼金锁”，即全身入塔。人们认定他就是佛经中地藏王的化身，尊称他为“金地藏”。中国佛教把他称为“四大菩萨”之一，高规格进行供奉。20世纪90年代播放的电视连续剧《九华山传奇》，描写的就是地藏菩萨金乔觉的传奇故事。由于我们夫妇都去过九华山，所以对这部电视连续剧特别青睐，从头看到尾，兴致盎然。

从那以后，九华山大兴土木，建造佛寺，唐、宋、元、明、清，历代不衰，兴盛时寺庙达到300多座，僧尼四五千人，香火之盛，甲于天下。虽几经兴衰，至今仍保存古寺近百座，其中九座被国家定为重点保护寺庙，如化城寺、百岁宫、祇园寺、甘露寺、肉身殿、大悲宝殿等。这些寺宫主要分布在九华街、闵园、天台、后山四大景区内，与秀丽的自然风光交相辉映，组成了一幅幅清丽脱俗的画卷。

正由于九华山群峰竞秀，天台、天柱、十王等九大主峰宛如九朵莲花，各具神韵，加之佛寺遍布全山，佛教气氛浓郁，故有“莲花佛国”之称。

我曾两次去过九华山。1991年4月下旬从安庆过长江到贵池，贵池商业局办公室主任愿同我们一起上山，因他弟弟是九华山的和尚，通过他可以看到往生后的无瑕和尚肉身。

在我们去往九华山的途中，看到一位20岁左右的小伙子，斜背着一个小包，每走三步便双膝跪地，向着九华山方向叩首。我们停车与他聊了几句，他说他信佛，是从山西五台山一路跪叩而来，而且还要上浙江普陀山。他的虔诚之举，令人惊叹不已！

第二次是和爱人从黄山去的九华山，途中经过著名歌手郁钧剑歌颂的太平湖。因无桥梁，汽车开到摆渡船上，渡湖而过，然后直上九华山中心的九华街，下榻金谷苑饭店。九华街是一个繁华的村镇，是寺庙群落最集中、商业服务业最发达的地方。寺庙、民居、学校、医院、商店、饭店、宾馆等一应俱全。古迹众多，僧俗杂处，石板铺路，泉水暗流，一派传统山村风貌。我们去逛街购物时发现，服务行业的工作人员相互交流时，大都说我们听不懂的当地方言；但在接待顾客时基本都说普通话。说话轻声细语，服务热情耐心，从未听到过吆喝叫卖声，也未见过强买强卖现象，可见民风之淳朴。

在九华街上，时常会碰到外出办事的和尚和尼姑。遇到后双手合十施礼，以示尊重，对方还礼时还会说一句“阿弥陀佛”。

九华街及其周围的寺庙星罗棋布，建筑规模大、中、小都有。我们在山坡上看了一座小型尼庵，仅有三间屋，住着几位尼姑。给我印象最深的是，九华街上的化城寺。由于离我们住的宾馆很近，我们不仅白天去参观过，晚上还去看过该寺僧侣集体诵经并做佛事。

据介绍，化城寺是九华山的开山之寺。东晋隆安五年（401年），印度僧人杯渡就是在此筑茅为庵、布道传法的。唐朝开元年间，僧人檀号到此修炼弘法，撷取《法华经》中的“化城”为寺名。明朝万历皇帝宋神宗，清康熙、光绪帝等，几次向化城寺赐经、赐银、赐匾额，大力进行扩建。尤其康熙帝曾三次降旨，遣内侍到九华山化城寺进香、赐银、赐亲书的《九华圣境》匾额，一时名震东南。

这座古寺依山而建，随地势往后逐级升高。寺前有一个石板铺砌的广场，广场的一端有一石砌平台，刻着“娘娘塔”三字。传说金乔觉在成菩萨之前，其妻从新罗国一路寻来，劝其还俗。但苦劝三年，金乔觉毫不

动摇，信佛的意志更加坚定。其妻见状，投井殉情。后人在此建一铁塔纪念，天长日久，铁塔废掉，但塔基和井皆存。广场旁，有一半月形水塘，名“偃月池”，周围砌有石栏，是僧尼和香客的放生之所。由于当地经常下雨，所以池塘常年不涸，也从来无人到池塘钓鱼或捕鱼。

化城寺的山门临街，门前高悬“化城寺”匾额。进山门后是一院落，从中间九级石阶上去后是天王殿，院两侧有环廊与山门相通。过了天王殿，就是该寺主殿大雄宝殿。殿高10米，殿顶上的九龙戏珠藻井（天花板上状如井口向上凹进的部分）雕刻精美，形神毕具，巧夺天工。殿内的柱子上悬挂一联：“愿将佛手双垂下，摸得人心一样平”。该寺大型佛事，都在这座大殿里举行。

化城寺的四进院是明代建的藏经楼，高两层，藏有不少稀世珍经。如，明神宗之母所赐的明《藏经》6000多卷；千年之前古印度佛教徒用贝多罗树叶制成的厚如铜钱的叶板，用刀在上面刻成的《百叶经》；还有历代帝王赐的御书，如康熙帝赐的《九华至境》、乾隆帝赐的《芬陀普教》等。

在藏经楼和大雄宝殿之间的院落两壁上，嵌有明、清时期的八通碑刻，如记述地藏菩萨功绩的《地藏圣迹碑》以及《捐输碑记》《祭田碑》等。

在化城寺以东，有一座建在悬崖上的寺庙——百岁宫。引人注目的匾额上写着：钦赐百岁宫，护国万年青。据说明代高僧海玉，字无瑕，人称“无瑕和尚”，在百岁宫修炼期间，刺本身之血与银粉调成“墨汁”，历时28年，写成一部《大方广佛华严经》，简称《血经》《明代血经》。明崇祯三年（1630年），思宗朱由检派员到九华山朝圣，并敕封无瑕和尚肉身为“应身菩萨”，装金供奉。《血经》被中国佛界视为“至宝”，现收藏在化城寺藏书楼。

九华山小天台

一般来说，无瑕和尚的肉身（木乃伊），游客们是看不到的。我第一次去九华山时，因有贵池商业局办公室主任的弟弟在九华山当和尚的关系，才有缘看到了深受佛界敬仰的无暇肉身。只见肉体干瘪，呈黑褐色，但五官清晰。据那位和尚介绍，无瑕是修炼成功的高僧。当时寺里发现已经好长时间不见无瑕了，还以为他到外地云游去了。后来发现他在山上的一棵三杈树上蹲坐着，已经往生（佛教名词）多日了。由于他在树上长时间不吃不喝，体内液体枯竭，加之风吹日晒，直至风干成木乃伊。不难想象，他当时是多么有毅力呀！

九华山的近百座寺庙，我们除了就近看了化城寺、百岁宫外，还去看了散布在山上的几座中、小型寺庵，见到了不少和尚和尼姑，且看到他们在一起诵经做佛事，这是在其他寺庙很少见到的现象。

“不到天台，等于白来。”这个“天台”指的是天台寺，位于天台峰与玉屏峰之间的天台正顶，始建于宋，因为地藏王曾在此修炼，故又称“地藏寺”。这里有一尊九华山镇山之宝——铜铸独角兽谛听，重达250公斤，是17世纪明朝皇帝所赐。

据说这谛听（意为“仔细地听”）原是一只忠诚于主人的白犬，金乔觉从新罗国到九华山修炼时，它一路伴随。金乔觉在九华山坐化后，白犬随其而去，葬于地藏王旁边。

大家可能看过中国古代四大名著中的《西游记》吧。在这部著作中，真、假美猴王的故事写得很精彩。两只一模一样的猴子难辨真假，就连观世音菩萨也被难住了。真假猴王便去找地藏王菩萨讨公道。还没等地藏王开口，他的爱犬谛听就辨认出来了，从而被人们尊为“神犬”，人们认为它能“坐地听八百，卧耳听一千”。后来，人们将它视为吉祥物，其形象也被改得神乎其神：龙身、虎头、独角、犬耳、狮尾、麒麟足，因为这些都是祥瑞之兽。龙身代表吉祥，虎头代表智勇，独角代表公断力，犬耳代表善听，狮尾代表耐性，麒麟代表四平八稳，可见人们的想象力是何等丰富。

九华山不像黄山那样陡峭惊险，唐代诗人刘禹锡曾经赞九华山“奇峰一见惊魂魄”，可能他还未到黄山去看看什么叫真正的奇峰。由于九华山的寺庙大多建在山坡或山腰间，从这座寺到那座寺大都有蜿蜒崎岖的小路，即使上坡，亦不甚陡。我和爱人步行到小天台，上去后虽累得气喘吁吁，但歇一会儿便恢复了平静，下坡就比较轻松了。

九华山到处是松林竹海，闵园竹海达千亩之多。山风起时，松声竹韵，溪唱泉吟，雾走云散；刹那间，天气突变，山雨即来，淅淅沥沥，打着竹叶，唰唰作响，别有风趣。竹海附近，有一棵闻名遐迩的古松“凤凰松”。相传，此树植于1400多年前的南北朝时期，至今枝叶青翠，两股枝干一高一低，远看极像一只昂首欲飞的绿色凤凰，形象逼真，被视为九华山一宝。我们站在松前拍照，留作纪念。

由于九华山是中国四大佛山之一，每年举办的三大佛教节日香火旺盛。一是释迦牟尼诞辰节，即每年的阴历四月初八，是佛教最隆重的庆典活动。二是佛成道节，即阴历腊月初八，释迦牟尼成道之日。主要活动是煮腊八粥，自食或施舍，以报答佛祖一贯行善施舍的恩德。三是观音法会。一年有三个，即农历二月十九观音菩萨诞辰；农历六月十九观音成道日；农历九月十九观音出家日。每逢这三个日子，女子们相邀成群，到附近的寺庙烧香拜佛，求签许愿，祈求平安。

现作《九华山游后感》一首：

九座莲峰接太荒，千秋胜迹源初唐。

山重水复环崎路，佛来仙往聚青阳。

众生度尽证菩提，慈光普照润四方。

七尺身躯坐化去，转世菩萨地藏王。

歙砚牌坊臭鳜鱼

歙（shè）砚、牌坊、臭鳜鱼，是我到安徽歙县所见的“三宝”。

皖南的歙县隶属黄山市，东南与浙江接壤，西北与黄山搭界，从黄山乘车约一小时即可到达。一路上看到，该县丘陵起伏，溪谷纵横，许多村落的房屋仍保留着明、清时代的风格，而且牌坊、石碑等古建筑甚多，令人好奇。

歙县历史悠久。秦朝设县，宋代在此设徽州府，府、县同城达400多年，成为徽州政治、经济、文化中心，是徽州文化、徽商、徽剧、徽菜的发祥地，也是文房四宝之徽墨、歙砚的主要产地。1986年，被国务院命名为“国家历史名城”。后又获得“中国徽墨之都”“中国歙砚之乡”“中国徽剧之乡”“中国牌坊之乡”等荣誉称号。

我们首先去参观歙砚制造厂，可惜去得晚了些，车间已经下班，只好去参观陈列馆。几百种展品琳琅满目，各种砚台大小不一，形状图案各异，令人目不暇接。据介绍，歙砚以石质坚韧、润密著称国内外，是我国砚台中的上品，与广东的端砚、甘肃的洮砚并称“中国三大砚”。

歙砚的突出特色在于雕刻上具有浓郁的徽派风格，浑厚朴实，刀法刚健，花式多样。雕刻的图案多取于当地的黄山胜景、新安江风光、江南小桥流水、历史名人逸事、神奇神话传说等，方方有美景，块块有故事。

参观“许国牌坊”

从工厂出来后，我们便去参观远近闻名的“许国牌坊”。

这座牌坊位于县城阳和门东侧，跨街矗立，建于明万历（神宗朱翊钧年号）十二年（1584年），是当朝武英殿大学士许国衣锦还乡所建，故又名“大学士坊”，俗称“八脚牌坊”。

据介绍，歙县人许国是明代嘉靖年间的进士，系嘉靖、隆庆、万历三朝重臣。万历十一年升为礼部尚书兼东阁大学士，随后加封太子太保，授文渊阁大学士。万历十二年九月，许国在参与平定云南边境叛乱决策中有功，受到万历皇帝“加恩眷酬”，晋升为少保，并封为武英殿大学士，特赐许国四个月假期，回老家造一座牌坊光宗耀祖。

据说许国回到歙县后，全县轰动，认为许国高升是歙县人的荣耀。至于造一座什么样的牌坊，当地达官乡绅众说纷纭，莫衷一是。因为按照传统规定，一般臣民只能建造四脚牌坊，只有皇室家族才能建八脚牌坊。且歙县由于达官贵人、乡绅大贾较多，四脚牌坊到处可见，如果许国也建一座四脚牌坊，很难体现他的官高位显。

许国听后，认为此议有理，思来想去，便有了主意——“先斩后奏”，将八脚牌坊建起来再说。

就当时来说，建筑这座石料牌坊工程浩大。石坊南北长11.54米，东西宽6.77米，高11.4米，总面积78.13平方米，所用石料全部是质地坚硬的青色茶灰石。8根石柱每根50厘米见方，7米多高。石柱、梁枋、斗拱、栏板等都采用整块石料，每块重达四五吨。整座石坊由八柱四面围合，形成三楼冲天柱式，粗壮厚实，坚固无比。石坊四面台基上，蹲坐着12只形态各

作者（左 1）在歙县许国大学士牌坊前合影

异的石狮，威风凛凛。

我们在石坊内外看到，石坊上均雕刻着精美图案或相关文字。如牌坊南面内、外侧，分别雕刻着“巨龙腾飞”“英姿焕发”；东面内、外侧是“鱼跃龙门”和“三报喜”，“三报喜”喻指许国在万历年间三次升迁；西面内、外侧是“威凤祥麟”“龙庭舞鹰”，“舞鹰”暗指许国身居武英殿大学士高位。石坊的正面刻有“上台元老”“大学士”“少保兼太子太保礼部尚书兼武英殿大学士许国”等字样，均出自明代大书法家、美术家、文物鉴赏家、礼部尚书董其昌之手。

许国建造这座牌坊，从策划、选址、设计、选材、雕刻、建筑到竣工，耗时八个月。据说在后四个月中朝廷曾传旨让他回朝，但他直到完工后才回朝复命。由于超假时间较长，他上朝时长跪不语，似乎无颜面见皇上。万历皇帝责道："朕给你四个月假期回家造牌坊，为何延为八个月？依朕看，别说四脚牌坊，就是八脚牌坊也造好了。"

许国一听，大喜过望，口呼"万岁圣明"，奏称"谢主隆恩，臣建的正是八脚牌坊"。皇帝听了哭笑不得，因皇上金口玉言，说出去的话不便反悔，这也是许国想要的结果。就这样，许国所建的八脚牌坊也就合法化了。据说这是在封建社会我国仅有的一座为旌表卓越功勋、忠孝节义所立的牌坊，1988年被国务院批准列入全国重点文物保护单位。

品尝臭鳜鱼

我到国内外旅游，每到一处，总要打听当地有何特产，如果是吃的，总会尝一尝。如云南的"过桥米线"，上海城隍庙的"小笼包"，西安的"羊肉泡馍"，四川的"麻辣火锅"，广东番禺的"姜汁奶"，海南三亚的"椰子鸡"，江苏昆山的"奥灶面"，浙江绍兴的"臭豆腐"，等等。

那天在歙县，晚餐吃的全是当地特色菜，如肉丝炒春笋、油炸臭毛豆腐、红烧新安江鲤鱼、风味臭鳜鱼等。

臭鳜鱼一上桌，的确臭味扑鼻，那是在32年前我第一次吃臭鳜鱼。当时想："鱼都臭成这样了，怎么还能做着吃？岂不咄咄怪事?"经店家介绍，这才敢于下筷。

夹一块鱼肉仔细观察，只见鱼肉细腻，肉色白里透粉，放到嘴里，口感滑嫩，略有一点咸，臭味全无，剩下的只有鲜了。正如店家所说："闻起来臭，吃起来香。"与北京的"王致和臭豆腐"是一个道理。

关于鳜鱼，我并不陌生，因过去常在北京八一湖和护城河里摸到鳜鱼，也在玉渊潭用活鲫鱼钓到过大鳜鱼，拿回家不是清蒸，就是红烧，但从未吃过臭鳜鱼。

鳜（guì）鱼，生活在我国各地的河流湖泊中。鱼身侧扁，脊背隆起，有一排坚硬锋利的尖刺，嘴大鳞细，成年鱼呈青黄色，浑身有不规则的黑色斑纹，性凶猛，以活鱼虾为食，所以肉质鲜嫩，为我国淡水名贵鱼之一。古人有“西塞山前白鹭飞，桃花流水鳜鱼肥”之美句。

关于徽州臭鳜鱼的来历，我在歙县听到两种说法。

一种是“亲情”说。据说在200多年前，徽州一青年男子到长江沿岸的城镇打工。两年后，他在桃花盛开鳜鱼肥的季节，买了一些活鳜鱼放到木桶里挑着回家孝敬父母。由于路途遥远，交通不便，徒步七八天才能到家。途中鳜鱼慢慢死去。为防变质，他买了一些咸盐，在木桶里一层鱼一层盐码好，而且经常翻动，以便透气。到家后发现死鳜鱼虽有轻微异味，但鱼鳃依然发红，鳞不脱，肉未变。其父母剖肚剔鳃，洗净下锅，用热油稍煎，加上干徽菜和作料，细火烧炖。烹制好的臭鳜鱼闻着虽仍有点儿臭味，但鱼肉紧实，白如蒜瓣，味道鲜美。此事传开后，徽州、屯溪一带的鱼贩也用此法到铜陵、贵池等沿江城镇贩运鳜鱼到家乡高价出售，“臭鳜鱼”逐渐成为徽州地区的一道脍炙人口的美味佳肴，一直延续至今。

另一种“将错就错”说。据说早些年前，徽州调来了一位姓苗的知府，极爱吃鳜鱼。但当地河流中不产鳜鱼，要吃就得到长江沿岸去买，步行肩挑需要七八天。

一天，衙役王小二雇了六七个挑夫到江边去收购活鳜鱼。在往回走的途中遇上了大热天，木桶中的鳜鱼因闷热而窒息。又走了一天，桶内竟然有了臭味。到了一家饭店住下后，王小二叫挑夫们刮鳞剖肚，去掉鳃和内脏，然后在鱼身上撒上食盐，以防腐烂。同时，他拿出几条发臭的鳜鱼让店家厨师放上作料煎烧，烹制好后大家尝了尝，没想到一致叫好，因风味独特，闻着臭，吃着香。

王小二与挑夫们回到徽州，没有忙着到衙门复命，而是将鱼直接挑到府前街一家餐馆里，向在该餐馆当厨师的大哥王老大说明了情况。王老大便与大家将所有死鳜鱼收拾干净，微火煎熟，配以姜、蒜、椒、笋、酒、酱等作料精烧细炖，并写了一条横幅"徽菜珍品风味鳜鱼应市，本店免费品尝"挂在店前，吸引了不少顾客前来品尝，无不称好。王小二端了一锅送给苗知府。苗知府一闻："哼，什么味？怎么有点儿臭味？"

王小二不惊不慌："老爷，您尝尝再说。"

知府用筷子一挑，鱼刺与鱼肉分离，鱼肉成块，犹如蒜瓣。夹一块放到嘴里一尝，又鲜又香。"好，好啊！风味鳜鱼，名不虚传。"从此，苗知府吃了还想吃，竟不再要吃鲜鳜鱼了。

王家兄弟也由此抓住了商机，在徽州府中心地带开了一家"风味鳜鱼馆"，生意十分红火。"臭鳜鱼"这道菜由此声名远扬，并登上了徽菜名菜谱。后来我在芜湖、安庆、桐城等地，也都吃过"臭鳜鱼"。20世纪90年代以来，安徽人在北京开了不少"徽菜馆"，我曾到离我家不远的两家"徽菜馆"吃过臭鳜鱼，但最地道的还是歙县臭鳜鱼。

歙县之行，时间虽短，但"三宝"给我留下了深刻印象，这正是：

歙砚墨客宠，牌坊八脚重。

臭鳜风味绝，三宝国人封。

色正芒寒包公祠

包公祠，是为祭祀北宋名臣包拯所建的祠堂。

我曾游览过两个地方的包公祠。一是河南开封包公祠，因为包拯曾任开封府知府，在开封审判过许多大案要案，被人们称为“包青天”；二是安徽合肥包公祠，因为合肥是包拯的出生地，也是他的葬身地。由于两次去过合肥包公祠，所以印象更深一些。

包公是我少年时期就十分崇拜的历史人物。那时候，父亲不止一次地给我讲过古代小说《三侠五义》中包公审案的精彩故事，以及包公不畏皇亲国戚，怒铡忘恩负义、杀妻灭子的当朝驸马陈世美，即著名传世名剧《铡美案》。长大成人后又看过有关包拯的书籍和戏剧影视剧，所以对包拯的人格魅力就更加崇拜了。

合肥包公祠，全称为“包孝肃公祠”，位于合肥南部包河公园里的香花墩上。历史资料记载，包拯，字希仁，北宋庐州合肥人，生于公元999年。宋仁宗天圣年间，29岁的包拯考中进士，曾任监察御史，京东、陕西、河北转运史，三司部副史，龙图阁直学士，开封府知府，御史中丞，三司使，枢密院副使等职。他一生清廉，刚直不阿，爱国爱民，深受人民爱戴。1062年，在北宋首都开封病故，被皇封为“东海郡开国侯”，追授礼部尚书，赐谥（shì）号（古代帝王、大臣等有地位的人死后追加的带有

合肥包公墓园

褒或贬义的称号）“孝肃”，以肯定他一生忠孝。

据介绍，包拯去世后的第二年，他的后人将其遗骨从开封运回合肥东郊安葬。明弘治年间（1488—1505年），庐州知府宋克明见包河上的一座小洲三面临水，竹树茂盛，环境幽静，便下令将此处的一座古庙拆除改建为“包公书院”，并将河中之洲命名为“香花墩”。明嘉靖十八年（1539年），朝廷御史杨瞻重修包公书院，并改名为“包孝肃公祠”，简称“包公祠”。

在清道光年间的太平天国时期，包公祠毁于战火。清光绪八年（1882年），与包公同是合肥人的直隶总督、北洋大臣李鸿章等人筹得白银2800两，重修包公祠，在原来的规模上增添了东西两院。中华人民共和国成立

后，当地政府也多次进行修葺。1987年，包拯的遗骨安葬于包公祠，并按北宋二品官礼制营造了“包孝肃公墓园”，供世人凭吊。

合肥包公祠由大门、二门、正殿、回栏轩、清心亭、留芳亭、廉泉亭、直道坊、轩和内外廊等组成。大门前有一座照壁，上写“包孝肃公墓园”，我和爱人在照壁前合影留念。

大门是三开间“八”字形建筑。大门正中上方悬挂着“包孝肃公祠”竖额；由黑漆木做的两扇大门上有一副红底金字对联，“忠贤将相”“道德人家”。东、西两边的侧门上分别写着“顽廉”“懦之”。“顽廉懦之”是一个古成语，意思是使贪婪的人廉洁，使懦弱的人立志。

正殿是包公祠的主建筑，面阔五间。殿内正中端坐着一尊铜色包拯雕像，高达三米，头戴长翅乌纱帽，身穿宋代官服，一手执笏（hù，古代大臣面见君主时手执的狭长板子，一般用玉或象牙制成），一手握笔，古铜色的脸庞神情严肃，一副刚正不阿、铁面无私的高大形象。王朝、马汉、张龙、赵虎四大护卫分立两旁。坐像上方横梁上，正中悬挂着“色正芒寒”大匾，两边是“节亮风清”“庐阳正气”匾额，氛围相当严肃凛然。

说来很有意思。当年李鸿章募银重修包公祠，在祠落成时，李鸿章写了一个匾额，拟挂大殿正中。不料，大殿中心位置被他的兄长、时任湖广总督的李瀚章捷足先登，挂上了“色正芒寒”的横匾。由于是兄长，李鸿章无奈，只好另写了一篇《重修包孝肃公祠记》刻在石碑上，我们去游览时见这座石碑置于正殿左侧。

正殿中引人注目的除了包拯雕像外，还有龙头铡、虎头铡、狗头铡三口刑具，每口铡刀长五六尺，寒气逼人。这是包拯任开封知府时皇帝赐给他的“上方宝铡”。龙头铡专铡犯罪的皇亲国戚，虎头铡专铡贪官污吏，狗头铡专铡恶霸劣绅，而且可以先斩后奏。在老百姓的心目中，这三口铡

作者夫妇瞻仰包公墓

刀是正义之铡。“色正芒寒”“节亮风清”“庐阳正气”，可以说是对三口铡刀的诠释。

正殿内的墙壁上镶嵌着一方包拯画像，上刻“宋包孝肃公遗像”。为何叫“遗像”？据说是包拯在任开封知府时请画师所绘。这方石刻遗像虽是清代临摹本，但却是包拯的真实形象。令人惊讶的是，遗像上的包拯不是传统的“黑脸包公”，而是一个白面儒生，额头上也没有日月阴阳眼。据包拯的后代们说，这才是包拯的真实尊容。

在参观包公祠中，有两通碑刻给我留下了深刻印象。一通碑刻的是《包拯家训》：“后世子孙仕宦，有犯赃滥法者，不得放归本家。亡殁之后，不得葬于大茔之中。不从吾志，非吾子孙。仰珙刊石，竖于堂屋东

壁，以诏后世。”包拯的这一“家训”，词正言切，大义凛然，不仅成为告诫家人、警示后人的戒律和训条，而且被载于《宋史》，成为千古名训。据说包拯后续37代，还真没有违法犯罪的。

另一通碑刻的是包拯进京赶考前写的一首明志诗，也是包拯遗留下来的唯一一首诗：“清心为治本，直道是身谋。秀干终成栋，精钢不作钩。仓充鼠雀喜，草尽兔狐愁。史册有遗训，毋贻来者羞。”“清心”即清廉，是治世的根本；“直道”即正直，是为人的准则。这就是包拯一生为官的行为准则。

包公祠内还陈列着从包公墓中出土的一些珍贵文物，以及其妻董氏、长媳崔氏、次子包绶、次媳文氏、长孙包永年等墓志铭。还有众多历代文人学士留下的大量碑记、楹联、匾额、诗词等。由于时间关系，未能一一记下，只记下了一副楹联。上联是“理冤狱，关节不通，自是阎罗气象”；下联是“赈灾黎，慈悲无量，依然菩萨心肠”。歌颂的自然是包拯。

包公墓很大，据说墓内安放着包拯的“墓志铭”和金丝楠木棺材，棺内安放着包拯的遗骨。我和爱人凭吊后在墓前合影留念。包公墓北侧，是包拯的夫人董氏及其子、媳等五座坟墓。整个墓园庄严肃穆，游人虽多，但很宁静，唯恐惊动早已安息的包大人。

包公祠之所以建在包河边，除了这是他的出生地外，还有一段历史传说。宋仁宗封包拯为龙图阁直学士时，还将半个庐州城赏赐给他。包拯说：“臣做官是为了国家和黎民百姓，不是为了请赏，所以我不要。”

仁宗一听，暗自高兴。但又觉得包拯忠心耿耿，为国为民贡献很大，不赏赐一点心里过意不去。便对包拯说：“那就把你们包家门前的那段河赏给你吧。”

包公想，一段河既不好分，也不好卖，有它富不了，也穷不尽，所以就“谢主隆恩”接受了，这条河也由此得名“包河”。令人称奇的是，在这条河湾中种的荷藕，不像其他地方的荷藕那样藕断丝连，而是掰断后基本无丝。人们说，这是因为包公铁面无私（丝），他家的藕也无丝（私）。从而有了“包老直道无私，竟及于物”之说。

在包公祠正殿东厢房里，我们认真看了《包拯生平简介》《包公办案图》和有关包拯事迹的图书。从中了解到包拯在36年的宦海生涯中，严于律己，清正廉明；刚直不阿，不畏权贵；铁面无私，执法如山；智破疑案，为民申冤；兴利除弊，爱民如子，从而被广大人民誉为“包青天”。

如在清正廉洁方面，包拯视廉者为“民之表也”，视贪官为“民之贼也”。他在南粤任职时为人民办了许多好事，离任时百姓送他一方端砚，他坚持不收，从而有了“端州掷砚”的清廉故事。1973年，合肥在清理包拯墓时，在包拯及其子孙的陪葬物中，仅有一方普通砚台而没有端砚，这也是包拯掷砚的佐证。

在执法如山方面，他视法无亲，怒铡犯罪的侄儿。在不畏权贵方面，无论官居何位，权势多大，只要胡作非为，他一律依法弹劾或法办；即使皇帝有错，他也敢于直面批评。他在任谏官的五年里，弹劾腐败官员达61人之多。例如，他弹劾了皇帝亲自提拔的贪官王举正；弹劾仁宗帝最亲信的太监阎士良监守自盗；四次弹劾皇亲郭承祐，并批评皇帝用人不当，甚至让皇帝下不了台。最有名的是他锲而不舍地扳倒了皇帝最宠幸的张贵妃的伯父张尧佐，并迫使仁宗帝作出了“后妃家庭成员今后不得出任国家军队要职”的承诺。因包拯的弹劾和建议有理有据，所以弹劾屡屡成功，并被皇上视为是对江山社稷有利的“大忠”，而不是只让皇帝高兴的“小忠”。

包公的故事还有很多，但我们所熟悉的“铡美案”却在正传中不见记

载，据说那个传说是虚构的。当然，虚构在小说中并不少见，为了突出故事的奇特和人物形象，虚构无可厚非，只是不写入正传，不算什么问题。

包拯为官一生，之所以赢得“包青天”的美名，是他具有极其鲜明的人民性。在那个视百姓为草芥的封建社会里，包拯无疑是最接地气的政府官员。他始终相信“民者，国之本也”。所以他一心为民，愿意为老百姓办实事，平冤情。他洞察秋毫，敢与皇帝论是非，勇与大臣论曲直，就连开封府敲诈勒索老百姓的收状纸小吏，他也严惩不贷。为百姓利益，他敢于碰“硬钉子”。开封是北宋首都，朝廷官员、皇亲国戚甚多，所以历来难治。包拯任开封知府后，发现一些皇亲国戚、达官贵人违法在运河上建庭院，影响了河水正常泄洪，以致洪水冲垮了百姓大片房屋。包拯便下令将运河口的违法建筑统统拆除。由于自身廉洁，要求合理合法，加之执法力度大，违法建筑很快被拆除，受到了开封人民的热烈拥护和衷心爱戴，所以百姓都念他的好。

包拯是“清官”的美名也是一传十、十传百地到处称颂，使他终于成为自宋代以来中国人记忆中“清官”的杰出代表。人们甚至还把越来越多的有关智慧、勇敢、廉洁的故事附加到他的身上，如“铡美案”“审乌盆”等，让他成为中国古代清官文化的一个显著符号，让他永垂不朽！

这正是：

是非存心正，亲疏执法同。

冷眼观宦海，今古几包公？

张辽威震逍遥津

逍遥津（津指渡口）是合肥市三大名胜古迹之一（另两处是包公祠和建在逍遥津公园教弩台上的明教寺）。《三国演义》第67回《曹操平定汉中地 张辽威震逍遥津》中的“逍遥津”，说的就是合肥的逍遥津。

由于本人酷爱阅读《三国演义》，且对既勇猛善战又很讲义气的张辽颇为钦佩，所以我对游览逍遥津很感兴趣。目睹魏国大将张辽率领7000军士在此打败了孙权率领的10万大军的战场，可以引起对三国诸多战事的回忆，尤其是这场逍遥津鏖战，创造了中国军事史上以少胜多的著名战例。

要谈逍遥津，必谈合肥城，因为逍遥津位于合肥城中。我对合肥的历史和这个奇怪的名字从不解到了解了个大概，深感合肥很不一般。

中华人民共和国成立后，合肥市成为安徽省省会所在地。司马迁所著的《史记》记载，合肥历史悠久，西周时期称“庐国”，战国时期属楚地，秦朝属九江郡，汉初建立合肥县，东汉初设合肥侯国，东汉末年曹操将扬州郡设在合肥，并很快成为曹魏的军事重镇，再后来被称为“庐州”。

“合肥”之名的由来大体有两种说法。一种是“施合于肥”说，来源于北魏地理学家郦道元所著的《水经注》：夏水暴涨，施合于肥。是说古施水（现在的南淝河）从施口流入巢湖，与古淝河（现在的东淝河）汇

合，所以叫“合肥”。

另一种是“合于一源”说。肥水发源于肥西县的鸡鸣山，向北流20里后分为两条河流。一条向南流去，从施口入巢湖。另一条向西北流200里入淮河，叫肥水。即两条河同发源于鸡鸣山，分开后向两个方向流去，最后“合于一源”，因巢湖与淮河相通，故称“合肥”。正如《尔雅·释水》所解释的：“归异，出同流，肥。”

合肥位于长江以北，淮河以南，战略地位十分重要，所以被历代战略家视为“江南之首，中原之喉”，或称“淮右襟喉，江南唇齿”。从历代战争看，不管是江南军队向北进军，还是北方部队控制中原，都必须夺取合肥。三国时期曹操与孙权为争夺合肥，反复鏖战了32年，我们从《三国演义》中就可以看出两军在合肥交战十几次。如53回“孙仲谋大战张文远”，结果东吴两战俱败，被张辽杀了宋谦、太史慈两员大将。后来发生的逍遥津之战，东吴败得更惨，孙权差点被张辽活捉。现在开放的逍遥津、藏舟浦、飞骑桥、救驾台、张辽墓等，都是三国遗迹。

东汉末年，孙权在长江北岸濡溪口建立了军事基地，作为东吴北门锁钥，即重要军事防守据点。濡溪口即今裕溪口，1968年4月我到安徽省安庆、宣城、芜湖等地出差时，从芜湖坐船过长江到裕溪口码头，然后乘火车路过巢湖到合肥。在船上就听当地老乡说，三国时裕溪口是孙权的屯兵处，他和曹操没少在这里打仗。

当时曹操在江北重兵据守合肥、和州、皖城（今潜山市），作为向南攻打东吴的基地。因此，魏、吴双方曾多次在这几个地方进行拉锯式激战。其中，东汉建安（汉献帝刘协第三个年号）二十年在合肥发生的逍遥津之战最为有名。

当年，曹操亲率大军西征取汉中，孙权认为合肥空虚，便起兵10万夺

合肥逍遥津张辽雕像前合影（左1为作者，中间为哈尔滨市商委姜汝娟处长，右为商业部王振荣副司长）

取合肥。据守合肥的魏军只有大将张辽、李典、乐进和7000将士，双方力量极为悬殊。在这紧急关头，张辽收到曹操差人送来的密函，内称“若孙权来，张、李二将军出城迎战，乐将军守城”。当晚，张辽根据曹操的密令，派李典率兵到逍遥津北埋伏，他亲自从7000名将士中挑选出800人组成敢死队，准备明日大战。

第二天凌晨，张辽披甲持戟，率领敢死队杀入已行至逍遥津北的东吴大军，与李典一左一右，奋勇冲杀，势如山倒，直杀到孙权的帅旗下。孙权大惊，与吕蒙、甘宁、陈武、徐盛等诸将逃往一座山丘，陈武战死，徐

盛负伤。这次大战从凌晨一直打到中午，张辽初战告捷，吴军纷纷退去，逍遥津北岸只剩下五支部队，张辽率军乘胜追击，同时分兵毁桥，以断吴军退路。孙权被围，情势危急，急令吕蒙、甘宁回救，甘宁拼命射箭抵抗，凌统带领300余骑与魏军血战，拼死将孙权救出。孙权、甘宁等逃到逍遥桥（《三国演义》中写的是小师桥），发现桥已被魏军破坏，只剩下两边的桥板，中间有一丈多空无一物，坐骑亦不敢向前。孙权惊得手足无措，仰天长叹："天灭我也！"部下让他骑马后退几尺，在马背上猛击一鞭，连人带马飞跃至南岸，脱离了危险。后人有诗曰：

的卢当日跳檀溪，又见吴侯败合肥。

退后着鞭驰骏骑，逍遥津上玉龙飞。

大将凌统见孙权飞跃桥南安全了，又回身与张辽部厮杀，手下300多人尽被魏军杀死，他也身中数枪，潜泳过河，逃到津南。津北的吴军被杀过半，余者由于桥断路绝，纷纷投降，大战结束。

逍遥津之战的胜利，曹操大为叹赏，封张辽为东征将军，李典增加采邑（古代诸侯分封给卿大夫的土地，包括在土地上劳动的奴隶）300户，乐进升为右将军。第二年曹操率兵攻打东吴路过合肥时，专门沿着张辽在逍遥津奋战过的地方走了一遍，每到一处都叹息良久！

公元225年，魏文帝曹丕在追念张辽时说："合肥之战，辽、典以步率八百，破贼十万，自古用兵，未之有也！"

古代淝水上的渡口逍遥津是块风水宝地，据说明朝曾被窦姓官僚占为己有，改名"窦家池"。清康熙年间又被一王姓瀚林据有，易名"斗鸭池"；到了光绪年间易主龚家兄弟，辟为私家花园，改名"豆叶池"。中华人民共和国成立后归为国有，建成逍遥津公园，供广大市民游览休闲，现已成为合肥市著名旅游景点。

逍遥津公园位于合肥市庐阳区寿春路。全园由天然水系分为东园和西园，占地31.3公顷，其中水面面积11.2公顷。东园的逍遥湖水域辽阔，湖中有三岛，各岛有凉亭；湖上有多座贯通各个景点的桥，如津渡桥、飞骑桥、北津桥、南津桥等，其中九孔津渡桥最大，长达71米。我们乘游船从中间穿过桥孔，到几个岛上游览。张辽全身披挂的骑马雕像也矗立在东园内，我与原商业部政策法规司副司长王振荣、哈尔滨市商委法规处处长姜汝娟站在张辽雕像前合影留念。而西园主要以各种植物为主，我们只到张辽墓看了看。

这座公园的标志性建筑是逍遥阁，共五层，高达22米。整座建筑采用多层重檐仿古结构，廊柱为古铜色，门窗灰黑色，可用“古色古香”来形容。一层进口处立有一块写着“逍遥阁”的牌匾；二层窗外有一圈横梁式回廊；顶层挑檐下置有一块黑底金字匾额，上面写着“吴魏遗踪”，“三国”意味很浓。站在阁的顶层四处眺望，各个景点的美景尽收眼底。

游览逍遥津，令人情不自禁地想到三国时期吴、魏在此发生的残酷战争场面。似乎看到了两军对垒，旌旗猎猎，硝烟弥漫，血流成河；似乎听到了战鼓咚咚，战马嘶鸣，杀声震天，枪击刀砍；站在张辽雕像前，自然会联想到他当年身先士卒，义无反顾，奋勇冲杀，排山倒海般地击败东吴大军；在飞渡桥边，孙权率领残兵败将，狼狈逃窜，鞭打战马，飞跃断桥的画面浮现在眼前，如此等等，令人叹息！

咏张辽：

立马横刀盖世雄，七千勇士震江东。

破敌十万惊四海，庐州威名属辽公。

江　苏

虎踞龙盘南京城

“钟山风雨起苍黄，百万雄师过大江。虎踞龙盘今胜昔，天翻地覆慨而慷。”这是1949年4月23日中国人民解放军占领南京，将胜利的红旗插到了伪总统府的门楼上后，毛泽东在北京香山双清别墅写的一首七律诗《人民解放军占领南京》的前四句。此诗风雷磅礴，豪气盖世，系经典之作。

南京，简称“宁”，江苏省省会城市。北靠滚滚长江，城西是苍茫万古的石头山，城东的钟山犹如一条巨龙向西延伸入城，由于山上有紫金色页岩，故又称为“紫金山”。

南京这个地方历史悠久，曾有10个朝代在此建都。战国时期，楚威王看到此地有帝王之气，心中不安，怕影响自己的帝王之位，便命人用黄金铸成金人，埋在钟山山陵中，并在石头山构建金陵邑，以镇压此地的“王气”，“金陵”因此得名。

据传，秦始皇统一天下后，也看出了“金陵”之地有帝王之气，便下令在此挖河，以“阻断”龙脉。所挖之河即现在依然存在的秦淮河。秦始皇还把“金陵”改名为“秣陵”，意为这里只生长喂牲口的草，并非“金”陵。

然而，南京的“王气”并未被“金人”镇压，也未被秦淮河阻断，反而成了十朝帝王城。公元229年，东吴孙权在此建都，名为“建业”。诸葛亮看了建业的地势后曾说："钟山龙盘，石头虎踞，此帝王之宅也。"《英烈传》一书第134回有："我看金陵，乃龙盘虎踞，真圣主之都。"从此，"虎踞""龙盘"成了南京的特指词。

东吴之后的东晋（317—420年）和南朝（420—479年）的宋、齐、梁、陈四国相继在此建都，改"建业"为"建康"。唐朝之后的"五代"时期，南唐定都金陵，这个小国从937年建国，到975年被北宋所灭，存世只有38年，后主李煜被北宋毒杀。北宋时改名为"江宁府"，南宋又改为"建康府"，南宋名将岳飞曾在这里的牛首山一带大败金兵。

1356年，朱元璋攻占南京，改名为"应天府"。1368年，明朝建立后定都应天府。1402年，朱元璋的四儿子、燕王朱棣夺取侄子朱允炆的帝位，在应天府称帝，即明成祖，1421年迁都北京，南京作为"留都"。

到了清朝，将"应天府"改名为"江宁府"。1853年，太平军攻陷江宁府，建立太平天国，定都南京，改名为"天京"。1912年，孙中山领导的"中华民国"临时政府在南京成立。1927年4月18日，南京国民政府正式成立，定都南京。1937年12月13日，南京沦陷，日军在南京进行了40天的大屠杀。1945年日本宣布无条件投降后，国民政府于1946年5月从重庆还都南京。1949年4月23日，南京解放，真正回到了人民手中。1953年1月1日，江苏省人民政府成立，定南京为省会。

以上是南京历史的大体脉络。

我曾四次去过南京。1966年我作为济南军区的国庆观礼代表，观礼结束后，我们乘专列从北京到武汉、韶山、南昌、井冈山、上海、南京等地参观。在南京，我们参观了雨花台烈士陵园、中山陵、梅园新村、玄武湖，以及南京无线电厂等几家工厂。在南京军区首长宴请解放军国庆观礼代表的酒宴上，我有幸去给国防部副部长、南京军区司令员许世友上将敬

酒。对此，我专门写过一篇文章《我给司令敬杯酒》，并作《满江红·名将许世友》一首："仪表堂堂，看气度、翼德再世。年尚少，习武少林，昂然入伍。雪山草地踏血路，挥戈跃马鏖战急。担道义，统兵灭倭寇，功卓著。 山河复，未停息；蒋作乱，内战起。率威武之师，横扫熊罴。全胜封侯区司令，强军爱民卫疆土。忠与孝，无愧天和地，亿民誉。"这篇文章已收录到《春华秋实·曹进堂文集》一书的下集中。

1993年10月，我第三次到南京时，除再次游览了梅园新村、中山陵外，还游览了南京长江大街和秦淮河。另两次去南京，主要是调研和参加会议。

现简要谈谈我参观游览过的几个景点。

雨落为石雨花台

位于南京城南的雨花台，是一座以自然山林为依托，融自然风光和人文景观为一体的名胜景区。这里既有传奇色彩的故事，又是革命志士的殉难地，中华人民共和国成立后，被辟为"雨花台烈士陵园"。

我们去瞻仰革命烈士的那天上午，空中下着淅淅沥沥的小雨，似乎在为十万忠烈哭泣！

我们一行人打着雨伞或披着雨衣，沿着一条小路往深处走去。路两边是青翠的竹林，竹姿婆娑，端直挺秀，近显远隐，疏密得体。我们边走边观竹景，赏竹形，听细雨的落叶声，别有一番雅趣和激情。可谓是"竹径条条通出处，游人处处画中行"。

到了"天降雨花"区，入口处的照壁上刻着"天降雨花"四个大字，系南京著名佛寺栖霞寺住持隆祖法师所书，字字神韵十足。

相传，早在三国时期（220—280年），这座山林名为“石子岗”。由于山岗遍布五彩斑斓的石子，颗颗晶莹如玛瑙，因而又称“玛瑙岗”。

东晋（317—420年）之后的南北朝时期（420—589年），佛教盛行。南朝梁武帝萧衍（502—549年在位，即电视连续剧《琅琊榜》中描写的杀人不眨眼的皇帝）极为崇信佛教，不仅三次舍身同泰寺，而且将佛教定为“国教”，大兴土木，兴建寺院。《南史·郭祖深传》记载：“都下佛寺五百余所，穷极宏丽。僧尼十余万，资产丰沃。所在郡县，不可胜言。”“都”指当时的首都建康，即现在的南京。唐代诗人杜牧在《江南春绝句》中描写的“南朝四百八十寺，多少楼台烟雨中”，如实地反映了当时佛教盛行的景象。

南朝时期的雨花台一带，亦是寺庙林立。当时一位名叫云光的高僧在

石子岗上设坛，向500多名僧侣讲经说法。云光法师讲得精彩，僧侣们听得入神，连续数日，听众越来越多，以致感动了上苍，天降雨花，落地成石，众人抢拣，称其为“雨花石”，“雨花台”也由此得名。

雨花台是南京城南的一处战略要地，在历代战争中，谁占领了这个制高点，谁就占了上风。所以，雨花台历来是兵家必争之地。不幸的是，在新民主主义革命时期，尤其是1927年蒋介石制造的“四一二”反革命大屠杀后，雨花台竟成了国民党反动派屠杀共产党人和革命志士的刑场，据说在这里牺牲的革命人士达10万之多，留有姓名的就有2400多人。那天我们集体在为国捐躯的革命烈士就义处鞠躬默哀，深情悼念！

陵园的工作人员介绍说，雨花台的雨花石晶莹剔透，五彩缤纷，被誉为“天赐国宝”。那些红色雨花石，是用革命烈士的鲜血染红的。于是，我们冒雨到处寻觅雨花石。可能是雨淋的缘故，有些雨花石被雨水冲得很光滑，所以比较好找。我捡了七八块，其中一块略显红色，我如获至宝。我把这些“宝贝”带回连队后，结果被战友们瓜分了，我只留下那块略带红色的，在向各部队作国庆观礼报告时进行展示。

游览雨花台后，我曾作一首小词：**《谒金门·南京雨花台》**：“雨淅沥，苍天花落泪滴。五彩斑斓奇石子，玄妙在何处？ 先烈慷慨就义，英灵碑林留住。凝精屏气瞻忠祠，正气永激励！”

梅园新村的风范

南京的梅园新村是著名的红色旅游胜地。它之所以出名，是因为1946年5月至1947年3月，周恩来率领的中国共产党代表团住在这里，与国民党反动派进行了近一年的谈判，为中国人民的解放事业做出了不可磨灭的贡献。

梅园新村位于南京市中山东路，离伪总统府不远，便于双方谈判。从外表看，不过是几个普通宅院，梅园新村30号院是当年周恩来、邓颖超夫妇办公和居住之所。这里有三座不太大的二层楼房。主楼一层是办公室、会客室、寝室等。在周恩来的住所里，还摆着他和邓颖超在雨花台捡的几块雨花石。二层是机要科。当时，周围布满了国民党特务，31号院就是特务监视站，且与中共代表团的董必武、李维汉、廖承志等领导同志住的35号院相通，时刻监视中共代表团的一举一动。

为了防备敌特监视和破坏，代表团将自己住处的院墙加高了一倍，堵死了与31号特务监视站相通的大门，并在院落两边加盖了两座平房，挡住了31号院特务的监视视线，同时加强了其他保卫措施。这样，鹰犬般的特务虽然无时不在代表团驻地附近蹲守和侦探，但很难探得代表团的相关情报。

梅园新村17号院是中共代表团办事机构所在地。在参观中，当年周恩来外出谈判乘坐的美国别克小轿车特别引人注目。这辆车牌号为“京1645”的轿车当时是从上海购买的，主要是为了谈判工作的需要。驾驶这辆汽车的司机名叫段廷，他不仅开车技术好，而且办事非常机灵，多次甩掉了国民党特务的跟踪，保证了中共代表团领导同志的人身安全和按时参加谈判。

在参观中还看到了其他一些文物，如周恩来给国民党高级将领陈诚的信，中共代表团给雷洁琼女士的《请柬》，董必武阅读的《总理遗教全集》（“总理”指的是孙中山），以及周恩来、邓颖超和代表团成员的工作、生活用具等。

通过参观，深深感到周恩来，董必武等老一辈无产阶级革命家对党、对人民的忠诚和对敌斗争的坚韧不拔，深深感到当时国共两党斗争的尖锐和复杂，深深感到我们的幸福生活来之不易。“没有共产党就没有新中国”，这是千真万确的事实和真理。

后来我曾写过一首词：《**碧桃春·参观梅园新村**》：“针锋相对近两春，原则不让分。舌枪唇剑激辩，蒋家羞无门。 避内战，正气凛，何惧鹰犬蹲？风云突变战事紧，对策有经纶。”

浩气长存中山陵

中山陵，即孙中山先生的陵墓，位于南京东郊紫金山麓，其陵墓及牌坊、墓道、陵门、石阶、碑亭、祭堂、墓室等都安排在一条中轴线上。整个陵区建筑群布局严谨，气势恢宏，苍松翠柏，布满山岗，步入其间，肃然起敬。

我们对孙中山先生并不陌生。我以前就看过他的传记，并买了《孙中山与宋庆龄》一书，对他所从事的民主革命生涯有一些了解。孙中山于1866年11月12日出生于广东省香山县（现为中山市），名“文”，字“逸仙”，号“中山”，是中国近代著名的民主革命家、政治家和思想家。他从青年时代就冒着生命危险，为推翻腐朽没落的清政府奔走呼号，顽强斗争。他提出的“联俄、联共、扶助农工”三大政策，以及所提倡的“民主、民权、民生”三民主义，对改变旧中国的落后面貌具有积极意义。可以说，他在革命道路上是摸索前行的一生，斗争的一生，鞠躬尽瘁的一生。

1925年3月12日，孙中山先生病逝于北京，年仅59岁。他生前曾有遗嘱：“吾死之后，可葬于紫金山麓。因南京为‘临时政府所在地，所以不忘辛亥革命也’。”由此可见，中山先生临终都不忘革命初心。

中山先生的陵墓于1926年3月12日奠基，1929年5月竣工。孙中山的遗体于5月28日运抵南京，6月1日安葬于中山陵。

中山陵建筑面积8万多平方米，其中陵园面积就达3000公顷。我们到陵园门前下汽车后，首先映入眼帘的是一座白色花岗岩牌坊，刻有中山先生的手书“博爱”二字。穿过牌坊是长375米，宽70米的墓道，墓道两侧青松翠柏，前面是覆盖着蓝色琉璃瓦的陵门和碑亭。过了陵门，是直通祭堂的392级花岗岩台阶，象征着当时全国的三亿九千二百万人口。台阶由下而上建在山坡上，高差为73.33米，站在山坡下的牌坊向上遥望，中山陵墓宛若一座白色自鸣钟。

走到台阶最高处，平台上有两座华表，后面是供奉着中山先生坐像的祭堂。祭堂后是二重墓门，独扇铜制墓门上镌刻着“孙中山之墓”，门上方的横额为“浩气长存”。

二重门后是圆形墓室，墓室正中又是圆形石塘，石塘中央才是长方形墓穴。墓穴中安放着用汉白玉雕成的孙中山先生的卧像，据说卧像下五米处安葬着孙中山先生的灵柩，外面用特制钢筋混凝土密封。瞻仰者只能站在墓穴周围的白栏杆外俯视孙中山先生的雕像，想象棺内孙中山先生的遗容。

孙中山先生是中国民主革命的先驱者，我从几本书中看了他的奋斗史后，他的人格魅力在三个方面令我十分崇敬。

一是“爱国如命”的精神。他说：“我为革命始终奋斗，鞠躬尽瘁，死而后已！”直到逝世前还留有“和平、奋斗、救中国”的遗言。

二是百折不挠的顽强意志。中山先生在革命生涯中虽屡遭失败，曾被通缉，坐过牢，但他从不言败，坚信自己所从事的革命事业“顺乎天而顺乎人”，纵然暂时失败，未来定会成功。

三是“天下为公”的博大胸怀。中山先生首开中国历史之先河，坚持把“中华民国之主权属于国民全体”写进了《中华民国临时约法》。他再三强调：“人民所做不到的，我们要替他们去做；人民没有权利的，我们要替他们去争。”我认为这是他最具人格魅力的一面。

令人自豪的是，我这一生有幸参加了一次纪念孙中山先生的诞辰活动。1986年，我在中华人民共和国商业部工作时被评为优秀共产党员。因此，部里让我出席了首都各界人士于1986年11月12日在北京人民大会堂隆重举行的“孙中山先生120周年诞辰纪念大会”，中央主要领导同志出席并作了长篇讲话，颂扬孙中山先生为中国民主革命事业做出的卓越贡献。中山先生的后人也从世界各地齐聚北京，参加了这次纪念活动。中国集邮总公司还专门为出席会议的代表发了一枚“纪念封”，八分钱的邮票上印着孙中山先生的遗像，并盖有专门设计的“天下为公”印章，很有纪念意义。

我曾写过一首词：**《太常引·参谒中山陵》**：“众星捧月萦墓陵，石阶四百层。山静鸟林空，先行者，长眠棺晶。 前坊后堂，博爱泛光，白玉卧像雄。浩气天地虹，唤民众，天下为公。”

苍茫万古玄武湖

游览玄武湖，令人眼花缭乱，也许是景物纷繁的缘故。

玄武湖位于南京市中心，据说是江南最大的市内湖泊，与杭州的西湖、嘉兴的南湖并称“江南三大名湖”。

玄武湖古称“后湖”“北湖”。由于该湖位于紫金山之阴，人们对山背后的湖泊一般称为“后湖”。“北湖”之名则是因为该湖位于“六朝”京城之北。而“玄武”二字是“北方之神”之意。根据古人对“二十八宿”的注释，中国神话故事中“玄武”是“四神”之一。“四神”是苍龙、白虎、朱雀、玄武，分别代表东、南、西、北四个方位，其中“玄武”的形象是龟与蛇的复合体。因此，玄武湖就是“北湖”的意思。

据介绍，六朝时期，玄武湖与长江相通，湖的周长达20公里，面阔水深，因而成为帝王操练检阅水军的重要场所和皇家园林。到了北宋，将南京改为江宁府，北宋政治家王安石任江宁府府尹时，为了扩大粮食生产，积极推行“废湖还田”政策，奏请宋神宗批准，泄湖得田，玄武湖从此消失了200多年。王安石曾在《忆金陵》一诗中写道：“覆舟山下龙光寺，玄武湖畔五龙堂。想见旧时游历处，烟云渺渺水茫茫。”后经元朝两次疏浚才复见天日。明朝在南京建都后，朱元璋在玄武湖建“后湖黄册库”，相当于现在的“中央档案馆”，从此成了皇家禁地，与外界隔绝了300多年。

到了清朝，为避康熙皇帝的“玄烨”名讳，将玄武湖改名为“元武湖”，康熙、乾隆二帝南巡时都曾到此游览，并留下了传世诗句。如康熙写的《望后湖》五言绝句：“淼淼长湖水，春来发绿波。飞鸣下凫雄，朝

暮集渔蓑。”乾隆在七绝《后湖即景》中写道：“太平门外进兰舟，元武湖中撰胜游。欸乃渔歌出芦渚，冶怡花影漾沙洲。”

清同治年间，两江总督曾国藩和朝廷重臣左宗棠先后对玄武湖进行了重修扩建，清光绪年间被辟为“五洲公园”，1934年被改回“玄武湖”原名。

玄武湖呈菱形，湖面约5平方公里，周长达15公里。湖的周围设有不少古门。西、南两面，紧临明代城墙，西以宣武门、南以解放门为出入口，解放门是古代的阅兵台。湖东南角的太平门在明朝是应天府的北门；湖西北角的神策门建有瓮城和门垣，左右各有门洞，我们就是从这座门进玄武湖游览的。

在浩渺的玄武湖水面上，坐落着五个被称为“洲”的湖心岛，即环洲、梁洲、樱洲、翠洲、菱洲。最大的环洲面积达127700平方米，最小的翠洲也有65900平方米。

这五个“洲”各有特色。环洲因形如玉环而得名。岛上有不少名胜古迹，如喇嘛寺、诺那塔、风荷苑、米芾拜台（“米芾”系宋代著名书画家、鉴赏家、美术理论家、诗人，曾入朝廷任太常博士、书画学博士、礼部员外郎）等。

梁洲，因南朝梁国太子昭明曾在此岛上建梁园而得名。岛上有湖神庙、铜钩井、闻鸡亭、览胜楼等古迹。翠洲得名于岛上翠竹成片、雪松如盖、翠色满眼，简直是“翠”的岛屿。菱洲因盛产菱角而得名。樱洲则以遍植樱桃树，盛产个大味美的樱桃得名。每到春天，樱桃花开，一片绯红，如火似霞，故有“樱洲花海”之称，且这里的樱桃是朝廷贡品。据说，南唐灭亡初期，后主李煜被北宋囚禁在这座岛上，后被掠走，将其毒杀。

由于玄武湖历史悠久，名胜古迹众多，古往今来，逐步总结出了以下十大美景：五洲春晓、侣园馨风、莲湖晚唱、台城烟柳、古塔斜阳、九华朝晖、鸡鸣晚钟、西堤秋月、月湖笙歌、古墙明镜。

玄武湖虽大面阔，但湖中的“五洲”筑有堤桥，并有若干游船，交通便利。泛舟湖上，湖光山色交相辉映，十朝古迹触景生情，顿生苍茫万古之感，令人生出些许诗情：

尽赏五洲似离宫，放浪杨柳动春风。

十朝旧事凭谁问？千顷清波齐发声。

夜泊秦淮近酒家

到南京，我想去看看秦淮河的原因有两个：一是晚唐诗人杜牧的《泊秦淮》七言绝句，以凄冷的诗句感动了我，也是我最青睐的古诗之一；二是《历代女杰传奇》中描写的明代传奇女杰董小宛、李香君在秦淮河发生的凄美故事，令人印象深刻。既然到了南京，不去看看自己喜欢的作品故事发生地，岂不遗憾。

秦淮河是长江的支流，是南京市内最大的河流。由于历史悠久，逸闻趣事较多，曾被称为“中国第一历史文化名河”。千百年来，秦淮河哺育着十朝古都南京，“锦绣十里春风来，千门万户临河开”。河两岸商业服务业和文化事业十分发达，一派繁华热闹景象。南唐后主、著名词人李煜被北宋劫掠到汴京（开封）后，在狱中所作的《浪淘沙》一词，还念念不忘自己的国都金陵和秦淮河：“想得玉楼瑶殿影，空照秦淮。”唐代诗人李白对秦淮河的繁荣更是赞赏有加：“六代更霸王，遗迹见都城。至今秦淮间，礼乐秀群英。”当然，对秦淮河的描写，最出色的当数杜牧的《泊秦淮》：烟笼寒水月笼沙，夜泊秦淮近酒家。商女不知亡国恨，隔江犹唱后庭花。

作者用两个“笼”字，把秦淮河夜色的烟、水、月、沙和谐地融合在一起，传神地描摹出月夜水畔淡雅清冷的色调。在华灯高上时分，他在靠近酒家的地方停泊，看到了灯红酒绿背后那凄清的一面，那就是“商女不知亡国恨，隔江犹唱后庭花。

“商女”即歌女。《后庭花》是南朝陈国亡国之君陈后主所作的曲子。陈后主名“叔宝”，善于作曲制乐，选宫女千余习而歌之，君臣酣饮欣赏，通宵达旦，习以为常。当时隋军陈师江北，一江之隔的陈国小朝廷危在旦夕，而陈后主依然沉湎声色，直至国家灭亡。杜牧用“隔江犹唱”四个字，巧妙而自然地将陈国灭亡的历史、晚唐的现实和对未来的隐忧连接在一起，意味深长。后来，这首《后庭花》便成了亡国之音的代名词。

《泊秦淮》一诗用语极为简练，描绘极有立体感，读来极有余味，所以被称为杜牧绝句的代表作。清代礼部侍郎、诗歌评论家沈德潜在《唐诗别裁集》中赞赏此诗为“绝唱”。我之所以喜欢这首诗，原因也在于此。所以到南京后，我便到最繁华的夫子庙一带去见识“泊秦淮”之地的风景。

如前所述，我想去看秦淮河的第二个原因是，先前看过一些描写明清时期发生在秦淮河的传奇故事，如青楼歌女董小宛、李香君等。

明朝初年，太祖朱元璋设立官方妓馆“富乐院”，由政府管理。但同时规定，“富乐院”只允许往来商贾出入其中，而朝廷命官和各级衙门公人严禁入内。但明朝中叶以后，国家政纲松弛，腐败之风盛行，各级官吏嫖娼狎妓甚至娶妓为妾者比比皆是，导致社会上各类娼家林立，据说南京秦淮河上被称为“河房”的每条船上都有“船娘”（妓女），一年四季，热闹非凡。出类拔萃的名姬董小宛、李香君就生活在这个混浊复杂的环境里。

明末清初，名士以得名妓为风雅，名妓以识名士为知音，几乎成为时尚。因为自视清高的名士能得名妓为妻或为妾，是能力与实力的体现。而

名妓大都对琴棋书唱无不精通，加之容颜过人，无不渴慕找到一个才艺相通的文化名人为知音，以求脱贱从良，过上正常的爱情生活。因此，在明末及清，名士与名妓结合的屡见不鲜。如名满吴越、人称“天涯神女”的柳如是与明代万历年间的进士、礼部右侍郎、史学家、江南文学领袖钱谦益的结合；容貌倾城、才艺过人的秦淮歌女董小宛与清初著名文学家、书法家冒襄的结合；多才多艺、天姿国色的秦淮名妓李香君与清初文学家、风流倜傥的才子侯方域的结合等，传为历代佳话。

16岁的董小宛与29岁的冒襄冲破重重阻力，排除各种干扰，几经周折，终成眷属，婚后感情也很真挚。冒襄在战乱中患病不起，卧床五个月有余，小宛不离左右，精心侍候，直到病愈。清顺治（世祖福临年号）八年（1651年）元旦，董小宛因病归天，年仅28岁。41岁的冒襄悲恸欲绝，遵小宛遗嘱，将其葬于影梅庵，与梅花做伴。冒襄面对“香炉茗宛，指拭无人，残目晓风，彷徨四顾”，写下了数千言的《影梅庵忆语》，悼念亡姬董小宛，文字缠绵悱恻，十分感人。

刚直不阿、疾恶如仇的青楼女子李香君与文思泉涌、出口成章的江南才子侯方域婚后的悲欢离合故事，更具传奇色彩。李香君对爱情忠贞不二，侯方域在外避难期间，她在家不怕威胁利诱，不畏强抢硬夺，拼死抗击权奸，血溅定情诗扇，维护自身名节。对丧失名节、甘愿投清为官的丈夫侯方域，无情地进行了鞭挞。清康熙年间的户部主事、著名戏剧家、孔子第64代孙孔尚任以此故事，写出了名剧《桃花扇》，历朝历代，久演不衰。20世纪80年代初，我在电大学习古代文学时，专门学习过这部传世之作。

我参观的秦淮河是最有代表性的夫子庙前那一段。早在东晋咸康（晋成帝司马衍年号）三年（337年），在这里建了一所太学学宫，据说是中

国历史上的第一所国家级最高学府，主要培养治国人才。北宋景祐（宋仁宗第三个年号）元年（1034年），在太学学宫前建了一座规模较大的孔庙，后称“夫子庙”，祭祀孔老夫子，传播先圣先贤的儒家文化。

夫子庙前便是秦淮河，走过一座桥，是一片明清建筑，这里就是旧时的“红灯区”。在朋友的引领下，我们去看了李香君的故居“媚香楼”。那是一座三进两院式宅院，左为秦淮河上的文德桥，右为来燕桥，南望乌衣巷，北依夫子庙。李香君的居室在二层小楼上，室内陈列着一些与李香君有关的绘画、书法、楹联、篆刻等作品，看后令人产生无限遐思，《桃花扇》中李香君的形象一幕幕地显现在眼前。

秦淮河上的那座文德桥，建于明代万历年间。明朝建立后，朱元璋在夫子庙东侧建了一座国学学府“南京国子监”，又称“贡院”，并作为国家科举考场。每到科考年份，考生云集，大都住在秦淮河南岸的住宅区，带动了当地商店、饭店、酒楼、茶馆等服务业的发展，青楼也应运而生。

为了便于考生进出贡院考场和居住，在秦淮河上建了一座桥，并起了一个颇有讲究的名字“文德桥”。不知哪位文人墨客撰一对联：上联“文之有德，诗之有德，画之有德，无非是人之有德”；下联“石可成桥，木可成桥，铁可成桥，岂不知史可成桥”。文辞看似浅显，含义却很深远，以此告诫人们：不论是为文、为诗、为画，首先要做一个道德高尚之人；历史如镜，历史如桥，走好人生之路，过好人生之桥。

过了横跨在秦淮河上的朱雀桥往南，便是乌衣巷。中唐杰出诗人、作家刘禹锡有一首著名的七绝诗《乌衣巷》：“朱雀桥边野草花，乌衣巷口夕阳斜。旧时王谢堂前燕，飞入寻常百姓家。”

乌衣巷，东吴时期的军营所在地，吴军的这支部队均穿黑衣，“乌衣巷”由此得名。东晋司马睿于公元318年在建康（南京）称帝后，大臣王导（山东临沂人）任丞相，家住乌衣巷。东晋孝武帝（司马曜，373—376年）时，谢安任丞相，也住在乌衣巷。刘禹锡诗中“旧时王谢堂前燕”，指的就是这两个大家族。东晋著名书法家、文学家、右军将军、会稽（今浙江绍兴）内史王羲之和他的第七子、东晋书法家、官至中书令的王献之，以及山水诗派的鼻祖谢灵运，也都曾住乌衣巷。据说东晋时期的乌衣巷门庭若市，极其繁华。

从刘禹锡的诗中可以看出，东晋灭亡后到中唐时期刘禹锡写此诗的400年中，乌衣巷已经衰败。你看，朱雀桥边已失去昔日的繁华，荒草中点缀着各色野花。乌衣巷内也异常冷清，只有一抹残阳斜照在屋檐下。过去曾寄住在王、谢堂前的那些燕子，如今却飞进了普通百姓家。莫非是燕子一时找错了门？不是啊，原来这豪宅早已衰败，几经变化……

中午，我们在秦淮河边的一家饭馆就餐，一边品尝南京的特色菜品，一边欣赏秦淮河的独特风景。秦淮河水静静流淌，木船游艇穿梭来往，历史喧嚣已经沉寂，十朝圣地今更辉煌。

虞美人 · 南京秦淮河

六朝秦淮河畔嚣，彻夜皆笙箫。

灯红酒绿浑无度，出影岚光一曲淡若无。

文德来燕朱雀桥，斜看青楼娇。

歌女伤心知多少？悲欢离合望极烟波渺。

“人间天堂”苏州城

“上有天堂，下有苏杭。”这首民谚喻指苏州、杭州胜似天堂。

“生在苏州，长在杭州，吃在广州，死在柳州。”这一民谚又把“生在苏州”作为幸事，因为苏州是“人间天堂”嘛。

苏州，别称“姑苏”，我曾多次去过。它位于上海以西，太湖之东，京杭大运河和吴淞江（又称“苏州河”）在此交汇，城内河流纵横，城外湖泊密布，典雅古朴的园林遍布全城，是名扬中外的江南水乡名城。

据介绍，苏州历史悠久，自公元前514年建城，距今已有2530多年的历史。春秋时期是吴国的都城，吴王诸樊的长子阖闾即位后，在苏州修筑了周长47公里、有水陆城门各八座的“阖闾大城”，当年八座城门的名字一直沿用至今。卧薪尝胆的越王勾践灭吴后，苏州又成了越国的都城。后汉三国时期，苏州作为东吴的国都达12年之久，至今仍存的北寺塔所在的北寺，是孙权的母亲吴夫人舍宅而建的。苏州在历史上也曾被称为“吴都”“吴郡”，隋唐时才称为“苏州”。到了宋朝，将苏州改为“平江”，清朝设“苏州府”，中华人民共和国成立后设苏州市，现为江苏省的地级市。

苏州的旅游景点很多，比较有名的达六七十处。从其特点看，可分四个方面。

一是古典园林多。如果说“江南园林甲天下”的话，苏州园林可以说是“甲江南”。因为苏州园林凝聚了我国江南园林建筑的精华。

早在春秋时期，吴王夫差就为他宠幸的绝世佳人西施修建了“姑苏台”和“馆娃宫”两座皇家花园，可惜早已不复存在。现存的古典园林大都是宋、元、明、清以来修建的私家花园。据说在明代，苏州有大小花园270多处，现存的还有50多处。如建于北宋的沧浪亭，建于南宋的网师园，建于元代的西园、狮子林，建于明代的留园、拙政园，建于清代的怡园、耦园、鹤园，等等。这些古园虽各有千秋，但其共同点是：因洼疏池，巧设亭榭；沿阜垒山，点缀树花；模拟自然景色，求其诗情画意；讲究精巧曲幽，要求明净秀丽，以达到身居闹市而得林泉之趣，不出城门而获山水之怡，把生机盎然的自然美和艺术美和谐地融为一体，虽为人做，宛如天成。美不可言。

二是名胜古迹多。由于苏州历史悠久，留下来的名胜古迹很多，据说有记载的吴、越两国的遗迹就有一二百处。包括吴王宫苑和游猎场所，兵防遗迹，众多古寺庙、庵、观、塔等。如寒山寺、司徒庙、玄妙观、紫金庵、虎丘塔、北寺塔、太平天国忠王府等。

三是名山丽水多。一座城市，有山感到胆壮，有水显得有活力，而苏州是名山丽水兼备。如市区边沿的横山、上方山、虎丘山，城西的太平山、灵岩山等。著名的虎丘山是吴王阖闾生前游乐的宫苑，也是死后的葬身之地，楚霸王项羽举义时曾在此山起兵。

苏州又是著名的水城。西依烟波浩渺的太湖，隋朝开凿的京杭大运河横贯市区。阳澄湖、石湖、金鸡湖、独墅湖等如同颗颗晶莹的蓝宝石，镶嵌在古城周边。城区内河道纵横，河水与太湖相通，枫桥、宝带桥等几百座桥状如棋盘，河街相邻，水陆并行，宛如一幅“小桥、流水、人家”的完美图画。唐代诗人白居易在任苏州刺史时，曾以“绿浪东西南北中，红

栏三百九十桥”的诗句，形容苏州水城的风貌。

四是名人遗迹多。自古以来，苏州就是一个人文荟萃之地。许多著名人物在这里留下了他们的事迹和故事。如春秋时期大军事家孙武就是在姑苏将他著的《孙子兵法》献给吴王阖闾的，并在军事上帮助阖闾完成了破楚称雄的大业。吴国贤相伍子胥辅佐吴王30多年，政绩卓著。他提出的“必立城廓”的建议被吴王阖闾采纳后，他亲自挂帅建起了苏州城。不幸的是，后来的吴王夫差刚愎自用，不听伍子胥的忠谏，赐剑令其自刎，导致吴国灭亡。人们为了纪念忠臣良将伍子胥，曾以他的名字命名了不少地方。如苏州城西南角有一胥门，胥门内有一条巷子叫“伍子胥弄”，据说伍子胥曾在这条巷子里居住过。胥门外有条河名“胥江”，江边曾建“伍子胥祠”，胥江至太湖入口处名“胥口”，江旁边的山为“胥山”。在苏州城盘门内还建有“伍子胥庙”，可见伍子胥在苏州人民心目中的分量。

唐代三位著名诗人白居易、韦应物、刘禹锡曾先后任苏州刺史，留下了不错的业绩和诗篇。后来，人们为这三位“诗太守”建了一座祠堂，以作纪念。

北宋杰出政治家、军事家范仲淹，不仅出生于苏州，而且做过苏州知州。这位“先天下之忧而忧，后天下之乐而乐”的先贤，在苏州兴修水利，首创府学，舍宅兴学宫，培养人才的事迹，被历代苏州人所称颂。

南宋民族英雄文天祥（号“文山”）曾任苏州（宋时称“平江府”）知府，他的“人生自古谁无死，留取丹心照汗青”的名言被千古传颂。文天祥以身殉国后，苏州人民为他建了“文山祠”（后改名“文山小学”）、“文山寺”，文山寺所在的戈家弄后改为“文丞相弄”。

或是苏州人，或在苏州任过职的名人还有很多。如唐代高僧鉴真大法师，明代苏州四大画家唐寅（唐伯虎）、文徵明、祝枝山、徐祯卿，先后两次到苏州任江苏按察使、布政使和江苏巡抚的爱国英雄林则徐，近代民主革命家章太炎、著名诗人柳亚子等。

我几次去苏州，走马观花地看了一些景点，不少园林大同小异。现将我印象较深的市内的拙政园、虎丘山作一叙述，城外的寒山寺将独立成篇。

园林之冠拙政园

拙政园位于苏州市区东北部，占地60多亩，是苏州最大的名园，被誉为“苏州园林之冠”。

据介绍，拙政园建于明正德（武宗朱厚照年号）四年（1509年），系御史王献臣官场失意还乡后所建。“拙政”取西晋文学家潘岳《闲居赋》中的“灌园鬻（yù，意为‘卖’）蔬，是亦拙者之为政”的句意。“拙”是“笨”的意思，也多用于自谦，“拙政”即有自谦之意。

有资料显示，拙政园的园址曾是唐代文学家、诗人陆龟蒙（字“鲁望”）的故宅。陆龟蒙善散文，多为讽刺时弊之作，语言犀利、辛辣、尖刻，如《田舍赋》《记稻鼠》等。其诗风格含蓄、僻涩，大多反映田家生活和江南景色。如我比较喜欢的《村中晚望》：“抱杖柴门立，江村日易斜。雁寒犹忆侣，人病更离家。短鬓看成雪，双眸旧有花。何须万里外，即此是天涯。”

王献臣初建时的拙政园以沧浪池为主，八九处亭榭“皆因水为面势”“夹岸皆佳木”，环境清幽，近乎天然风景。明代著名书画家文徵明看后大加赞赏，称赞该园“盛夏已经秋，林深不知午”。并给该园作“记”题诗，绘了《拙政园图》31景，可以说是锦上添花。

王献臣死后，拙政园屡易其主，几度兴衰。清乾隆三年，该园归太守

蒋通先所有后进行了大修，旧观重现。太平天国时园中的“见山楼”成为忠王李秀成的办公处。

拙政园分东园、中园、西园三部分。我们从东园的南大门进去后，第一个景点就是古色古香的兰雪亭，亭后是缀云峰。沿着水池以东的一条路往北，是一大片绿油油的草坪，草坪以西隔水有山，亭堂馆榭点缀其间，如放眼亭、秫香馆、芙蓉榭等。

中园是拙政园的精华。结构精巧、面临大荷池的“远香堂”是主体建筑。“远香”取自北宋文学家周敦颐的《爱莲说》“香远益清，亭亭净值”的语意，借以颂扬荷花“出淤泥而不染，濯清涟而不妖”的高尚品质。堂中匾额上的“远香堂”三字是著名书法家文徵明所书，笔力苍劲潇洒，不愧书画大家。

远香堂东面有一座小山，山上古木甚多，景点也比较集中。正东是绣绮亭、海棠春坞；偏北有倚虹亭，梧竹幽居；偏南有玲珑馆、枇杷园、嘉实亭、听雨轩等。

远香堂以西风景更美。廊桥“小飞虹”与水阁“小沧浪”横跨水面，两侧分布着香洲、玉兰堂、松风亭、得真亭等景点。我很喜欢小沧浪以西那座临水而建的小庭院，名为“志清意远”，取自古语“临水使人志清，登高使人意远”，令人产生无限遐思。

远香堂北面宽阔的大水池中，经过垒石夯土，造成了两座小山，山顶上分别立有“待霜亭”和“雪香云蔚亭”。两山之间溪水潺潺，溪上一座别致小桥，人来人往。两座山上遍植枫、柳、松、橘、竹等树木，林中蜂飞蝶舞，蝉叫莺鸣，极富山林野趣。文徵明书写的“蝉噪林逾静，鸟鸣山更幽”的楹联，悬刻在雪香云蔚亭中。

在大水池中央有“荷风四面亭”，亭中的楹联是：“四壁荷花三面柳，半潭秋水一房山”。“房山”大概是指池北端的“见山楼”。因此楼高大，登楼远眺，远处青山依稀可见，因而名曰“见山楼”。

从大池西岸的“别有洞天”处往西，穿过月洞门便是西园。西园中间的池水南侧是该园的主建筑“鸳鸯厅”。北半厅临池，当时可能养有三十六只鸳鸯，故称“三十六鸳鸯馆”；南半厅之南的院子里，当时可能植有十八棵山茶花，故称“十八曼陀罗花馆”。

西园的东边沿墙筑有一条临水长廊，将东南的“宜两亭”和东北的“倒影楼”连接，隔池为对景，两景宜相看。北半部有池水环抱“与谁同坐轩”“留听阁”“浮翠阁”“笠亭”等景点。

整座西园山水相映，水波倒影，回廊起伏，亭阁分峙，令人流连忘返。

中华人民共和国成立后，拙政园收归国家，经过维修后对外开放。1961年被国务院公布为首批全国重点文物保护单位；1997年被联合国教科文组织以古典园林的典型例证列入《世界文化遗产名录》。

虎丘山与虎丘塔

虎丘山，简称“虎丘”，位于苏州城西北七里处。它以历史悠久、丘壑奇特、景色秀丽、古迹众多而著称，素有“吴中第一名胜”之誉。宋代诗人苏轼曾说：“到苏州不游虎丘，乃是憾事。”

据介绍，春秋时期，虎丘曾是吴王的行宫。到了晋代，司徒（掌管国家土地和农民）王珣、司空（掌管工程）王珉兄弟在虎丘建造别墅，后舍宅在剑池东西各建了一座虎丘寺，意为兄弟不分离。唐代武宗李炎崇道废佛时二寺被废，北宋重建，改称“云岩禅寺”，清康熙时改名“虎阜禅寺”，据说在当时是东南第一大寺。

游虎丘山要先过“头山门”和“二山门”，两座山门中间有座“海涌桥”。传说在远古时期，苏州这个地方是茫茫大海，后来从海中涌出一个小岛。若干年后，大海退去，这里成为一片富裕的桑田，原海中的小岛也就成了陆地上的一座小山，取名“海涌山”，海拔仅有34.3米。现在虎丘正山门隔河的墙上，还刻着“海涌流辉”四个大字，以示虎丘山与大海的渊源。

过了海涌桥，便是二山门，俗称“断梁殿”。这是一座元代建的大殿，由于顶梁由两段圆木接合，结构奇特巧妙，故被称作“断梁殿”。

出殿前行，路西有汪“憨憨泉”。我觉着这名字怪怪的，便问导游这里面是否有什么故事。导游说，这里原来有个小泉，名叫“海涌泉”。到了南北朝时期的梁代，有个“憨憨僧”经开凿后成为泉水清冽的甘泉，泉名也成了“憨憨泉”。

再沿路往前走，路东有块“试剑石”，石中裂缝宛如剑劈。相传当年吴王阖闾铸剑后总以此石试剑，故名“试剑石”。

沿路过了路西的“枕头石”、路东的“真娘庙”和该庙东边的“孙武子亭”，便到了大路尽头。只见中间一片平坦如砥的盘石，如削刻细磨而成，占地数亩，那便是有名的“千人石”。

这千人石有两个传说。一是“为保密杀千人说”。吴王死后，上千人为他建造王陵。据说吴王墓非常豪华：铜椁（guǒ，套在棺材外的大棺）三重，水银灌体，金银为坑，以“扁绪”“鱼肠”剑三千为殉。陵墓建好后，继任王位的阖闾之子夫差唯恐泄露墓中机密，趁建墓工匠们在盘石上喝竣工酒之机，残忍地将上千名建墓工全部杀死，鲜血染红了大片青磐石，后人便把这个地方称为“千人石”。相传，千百年来，只要下雨，千人石上就会流红水。唉！这哪里是红水，这是无辜而死的千人之血啊！

作者在虎丘山公园虎丘剑池前留影

另一个是“千人听经说”。南北朝时期的梁国，有一位名叫“生公”的高僧在这片盘石上讲经说法，千人列坐听讲，故称“千人石”。北面岩石上刻有唐代书法家李阳冰的篆书“生公讲坛”四字。东北隅的白莲池中，有一块“点头石”，传说生公讲经时，池生千叶莲花，石头频频点头，由此生出“生公说法，顽石点头”之典故。

从千人石往北，走进“别有洞天”的月洞门内，便是著名的“剑池”。门旁的岩石上刻有“虎丘剑池”四个大字，系唐代书传家颜真卿所书。洞中石崖左壁上的篆文“剑池”二字，是东晋书法家王羲之所书；左壁上的“风壑云泉”为宋代书法家米芾所写。池旁陡壁如削，有诗形容：“万丈澄潭挟两崖，削成奇壁自天开。”两壁间上横飞桥，桥下有双井，名曰“双吊桶”，站在桥上往下看，视觉“惊险”。

那么“剑池”从何而来呢？据《吴地记》中说，阖闾墓就在剑池下面，有“扁褚”“鱼肠”等三千宝剑殉葬，故称剑池。

另一说是，秦始皇和孙权曾先后下令发掘吴王墓，毫无所得，但“凿处遂成深涧”，即成了狭长的深池，故名“剑池”。

吴王阖闾墓究竟在何处？由于自古以来未见真凭实据，至今没有结论，但有点儿蛛丝马迹。如剑池崖上有明代县令吾翕和唐寅、王鏊等人的石刻记事，记载着明正德七年（1512年）剑池水干，发现了吴王墓门等语。中华人民共和国成立后的1955年，为了清除剑池中的污泥，戽（hù，似水车的水斗）干池水，在疏浚池底时发现北部有石缝，并有大青石板叠砌封闭，由于未经政府批准，未能挖掘。吴王墓是否真的在池底，至今仍是个谜。

剑池东北部的云崖寺和周围的几个景点，以及西部的冷香阁、致爽阁等，我们没有去看，便直接到西北部虎丘山顶去看虎丘塔。

据介绍，虎丘塔始建于东晋，后被毁。现存的虎丘塔是五代末重建、北宋初落成的，至今已有1100多年的历史。

虎丘塔共七层，高47.5米，呈平面八角形，是一座砖身木檐仿楼阁式宝塔。塔身由外壁、回廊和塔心三部分组成。外壁每层转角处砌成圆形，轮廓有微微突出的曲线，加之按照仿木结构绘以红、白、黑三色花纹和曲线，造型优美，色彩瑰丽，成为苏州市标志性建筑。我每次去苏州，还未进城，必先见塔。因塔在山顶，加上塔身的高度，就显得很高了。

现在虎丘塔已是一座往东北方向倾斜的斜塔，所以游人只能在外面观看，不准入内登塔。我想绕塔转一圈，从各个方位欣赏，但朋友不让我到东北部去，以免发生危险。

据有关部门测算，虎丘塔的顶部中心点距中心垂直线偏高2.3米。经专家勘察，塔身倾斜的主要原因是地基出现不均匀沉降。整个塔基建在南高北低的基岩坡石上，塔基的南半部和北半部填土层厚度不均匀，北部受压过大，才造成塔向东北倾斜。

据介绍，在解放战争中，苏州被解放时虎丘塔已残破不堪，塔身裂成两半，当地政府为了抢救这座古塔，于1956年、1981年两次进行大修，并采取了切实可行的加固措施，才保住了这座岌岌可危的千年古塔，至今仍以健美的姿态屹立于虎丘山巅，供国内外游人欣赏。

在苏州我还去看过几个景点，其中“网师园”给我留下了较深的印象。园主人是清乾隆年间的光禄寺少卿宋宗元，他自比“渔人”，自号“网师”，故将此园称为“网师园”。园子不算大，但布局巧妙，园中有园，景中有景，山水花圃与亭台楼阁参差错落，景色奇特。给我留下深刻印象的是那副叠字对联。

上联：风风雨雨 暖暖寒寒 处处寻寻觅觅

下联：莺莺燕燕 花花叶叶 卿卿暮暮朝朝

其他景点不再赘述，城外寒山寺将单独成篇。现作《游苏州》诗一首：

姑苏几度探胜行，犹有遗迹绕吴宫。
旧苑古刹风貌在，名山丽水幽情浓。
拙政亭榭引百客，虎丘剑池对千影。
吟词颂诗又雅联，林鸟唱和一声声。

姑苏城外寒山寺

苏州城外寒山寺，因唐代诗人张继的一首七绝诗《枫桥夜泊》而流芳千年。因我对这首诗格外喜欢，所以1993年10月9日第一次去苏州时，就迫不及待地去看寒山寺。

寒山寺位于苏州城西五公里处的京杭大运河畔，枫桥与江村桥中间，始建于南朝梁国天监年间（502—519年），初名“妙利普明塔院”。唐代贞观年间（627—649年），寒山、拾得二位高僧从浙江天台山国清寺来到塔院任住持，遂改名“寒山寺”。我去参观时，在大雄宝殿前左边的偏房里看到了寒山、拾得两位年轻胖和尚的塑像。他们坐在巨大的莲花宝座上，袒胸露怀，蓬头赤足，一个手捧净瓶，一个手执莲花，纯朴浑厚，喜眉笑眼，形象逼真，讨人喜欢。

《佛教小词典》载，唐代确有寒山、拾得两位高僧。寒山原名“寒山子”，隐居在天台山的寒岩，因酷爱吟诗唱偈（jì，佛经中的颂词），经常来往于国清寺，与该寺拾得和尚交友，二人常在一起研究佛学，吟诗唱偈，他的诗大多描写自然景色或针砭时弊，也有宣扬佛家思想之作，并常把诗题写在山林岩石上。后人将他的诗集之成卷，名为《寒山子诗集》，计300多首，拾得所作之诗，也附在了寒山的诗集中。

作者在苏州寒山寺

拾得是个孤儿。相传天台山国清寺住持封干外出行至东城时，听到路旁有小儿啼哭，遂收之抚养，长大后在国清寺为僧，主要在厨房做杂务。但他好学苦读，吟诗作偈，常与寒山促膝研经，作偈吟诗，后人称其二人为“和合二圣”。

据传，有一次寒山问拾得：“世间有人谤我、欺我、辱我、笑我、轻我、贱我、恶我、骗我，如何处治乎？”

拾得曰：“只要忍他、让他、由他、避他、耐他、敬他，不予理他，再待几年，你且看他。”

从佛家思想来说，拾得的“大度”既是善心的表露，也符合孔老夫子提倡的“温、良、恭、俭、让”（《论语·学而》），“海纳百川，有容乃大”嘛！但我这个“凡人”却不敢苟同。谤、欺、辱、恶、骗，纯系人身攻击，近乎违法犯罪。如果无原则地任其胡为，不仅不是行善，而且是在助恶。当然，这是我的一家之言。

走近寒山寺，见寺院黄墙碧瓦，掩映在绿树之中。山门前的黄墙照壁上“寒山寺”三个大字格外显眼，我立即站到壁前拍照留念。

进寺门后是一座林荫院落，正中为大雄宝殿，殿门悬挂着“千年古刹，长留半夜钟声，响彻世间惊客梦；姑苏一览，剩有几株枫树，饱经霜雪护寒山”的联语。殿内中间供奉着释迦牟尼坐像，两侧是他的两位大弟子迦叶、阿难的立像；殿内还供奉着明朝铁铸的18罗汉像。后壁上嵌有寒山作的36首诗，以及扬州八怪之一的罗聘所绘的寒山、拾得和封干的画像。

大雄宝殿前有两座偏殿，左为寒山、拾得像堂，上面已作介绍；右为罗汉堂，里面保存着用香樟木雕刻的500罗汉像，造型生动，栩栩如生。大殿后是藏经楼，在一层的四壁上嵌有宋代张樗（chū）所书的《金刚经》石刻，笔力刚劲秀逸，被称为“传世珍品”。楼上珍藏着完整的箧（qiè，小箱）本《龙藏》一部，即《乾隆版大藏经》。

寺内的碑廊中，有不少自宋以来的名人诗文碑刻，如宋代的岳飞、文徵明，明代的唐寅，晚清的康有为，等等。尤为著名的是岳飞被从抗金前线召回杭州，路过苏州寓居寒山寺时所题的“三声马蹀（dié，‘跺足’之意）阏氏血，五代旗枭克汗头”，以示抗金报国之决心。

当然，寒山寺最为出名的一是在于钟，二是在于张继的诗。

寒山寺内建有一座二层六角形钟楼，飞檐翘角，造型精巧。里面悬挂的那口古钟高2米，厚6厘米，重达1800公斤。本来，各个较大的寺庙都设有钟楼和鼓楼，晨敲钟，暮击鼓以规范寺僧们的起居。而唐代时的寒山寺，却有“夜半钟声”，这是唐代诗人张继在天宝年间乘船路过苏州时所作的《枫桥夜泊》一诗：“月落乌啼霜满天，江枫渔火对愁眠。姑苏城外寒山寺，夜半钟声到客船。”短短四句，28个字，用最具诗意的语言，勾勒出了一幅清幽寂远的意境：半夜深更，残月稀星，乌啼声声，薄霜一层；江岸秋枫，渔船岸停，客人舱眠，灯火如萤；诗人孤寂，几多愁情，辗转反侧，难入梦境；姑苏城外，朦朦胧胧，古寺寒山，夜半钟声；清旷悠远，悦耳动听，有音有画，有静有动；虽然无形，却极有情，充盈天地，溢满人胸；千古绝唱，中外闻名。

千百年来，张继的这首七言绝句在国内流传甚广。前几年我看到一份资料，有位学者用现代统计学对历代唐诗诗集、诗选进行了统计，在最后的排行榜中，张继的这首诗名列第十二，可知其声名之盛。另外，这首诗还传到了日本和朝鲜半岛以及东南亚各国，据说日本的小学生几乎都会背诵这首诗。20世纪80年代以来，每到年底，日本多家旅行社都争先组织“元旦听寒山寺钟声访华团”，有的团多达上千人，在除夕之夜集体盘坐在苏州寒山寺钟楼广场上，一边背诵张继的诗，一边聆听悠扬的108响钟声，以求在新的一年里带来平安和好运。

一首好诗可以提高诗人的名气，一出好戏可以带动一方经济。就是因为张继的这首诗，既打造了寒山寺的名气，也成就了张继的名气。如果没有这首诗，寒山寺就不会有千年的辉煌，甚至不一定能存留到现在。如果没有这首诗，张继也成不了历代广为人知的著名诗人。正如寺中一副楹联的下联所写：“诗人题二十八字，长留胜迹，可知佳句不须多。”意思是：寒山寺的扬名，得力于张继的绝句诗。

（上联是：“尘劫历一千余年，重复旧观，幸有名贤来作主。”写出了寒山寺千余年来屡建屡毁的历史，赞扬了贤达志士重建寺院的善举。）

然而到了宋代，这首诗竟受到了大文学家、史学家欧阳修的质疑。他在《六一诗话》中针对这首诗说：“句则佳也，三更不是撞钟时。”

此言一出，立即引起了诸多文人的争论和一番考证，不少人以事实为张继辩白。据说在唐代，苏州寺院流行半夜敲钟的习俗，名曰“定夜钟”或“分夜钟”，有辞旧迎新之意。唐代在苏州任过刺史的著名诗人白居易就有“新秋松影下，半夜听钟声”的诗句。还有不少诗人也写过歌吟

半夜钟声的诗句。如熟悉苏州的诗人孙觌（dí，相见之意）的《留题寒山寺》："白首重来一梦中，青山不改旧时容。乌啼月落桥边寺，欹（qī，意为倾斜）枕犹闻半夜钟。"那场对"半夜钟声"的争论虽然以不了了之收场，但张继的诗照样千古传诵，寒山寺依然香火旺盛。

据介绍，佛家对夜半钟声还有一种含义：是说人生有108个烦恼，寒山寺的108响夜半钟声可以消除这些烦恼。因此，寒山寺在半夜敲钟时，全体僧众同诵《击钟仪》："闻钟声，烦恼净，智慧兴，菩提增，离地狱，出火坑，愿成佛，度众生……"当诵到"洪钟初叩，宝偈高吟，上通天堂，下通地府"时，巨钟应诵而响，连敲36响；然后复诵"洪钟二叩……""洪钟三叩……"共108响。这一说法，更为传奇。

可惜的是，弦继诗中所说的那口初唐所铸的大钟早已失传。明嘉靖年间（1522—1566年），僧人本寂复铸巨钟一口，悬挂寒山寺钟楼之中，但在明朝末年流入日本，清末发动戊戌变法的主要领导人康有为对此作诗云："钟声已渡海云东，冷尽寒山古寺枫。"

日本明治时期，该国和尚山田寒山到苏州寒山寺朝拜时，听说寺内大钟流入日本，发誓回国后进行追寻，但未能如愿。他于明治三十八年（1906年）募资铸了一口小型青铜乳头钟，赠送给苏州寒山寺，一直悬挂在大雄宝殿右侧。

清光绪三十年（1904年），江苏陈姓巡抚重修寒山寺时，仿照丢失的旧钟新铸了一口大钟。这口钟有一人多高，需三人合抱。我去参观时，看到很多人在钟楼排队，并不时地听到撞钟声，且夹杂着游人的欢声笑语。原来，游客在交了一定的费用后，可以上楼撞钟。我和几位同行者排队上楼，待我撞钟时，一时变得肃穆庄严起来。我左手攥住吊着大木槌的绳带，右手紧握木槌把，用足平生之力，当、当、当地重撞三响。只听钟声回荡，似乎感到飞出窗外，直冲枫桥处的船上，总算体验了一回“夜半钟声到客船”的感觉。

作者在寒山寺撞钟

据说20世纪80年代以来，寒山寺又恢复了岁末子时敲钟108响的习俗。悠悠的钟声在寂静的深夜传遍了家家户户，使人们得到了历史文化的滋润。

饱览了寒山寺的风貌，游览了横跨在大运河上的江村桥，我主动提出去看张继夜泊的枫桥。

枫桥在寒山寺以北不远处，紧挨枫桥镇。这个古镇位于京杭大运河上塘河和古驿道的交会处，沿河形成了两条大街，即枫桥大街和寒山寺弄，随河成市，因水成街。由于地处水陆交通要道，南北舟车在此交会，自唐宋以来成为大运河的重要交通枢纽。据说旧时每到夜里，此处的航道就被封锁起来，大小船舶全部停靠码头。因此这里的那座月牙形单孔石拱桥得名“封桥”，后因张继的《枫桥夜泊》诗，才易名为“枫桥”。

唐代诗人张继虽在天宝十二年（753年）中进士，但仕途并不得意，只做过洪州（今江西南昌）盐铁判官之类的小官。而他富有才气，抒情诗写得清隽俊逸，关心民间疾苦之作激越爽利。有一天他乘船路过苏州时正

赶上夜间，只好夜泊枫桥边，在孤舟中写下了传诵千古的《夜泊枫桥》七言绝句，也使枫桥扬名中外。

在上塘河北岸边，立有一尊张继的青铜雕像，长袍斜卧，仰首闭目，满脸愁容，似乎在深思什么。离枫桥三四十米的地方，有一座古旧的简易码头，是离枫桥最近的一座码头，后人猜测，这可能就是当年张继泊船之处。

原来的“封桥”因张继的一首诗而改名“枫桥”，而且引起了历代文人墨客的好奇。不少诗人慕名到枫桥领略它的诗情画意；有的干脆步张继后尘，也去“夜泊枫桥”，半夜聆听古寺钟声，写出了一首首纪念诗篇。如唐代诗人张祜的《枫桥》诗，“惟有别时今不忘，暮烟疏雨过枫桥”；宋代诗人程思孟的《游枫桥偶成》，“朝辞海涌千人石，暮宿枫桥半夜钟”；陆游的《宿枫桥》，“七年不到枫桥寺，客枕依然半夜钟”；明代文学家、诗人高启的《泊枫桥》，“画桥三百映江城，诗里枫桥独有名。几度经过忆张继，乌啼月落又钟声”；清代诗人王士禛的《夜雨题寒山寺》：“疏钟夜火寒山寺，记过枫桥第几桥”；唐伯虎的“金阊门外枫桥路，万家灯火迷烟雾”；等等。

1860年，太平天国的军队进攻苏州时，清军放火烧城，包括枫桥在内的十里枫桥塘化为灰烬。现存的这座枫桥，是清同治年间（1862—1874年）重建的，总算留下了一座令后人仰慕的古桥。

最后，还想吟上几句：**《七绝·游寒山寺》**

夜半钟声彻寂空，枫桥绝句赞语同。

千年古刹香火盛，寻觅诗踪意味浓。

如诗似画同里镇

同里，江苏省千年古镇，位于太湖以东的大运河畔。北距苏州20公里，西距吴江6公里，东距上海90公里，南距杭州150公里。1993年10月8日和2008年4月上旬，我曾两次去过同里。从苏州乘车到同里，不到半小时即可到达。第一次去时，在吴江市住了一晚上，第二次是和老伴一起去的。

据介绍，同里镇历史悠久。春秋时期属于吴地，旧称“富土”，唐初改名“铜里”。到了宋朝，在此设“巡检司管辖”，并拆字为“同里”，元、明、清三朝沿袭旧制，在江南与周庄、西塘、乌镇并称“江南四大名镇”。

且不说同里自古就是鱼米之乡，只那几大特色，就足以让人惊讶的了。

水多桥多

由于同里地处美丽富饶的太湖之滨、大运河之畔，所以河湖甚多，水资源十分丰富。

镇外，四周有五湖环抱。东有同里湖，西有庞山湖，北有九里湖，南有叶泽湖、南星湖，犹如众星捧月般为同里人圈出了一块方圆一平方公里的风水宝地，宛若一株硕大的睡莲，安详地平卧在清流碧波之中。

镇内，有15条蜿蜒的小河将这片“漂”在水上的土地纵横分割成七

个小“岛”，由49座形态各异的古桥相连。东西是河，南北架桥，依水成街，河街并行，环水设店，傍水成园，依自然地形巧妙地将河、桥、路、宅、园和商市连接在一起，处处洋溢着小桥、流水、人家的诗情画意。所以被人称为“江南水乡明珠”，并被“老外”誉为“东方的小威尼斯”。

由于家家临水，户户通舟，同里人基本常年与水打交道。早上起床后便到门前的小河里洗脸刷牙，妇女则到河边淘米洗菜洗衣服。沿河的早餐店将一张张桌椅摆到河沿上，等着顾客上门。早饭后河里的小船慢慢多了起来，运货的，载客的，办事的，驾着鱼鹰捉鱼的，等等。正如有首诗所写：“水乡同里五湖包，南北东西处处桥。水泊扁舟通万里，镇区来往但轻摇。”

我好奇地问当地的陪同人员：“这河里的水，又是洗菜洗衣，又是划船捉鱼，怎么总是这么清澈呢？”

“因为它是活水呀！你别看这十几条河七拐八弯的，但河水不浅，而且河与河、河与湖，甚至连私家花园里的池塘都是相通的活水，所以它一直保持着清澈。”

同里镇的河多，便于人行走的桥自然要多。15条小河的总长仅仅6公里，竟然有49座桥，平均60多米就有一座桥。据说每座桥都建于不同的历史时期。“思本桥”建得最早，系南宋诗人叶茵于1127年所建，“思本”取“国以民为本”之意。

“富观桥”建于元代，桥石上雕刻的“龙头鱼身”惟妙惟肖，其中还有一则“桃花浪里鱼化龙”的神话故事呢。传说石刻上的鲤鱼在桃花盛开的时候，想跳过龙门脱胎进入仙界。当它乘风破浪奋力跃出水面时，恰巧桥上走来一位如花似玉的姑娘。鲤鱼凡心一动，已跳过龙门的头部立即变成了龙头，而门外的鱼身一点儿未变。这则“鲤鱼跳龙门，头变留鱼身”

作者爱人在同里镇街头

的神话故事，同里人几乎家喻户晓。

我们还看了一座建于明正德年间（1506年）的“东溪桥”，桥上的一副对联给我留下了深刻印象，并立即抄录到笔记本上。即：“一泓月色含规影，两岸书声接榜歌”。读了此联，似乎看到了当年的文人雅士在此读书诵诗之情景。

同里的桥，最有名的当数建于清代的太平、吉利、长庆三桥。

太平桥建于清乾隆十二年，嘉庆二十年进行了大修，一桥跨两“岛”。桥上的楹联是：“永济南北太平路，落成嘉庆廿三年”。

吉利桥位于太平桥和长庆桥之间，建于乾隆十一年。是一座半月形拱桥，南北两面各有一副楹联，我喜欢北面的那副楹联，便把它抄了下来：“吉利桥横形半月，太平梁峙映双虹”。

长庆桥最早建于明代成化年间（1465—1487年），清康熙二十九年、同治十二年两次重修。其楹联为：“公解囊金成利济，好留柱石待标题”。

站在三桥中间的吉利桥北岸，环顾呈三足鼎立姿态的三桥，犹如三尊精雕细刻的石雕，凌驾于小河之上。河水明净如镜，波光桥影在绿树掩映下充满诗情画意，令人心旷神怡！

同里的这三座桥，历来被同里人视为桥中之宝、吉祥之物，所以在旧时镇上居民婚娶时，必须抬着花轿在鼓乐声中过三桥。生子后满月或老人过66岁生日，也要在三桥上走一趟，以图吉利。

街巷曲折幽长

如果说河流是同里的“水脉”，那么，曲折幽长的街巷则是同里的“旱脉”。只有亲自去走一走，才能领悟到它的魅力。

同里的街巷，当地人称“里弄”或“弄堂”。走在同里的街巷里，到处可见鳞次栉比的明清民居。街巷大都窄而长，曲折如鱼肠。正如电视片《话说运河》中的解说词：到了同里，不管多烦躁的情绪都会安静下来。走着走着，发现这里的街并不像周庄等江南集镇那样“一条河道两面街，后为民居前开店”，而是小街小巷曲曲折折，街不宽，巷却不浅。如我们去看的同泰弄、尤家弄、仓场弄等都很窄长，穿心弄长达300多米。街巷两边的民居有些是两三层的楼房，粉墙黑门，古朴庄重。有的飞檐翘角，富贵华丽；有的砖雕木刻，精美雅致。大多是楼下设店铺，楼上住眷属。走在小巷的石条路上，常会发出“哐哐”的声响。因为地上铺的石条长短不一，并留有不少空隙，有的石条下甚至是空的。有人说是为了便于排水，有的说是故意标新立异。不管怎么说，的确有特色。

历史名人多

自古以来，同里就是一个文化发达、人才辈出的地方。《同里志》记载，自宋代淳化（990年）年间至清嘉庆十五年（1810年），同里镇曾出状元1名，进士42名，举人90名。

如北宋淳化年间进士、兵部员外郎谢涛，元代进士、翰林承旨徐纯夫，明代举人、江西右布政使何源，清道光年间进士、协办大学士、军机大臣沈桂芬，辛亥革命风云人物陈去病，中华人民共和国成立后任全国人大常委会副委员长的费孝通，“五四”运动以来著名诗人、与毛泽东交往深厚的柳亚子先生，等等，均系声名卓著、影响遍及海内外的人物。这是同里历来重视办学、重视教育、重视培育人才的结果。

名胜古迹多

在封建社会里，官宦人家和文人雅士极为重视光宗耀祖，也很重视在故乡建造宅院，安度晚年，同里就完整地保存了一批明清时期的古建筑和古文物。

《同里志》记载，从1271年的南宋咸淳年代（1265年）到1911年的清朝末年，同里镇先后建成深宅大院38处，寺、观、祠、宇47座，数百户士绅豪府的家宅都有相当大的规模。全镇现有明代建筑十多处，如耕乐堂、三谢堂、承恩堂、明德堂、侍御第、五鹤门楼等；清代建筑数十处，如退思园、崇本堂、务本堂、慎修堂、庆善堂、庞氏宗祠、陈去病府等。我们去游览了“奇石尽含千古秀，异花长占四时春”的耕乐堂。该宅第园林是

明朝处士朱祥所建，因其号为“耕乐”，故名“耕乐堂”。此人曾协助巡抚周文襄修建苏州宝带桥有功，据此要授他官职，但他不愿为官，辞请归隐同里，建此宅院，很受时人敬重。清乾隆年间进行了扩建，园内尚有燕翼楼、迴秀阁、鸳鸯厅等建筑以及数百年的名贵树木白皮松。但同里的所有古建筑，最有代表性的还是退思园。

水光潋滟退思园

同里镇的古代宅第园林多达30多处，被我国著名园林学家陈从周教授誉为“古代建筑的博物馆”，其中退思园是集大成者，1982年3月被列为江苏省重点文物保护单位。

退思园位于同里镇中心，建于清光绪十一年至十三年（1885—1887年），园主任兰生。《同里乡土志》载，清光绪十年（1884年），任兰生任安徽省按察使（各省总督、巡抚的属官），实职是安徽省凤颍六泗兵备道（朝廷在各省要地设的整饬兵备的道员，是省以下、府和州以上的高级行政长官）。因受不白之冤被革职回归故里。他建的这座私家花园名为“退思园”，“退思”二字取自《左传·宣公十二年》“进思尽忠，退思补过，社稷之卫也”之句。意思是，做官时为国家尽忠，休官后要思如何补过，这样的人就是国家的栋梁。而任兰生主要是官场不得意遂退居故里，追思人间沧桑。实际上，他是以退为进，在此韬光养晦，寻求东山再起。

退思园占地九亩八分，因地形所限和园主不愿太张扬等原因，所以这座建筑打破常规，将纵向改为横向，由西向东，左为宅，中为庭，右为园。园址虽小，却集中了江南古典园林所具有的亭、台、楼、阁、轩、房、厅、堂、廊、舫、桥、榭，以及回廊、水池、假山、花木、碧草等，以池水为中心，各景相互呼应，疏密得当。景点虽多，但很有序，一景接一景，犹如连环画。

据说任兰生家祖上传下来的土地有数千亩，家陈万贯，但他只用九亩八分地建了这座面积不大的园子。从外表看，白墙黑瓦中镶嵌着两扇普通的木门，门楣上的“崇德思本”四个字也较平常，一点也不像大户人家的宅子。因为任氏为人处世比较低调，怕露富，不张扬，以免“引火烧身”。

三进式外宅分为门厅、茶厅、正厅。门厅是落轿之处，茶厅为接待一般客人之用，正厅用于接待高贵客人和举办祭神祭祖、操办婚丧嫁娶典礼。内宅建有南、北两座以主人之字“畹香”命名的“畹芗楼”，专为主人及家眷居住，并配有下马楼和“下房”。楼与楼之间由双重走廊贯通，东西廊下各设楼梯，可防日晒雨淋。如果仅是到此为止，这座宅子当时在江南也只够算普通殷实人家的住宅。而任宅的独特之处在于由西向东扩展，越建越有气象，令人不断产生“柳暗花明又一村”之感。

内外宅东面是中庭，建有迎宾室、岁寒居、坐春望月楼、石舫（又称“到客船”），整个设计围绕“待客”二字，确有特色。

中庭的“迎宾楼”是主人以文会友、舞文弄墨、嘘寒问暖之处；北面的“坐春望月楼”是观赏春花娇妍、春水荡漾、月明星耀之楼；“岁寒居”设有松、竹、梅“岁寒三友”，在岁末风雪之时，主客在此围炉品茗，谈诗论道，尽享人生乐趣。

从中庭到东面的主体花园有“月洞门”相通。整座花园小巧精致，构思巧妙。“九曲回廊”上嵌有李白的“清风明月不须一钱买”的诗句，显示出主人远离庙堂、潇洒自如的心境，以及尽情享受大自然恩典的喜悦心情，心底深处可能在谋划以后如何有更大的发展。

整座花园依天然池水而建，而且是与河流相通的活水，体现了中国道

家思想中“水利万物而不争”的理念，也体现了儒家文化中“智者比德于水，仁者比德于山”的思想。各个景点绕池贴水而建，其中池北面的“退思草堂”最气派，展现了园主的智慧和身份。站在堂前紧贴水面的平台上环顾，水芗榭、揽胜阁、桂花厅、眠云亭、闹红一柯、菰雨生凉、辛台、琴房、半亭等景点，加之假山、碧草、鲜花、绿树，形成了一幅舒展旷远、浓淡相宜、恬淡静意的园林画卷。有趣的是，池水中养着成群结队的锦鲤，只要你蹲在池边拍响手掌，它们便会迅速地向你游来，摇尾乞食。人们将买的鱼食抛向水中，群鱼便争先恐后地抢夺食物，趣意盎然，奇妙无比。“闹红一柯”和“水芗榭”，都是观鱼的最佳处。

水池东南角的“菰雨生凉”轩，临水而建，轩中间置一大镜，使人恍若置身于湖水环抱之中。盛夏本酷暑，在此纳凉，荷风习习，心旷神怡。它的西面是一座“辛台”。顾名思义，辛者，辛苦之意也，是读书研学之所。据说主人常在此处苦读，甚至到了“为觅一佳句，捋断三根须”的地步。

池水中平卧水面的“三曲桥”，清波倒影，人在桥上漫步，犹如凌波而行。在“菰雨生凉”轩与“辛台”之间有一座“天桥”，据说是江南古典园林中的一绝。此桥前后贯通，八面来风，登临天桥，顿感豁然开朗，神清气爽！

据介绍，退思园的园主任兰生具有高尚的艺术情操。园子的设计者袁龙，是同里镇一位善诗词、擅书画的名画家，所以他俩将这座园子设计、建筑得极有诗情画意。除多个赏景处外，还有“四艺”销魂处。可到“琴房”抚琴，到“眠云亭”弈棋，到“揽胜阁”作画，到“辛台”赋诗。好一处“由退思进，因忙得闲”的退思园。

退思园的古典美景，自1983年以来，吸引了大批影视剧组前来拍摄。中央电视台拍摄的《话说运河》纪录片，其中同里镇就拍了整整一集。著名节目主持人陈铎感叹道："说伊甸园，没有它亲近；说桃花源，没有它深情。"

从1983年到我第一次去同里的1994年，仅11年的时间，就有北京、上海、长春、内蒙古电影制片厂，香港、台湾几家影业公司，上海、浙江越剧院（团），中央电视台和多家省、市电视台到同里镇拍摄影视剧38部，如《家春秋》《红楼梦》《戏说乾隆》《范仲淹》《包氏父子》《窦娥冤》《聊斋》《宋江》《林冲》《黄天霸》等。

我这一生，国内外去的地方不少。有些地方尽管去过多次，印象并不深。有的地方虽然只去过一两次，却印象深刻。无疑，同里镇属于后者。因为在我的眼里，同里是一首无韵的诗歌，反复吟诵，沁人心脾；同里是一幅浓妆艳抹的风俗画，过目又难忘，铭刻脑际；同里是一个美丽的传说，悉心静听，遐思无限。——正如本人所写的几句诗：

名园遐迩闻，四时物华新。
轩榭贴水面，曲径绕池欣。
芙蕖容鱼戏，琴声起亭心。
思退静反省，谋进复登临。

因画成名周庄镇

苏州寒山寺因诗成名，周庄则是因画成名。

周庄位于苏州市东南30多公里处，现属昆山市，离上海青浦区不远。这个历史悠久的古镇，过去似乎并不出名，中国分省地图上标有同里，却没有周庄。

据说20世纪90年代初，一位西方国家的政要访华时，送给中国某领导人一幅油画，作为重要“见面礼”。这幅油画竟然是上海青年画家陈逸飞画的周庄双桥。

周庄双桥指的是“世德桥”和“永安桥”，两桥相连，称为“双桥”，俗称“钥匙桥”。陈逸飞到周庄写生时梦笔生花，将这两座桥画成油画，到美国纽约展出，结果被“国际邮票节”选为首日封，从而传遍世界各地，陈逸飞和周庄镇一“画”成名。从那以后，国内外游客到周庄旅游的络绎不绝。

2008年4月上旬，我和老伴从苏州到周庄游览。当时正值油菜花盛开季节，一路上到处都是一眼望不到边的油菜花，犹如黄金铺满了大地。

汽车停在庄外停车场，导游买好票后领着我们步行进镇，边走边介绍周庄的相关情况。

远在两晋和隋唐时，这个地方叫“贞丰里”。北宋元祐（宋哲宗赵煦年号）元年（1086年），信奉佛教的周迪功来这里建房设庄，开垦土地，后将庄田200亩赠给全福寺作为庙产，后人为感其恩，遂将“贞丰里”改名为“周庄”。

周庄由原来一个小集镇发展成为我国江南商贸重镇，源于元末明初的商贸能人沈万三。

沈万三，名富，字仲荣，浙江湖州人。元朝至顺元年（1330年），由于家庭生活困难，其父沈祐带着他从老家湖州南浔沈家漾迁到周庄落户，先从耕种起家。家业传给颇有经商头脑的沈万三后，他根据元朝鼓励民间进行贸易的法令，充分利用白蚬江西接京杭大运河，东北接浏河又通海的优越条件，河运、海运生意一起做。主要经营丝绸、茶叶、陶瓷、水产、粮食、刺绣、竹器、酒类、手工业品等，将周庄变成了一个商品集散地和交易中心。他把赚来的钱，一部分继续购置田产，一部分投资商业、服务业，在不少地方开办酒楼、银楼、镖局、布庄、鱼行、粮铺、饭店、典当行等，什么赚钱干什么。从而使他很快成为“资巨万万，田产遍于天下”的江南首富，也是当时全国的首富。有资料说，他当时的资产高达20亿两白银。

沈万三赚了大钱后财大气粗，头脑膨胀，竟胆大妄为地与大明王朝皇帝比试高低。

朱元璋建立明朝后定都应天府（南京），首要任务是构筑坚固的城墙。沈万三表示愿意出资包揽三分之一的工程，即从洪武门到水西门。并与皇帝约定，看谁先保质保量地建好。由于他财力雄厚，在原预算的基础上又增加了一倍，所以比朱元璋早三天竣工，抢了皇帝的风头。更为出格的是，朱元璋当上皇帝后要犒赏三军，以收买军心。沈万三听说后居然提出由他代出犒银，“每军犒银一两”，全军百万两，又出了一次风头，

从而引起朱元璋的嫉恨，欲将其杀之。马皇后劝他不要杀富人，怕影响不好，才免其一死，发配到云贵充军。洪武二十六年（1393年），沈万三死在贵州，葬于贵州平越福泉山，终年88岁。明弘治（孝宗朱祐樘年号）十一年（1498年），沈万三的五世孙沈延礼将沈万三遗骨从贵州迁至周庄北部，葬于银溪水底坚固的古墓中，现还立有一碑，上写“沈万三水塚”（“塚”即“冢”，zhǒng，坟墓）。

由于年代久远，加之沈万三被充军后家产有可能被抄没，所以其家族在周庄没有留下纪念物品。我们去看的“沈厅”是沈万三的后裔沈木仁在清乾隆七年（1742年）在沈家老宅地基上，根据沈万三生前家宅的基本样式，仿照明代建筑建成的。这是一座七进五门的建筑，大小房屋100多间，分布在长100米的中轴线两侧，占地面积2500多平方米，分前、中、后三大部分。前部是水墙门与河埠，通镇内河流，专供停靠船只和家人洗涤衣物之用。中部是墙门楼、正厅、茶厅，用于接待贵宾、举办红白喜事、家庭议事等。后部是大堂楼、小堂楼、后厅屋，是家人生活起居之处。前后楼屋之间有厢房楼、过街楼阁连接。名为“松茂堂”的正厅，檐高轩敞，雕梁画栋，梁栋上刻着栩栩如生的凤翔鹤舞。面朝正厅的砖雕门楼是五座门楼中最宏伟的一座，高达六米，四周饰有精细的“红梅迎春”浮雕，有人物、动物、亭台、楼阁，还有戏文故事等，可谓是砖雕艺术中的精品。由于房屋太多，路径复杂，穿来穿去，如入迷宫，领略了“深宅大院”的风貌。

有人说：周庄是用水串起来的。这话比较形象。的确，周庄四面环水，处于澄湖、南湖、白蚬湖、淀山湖环抱之中，镇内四条“井”字形河道流贯全镇，“港汊纷歧，湖河联络，咫尺往来，皆须舟楫”（《周庄志》）。四条河流沿岸形成了八条长街，民居店铺依山而建，沿河民居粉

作者爱人在周庄

墙黛瓦，飞檐翘角；沿街两侧屋檐衔接，明清式茶楼鳞次栉比。河道上横架着各式各样的古桥，巧妙地把水、桥、店、宅连接起来。加之古老码头、河沿石栏、临河水阁、河埠廊坊、过街骑楼、深宅大院等，一派古朴幽静的江南水乡风貌。清代“扬州八怪”之一的金农说，周庄是“画舫箫鼓黄昏后，团扇佳人正倚楼”的绮丽。我国著名美术家吴冠中评价：“黄山集中国山水之美，周庄集中国水乡之美。”已故台湾女作家三毛生前游览周庄时，称赞周庄是她“向往已久”的江南水乡风貌，景色、人情、风采，世界一流。这也吸引了众多文艺工作者，电影《摇啊摇，摇到外婆桥》就是在周庄拍摄的。

有河有街必有桥。周庄的桥古朴典雅，富有特色。据说全镇曾有古桥

30多座，到如今还保留着十三四座。这些古石桥如长虹卧波，静静地横跨在河面上。那天我们去游览，大概走过七八座桥，其中有三座印象深刻。

一是陈逸飞描绘的油画“双桥”，即前面提到的“钥匙桥”，均建于明朝万历年间，至今有400多年的历史。其中世德桥是一座石拱桥，长16米，宽3米，跨度5.9米，横跨在东西向的市河上，桥的东端有石阶引桥，一直伸入街巷中。另一座永安桥则是石梁桥，桥洞较小，仅能容小船通过，桥的护栏由麻条石建成。这两座姊妹桥由于陈逸飞的妙笔生花，名扬天下。

二是位于市中心的富安桥。这座桥建于元末至正十五年（1355年），相传是沈万三的弟弟沈万四所建。其最大特点是桥楼合璧。桥的四个角各建有一座桥楼，而且楼房的一、二层之间没有楼梯，如要上楼，必须到外边的桥上沿桥阶绕上去，故有“阁中飞桥，桥上建屋”之誉。

周庄的古老建筑到处可见，除古桥外，还有古老码头、古朴石阶、幽深水巷、斑驳老墙、黛色旧瓦、深宅大院、光滑石板路等，处处散发着水乡的沧桑韵味。全镇上千户居民的住宅，半数以上是明清时代的建筑。至今还保留着近百座远近闻名的深宅大院和60多座砖雕门楼。除前面提到的“沈厅”外，还有几个有名的“厅”，其中“张厅”是典型的明代建筑。相传，这座建筑是朱元璋手下赫赫有名的大将徐达之弟徐逵的后裔，于明代正统（英宗年号）年间所建，原名“怡顺堂”。清朝初年，徐家将此宅卖给了张姓人家，改名“玉燕堂”，俗称“张厅”。这座五进大院的后屋，箸泾河穿屋而过，也就是说，后屋建在了河上，故有“轿从前门进，船从家中过”之说，非常有特色。

逛周庄可以发现，该镇的商业、服务业相当发达，有两件事我至今记忆犹新。

作者爱人在周庄河岸游览

一是充分发挥水资源的功能。为了吸引顾客乘船游览，河中游船往来穿梭。坐在船上一边观赏两岸风景和名胜古迹，一边聆听当地导游的讲解，令人心旷神怡，尤其船在桥洞中穿进穿出，极有情趣。

更为吸引人的是鱼鹰捉鱼表演。渔民驾驶渔船从下游到一石桥附近停靠。渔船两侧的船帮上和绑着的木棍上落着六七只鱼鹰。这些鱼鹰通称鸬鹚，身体比鸭子狭长，渔民又称其“水老鸦”，羽毛黑亮，嘴扁长，上嘴的尖端有钩，善潜水捉鱼。捉到鱼后，放在喉下的皮囊里，然后飞到船上将鱼吐出，主人用手拍拍它，以示表扬，并奖励给它一条小鱼吃。鱼鹰如果第一次潜水没有捉到鱼，过一会儿它会浮出水面，呼吸一下后旋即潜入水下，直到捉到鱼为止。如果它捉到大鱼，两岸或桥上的游客会为它鼓掌，它也兴奋地抖抖翅膀，很有意思。

二是河的两岸和各条街巷店铺林立，各种商品琳琅满目，尤其小吃极具地方特色。最引人注目的是油光发亮、红扑扑的红烧猪蹄和猪肘子，个大肉多，看着就有食欲。据说这是沈万三家族的传统菜品，名为“万三蹄”，是沈家招待贵客的必备佳肴。“家有筵席，必有酥蹄”，后又发展了猪肘子。经过数百年的承传，竟已成为周庄人过节、婚宴、待客的主打菜，并成为招徕游客的“老字号”品牌。那天中午我们在周庄吃午餐时，点了“万三蹄”和红烧肘子，品尝后我感到味道一般，可能是我这个北方人口重吧。

游览如诗似画的周庄，使我想起了一幅似曾相识的图——《清明上河图》。不过，那幅图是北宋著名画家张择端描绘的首都汴京（现开封）的繁华景象。如画中的村民结伴入城，河上大船载物驶往城中，市内虹桥行人如织，车船往来热闹非凡，商业店铺林立，人们忙着交易，城内民宅鳞次栉比，街道纵横交错，车水马龙，人群摩肩接踵，这多像我们游览的周庄呀！

这正是：

水韵灵动庄之魂，诗意纵横桥为根。

不薄古人仍称颂？未将万家当轻尘。

红色经典沙家浜

“朝霞映在阳澄湖上，芦花放，稻谷香，岸柳成行。全凭着劳动人民一双手，画出了锦绣江南鱼米香。”这是样板戏《沙家浜》中新四军指导员郭建光的一段唱词。由于唱得字正腔圆，铿锵有力，激情四射，曲调悦耳，一时风靡全国。剧中足智多谋的地下党员阿庆嫂，立场坚定的群众代表沙奶奶，敌伪草包司令胡传魁，诡计多端的伪参谋长刁德一，在当时也成了家喻户晓的人物，常熟也因这出戏而闻名全国。

我是1964年入伍后才知道江苏有个常熟县。因为我们三排的李双大、侯瑞林两个老兵和连部文书徐兴华是常熟人，我和他们相处甚好，没少吃他们探家时带回的鸡蛋和鸭蛋。40多年后我第一次去常熟时，还托《常熟日报》副总编辑王鹤鸣为我查找这几位老战友，但因年代久远、村镇变化较大等原因，未果。

2008年4月上旬，我和老伴随中国商业联合会办公室组织的红色旅游，到常熟、苏州参观游览了三天。当月下旬，商会又派我去常熟调研一家商业企业的发展情况。一个月后的5月下旬，又去常熟参加一个专家论证会。在不到两个月的时间里三赴常熟，使我对常熟有了一些了解。

常熟历史悠久。相传3000多年前的商、周之际，周太王古公亶父（周文王的祖父）的长子泰伯（又称太伯）、次子仲雍（又称虞仲）为让其弟

季历继位，放心为“王”，不远3000里从关中到华东太湖流域。经过艰苦创业，泰伯成为当地君长。他死后二弟虞仲即位任君长，虞仲死后，葬于常熟城以北的乌目山上（原名海隅山，因山势如牛，又曾被称“卧牛山”）。人们为了纪念虞仲的高风亮节，遂将乌目山改为“虞山”，常熟因而简称为“虞”。后来，虞仲的后人经过奋斗，建立了吴国，吴文化就此发端。

据史料记载，“常熟”之名始于南北朝时期。梁国大同六年（今元540年）设常熟县，因为此地“土壤膏沃，岁无水旱之灾”。据当地人讲，自古以来常熟没有发生过天旱水灾的记载，而是“岁得常稔（rěn）”，即稻麦等农作物年年成熟，五谷丰登，万民乐业，历来被誉为“江南福地”。

红色经典沙家浜

在抗日战争中，常熟是中国共产党领导的新四军和地方抗日武装的根据地之一。1939年5月，由叶飞（后任全国人大常委会副委员长）率领的新四军以“江南抗日义勇军（简称‘江抗’）”的名义东进抗日，与常熟人民抗日武装（简称“民抗”）及新六梯团会师，开辟了以阳澄湖东唐市为中心的苏（州）常（熟）太（仓）抗日根据地，依靠水网密布的有利条件，狠狠打击日伪势力和土匪武装。在日伪实施的“清乡”大扫荡中，为保存有生力量，“江抗”被迫向西转移，仅留下数十人和流动后方医院坚持斗争，医治36名伤病员。在残酷的斗争中，他们在群众的掩护下，不断地到处转移，甚至转移到茂密的芦苇荡深处。

1939年11月，以夏光、刘飞等痊愈的伤病员为骨干，与地方抗日武装

作者在江苏常熟沙家浜

共同成立了新“江抗东路司令部”和特务连，在党的领导下继续与日伪进行顽强斗争。成立后的一年内，迅速发展成为一支拥有6个支队的抗日武装力量，组织大小战斗47次，击毙日军147人，伪军357人，生俘伪军近300人。中华人民共和国成立后，上海沪剧团上演的《芦荡火种》和后来改编的现代京剧《沙家浜》，就取材于“江抗”建立前后的那段史实。

据了解，《沙家浜》的出台是这样的。

1957年，时任上海警备区副司令员的刘飞撰写了一部长篇回忆录《火种》，叙述了1939年至1940年在阳澄湖后方医院养伤的亲身经历，着重描写了36名伤病员的英雄形象，以及当地人民群众与新四军的鱼水情。

1958年，上海沪剧团看了刘飞副司令员的回忆录后，立即派创作人员到南京军区深挖创作素材，并看到了那36名伤病员的姓名，进而创作出了革命现代沪剧《芦荡火种》。出于艺术的考虑，将36名伤病员改为18名，茶馆的男老板改为女老板阿庆嫂，在上海演出后受到一致好评。

1963年，上海沪剧团带着《芦荡火种》进京演出，江青看后认为剧情不错，便让北京京剧团改编为毛泽东爱看的京剧，据说是著名作家汪曾祺等人改编的。改编后北京京剧团著名演员赵燕侠出演阿庆嫂，并于1964年参加了全国京剧会演。毛泽东观看后作了两点指示：一是应将剧名改为《沙家浜》，因为"芦荡"乃水网地区，会把"火种"湮灭；二是戏中要加强武装斗争。据此指示，北京京剧团进一步进行了修改，剧名改为《沙家浜》，剧情突出了新四军伤病员和"男一号"郭建光，尤其突出了"女一号"阿庆嫂巧妙地与假意抗战、实则暗投日寇的"忠义救国军"司令胡传魁、参谋长刁德一斗智斗勇，掩护新四军伤病员，最终消灭了日伪顽敌。时任《人民日报》总编辑的邓拓作诗赞扬阿庆嫂："阳澄湖畔春来馆，地下斗争一战场。壶里乾坤江海阔，杯中弓影虬蛇长。屡施奇计知肝胆，直捣贼巢灭虎狼。起看波涛天际起，燎原烽火正辉煌。"

后来，京剧《沙家浜》被定为八个样板戏之一（其他七个是：京剧《红灯记》《智取威虎山》《奇袭白虎团》《海港》，芭蕾舞剧《红色娘子军》《白毛女》，交响音乐《沙家浜》），阿庆嫂等人的唱段唱红了大江南北。1965年，中央乐团将其改编成交响音乐《沙家浜》；1971年，长春电影制片厂将《沙家浜》拍成电影；后又改编成30集电视连续剧，著名演员许晴饰演阿庆嫂，陈道明饰演刁德一，2006年6月首播，受到好评。

作者夫妇在阿庆嫂开的春来茶馆处留影

一出戏使沙家浜在全国闻名遐迩，同时成为红色旅游胜地。我们到沙家浜红石村去参观时，看到了叶飞题写的“沙家浜”纪念碑。这里的建筑再现了抗战时期江南水乡的原貌。如斑驳的麻石路，古街上的青石板，临水的古房屋，幌子摇曳的各种店面，古老的油坊和典当行，等等。最吸引人的还是依水而建的春来茶馆。

春来茶馆的厅堂里摆着几张八仙桌，半新的茶具摆放整齐，与京剧中的阿庆嫂有点儿神似的老板娘热情地招呼客人，使人立即想起阿庆嫂的唱词和唱腔：“垒起七星灶，铜壶煮三江，摆开八仙桌，招待十六方，来的都是客，全凭嘴一张……”倚窗而坐，眺望着窗外宽阔的水面、茂盛的芦苇，听着扩音喇叭里播放的京剧《沙家浜》，别有一番风味！

在沙家浜革命史料馆里，陈列着新四军领导人谭震林（中华人民共和国成立后曾任国务院副总理）用过的手枪和皮箱，叶飞用过的钢笔和马灯，夏光记载新四军伤病员坚持斗争的笔记本，新四军战士用过的歪把子机枪，医护人员为伤病员治疗的药箱、绷带等，这可都是新四军指战员与敌人浴血奋战的实物啊！

尚湖名出姜子牙

在常熟听到几句顺口溜："常熟好地方，山水好风光；尚湖里，乘龙船；虞山上，登城墙；兴福寺，历史长；沙家浜，名气响。"古人形容常熟是"七溪流水皆通海，十里青山半入城"。这十里青山指的就是虞山。遗憾的是，我每次去常熟，活动都安排得很紧，因而未能去游风景秀丽的虞山，但游览了烟波浩渺的尚湖。

尚湖位于虞山之南，因而又被称为"山前湖"；因位于常熟城以西，因而又被称为"西湖"，据说湖水面积超过杭州西湖。

尚湖之名，源自姜尚（姜子牙）。据当地人说，古代的姜尚曾在这个湖里垂钓，"姜太公钓鱼，愿者上钩"的故事就发生在这里。另一种说法是，姜太公为避商纣王暴政，曾隐居海隅山，他有时候到山前湖垂钓，故得名"尚湖"。

我认为后一种说法比较靠谱，即姜尚曾在这座湖里垂钓过，并不是"姜太公钓鱼，愿者上钩"的故事发生地。

据《辞海》历史分册、《简明中国古代文化史词典》《上下五千年》等书籍记载姜尚，字"子牙"，另一说字"望"。他的先祖因辅佐夏朝大禹治水有功，被封在吕地，所以姜尚又被称为"吕尚"，历史上确有以封地为姓的。但到姜子牙出生时，家境已经败落。他年轻时曾在商朝的首都朝歌（今河南省安阳市的汤阴县）宰过牛，在黄河边上的孟津（今洛阳市孟津县）当过酒店的伙计。但不管在何种境遇中，他都坚持学习历史、政治、军事，静心忍性，等待一展抱负的时机。他是想借钓鱼求见贤明的西伯侯、后来的周文王姬昌的。

巧的是，姬昌一次出猎前占了一卦，卦相告诉他：今日出猎“所得猎物非龙非离（传说中的无角龙），非虎非熊，而是成就霸业的辅臣”。他带着疑惑出猎，在陕西渭水支流磻溪边发现一位须发斑白的老人在垂钓，嘴里还不断地念叨：“快上钩呀快上钩，愿意上钩的快来上钩。”奇怪的是，老人钓鱼的鱼钩离水面三尺高，且钩是直的，上面也没有钓饵。姬昌感到很纳闷，就和老人攀谈起来。在谈话中发现老人学问渊博，上通天文，下知地理，对政治军事等各方面很有研究，而且眼光远大，满腹韬略，对当时的政治形势分析得头头是道。他认为商朝无道，应由贤明的领袖出来推翻他，建立一个新朝，让老百姓过上好日子。姬昌听后大喜，认为姜子牙是奇才。他说：“我们的先君太公曾说‘定有圣人来周，周会因此兴旺’，说的就是你吧。请你到我们那里去，帮助我们治理国家吧。”二人一同乘车回到城里去了。这就是“姜太公钓鱼，愿者上钩”的故事。

这个故事说明，钓鱼之乐，不在鱼，在于钓；鱼，来与不来，钓，总坐那里；心，安静而强大，无为而有为。对于姜子牙而言，那一次的“钓”，也许是他早就掐算好的；而在姬昌看来，却是“天算”。然而，不管是人算、天算，总算成为历史美谈。栋梁之材姜子牙擅于统兵打仗，先后辅佐文王姬昌、武王姬发，灭掉了商纣王，为建立西周立下大功。到成王姬诵时，将他封于齐，建都营丘（今山东淄博），尊为太公，世称“姜太公”，著有兵书《六韬》。

我们到尚湖游览时，在钓鱼渚（zhǔ，指水中间的小块陆地）公园的北侧看到一尊用花岗岩雕刻的姜太公塑像。“姜太公”手执钓竿，正襟危坐，目视前方，一副“宁向直中取，不向曲中求”的刚正不阿形态。大家纷纷在雕像前拍照留念。

我第一次去游尚湖时，大巴只能停在公园大门外。我们信步沿着湖岸参观，一会儿观赏成片花卉，一会儿欣赏湖光山色，一会儿参观古色古香的亭台楼阁，聆听导游介绍有趣的历史故事。如在“拂水山庄”，介绍了明末清初常熟人、著名史学家、文学家、礼部右侍郎钱谦益，与“四大名妓”之一的柳如是结下后世姻缘，在尚湖建起了拂水山庄。两人情交意融，常在一起赋诗作画，谈笑风生。钱谦益还以“有美诗”为题，用百韵千字写了一首长诗，把柳如是的出身、爱好、性格及绵绵情思，描写得淋漓尽致。他俩在这里度过了最后的绝美风光，成为一段历史佳话。

我前两次去游尚湖时，正值春暖花开的季节。进门后不远就是牡丹园，大片各色牡丹、芍药的硕大花朵争奇斗艳。红的、白的、黄的、紫的、红黄相间的，在温暖的阳光下绽放得五颜六色。站在花前仔细观察片片花瓣，清晰美艳，引来无数蜜蜂飞来飞去，争先恐后地到花朵中采集酿蜜的花粉。紫丁香更是花香扑鼻，不少游客轻轻地将花枝弯到鼻前品其香气，尽情地享受大自然赋予的幸福。

我们集体乘船畅游尚湖更是一件美事。水面辽阔，绿波荡漾。远处一座拱形长桥犹如长虹横卧在水面上，为尚湖增添了一处美景。湖中有六七个人工岛，如荷香洲、鸣禽洲、桃花岛等。其中最大的当数荷香洲，据说面积有三四万平方米。岛上除保留着照山楼、流香馆、荷香亭等清代建筑外，还有著名的四个景园，即东有“塔亭双影”、西有“月洞探幽”、南有“映日风荷”、北有“山色涛声”，分别体现着山、水、城、乡四大自

常熟尚湖公园一角

然景色，游客络绎不绝。

游船行到一处离岸不远、到处是参天大树的岛边，船员告诉我们：这是桃花岛，过去岛上全是桃树，到了春天桃花盛开的时候，简直成了一个花岛。后来从美国移来一个树种叫“池杉”，当地人俗称“水杉”。这种树天生就愿泡在水里生长，所以长得飞快，又笔直又高大。在岛上的陆地也能生长，不过生长得慢一些。几年工夫就把这里变成了“水之森林”，引来的鸟也非常多。但我们的船太大，开不进去，要去看桃花岛，得坐竹筏。但此时已快中午了，下午我们另有安排，只好“忍痛割爱”，放弃游览。

第二次去常熟，在吃晚餐时我无意说起那次的“遗憾”。东道主马上说：“明天早上早点起床，我带你们去看桃花岛，看后回来吃饭，耽误不

了上午的会。”

第二天早上五点，我们驱车直奔尚湖桃花岛南侧湖岸。一下车便听到各种鸟叫，似乎进入了鸟市。我们从岸边芦苇丛中的几个有利地形向岛上望去，岛上和岛周围的水中到处是高大笔直的池杉。有些地方成排成队齐刷刷地立在水中，岛上的池杉疏疏密密，你映我掩，里面只有鸟叫，没有人影，仿佛布了一个令人难以捉摸的迷阵。

而最迷人的还是树林中那些数以百计的白鹭和湖面上的红嘴鸥等水鸟。尤其那些漂亮的白鹭（又名鹭鸶），扑棱着雪白的翅膀，撒欢似的飞来飞去，嘴里还啁啾地叫着，令人眼花缭乱。看那鸟巢，大多筑在杉树的高处。也许是白鹭腿长脖子长的缘故，它们进窝后，白色的羽毛一半在窝里，另一半露在外面。我最爱看白鹭飞翔时的姿态：两条修长的鸟腿收起，雪白的翅膀翩翩起舞，恍如凌波仙子下凡。落树时，双腿下伸，爪子抓牢树枝，稳稳落下，美妙无比。再看湖岸与桃花岛之间的水面上，水色空蒙，红嘴鸥及其他羽毛漂亮的水鸟低飞着，偶尔捉鱼时掠过水面，留下一道优美的弧线，水面上也泛起一道银光闪闪的涟漪。如此美景令人难忘。2008年5月1日我在常熟宾馆休息时，曾作小诗一首《游尚湖》，现转录如下。

风柔日暖天怀蓝，林青水碧桥拱悬。

鹭舞鱼跃钓翁醉，游酣欲抱胜景还。

乐在常熟吃河豚

常熟既是鱼米之乡，又是美食之乡，名菜名点名小吃甚多，如我记得的“叫花鸡”（又叫“黄泥煨鸡”）、爆炒鳝丝或鳝片、响油鳝糊等。而我印象最深的则是松树蕈（xùn）油面和红烧河豚（tún）。

常熟人有吃早茶的习俗，据说最有名的早茶当数兴福寺前的“兴福正宗老面馆”，外地人到常熟，无不光顾这家名馆，我也不例外。

兴福寺位于虞山北麓，始建于南北朝时的北齐（公元550—577年），距今已有1400多年的历史，是一座与杭州的灵隐寺、江苏镇江的金山寺、常州的天宁寺齐名的江南古刹。寺前涧溪横贯，古树参天，风景优美，开车沿一条公路直达寺前的兴福寺正宗老面馆。

因为这是一家老字号早茶店，每天早上从城里开车到这里吃早茶的人络绎不绝，如不提前预订，九点前是难以吃上早茶的。

进了院门，是一个较大的院落，长长短短地摆满了长条桌，我们头天已经预约，十几个人很快被安排到长桌两侧，等待上茶。

我在香港、广州、深圳、珠海、东莞、顺德等南方城市均吃过广式早茶。虽称“早茶”，实际上是早点，各种点心、汤包、馄饨等十几种甚至几十种，当然也有茶。南方早茶品种多，人们边吃边看报纸，悠闲自在。而常熟的早茶却是一茶一面，似乎简单了些，实则不简单。

据介绍，每人先上一杯茶，白茶、碧螺春任选，都是“明前茶”，即清明节前摘的嫩芽，每斤都在6000元以上。这我相信，因在常熟茶叶店里卖的新茶6000元至1.2万元一斤的均有。

松树蕈油面就更不简单了。“蕈”是一种高等菌类，生长在森林里或草地上，大多伞状，老百姓对其统称为蘑菇。蕈的种类很多，但那些颜色鲜艳的大多有剧毒，就是人们所说的“毒蘑菇”，不少人食用后中毒，甚至抢救不及时而死亡。实际上，有毒的是极少数，而绝大多数味道鲜美，如松蕈、香蕈、柳蘑等，既可炒可炖，也可作打卤面的“浇头”。产自常熟虞山的松树蕈，大多生长在松树根边的草丛里，颜色青绿，寻找不易，因而当地人采集时称为“捉蕈”，如同东北人在深山老林里采集野参一样神秘，所以它很珍贵。做法是，手擀的面条煮熟后过一遍水，再过一遍特制的熟油，浇上用松蕈等多种作料制作的汤卤，加之特殊手艺，所以吃起来又香又鲜。据说当年乾隆皇帝下江南时，吃了“松树蕈油面”后赞不绝口，更使这种食品声名远扬。

最令人难忘的是，在常熟吃身有剧毒的河豚，那可是需要胆量的。

自20世纪90年代以来，我到四川泸州、重庆、武汉和安徽的安庆、芜湖、江苏的无锡等地出差时，在餐桌上都见到过烹制好的河豚，只因这种鱼身有剧毒而未敢下筷，只怕哪个“万一”。

2008年到常熟后，几位朋友极力推荐我去吃河豚，并当场吃给我看，使我明白了身有剧毒的河豚，经过行家里手的加工去毒和精心烹制，是完全可以放心食用的，而且味道鲜美无比，素有“吃了河豚，百样无味”之说。

河豚又叫“鲀”，历史上称为“鯸鲐”。因其体形肥圆，俗称“滚筒鱼”，根据河豚“触物即怒”的特点，又被称为“嗔鱼”（“嗔”念chēn），“嗔”即发怒生气之意。

河豚之所以易发怒、爱生气，是因其无鳃，只靠肺呼吸，每隔十几秒就得浮出水面呼吸一次。但当受到惊吓时，可潜在水下几分钟不露出水面。它在遇到敌人发怒时，便使劲吸入大量空气，使腹部迅速膨胀成“滚筒”，并仰天而浮，恐吓敌人而不敢将其食之。到了唐宋时期，吴地人看到这种鱼发怒时气鼓如小猪，便将其叫作“河豚”，“豚”即小猪。

常熟位于长江出海口，盛产鲥鱼、黄鱼、带鱼、河豚等。到了河豚从海中往长江上游的春季，渔民们便根据河豚爱生气的特点，在长江的水面上捕捞。据说闽粤一带的渔民捕获海豚的办法更绝。他们在海面上撒开大网，网上系有若干未挂钓饵的鱼钩。海豚碰到鱼钩就生气，怒视鱼钩并与其斗个高低，结果被鱼钩钩住。只要有一条海豚被钩住，其他的海豚都会不服气，个个聚过来与鱼钩“决斗”，结果大都被钩住。可见，河豚或海豚易发怒、爱生气的特性，在所有生物中可以说是独一无二的。

河豚有剧毒，这是毋庸置疑的，三国时的魏国就有“鯸夷，魨也。背青腹白，触物即怒，其肝杀人”的记载。西晋、唐、宋、清几个朝代的有关历史资料，也有类似记述。如河豚“腹下白，背上青黑，有黄纹，性有毒，食之杀人”；河豚“煮之非法，毒人立毙。红目红翅者尤毒”；等等。

据史籍载，河豚的剧毒藏于肝脏、卵巢、胆囊等处和血液里，尤以肝脏最甚。河豚的毒性约为氰酸钾毒的十三四倍，其毒素即使久煮久炖也不能分解，更不会被任何调料消融。一个成年人只要吸入一克河豚毒，几分钟就会毙命。一条河豚体内所含的毒素，足使三四十人昏迷不醒，甚至死亡。但其他部位并无毒素，只要非常小心地处理得当，彻底清除含有毒素的部位，烹调后可放心食用，而且味道极为鲜美。

可以想象，最早吃河豚的人一定不知道这种鱼有剧毒。正是由于他

们用不可知的牺牲，为人们换来了可知的美味。即使后来的人们知道了河豚有剧毒，还是“拼死吃河豚”。据说最早吃河豚的，是包括常熟在内的“吴中人”或称“吴地人”，即现在的上海、苏州等地区。

西晋著名文学家左思（山东淄博人）在《吴都赋》中就有河豚被吴中人视为美味的记载。到了宋代，吴中吃河豚已成风俗。北宋科学家沈括在《梦溪笔谈》中说：“吴人嗜河豚鱼，有遇毒者往往杀人，可为深戒。”南宋文学家范成大（苏州人）有诗曰：“荻芽抽笋河豚上，楝子花开石首来。”同时代的诗人梅圣俞亦有“春州生荻芽，春岸飞杨花。河豚当是时，贵不数鱼虾”。而让河豚成为举世皆知的美味佳肴的是北宋文学家苏东坡。他为僧人惠崇的画《春江晓景》题字的诗中写道：“竹外桃花三两枝，春江水暖鸭先知。蒌蒿满地芦芽短，正是河豚欲上时。”此诗传开后，让河豚名声远扬，尝吃者越来越多，很多文人学士无不赞赏苏轼对河豚的赞美。不少人在诗词中将河豚肉描绘成洁白如乳、鲜美肥嫩、腴而不腻、入口即化，等等。

据说苏东坡极爱吃河豚。他在资善堂与人谈起尝鲜河豚肉时竟说：“真是消得一死”。后来他谪居常州时，有位缙绅请他吃河豚，他吃饱后撂下筷子歇了一会儿，复又起筷夹起一块河豚肉放到嘴里，下咽后说了一句：“也值得一死。”意思是，吃了河豚肉，即使中毒死了也值得。直到清代，还有人写诗给予赞美：“值得东坡甘一死，大家拼命吃河豚。”

河豚盛产于每年的三四月间，过了这个季节它要产卵，就不宜捕食了。我三次去常熟，正好是盛产河豚的季节，当大着胆子吃过第一次后，再吃也就无所忌惮了。

我在常熟吃河豚，印象最深的一次是，有一家位于河岸的饭店，据说是全市烹制河豚最好的饭店，每天顾客盈门，如不事先预订，根本无座位。

我们落座后，饭店的服务员既热情又熟练地向我们介绍河豚的相关知识，以及加工去毒、保证食用万无一失等事宜，让大家放心食用，开心尝鲜，吃了第一回，还想再来第二回，以至更多回。

这家饭店烧的河豚，关键是火候掌握得好，咸淡适宜，鱼肉似蒜瓣，鲜嫩可口，无不称好。我那种对“剧毒”的恐惧，对“万一”去毒不彻底的疑惑，早已抛到九霄云外去了。这真是：

四月常熟景清奇，湖江凌波如韵诗。

满席珍馐频招手，唯有河豚沁心脾。

秋游太湖鼋头渚

太湖，介于江苏、浙江两省之间。北临江苏无锡，东近苏州，西依宜兴，南濒浙江湖州，面积2500平方公里。号称三万六千顷，是仅次于湖南洞庭湖、江西鄱阳湖的我国第三大淡水湖。

据介绍，太湖古称“震泽”，《史记》将其称为“五湖”，因这里曾有五个湖泊。相传在百万年前，这里是一个大海湾，后来逐渐与外海隔绝，变成了内陆淡水湖泊。夏朝大禹在太湖治理水患时，开凿了东江、娄江、吴淞江三大水道，沟通了太湖与大海的联系，将洪水疏导入海。对此，西汉史学家、文学家司马迁在《史记》中记述了这一史实：“禹治水于吴，通渠三江五湖”“三江既入，震泽底定”。

我最早知道江南有个太湖，还是20世纪50年代在老家看古典小说《水浒全传》时。在113回“混江龙太湖小结义”中，作者对水天空阔、万顷一碧的太湖作了精彩的描述：“天连远水，水接遥天。高低水影无尘，上下天光一色；双双野鹭飞来，点破碧琉璃；两两轻鸥惊起，冲开青翡翠；春光荡漾，溶溶波皱鱼鳞；夏雨滂沱，滚滚浪翻银屋；秋蟾皎洁，金蛇游走波澜；冬雪纷飞，玉蝶弥漫天地。混沌凿开元气窟，冯夷独占水晶宫。”

就是在这风景如画的太湖里，梁山好汉混江龙李俊在执行侦察任务中，结识了赤须龙费保、卷毛虎倪云等四个绿林好汉，并结拜为兄弟，一起随宋江征讨方腊。这些情节，我印象颇深。

我曾三次去过太湖，乘车基本沿着湖岸公路转了一圈，既饱览了周围的自然风景，又观赏了太湖的旖旎风光，并重点游览了“太湖绝佳处”的鼋头渚。

太湖地势西高东低，湖的西面和西南、西北是丘陵地带，山峦连绵，青翠无边。东南部则是一望无际的湖滨平原。湖中点缀着48个大小岛屿和72座巍峨灵峰。湖面辽阔，碧水浩渺，波光粼粼，蔚为壮观，自古以来就被誉为“吴中山水之冠”。

我第一次到太湖是50多年前的1968年4月，当时我在解放军报社审干组工作，受命与魏振海同志到江南七省市进行外调。4月8日上午，我们从杭州乘车，途经清代大名鼎鼎的红顶商人胡雪岩的老家湖州，沿太湖西南岸和西岸北上。一路上湖光山色迷人心魄，鲜花翠竹馥郁葱茏。遥望湖面，波光耀镜，幽静恬雅。各种飞鸟飞来飞去如穿梭，有的在空中翱翔，有的在湖面觅食。奇怪的是，基本没看到渔船，也许是在那个特殊的年代，不能随便下湖捕鱼的缘故吧。

湖中小岛树木郁郁葱葱，宛如一颗颗晶莹的绿翡翠镶嵌在银光闪闪的湖面上。湖中最大的岛西洞庭山清晰可见，据说太湖的72峰，其中有41峰在西洞庭山上。我不由自主地思忖着：“古代太湖中那些绿林好汉或打家劫舍的山大王，可能就住在西洞庭山等岛屿上吧！”甚至京剧《打渔杀家》中，混江龙李俊、卷毛虎倪云的形象浮现在了眼前。

下午两三点钟，到达盛产陶器尤其是紫砂壶的宜兴，住到20军58师招待所。巧的是，在到招待所的路上，碰到了前不久与我们同时借调到军报社的顾强。他是一个团的副政委，因家中有事请假回到部队，这么巧碰

到一起，都说“有缘，有缘”。他当场邀请我们第二天下午到他家做客。当他领我们到他家时，他老婆已经做好了满满一桌丰盛的菜肴，并用自己酿的米酒招待，每人一大暖壶。那是我第一次喝米酒，香甜适度，略带酸味，口感极佳。我第一个将一大暖壶米酒喝光，并又喝了别人两碗。米酒好喝，但有后劲儿。由于我正处于年轻力壮之时，酒量又较大，虽然晕晕忽忽，但未喝醉。而在回招待所的路上，老魏已醉得不能控制自己，我一直搀扶着他走，但一不注意，他歪歪斜斜地倒到路边的沟里去了，把我也带了下去。

以上是沿太湖而行的一段小插曲，虽已过去了50多年，但回想起来还挺有意思。

在宜兴的调查任务完成后，我们便沿湖到了无锡。

无锡，这座位于京沪线上的中等城市我曾去过三次。“无锡锡山山无锡”。相传在秦朝之前，此地的锡山是产锡的。然而到了西汉初期，这里的锡矿石已被采掘殆尽，故名“无锡”。

无锡虽已无“锡”，但有丰富的水资源，这就是浩瀚的太湖。无锡承太湖水之甘泽，发展成为太湖之滨一颗耀眼的明珠，不仅山清水秀，风景如画，而且物产丰富，素有“鱼米之乡”之誉。据说无锡一直很富有，至今的国内生产总值（GDP）还排在全国几百座城市的前十名。

无锡的名胜古迹也不少，如优雅明丽、依山傍湖的蠡（lǐ）园，相传是春秋末年越国大夫、上将军范蠡偕美女西施泛舟归隐此处而得名。还有四面临水、古称蓬莱仙岛的“三山公园”；前临太湖万顷、背靠龙山九峰、梅花盛开时犹如红霞升腾的梅园；三面临水、状如鼋头的鼋头渚等。

1993年10月上旬，我到无锡参加国内贸易部在太湖边一家宾馆召开的法治工作会议，会后我去游览了鼋头渚（鼋，读yuán，是一种比鳖大、体

作者在无锡

近圆形、背甲呈绿色的水中爬行动物；我在泰国、新加坡和澳大利亚以及我国海南等地都见过。渚，读zhǔ，指水中的小块陆地）。

鼋头渚位于无锡市区西南、太湖北岸的充山半岛前端，三面环水，巨石突入湖中，状若浮鼋翘首而得名。它以山不高而秀雅、水不深而辽阔的无边风月，以春夏秋冬景色迥异、阴晴雨雾变幻神奇、早中晚意境不同吸引着历代文人墨客、达官贵人和无数中外游客。1958年，我国当代著名文学家郭沫若先生游览太湖时，写下了“太湖佳绝处，毕竟在鼋头”的美妙诗句。

鼋头渚公园大门是一座牌坊式建筑，飞甍（méng）重檐，琉璃坊顶，正面上额有“鼋头渚”三个鎏金大字。进门后左侧是一座古式建筑“太湖别墅”。沿路向左行二三百米，在湖边有一座轮渡码头，从码头上船，可到三山岛等好几个岛屿，并可到达浙江湖州。站在码头处远眺，可见形如巨龟的三山岛在茫茫水域中载沉载浮，若隐若现，时淡时浓，忽明忽暗，恍如云天烟水中的人间仙岛。

从轮渡码头沿湖前行，不远处是一座古典式牌坊，斗拱连接，飞檐翘

角，上书“太湖绝佳处”，是郭沫若先生的手迹。穿过牌坊，是一座饰有凤穿牡丹的照壁，因凤凰和牡丹都是吉祥物。照壁后的“涵万轩”临水而建，轩内悬挂着“湖山罨（yǎn）画”匾额，是清朝乾隆皇帝的手笔。

再往前是鼋头渚的主要游览区。在一个岛中小湖上建有一座“青春桥”，桥呈拱形，桥洞浑圆。过了桥有一座名为“绛雪轩”的古建筑，轩旁的山坡上是经常云雾缭绕的“云逗楼”，楼名匾额是著名教育家蔡元培先生所题。

前面的游览景点就更集中了。据说这片以“藕花深处”为中心的景区是晚清状元杨翰西所建。中间是一个湖，湖边小溪蜿蜒，湖上曲桥玲珑，湖的周边分列着湖山春深、诵芬堂、牡丹坞等景点。湖中满是荷藕，夏天荷花盛开，鲜艳无比，不仅游人争相赏看，就是从空中路过的天仙都要停住多看几眼。可惜我们去的时候已是中秋时节，荷叶已深绿，荷花已全无。湖中荷藕中立一古色古香的方亭，从西边的曲桥上走到方亭里观看，亭上悬挂的“藕花深处”匾额十分醒目。

怎么起这么一个名字呢？

据介绍，起这个名字还有一段真实故事呢。

据说这个湖中方亭建成后，园主杨翰西的亲朋好友前来祝贺。席间，杨翰西请来宾为方亭起个名字。当时正值夏季，湖心荡漾，荷花盛开，有人题名“湖心亭”，但杨翰西认为太俗。正当大家冥思苦想时，有位建园的工匠说：“我能起个名吗？”

“你说。”杨翰西立允。

“我过去读过李清照的《如梦令》，里面有一句‘兴尽晚回舟，误入藕花深处’。咱们这个亭子四周都是荷花，亭子又在湖水的深处，就叫‘藕花深处’如何？”

杨翰西觉着这个名字非常贴切，便采纳了工匠的意见，题名“藕花深处”。

方亭的西北面是杨翰西家的宫殿式祠堂，上悬“湖山春深”匾额。两旁的楹联是：“湖阔鱼龙跃，山阴草木香”。堂前水中立一湖石，亭亭玉立，石面白净如轻纱蝉翼。湖石的对面是“净香水榭”和“牡丹坞”。这里的建筑物虽然较多，但风景各异，疏密有致，浓淡相宜。

过了航湖灯塔不远，立有“鼋渚春涛”石碑，高约两米，正面的“鼋头渚”三字据说是清光绪年间无锡的一位举人写的。而背面的“鼋渚春涛”则是中国历史上最后一位状元刘春霖1906年写的。此人与杨翰西是同科状元，他在光绪三十年（1904年）的殿试中独占鳌头，但万万没想到第二年永远废除了科举制度，而他写的“鼋渚春涛”却永远留了下来。

从“涵虚亭”“霞绮亭”到“横云石壁”这段湖岸线上，奇石错列，危崖嵯峨，惊涛裂岸，飞湿衣襟，古人形容此处是“千金能买太湖石，难买断崖此千尺”。据说晚清无锡县令廖纶在1891年正月陪同友人乘船游太湖时至此。他看到这里有石兀立，浪打石壁，气势雄伟，便题写了“横云”“包孕吴越”两幅字，命人镌刻到“横云壁”处的摩崖峭壁上，成为鼋头渚上的重要一景。“横云”，是说在太湖中回望此处，上下苍茫，水天一色，似半空中的一抹横云在轻轻飘移，十分美妙！“包孕吴越”，意为太湖好似母亲孕育着江浙两省人民。

站在此处远眺，湖中岛屿错落，山色空蒙，水天相连，舟楫争行，一派云梦泽国景象。近观湖面，水不扬波，鸥飞鱼跃，使人不禁想起北宋文学家范仲淹咏太湖的两句诗：“有浪即山高，无浪还练静。”我当时观赏太湖时，可能正赶上“无浪还练静”。

再往前还有许多景，由于时间关系，我们只好往回走，去看半山腰上

的最后一景“澄澜堂”。

这也是一座仿古宫殿式建筑，面阔五间，四周有廊。“澄”（chéng）指湖水清澈透明；“澜”指波浪起伏。意思是说，在这山坡上可以饱赏太湖风姿多变的天然景色，风景可与唐朝文学家王勃在《滕王阁序》中描写洪都（今江西南昌）秋色“落霞与孤鹜（wù，野鸭）齐飞，秋水共长天一色”相媲美。正如澄澜堂中“天然画图”匾额两旁的楹联所写：“山横马迹，渚峙鼋头，尽纳湖光开绿野；雨卷珠帘，云飞画栋，此间风景胜洪都”。

堂下，卧“震泽神鼋”青铜雕像，龙头鳖身凤爪鹰尾，长1.7米，宽1.1米，高1.7米，重达700公斤。

据介绍，关于鼋的说法有两种。一种是自然界的鼋，与鳖相似，但比鳖大许多。最大的鳖也只有三四公斤，而鼋的重量可达100多公斤。从外形看，鳖呈扁圆，嘴尖脑袋光滑。而鼋呈正圆嘴亦圆，头部散生疣（yóu，通称“瘊子”，也叫赘疣），因而有的地方称鼋为“癞头龟”，南方人俗称其为“团鱼”。

“太湖第一名胜”鼋头渚，看后总的感觉可用两句话概括：山清水秀浑然天成，人工雕饰锦上添花！我最喜欢的还是自然景致。正如江苏民歌《无锡景》第四段所唱的：“第一个好景致呀，要算鼋头渚，顶顶写意夏天去避暑呀，山路曲折多幽雅呀，水围那个山来，山呀山连水。”歌词朴素，感情朴实，不加雕饰，感人心脾！

现作《**游鼋头渚**》小诗一首：

碧波晴空时正秋，鼋头渚上尽优游。

湖天云水三万顷，澄澜堂前一望收。

上海

色彩斑斓大上海

上海，过去人们总是习惯性地称为“大上海”，因为它是中国第一大城市，也是与美国纽约、英国伦敦、日本东京齐名的“世界四大城市”之一。

我曾多次去过上海，最早一次是57年前的1966年10月下旬。当年，我作为济南军区的国庆观礼代表，在北京参加了国庆观礼后，乘专列到中南、华东五大城市和韶山、井冈山参观。在上海参观了中国共产党成立时的“一大”会址、上海造船厂、上海工业展览馆，乘东海舰队登陆舰在东海遨游了76公里，风景迷人，令人陶醉。我曾作小词《长相思·东海乘舰游》一首：

天蔚蓝，水碧蓝。
旷空阔海蓝相连，劈浪舰似箭。
登陆舰，护卫舰。
洋面水下坚如磐，谁敢来试箭？

参观党的“一大”会址

在上海，最令人难忘的是到兴业路76号（原法租界望志路106号）参观中国共产党第一次全国代表大会会址。这是一幢具有当时上海地方风格的石库门楼房，是出席“一大”会议的上海代表李汉俊和他哥哥李书诚的寓所。1921年7月23日至7月30日，党的“一大”在这幢楼房底层一间南北长约18米的客堂里召开，来自各地共产主义小组的毛泽东、董必武等13名代表，代表全国53名党员出席了会议。

我去参观时看到，这幢寓所青色砖墙，红色窗棂，黑漆大门上设有铜环。会议室内中间放有一张铺着白布的长方形桌子，桌上放着当年与会代表使用过的火柴盒架和烟灰缸。会议桌周围摆着圆木凳，东西两侧靠墙处各摆着一张茶几和两把椅子，据说是经过考证后按照原貌陈列的。但陈列的出席会议的代表照片只有八名，即湖南的毛泽东、何叔衡，湖北的董必武、陈潭秋，山东的王尽美、邓恩铭，上海的李达、李汉俊。其他五人，即北京的张国焘、刘仁静，广州的陈公博，留日学生周佛海及陈独秀委托的包惠僧，或叛党投敌，或成为汉奸，在那个特殊的年代里，肯定不会挂他们的照片。据说后来根据实事求是、尊重历史史实的原则，挂上了他们的照片，我看这也无可厚非，影响不了我党的伟大形象。

会议在上海召开期间，不料被法国巡捕房的一个密探察觉并遭到搜查，被迫休会，转移到浙江省嘉兴湖里的一艘红船上继续召开。会议通过了党的纲领和相关决议，选举产生了由陈独秀、李达、张国焘三人组成的中央局，宣布中国共产党正式成立。1941年6月，《中央关于中国共产党诞生二十周年、抗战四周年纪念指示》中，决定将7月1日作为中国共产党

成立纪念日。

我到上海参观“一大”会址时，当时已有两年党龄。作为一名党员，来到党的诞生地，一种神圣、敬仰、自豪感油然而生。我曾写过一篇观后感并赋词一首。小词是《一丝风·参观党的“一大”会址》：

血雨腥风搅山河，白骨遍四野。

义士许国聚首，惊雷沪响彻。

立政党，挥兵戈，斩妖孽。

朗空明月，光耀中华，万户笙歌。

兴致勃勃逛外滩

位于黄浦江边的外滩，是上海最美的景点。我从1966年10月到2020年11月的54年间，曾十几次去过上海，几乎每次都到外滩看一看。“到了上海不去逛外滩，你会留下遗憾。”人们如是说。

外滩位于黄浦江西岸，南起延安东路，北至苏州河上的外白渡桥，中山东一路贯穿南北，路西是南京路、北京路等几条主要马路的东端，沿中山东一路西侧，全是旧上海金融外贸机构的高楼大厦，南北全长1.5公里。

这一地段为何叫“外滩”呢？1991年我第三次到上海开会时，才从朋友口中探得端倪。

过去的上海人，习惯将江河的上游称“里”，下游称“外”。这一“里”一“外”就是河流的上游和下游。很早以前，黄浦江在进入上海县城处有条支流，人们便以这条支流为界，上游称“里黄浦滩”，简称“里滩”，下游叫“外黄浦滩”，简称“外滩”，流经上海县城的这一段正好是外滩，从而得名。

黄浦江是上海最大的河流，从吴淞口流入长江，汇入东海。多少年来，外滩是一片自然形成的河滩地，荆棘丛生，杂草遍地。由于江宽水急，逆水而行的船只全靠纤夫拉纤（绳）行走。久而久之，纤夫的足迹踩出了一条曲折的“纤道”。正如鲁迅先生所说：“什么是路？就是从没路的地方践踏出来的，从只有荆棘的地方开辟出来的。”毫无疑问，黄浦江岸的这条纤道就是纤夫们成年累月践踏出来的。

纤道以西，到清朝末年还是一片农田，阡陌沟渠纵横（“阡”指田间南北向的小路，“陌”指东西向的小路），茅舍散居其间，一派江南农村景象。

清道光二十五年（1845年），清政府根据不平等的《南京条约》，把上海外滩以西的830亩土地划为英租界，英国便在今北京路靠近外滩的地方建造领事馆，并沿着外滩一线盖起了幢幢洋行大厦，五六家国外银行进驻营业。与此同时，将外滩纤道改建成了18米宽的大马路，在马路东边的江岸建造码头、货栈和船厂，建筑规模越来越大。

对此，法国殖民者看着眼红，于1849年也抢占了外滩的一些地方，建立了法租界，盖楼房、设银行、建商行等。到1936年，外滩的大型外资银行达到十几家，并设立了许多外贸机构；华资银行和钱庄也有一百多家。那时候的外滩一直被英、法两国占据，分别称为“英租界外滩”和“法兰西外滩”，正如我们在影视剧中所见。到1941年，英、法抵挡不住日军的军事扩张，外滩的英、法租界全部被日本占领。1945年日本无条件投降后，中国收回了外国租界权，外滩所在的道路被命名为“中山东一路”。1949年5月上海解放，军管会受命全面接管民国时期的所有资本银行，新生的中国人民银行华东分行等国有资本银行齐聚外滩，为中国的经济建设做出了贡献。

不管是过去还是现在，人们到外滩都会首先到黄浦江岸边的护栏处去看风景。看什么呢？改革开放前大多站在外滩回过头来看19世纪和20世纪二三十年代的西式建筑；改革开放后还要看黄浦江对岸浦东新区的高大建筑物。当然，还可以看江中来来往往的各种船。

自从外滩成为英、法租界后，两国便以他们国家的建筑风格陆续建起了五花八门的西式高楼大厦。如英国古典式、文艺复兴式的亚细亚大楼、浦发银行大厦、华懋饭店等；法国古典式、哥特式、巴洛克式、新折中主义式等。在外滩中山东一路西侧的一片土地上，矗立着52幢风格迥异的西式古典建筑群，曾被称为“万国建筑博览群”，据说是我国现存的近现代重要的西式建筑群。

前几年播放的由著名演员陈数、雷佳音等主演的电视连续剧《和平饭店》，描写的是在战争年代发生在上海外滩和平饭店里的谍战故事，非常复杂而精彩。由于我和老伴2000年8月曾在和平饭店吃过饭，所以对这部谍战剧格外青睐。

和平饭店位于南京路最东头的南楼和北楼，即外滩中山东一路的19号与20号。据介绍，南楼原为1854年建造的汇中饭店，是上海所有饭店中最豪华的饭店，1965年改为和平饭店南楼，我和老伴就是在这幢楼的一层餐厅吃的午餐。北楼是英国地产大亨沙逊1919年建成的华懋饭店，当时被称为“远东第一楼”，1956年被改为和平饭店北楼，与南楼正对。

改革开放后，站在外滩隔江看浦东，那是非常美的一景。

改革开放前我曾两次从外滩乘坐渡轮过江到浦东。那时候的浦东尚未开发，一派荒凉景象。改革开放后，中央决定开发浦东新区，并在政策上、财政上给予有力支持，加之在黄浦江上修建了多座桥梁，在水下修建隧道，为从市内到浦东提供了交通便利。我后来又四次从外滩到浦东，但

作者夫妇在南京路和平饭店就餐

不用再坐渡轮，而是乘汽车从延安东路最东头的江底隧道和南浦大桥、杨浦大桥、卢浦大桥过去的。不仅在外滩对面登上了上海现在的标志性建筑东方明珠、金茂大厦、上海中心大厦和上海环球金融中心，而且于2010年6月22日到浦东参观了世博园。过去，上海只在西部长宁区有个虹桥国际机场，我曾多次从该机场上下飞机。位于浦东靠海处的浦东机场落成后，在规模、建筑、现代化等方面都大大超过了虹桥机场。2007年我和老伴去日本时，从北京到上海，从上海去日本东京，以及从日本大坂回上海，都是在浦东机场上下飞机。我们从浦东机场到市内的途中，一路上看到的都是高速公路、新型桥梁，到处都是现代化建筑，整个浦东发生了翻天覆地的变化。

在外滩，除了西看古典建筑、东看现代建筑外，还有几个可逛可看可欣赏的景点。

一是逛黄浦公园。从外滩中部的绿化带往北到苏州河与黄浦江交汇处，旧为欧式公园，始建于清同治七年（1868年），中华人民共和国成立后改为“黄浦公园”。公园里的两个景点令人印象深刻。在公园南部的花坛中，有一组《浦江潮》雕塑，寓意颇深。还有喷水池和挥舞旗帜的勇士，为公园增添了政治色彩和活力。在公园东北部的江、河交汇处，矗立着一座高60米的人民英雄纪念塔，形如三股巨大的浪柱直刺长空，象征着在鸦片战争、“五四”运动、解放战争中牺牲的英雄人民群众，奠基石碑上刻着一些名人的题词。

二是听“情人墙”的故事。20世纪60年我两次去上海，在外滩黄浦江边看到有一段二三里路长的防护墙，当地人称为“情人墙”。听说过去上海的住房非常紧张，一家两代甚至三代住一间房的并不鲜见，情侣谈恋爱只能到外面，其中到外滩倚在防护墙上交谈，成了情侣们的首选，因而被称为“情人墙”。20世纪90年代以来，过去的破旧“情人墙”已被坚固的钢筋混凝土防护墙所代替，且有漂亮的不锈钢护栏。那一段的地面全部铺上了彩色地板砖，并饰以花岗岩，西侧栽了树木和花草，成了真正的“情人滩”。

三是瞻仰陈毅元帅的雕像。在外滩北部的陈毅广场上，矗立着一尊中华人民共和国首位上海市市长陈毅的青铜雕像，用红色磨光花岗岩砌成的基座上，安放着5.6米高的陈毅铜像，坐北朝南，既威武又慈祥，再现了陈毅元帅当年在上海视察工作时的形象。走到雕像面前瞻仰，我不由自主地向伟人行军礼，以表达敬仰之情。

四是欣赏历史古桥。走到外滩北头，即可看见横跨苏州河下游河口处的外白渡桥。据说这座1907年由英国人建造的大铁桥，曾是旧上海的标志性建筑之一。桥长52.16米，宽18.3米，20世纪60年代还是铁质老桥时，我曾从桥上走过。现在已全部换成了全钢结构，中间跑汽车，两边是人行道。由于是一座历史古桥，2020年11月我们去参观时，在不同的方位拍了不少照片，以作留念。

“十里洋场”南京路

上海南京路在改革开放前是一个响亮的名字，不仅是旧上海的“十里洋场”，也是闻名海内外的“购物天堂”。

1840年鸦片战争失败后，腐败无能的清政府与英帝国主义签订了丧权辱国的《南京条约》。其中规定，向英国“开放广州、福州、厦门、宁波、上海为通商口岸”。

英国殖民当局根据此条款，在上海洋泾浜以北地区设立租界，后发展成独立于中国主权和法制之外的“国中之国”。那时，南京路一带还是溪汉纵横的泥沼之地，英国人在后来的南京路丽华百货公司附近建了一座跑马场，并修了一条通往外滩的小路，当地人经常看到外国人骑马行走在这条小路上，便称此路为“马路”。1865年，英租界工部局正式将这条马路命名为“南京路”。

清咸丰三年（1853年），上海“小刀会”起义，位于城隍庙的上海县城里的大批商贾富户纷纷躲进了英租界，且可以到南京路一带经商，从而促进了南京路商贸业的飞速发展，各国的洋行、洋布店、洋杂货店、洋饭店以及华人店铺等如雨后春笋般地在南京路涌现。到19世纪末，南京路上仅华商就有184户。进入20世纪以来，南京路上的洋行、烟酒、珠宝

作者在上海南京路步行街雕塑旁留影

首饰、百货、地产和报馆等更是星罗棋布。到1947年，商户、服务业中的饭店、酒店、娱乐场所等达到340多家。永安、先施、新新、大新四家高档百货公司更是创下了亚洲百货业的好几个先河。如第一次安装自动扶梯和空调，工作人员统一服装，百货与餐饮、赌场、影院、娱乐场所等融为一体，成了上海最繁华的马路，曾被誉为“世界商业巨擘”“购物天堂”“不夜城”“声光化之都”“十里洋场”等。

中华人民共和国成立后，东起外滩、西至延安西路的南京路，全长5.5公里。又以南北向的西藏路为界，分为南京东路和南京西路，路两侧最多时云集着700多家商户，被称为“中华第一商业街”“十里繁华南京路”等。

进入新世纪再去看南京路，所不同的是在南北向的河南路以西开辟了“南京路步行街”，路面铺设了彩砖，增加了一些雕塑和小型花坛，街中间专设了经过装饰的“叮当车”，供游人乘车来往。车行起来叮当作响，很吸人眼球。但人流不像过去那样人山人海，摩肩接踵，商店似乎有点儿冷清，也许是网上购物对其有影响吧。

南京路还有一大亮点，这就是“南京路上好八连”。1949年5月27日我军解放上海，中国人民解放军某部八连奉命进驻南京路，担负警卫和巡逻任务。他们身居闹市，一尘不染，艰苦朴素，克己奉公，热爱人民，助人为乐，受到上海广大市民的拥护和赞扬。1963年4月25日，国防部发布命令，授予八连为“南京路上好八连”荣誉称号。那些年红遍大江南北的话剧和电影《霓虹灯下的哨兵》，以南京路上好八连为原型，成功塑造了陈喜、赵大大、童阿南等一个个鲜活的人物，感动教育了一代又一代人。1963年8月1日，毛泽东欣然命笔，以杂言诗的形式写了《八连颂》，高度赞扬了南京路上好八路的光荣事迹，号召全国军民向其学习。全诗如下：

好八连，天下传。为什么？意志坚。为人民，几十年。
拒腐蚀，永不沾。因此叫，好八连。解放军，要学习。
全军民，要自立。不怕压，不怕迫。不怕刀，不怕戟。
不怕鬼，不怕魅（mèi，古代传说中的鬼怪）。不怕帝，不怕贼。
奇儿女，如松柏。上参天，傲霜雪。纪律好，如坚壁。
军事好，如霹雳。政治好，称第一。思想好，能分析。
分析好，大有益。益在哪？团结力。
军民团结如一人，试看天下谁能敌。

游览豫园城隍庙

上海的名胜古迹不是很多，位于市区的城隍庙和豫园算是比较有名的。由于这两处景点挨得很近，游人去游览时大都一起逛遍。

城池保护神——城隍庙

上海城隍庙位于上海旧城区东北部，与豫园毗邻，但比豫园早建100多年，始建于明代永乐（成祖朱棣年号）年间（1403—1424年）。

“城”即城池，“隍”指干涸的护城壕沟或河流，都是保护城池的军事设施。城隍庙里供奉的“城隍神”，被民间和道教视为守护城池的“保护神”。由于这种信仰根深蒂固，虽在战争年代多次被毁，也是屡毁屡建。明朝的嘉靖、万历和清朝从顺治到道光的六个皇帝，以及民国时期的1926年和中华人民共和国成立后，都对上海城隍庙进行过修葺、扩建或重建，为上海人民留下了一份宝贵的历史文化遗产。

上海城隍庙的建筑很多，如门前牌坊、仪门、大殿、元辰殿、财神殿、慈航殿、娘娘殿、文昌殿、关圣殿等。在参观中，我最感兴趣的是那些有故事的古迹和有意思的对联、诗词等，而且尽可能地匆匆写到笔记本上，以备后赏。

城隍庙的正门为四柱三门，飞檐牌楼上塑有八仙，门旁有石狮一对。

作者爱人在上海城隍庙

正门三个门中间的门称为“仪门”，旧时为官衙所走之门。仪门两侧有两副对联，一副是：“阳世之间积善作恶皆由你，阴曹地府古往今来放过谁”。另一副是：“世间何须多计较，神界自有大乘除”。对联后面挂着一只大算盘，上刻四字：“不由人算”。旁边立着两块匾，分别写着：“为善者昌”“为恶者亡”。

上述文字告诫人们，为人要善，不要自私自利，斤斤计较，更不要算计别人。因为，人算不如“天算”，过分地计较个人得失，算来算去，只能是自食其果。而“天算”就是“天道”，天道自有规律，任何人只有循天道而行，才能善始善终；如果逆天道而行，必然自取灭亡。这个“天道”，就是法律。

城隍庙大殿高4.8丈，进深6.3丈，彩椽画栋，翠瓦朱檐。正门悬有“城隍庙”匾额，两旁的对联是：“做个好人心正身安魂梦稳，行些善事天知地鉴鬼神钦”。大殿内供奉着三尊护城神像：秦裕伯、霍光、陈化成。

秦、陈二人过去我未听说过，霍光我是知道的，因学历史时专门介绍过此人。

关于秦裕伯的传说有二。一说他是上海人，元末朝廷老臣，为避战乱，辞官回到上海。明朝开国皇帝朱元璋曾多次请他入朝为官。他入朝后由于精于世道，很受重用，死后被朱元璋封为上海“城隍之神”。另有一说广为流传：秦裕伯是河北大名人，是个孝子。他在上海居住时，因其母亲感叹没见过金銮殿，他便专门建造了一座像金銮殿的建筑，后被人告发。皇帝派人到上海调查，秦裕伯连夜将建好的殿改为金山神庙，才躲过一劫。传说清军南下到上海时，遭到当地人民的顽强抵抗，清军将领准备屠城。屠城前夜，负有决策权力的将领梦见秦裕伯，秦警告他们不准杀人，否则会遭天谴。由于秦裕伯的“显灵”，才挽救了上海百姓，故被列为“城隍神”。

大殿里供奉的霍光，是西汉的博陆侯。据说在明永乐年间，上海知县张守约将方浜路上的“霍光祠”（又名“金山神庙”）改为城隍庙。我从《大汉王朝》和《二十四史》霍光传等书籍中看到，霍光是西汉骠骑将军霍去病的异母弟弟。汉武帝刘彻临终前，任命时任奉车都尉的霍光为大司马（后世改称兵部尚书）、大将军，封为博陆侯，托他与御史大夫桑弘羊一起辅佐他的小儿子刘弗陵（汉昭帝）即位。霍、桑二人在后来的争权夺利中，霍光主张的“轻徭薄赋，与民休息”政策，击败了以桑弘羊为代表的主张“盐铁专营，深酷用法”的官僚集团，受到了人民的拥护。这大概就是城隍庙大殿内那副对联对霍光的褒扬吧！对联为：“威灵显赫护国安邦扶社稷，圣道高明降施甘露救生民”。

大殿里供奉的第三尊城隍神陈化成，是清末江南提督，在1842年的第二次鸦片战争中战死在了吴淞炮台。1937年抗日战争爆发后，市民从“陈公祠”中请出陈化成神像，供奉在城隍庙大殿里，以表达上海人民的抗战决心。

城隍庙里的文昌殿供奉着文昌帝君，俗称“文曲星”，是一位主宰人的功名、俸禄和爵位的神仙。我欣赏的倒不是这方面，而是文昌帝君左右的两个童子。掌管文人录簿的童子叫“文聋”，另一个手持大印的叫“地哑”。意为能知者不能言，能言者不能知，说明保密意识强，措施很得当，谁也不会泄露“天机”。

豫园奇秀甲东南

上海豫园与西南面的城隍庙毗邻，是上海五大古典园林之一。另外四个古园是曲水园、秋霞园、醉白池园和古猗园。其中位于嘉定区南翔镇的古猗园，1993年7月我去游览过，回京后写了一篇游记《绿竹猗猗古猗园》，已收录到《春华秋实——曹进堂文集》一书的上集中。

豫园始建于明朝嘉靖至万历年间（1522—1620年），是四川布政使潘允端建的私家园林。占地虽然只有30多亩，但池沼假山、翠亭水榭、奇峰异石、厅堂楼阁、曲桥流水、古树名花，一应俱全。加之设计精巧细腻，布局秉承吴越建筑风格，清幽秀丽，玲珑剔透，从而被古人赞为“秀奇甲于东西”“东南名园之冠”等。

豫园里的大小景点有40多处，如三穗堂、仰山堂、点春堂、萃秀堂、绮藻堂、玉华堂、得月楼、万花楼、涵碧楼、观涛楼、会景楼，卷雨楼、藏书楼、听涛阁、鱼乐榭、九龙池、九狮轩、九曲桥、静观大厅、积玉水廊、湖水亭、耸翠亭、玉玲珑、古戏台等。点多有序，风格与城隍庙大同小异。

到豫园游览，首先看到的是坐落在正门外的三穗堂。这座建于清乾隆二十五年（1760年）的建筑，是官府举办庆典等重要活动和宣读旨谕之处，也是文人士绅聚会的场所。

过了三穗堂，是一座建于清同治五年的楼房。下层“仰山堂”，堂内展现着录自东晋大书法家王羲之的《兰亭集序》书法作品。上层名为“卷

雨楼”，楼名取自初唐诗人王勃七律诗《滕王阁诗》中“珠帘暮卷西山雨”，诗情画意浓郁。

两面临水的得月楼建于清乾隆二十五年，意为“近水楼台先得月”。楼上的一副楹联极富想象力：“楼高但任云飞过，池水能将月送来”。想想看，身处楼中斗室，心连阔空广宇，伸手可捉流云，但却不忍捉去，任凭自由飞过。楼前清澈池塘，好奇探身去望，何方仙人慷慨，明月送你身旁。这，简直是人间仙境啊！

得月楼下的绮藻堂，其名取自“水波如绮，藻彩纷披”。楼台近水，水中送月，水面送风，心中生花，好不美耶！楼前的天井里有一匾额，上写“人境壶天”。堂的木檐下，有100个用不同字体雕刻的“寿”字，称为“百寿图”，游人无不驻足观赏。

走到万花楼，一副叠字楹联吸引了我。

上联：“莺莺燕燕　翠翠红红　处处融融洽洽”。

下联：“风风雨雨　花花草草　年年暮暮岁岁”。

此联无字不双，每词必复。莺舞燕鸣，草绿花红，雨细风柔，处处和融，重重叠叠，诗意更浓，耐人寻味，其乐无穷！

豫园的点春堂还是上海人民反帝反封建的遗址之一。清道光末年，福建的小刀会传到上海，与当地的庙帮、塘桥帮、罗汉党等合并成立上海小刀会，刘丽川为领袖，指挥部就设在豫园的点春堂，当时称“点春堂会馆”。小刀会成立的第三年（1853年）发动起义，矛头直指清军和英、法、美等帝国主义侵略者。到第五年虽被镇压，但在历史上留下了光辉的一页。

我们到点春堂参观时，看到里面有小刀会的介绍，并陈列着当年小刀会起义军使用的兵器、自铸的“日月钱币”，以及发布的文告等历史文物。堂内还挂着晚清画家任伯年的巨幅国画《观剑图》，画的两侧是著名书法家沈尹默书写的一副对联：“胆量包空廓，心源留粹精”。

戏台，尤其是古戏台，是我比较关注的景点，也许是父亲爱唱戏的缘故。20世纪50年代和60年代初，父亲是当地茂腔剧团的成员之一，而且会唱京剧。他常随剧团到一些村庄在临时搭的戏台上唱戏，有时也领着我去。这些年在我国北方一些城市，如山西太原晋祠里的古戏台给我留下了深刻印象。在江南诸省市中，上海豫园里的古戏台我认为是最有特色的。

这座建于清末的古戏台，老上海人又称其为“打唱台”。唱戏嘛，文戏要唱，武戏要打。根据情节，该唱时要唱，该打时要打，打打唱唱，唱唱打打，才称其为“戏”，才更热闹。

大戏台七米见方，两边有护栏，台前木质垂檐上雕刻着双龙戏珠、凤凰、狮子和有关戏中人物，雕刻细腻，涂金染彩，造型优美，栩栩如生。

戏台顶部呈穹窿状，上有若干层圆圈与若干条弧线相交，四周的28只金鸟展翅欲飞，中心是一面圆镜。戏台后有六扇木屏门，门上的山水、花草和人物图像清晰美观。两侧的立柱上，镌刻着“天增岁月人增寿，云想衣裳花想容”的对联，是上海著名戏曲表演艺术家俞振飞所书。

戏台下据说有200个座位。在旧社会，能到这里听戏的，大多是达官贵人、文人墨客和有钱有势之人，这些座位也基本够用了。

我当时想，我父亲要是活着，看到这座如此“豪华”的戏台，也一定会感到吃惊随之变为惊喜的。

在城隍庙吃包子

城隍庙和豫园的小吃非常有名，不仅花样多，而且制作精致。如小笼包子、雪菜面条、各种馅的馄饨、五香豆腐干、五香豆等。2000年9月我

和爱人去游览时，中午吃了五六种特色小吃，有些品种不记得了，印象是精、鲜、香，口感极佳。令我难忘的是54年前我在那里吃小笼包子。

1968年3月上旬的一天，我和解放军报社的魏振海从上海外滩坐渡轮到浦东，然后乘小火车到川沙县外调。由于路途较远，交通不便，在那里转悠了大半天也没找到要找的调查对象。据村里的老乡讲："你们要找的人出门了，明天才回来。"

当天下午我们回到市里，又累又饿，便慕名到不远的城隍庙去吃南翔小笼包子。落座后老魏对店员说："每人两屉小笼包子（每屉4个）、一碗粥。"

那时年轻，饭量大，加之未吃午餐，包子上来后，我俩狼吞虎咽，一扫而光，惊得几个店员两眼发直，并叽叽喳喳地用上海话议论着什么。听那意思，是笑话我们肚子大、吃得快。

出门后，颇有社会经验的老魏对我说："咱俩每人吃了八个，你看当地人，大多吃两个，后天咱再来。"

第三天我们又去了川沙县，圆满地完成了任务，回到市里已是傍晚。我们径直走进原来去的那家包子店，老魏大声喊："小笼包子，每人三屉，外加一碗粥，一盘小菜。"

店家认出了我们，且有点儿发慌，以为我们是来"报复"的，所以态度极好，毕恭毕敬地"侍候"，不再有任何轻蔑表现。

游览了豫园城隍庙，心生一赞语：

立庙护城池，建园造化奇。

善举众人颂，传世两画图。

浙　江

人间天堂杭西湖

杭州，是著名的大运河南部的终点，现为浙江省省会城市。

早在4700多年前，我们的祖先就在杭州这个地方创造了以黑陶为特征的“良渚文化”。杭州还是中国历史上的七大古都之一（另六个是西安、北京、洛阳、开封、安阳、南京）。五代十国时期的“吴越”国曾在此建都（公元907年由钱镠建国，987年亡于其孙钱俶，被宋朝所灭）。公元1129年，宋朝高宗皇帝赵构在元军强大压力下，被迫把首都从开封迁往杭州，直到1280年，定都杭州达150多年。南宋诗人林升在《题临安邸》诗中写道：“山外青山楼外楼，西湖歌舞几时休？暖风熏得游人醉，直把杭州作汴州。”（汴州指北宋首都汴梁，今开封）。无情地鞭挞南宋统治者苟且偷安、醉生梦死的腐朽生活，一时传遍京城，至今流传不衰。

杭州是一座“三面云山一面城”的美丽城市。曾任杭州刺史的唐代诗人白居易写过许多赞美杭州的诗词，如“官历二十政，宦游三十秋。江山与风月，最忆是杭州”“灯火家家市，笙歌处处楼。无妨思帝里，不合厌杭州”。

13世纪意大利旅行家马可·波罗游览杭州后在游记中赞叹：“这座城市的庄严和美丽，堪为世界城市之冠，是世界上最美丽华贵之天城。”

“美哉，杭州！”美国前总统尼克松、法国前总统蓬皮杜、英国前首

作者在杭州西湖

相撒切尔夫人、新加坡前总理李光耀等，几乎所有到过杭州的外国首脑异口同声地称赞。

我国一代伟人毛泽东，则把杭州作为第二故乡，周恩来总理更是常来常往。我在有关资料中看到，周总理光在杭州西湖“楼外楼”陪同外国首脑就餐就达九次。

杭州美，最美是哪里？

毫无疑问，是享有“人间天堂”之誉的西湖。北宋文学家苏东坡有诗云：“水光潋滟晴方好，山色空蒙雨亦奇。欲把西湖比西子，淡妆浓抹总相宜。”在诗人看来，西湖无论是晴还是雨，都是美好奇妙的；具有沉鱼落雁之容、闭月羞花之貌的西施，无论是淡妆还是浓抹，都是美丽绝伦的。而西湖的水光山色、晴日雨天，也像美女西施一样，浓而不艳俗，淡

而不冷傲，怎么打扮都耐人瞧，送给人们的，都是相宜的美好与美妙！

杭州西湖地处城区西郊，面积达49平方公里。南、北、西三面环山，湖形有点儿椭圆。整个湖被白堤、苏堤等几条堤坝分割成北里湖、西里湖、南湖、岳湖等几个内湖和水面宽阔的外湖——西湖，统称“西湖”。平均水深2.27米，最深处约5米。

我曾多次去过杭州，最早的一次是1968年4月；20世纪90年代以后的20多年里去的次数最多。每次去住三四天或六七天不等，1998年9月我和爱人在杭州住了10天。游览最多的当然是西湖景区，那里的风景的确太美了，尤其有史以来被公认的“西湖十景”，即断桥残雪、平湖秋月、苏堤春晓、曲院风荷、柳浪闻莺、三潭印月、花港观鱼、南屏晚钟、雷峰夕照、双峰插云。

实际上，西湖景区的美妙景点多达100多处，其中有60多处属于国家和省、市重点文物保护单位。如西泠印社、岳坟古迹、灵隐古刹、苏小小墓、湖心平眺、阮墩环碧、宝石流霞、六和古塔、天竺胜迹、龙井品茗、玉皇飞云、黄龙吐翠、虎跑梦泉等。

由于去的次数多，游览了西湖的不少景点。1968年4月第一次去杭州，住在20军招待所。那时杭州市内几乎没有高楼大厦，大片大片的平房也较破旧，街道不宽，胡同里铺的地砖破烂不堪，根本谈不上美。但一到西湖，简直是两重天。由于住的招待所离西湖不远，我每天早上都到“柳浪闻莺”一带的湖边散步或看老翁垂钓。当时正值四月，天蓝水碧，草绿花艳。远眺湖中的几个岛屿，如同镶在湖面上的几颗硕大的碧玉。更远处的山岭，高高低低，一片翠绿，正如白居易《春题湖上》诗中所述：“湖上春来似画图，乱峰围绕水平铺。松排山面千重翠，月点波心一颗珠。”

1997年10月中旬，我参加了国内贸易部政策体制法规司在杭州召开的“三五”普法座谈会，住在西湖以北宝石山葛岭上的一家林中宾馆。据传，东晋咸和年间（326—334年），葛洪曾经在葛岭半山腰炼丹，故称“葛岭”。南宋时，权倾朝野的奸臣、太师贾似道在葛岭建私宅“半闲堂”，朝廷大事，他都在那里裁决，后被革职遭杀。

汽车沿着蜿蜒的山路上山，山上和沟壑中到处是树木和竹林。每天早晨我们都爬到最高处观看日出奇景。破晓之时，向东眺望，只见一轮红日，喷薄而出，红如丹玉，圆如翠盘，金光万道，极其壮观，故有“葛岭朝暾”（tūn，初升的太阳）之名。正如有诗所赞：“人在云山第几丛，遥望沧海涌潮红。桃花潜入疏疏雨，杨柳轻摇淡淡风……”

会后，我们下山到西湖游览，去了岳庙、孤山、西泠印社、平湖秋月、曲院风荷、苏堤和三潭印月、灵隐寺等。几个人边游边聊，有说有笑，玩得尽兴，尽情拍照。

1998年年中，杭州的一位朋友诚邀我们夫妇出席他们举办的“杭州国际旅游品展示展销会”。此前，我和这位朋友一起出访西欧九国，我任团长。在国外一个月的时间里，我们相处甚好。这次到杭州，被安排到西湖南岸的玉皇宾馆。会后我们畅游了湖中诸岛和沿湖著名景点，并到较远处的灵隐寺、玉皇山、八卦田、南宋皇城和南宋官窑遗址等景点参观。

此外，1997年10月、2001年11月、2003年8月、2008年6月、2012年5月我先后到杭州参会和调研，也都住在西湖附近，空余时间便去重游西湖。现将印象较深的几个景点记述如下。

柳浪闻莺

这个景点位于西湖东南岸，东面是涌金门，西边是清波门。园前的南山路东接湖滨路，西接西山路和虎跑路。据说在南宋时期，这里是皇家的御花园，那时称“聚景园”。园中有一座柳浪桥，沿湖栽有各种柳树，粗壮高大，绿树成荫，轻风摇曳，如碧浪翻空，婀娜多姿。一到春天，候鸟黄莺鸣啭其间，清脆悦耳，但只闻其声，难见其影，意境非凡，故名“柳浪闻莺”。正如一首诗所描述：“柳绿千层浪，莺黄两翅金。画舫箫如鼓，只恐让啼音。”

20世纪90年代以后我所看到的“柳浪闻莺”公园，亭廊相接，柳荫夹道，花木扶疏，清新明净。但是，随着现代化城市的发展和人口的增多，“柳浪”虽在，过去那些“如簧巧啭最高枝……声声诉与落花知”的黄莺近些年却很少见了。

春日西湖柳如烟。柳浪闻莺这个地方，给人最深的印象是众多的翠柳。我坐在岸边的长凳上远眺湖面，近赏翠柳，垂柳的枝枝柳条如同20世纪五六十年代大姑娘的发辫，垂在我的周围，有些甚至垂到湖里的水面。难怪历史上的一些文人墨客在咏诵“柳浪闻莺”时总离不开“柳”呢。如元代贡性之的“涌金门外柳垂金，三日不来成绿阴”；明代于谦的“涌金门外柳如烟，西子湖头水拍天”；汤焕的“曲尘杨柳渐藏莺，况是湖南雨乍晴”；等等。令人不由自主地想起唐代诗人贺知章的《咏柳》诗：“碧玉妆成一树高，万条垂下绿丝绦。不知细叶谁裁出，二月春风似剪刀。”

白堤桃柳

“碧桃垂柳醉人迷，潋滟湖光百鸟啼。借伞断桥凄婉恋，孤山寺内鼓笙稀。”这是我和爱人于芳茹游白堤后她写的一首诗。

杭州西湖的白堤，东起“断桥”，中间有锦带桥，西止平湖秋月，全长近一公里，宽30多米，堤名与唐代诗人白居易有关。

我曾三四次去游览过白堤，都是过断桥，上白堤，一直步行到平湖秋月，然后游孤山诸景和西泠印社，再过西泠桥到岳庙，然后到曲院风荷、苏堤春晓、湖中三岛等。

关于西湖白堤的修筑，据传有两种说法。一种是唐代诗人白居易主持修筑。唐朝长庆（穆宗李恒年号）二年（822年），时任朝廷命官的白居易为避免卷进朋党政治斗争的旋涡，自请外任，被朝廷任命杭州刺史，即

作者爱人在西湖白堤

一州太守，相当于现在的市长。在任三年，他除了处理公务、作诗吟诵西湖美景，还积极兴修水利，造福杭州市民。《白居易年谱》载："长庆四年甲辰，在杭州刺史任，修筑钱塘湖（西湖）堤，可灌田千顷。又浚城中李泌六井，以供饮用。"

这就是说，白居易修堤主要是为了疏浚西湖，蓄水灌溉田地。这座长堤将西湖分割成北里湖和称为"外湖"的西湖，又在东北角建了一座水闸，将湖水与杭州城里的内河相通，既便于市民生活之用，又便于灌溉土地。这与《简明中国古代文化史词典》里的介绍相符，即白居易"在杭州刺史任上时，疏浚西湖，并以湖泥堆砌成堤，便利交通，植以桃柳，美化湖境，百姓受惠，称为'白堤'"。

关于白居易疏浚"李泌六井"之说，确有此事。李泌于唐德宗（李适）年间任杭州刺史。在任期间引西湖水到城内，并在城中开凿了六口水井，与西湖水相通，以利百姓日常生活。李泌后任朝廷宰相，封邺侯。但后来这六口井经常阻塞，甚至无水。白居易到任后亲自察看，立即着手疏浚，并定期检查，保证了市民正常用水，深得民心。

另一种说法是，这条长堤早在唐朝前期就以风光旖旎而闻名，但不知是何人主持修筑。堤上铺以白沙，故称"白沙堤"。后来人们以为是白居易任杭州刺史时所筑，故称"白堤"或"白公堤"。我前几次去游览时，也相信这种说法。

后来得知，白居易在任杭州刺史时的确修了一条长堤，但不是在西湖，而是在钱塘门外的石涵桥附近，当时被称为"白公堤"，可惜后来消失得无影无踪了。

白居易被调离杭州转任苏州刺史时，把治水方略写成《钱塘湖石记》，刻于石上，以便让继任者知晓。可见他是识大体、顾大局的，是以人民利益为重、以国家利益为重的。他临走时还把自己的官俸留在州库，作为公家急需之用，深得百姓爱戴。杭州人民为了缅怀白居易为杭州人民作出的贡献，便把这条白沙堤改称“白堤”。久而久之，人们自然而然地认为这条堤就是白居易修筑的了。

横亘在西湖东侧的白堤，堤东是北里湖，西面是宽阔的西湖。堤两边遍植婀娜多娇的垂柳，斜坡上种植着绚丽多彩的各种碧桃。每到春季，群山披绿，湖水涂碧，杨柳青青，桃花绽放，交织如锦，如诗似画，美不胜收。南宋诗人杨万里有诗赞曰：“孤山山后北山前，十里长堤隔两边。一行垂杨绿无缝，石桥通处过春船。”

白居易在杭州时写的许多诗，有不少提到了白沙堤。如《杭州春望》中的“望海楼明照曙霞，护江堤白踏晴沙”；《寄题余杭郡楼兼呈裴使君》中的“北郭沙堤尾，西湖石头岸”；《湖亭晚归》中的“柳堤行不厌，沙软絮霏霏”；《夜归》中的“万株松树青山上，十里长堤明月中”；等等。他在《钱塘湖春行》中竟将白沙堤说成是他的“最爱”：“孤山寺北贾亭西，水面初平云脚低。几处早莺争暖树，谁家新燕啄春泥。乱花渐欲迷人眼，浅草才能没马蹄。最爱湖东行不足，绿杨荫里白沙堤。”据说这首诗是当时知名度最高的西湖诗，唯有这首诗紧扣环境和季节的特征，把刚刚披上春衣的西湖写得春意盎然，恰到好处。作者即景抒情，一个“最爱”，直接吐露了诗人对白沙堤的由衷喜爱；一句“行不足”，道出了他徜徉在杨柳吐翠、绿树成荫的白沙堤上，怎么看都看不够，流连忘返。不仅写出了西湖早春的景物之美，而且传达出了内在的生机与意态，以及自然美景给人的美好、愉悦感受。读了这首诗，再去逛白堤和西湖，不仅美在眼，而且美在心。

断桥残雪

“澄湖绕日下晴湍，梅际冰花半已阑。独有断桥荒藓路，尚余残雪酿春寒。”这是明代杨周描述的断桥残雪。

断桥，是杭州西湖最有名的一座桥。这缘于千百年来在民间流传甚广的许仙与白娘子在这座桥上演绎了一段惊天地、泣鬼神的爱情故事。中国四大民间传说之一的《白蛇传》（另三个是《牛郎织女》《孟姜女哭长城》《梁山伯与祝英台》，说的就是这个故事。

白蛇与书生的故事，早在唐宋时期就有流传，不过那时候都把白蛇描写成吃人的妖怪，警示人们莫上“美女蛇”的当。直到明朝天启（熹宗朱由校年号）四年（1624年），当时的文学家、戏曲家冯梦龙撰写的通俗小说集《警世通言》出版，其中第28卷描写的是《白娘子永镇雷峰塔》，文章因赋予了爱情因素，使整个故事更为丰富，更有人情味。

除《警世通言》外，冯梦龙还编写了《喻世明言》《醒世恒言》，世称“三言”。这“三言”与明末凌梦初编写的白话短篇小说集《初刻拍案惊奇》《二刻拍案惊奇》合称“三言二拍”，每部40卷（篇），均被称为历史文学名著，多年前我就全部购买并通读，受益匪浅。

传说白娘子原是山野中的一条小白蛇，被捕蛇人捉到待宰杀，多亏一个富有善心的小牧童救下来放归山野。小白蛇经过一千多年的修炼，终成正果，可化作人形，并一心要找前世救命恩人小牧童报恩。大慈大悲的观音菩萨指点她：“有缘千里来相会，须往西湖高处寻。”

西湖哪里最高？当然是断桥。在清明佳节之日，烟雨蒙蒙，白娘子在断桥上巧遇书生，以伞传情，终于找到了前世救命恩人许宣（民国时代改

作者爱人在西湖断桥以东荷花池边

称为“许仙”），以身相许，结为夫妻。后来，在经历了大战法海、水漫金山寺后，两人在断桥上重逢，再续前缘。其故事情节，我们在香港著名女演员赵雅芝主演的《新白娘子传奇》中大体有所了解。至于白娘子被法海使法收入钵内，镇压于雷峰塔下的故事，本人将在后面的《雷峰夕照》篇中进行叙述。

这座桥为何叫“断桥”？一种传说是原叫“段桥”，因为早年有一段姓夫妇在桥头开店，不仅生意红火，而且故事多多，故叫“段桥”，后传为“断桥”。另一种说法是，从西边的孤山沿白堤向东，到此处而断，所以叫“断桥”。

依我看，这座桥只是一座用青石砌造的普通石拱桥，既没有雕刻的饰花，也没有护桥的石狮，只因被赋予了白娘子与许仙的爱情故事，才使该

桥声名鹊起，妇孺皆知。

走到断桥的东北部，见有一座名为“云水光中”的水榭和一座碑亭，碑亭中的石碑上刻有“断桥残雪”四字，遒劲古朴，系清帝康熙所题。据清《湖山便览》卷二载：断桥残雪亭在断桥北。康熙二十八年，圣祖仁皇帝御书四字，为西湖十景之一，四十一年有司勒石建亭于此。

据清雍正《西湖志》卷三载，雍正帝游览西湖时也去过断桥，“出钱塘门，循湖而行，入白沙堤，第一桥曰断桥，界于前后湖之中，水光潋滟，桥影倒浸，如玉带金背”。

那么，“断桥”与“残雪”又有啥关系呢?

我多次去西湖，大都在春、夏、秋季，唯独缺席于有雪的冬季。据说大雪过后的断桥，银装素裹，分外妖娆。待到阳光灿烂，冰雪消融，渐渐露出斑驳的桥面，而桥的两端仍有皑皑白雪覆盖，桥的涵洞中白雪照样泛光，与灰褐色的桥面形成鲜明的反差。远远望去，石拱桥似断非断，景致独具，不愧“断桥残雪”之雅名。正如明代马洪在“南乡子”一词中所描述：雪覆画栏桥，银背鲸鲵不动摇。题柱相如闲袖手，无聊，错认梅花昨夜飘。　步步踏琼瑶，犹胜山僧立到腰。红日渐高风渐暖，旋消，添作春波送画桡（ráo，船桨）。

雷峰夕照

夕照雷峰霞满天，天光云影碧水连。

涟漪拍岸轻舟过，古塔辉煌万人瞻。

雷峰塔位于西湖南部的夕照山，紧靠西湖。之所以闻名于世，亦与《白蛇传》有关。传说法海和尚在许仙的协助下，将白娘子收入钵盂，镇压在雷峰塔下。由于冯梦龙的小说《白娘子永镇雷峰塔》的广泛流传，1924年9月25日雷峰塔轰然倒塌的惊世消息，鲁迅先生两篇杂文对雷峰塔倒掉的精深论述，以及2001年重建雷峰塔的大力宣传，使雷峰塔的知名度越来越高。到西湖游览的游客，谁不想去看看那神秘的雷峰塔呢？

据介绍，雷峰塔建于公元977年，系五代时期吴国王钱俶（又称钱弘俶）为供奉佛螺髻发舍利而建。塔成之时，恰逢北宋朝廷追谥钱俶去世不久的孙妃为"皇妃"，故将该塔命名为"皇妃塔"。后来，因塔所在的地方叫"雷峰"，便逐渐被人们称为"雷峰塔"。

雷峰塔是一座砖木结构的楼阁式宝塔，塔的基层石上和塔的内壁均嵌有《华严经》刻石；塔砖砖孔中原藏有木刻《陀罗尼经》经卷，塔下的地宫里供奉着金刚罗汉。每当夕阳西下，塔影横空，彩霞披照，山色溟蒙，风景奇妙，故称"雷峰夕照"，系清康熙帝所题。这可真是：翠影雷峰晚日曛，千秋吴越逐烟云。古塔千尺浮图上，人间气象俱氤氲。

据冯梦龙在《白娘子永镇雷峰塔》中记载，许仙与白娘子在断桥相遇并结为夫妻后，到镇江的码头边开了一家药店，他俩在那里认识了金山寺的法海禅师。法海告诉许仙：你妻子白素贞是化作人形的蛇妖。许仙将信将疑，后来，按照法海教的办法，在端午节让白娘子喝下带有雄黄的酒，白娘子果然现出原形，并将许仙吓死。白蛇醒酒后上天庭盗取仙草将许仙救活。法海禅师一心除女妖，使计将许仙骗到金山寺软禁。白蛇与青蛇为救许仙，水漫金山寺，结果伤害了许多无辜生灵，触犯天条，被法海收入钵盂，镇压在雷峰塔下，并留偈语四句："西湖水干，江湖不起，雷峰塔倒，白蛇出世。"意思是，若要雷峰塔倒，除非西湖水干。

1924年10月28日，鲁迅先生在杂文《论雷峰塔的倒掉》中，也叙述了他祖母对他讲的白娘子的故事，并说："总而言之，白蛇娘娘终于中了法

海的计策，被装在一个小小的钵盂里了。钵盂埋在地里，上面还造起一座镇压的塔来，这就是雷峰塔。”从小就富有同情心的鲁迅继续说：“那时我唯一的希望，就在这雷峰塔的倒掉。”

果然，1924年9月25日下午4时，雷峰塔忽然倒塌，经初步开挖，塔底并没有什么“白娘子”，却有《一切如来心秘密全身舍利宝箧印陀罗尼经》经卷等珍贵文物。这正是：天地何曾惩法海，黎民空解说西湖。而今倒了雷峰塔，钵里灵蛇解放无。

雷峰塔为何会倒塌？主要原因是众多香客相信塔基上的砖能够驱妖辟邪，便纷纷去挖，天长日久，塔基松动，导致塔倒。正如1925年2月6日鲁迅先生在《再论雷峰塔的倒掉》中所写的：“杭州雷峰塔之所以倒掉。是因为乡下人迷信那塔砖放在自己的家中，凡事都必平安如意，逢凶化吉。于是这个也挖，那个也挖，挖之久久，便倒了。”

还有一种说法是，江浙养蚕的人家居多，各种蛇也多，蚕虫经常被蛇吃掉。养蚕人认为，雷峰塔能镇住蛇妖白娘子，塔上的砖也一定能镇蛇。于是都到塔上拆砖，久而久之，塔便倒掉，变成了一座大荒冢。

2001年，杭州在重建雷峰塔时，对原塔遗址和地宫进行了深度挖掘，出土了吴越国纯银阿育王塔、鎏金龙莲底座佛像等一批既精美又宝贵的文物，轰动了海内外，当时我们在电视上都看到了这批文物。

据媒体报道，新建的雷峰塔是由清华大学建筑学院设计的，仍建在了原址上，高达71米，依山傍湖，蔚为壮观。

平湖秋月

从白堤往西走到终点，便是“一色秋光万顷秋”的“平湖秋月”景点。这里三面是水，背靠青山，是一处绝佳的赏湖之地。唐代，这里就建了“望湖亭”，供游人在亭中赏湖。清人宋维藩在七律诗《湖亭》中写有“湖亭四望好寻诗，南北高峰竞斗奇”的诗句。清康熙三十八年，在望湖楼的旧址上盖了一幢“御书楼”，并在楼前建造了一座平台，称为“平湖秋月”。

平湖秋月中的“月”，指的是佛法中的禅语“湛湛圆明”。据《五灯会元》卷十《开元行明禅师》载：“僧问：‘湛湛圆明，请师一诀。’师曰：‘十里平湖，一轮秋月。’”西湖御书楼前的平台建起来后，懂佛法的文人将水平如镜的西湖，秋夜皓洁的圆月，月光与湖水交相辉映的美景称为“平湖秋月”。清圣祖皇帝康熙巡游西湖时，在此处写下了“平湖秋月”匾额。自此，“平湖秋月”这一抽象的禅语，变成了具体的实像，成为西湖十大美景之一。

中华人民共和国成立后，建了八角亭、四面厅等，从而构成了一处新颖的园林。“平湖秋月”平台的表面，几乎与湖水持平。在这里眺望西湖景色，湖天一碧，万顷寒光，层波褶浪，棹歌高亢。尤其在皓月当空的秋夜，景色更为诱人。每年的中秋节之夜，来此地观景赏月的游人络绎不绝。正如有两副对联所写：“万顷湖平长似镜，四时月好最宜秋”；“欲把西湖比西子，更邀明月说明年”。

孤山不孤

看毕平湖秋月，我们转身上了孤山。这是西湖中最大的岛屿，面积280多亩，但山高只有38米。因四周是水，孤立地坐落在湖中，因而被称为孤山。正如明朝诗人王瀛所写：“断桥分路入，风景异人间。绿涨四周

水，青浮一点山。”

实际上，孤山不“孤”。它东连白堤，并有“平湖秋月”陪伴；南临广阔的外湖，不远处就是湖心岛和阮公墩岛；西接西泠桥，过桥就是北山路；北濒北里湖。

山北麓有著名的“放鹤亭”，宋朝诗人林逋因不满北宋朝廷的腐败而在此处隐居，广栽梅树，饲养仙鹤，以梅为“妻”，以鹤为“子”，过着怡然自适的隐逸生活，留下一段“梅妻鹤子”的千古佳话。“孤山观梅”，指的就是这片梅园。

放鹤亭上有几副楹联，其中一副是：“若问梅消息，须待鹤归来”。主人林逋在此写了不少诗句，其中一首《梅花》我比较喜欢：“小园烟景正凄迷，阵阵寒香压麝脐。湖水倒窥疏影动，屋檐斜入一枝低。画工空向闲时看，诗客休征故事题。惭愧黄鹂与蝴蝶，只知春色在桃溪。”

孤山的中心地带，原是清朝康熙、乾隆二帝到江南巡防时的行宫。辛亥革命后，为了纪念中国民主革命的先驱孙中山先生，将“行宫”改为“中山公园”。园北面有“两湖天下景”的假山亭阁，上有叠联一副：“山山水水处处明明秀秀，晴晴雨雨时时好好奇奇”，很有意思。

孤山上还有浙江省博物馆、百年老店楼外楼、爱国烈女秋瑾墓、书香氤氲的“西泠印社”等。

苏堤春晓

苏堤又称“苏公堤”，位于西湖的西侧。南起南屏山麓，北到栖霞岭下，全长近3公里。

那么，这条长堤为何名叫“苏堤”呢？因为它是北宋文学家、时任杭

作者爱人在杭州苏堤留影

州太守的苏轼主持筑建的。

苏轼，四川眉山人，字“子瞻”，号“东坡”，北宋嘉祐二年（1057年）中进士后曾任多职，1071年出任杭州通判，系知州的助理官员，重点负责判案。他在杭州期间，除了本着仁民爱物的胸怀尽心竭力地为百姓奔波操劳外，他时常陶醉于杭州的自然山水中，尤其喜欢穷幽览胜，畅游西湖胜景，参访名山古刹，结交了不少得道高僧。在任的三年里，遍访百姓的疾苦和哀乐，为杭州的水利建设做了许多工作。同时写了不少吟诵西湖的美丽诗篇，那首不同凡响的“水光潋滟晴方好，山色空蒙雨亦奇。欲把西湖比西子，淡妆浓抹总相宜”的七绝，就是那时候写的。

杭州任满后，苏轼于1074年被调往密州（今山东诸城）任知州，即知

府。后又先后到河中府（今山西永济）、徐州、湖州等地任职。1079年，在朝廷的政治斗争中，他的政治对手在苏轼的诗词和奏章中寻章摘句，诬陷他“谤讪先帝”，直至下狱，多亏曹太后干预，才免除死罪，被贬到黄州。1085年宋神宗病故，苏轼被起用，官至翰林学士兼侍读。但他十分厌倦朝中的政治斗争，多次请求外任。

1089年，苏轼出任杭州知州。时隔15年后再到杭州，他却被惊呆了。市内两条河流被污染，不能用于生活；供水系统损坏，物价上涨，百姓缺医少药，看病困难。尤其当年美若西施的西湖一片荒芜，湖中葑草疯长，蔓延成片，草根在淤泥中相互纠缠，淤泥沉积，致使湖底上升，湖水变脏，散发着一种难闻的气味。湖的多处堤坝被毁，输水管道遭到破坏。苏轼看后，痛心疾首，下决心进行治理。

当务之急，首先要解决百姓的切身利益问题。他上书朝廷，请求特别拨款，获准后疏浚了两条内河和六个小水库，建立了清洁供水系统；采取积极措施稳定谷价，并建了一家公立医馆，解决了人们看病难的问题。同时着手治理西湖，彻底解决全市的淡水供应。

但要彻底治理西湖，没有经费是不行的。一心想让百姓过上好日子的苏轼，首先进行调研，对西湖的水草、淤泥进行了实地勘察和测量，并对治理西湖的人力、财力进行了测算，并作了翔实规划，然后上书朝廷，陈述“杭州之有西湖，如人之有眉目，如不除草疏浚，杭州居民必将失去淡水之源”。并提出了疏浚西湖的五点理由。最后诚恳地说：经详细预算，全部疏浚工程需钱三万四千贯，我已筹得一半，请朝廷拨给一万七千贯。由于表章写得理由充分，计划周全，情真意切，终于获得朝廷批准。

有了朝廷的拨款，苏东坡组织了几千人昼夜苦干，历时四个月，挖出了25万丈泥土，全部将水草、淤泥清除。经过一段时间的恢复，湖水变清，不仅可以灌溉庄稼，也可供人饮用，让老百姓用上了清洁的湖水。

那么，挖出来的大量淤泥堆放到何处呢？既不能让它污染环境，又不能影响交通。为了解决这个棘手问题，苏轼带着随从到湖南、湖北进行察看，寻找解决问题的办法。他在南屏山听到从柳林深处传出一阵清脆的歌声："南山女，北山男，年龄大过二十三，两情相慕难诉说，牛郎织女把堤盼。"苏东坡听了为之一振："啊，这不是在给我献计吗？天上可架'鹊桥'，难道湖上不能修长堤？对，用淤泥修堤，既解决了无处堆放问题，又方便了南北两岸的交通，还可增添湖面的美丽，一举三得。"

百姓们特别是南北山的农民和渔民听说苏东坡要修长堤，纷纷赶来出工出力。苏东坡申请朝廷拨出大米，以工代赈，补偿修堤的人们。从夏到秋，终于修成了七段长堤。段与段之间留了六处水道，便于里外湖通畅。西湖北山上的一位青年砍了一批树木，拼成厚厚的木板；造了六座吊桥，当地人俗称"六吊桥"。后来，改造成了单孔石拱桥，从南往北，分别是映波桥、锁澜桥、望山桥、压堤桥、东浦桥、跨虹桥。在望山桥南面的御碑亭里，立有清帝康熙题写的"苏堤春晓"碑刻，意为寒冬过去，春天来了，苏堤上的杨柳已有了报春的信号。

长堤修好后，苏东坡又"植芙蓉、杨柳桃其上，望之如画图"。一来用以保护堤岸，二来美化环境，尤其到了春天，堤两旁桃红柳绿，宛如一条青色缀花长龙，成为西湖一景。后来，杭州人民为了纪念苏轼建堤的功绩，便把这条长堤称为"苏堤"。中华人民共和国成立后，当地政府又对苏堤进行了加固和拓宽，六座石桥全部采用青石，并雕刻了体现民族特色的图案，尽可能地保持古代风貌。

自宋以来，历朝历代赞扬苏堤的诗词层出不穷。苏轼本人后来在《轼在颍州》诗中写道："我来钱塘拓湖渌，大堤士女争昌丰。六桥横绝天汉

上，北山始与南屏通。”宋代诗人汪元量颂道：“潋滟湖光绿正肥，苏堤十里柳丝垂。”明朝诗人杨周特写《苏堤春晓》诗：“柳暗花明春正好，重湖雾散分林沙。何处黄鹂破瞑烟，一声啼过苏堤晓。”清朝乾隆皇帝弘历曾写《苏堤》诗两首，其中一首是：“一株杨柳一株桃，夹镜双湖绿映袍。蓄眼韶光看不足，北高峰影接南高。”

三潭印月

神话般的“三潭印月”，又名“小瀛洲”，坐落在西湖南部的湖中岛，且是一个湖中有岛、岛中有湖的大岛，面积105亩，被誉为“西湖第一胜景”，到岛上游览，必须乘坐游船。

据介绍，这座岛屿是明朝万历三十五年（1607年）用疏浚西湖的湖泥堆积而成的，明清两朝又多次扩建。我们从码头下船上岛后，在游览中只见岛的四周围以固堤，南北以九曲三回、30个弯的曲桥相连，东西以堤路相通，把岛中水面划为“田”字形四个小湖，走在弯弯曲曲的水桥上游岛中四湖，别有一番情趣。

在九曲桥畔，有一块大石头，上面雕有九头形态各异的狮子，名曰“九狮石”。“九狮石”两边各有一亭，左边的四角亭名为“亭亭亭”，取明代聂大年《三潭印月》诗中的“纤云扫迹浪花收，塔影亭亭引碧流”之句。有副楹联形容该亭：“两岸凉生菰叶雨，一亭香透藕花风”。右边的三角亭造型别致，名为“开网亭”，取开网放生之意。

岛上还有“我心相印亭”，意为“心心相印”。还有御碑亭、迎宾轩，先贤祠、花鸟厅等景点。从三角亭往右走，只见一堵矮墙上设有四个嵌花漏窗，中间有一个月门，门的上方“竹径通幽”四字系康有为所题。

过了月门，墙外一片翠竹，在湖光亭轩映衬下，自有一番诗情画意。

整座岛屿柳绿竹翠，花卉扶疏，雕栏画栋，游人如织。尤其岛上四湖，广植荷花，点缀睡莲，湖水清澈，鱼游浅底。有副对联写得好：“三面湖光四周山色，一帘松翠十里荷香”。正如我爱人在七绝诗中所写：“红透苍山满目收，柔丝垂柳任飘游。南离飞鹭三潭月，洒落银光小瀛洲。”

西湖三潭印月

“三潭塔分一月中，一波影中一圆晕。” 小瀛洲最著名的胜景当数三潭印月。

三潭是指岛南湖中的三座石塔。相传，当年苏轼疏浚西湖时，他在堤外湖中三处水最深、泥最多的地方各立了一座瓶形石塔作为标记，显示这三个地方易积淤泥，提示后人注意清理，说明苏轼确是一个负责任的好官。

明代天启（熹宗朱由校年号）元年（1621年），仿苏轼开浚西湖时所

立的三塔，重新设置高达2.5米的精致石塔。每座塔由基座、圆形塔身、宝盖、六边小亭、葫芦顶组成；塔身中空，塔体上排列着等距离的五个圆洞。每当皓月当空，西湖工作人员在塔内点上蜡烛或其他灯光，用薄纸在外面将所有圆洞封上，塔中的亮光透过圆洞映入水中，水波荡漾，宛如三轮明月倒映湖中，影分三潭，故称“三潭印月”。此时的空中月、水中月、塔中月和赏月人的心中月相映衬，形成了烛光映钵昙、明月印水渊、石塔来相照、水中影团圆的奇观。

花港观鱼

“晴沚锦鳞冲絮，暖风赤鲤吹沤。倚槛方看鱼乐，隔花又看渔舟。”这是明代陈霆的《花港观鱼》诗。

“花港观鱼”景点位于西湖西南角，东接苏堤，西依西山，介于西里湖和小南湖之间的一个半岛上，与“雷峰塔””隔堤相望。沿苏堤从南往北走，过映波桥即到。

南宋时，这里有一条小溪从花家山经此处流入西湖，因而得名“花溪”。当时朝廷的内侍官卢允升看中了这块风水宝地，便在花溪侧畔建了一座别墅，称为“卢园”。并在园内垒石为山，凿池养鱼，立埠为港，广植花木，因而称为“花港”。

清康熙年间，废园重建，增建盖亭一座。康熙三十八年，玄烨帝驾临西湖，题书“花港观鱼”，刻于石碑之上，立于鱼池旁。后来，乾隆皇帝游西湖时，作诗刻于石碑阴面：“花家山下流花港，花著鱼身鱼嘬花。最是春光萃西子，底须秋水悟南华。”

据说碑文分“阳文”和“阴文”。康熙和乾隆祖孙二帝分别在碑的

作者夫妇在花港观鱼门前

阳、阴二面题字和题诗，这在我国碑林史上仅此一例。

有趣的是，乾隆诗中的繁体“鱼”字，下面应该是四个点，乾隆却写成三个点。据说在汉字里，三点代表水，四点代表火，鱼遇水而生，遇火而死。可能乾隆帝不忍见鱼被“火”烧死，故意在鱼字下少点了一个点，意在让鱼永远欢快地生活在水里。这是乾隆的聪明之处，同时寓意着皇恩浩荡，泽被万物，风调雨顺，江山稳固。

过去的花港观鱼，只有一池一碑三亩地，中华人民共和国成立以来已扩建到300多亩。不仅建了新花港，扩大了红鱼池，还开辟了牡丹园、大草坪和密林。一年四季花繁树茂，岸容浣锦，柳丝贴水，波影泛红，景色绚丽，欢声笑语。

红鲤花池铺锦绣，鱼塘群鱼乐开怀。红鱼池里放养着数万尾金鳞红鲤，个头都很大，十几斤的有的是。我们站在曲桥上开心地观赏从未见过如此之多、如此之大的红鲤鱼。有的游客买了专用鱼饵后，站在曲桥上使劲鼓掌，群鱼闻讯，知道有了好吃的，便从四面八方鱼贯而至。游人抓一把鱼饵抛向空中，红鲤见状，纷纷跃起，抢夺食物，不仅“染”红了半个池面，而且水面上空也是一片纷杂的红色精灵，蔚为壮观。正如郭沫若先生在《花港观鱼》诗中所写：“抚掌鱼会意，红鳞奔赴频。人争投饼饵，港好用花名……”这种场面，人逗鱼取乐，鱼知人之情，人鱼相悦，其乐融融，令人印象深刻，又难以忘怀。

南屏晚钟

“我匆匆地走入森林中，森林它一丛丛。我找不到他的行踪，只听得那南屏钟。南屏晚钟，随风飘送，它好像是敲呀敲在我心坎中……”

这首由香港著名女歌唱家徐小凤演唱的《南屏晚钟》，以及《不了情》《相见时难别亦难》《明月千里寄相思》等歌曲，我非常喜欢，不但会唱，还常用口哨吹其曲调。那种音调轻柔如溪流、情景交融如倾诉的歌声，令人心醉神飞，妙不可言。因此，第二次到杭州时，我便迫不及待地到净慈寺去看南屏钟，体会《南屏晚钟》歌声的那种氛围。

南屏晚钟是西湖十景中问世最早的胜景。它位于西湖南岸南屏山慧日峰下的净慈寺。这里怪石嶙峋，绿树惬目，晴天满山岚翠，秀色可餐；雾天云烟遮掩，山峦似在翩翩起舞，缥缈空灵；寺隐山林，若即若离，不愧是一处佛家圣地。

据介绍，净慈寺初名叫“慧日永明禅院”，是五代后周显德元年

（954年）吴越国王钱俶为供养南屏山佛教开山祖师永明高僧建造的。据说永明禅师的著名佛学著作《实镜录》，就是在这座寺的实镜堂里编写的。北宋时，将这座寺改名为“寿宁禅院”，南宋又改为“净慈报恩光孝禅寺”，简称“净慈寺”，与灵隐寺、圣音寺、昭庆寺并称“西湖四大丛林”。

历史上，尤其是明清时期，净慈寺几经兴衰，屡建屡毁。我们现在所看到的净慈寺，是中华人民共和国成立后重建的。这座雄伟壮丽的佛寺，分为前、中、后三重大殿。大雄宝殿居中，外观两层，黄色琉璃瓦屋顶，精美宏伟。大殿里有十几副楹联写得都较长，我只记下了字数较少的一副：“六桥烟水三竺香云正觉南屏钟破晓，双树戢晖五天潜响欲欣东土佛常春”（戢，jí，收敛、收藏之意），据说是一位颇有名望的老僧所书。

大殿之西是“济祖殿”，殿内供奉着“疯僧”济癫（济公）塑像。相传济公原在灵隐寺出家，因不拘小节，疯疯癫癫，不被人待见，一向庇护他的住持圆寂后，他便到了净慈寺，后在该寺圆寂。

济公殿中有不少描绘、赞颂济公的对联，如：“胜迹传千秋苦口婆心讽末俗，慈恩留千古现身说法挽清风”。20世纪八九十年代，著名演员游本昌在电视连续剧中主演的济公，给广大观众留下了极为深刻的印象。

在寺门的右边有一座“南屏晚钟”碑亭，相传是由清朝皇帝康熙下令所建。净慈寺初建时曾设钟楼一座，挂钟一口。明朝洪武十一年（1378年）因嫌旧钟太小，便重铸一口，重达10吨，撞击时钟声洪亮，远飘大半个杭州城。

到了清代，康熙皇帝南巡时曾住杭州。当他听到巨钟响起，顿有所思，便写道：天将破晓，夜气方清，万籁俱寂，钟声乍起，响入云霄，致足发人深省也！便题写“南屏晚钟”，建亭刻碑，置于碑亭。“南屏晚

钟”被写成歌曲后，更是远扬海内外。

关于寺内佛钟，在战乱频仍的清朝末年，古钟散失，至今无影无踪。现在我们所看到的巨钟，是1984年重铸的，高3.6米，直径2.3米，重1万公斤。与过去的钟相比，在这口钟的内外体上镌铸着《大乘妙法莲花经》七卷，共6.8万字。钟唇为八瓣莲花，每瓣莲花上铸有一处撞钟点，其中有六处铸有梵文。钟脊上铸有释迦牟尼佛等七位佛的佛龛，精美绝伦。

南屏晚钟的钟声之所以能够远播江湖山川、城镇郊区，除钟体巨大外，与所处的地质环境不无关系。南屏山一带的山岭是由石灰岩构成的，山体多孔穴，如石佛洞、莲花洞、幽居洞等；怪石参嵯，岩壁宛如屏风，如独秀峰、欢喜岩等。每当寺内晚钟敲响，钟声振动的频率传到石壁、岩石、洞穴，加速了声波的振动，增幅急剧增大后形成了共振效应，增强了共鸣，声波远扬，清越悠长，悦耳动听。

宋代词人张矩在《应天长·南屏晚钟》一词中写道：“翠屏对晚，乌榜占堤，钟声又敛春色。几度半空敲月，山南应山北。欢娱地，空浪迹。谩记省、五更闻得……”北宋晚期著名画家、《清明上河图》的作者张择端（山东诸城人），曾画有《南屏晚钟图》《西湖争标图》，均被收入明人《天水冰山录》中。

“南屏晚钟，随风飘送，它好像是催呀催醒我思乡梦，……我走出了丛丛森林，又看到了夕阳红！”

岳王庙里谒岳飞

岳王庙，又名岳飞庙、岳庙，位于杭州西湖西北侧的栖霞岭南麓，离苏堤、孤山、曲院风荷不远，是为纪念和祭祀南宋抗金名将岳飞而建的一座祠、墓合一的古代建筑群。此处依山傍水，草木茂盛，翠竹婆娑，具有浓郁的江南园林特色。

岳飞，字鹏举，河南汤阴人。公元1103年出生，1142年遇害，年仅39岁。

岳飞于北宋末年应募从军抗金，时年20岁。1127年，南宋王朝建立，他上疏宋高宗赵构，反对京师南迁，结果受革职处分。不久随宋朝大将宗泽守卫开封。宗泽病逝后，继任者杜充是个投降派，岳飞愤而回了老家。不承想金兵又大举侵宋，贤明的母亲动员岳飞重披甲胄，投军抗金，并在他的背上刺上“尽忠报国”四字，要他铭记报国使命，英勇杀敌。

岳飞回到军中，以智勇多才、能征善战而闻名。在河南新乡、太行山等地与金军鏖战，屡屡获胜，很快受到重用，官至承宣使、都统制。

岳飞治军严明，英勇善战，号称“岳家军”。他的军队“冻死不拆屋，饿死不掳掠”，连金兵都哀叹：“撼山易，撼岳家军难。”

1129年，金兀术率军渡江南侵，岳家军先后被调到皖南广德和江苏宜兴等地抗金，曾在广德六次打败金军。1130年，岳飞率军收复建康（南京）。1140年，金兀术率军再次侵占河南，岳飞受命北伐，在偃师用钩

镰枪打败了10万金军的“铁浮图”“拐子马”精锐骑兵，收复了洛阳、郑州、蔡州等地。1141年，岳飞乘胜追击，一直打到离汴京仅45里的朱仙镇。他满怀豪情地对部下说：我们要“直抵黄龙（金国故都，今吉林省农安县），与诸公共饮耳”。

但是，一心求和的高宗和投降派代表人物、时任宰相的秦桧等奸臣，连发12道金牌，命令岳飞退兵，并要岳飞火速回临安。先是被解除兵权，后又诬陷岳飞“通敌”，将他投入大狱。1142年1月27日，以莫须有的罪名将岳飞杀害于大理寺风波亭，随之将岳飞的养子岳云和岳飞手下的忠勇大将等主战将领一并杀害。南宋诗人林景熙在诗中叹道：“寥落一抔在，英雄万古冤。孤忠悬白日，遗恨寄中原。”到了南宋隆兴元年（1163年），孝宗赵昚（shèn）下诏为岳飞平反昭雪，追谥“武穆”，以一品官规格改葬于栖霞岭下。宁宗赵扩又追封岳飞为“鄂王”，并在栖露岭下给他建“功德院”，即“褒忠衍福禅寺”，在寺内供奉岳飞像。从此，佛寺变为祠堂。明朝天顺（英宗朱祁镇年号）三年（1459年），又将禅寺改建为“岳飞庙”。

在后来的几个朝代里，岳王庙屡毁屡建，据说现存的建筑为康熙五十四年（1715年）重修，1923年再度重修，中华人民共和国成立后又进行了全面大修，1961年被国务院公布为“全国重点文物保护单位”。

岳王庙大体分为两大部分：“祠堂”和“墓园”。

祠堂由门楼、忠烈祠、启忠祠、精忠柏亭组成。岳王庙前，一座古牌坊上书写着“碧血丹心”。从牌坊的中间门穿过到庙门，看到门楼双檐中门悬挂着一块有龙凤图案黑底鎏金的竖匾，上书“岳王庙”三个大字。门内12根大立柱的柱头上，刻有岳飞一生的主要经历。门楼处还有五六块颂扬岳飞的匾额，如“日月河岳”“壮志如生”“忠孝英灵”“报国惠民”等。

作者在岳王庙内留影

忠烈祠是岳王庙的主殿，面阔五间，上下檐间挂着“心昭天日”的横匾，是叶剑英1979年所题。岳飞被害前，写下了“天日昭昭，天日昭昭”八个大字，意为我的心如天日一样光明磊落，冤案总有一天会昭雪。叶帅题的匾额即是此意。

主殿门厅里挂着八九副对联，如“父子北征忠孝岳家军第一，君臣南渡湖山宋金庙无双”“南宋犹存关心和战当年事，西湖不朽到头功罪大家看”等。

主殿内，一尊高达4.54米的岳飞戎装坐像，身穿金甲紫袍，头戴红缨盔，二目平视，左手按剑，右手握拳，显示出正气凛然、胸怀韬略、精忠报国的英雄气概。坐像上方，悬有一匾，匾上的“还我江山”四字系岳飞

手笔。两侧墙上，都写着“精忠报国”。天花板上绘有仙鹤若干，飞翔于苍松翠柏之中，象征着岳飞精忠报国精神万古长青！

忠烈祠内还有许多颂扬岳飞的匾额，我数了数，竟有20多块，内容大都四个字，如“千古圣将”“民族之光”“精忠贯日”“忠孝完人”等。

我站在岳飞塑像前，以极其敬仰的心情，虔诚地向他三鞠躬。我当时想：我们经常说“爱国是一个人的本分”“爱国是做人的根本”“也是一个人最高的道德标准”，屹立在我面前的“岳飞”，就是爱国的楷模，是我们永远学习的榜样。

在忠烈祠主殿左右，各有一座祠宇。东西祠内各供奉着烈文侯张宪、辅文侯牛皋的塑像。二人都是南宋著名的抗金名将，多年跟随岳飞南征北战，屡立战功，但均被秦桧捏造罪名，逮捕入狱。张宪在狱中被打得体无完肤，但他坚贞不屈，与岳飞、岳云同遭杀害。在张宪像前有一对联：“在当年从难碧血埋幽蜚语何来哀太尉，以列孝奋身丹心亘古瓣香有记吊英雄”。

牛皋则被秦桧下毒毒死，葬在了栖霞岭上的栖霞洞附近，离岳王庙不远。明朝著名书画家、文学家徐渭曾有七律诗《吊牛皋墓》：“将军气节高千古，震世英风伴鄂王。岭上云霞增慷慨，洞中风雨起凄凉。泪浑野草生红药，骨瘗（yì，埋葬）青山化凤凰。老桧至今遗恨在，裹尸何必向疆场。”

主殿西侧有一座“启忠堂”，又叫“精忠堂”，原来供奉着岳飞的父母，旁边是岳飞夫妇，另一旁是女儿银瓶和女婿张宪将军，再两旁是岳飞的五个儿子（岳云、岳雷、岳霖、岳震、岳霆）及五个儿媳的塑像。后来，将“启忠堂”改作“岳飞纪念馆”，里面陈列着许多绘画、照片、年谱、著作等展品，以大量史料生动地介绍岳飞英勇而悲壮的一生。

在启忠堂附近，有一座“精忠柏亭”，亭内陈列着八段古柏化石。相传，当年岳飞父子在风波亭被害后，亭旁边的一棵柏树便无缘无故地枯死了，可能是自愿为岳家父子陪葬吧！奇异的是，从南宋到元、明、清数百年间，树枯而不倒，且变得十分坚硬。清朝时，太平天国起义军将士还用枯柏的树皮治过病，十分灵验。而镇压太平军的清兵用枯树皮治病则不灵。清兵一气之下，将古柏劈为八段后风化为柏树化石。当然，这一传说只不过是表达世人对岳飞的崇敬与景仰。

看过岳王庙后，便到墓园参拜岳飞墓。

岳飞墓园位于忠烈祠之南，由墓门、照壁、甬道、墓冢和南北碑廊组成。门前有座小石桥，桥旁有一口井，名曰“忠良井”。甬道前的照壁上，嵌有明代书法家所书的“尽忠报国”刻石。从墓门到墓冢的石甬道两侧，有明代雕刻的石人三对，以及清代雕刻的石马、石羊、石虎各一对，给人以神秘、森严之感。

岳飞墓位于石甬道尽头，墓前的一座石碑上刻着“宋岳鄂王墓”。在墓旁的一块平面石头上，刻着当代书法大师沙孟海书写的一副对联：“正邪自古同冰炭，毁誉于今判伪真”。岳飞墓的左侧是其养子、南宋抗金将领岳云之墓，墓碑上刻着：“宋继忠侯岳云墓”。

岳飞墓园门内两侧的铁栏里，有铁铸人像三男一女，双手反剪，表情沮丧，面向岳飞墓而跪，那便是千夫所指、万人唾骂的奸臣秦桧和他老婆王氏，以及与秦桧合谋杀害岳飞父子的御史中丞万俟卨（mò qí xiè）、奸臣张俊。这是明朝正德（武宗朱厚照年号）八年（1513年），杭州都指挥李隆用铁铸制的，奸臣张俊的跪像是后来增加的。旁边的石柱上有一对联：“青山有幸埋忠骨，白铁无辜铸佞臣”，表达了人们对忠臣的爱戴和对奸佞的憎恨。

在秦桧夫妇跪像的一边，还有一副模仿秦桧夫妇追悔口吻写的对联，上联是：“咳，仆本丧心，有贤妻何至若是？”下联：“啐，妇虽长舌，非老贼不至今朝。”生动地刻画出奸贼的丑恶嘴脸。

我到岳飞墓拜谒时，看到这四个奸贼跪像，便抡槌各个击打，以解心头之恨。

相传，清乾隆年间，在朝廷翰林院任修撰并经常侍从乾隆左右的秦涧泉是秦桧的后代。有一次乾隆问他：“你果真是秦桧的后代？”秦涧泉答曰：“一朝天子一朝臣。”意思是，有宋高宗赵构这样的昏君，就有秦桧这样的奸臣；有乾隆帝这样的明君，手下就有忠臣。

有一年秦涧泉回杭州探亲，与自己的老师、清代著名文学家袁枚同游西湖。在岳飞墓前，面对秦桧夫妇的跪像，袁枚要他撰副对联，以明心志。秦涧泉写道：“人从宋后羞名桧，我到坟前愧姓秦”。说明他还是痛恨奸臣的。

岳飞墓园的最后一景是，位于壁前两侧的南、北碑廊，廊内展示着历代碑刻127通。北碑廊陈列着岳飞的作品，包括奏札、书画、诗词等，如著名的前、后《出师表》、爱国词篇《满江红》等。南碑廊陈列着历代文人墨客拜谒岳飞墓时所写的对联、匾额和诗词刻石。其中，明代天启年间刻立的《忠烈庙增建五祠记》碑尤为珍贵。我记下的匾额有《伟烈纯忠，碧血丹心》；楹联有“精忠贯日月，壮志垂山河”“一代精忠起河岳，千秋生气镇河山”“声名同宇宙长垂威震华夏，武略与神功并著义薄云天”“宋室忠臣留此冢，岳家母教重如山”等。诗词有宋代林景熙的《拜岳王墓》，元代书法家赵孟頫的《岳鄂王坟》，明代张岱的《岳王坟》，近代郁达夫的《过岳坟有感时事》等。尤其清代陈璨写的《岳坟》一诗，对几个奸臣进行了有力鞭挞：“冤魂沉埋郁未伸，群奸面缚跪莎尘。何曾

岳飞与岳云墓

消得孤忠恨，不是金人是铁人。”

岳飞不仅是一名杰出的军事家，而且是一位造诣颇深的文学家、书画家。他以散文形式写的《南京上高宗书略》，文章气势极为劲健，分析形势十分透彻，被誉为“传诵千古的名篇”。在书法方面，善写行书、草书，笔势飞动，潇洒遒劲，如同他的行事风格，流传至今的墨迹有《出师表》等，著《岳忠武王文集》（又称《岳武穆遗文》）。

岳飞尤善写词，常以诗词抒发爱国情怀。可惜，由于高宗及奸臣们的封杀等原因，流传下来的不多，在《全宋词》中仅辑三首，即《满江红·登黄鹤楼有感》《怒发冲冠》和《小重山》，其中流传最广的是《满江红·怒发冲冠》。这首词风格豪放，慷慨激昂，洋溢着强烈的抗击金

兵、收复故土的爱国情怀，是我最喜欢的宋词之一。

这首词的上阕写出了作者坚持抗敌卫国、建功立业的急切心情。起句“怒发冲冠”，开门见山，写出了作者痛恨外敌侵略之气概。“凭栏处、潇潇雨歇。抬望眼，壮怀激烈。”作者登楼倚栏，在雨歇之时，放眼远望祖国河山，见有敌寇侵略，发出冲天怒吼，雄心犹壮，激情满怀。

再往下，“三十功名尘与土，八千里路云和月”。回顾往昔，虽已到三十而立之年，功名却与尘土一般，微不足道，仍须披星戴月，转战南北，为收复中原而奋勇战斗。

后面的“莫等闲、白了少年头，空悲切”。即切莫虚度年华，免得后悔莫及。这与“少壮不努力，老大徒悲伤”的意思相似。对于这两句词，《白雨斋词话》一书的作者陈廷焯给予了高度评价。他说：“‘莫等闲’二语，当为千古箴铭，何等气概，何等志向！千载读之，凛凛有生气焉。”

词的下阕前四句：“靖康耻，犹未雪。臣子恨，何时灭？”满怀愤懑和壮志，喷薄倾吐。“靖康耻”，是指在靖康（钦宗年号）二年（1127年），金兵攻陷宋朝首都汴京，掳走徽宗赵佶、钦宗赵桓的奇耻大辱。此仇至今未报，此恨何时能灭？

以下奇语频出，扣人心弦。“驾长车，踏破贺兰山缺。壮志饥餐胡虏肉，笑谈渴饮匈奴血。”是写宋朝大军驾驶战车长驱直入，破关夺隘，收复失地。踏破贺兰山缺口，直捣黄龙府贼穴。贺兰山位于宁夏与内蒙古交界处，作者泛指金人占领下的西北一带关山。“饥餐胡虏肉，渴饮匈奴血”两句，可以想象当时的战场上敌人尸横遍野，血流成河。这一“饥”一“渴”，畅其情，尽其势，写出了战斗犹酣的残酷场面。

最后写胜利凯旋。“待从头，收拾旧山河，朝天阙。”写出了收复失地、重整河山的伟大气魄。凯旋回朝，向皇上汇报胜利的消息，这才是理想中的功名啊！

综观全词，感情激荡，忠愤填膺，风格豪放，气势磅礴，结构严谨，一气呵成，具有强烈的感染力，不愧是一首历史英雄之战歌，多情词人之绝唱。然而，岳飞的“忠君”不免过于局限，以至壮志未酬身先死，造成千古奇冤。幸有《满江红》《小重山》等几首雄词，使之浩气长存。正如《草堂诗余正集》的作者沈际飞对岳飞的评价：“胆量、意见、文章，悉无古今。”

离离墓草映晚霞，清风伴月写丹心。民族气节昭日月，精忠报国育后人。包括岳飞坟在内的岳王庙这一人文景观，已经演化成了杭州西湖美丽山水间一个最绚丽铿锵的灵魂。人们纷纷拜谒，感念岳飞的忠烈，感念他崇高的民族气节，感念他永远忠诚于自己的祖国。他的灵魂永恒于华夏文明中，他的精神长存于子孙后代的思想里。

最后感言：

秋风秋雨秋色深，抔土壮哉岳王坟。
天日昭昭正气在，英雄凛凛万世勋。
东海潮狂何所惧，西洋霸凌枉费心。
任凭疯犬千声吠，中华永有“岳家军”。

飞来峰前灵隐寺

灵隐寺，位于杭州西湖西北的北高峰与飞来峰之间，不仅是杭州建寺最早、规模最大的丛林寺院，而且是中国著名的重点佛教古寺，前些年我曾两次前去游览。

从停车场到灵隐寺，要走一段较长的山坡路。灵隐寺前的溪涧旁有亭两座，名曰“冷泉”与“壑雷”。下山时，我们便从桥上走到溪涧彼岸，沿着弯弯曲曲上上下下的羊肠小道往回走。溪水淙淙，怪石嶙峋，林木葱茏，时而可见大小不一的洞穴石雕，我们体验的就是这种令人心旷神怡的环境。

据介绍，灵隐寺始建于东晋咸和（成帝司马衍的第二个年号）元年（326年），距今已近1700年的历史，是印度和尚慧理来中国传教时所建。

相传，东晋咸和初年，印度僧人慧理到中国传教，从中原地区进入浙江。行至杭州西北山区时，见有一座孤峰拔地而起，认为这是“中天竺国灵鹫山之小岭，不知何年飞来？佛在世日，多为仙灵所隐，今复而耶”。缘此，那座孤峰便被称为“飞来峰”，在峰前所建的寺院，名为“灵隐寺”。

到了唐代，灵隐寺的声誉可与唐朝陪都洛阳的迦兰寺相媲美，五代吴越国时期达到鼎盛。当时该寺建有9楼18阁72殿堂，僧房1300多间，僧众达3000多名，成为我国东南最大的佛寺，被誉为“江南禅宗五山”第一。

宋代以后，由于战争的摧残和大火的肆虐，灵隐寺屡毁屡建，寺名也一变再变。如“灵隐山景德寺”“景德灵隐寺”“灵隐山崇恩显亲神寺”。清康熙二十八年，康熙皇帝下江南时还在灵隐寺亲题匾额“云林禅寺”。据说这次题匾，还有一则小故事呢！

有一天，康熙兴致勃勃地来到灵隐寺游览。他看到此处山清水秀，寺庙巍峨，香火旺盛，佛法气息甚浓，一时高兴，便吩咐在寺内设酒席吃斋饭。

在酒席上，陪同皇上就餐的老方丈对康熙说：“皇上，请您为咱们山寺题块匾额，也让我们风光风光。”

方丈这一求，康熙点点头，拿起已为他备好的毛笔，唰唰几笔写了个“靈”字。由于康熙酒喝多了，落笔又快，这“雨”字竟占了半张纸，“雨”的下面还有三个“口”和一个“巫”呢！

怎么办？康熙也犯了难。

陪同皇上的官员中有个叫高江村的大学士，他灵机一动，在自己的手掌心写“云林”二字（“云”的繁体字为“雲”），再装作磨墨，靠近康熙身边，悄悄伸开手掌。康熙一看，顿时酒醒了一半，立刻写下了“云林禅寺”四个大字。

康熙为了给自己下个台阶，回头问几个陪同官员：“这个地方天上有云，地上有林，你们说，把它叫作‘云林禅寺’好不好呀？”

“好啊好啊，皇上圣明。”官员们奉承道。

大学士高江村“救驾”有功，自有皇上奖赏。从那以后，灵隐寺挂上了名不符实的“云林禅寺”匾额，一直到现在。当然，这不过是传说而已！

也许是康熙帝为灵隐寺题匾的缘故，他的孙子乾隆皇帝在位时屡次光

顾灵隐寺，为该寺增添了不少荣光，再次达到了兴盛极点时期。但在清嘉庆二十一年（1816年），灵隐寺又被一场大火烧毁，后由道光皇帝修复。1937年日本军队侵占杭州后，灵隐寺日渐毁颓，1949年大殿主梁坍塌，压坏了主要佛像。中华人民共和国成立后经过三次大修和全面整修，使整座寺院焕然一新。

沿溪涧右侧的马路走到灵隐寺前，只见雕栏玉砌，池水波光，幽怡至极。转身回望，对面一座高约200米的山峰清晰可见，那便是“灵鹫向云中隐去，奇峰自天外飞来”的“飞来峰”，又名“灵鹫峰”。有副对联写得挺有意思：“飞峰一动不如一静，念佛求人不如求己。”北宋著名政治家、文学家王安石有首很有名的《登飞来峰》七绝诗：“飞来山上千寻塔，闻说鸡鸣见日升。不畏浮云遮望眼，自缘身在最高层。”（诗中的“寻”，指古代的长度单位，八尺为一“寻”。）

灵隐寺前的“冷泉亭”和“壑雷亭”规模虽不大，却极受历代文人墨客的青睐，为其题诗词、题匾额的代代有之，尤其是冷泉亭。如明朝著名文学家、书画家董其昌为其题联，“泉自几时冷起 峰自何处飞来”；有位叫石治棠的文人对曰：“泉自冷时冷起 峰自峰处飞来”。一问一答，对仗工整，天衣无缝。南宋诗人杨万里对冷泉亭的形容颇为豪放：“放闸冷泉亭，抽动一天碧。平地跳雪山，晴空下霹雳。”宋代著名诗词大家苏轼、陆游、辛弃疾等，都有诗词赞颂冷泉亭。

灵隐寺建在山坡上，一殿更比一殿高。主要建筑有天王殿、大雄宝殿、药王殿、华严殿、云林藏室等。寺内清溪流淌，古树参天，殿堂雄伟，金碧辉煌。

天王殿是灵隐寺的第一重殿。殿门正上方挂着两块大匾，上匾“云林禅寺”，系清朝皇帝康熙所题；下匾“灵鹫飞来”，系文化名人黄元秀先生所书。

天王殿前矗立着两座北宋开宝二年（969年）刻制的经幢，经幢上雕刻着佛经、蟠龙、莲花、飞云等，是北宋景祐二年（1035年）从吴越国王钱氏家庙中迁到灵隐寺的，为该寺增添了重要的附属建筑。

走进天王殿，只见正中供奉的弥勒佛坐像，慈眉善目，腆肚抚膝，咧口常笑。有对联曰："大肚能容，容世上难容之事；开怀大笑，笑人间可笑之人"。据说在梵文中，"弥勒"是慈悲为怀的意思。弥勒有偈语："弥勒真弥勒，分身千百亿。时时示时人，时人自不知。"意思是弥勒佛分身为千百亿个，都去度凡人，凡人竟不知。

笑口常开的弥勒佛塑像两旁，站立着四大天王（又称"四大金刚"）塑像。由于这四大天王负有"重任"，所以该殿叫"天王殿"。这四大护世天王是：身白色，手持琵琶的为"东方持国天王"，代表"风"；身青色，手持宝剑的为"南方增长天王"，代表"调"；身红色，手臂上缠绕着一条龙的系"西方广目天王"，代表"雨"；身绿色，右手持伞，左手握银鼠的系"北方多闻天王"，代表"顺"。合起来就是东、南、西、北四方，风调雨顺，国泰民安。据称"四大天王"各有八大名将，代为管理所属各处的山、河、森林及其他地方，都是地方上的小神，也就是"地方官"。

弥勒佛背后站立的是护法神韦驮的木雕像，高2.5米，是用一根香樟木雕制而成的。韦驮手持降魔杵，形象威严，象征着能降伏世间一切邪恶势力，这尊菩萨雕像系南宋初期的作品，也是灵隐寺最古老的一座佛像。

穿过天王殿，后面就是该寺的主殿大雄宝殿。殿前两边矗立着两座建于北宋建隆（宋太祖赵匡胤的首个年号）元年（960年）的八角九层石塔，是吴越国王钱弘俶命永明大师建造的。

大雄宝殿是佛教寺院中的正殿。"大雄"为佛的尊称，意谓有大力，

能降伏“四魔”（五阴魔、烦恼魔、死魔、天子魔）。正殿为供奉佛像之所，故称“大雄宝殿”。殿内所供奉的是释迦牟尼像。

灵隐寺的大雄宝殿为单层重檐歇山顶建筑，高33.6米，占地1200平方米。原是清朝遗留下来的木结构建筑，1952年至1954年翻修时改为钢筋水泥结构。大殿正中供奉着释迦牟尼佛坐像，面相庄严，体态端庄，颇具唐代风韵。这尊大佛是1956年由浙江美术学院雕塑家和民间艺人共同创作，用24块香樟木雕刻而成。佛像通高19.6米，是我国目前最大的木雕坐式佛像，其造型是周恩来亲自审定的。

释迦牟尼坐像左右两侧，侍立着中国佛教“四大菩萨”之中的文殊、普贤塑像。这两位大菩萨是释迦牟尼的左膀右臂。文殊是“左胁侍”，专司“智慧”。他顶结五髻，手持宝剑，表示智慧锐利。他的坐骑是狮子，显示智慧威猛。他显灵说法的道场在山西五台山。普贤菩萨是释迦牟尼的“右胁侍”，专司“理德”，他的坐骑是白象，其显灵说法的道场在四川峨眉山。另两位大菩萨是安徽九华山的地藏菩萨，浙江普陀山的观音菩萨。

在大殿内的两旁，还排列着“二十诸天”，即护持佛教的20位天神。还有“十二圆觉”坐像，即释迦牟尼的12位得意门生。相传佛祖在世时讲法，并无文字记载，后来出版的“经”“律”等12部经书，就是这12位记忆力超强的弟子整理的。据说我国的佛教寺院，在大雄宝殿里供奉“十二圆觉”塑像，灵隐寺是唯一的一处。

在大雄宝殿后壁上，设置了一片海岛彩色立体群塑，以“童子拜观音”为主体，塑有150尊形态各异的佛教人物。比较惹人注目的，一是手拿破扇的济颠和尚，即人们耳熟能详的“济公”；二是有一位手持扫帚、身黑如墨、人称“疯僧”的和尚，相传是南宋时灵隐寺的僧人。当年秦桧要陷害抗金名将岳飞，他到灵隐寺求签，求佛保佑他不受惩罚。疯僧对他责以大义，气急了便用扫帚朝着秦桧狠狠扫去，秦桧吓得狼狈而逃，世称“疯僧扫秦，大快人心”。

过了大雄宝殿是第三重殿“药王殿”。正门上方匾额上的“药王殿”三字，系中国佛教协会原会长赵朴初所题。赵朴初的书法，字体端庄，遒劲有力。

作者夫妇在杭州灵隐寺

走进殿中，只见正中莲花台座上坐着“药师佛”塑像。据《佛教小辞典》解释：药师佛又称“大医王佛”“医王善逝”，全称为“药师琉璃光如来”，是“东方净琉璃世界”的教主。《药师经》说他发过12大愿，要满足众生一切愿望，拔除众生一切痛苦。药师佛左边站立的是左胁侍“日光遍照菩萨”，手托太阳，象征光明；右边站立的是右胁侍“月光遍照菩萨”，手托月亮，代表清凉。他们三位被称为“药师三尊”，又称“东方三圣”。

在佛教中，药师佛的地位很高。他与娑婆世界的释迦牟尼佛、西方极乐世界的阿弥陀佛，并称“横三世佛”。所以在佛教寺院中，药师佛常与释迦牟尼、弥陀三佛并立，称为“三尊”，可见地位之高。

再往后还有两座殿，一座是讲经说法的“直指堂”，意为佛经直指人心，见性成佛。最后面的那座殿名为华严殿，殿门上方匾额上的“华严殿”三字，系时任全国人大常委会委员长的乔石亲书。殿内供奉着毗卢遮那佛和文殊、普贤二位菩萨。出奇的是，这三座佛像是用一根巨大的楠木雕刻而成的，高13米。因为这三位高僧都是华严界的圣人，被佛教界称为“华严三圣”，所以该殿称作“华严殿”。

另外，灵隐寺的罗汉堂也很壮观，里面供奉着500尊青铜罗汉像，每尊高1.7米，底座宽1.3米，重达一吨。500尊罗汉形态各异，面部表情丰富，刻画得栩栩如生。尤其在罗汉堂的中央设置了一座殿中殿，即佛教四大名山铜殿，分别供奉着五台山的文殊菩萨、峨眉山的普贤菩萨、九华山的地藏菩萨、普陀山的观音菩萨。这四位大菩萨分别象征着大智、大行、大悲、大愿。

北京香山碧云寺也有一座罗汉堂，不过里面的500尊罗汉都是用木头雕刻，外贴金箔，其中蹲在左边房梁上的济公形象，我至今记忆犹新。

说起济公，灵隐寺还真有一座“道济禅师殿”，里面供奉着一尊右手拿破扇、左手持念珠、右脚搁在酒缸上的济公像。

历史上，确有济公其人。他生于南宋绍兴十八年（1148年），浙江台州临海人，原名李心远，在灵隐寺剃度出家，法名“道济”，世称“济公”。此人具有逸群之才，佛学造诣颇深，诗词功夫了得，有《释道济诗集大全》传世。但他一生行径狂放不羁，不守戒律，嗜好酒肉，举止如疯如狂，与一般寺僧格格不入，故被称为“济癫僧”。这从济公所作的一首顺口溜中可见一斑："何须林景胜潇湘，只愿西湖化为酒。和身卧倒西湖边，一浪来时吞一口。"

有些僧人向慧运方丈反映道济和尚的怪诞行为，方丈大度地说："法门广大，岂不容一颠僧耶！"慧运方丈圆寂后，济公没了"保护伞"，不久就离开了灵隐寺，到净慈寺度过了一生。1209年，在他61岁时端坐往生（"往生"系佛教名词。佛教认为，修行净土念佛法门的人，死后可以生到西方"极乐世界"或其他佛土，故名"往生"）。

济公一生，怡然飘逸，活得洒脱。他喜好云游，足迹踏遍浙、苏、蜀等地。他常衣衫不整，寝食不定，但他好助人为乐，爱管人间不平之事，为民排忧解难，正如他所唱的"哪里不平哪有我"。他懂医术，沿途行医，为人看病，为人采药，广济民间疾苦，深受人们喜爱。他的德行经过广泛传颂，越传越奇，小说《济公传》写的就是他的传奇故事，并被拍成了电影和电视连续剧，久演不衰。

灵隐寺的"云林藏室"内，珍藏着许多珍贵文物，并对外展示。如来自缅甸的玉卧佛，绘在菩提树叶上的十几名罗汉像和贝叶经，东魏时期的鎏金佛像，清代雍正帝的木刻龙床，等等。

1983年，灵隐寺被国务院确定为"汉族地区佛教全国重点寺院"。

最后，随诌小诗一首：

峰自天外至，长栖灵隐前。
清泉缘冷著，罄雷震云端。
殿堂经声起，僧房净土传。
素斋生禅意，钟鼓润心田。

绍兴古城多名士

浙江绍兴，是我国公布的24个国家历史文化名城之一，素有“水乡”“桥乡”“酒乡”“书法之乡”“名士之乡”等多个誉称。

绍兴地处浙江中北部，东接宁波市，西邻杭州市，北濒杭州湾，南有会稽等三山纵列，地势由西南向东北倾斜，是一个河网密布、山川映发、沃野千里、水木清华的水乡泽国。“山阴道上行，如在镜中游”，生动地描写出了绍兴如诗如画般的绮丽。

我于20世纪90年代曾两次到绍兴游览，从杭州乘汽车沿高速公路往东偏南行驶，一个多小时即可到达。

在绍兴的两天里，一是大体了解到了绍兴的发展历史，二是参观了部分名胜古迹。

绍兴，古称“会稽”“越州”。相传在上古时期，父系氏族社会后期部落联盟领袖虞舜曾在这片土地上狩猎耕耘，绍兴至今还有舜王山、舜王庙、小舜江、狩猎台等纪念舜帝的遗迹。据史书载，夏禹治水成功后，曾在绍兴城东南郊的茅山大会诸侯，对治水有功者计功行赏。大禹死后，葬在了茅山脚下，茅山也改称为“会稽山”，那里至今矗立着禹陵、禹祠、禹庙，纪念并祭祀这位为民排忧解难的华夏先祖。

春秋战国时期，夏禹的后代勾践在会稽建立越国，这里成为越国都城。秦、汉两朝设“会稽郡”，唐代改称“越州”。南宋建炎四年（1130年），为躲避金兵追杀在海上漂泊了三四个月的高宗赵构，趁金兵北撤，在回杭州的途中驻跸越州。他根据“绍奕世之宏林，兴百年之丕绪”之意，下诏从建炎五年正月起，改年号为“绍兴”，将“越州”升为“绍兴府”，并题府额“绍祚中兴”（“绍”是继承，“祚”是国统）。据说由于时局的不确定性，赵构在绍兴住了一年零八个月，这期间的绍兴成了南宋的临时都城。“绍兴”年号从公元1131年至1162年，持续了31年之久。

明、清时期，将绍兴府改为绍兴县，中华人民共和国成立后改为绍兴市，现为地级市，辖绍兴、上虞、嵊县、新昌、诸暨五县、市和越城区。狭义上的绍兴主要是以越城区为主的绍兴市区和绍兴县。

在2500多年的漫长岁月中，绍兴虽然历经沧桑，但至今仍保留着许多名胜古迹和珍贵文物。我去参观游览时，有国家级文物保护单位三处，省级文物保护单位21处，并保持着独特的历史古城风貌。

例如，我们所熟知的为纪念上古时期大禹治水所建的禹陵、禹庙；春秋时期的越王勾践越王台；东晋书法家王羲之故居及兰亭；为纪念唐代著名诗人、曾任礼部侍郎、秘书监等职的贺知章所建的贺秘监祠（贺知章的《回乡偶书》“少小离家老大回，乡音未改鬓毛衰。儿童相见不相识，笑问客从何处来”以及他的《咏柳》诗“碧玉妆成一树高，万条垂下绿丝绦。不知细叶谁裁出，二月春风似剪刀”极为有名）；南宋爱国诗人陆游故居及他与恋人唐婉春游时的沈园；明朝兵部尚书、哲学家、教育家王守仁府第，以及“鉴湖女侠”秋瑾、中华人民共和国总理周恩来、现代著名文学家鲁迅、曾任北京大学校长并被毛泽东赞为“学界泰斗、人世楷模”的蔡元培等名人故居。至于名寺、名塔、名祠、名庙、名亭、名桥、名

碑、名街等，那就更多了。

在绍兴期间，我和爱人有选择地参观了鲁迅故居、百草园、三味书屋；王羲之书写《兰亭集序》的兰亭和鹅池；陆游与唐婉春游并写下爱情词《钗头凤》的沈园；坐落在会稽山下的禹陵、禹庙等；乘坐了绍兴独有的乌篷船；到鲁迅笔下的咸亨酒店畅饮了绍兴老酒，品尝了绍兴独具特色的茴香豆、盐春笋等。我爱人当年写了一首七绝诗："黄酒白盘翠笋鲜，门前慢过小乌船。篱笆墙上葡藤绿，不见当年美女仙。"回京后我还写了一篇游记《小店名气大，老酒醉人多》——话说百年咸亨，刊登在《中国商贸》杂志1999年第6期上。此文各方反响甚好，笔者决定，收录到本书中。

步行在绍兴城，只见古老街巷与现代马路并存，江河溪流纵横，多为一河一路，并行而设，各式各样的桥梁栉比棋布。旧时的绍兴人出门多以木船为车，以舟楫为马，以石桥便利通行。据有关部门1993年统计，绍兴全市有桥10610座，故有"万桥市"之称。其中，清朝以前的古桥604座。在绍兴城内，可以说是家家临水，户户临桥，桥是绍兴人日常生活之必需。

绍兴的桥不仅数量多，而且文化意味浓。

一是桥饰富有美感。运用象征性的艺术手段，呈现各种各样的形式和内涵。如运用二龙戏珠、双龙喷水、飞龙升天等进行雕饰，体现中国是"龙"的国度，中华民族是"龙"的传人。在桥头两侧置放石狮，作为守桥之神。另外，在桥饰雕刻中还有麒麟、兽面、莲花、白云等。

二是歌颂绍兴桥的谚语多而生动。如"村塘好不好，但看村前桥""十里湖塘七尺庙，三山十堰廿眼桥"等。

三是桥联多而妙。如歌颂城内小江桥的对联："小江桥，桥洞圆，圆似镜，镜照山会两县（'山会'指山阴、会稽两县）大善塔，塔顶尖，尖如笔，笔写五湖四海”。此联在语法上用顶针格（后句首字用前句末字），首尾禅联，有上递下接之趣，韵味隽永之美。又如泗龙桥提示人们过桥时要谦让的对联也很有趣，“忍三分心和气平，退一步天宽地阔”，生动地表达了“和为贵”的处世哲学。应当说，这提倡的是一种美德。

四是咏桥诗词历代有之。如唐代诗人宋之问描写云门石桥是“虹桥转翠屏”；北宋著名诗人苏舜钦的“五云山下石桥边，六月溪风洒面寒”；南宋爱国诗人陆游是绍兴人，他在上百首诗词中歌颂了绍兴的30多座桥。如写画桥“春风小雨画桥横，桥北桥南次第行”；写柳桥“雨细穿梅坞，风和上柳桥”“柳疏桥尽见，水落路全通”“小店开新酒，平桥上画船”；等等。

令人感兴趣的还是古今闻名的乌篷船。我和老伴参观并乘坐了这江南独有的乌篷船。

那么，为何叫乌篷船呢？因为这种扁舟是用木头制作的，为了防止江河湖水的侵蚀，船工们使用黑色油漆将船上的篾（miè，竹子劈成薄片，用以编席篷等）篷漆成黑色，从而得名乌篷船。它前进的动力是用脚划动，当地人称为蹘（当地人读suó）桨；而控制船的航向则用手划桨。船工手脚并用，船体轻盈地滑行在水面上，由于船窄篷低，一般桥洞均可顺畅通行。游人坐在舱座上，恍如坐在水面上，尽情地欣赏水乡泽国的自然风光和各种桥梁的风姿，甚至还可以把手放在船的边沿，用手掌拍打水面，作鸭子戏水状，别有一番情趣。

绍兴还有一种较大的乌篷船，当地人称为“三明瓦”。即在船的两扇低篷之间，再安装一扇半圆形的遮阳篷，并在篷的木格上镶嵌一片片一寸见方的晶莹蛎壳片（“蛎”指牡蛎，又称“蛎黄”“海蛎子”），既可透光，又可避雨。南宋著名诗人陆游曾在一首词中写道：“轻舟八尺，低篷

三扇，占断苹洲烟雨。”鲁迅先生在《五猖会》一文中写他小时候跟随家人到东关看戏，坐的就是有“三道瓦窗的乌篷船”。

这种较大的乌篷船，在船尾设有厨灶，备有茶酒和菜肴，供船客享用。在旧时，乘坐这种船的大多是官员、富商，大户人家出门做客、迎亲、游览、看戏、扫墓用的。鲁迅家那时还是个有钱的大户，乘坐这种高档船去看戏、逛灯会，自然是正常的。这种大船现在不多了，但在较大较深的江河湖中还是有的，大多供游客游览之用。

绍兴不愧是历史文化名城。每次到饭店就餐，总能听到饭店里为顾客播放的绍剧和越剧。绍剧是一个古老的剧种，它融合了秦腔、徽剧、赣剧的精华，加上绍兴当地的民间音乐，从而成为独特的剧种。绍剧的特点是紧拉慢唱，或整打散唱。唱词一般由三字、五字、七字组成，音乐曲调丰富，音调激越高亢，旋律节奏明快，声音清脆洪亮。国务院总理周恩来曾四次观看绍剧演出，给予了很高的评价。因为他的祖籍是绍兴，可能有一种特殊的情怀吧。

绍剧的著名剧目《孙悟空三打白骨精》拍成电影后，发行到70多个国家和地区。1961年10月，绍剧团到北京演出时，毛泽东、周恩来等中央领导同志观看了演出，并同演员合影留念。

社会名声仅次于京剧的越剧，起源于百年前的绍兴。越剧的前身是绍兴民间地方小戏，1917年传到上海后，经过多次改革，发展成为具有浙沪特色的著名戏剧。到20世纪80年代前，全部由女演员演出，戏中角色是男人的，都由女演员女扮男装。1964年。根据鲁迅名著排演的越剧《祝福》和1978年将越剧《祥林嫂》搬上银幕后，越剧之名蜚声国内外。

我爱人非常喜欢看越剧。20世纪80年代上海越剧团进京在民族文化宫剧场演出折子戏（选演全本戏中的某一折或某一片段情节的戏曲称为折子戏，一台演出可演几部戏的片段），那可真是一票难求，排队购票的队伍有几百米长。因民族文化宫剧场紧挨着商业部，我在下班后便到剧场门口去堵退票，运气不错，还真碰到一个退票的，急忙回到家送给爱人，看到她那喜出望外的表情，我还挺有成就感的。

越剧唱腔清丽而委婉，表演起来虚实结合，使意境与现实、视觉与听觉密切结合，极富抒情色彩。我知道的主要剧目有《梁山伯与祝英台》《红楼梦》《汉宫怨》《西厢记》《祥林嫂》《胭脂》等。

鲁迅的短篇小说集《呐喊》中有一篇《社戏》，我很好奇，在绍兴期间曾问商业部门的一位领导同志。他说，社戏是一种古老的民间娱乐戏剧，在南宋时就已流行于绍兴城乡。根据当地习俗，每年举办两次祭祀社神（土地神）并演出社戏活动。春天祈求五谷丰登，秋后庆贺丰收。参加祭祀活动并听社戏的，人山人海，尤其深受农民欢迎。但现在很少有演这种古老戏剧的了，越剧则是久演不衰。

在绍兴这块人杰地灵的土地上，几千年来人才辈出，群星灿烂，涌现出了许多著名的政治家、思想家、文学家和科学家。上古时期大禹治水，三过家门而不入；春秋时期越王勾践卧薪尝胆，奋发图强，终于使越国成为一个强国；东汉著名的唯物主义思想家王充所著的《论衡》一书流传千世；东晋时期的书法家王羲之、王献之和诗人谢灵运的作品代代相传；唐代著名诗人贺知章，南宋爱国诗人陆游，明清时期的著名书法家徐渭、历史学家章学诚，晚清时期的革命志士徐锡麟、秋瑾、蔡元培等大多是绍兴人，或在绍兴工作生活过。鲁迅先生生在绍兴，周恩来的原籍是绍兴，至今保留着周总理的祖居“百岁堂”。另外，中华人民共和国的“新人口论”专家、北京大学原校长马寅初，地理学家、气象学家竺可桢等，也都是绍兴人。这些历史上的优秀人物，不仅功绩彪炳史册，而且以他们的浩

然正气振兴民族精神。可以说，绍兴是中华民族的缩影，凝聚着中国五千年历史文化的精华。

那么古往今来，绍兴如何孕育了如此之多的达贤人杰呢？在与绍兴市物资局的有关领导交谈时，他说，自古以来，绍兴人都很重视传统文化教育，从牙牙学语开始到长大成人，一直受到民间文化的熏陶，潜移默化地培养他们的优秀思想和品德，孩子们养成了自觉读书学习的好习惯，长大后成才的自然就多。此说有理，我非常赞同。

“山清水秀之乡，历史文化之邦，名流荟萃之地”，绍兴以这样的盛名为历代人们所称颂。我游访绍兴后，亦有同感。

绍兴名胜古迹甚多，不可能一一光顾。看了这些，已令人眼界大开，禁不住诌上几句。

绍兴怀古

寻梦绍兴千里来，古迹名士眼边开。
栉风沐雨夏禹庙，卧薪尝胆越王台。
兰亭集序忆羲之，三味书屋思豫才。
沈园悲歌钗头凤，鉴湖秋侠动地哀。

注：“豫才”，系鲁迅之字；“秋侠”指秋瑾。

鲁迅故乡觅鲁迅

“横眉冷对千夫指，俯首甘为孺子牛。”鲁迅先生向世人宣示的这两句诗，教育了一代又一代人，当然也包括我。

关于鲁迅先生，最早是看了《祝福》这部电影才知道的。后来又陆续看过他的不少作品，如小说《狂人日记》《孔乙己》《阿Q正传》《故乡》等，杂文《拿来主义》《论“他妈的！”》《论“费厄泼赖”应当缓行》《忽然想到》（有六七篇之多），散文《从百草园到三味书屋》《秋夜》《二十四孝图》等，诗歌《自题小像》《南京民谣》《自嘲》《无题》（万家墨面没蒿莱）等。有关鲁迅的书籍我也买了十几本，如《鲁迅文集》《鲁迅经典全集》《鲁迅杂文选》《鲁迅杂文书信选》《鲁迅诗歌散文选》《鲁迅佚文辑》等。尤其学习了毛泽东主席在多次讲话中赞扬“鲁迅是中国文化革命的主将”，中国共产党和全国人民在破除帝国主义和国民党反动派的文化围剿中，鲁迅“成了中国文化革命的伟人”，“鲁迅的骨头是最硬的”“鲁迅的方向就是中华民族文化的方向”等。并强调“鲁迅的两句诗，‘横眉冷对千夫指，俯首甘为孺子牛’，应当成为我们的座右铭”，号召“一切共产党员，一切革命家，一切革命的文艺工作者，都应该学习鲁迅的榜样，做无产阶级和人民大众的‘牛’，鞠躬尽瘁，死而后已”。因此，我对鲁迅先生敬佩有加，并把他视为做人的楷模。

我两次到绍兴，都去参观了鲁迅故居和他在文章中提到的百草园、三味书屋、咸亨酒店等，大体弄清了鲁迅先生的人生轨迹。

鲁迅简介

1881年9月25日，鲁迅诞生在绍兴城东昌坊口一个周姓封建大家庭里，原名周樟寿，后改名周树人，字“豫才”，笔名“鲁迅”，是1918年发表《狂人日记》时所用。他7岁开始在周家跟着几个远房叔祖读书，12岁就读于绍兴很有名的私塾三味书屋。但他不满足于学习四书五经，课余阅读了许多野史、笔记、小说及民间文艺作品，尽可能地多掌握文化历史知识。他小时候常到乡间外婆和其他亲戚家，使他了解到农村的乡土人情和广大劳动人民的苦难生活。他13岁时，祖父周福清因科举舞弊案锒铛入狱，秀才出身的父亲周伯宜因病英年早逝，年仅35周岁，致使家道中落，饱受世态炎凉，心灵受到创伤。为了寻求新的生活出路，1898年他考入南京水师学堂，后又转学到江南陆师学堂，1902年以优异成绩毕业，被官派到日本留学。先是在“医学救国”的思想指导下学医。在日本期间，他立下了“我以我血荐轩辕”的誓言，积极参加反清革命运动。在残酷的教训面前，他毅然弃医从文，以笔作为武器投入到反帝反封建的斗争中。

1909年，鲁迅从日本回国，先后在杭州和绍兴任教。1912年2月，应南京临时政府教育总长蔡元培的邀请，到南京临时政府教育部任职，同年5月随教育部迁至北京，任社会教育司第一科科长。

1918年，鲁迅在《新青年》上发表了我国第一篇白话文小说《狂人日记》，用锋利的文笔戳穿封建道德的假面具。他一针见血地指出，中国几千年的封建历史，实际上就是“吃人的历史”。他号召人们起来推翻这

“黑漆漆的，不知是日是夜”的吃人社会。

1919年“五四”运动爆发后，鲁迅自觉地参加到人民大众的反帝反封建斗争中去，用他那锋利的笔，写下了许多著名的短篇小说、杂文和散文，猛烈抨击反动腐朽的封建文化和帝国主义文化，成为“五四”新文化运动的主将，因而遭到反动学阀的迫害。1926年，他被迫南下，先后在厦门、广州执教，1927年10月定居上海，编辑《马克思主义文艺论丛》《语丝》《文艺研究》等书刊。1930年，鲁迅领导成立中国左翼作家联盟，第二年又与宋庆龄、蔡元培等人发起成立中国民权保障同盟。

鲁迅在上海的十年中，以杂文为武器，领导和团结广大进步文艺工作者，与帝国主义、国民党反动政府及其御用文人展开了针锋相对的斗争，粉碎了国民党的文化“围剿”，从一个革命民主主义者转变为一个伟大的共产主义战士。1936年10月19日凌晨5时25分，鲁迅先生病逝于上海大陆新村寓所，终年56岁。

鲁迅先生一生中在小说、杂文、诗歌、散文、翻译、文学史、书籍整理、科学普及、版画艺术等领域，辛勤耕耘，硕果累累，给后人留下了近千万字的著作、译作和书信。这是一笔宝贵的文学遗产和精神财富，为中国人民的解放事业和人类进步立下了不可磨灭的功绩！

厘清了鲁迅先生的人生轨迹，再去看他的故居和相关古迹，对鲁迅的作品就能更好地理解了，对鲁迅的人格也更感到伟大了。

鲁迅故居

鲁迅故居位于都昌坊口周家新台门西头（“台门”指大家庭的院落），临街，门牌19号，两扇黑油油的石库门，显示出大户人家的派头。

门旁的墙上嵌有用黑色大理石雕凿的“鲁迅故居”四个大字，据说是当代著名画家、浙江美术学院原院长潘天寿的手笔，我和爱人分别在鲁迅故居前拍照留念。

导游在介绍中说“这是鲁迅祖上的老屋”。我听后问：“鲁迅在他的小说《故乡》中说，他家的老屋不是卖了吗？”

“是卖了，但鲁迅故居却完整地保存下来了。”

据介绍，鲁迅的祖上周家是绍兴有名的望族（有声望的世家“豪族”）；其六世祖周韫山是清朝乾隆时期的恩科举人，任知县。鲁迅的祖父周福清是翰林，家有良田万亩，当铺十余所，老台门的房屋若干间。清嘉庆年间，又在离老台门仅七八十米的都昌口建了一座有80多间房屋的新台门，鲁迅的故居就在新台门的西面，鲁迅在这里度过了他的童年和少年时代。

1918年，已渐败落的周家将整座新台门连同后面的百草园一起卖给了东邻朱家。朱家便大兴土木，将新台门和他原有的房屋拆掉重建。万幸的是，鲁迅故居可能位于新台门西面的缘故，较为完整地保存了下来。鲁迅1921年1月在《故乡》一文中写道：“我们多年聚族而居的老屋，已经公同卖给别姓了，交屋的期限，只在本年，所以必须赶在正月初一以前。永别了，熟识的老屋，而且远离了熟识的故乡，搬家到我在谋食的异地去。”

走进鲁迅故居的石库门，穿过一个小天井，有一间泥地台门，那是周家放置交通工具的地方，里面陈列着橹和轿。其中，轿杠是鲁迅家的原物。

再往东走过一个侧门，拐弯处有一口石栏水井，这是当年周家用的水井。穿过井边长廊进一小门，只见天井里种有两棵枝繁叶茂的桂花树。当时正值九月下旬，满树金桂飘香，据说这两棵树是1961年补种的。

过去，这个天井里的确种有两棵桂花树，为此，周家称这个天井为

“桂花明堂”。每到夏夜，周氏一家都喜欢在这里纳凉聊天。鲁迅在散文《狗·猫·鼠》一文中回忆道：“那是一个我幼时的夏夜，我躺在一株大桂树下的小板桌上乘凉，祖母摇着芭蕉扇坐在桌旁，给我猜谜，讲故事。”

据说鲁迅的继祖母蒋氏性情幽默、诙谐，很会讲故事，侄孙辈很喜欢到她那儿去聊天，她经常逗得大家哄堂大笑。她给幼年的鲁迅讲“水漫金山寺”、白蛇娘娘被压在雷峰塔下的传说；讲“猫是老虎的师父”的故事，这在《狗·猫·鼠》中描写得十分生动。祖母对鲁迅说：“你知道吗？猫是老虎的先生。”又说，“小孩子怎么会知道呢？猫是老虎的师父。老虎本来是什么也不会的，就投到猫的门下来。猫就教给它扑的方法、捉的方法、吃的方法，像自己捉老鼠一样。这些教完了，老虎想，本领都学到，谁也比不过它了，只有老师的猫还比自己强，要是杀掉猫，自己便是最强的角色了。它打定主意，就上前去扑猫。猫是早知道它的来意的，一跳，便上了树，老虎却只能眼睁睁地在树下蹲着。猫还没有将一切本领传授完，还没有教给老虎学上树。”

过了桂花明堂，便到了鲁迅的卧室兼书房。辛亥革命后，鲁迅回到故乡，先后在绍兴府中学堂和山会初级师范学堂任教。这期间他常在这里备课、写作兼卧室，他的第一篇文言文小说《怀旧》就是在这里写成的。我去参观时，看到里面有一张铁梨木床，是鲁迅当年睡觉的床。

鲁迅卧室的后面是一个长方形的石板天井，天井北头是两间南北向的楼房，东头楼下前半间的小客厅名为“小堂前”，是鲁迅家会客、吃饭的地方。鲁迅小时候常在这里看书、写字、画画，任教时在这里接待来访的亲朋好友和师生。他在散文《范爱农》一文中描述，他和好友范爱农在此喝酒聊天，“醉后常谈些愚不可及的疯话，连母亲偶然听到也发笑”。

“小堂前”除了桌椅外，还陈列着一张皮躺椅，那是鲁迅的父亲周伯

宜在患病期间经常躺在上面休息的原物。鲁迅还专门写过一篇散文《父亲的病》，对愚妄的封建“儒医”进行了讽刺。后半间是鲁迅母亲鲁瑞的卧室，墙上挂着她当年在绍兴拍摄的照片。室内陈列着剪刀、尺子、粉袋、熨斗、线板等原物，靠板壁处是她睡觉的大木床。

我们还到鲁迅家的厨房去看了看，鲁迅在小说《故乡》中说，他是在厨房里第一次与好友“闰土”见面的。

那是一间砖木结构的平房，里面垒了一座绍兴旧时大户人家才用的三眼大灶，虽已历时百余年，但仍保持着原貌。厨房里还摆着一张八仙桌和各种炊具，墙上挂着一只很大的竹编菜罩，用以罩饭菜，防止苍蝇把饭菜弄脏。那是经常到鲁迅家帮工干活的章福庆为周家制作的，因他有一手竹匠手艺，常为周家制作竹器，工余时还为少年时的鲁迅做过竹制玩具，鲁迅十分喜爱。

有一年，轮到鲁迅家举办周氏家族大祭祀，帮工的章福庆忙不过来，便让他的儿子章运水也来帮工。运水的年龄与鲁迅相仿，“紫色的圆脸，头戴一顶小毡帽，颈上套一个明晃晃的银项圈”，鲁迅就是在厨房与他初次相识的，两人“不到半日，便熟识了”。章运水教他如何捕捉鸟雀，讲述他在海边捡贝壳、夜间拿“胡叉”刺来偷西瓜的猹（chá，獾类野兽，喜欢吃瓜，此字系鲁迅所造）等故事，还邀鲁迅到海边捡贝壳，两人成了要好的朋友。当章运水要回家时，鲁迅急得大哭，运水则躲到厨房里，哭着不肯出门，但终于被他父亲带走了。后来，章运水托他父亲捎给鲁迅一包贝壳和几支很好看的羽毛，鲁迅回赠给他一两次东西。1919年年底，鲁迅从北京回绍兴搬家，章运水闻讯后特地进城来送他。但此时的章运水被“多子、饥荒、苛税、兵、匪、官绅”压得喘不过气来，“都苦得他像一个木偶人了”。

1921年1月，鲁迅以这些往事为素材，创作了短篇小说《故乡》，他以章运水为原型，塑造了“闰土”这个活生生的形象，十分感人。

厨房北头有三间平房，是当年到鲁迅家帮工的章福庆的住处和干活的地方，他在这里为周家制作了许多竹器。现在里面存放着风车、竹簟（diàn，指夏天铺的竹席）、锄头等用具。中间的一间屋为过道，直通房后的百草园。

百草园

鲁迅的散文《从百草园到三味书屋》，我曾看过多遍。鲁迅笔下那色彩斑斓、情趣盎然的百草园，令人没齿难忘。也许是我这个生长在农村的孩子，对菜园有深厚情结的缘故吧！

百草园位于鲁迅故居的后面，原是新台门周家六个房族共有的菜园，约有2000平方米，平时种一些瓜菜，秋后平整压实后用来晒谷。但对鲁迅来说，“那时却是我的乐园”。

童年时期的鲁迅，经常和小伙伴们到百草园玩耍嬉戏，捉蟋蟀，玩斑蝥（máo，一种昆虫，触角呈鞭状，腿细长，翅膀上有黄黑色斑纹，成虫是农业的害虫），采桑椹，拔何首乌等。冬天则在园中的雪地里支起竹筛子，下面放上诱饵，以此捕捉鸟雀。看看鲁迅在《从百草园到三味书屋》中对百草园的描写，就知道多有趣了。

“不必说碧绿的菜畦，光滑的石井栏，高大的皂荚树，紫红的桑椹；也不必说鸣蝉在树叶里长吟，肥胖的黄蜂伏在菜花上，轻捷的叫天子（云雀）忽然从草间直窜向云霄去了。单是周围的短短的泥墙根一带，就有无限趣味。油蛉在这里低唱，蟋蟀在这里弹琴。翻开砖来，有时会遇见蜈

作者在鲁迅家的百草园

蚣；还有斑蝥，倘若用手按住它的脊梁，便会啪的一声，从后窍喷出一阵烟雾。何首乌藤和木莲藤缠绕着，木莲有莲房一般的果实，何首乌有臃肿的根。有人说何首乌根是有像人形的，吃了便可以成仙。我于是常常拔它起来，牵连不断地拔起来，也曾因此弄坏了泥墙，却从来没有见过一块根像人样。如果不怕刺，还可以摘到覆盆子，像小珊瑚珠攒成的小球，又酸又甜，色味都比桑椹要好得远。”文中还写了百草园可能有赤练蛇，并讲了长妈妈给他讲的美女蛇的故事，等等。

鲁迅12岁被家人送到三味书屋读书，但他仍然非常留恋百草园这个属于自己的乐园。他在文章中写道：“我不知道为什么家里的人要将我送进书塾去了，而且还是全城中称为最严厉的书塾。也许是因为拔何首乌毁了泥墙罢，也许是因为将砖头抛到间壁的梁家去了罢，也许是因为站在石井栏上跳下来罢，……都无从知道。总而言之：我将不能常到百草园了，Ade（德语“再见了”的意思），我的蟋蟀们！Ade，我的覆盆子们和木莲们！……”

1918年，百草园随同新台门房产一起卖给朱家后，菜园南北两端的原貌有些改变，如在北端建了花厅，在南端的池塘边筑了围墙，但菜园的主体部分基本上保持原样。我去参观时看到，菜园中间有条路，一头是房屋，仍保持着古代模式；一头是古井，石栏依然光滑；中间有几棵皂荚树，依然高大；两边的菜地，依然长着当年周家种过的碧绿的蔬菜；西边那段被鲁迅称为“有无限趣味”的“短短的泥墙根”至今犹在；墙外当年是邻居梁家的园地，即童年的鲁迅“将砖头抛到间壁的梁家”。泥墙南端嵌有一块界碑，上面的“梁界”二字清晰可见。我还在泥墙根蹲下，看看有没有鲁迅所说的蟋蟀、蜈蚣和斑蝥等昆虫，但未如愿。

在参观中，我脑海中立即浮现出五六十年代我家的菜园。即在曹青成大爷屋后那个菜园，以及我家西边的邻居曹良玉家那片较大的菜园，那也是我童年时代的乐园，常到里面捕鸟捉蝉刨蚯蚓（用以钓鱼）等。

三味书屋

从鲁迅故居往东走数百步，过一座石板桥，就是鲁迅少年时代读书学习的“三味书屋”。鲁迅在《从百草园到三味书屋》一文中描写得较为详细：“出门向东，不上半里，走过一道石桥，便是先生的家了。从一扇黑油的竹门进去，第三间是书房，中间挂着一块匾：三味书屋。匾下面是一幅画，画着一只很肥大的梅花鹿伏在树下。没有孔子牌位，我们便对着那

匾和鹿行礼。第一次算是拜孔子，第二次算是拜先生。”

三味书屋坐北朝南，北临小河，面积约35平方米，为三开门小花厅，是清朝末年绍兴城里很有名的私塾。屋中匾额上的“三味书屋”和两旁的对联“至乐无声唯孝弟，太羹有味是读书”，都是清末书法家梁同书的手笔。

为何起名“三味书屋”？这是有讲究的。

据介绍，三味书屋原称“三余书屋”，是鲁迅的塾师寿镜吾的祖父寿峰岚起的名，取“为学当以三余”之义。“三余”即三国时代董遇所说的“冬者岁之余，夜者日之余，阴雨者晴之余”。”意思是人们应当利用一切空余时间，努力学习。

北宋诗人苏东坡对董遇的“三余”之说颇为赞赏，曾作诗抒发利用空余时间读书的乐趣：“此生有味在三余。”据此，寿峰岚后来便把“三余”改成“三味”了。现在书屋中那块匾上的“味”字已不是梁同书的手迹，而是寿峰岚将原来的“余”抹去了，改写成了“味”字。

但还有另一种说法。据寿峰岚的曾孙，也在三味书屋教过书的寿洙邻说，幼时听父兄传言：“读经味如稻粱，读史味如肴馔（yáo zhuàn，宴席上丰盛的饭菜），读诸子百家味如醯醢（xī hǎi，醋和肉酱），但已忘其出于何书？至今查不着了。”据说鲁迅的弟弟周建人倾向于这种说法。

三味书屋的中间摆放着一张木方桌和一把高背椅子，那是塾师用的。方桌上陈列着塾师寿镜吾手抄的《唐诗》《杂选本快笔》，以及他收藏的《十七史论赞》等书。方桌两旁，各有一把木椅，是塾师接待客人时让客人坐的。

三味书屋的塾师寿镜吾，鲁迅说“他是渊博的宿儒”。他品行端正，性格耿直，自考中秀才后不再应试，终生以坐馆授徒为业。他教书极为认真，对学生要求也极为严格，鲁迅“对他很尊敬”，称赞他“是本城中极

作者在浙江绍兴三味书屋前

方正，质朴，博学的人”。

书屋里摆着八九张参差不齐的课桌和凳子，据说当时都是学生自备的。鲁迅的座位最初在南墙下，由于别人经常进出后面的小园子，从他跟前走来走去，影响他学习，他便要求塾师更换位置，把他的座位移到了东北角。他当时使用的带有两个抽屉的硬木课桌至今摆在书屋的东北角，桌面的右边刻着一个“早”字。缘由是，有一次鲁迅因故迟到，受到塾师严厉批评。他便在课桌上刻下了这个“早”字，以此自勉和提醒自己早到校，莫迟到。

鲁迅12岁至17岁在三味书屋读书五年，这期间重点学习了四书、五经、唐诗和汉魏六朝辞文，以及其他一些古典文学作品。由于有强烈的求知欲和进取心，所以学习非常勤勉。他曾制作了一张小巧精美的书签，两

端剪贴着红色的花纹图案，中间写着十个端正的工笔小楷“读书三到：心到、眼到、口到”夹到书中，用以自勉。为此受到塾师的表扬。

从一件小事，就可以看出鲁迅所掌握的知识非同一般。

旧时的私塾老师，常以“对课”的方式启发学生练习作诗。鲁迅在《从百草园到三味书屋》一文中也写到了“对课”：“我就只读书，正午习字，晚上对课……对课也渐渐地加上字去，从三言到五言，终于到七言。”

有一天，塾师寿镜吾出了个“独角兽”让学生来对。同学们苦思冥想，各显神通，什么“一头蛇”“三角蟾”“八脚虫”“九头鸟”等。鲁迅却别出心裁，出对“比目鱼”。寿先生看后连声称好，说“独”不是数位，但有“单”的意思；“比”也不是数位，却有“双”的意思，可见周树人是用心对出来的。

鲁迅从小就很聪明，读书也不是死记硬背。家人给他专起了个外号“胡羊尾巴”，意思是短小灵活，敏捷利落。他在私塾读书，除完成塾师规定的功课外，还找了许多课外书籍来读。广泛涉猎富有反抗精神和爱国精神的野史笔记和古典文学作品，如《红楼梦》《水浒传》《儒林外史》《诗画舫》等，这为他后来从事革命文学的写作，打下了坚实的基础。

三味书屋的后面有一个小园子，南北长不过两丈，东西宽一丈多，但却是鲁迅和同学们的一个小乐园。对此，鲁迅在文章中作了如下描述：“三味书屋后面有一个园，虽然小，但在那里也可以爬上花坛去折蜡梅花，在地上或桂花树上寻蝉蜕。最好的工作是捉了苍蝇喂蚂蚁，静悄悄的没有声音。”可想而知，当时的小学生们多么缺乏玩的场所和相关玩具。

三味书屋本是寿家的书屋，据说寿镜吾先生在此坐馆教书达60年之久，所以里面的文物保存得基本完好。中华人民共和国成立后，由于近代以来我国文化艺术界最有影响力的代表人物鲁迅先生曾在这里读了五年书，并写了《从百草园到三味书屋》一文，寿家的后代知道三味书屋的价值，寿镜吾的孙子寿积明便慷慨地将三味书屋献给了国家，使其得到了更好的保护，并成为鲁迅纪念馆的重要组成部分，供国内外游客参观。

鲁迅铜像

从咸亨酒店出来后往西走不远，就是鲁迅文化广场。在广场的北部，矗立着一尊用黄铜铸造的鲁迅铜像，高3.18米，重达2.5吨。铜像上的鲁迅面容和蔼可亲，仪态从容安详，形象真实生动，内涵十分丰富，透过形象可明显感受到鲁迅睿智的思想、坚定的信念和坚韧不拔的毅力。

在鲁迅铜像的侧面，竖立着一块端庄厚重的石碑，上面刻着《鲁迅铜像碑记》。我认为碑文对鲁迅先生有较全面的评价，便全文抄录了下来：

> 鲁迅，原名周树人，字豫才。一八八一年九月二十五日出生于绍兴城内都昌坊口周家新台门。百草园童趣，三味书屋启蒙，鲁迅由此起步，走向人生，走向世界，卓然成为伟大的文学家、思想家和革命家。“横眉冷对千夫指，俯首甘为孺子牛”是先生一生的光辉写照，也是他留给后人的座右铭。鲁迅精神光耀大地，为世人所传颂。鲁迅，无愧于“民族魂”的称誉。
>
> 鹰翔碧空，凤栖桐林，先生魂系故土，人民心向英灵。一九八六年秋，由巴金、黄源、萧军等倡议，绍兴乡亲精心擘划，筹建鲁迅铜像，以使先生丰采赋形传真，永供后世缅怀瞻仰。倡议甫出，八方响应，海内外各界人士纷纷热情资助。经

绍兴市鲁迅铜像筹建委员会承办，于一九九一年九月二十五日落成。

日月经天，江河行地，先生风范永驻，鲁迅精神长存，春风化雨，泽沐后人，爰为之记。

绍兴市人民政府 敬立

写到最后，我还是不由得赞叹：

都昌坊口生文豪，俯首为牛不惜劳。

挥笔怒向刀丛觅，一路呐喊破围剿。

咸亨店小名气大

我和所有读过鲁迅先生写的《孔乙已》这篇小说的人一样，早在20世纪60年代初就知道绍兴城里有家“咸亨酒店”，我当时曾发奇想：如果将来能到古城绍兴，一定到咸亨酒店喝上一碗黄酒，吃上一碟茴香豆，体验一下“孔乙已”的生活……

1997年秋，这个做了30多年的梦终于成为现实，在我到杭州出差期间，有幸到绍兴一游。

汽车从杭州往东南行驶，沿高速公路一小时便可到绍兴。咸亨酒店位于鲁迅路中段，离三味书屋和鲁迅故居不远。车到酒店门前，首先映入眼帘的是栩栩如生的孔乙已的全身塑像。看那形态，使我不由得想起鲁迅先生对孔乙已的描写：“他身材很高大，青白脸色，皱纹间时常夹些伤痕；一部乱蓬蓬的花白的胡子。穿的虽然是长衫，可是又脏又破，似乎十多年没有补，也没有洗。”

踏进咸亨酒店，但见店堂内垂挂着一幅醉后狂书的李白画像，黑漆金龙的竖牌上直书“太白遗风”四个大字，很是夺人眼球；还有一副著名作家李准撰写的对联，“小店名气大，老酒醉人多”；另有著名话剧表演艺术家于是之的墨宝，“上大人，孔乙已，高朋满座；化三千，七十士，玉壶生春”。曲尺形的柜台上摆着各种下酒的菜肴，如茴香豆、豆腐干、

煮花生、青豆荚、扎肉、糟鸡等，还有温酒用的筒子。酒店的前厅是开放式的，有房顶而无围墙；酒桌极为简易，四周各摆一长条凳，人多时只好在店外临时摆桌；从店堂内进一小门，后面是天井和回字形的走马楼。前后一看，我突然想起鲁迅先生笔下的咸亨酒店："当街一个曲尺形的大柜台，柜台里预备着热水，可以随时温酒。"

我和夫人要了茴香豆、盐煮笋、煮花生、炸臭豆腐各一碟，还要了一碗黄酒。我一会儿"靠柜台外站着"，一会儿"在柜台下对了门槛坐着"，学着孔乙己的样子喝老酒，逗得我夫人直乐。一碗酒下肚后精神振奋，兴致极佳，真正找到了"孔乙己"的感觉，随即又要了两碗黄酒，"慢慢地坐喝"。夹起一颗茴香豆放到嘴里，其味像硬豆腐干，咬开后吐到手里一看，嘿，这不是蚕豆吗？又不相信，只好怯怯地问服务员，得到的回答是肯定的，并说："这茴香豆是用干蚕豆加茴香、桂皮、食盐和水煮成的，是极好的下酒菜。"仔细嚼来，确有一股馥郁、清淡的香味，而且越嚼越有味儿。于是，我不禁想起孔乙己把茴香豆分给孩子们吃的生动画面："孩子们围住了孔乙己，他便给他们茴香豆吃，一人一颗。孩子们吃完豆，仍然不散，眼睛都望着碟子。孔乙己着了慌，伸开五指将碟子罩住，弯腰下去说道：'不多了，我已经不多了。'直起身又看了看豆，自己摇头说：'不多不多，多乎哉？不多也。'于是这一群孩子都在笑声中走散了。"

浓郁的绍兴黄酒喝来别有风味。"汲取门前鉴湖水，酿得绍酒万里香。"采用鉴湖水酿制而成的绍兴黄酒，色泽黄澄透彻，香气浓郁芬芳，滋味醇厚甘甜。闻之，醇香扑鼻；品之，醇稠黏嘴。据该店值班经理介绍，绍兴老酒，历史悠久。早在2000年前，越王勾践就以此佳酿献给吴王。传说吴国的军队狂饮此酒，积坛如山。到了宋代，当地酒业之盛，可

作者在咸亨酒店前孔乙己雕像一侧留影

从陆游的《剑南诗稿》中窥见一斑："城中酒垆千万所""平时酒价贱如水""街南街北酒易除""一杯放手已醺然"以及绍兴"无处不酒家"等。由于绍兴黄酒素有"越陈越香"的特点，所以称之为"老酒"，曾获得过巴拿马国际博览会金奖。

绍兴老酒以精白糯米和麦曲为主要原料，产品有状元红、善酿、加饭、香雪四大类。状元红用红曲酿成，色深而味浓；善酿用陈酒代水，以酒酿酒，其味醇厚；加饭是在一定的水与糯米的比例之外，再加糯米饭酿成，所以质厚味甘；用加饭的糟做成烧酒代替水，再加工成酒，便成香雪。还有一种名酒叫作花雕，又名女儿酒、女儿红。因绍兴有个古老习俗，将陈酒作为女儿的嫁妆。当女儿出生时，父母就要酿制若干坛酒，并

装潢雕塑上“嫦娥奔月”等形象，以兆吉祥如意，然后将酒埋入地窖，一直到女儿出嫁时才将酒取出放在花轿后面，送往男家款待宾客，所以称为“女儿酒”。因为坛上雕镂了花纹，“花雕”之名由此而生。

“这家酒店就是鲁迅先生笔下的咸亨酒店吗？”我问值班经理。

“不是。原先咸亨酒店在周家新台门对面，离这里不远。那是一间坐北朝南的单间门面，由鲁迅的族叔周仲翔主持店务，雇有一个伙计和一个学徒，卖酒兼卖酱油。咸亨的咸是都、皆的意思，亨是通达的意思，合起来就是万事吉利、财运亨通。尽管店名取得很吉利，但因经营不善，只开了两三年就倒闭了。现在的咸亨酒店是1981年9月为纪念鲁迅先生一百周年诞辰按原来的格局重建的，后又增添了三杯软、小天堂、鉴湖春、咸亨楼、女儿春等雅座和包厢，每日顾客盈门，生意兴隆……”

酒足饭饱之后，我又在酒店周围转了转，发现左边是家现代化的仍以咸亨命名的新酒店，右边是咸亨旅游公司和绍兴市孔乙己有限公司。一百多年前，期望着“咸亨”的周氏家族“无可奈何花落去”；而一百年后，咸亨酒店的弄潮儿却“手持彩练当空舞”，的的确确地“咸亨”起来了。

（原载《中国商贸》杂志1999年第6期，原标题为《小店名气大，老酒醉人多》）

王羲之与《兰亭集序》

关于王羲之，我过去并不熟悉，还是在看《古文观止》一书时，其中有一篇《兰亭集序》，作者王羲之，文前有作者简介。后来在看《中华上下五千年》时，其中有篇《王羲之写字换鹅》的文章，感到挺有意思。尤其在《名篇品读三千年》一书中，有一篇专门讲王羲之与《兰亭集序》，才对其人其文有了较为全面的了解。我两次去绍兴，两次游兰亭，更对王羲之这个山东老乡、东晋大书法家、文学家的诸多故事产生了浓厚兴趣。

兰亭地处绍兴市区西南12公里的兰渚山下。相传春秋时期的越王勾践在此种植兰花，东汉时期又在这里设立亭式驿站（乡以下行政机构），称为兰亭。

兰亭因王羲之而扬名，王羲之亦因《兰亭集序》而流芳于世。下面就谈谈我所见所闻的王羲之的书法成就及兰亭吧。

出身世族

王羲之，字逸少，公元303年出生于一个世族之家。祖籍山东临沂，临沂古时称琅琊。西晋末年，王羲之的两位伯父王导、王敦，支持并拥戴司马睿建立东晋王朝，并当上了皇帝，是为元帝。王导成为东晋首任丞相，王敦成为赫赫有名的大将军。王氏家族还有多人为官，王羲之的父亲王旷曾任丹阳和淮南太守。当时广为流传着一句话：王与马，共天下。王指王导家族，马指皇族司马氏，可见王家地位有多么显赫。

王羲之少年丧父，七岁跟着叔父学书法。先学三国时期的书法家钟繇和东晋杰出女书法家卫夫人的楷书，以及书法理论专著《笔说》。后又学行书、草书，着了迷似的天天练习，废寝忘食，因而进步很快。父亲死后，伯父王导将他接到京城，在一次官场交际宴会上，吏部尚书赞扬王羲之的书法："这个少年，不光有才气，有胆识，就凭他的一手好字，我们也该敬他几分。"王氏家族的长辈也很看好他。时任大将军的伯父王敦曾对他说："你是我们家族里面年轻一辈中最好的。"

王羲之在王氏家族中虽然很优秀，但他对做官并不感兴趣，更愿做一名无拘无束的名士。而他的家族非要他出来做官不可。后来他做过参军、右军将军、会稽内史等几个小官，世称王右军。但他实在看不惯官场清谈浮夸之风和相互倾轧之状；他屡次提出的"政以道胜宽和为本"及对百姓要"除其繁苛，省其赋役"等主张得不到采纳，加之与上司扬州刺史王述不和，便于东晋永和十一年（355年）"称病去郡"（辞官），然后"尽山水之游"，遍览东山诸郡，结交高僧名道（士），采药不远千里，以此为乐。卒于东晋升平五年（361年），享年59岁。关于王羲之的死因，比较可信的说法是，在剡（shàn）县［今浙江嵊（shèng）县］金庭山炼丹，误食药物而死。

苦练书法

在中国书法史上，王羲之可以说是最有特色的书法家，素有“书圣”之誉。

王羲之出身于书香之家，从小就得到前辈书法家的指导。他七岁开始跟着当时的女书法家卫铄学书法。卫铄是西晋书法家卫瓘之女、汝阴太守李矩之妻，世称卫夫人，善隶书与楷书，字体清秀优雅，著有《笔阵图》，论执笔写字技巧。王羲之跟其学书法异常勤奋，日有长进，不到五年，所写的字已是笔力遒劲、顿挫生姿了。卫夫人不禁赞叹：“这孩子的书法，将来必定有很深的造诣，比我还要有名望啊！”

王羲之家里有很多前人收藏的书法论著，王羲之12岁就开始读这些书。后来他渡江北上，游历了许多名山大川，见到了不少著名书法家的手迹，如秦朝的李斯，东汉的蔡邕、张芝、梁鹄、张昶、钟繇等人的碑帖墨迹，他都一笔一笔精细地临摹，把每个书法家的特点弄清楚，把他们的长处学到手。

王羲之学习书法异常用功，天天练写，从不间断，几十年如一日。他临摹字帖，不是“照猫画虎”，而是专心致志，深钻细研，认真琢磨原字的精妙之处，反复练习。他不管住在哪里，都要临池学书，以便于洗涮砚笔，所到之处竟留下了四五处墨池，我们在兰亭王右军祠内看到的墨池，便是其中的一处。

王羲之练书法达到了忘我的境界，甚至坐在椅上、走在路上、躺在床上，都在揣摩书帖的架势，手指不停地在身上画着字形，长此以往，连自

己的衣襟都划破了。

有一天他在练书法，到了吃饭的时候，夫人给他端来他最爱吃的馍馍和蒜泥。过了一会儿，夫人来收拾餐具时，看到他满嘴乌黑，手里还拿着一块蘸满墨汁的馍，边咀嚼边看书帖。夫人不禁大笑。原来，王羲之错把墨汁当成了蒜泥，可见他对书法迷恋到了什么程度。

有一次他躺在床上睡觉，还在用手临空画字，不知不觉地竟画到他夫人身上了。他夫人不高兴地说："你怎么老在人家的身上画呢？自家体，没啦？"

王羲之听到"自家体"三字，顿时悟到应该创造自己的书法体。从此以后，他反复翻看碑帖手迹，糅合各家之长，得千变万化之神韵，并反复苦练，终于自成一体。由于腕力劲足，笔力遒劲，写出来的字个个传神，有许多远超前人。

有一年除夕，全家人团聚，王羲之十分高兴，竟然喝得酩酊大醉。七儿子王献之把他扶进书房休息。当他走到书桌跟前时，竟拿起笔来写了一张长条——万事吉祥如意，写完就睡了。

第二天，王献之把这个长条贴到门上，认真一看，不禁连声称奇。许多人也都跑来看，发现每个字都像龙爪，苍劲抖动。有位书法家叹道："醉中王右军，着笔似龙爪，真是神到之笔啊！"从此，人们就把这种字称为"龙爪书"，并成为中国书法的一种新体。

在创新方面，王羲之善于将秦、汉时期的篆书和隶书的精妙之处，融入正楷和行体、草体，创造出形美流畅的新体。正如他所说："我能书八体，心犹未足，还时时留意创新哩！"

王羲之所说的"八体"，是指从秦汉到东晋所形成的八种书法体。

我认真查了《简明中国古代文化史词典》和《辞海》《辞源》等辞

书，基本了解了对“八体”书学的解释，现整理出来，普及一下这方面的知识。

篆（zhuàn）书。包括大篆和小篆，其特点是笔画圆匀，结构整齐。大篆原称“籀”（zhòu）书，据传是周宣王时的太史籀所创。小篆由大篆演化而成，据传是秦国丞相李斯创造。小篆的笔画比大篆简洁，字呈方形，笔画圆转，整齐优美，秦始皇用以作为全国统一的文字。

隶书。由小篆演化而来。笔画省繁就简，平直方正，变圆转之处为方折，笔画也可粗细波折，书写比小篆方便，旧时供下层徒隶所用，故名“隶书”。

八分书。始于秦代的一种隶书形式。字体扁平，中间紧凑，左右开张如“八”字，故名“八分书”。到了汉代，广为流传，故又称为“汉隶”。

章草。早期的草书，始创于西汉，它比隶书简洁，笔画奔逸。每个字的笔画可以连写，但字与字之间独立不连。这种字体多用于写奏章，深受汉章帝刘炟（dá）的喜爱，故称“章草”。

草书。形体上字与字之间笔画连绵，甚至数字一笔而成，所以书写快捷，笔画奔放。后又发展了今草、狂草，成为人们喜爱的书法艺术。

飞白。始创于东汉，笔画丝丝露白，使字体墨迹若断若连，富有华艳飘荡之妙。相传东汉书法家蔡邕（著有《书说》《石室神授笔势》等书法理论书籍）看到工匠用刷白粉的笤帚刷字，出现这种效果，因此省悟，便运用到笔墨书法中，从而创此书写技艺。

楷书。始于汉代，是介于隶书与草书之间的一种字体。笔画平直，字体方正，克服了草书所带来的字体不规则的倾向，被视为字体的楷模，故称“楷书”，又称“正书”“真书”。唐代以后，成为官方文本和科举考试的正式字体。

行书。介于楷书与草书之间的一种书法字体，比楷书活泼，比草书工整。写得规矩工整一些，近于楷书，称为“行楷”；写得放纵自由一些，则称为“行草”。

王羲之精心钻研、刻苦练习书法大家的书法艺术，博采众长，荟精集萃，揣摩体势，一变汉魏以来书法界的波挑用笔之风，开辟俊朗流利的圆畅意境。不仅结体妍美，而且字体雄健。他的楷书势功形密，行书娟秀劲健，浓纤折中，在书法界独树一帜，在书坛上享有崇高地位。《晋书·王羲之传》评其书法艺术为“古今之冠”；说其笔势“飘若浮云，矫若惊龙”。南北朝时期的梁武帝萧衍在《古今书人优劣评》中说：王羲之书字势雄强，如龙跳天门，虎卧凤阙，故历代宝之，永以为训。由于他非常喜爱王羲之的字，搜集到很多，派人用方方正正的纸，一个个地勾拓出来，一共选出1000个不同的字，让他的子孙练习。由于感到杂乱无序，便让大臣编成四字一句且押韵的句子，成为《千字文》。王羲之的七世孙智永和尚亲笔临摹了800本《千字文》，传播于世。江南的各座寺庙，都曾保留过一本，智永和尚也因写这《千字文》而负盛名。据说，流传至今的《千字文》，是用粉蜡纸拓的，也很珍贵。

历代名人和有关书籍对王羲之书法的评价林林总总，其中唐太宗李世民在《王羲之传论》中说：“所以详察古今，研精篆、素，尽善尽美，其惟王逸少乎！观其点曳之工，裁成之妙，烟霏露结，状若断而还连，凤翥（zhù，意‘飞’）龙蟠，势如斜而反直，玩之不觉为倦，览之莫识其端。心摹手追，此人而已。其余区区之类，何足论哉！”难怪唐太宗派人窃得《兰亭集序》真本，并将其带到棺材里去了。

《唐人书评》对王羲之的评价也相当高：“羲之书如壮士拔剑，壅（yōng，‘堵塞’之意）水绝流。头上安点，如高峰坠石。作一横画，如千里阵云。捺一偃波，若风雷震骇。作一竖画，如万岁枯藤。立一倚竿，若虎卧凤阁。自上揭竿，如龙跳天门。”

王羲之的名望越来越大，求他题词、写匾额、写对联的人也越来越多。但他有个习惯，随手写，随手大都销毁了。他又不肯轻易为别人题字，人们也知道他为人耿直，无法强其所不愿做的事。因此，如能得到他的只字片纸，都像得了宝贝似的珍藏起来。但他对弱者却很大方。

据《晋书》载，王羲之“尝在蕺（jí）山见老姥，持六角竹扇卖之。羲之书其扇名为五字。姥初有愠色。因谓姥曰：‘但言是王右军书，以求百钱邪！’姥如其言，人竞买之”。意思是，一日，王羲之回家路过石拱桥，见一老妪持扇叫卖。也许是制作粗糙，这一大捆六角竹扇竟无人问津，老妪人乏力衰，愁容满面。王羲之见了大为同情，问老妪扇子几文钱一把？老妪说十文一把。王羲之即向桥旁人家借来笔墨，倚桥在每把扇子上题字，每扇五字。老妪不解其意，王羲之说：“你再去卖扇，要二百文一把，就说‘王右军题字在上’。”结果人们争相购买，不一会就把所有扇子卖光了。此后，人们就把这座桥起名为“题扇桥”，至今仍在，坐落在蕺山街东侧府河上，桥上竖着一块一人多高的“晋王右军题扇桥”的大石碑。

但题扇的故事还没有完。据说那老婆婆见王羲之题了字的扇子不仅价格高，而且十分抢手，便急忙回家又编了十几把六角竹扇去请王羲之题字，王羲之在书房里见了她后哭笑不得，便从边门溜到一条小弄堂里躲了起来，直到老婆婆走后他才回家。后来，人们便将这条小弄堂起名为“躲婆弄”，一直流传到现在，地址在戒珠寺前蕺山街西侧，离题扇桥约百米远。

爱鹅成癖

众所周知，王羲之爱鹅成癖。如果说书法是他的第一大嗜好，那么“观鹅”便是他的第二大嗜好，据说这与他钻研书法有关。

中国的书法，非常注重从自然事物中取相。王羲之养鹅是为了观察鹅的各种动态，从中琢磨执笔的技巧。比如：从鹅颈的姿态，体悟悬手转腕的方法；从鹅掌划水的动作，理解运笔的关键。他认为，执笔写字时，食指应如鹅头那样昂扬微曲；运笔时一撇一捺应如鹅掌划水，将全部精力贯注于笔尖上。

《晋书·王羲之传》载有王右军以字换鹅的故事。

王羲之在任会稽内史期间，山阴有一位道士连做梦都想请王羲之写一本《道德经》（一说是《黄庭经》），但也知道不太好求。为了达到目的，他根据王羲之爱养鹅的癖好，饲养了一群品种特别好的大白鹅，有意在王羲之经常路过的水面上放养，耐心地等待时机。

有一天，王羲之乘一叶扁舟，游览水乡景色。只见在茂林修竹之间的河面上，一群大白鹅自由自在地嬉戏。他全神贯注地观赏白鹅的各种姿态和戏水的动作，掩饰不住爱慕之情，连称“好鹅”。艄公对他说：“您那么喜欢鹅，何不将它买下？”便停舟上岸打听，才知道这群鹅的主人竟是附近庙中的道士，便登门拜访。道士听说他要买鹅，心中好不欢喜，但却不露声色地说：“我这鹅是不卖的，倘若右军大人为我书写《道德经》一卷，我愿将群鹅相赠。”

王羲之二话没说，欣然动笔，写好后交给道士，然后兴致勃勃地将群鹅带回了家，深以为乐。这则“换鹅帖”的故事，也成为我国书法史上的

作者爱人在兰亭鹅碑亭留影

美谈。对此，唐代诗人李白有诗云：山阴道士如相见，应写黄庭换白鹅。

《世说新语》中记载了另一则王羲之爱鹅的故事。

会稽城有个孤身老人养了一只鹅，丹顶玉身，鸣声高亢，激昂如壮士歌。王羲之托人去买，老人说自己孤苦，以此鹅为伴，虽贫寒，也不愿卖。王羲之便约好时间，登门去看这只特别珍贵的鹅。进门后看到桌上放有一壶酒，一盘肉，老人乐呵呵地说：听说有贵人要来我家做客，家里没有别的吃的，就宰了这只鹅款待客人。这让王羲之遗憾不已，难过了好几天，并痛心地说："就因我太爱这鹅，反而促使鹅早死，伤人心啊！"

关于王羲之爱鹅的故事还有很多，如他买了一位农民正在出卖的大白鹅，那鹅似玉雕雪堆，昂首高亢，风度翩翩，王羲之喜不自胜，一笔连写

了一个大“鹅”字赠给农民，农民出门就卖了十两雪花银。王羲之为感谢一位大和尚送给他一只红嘴赤掌、如雪似玉的大白鹅，用扫帚在沙滩上写了一个大大的“鹅”字回赠大和尚。这个“鹅”字也是一笔写成，不仅纵如龙游，横如凤舞，而且笔力雄健，意态秀拔。大和尚喜爱至极，立即请能工巧匠刻到石碑上，流传至今。神话故事有玉皇大帝指派两位白鹅仙子设计赚王羲之书写“灵霄宝殿”横匾的故事；一位老人用一对雪白如玉的大白鹅赚取王羲之为山海关题写“天下第一关”匾额的故事等。

如果说勤奋造就了王羲之的绝妙书法，那么“观鹅”才有了王羲之书法的变化多姿。而且他这种爱鹅成癖的嗜好，亦受到了同是绍兴山阴人的明末大文学家张岱的赞誉：“人无癖不可与交，以其无深情也；人无痴不可与交，以其无真气也。”如此评价“癖”与“痴”，令人耳目一新。

兰亭与《兰亭集序》

1670年前，王羲之写《兰亭集序》时的兰亭究竟在哪里？历来说法不一。现在的兰亭位于绍兴西南27公里的兰渚山下。从绍兴市内乘车前往，过一座分水桥，就看见青峦叠翠、秀峰环抱的兰渚山了。山下有几座精致的亭子和其他古建筑，那就是大名鼎鼎的名胜古迹“兰亭”。

东晋穆帝司马聃（dān）永和九年（353年）农历三月初三，时任会稽内史的王羲之约好友、当时的名流高士在兰亭集会修褉（xì，古代一种临水祭祀活动，以求除灾祛邪）。其中有时任司徒的谢安（后任尚书仆射、骠骑将军、丞相等要职），东晋诗僧、佛教理论家支遁，词赋家孙绰，矜豪傲物的谢万，以及王羲之的儿子玄之、凝之、涣之、徽之、献之等42人。

作者在兰亭前

农历三月初三是修禊节，又称“上巳节”。江南的三月，基本是细雨蒙蒙的季节，而这一天却是晴空万里。坐落在崇山峻岭中的兰亭之地，茂林修竹，惠风和畅，溪水川流，景色恬静怡人。王羲之等人首先按照古代流传下来的修禊习俗，在溪水边举行祭祀仪式，用香薰草蘸水撒到身上，并到水边洗涤手脸，以示祛除病灾与不祥，然后进行“流觞（shāng）曲水”活动。

这项活动的规则是，40多位文人名士在蜿蜒曲折的溪水两旁列坐，每人面前放一张小杌（wù）子，杌子上摆放着纸墨笔砚和菜肴。然后由家童将斟满酒的羽觞（古代饮酒用的酒杯，雀形，有头、尾、羽翼）放到木盆里，轻轻放入溪水的上游，让其顺流而下，漂到谁的面前，谁就得即席赋

诗，谁要作不出诗来，罚酒三杯。如此反复，直到酒觞漂到每个人面前为止，这就叫“流觞曲水”。此游戏既文明，又高雅。当然，在古人那里，拼的不只是酒量，而是才华。有才华的拼酒是秀，秀出来的是传诵千古的雅事。否则就是作秀，秀出来的只能是一时间的热闹。

这次聚会，有26人作诗共37首。其中11人各作诗两首，包括王羲之、谢安、谢万、孙绰、王凝之、王徽之，以及王氏家族中的王彬之、王肃之等。有15人各作诗一首，包括王玄之，王涣之和王丰之、王蕴之等。其余16人未能作出诗，各罚酒三杯。令人没想到的是，王羲之夫妇精心培养的小儿子、后成为东晋著名书法家、有“小圣”之誉、与王羲之并称“二王”的王献之也被罚了酒。难怪，当时他才9岁。清代竟有诗人作打油诗取笑王献之：却笑乌衣王大令（王献之后来官至中书令），兰亭会上竟无诗。

在兰亭参观时，这37首诗我都看到了，并一一拜读。由于当时的名士以谈形而上学的“玄学”为时尚，因而玄言诗盛行，内容多是抽象枯燥的玄理，不大好懂。如王羲之作的第一首诗：“代谢鳞次，忽焉以周。欣此暮天，和气载柔。咏彼舞雩（yú，祭神求雨），异世同流。乃携齐契，散怀一丘。”

“流觞曲水”活动结束后，众人公推德高望重的王羲之把这37首诗汇集成册，并请他写一序文，记录这次雅集。王羲之欣然同意，乘着酒兴，用鼠须笔在蚕茧纸上即席挥洒，当场写下了被誉为“天下第一行书”的《兰亭集序》，全篇共28行，324个字。

这篇“集序”文辞隽永，字字珠玑。不论是绘景抒情，还是评史述志，语言清新华美，气度潇洒俊逸。作者在放情山水的同时，敢于倾吐自己的肺腑之言。行文有虚有实，虚实结合，使文章既有空灵的氛围，又实在可信，创造了序言散文化的形式。在叙述中情理并茂，时伴感伤情绪，摆脱了纯粹的玄言体。这种前写景、后言理的写作形式，对后来的理趣散文产生了较大影响。

从书法艺术上看，通篇行笔挥洒自如，章法疏密有致；写法变化多端，收放从容有度；似乎精心为之，又无雕琢痕迹；虽有多处涂改，却不影响整体艺术，反而给人以自然天成之感。 文中凡是相同的字，字体各不相同，如“之”“以”“为”等。全文中的20个“之”字，竟有20种写法，字字矫健俊美，而又各具风采，充分体现了作者极高的书法艺术。

据说王羲之回家后，再看这篇作品，感到美中不足的是有多处涂改。他曾几次重写，但始终不如原作。他感叹道：“此神助耳，何吾能力致？”因此他对原作也十分珍惜，当作珍宝藏在家中，代代相传。200年后传到七世孙、隋朝初年著名书法家智永禅师手里。智永少年出家，到绍兴永欣寺削发为僧，苦练王羲之书法达30年之久，所用废笔积有数簏（lù，竹箱或竹篓），作铭埋于土中，称“退笔冢”，被传为书法史上的佳话。由于他没有后代，临终前将王羲之的《兰亭集序》传给了他的弟子辨才和尚。辨才擅长书法，勤书不辍，对传世之宝《兰亭集序》奉若神明，夜间偶尔拿出来临摹欣赏，然后密藏在房梁一头的墙洞里，从不示人。

唐太宗李世民不仅是一位文韬武略的帝王，还是一位酷爱书法的书法家，尤其喜爱“二王”的书法（“大王”王羲之，“小王”王献之），并一心想得到《兰亭集序》的真迹。他对宰相房玄龄说：“王右军墨迹，以兰亭序为最好。为了得到它，我寝食难安。据说这件真迹由右军的后代智永和尚传给了他的弟子辨才，如何得到它，你有何主意？”

房玄龄奏道：“萧翼有才气，有智谋，可充此任。”

于是召来监察御史萧翼，命他前往越州计取《兰亭集序》。

萧翼欣然接受这一特殊使命，但他提出：请从内府拿出几件珍藏的“二王”字帖随身携带，以便到时应用。唐太宗满足了他的要求。

萧翼装扮成书生，改名换姓，直奔越州永欣寺。他在寺内装作观赏壁画，待辨才和尚路过时主动与其搭话，两人遂交谈起来。谈及文史诗赋，琴棋书画，甚是投机。后又时常相聚，饮酒作诗。萧翼自称是梁元帝萧绎的后人，并将元帝所作的《职贡图》拿给辨才看，辨才信以为真。两人又谈到书法，萧翼说他自幼就喜爱“二王”的书法，并将随身携带的几种王羲之的书法拿出来，让辨才一饱眼福。他拿着其中的一件说：“这是我珍藏的王羲之最好的真迹，我一般不给别人看。”辨才审视良久说：“确是真迹，但不算最好，我手头的《兰亭集序》，才是最好的呢。”

萧翼故意说：“迭经战乱，真迹岂能流传至今，可能早已被毁了。”

辨才为了证明自己所珍藏的确是真品，便爬上房梁，从墙洞中取出《兰亭集序》给萧翼看。萧翼明知这确是真迹，仍有意坚持说“这是伪作，是赝品”，弄得辨才很不高兴。

过了几天，萧翼乘辨才外出之机，到寺中盗走了真正的《兰亭集序》。80多岁高龄的辨才和尚知道上当后，当即气得昏厥过去，好久才苏醒过来。数月后，唐太宗赐给辨才3000石粮食、3000匹帛，算是对他的安慰。辨才由于被骗，所受精神打击太大，整天郁郁寡欢，一年后一命呜呼。而萧翼由于“盗宝”有功，官加五品，唐太宗还赐给他不少珍珠、玛瑙、银瓶和宅院、庄园。

唐太宗见到《兰亭集序》真迹后爱不释手，王公大臣和皇子们也想一睹真容。唐太宗却舍不得随便让人看，便命欧阳询、褚遂良、虞世南、薛稷、冯承素等几个擅长书法的大臣临摹，其中冯承素临摹的“神龙本”最接近真本。冯承素等人将这几人的临摹本拿到弘馆摹刻翻拓成许多副本，由皇上赐予皇子和近臣，让他们悉心练写。

我们到兰亭参观时，在王右军祠内看到的《兰亭集序》，就是冯承素摹拓本的复制品，据说摹拓的真本珍藏在北京故宫博物院，上面钤（qián，“印”或“盖”的意思）有“神龙”印章，可能是冯承素的“神龙”本。

我老伴近几年在老年大学学书法，她学写的《兰亭集序》书帖，是冯承素摹拓的“响拓本”，也是最接近王羲之真迹的范本，字的线条精细到毫发毕见的程度。

据传，唐太宗李世民在临终前留下遗诏，要把王羲之的《兰亭集序》作为陪葬品埋入昭陵，这“天下第一行书”真本从此在世上消失了，后世所传的都是历代著名书法家临摹之作。南宋诗人陆游曾在诗中叹息：茧纸藏昭陵，千载不复见。

我到兰亭参观，怀着对“书圣”的崇敬心情，轻步走进园子。放眼环视，鹅池、鹅亭、小兰亭、曲水流觞亭、王右军祠、御碑亭等，每一处景点，都散发着墨香的陈迹，我这是去瞻仰中国历史上伟大的书法家啊！

走过一条青竹夹道的石砌小径便到了鹅池。现在的鹅池，池水仍然清澈，水中依然有白鹅。池西池畔，有一座三角凉亭，即著名的“兰亭鹅碑亭”。亭中立一石碑，上刻“鹅池”二字，系王羲之和王献之父子的手笔。传说王羲之正在书写“鹅池”二字，刚写完“鹅”字，忽闻“圣旨到”，他立即搁笔接旨。颇为自负的小儿子王献之趁机续写了“池”字。我认真看了这两个字的区别，只见“鹅”字中“我”在“鸟”之上，不像现在的“鹅”字中“我”在左，“鸟”在右。“鹅”字的笔画与“池”字相比，前者隽秀遒劲，后者则显得粗犷浑厚。有人形象地说是“鹅瘦池肥”，但各具风采。这座父子合壁的鹅池碑，为兰亭一绝，被人称为“父

子碑”，并被传为千年佳话。

过了鹅池上的石板桥，沿一条用鹅卵石铺成的小路向西北走不多远，便是兰亭碑亭，又称“小兰亭”。这是整座兰亭园林的标志性建筑。碑上的“兰亭”二字系清康熙皇帝1695年所题。可悲的是，此碑在“文化大革命”时期被砸成三截。后来虽经修补，但字体难以复原，“兰”字缺尾，“亭”字缺头，但古意犹存，亭旁水池，飞檐倒影，别有情趣。

小兰亭西侧是“乐池”，池面十多亩。临池建了一座“俯仰亭”，取王羲之《兰亭集序》中“仰观宇宙之大，俯察品类之盛”之意。小兰亭以东、鹅池以北，是曲水流觞和流觞亭，这是历代文人墨客的向往之地，因为这里是王羲之完成“天下第一行书”——《兰亭集序》的地方。

流觞亭前，修竹成片，碧草萋萋，绿柳成荫，一条“之”字形小溪蜿蜒流淌，水宽约一两米，水深不过尺余，溪水清澈见底，可见溪底叠石，显现着王羲之在《兰亭集序》中所描绘的景象：此地有崇山峻岭，茂林修竹，又有清流激湍，映带左右，引以为流觞曲水……站在溪岸观赏，令人产生无限遐思，依稀可见当年三月三王羲之、谢安等42位名士雅集的场景。

曲觞流水之北，是古香古色的流觞亭，系清康熙年间所建，同治年间进行过翻修，1980年又进了大修。此亭飞檐翘角，有木门12扇，木窗40扇，外有长廊环绕，并围以石栏。亭的正面悬挂着一方匾额，上书“流觞亭”。门两旁有一副对联：此地似曾游，想当年列座流觞未尝无我；仙缘难逆料，问异日重来修禊能否逢君？读过此联，穿长衫的王羲之似乎就在眼前，微笑而不作答。

走进流觞亭内，正面有一大屏风，上悬一匾，上书“曲水邀欢处”五个楷书大字，十分醒目。匾下正中悬挂着一幅“流觞曲水”画，画的是当年王羲之、谢安等42名士在兰亭曲水流觞嬉戏、作诗、饮酒等欢快情状。画中人物形态各异，栩栩如生，有的举杯畅饮，有的低首沉吟，有的袒胸露臂，有的挥笔疾书，有的醉意蒙眬，有的笑容可掬，将魏晋名士笑傲山林、旷达清逸的神情描绘得淋漓尽致。“修禊图”旁有一对联：雅集鸿文传百代，流觞韵事足千秋。

王右军祠位于流觞亭东侧，中间有一座荷花池。该祠始建于康熙三十七年（1698年），四面环水，古雅别致，粉墙黛瓦，且无一窗，据说是园林建筑中的一奇。

祠的大门上端悬挂着“王右军祠”匾额，系当代书画大家沙孟海先生所书。两边的对联是：盛会不殊放怀宇宙忘古今，幽情共叙极目山林快咏觞。

走进祠门，只见一泓池水，那是王羲之蘸墨洗笔的墨池。墨池中间有一四角方亭，名曰“墨华亭”。亭的南北各有一座弧形石板小桥，我们从南面的小桥走到墨华亭参观，只见亭前亭后各有一副对联。前联是：深林闲数新添笋，曲沼时观旧放鱼。后联为：竹荫满地清于水，兰气当风静若人。

在墨池两侧的回廊壁上，镶嵌着多块历代书法家临摹的《兰亭集序》，大多是清代、民国时期的作品。浏览这些刻石后，不禁使人感到摹仿之作尚且有如此精深的功力，那王羲之的书法就更是达到登峰造极的境界了。

在王右军祠大厅正面，上悬一块“尽得风光”木匾，匾下供奉着王羲之的画像，一副对联分挂两旁：毕生寄迹在山水，列座放言无古今。大厅的两端各置两块挂屏，屏上是康熙帝临摹的《兰亭集序》。可以说，王右军祠内到处都是古迹。

流觞亭正北是一座八角形御碑亭，始建于康熙三十二年（1693年）。亭的周围设有石栏，各根栏杆上端都雕有小石狮。亭的四面及顶部、底部雕有龙、凤、祥云、牡丹等图案，雕刻精细，造型优美。亭中立一高6.86米、宽2.64米、重达18吨的巨大石碑。碑的正面刻着康熙帝临摹的《兰亭集亭》全文。碑的背面镌刻着乾隆皇帝1751年游览兰亭时所作的七律诗《兰亭即事》手迹："向慕山阴镜里行，清游得胜惬平生。风华自昔称佳地，觞咏于今纪盛名。竹重春烟偏澹荡，花迟禊日尚敷荣。临池留得龙跳法，聚讼千秋不易评。"乾隆不仅书法潇洒飘逸，而且表达了对王羲之溢于言表的仰慕之情。

康熙、乾隆这祖孙两位帝王书迹同碑，全国独一无二，堪称国宝，民间称为"祖孙碑"，为兰亭名胜"三绝"之一。

"文运笔随国运盛，心花喜逐笔花生。"近几十年来，每年的农历三月初三，兰亭都举办追仿修禊觞咏兰亭书会，全国许多书法家和书法爱好者慕名前去怀古续胜，到流觞溪畔赋佳诗，墨华亭下添新墨。景幽、事雅、文妙、书绝，兰亭不仅成了中国书法圣地，而且成了古今文人的圣地，这一切，缘于王羲之与《兰亭集序》。

最后，还是禁不住想再写几句感怀诗：

墨妙笔神亘古今，重访兰亭感斯文。
曲水流觞诵风骨，千秋书圣王右军。

附：

兰亭集序

王羲之

永和九年，岁在癸丑，暮春之初，会于会稽山阴之兰亭，修禊事也。群贤毕至，少长咸集。此地有崇山峻岭，茂林修竹，又有清流激湍，映带左右，引以为流觞曲水。列坐其次，虽无丝竹管弦之盛，一觞一咏，亦足以畅叙幽情。是日也，天朗气清，惠风和畅，仰观宇宙之大，俯察品类之盛，所以游目骋怀，足以极视听之娱，信可乐也。

夫人之相与，俯仰一世，或取诸怀抱，晤言一室之内；或因寄所托，放浪形骸之外。虽取舍万殊，静躁不同，当其欣于所遇，暂得于己，快然自足，曾不知老之将至。及其所之既倦，情随事迁，感慨系之矣。向之所欣，俛（miǎn，意为“俯”）仰之间，已为陈迹，犹不能不以之兴怀。况修短随化，终期于尽！古人云：“死生亦大矣”，岂不痛哉！

每览昔人兴感之由，若合一契，未尝不临文嗟悼，不能喻之于怀。固知一死生为虚诞，齐彭殇为妄作，后之视今，亦犹今之视昔，悲夫！故列叙时人，录其所述，虽世殊事异，所以兴怀，其致一也。后之览者，亦将有感于斯文。

陆游、唐婉与沈园

陆游，南宋文学家、著名诗人。我对陆游的了解始于50年前的一次爱国主义教育活动，当时学习了他那首洋溢着爱国激情的七绝诗《示儿》：死去原知万事空，但悲不见九州同。王师北定中原日，家祭毋忘告乃翁。

20世纪80年代初期，我在电视大学学习中国古典文学时，专门学习了陆游的生平和诗歌创作道路、艺术特色等课。后来我又买了陆游诗词精品选等几本书籍，并看了《中华十大才子》一书对“才气超逸的大诗人陆游”所作的介绍，才真正了解了陆游在诗词创作方面的不朽成就，并被他与唐婉真挚凄婉的爱情故事和两人各作的一首《钗头凤》词所倾倒。所以我两次到绍兴，都去沈园寻觅陆、唐二人当年在游园时邂逅的踪迹及陆游题在墙上的《钗头凤》词。

陆游生于北宋宣和七年（1125年），字务观，自号放翁，越州山阴（浙江绍兴）人，出身于世宦家庭。祖父陆佃官至尚书左丞。父亲陆宰曾任直秘阁、淮南计度转运副使等职，都是爱国、刚直之人，且都有文采。陆游出生的第二年，金兵攻陷北宋首都汴京（今开封），徽宗、钦宗二帝被掳，北宋灭亡。由于金兵疯狂南侵，战火弥漫，年少的陆游在兵荒马乱中两次随家人到处避难，饱受颠沛流离之苦，正如日后他在诗中所说：少小遇丧乱，妄意忧元元。又听父辈议论国事，主张抗金，并亲眼看到金兵南侵给人民带来的苦难，在他幼小的心灵里萌生了忧国忧民的思想，立志以身许国，抗金雪耻。他曾在诗中写道：上马击狂胡，下马草军书。

人生起伏

陆游的父亲藏书甚多，受书香门第和家教的影响，陆游从小就喜欢读书，尤爱兵书和诗书。由于勤奋好学，加之天资聪明，他12岁就能作诗，20岁已有诗名。南宋绍兴七年，29岁的陆游到南宋首都临安（杭州）参加进士考试，名列第一，宰相秦桧的孙子秦埙名列第二，对此，秦桧大为恼怒。秦桧得知，陆游及家人都是主战派，极力主张抗金，收复失地。这与以秦桧为代表的主和妥协派针锋相对。第二年吏部在临安举行的复试中，陆游被秦桧以莫须有的罪名除名。陆游虽然异常愤怒，却毫无办法，直到秦桧死后，他才得到朝廷重用。

在后来的为官生涯中，他先任福建宁德县主簿，一年后调任朝廷大理寺司直、枢密院编修官。由于学识渊博，谏书切中事理，很受孝宗皇帝青睐，特赐进士出身，加任太上皇圣政所检讨官。因在与主和妥协派的斗争中直言谏诤，强烈反对同金人议和，得罪了皇上和主和的当权派，被外调建康（南京）任通判，不久又改调京口（镇江）。在这期间，他积极支持抗金名将张浚北伐，收复中原。因此，1166年被掌握实权的主和派以“鼓唱是非，力说张浚北伐”的罪名罢官返乡。

四年后的1170年，46岁的陆游受命出任夔（kuí）州（今重庆奉节）通判，任职期满后被主战将领、时任川陕宣抚使王炎聘任幕宾，襄理军中公务，开始了一段戎马生涯，半年后改任成都府安抚司参议官。后又应成

都府路安抚使兼四川制置使范成大之邀，担任参议官，随军驰骋于川蜀各地。在川陕军中的几年里，是他最开心的一段军旅生活。

南宋淳熙七年（1180年），他到江西临川（今抚州）任提举江西路常平茶盐公事期间，当地遭遇特大水灾，大批灾民被困山上，无粮可食。陆游不仅亲自指挥抗灾，而且毅然打开常平义仓，星夜驾舟将粮食分发给灾民，结果被当权者以“擅权”的罪名罢官。

时过六年后，陆游又被起用，任严州（今浙江建德）太守。巧的是，陆游的高祖陆轸也曾任过严州太守，当地人民还为陆轸建了祠堂。陆游在此任职期间，利用工作之余，整理删选自己历年来的诗作，予以编订，共计2500多首。为了怀念他在蜀中多彩的生活，将诗集题名为《剑南诗稿》。陆游在严州任职三年期满后，被调回朝廷任军器少监，次年改任吏部郎中兼实录检讨官。但他刚直、爱国的秉性难改，又因力主抗金、整饬朝政而遭奸佞嫉恨，再次被罢官返乡。

从此，陆游远离名利场，在家乡笑傲于山水之间，以读书写作为乐，“万卷古今消永日，一窗昏晓送流年”。他经常“身杂老农间”，参加农业劳动，正如他在诗中所写：种菜三四畦，蓄豚七八个。他从不登权贵之门，全身心地读书写作，吟诗作赋，年过八十仍笔耕不辍，“无诗三日却堪忧”。他晚年在家乡的近20年里，作诗7000多首，基本每天都有诗作问世。

更为可贵的是，他身在家乡，心系祖国，念念不忘报国之志。临终前，他还作诗嘱告儿辈：王师北定中原日，家祭无忘告乃翁。嘉定二年十二月二十九（公元1210年1月26日），一代才华超群的爱国诗人，怀着未见国土收复的遗恨与世长辞，终年86岁。

沈园悲词

沈园，位于绍兴市区东南隅的洋河弄3号，原是南宋沈姓富商的私家花园，故名沈园，又称沈氏园。宋代，该园是越中地区名园之一，后成为纪念爱国诗人陆游的名胜之地。800多年来，代有更迭，园有兴衰，而地以人传，人以地存，沈园一直是人们尤其是文人墨客的向往胜地，因为那里有爱国诗人陆游和唐婉凄楚的爱情故事。

史传，陆游小时候常与舅父的女儿唐婉一起玩耍，两人十分要好。1144年正月，陆游遵照母命到临安参加应考，住的时间较长，舅父唐闳约他到家中，一起在元宵节之夜去看花灯。已近20岁的陆游一表人才，这时的唐婉也出落得如花似玉，两人一见钟情。经过媒人牵线搭桥，两人喜结连理。

唐婉从小就爱读书，长大后亦喜欢写诗词，所以与陆游有共同的兴趣和爱好。婚后琴瑟和谐，感情甚笃，夫唱妇随，形影不离，夫妻生活美满幸福。也许是甜蜜的爱情生活冲淡了陆游进取功名的心志，陆母便迁怒于唐氏。加之唐婉迟迟未孕，所以陆母对自己的亲侄女唐婉总也看不上眼，心情烦躁时摔摔打打，指桑骂槐，儿媳稍事怠慢，便严加训斥。尽管唐婉百般强忍，委曲求全，但始终得不到婆婆的宽恕。最终，陆母强迫儿子休了唐婉。

在封建社会里，父母之命，难以违抗。这对情投意合的伉俪，终于被封建礼教强行拆散。陆游当时极不情愿，他表面上把唐婉送回娘家，暗地里却在外面找了一间房子让唐婉居住，时常前去相会。他们还存在着侥幸心理，总希望有一天能得到母亲的宽容，让他俩团圆。可是，没过多久，

作者爱人在沈氏园门前

他们私自幽会的事被母亲发现，母亲气势汹汹地找上门来大闹一场，横加干涉。无奈，陆、唐二人只得忍痛分离。这场婚姻悲剧,在他俩的心灵里留下了永久的伤痕。一年后，陆母包办代替，让陆游娶王氏为妻，唐婉后来嫁给了同乡赵士程。

十年后的春天，陆游在参加进士复试时被秦桧除名，回到山阴后既愤怒又苦恼。在一个东风摆柳、桃红迷人的春日，他独自到沈园赏春散心。也许是冥冥中注定，他在园中的单孔石桥上与前来春游的唐婉夫妇不期相遇。十年后相见，又惊又喜，唐婉夫妇商量，邀请陆游相聚共饮。陆游见到唐婉，无限惆怅，想起那令人心碎的往事，心如刀绞。他想，表妹唐婉已组成新的家庭，不能再给她增添精神上的痛苦，所以未与唐婉夫妇同桌共饮。唐婉非常理解他的心情，便叫家童给陆游送去酒菜致意，陆游也能体会到她的一片深情。但当他看到唐婉渐行渐远的倩影时，悲愤中将唐婉送来的黄縢酒一饮而尽。“借酒浇愁愁更愁”。酒入愁肠，化作万般情愫，命人取来纸墨，在园中粉墙上写下了《钗头凤》这首悲怆绝伦的爱情悲词：

红酥手，黄縢酒，满城春色宫墙柳。

东风恶，欢情薄，一怀愁绪，几年离索。

错，错，错！

春如旧，人空瘦，泪痕红浥（yì，沾湿）鲛绡（生丝薄绢）透。

桃花落，闲池阁，山盟虽在，锦书难托。

莫，莫，莫！

这首词精句迭出，节奏急切，淋漓尽致地表达了激愤不平的心绪。词中有惊有喜，有悔有怨，有哀有叹，有缠绵悱恻，有凄楚悲痛。尤其那“错，错，错”“莫，莫，莫”两次浩叹，前后呼应，别开生面，真不愧为千古绝唱。

同病相怜的唐婉后来看到陆游的这首悲情词，肝肠寸断，含泪和词一首：

世情薄，人情恶，雨送黄昏花易落。

晓风干，泪痕残，欲笺心事，独语斜阑。

难，难，难！

人成各，今非昨，病魂常似秋千索。

角声寒，夜阑珊，怕人寻问，咽泪装欢。

瞒，瞒，瞒！

此后，唐婉满腹忧伤，抑郁成疾，不久便香消玉殒，时年不到30岁。

这一婚姻悲剧，在陆游的心灵里留下了难以弥合的创伤。他懊丧，由于自己违抗不了母命，才一纸休书将爱妻逐出门外；他悔恨，是自己的一首悲词，造成了唐婉过早地离开了人世。这两件事成了他心中永远的痛。为了自我救赎，他先后写了50多首怀念唐婉的诗词，并有多首写到沈园。

在陆游与唐婉沈园偶遇40年后，72岁的陆游再游沈园。园里的亭台楼阁、石桥粉墙，无不令他触景伤情，睹物思人，便以《沈园二首》为题，作七绝诗两首。

其一：

城上斜阳画角哀，沈园非复旧池台。

伤心桥下春波绿，曾是惊鸿照影来。

其二：

梦断香消四十年，沈园柳老不吹绵。

此身行作稽山土，犹吊遗踪一泫然（“泪下”之意）。

这两首诗以情写景，倍增其哀。当年何等欢愉，翩翩双飞；如今春波依旧，伊人云逝。可谓物是人非，无语泪流，园中的石桥也成了“伤心桥”。后人依诗中的“春波绿”之句，改此桥为“春波桥”。

陆游81岁时，再作《十二月二日夜梦游沈氏亭园》七绝两首：

其一：

路近城南已怕行，沈家园里更伤情。

香穿客袖梅花在，绿蘸寺桥春水生。

其二：

城南小陌又逢春，只见梅花不见人。

玉骨已成泉下土，墨迹犹锁壁间尘。

直到去世前一年，他作《春游》诗四首，其中一首写道：沈家园里花如锦，半是当年识放翁。也信美人终作土，不堪幽梦太匆匆。

此时的陆游，对唐婉的痴情与抱憾已持续了50多年，诗中处处显露着对唐婉至死不渝的挚爱和深深的哀婉。沈园也成了二人爱情的象征和见证，成了800多年来的旅游胜地。

我两次去沈园游览，都是下了汽车后步行到洋河弄。那是一条约两米宽的石板路小巷，颇有古风意境。走不多远，只见左侧有一座两根石柱支撑的石牌坊，坊额上的“沈氏园”三字，系郭沫若先生1962年游览沈园时所题。

据说这座建于南宋时期的园林，当时占地面积就有几十亩，规模相当可观。内有亭台楼阁、假山水池、石桥古井、绿树翠竹，一年四季花香鸟语，游人络绎不绝。自从陆游在园内墙壁上题写《钗头凤》一词后，这座园林有了新的生命，逐渐成为蜚声省内外的名园，1963年被列为浙江省重点文物保护单位，并被国家评为“5A”级旅游景区。

走进园门，首先映入眼帘的是一块椭圆形巨石，上刻“断云”二字，取自陆游“断云幽梦事茫茫”的诗句。令人遗憾的是，这“断云幽梦”竟成了“断缘悲歌”。走到近前看，巨石断为两截，但又紧紧相依，意为陆游、唐婉的爱情悲剧，缘分虽终，爱心不断，这从他俩写的《钗头凤》的“错”与“莫”、“难”与“瞒”的怨恨哀愁中可见一斑。

与断云石相邻，矗立着一块太湖石，上刻“诗境”二字，据说是陆游的手迹。诗境石后，便是以荷花池为中心的古迹游览区。这座水面开阔的荷花池，是南宋遗留至今的古代池塘，因其形状两头大，中间细，酷似葫芦，因而被称作“葫芦池”。在池中间的细腰处，横跨一座小石桥，便于行人往来。

荷花池南有一口宋代古井，井口之上建有一座用茅草搭建的茅亭，上悬一匾，匾上有“如故”二字。传说当年陆游与唐婉就是在这里偶遇的，二人一见如故。加之陆游后来在《卜算子·咏梅》一词中写有“零落成泥碾作尘，只有香如故”之句，因而此亭被称为“如故亭”。

沈园西区中部，有一座气势雄浑、形制古朴的建筑，名曰“孤鹤轩”，又称“孤鹤哀鸣处”。由于南宋朝廷昏庸无能，奸臣当道，一味与侵略者妥协，而坚持抗击金兵、收复中原的陆游却屡遭贬谪，使其报国无门，壮志难酬。加之痛失爱妻，孤独无援，因而自喻“孤鹤”，此轩也是为他的这一“自喻”而建。

在孤鹤轩以南，有一堵用出土旧砖砌成的碑墙，墙上嵌着陆游和唐婉两人各写的《钗头凤》词刻碑。据说是过去在考古中挖掘出来的题壁，且保留了很长时间。但墙上的题词早已“雨打风吹去”，逐渐模糊不清了。如今我们所看到的两块刻石，上面刻的两首《钗头凤》，是当代著名宋词研究专家夏承焘先生根据陆游、唐婉的手迹摹写的，这也是沈园最经典的一景。两首词也成了永恒的绝唱，默默地向游人诉说着那段“春波惊鸿”“梦断香消”的凄美故事。

驻足墙前，心情难安，残壁遗恨，令人嗟叹！沈园，正是有了这两首《钗头凤》，才有了丰富的内涵；目睹了这幕爱情悲剧，人文情怀才倍感沉甸，沈园也才成为国内一大名园。

沈园后来增添的不少景观，也是根据陆游和唐婉的爱情故事以及陆游诗词中的相关意境规划的。如根据陆游“何方可化身千亿？一树梅前一放翁”的意境，在葫芦池北岸临池而建的“问梅槛”。陆游一生偏爱梅花，也写过许多梅花诗，以梅花笑傲霜雪的品格比拟志节高尚之人。他78岁那年在家闲居时，以“梅花绝句”为题写了六首梅花诗，我印象较深的是第三首：闻道梅花坼（chè，开裂之意，这里指绽放）晓风，雪堆遍满四山中。何方可化身千亿？一树梅前一放翁（陆游自号“放翁”）。

看吧，春寒料峭，晓风凛冽，雪压群山，梅花绽放。陆游闻知，便早起赏梅，可见他对梅花爱之深，爱之切。看着看着，突发奇想：何时将身体化作千亿个，每个都站在梅树前，尽情地欣赏梅花。其想法可谓大胆而

作者在《钗头凤》碑墙前留影

奇特，其构思可谓新颖而巧妙，不愧是“南宋一代诗盟之主”啊。

在沈园，我们还到20世纪80年代新建的陆游纪念馆参观。馆内展出了陆游几次到沈园游览的经历和缅怀唐婉的诗篇。通过展出大量手迹、画幅、善本（指精刻、精印、精抄、精核且内容完整的古籍）、拓（tà）片（从碑刻或金石文物上拓下来的文字、图像及器物形状的纸片）、模型等，展现陆游赤诚爱国的史迹和在文学上的辉煌成就。

纪念馆的安丰堂主要展示陆游的生平、事迹和他与人民同疾苦的高尚情怀。“安丰堂”之名，取自陆游《丁未严州劝农文》中“安丰年而忧歉岁”中的“安丰”二字。这句话的意思是，丰收年不忘歉收年，丰年要当歉年过。

另有“务观堂”，取自陆游的字“务观”。堂内展示着许多陆游的手迹、碑刻和拓片，十分珍贵。

在两堂之间的庭院东西两侧，分别立有一尊雕塑。东边是陆游的青铜全身雕像，取名“孤村夜雨”。西边的是一匹战马雕像，取名“铁马冰河”。这两尊雕像的名字，其意境可能取自陆游1192年11月在家乡闲居时所作的《十一月四日风雨大作》一诗：僵卧孤村不自哀，尚思为国戍轮台。夜阑卧听风吹雨，铁马冰河入梦来。

当时的陆游虽已年迈力衰，但仍“老骥伏枥，志在千里”，纵然身不能行，梦中也要去践行自己报效国家的理想。在寒冷冬夜的风雨声中，他心驰神往地在疆场上杀敌，展现自己未酬的壮志，具有高度的艺术感染力。

我们在沈园还游览了冷翠亭、闲云亭、六朝井亭、双桂堂、冠芳楼等景点。由于与陆游之间没有什么故事，也只是看了看，印象不深，所以不赘述。

文学成就

最后，简要谈谈陆游的文学创作和所取得的辉煌成就。

陆游是我国历史上杰出的爱国诗人。他的作品不仅数量多，而且内容异常丰富。他自言“六十年间万首诗”，留存至今的尚有9300多首，是宋代现存作品最多的诗人。在南宋中兴四大诗人中，成就最杰出的也是陆游，其他三人是尤袤、杨万里、范成大，他们合称“南宋四大家”。陆游当时就有“小李白”之誉，并把他和杜甫、苏轼相提并论。

陆游的诗词创作，大致分为三个时期。

一是从少年到中年时期的早期创作。其特点是“重技巧，工藻绘”，讲究写作技巧，追求辞藻华丽，但缺乏深刻丰富的思想内容。所以后来他在整理编订这些作品时，大部分被他舍弃了。当然，其中不乏一些较好的作品，如《夜读兵书》《送七兄赴扬州帅幕》等，表现出了强烈的爱国情怀。我非常喜欢《夜读兵书》中的“孤灯耿霜夕，穷山读兵书。平生万里心，执戈王前驱。战死士所有，耻复守妻孥”（“孥”，即儿女）等句，即事言怀，感人至深。这期间他在家乡写的七律诗《游山西村》也很有名，其中的“山重水复疑无路，柳暗花明又一村”，成为千古名句。

二是从46岁到65岁的近20年里，陆游的生活经历发生了很大变化，所以其诗词创作达到了既高又新的境界，他对诗歌的认识也从“中年始稍悟”，到后来的“渐欲窥宏大”。

1170年，陆游奉旨入蜀为官，我在前面已作介绍。他携家眷沿长江而上，沿途游览了两岸的山川名胜，瞻仰了不少历史古迹，考察了沿途地势，了解了民风习俗，记录了奇妙风光，历时近半年才到四川夔州。用他的话说：“道路半年行不到，江山万里看无穷。”后来他根据每天的日记，写成了一部游记《入蜀记》，既是一部文学作品，又具有一定的史料价值。

陆游在川陕地区任职的七八年间写过不少诗歌，成就较为突出的还是投笔从戎期间所写的诗。他在四川宣抚使公署任职期间，积极提出加强边防抗击金兵的建议，深受宣抚使王炎的赏识和信任。他受王炎的委托，身着盔甲、手持长枪骑马扬鞭，往来于前线各军事据点视察，心中充满了极大自信和乐趣。他在诗中自豪地写道：“投笔书生古来有，从军乐事世间无。”

陆游是一位有心人。他在四川宣抚使公署所在地南郑（今陕西汉中地区，紧靠四川）考察中，发现这里地理位置非常险要，可以作为收复中

原的根据地。一时激动，提笔写了一首气势豪迈的《山南行》。他认为，汉中地区“平川沃野望不尽”，“地近函秦气俗豪”，既然“师出江淮未易吞”（陆游曾随张浚北伐，“师出江淮”而失败），“却用关中作本根”。他主张收复中原必须先取长安，并写了“平戎策”，由宣抚使王炎呈报朝廷。但这一奏章未被无意北伐、一心想求和的南宋朝廷采纳，搁置一旁，不予回复。

在等待朝廷批复的这段时间里，陆游除饮酒赋诗外，还经常带领士兵到边防巡查，或上山打猎。有一次在打猎中遇到一只猛虎，大家早就听说这一带常有猛虎吃人，今日得见，吓得同行的战士掉转马头，纷纷逃命。陆游却策马持枪，迎虎而上，与猛虎展开殊死搏斗。当老虎直立扑过来时，陆游使尽全身气力，狠刺猛虎心窝，老虎吼叫一声，倒地身亡，陆游的白袍溅上了不少虎血。他曾在诗中写道：“刺虎腾身万目前，白袍溅血尚依然。”后来他在故乡闲居时，回忆起这一壮举，写了一首长诗，描写当时刺虎的情景。诗中写道：“眈眈北山虎，食人不知数。孤儿寡妇仇不报，日落风生行旅惧。我闻投袂（meì，甩袖）起，大呼闻百步。奋戈直前虎人立，吼裂苍崖血如注。”

不久，宣抚使王炎调离川陕回朝廷，陆游则调到成都安抚官署任参议官。调离军营，去任一个“冷官无一事”的闲职，对于一个满怀杀敌报国热情的陆游来说，深感郁闷和痛苦。他骑驴途经剑阁县剑门关时，吟诵了一首《剑门道中遇微雨》七绝诗：“衣上征尘杂酒痕，远游无处不消魂。此身合是诗人未？细雨骑驴入剑门。”感叹自己：难道只能做一个骑驴行吟的诗人吗？

此后他被任命为嘉州（今四川乐山市）代理知州，仍念念不忘抗击金兵，收复中原。他在《观大散关图有感》的诗中写道：“上马击狂胡，下马草军书”；“劲气钟义士，可与共北图”等。此后他写的《金错刀行》《关山月》《送范舍人还朝》等许多诗歌，也都洋溢着强烈的爱国情怀。如在《金错刀行》中叹息：“楚虽三户能亡秦，岂有堂堂中国空无人！”在《关山月》中描写沦陷区的人民垂泪盼望宋军快来收复失地：“遗民忍死望恢复，几处今宵垂泪痕”。在送范成大奉命回朝的诗中，希望他向朝廷建议北伐，“早为神州清虏尘”等。为了纪念这一时期的生活和创作，他把自己的诗集定名为《剑南诗稿》。

三是陆游从66岁到86岁去世的20年里，一直闲居故乡，诗歌以写农村为主。如“年来诗料别，满眼是桑麻”；“夜半起饭牛，北斗垂大荒”；“说与应门谢来客，要乘微雨理蔬畦”；“有山皆种麦，有水皆种粳（jīng，稻子的一种）。牛领疮见骨，叱叱犹夜耕。竭力事本业，所愿乐太平”；等等。也写了一些不忘洗雪国耻、盼望故土收复，以及为国戍边的记梦诗篇。

综观陆游的大量诗篇，贯穿着一条红线，这就是强烈的爱国主义精神。诗中那种时刻不忘祖国的热忱和忧虑，那种贯穿一生为祖国大业而歌唱、呐喊的精神，在当时和后代都起着鼓舞人心、激励爱国热情的作用。梁启超在《读陆放翁集》中赞道：“诗界千年靡靡风，兵魂消尽国魂空。集中什九从军乐，亘古男儿一放翁。”

最后，以四句诗抒发畅游沈园之感：

进园犹闻吟词声，茅亭残壁孤鹤鸣。

风流千古钗头凤，谁识情圣陆放翁。

海天佛国普陀山

普陀山位于浙江舟山群岛东部海域，是与山西五台山、四川峨眉山、安徽九华山齐名的中国四大佛山之一。

1998年9月中旬，我和爱人曾到普陀山旅游。我们从杭州坐汽车到宁波，汽车从海边码头开到轮渡船上，到舟山岛下船；汽车又开到另一个码头上，上了另一艘船，然后到普陀山，住在浙江省粮食局建的一座宾馆里，在岛上逗留了两天。

2012年5月中旬，因工作关系我随团二上普陀山。时隔14年，交通大改观。我们乘汽车从离上海市不远的浙江平湖市乍浦开到杭州湾跨海大桥上，直达南岸的余姚，往东不太远就是宁波。从宁波到舟山一个岛一个岛的，也都建了跨海大桥，这就方便了许多，深感我国的经济建设正以日新月异的速度发展。

普陀山四面环海，群岛罗列，南北长约8.6公里，东西宽约3.5公里，四周海岸曲折，周长约30公里。地势东南平缓，西北高峻，主峰白华顶（又称“佛顶山”）海拔228.2米，北部和东部多为沙滩，总面积41.95平方公里，是我国唯一以佛教名山为特色的海岛型国家级重点风景名胜区。

历史上，普陀山曾被称为“梅岑（cén）山”“宝陀山”。可能是梵语音译“普陀洛迦”的缘故，到了明朝万历三十三年，明神宗朱翊钧正式

作者夫妇在普陀山“海天佛国”牌坊前

定名为“普陀山”。因古代常对京城以南的海域称为“南海”，故又有“南海普陀山”之称；由于普陀山是观音菩萨的道场，故对观音又称为“南海观音”。

大自然造就了普陀山的旖旎风光。岛上，峰峦郁翠，古树参天；金刹玉宇，时隐时现；奇洞怪石，绵沙银滩。古人曾评价浙东三大名山胜景：“天台雄胜，雁荡奇胜，普陀幽胜”，且幽中见雄，幽中有奇，三者融合，神韵特异。同时把普陀山的胜景与杭州西湖相比较：“以山而兼湖之胜，则推西湖；以山而兼海之胜，则推普陀。”历代到过普陀山的文人墨客，无不赋诗赞誉。如唐代文学家王勃赋诗曰：“南海海深幽绝处，碧绀嵯峨连水府。号名七宝洛迦山，自在观音于彼住。”北宋政治家、文学家

王安石诗云：“山势欲压海，禅宫向此开。鱼龙腥不到，日月影先来。”元代文学家、书法家赵孟頫在诗中赞美普陀山：“缥缈云飞海上山……石林水府隔尘寰。”明代万历年间驻守舟山的副总兵张大可在《题普陀》诗中曰：“海云面面护禅宫，屹立中流砥柱雄。巨石有灵疑说法，洪钟无碍只随风。寒潮作梵连松韵，明月和香透竹丛……”其诗句道明了普陀名胜之特色，抒发了普陀的迷人风情。

现将我们所看的几个景点记述如下。

龙岗观音大佛像

从普陀山客运码头下船后，首先坐车到较近处的“潮音洞”至“观音跳”景区游览。此处位于普陀岛的东南部，一下车就看到一尊耸入云天的金色大佛雕像，那便是刚建成不久的“南海观音”菩萨大佛。这座矗立在龙湾岗墩广场上的标志性建筑，高达33米，其中基座13米，佛像18米，基座之上、佛像之下的莲花座2米，重达70多吨，投资3000多万元人民币。如此高大的露天观音铜像，据说在国内尚属首例。

据介绍，这座气魄宏大、雕刻精细的大佛，是妙善大法师住持筹资修建，委托洛阳铜加工厂用96块亚金铜壁板铸造而成的。佛面熔入黄金6500克，全身金光四射，普照东海。观音庄严地站在莲花座上，左手托法轮，右手施无畏印，面如满月，慈眉秀目，端庄祥和，显现出“慧眼视众生、弘誓深如海”的法身本色。

1997年10月30日（农历九月二十九，药师如来的诞辰日），由中国佛教协会会长赵朴初题字的“南海观音”大佛像开光法会在礼佛广场隆重举行，海内外5000多名宾客参加了开光仪式。神奇的是，上午8时正当宣布法会开始时，原本阴云密布的天空突然闪出一道亮光，犹如拉开一道天幕，霎时阳光灿烂，全场宾客无不被这天象奇观惊得目瞪口呆，转而又喜笑颜开，庆幸遇到了“吉祥瑞气”。

主持法会的妙善大法师宣读了开光法语：“宝陀岩上大悲尊，相好光明转法轮。婆心切切施无畏，万众景仰万古存。”然后为大佛像洒净开光。这次法会所出现的天象奇观，不仅当时在社会上传得沸沸扬扬，而且成为我国开光法会史上的一段佳话。

不肯去观音院

龙岗大佛附近的景点很多，如紫竹林、潮音洞、观音跳、西方庵、不肯去观音院等。

此处的山岗，有许多紫色叶状岩石，酷似紫竹，故名“紫竹林”。给我留下深刻印象的，并不是这些紫竹状岩石，而是山岗上的片片竹林和蜿蜒小路。行走其间，风摇紫竹，婆娑起舞，空气清新，别有情趣。

潮音洞和“不肯去观音院”都在一个伸入海中的半岛海边。潮音洞直通大海，纵深20多米，洞中怪石交错，涨潮时海水狂涌洞中，水势奔腾，涛如雷鸣，惊人魂魄，正如我老伴在《游普陀山》一诗中所写：“潮音轰响时频现”。而在天空晴朗时，洞内又会显现七彩虹霞，美不胜收。

“不肯去观音院”在潮音洞旁。据说古院早废，这所新院是1980年建的，是五间古朴典雅的平房，供奉着观音菩萨像。清末名人康有为在《题不肯去观音院》一诗中写道：“观音过此不肯去，海上神山涌普陀”。更有诗人采用问答的形式描写观音为何“不去”：“借问观世音，因何不肯去？为渡大中华，有缘来此地。”

未去游览该院的人可能感到蹊跷：观世音“不肯去”哪里？听过介绍后，才知道有个有趣的传说。

相传，唐朝咸通年间，有位名叫慧锷的日本和尚到我国五台山寺院学习期间，常伴方丈诵经讲法，参禅下棋，成了莫逆之交。有一天慧锷在大殿后看到一尊用檀香木雕刻的观音佛像，雕工细腻，神态慈祥，他越看越喜爱。方丈见状，便将这尊佛像送他虔诚供奉。慧锷喜不自胜，答应回日本后建寺供养，让日本众生都来朝拜。

慧锷辞谢方丈，又去游历了安徽九华山、浙江天台山，然后乘船回国。船到普陀山海面时，狂风骤起，巨浪滔天，帆船难行，只好驶进普陀山的一个坳湾里避风。第二天风平浪静，慧锷所乘之船扬帆起航。可刚驶出山坳，船前突升一团浓雾，如同一道帐帘挡在前面。任凭帆船绕到何处，这道浓雾始终飘在船前，而其他地方却无一丝雾气。由于船手无法辨别前进方向，只好再次驰进普陀的小坳湾。

第三天就更奇了。本是艳阳高照、风平浪静的天气，可当慧锷催促船家驶出坳湾时，从船的四周漂来朵朵大铁莲，瞬间布满海面，将帆船团团围住，动弹不得。慧锷大惊，心想：屡遇阻拦，难道是观音菩萨不肯去日本？他下到船舱，跪在观音雕像前祷告：“如若日本众生无缘见佛，我定遵大士所指，另建寺院，供养我佛。”

话音刚落，只听“轰隆”一声，从海底钻出一头铁牛，边游边吞吃铁莲，不一会就从一片密布的铁莲中现出一条航道。帆船跟在后面，突然又是“轰隆”一声，铁牛钻入海底，海面上的所有铁莲消失得无影无踪。慧锷定睛一看，帆船竟又回到了普陀山坳湾。此时有个张姓渔民从山岗上走下来对慧锷说：这几天发生的事情我都看到了，看来你是走不成了，就到我家住几天吧！

慧锷无奈，手捧观音像跟着渔民上了山。他从高处眺望，见此处有山有水，草木旺盛，风光秀丽，是块风水宝地。便对张姓渔民说：既然观音菩萨不肯去日本，就在这里建座寺院，让她定居普陀吧！

张姓渔民听后甚是高兴，便主动让出自己的茅屋，略加整修，建成一座小庵堂，将观音菩萨雕像供在里面，起名为“不肯去观音院”。慧锷朝暮参拜，精心供养。自此以后，来参拜的众生络绎不绝，普陀山也就成了观音菩萨的诵经传道的道场。据说当时的“不肯去观音院”旧址，恰是现在龙岗金佛的所在处。这正是：“昔日慧锷过新罗（日本），观音大士不肯去。如今龙岗立金像，佛光善照竟何如！”

我们所住的宾馆离这一景区不远，第二天早晨天微亮之时，我们夫妇俩便迎着晨曦，闻着花香，听着涛声，吸着新鲜空气，到海边去看日出，在沙滩上捡贝壳，尽情地享受大自然的恩赐！

千年佛地誉天下

普陀山素以“海天佛国”“中国四大佛教名山之一”“香火最旺盛的国际佛教圣地”“观世音菩萨显灵说法的道场”等誉称闻名于海内外。因此，我和诸多游客一样，都把游览普陀山的寺庙作为重点。

早先我对佛教、道教等宗教的认识是比较片面的。自从看了毛泽东、周恩来等国家领导人对宗教的一些论述后，才对参观寺庙有了一定的兴趣。如毛泽东曾说：“佛教是一种文化现象。几千年来，佛教在哲学、建筑、美术、音乐上取得的成就是不可忽视的，这是全人类也是中华民族文明和灿烂文化的重要组成部分。”又说：“寺庙是中华民族文化遗产，我们应当引以为豪。”“我们一定要保护好寺庙和文物，绝不能让祖国的文

化遗产受到破坏”，等等。我逐渐有了较为正确的认识，在参观寺庙中也能体会到佛教、道教在中华民族文化史上的地位和分量。

据介绍，普陀山盛行佛教历史悠久。早在1300年前的唐朝就有天竺国（古印度）僧侣来到普陀山礼佛，“观世自在”的观世音菩萨就盛行于唐代。不过，因忌讳唐朝皇帝李世民的名字，故将“世”字去掉，称为“观音”。宋朝开国皇帝赵匡胤于公元967年派太监到普陀山进香，首开朝廷降香普陀山之先例。南宋绍兴元年（1131年），经朝廷批准，将普陀山的700多渔民全部迁出，从而成为佛教净土。南宋嘉定七年（1214年），朝廷下旨，将普陀山定为专供观音道场，真正成为全国四大佛教名山之一。宋、元两朝，香火达到鼎盛时期，计有3大寺、88庵院、128茅篷（规模较小的寺庙）、4000多名僧侣，以至出现了“山当曲处皆成寺，路遇穷时又遇僧”的盛况。所有大小寺院均设庵堂，全都供奉着观音佛像，俨然成了“佛的世界”。

到了明洪武十九年，由于倭寇常来骚扰，朝廷颁布“禁海令”，山上的300多座寺庙被毁，僧侣遭遣离。后来虽然复建了一些寺院，但到清初又实行海禁，僧侣被迁往内地。到康熙帝时才颁布“展海令”，朝廷还赐银在普陀山重建寺院，康熙帝为两座大寺题写了“普济禅寺”“法雨禅寺”匾额，乾隆年间又扩建了慧济禅寺，从而形成了名副其实的三大寺。现在普陀山对外开放的寺院，除三大寺外，还有慈云、梅福、圆通、西方、福泉、不肯去观音院等30多座寺院、庵堂和茅篷，供广大香客、游客观光游览，一年四季，香火不断。尤其每年的农历二月十九、六月十九、九月十九观音诞辰、出家、得道三大香会，国内外佛教信徒和旅游者纷至沓来，实地感受“佛国”胜境，领悟生命“真谛”。

普济、法雨、慧济三大禅寺，是普陀山的精华。由于时间关系和后两座寺路途较远，我们只看了最大的普济禅寺。

普济禅寺

普济禅寺，简称“普济寺”。由于建在灵鹫峰南麓的平地上，故称“前寺”，山后的法雨禅寺则称“后寺”。在普陀山的诸多寺院中，普济禅寺是供奉观音菩萨的主刹，也是普陀山最大的一座佛寺，全山的重大佛事活动都在这里举行，普陀山佛教协会也设在该寺。

普济禅寺原称“宝陀观音寺”，是宋神宗赵顼（xū）所赐，自此香火渐旺。南宋时，高宗皇帝赵构将普陀山佛教各派归于禅宗，宁宗赵扩又为该寺题写“圆通宝殿”额，并钦定“专奉观音大士寺院”。明朝万历三十三年（1605年），朝廷拨款重建，并赐“护国永寿普陀禅寺”额。清康熙帝先后两次共赐黄金2000两进行重修，同时赐“普济群灵”“普济禅寺”匾额各一块，自此该寺正式更名为普济禅寺。嗣后的雍正皇帝又拨白银7万两，扩建普济、法雨两寺，从而使普济寺的建筑规模甲于东南，名扬四方。现存的建筑群，基本保留了清初的建筑风格。

据介绍，普济禅寺占地面积3.7万平方米，建筑面积1.5万多平方米，共有10殿、12楼、17堂，以及阁、轩等殿堂房舍360多间。沿中轴线依次为：御碑殿、天王殿、大圆通殿、藏经楼、方丈殿、灵鹫楼、内坛，左右两厢有钟楼、鼓楼、祖师殿、伽蓝殿、关帝殿、罗汉堂、僧寮、斋堂、禅房、功绩房、护法堂、承德堂、蓝公祠等。主殿和藏经楼两侧建有配殿，东侧为文殊殿和普门殿，分别供奉着五台山的文殊菩萨和千手千眼观音像；西侧为普贤殿和地藏殿，分别供奉着峨眉山的普贤菩萨和九华山的地藏菩萨。

普陀山普济禅寺

在通往普济寺的步行道上，建有一座四柱三门的石碑坊，完全用花岗石雕凿，高9米，宽12米，柱上横楣刻的花纹精致清晰。石坊内侧立一石碑，上书“文武官员、军民人等到此下马”，以示对观音大士的崇敬。

过了石碑坊，有一座明代开凿的海印池，面积约15亩，原是佛教信徒放生的池塘，因而又称“放生池”。后在池内广植莲花，所以又称“莲花池”。

由于这座水池三面环山，四周樟树参天，池水为山泉聚积，因而池水终年清澈。池上有三座小石桥，中间的石桥正中建有一座八角亭，飞檐八角，粉墙环护，中国佛教协会原会长赵朴初为该亭题额“定香亭”，并赐一联：“心亭一池大悲心，佛看三界藕花风”。

从海印池上的石桥北头走进普济寺山门，只见通道两侧耸立着钟、鼓二楼，分别悬挂着3500公斤的巨钟和直径5尺的大鼓，巨钟铸于清朝嘉庆十二年（1807年）。每到夜半，钟声远荡海天，可与苏州寒山寺的“夜半钟声”相媲美。

圆通宝殿是全寺的主殿，相当于其他佛寺的大雄宝殿。“圆通”是观音菩萨的别号，因而普济禅寺的圆通宝殿被称为“天下圆通殿之祖”。

这座大殿面宽47米，进深29米，高21米，重檐斗拱，黄色琉璃瓦覆顶，宏伟壮观，百人共进不觉宽，千人共登不觉挤，故有“活大殿”之誉。殿内供奉着普陀山的主佛毗卢观音圣像，妙相庄严，神情自若，为全山之最。圣像两旁端坐着32尊观音菩萨应身像，男女老少、圣凡人神诸像皆有，形态各异，栩栩如生，为观音道场所独有。古人有诗赞该殿：上刹巍巍溯宝陀，慈光普济沐恩波。群灵到此都登岸，齐向圆通殿下过。

普陀山的旅游景点实在太多了，每次在岛上游览半天或一天，也只能拣重点地看一看，只要能给自己留下“普陀山不愧是‘海天佛国’”的印象也就够了。正如我写的观后感：

灵鹫佛光映碧霞，普济恢宏大士家。

禅悟润泽度菩提，善缘尽显圣莲花。

注：道教也有供奉观世音的，称为“慈航大士”。

奉化溪口看蒋宅

2012年5月中旬，我们游览了普陀山后下榻于宁波一家宾馆，次日上午从宁波乘大巴一路向西南行驶，约40分钟就到了奉化溪口镇。

溪口镇是蒋介石的故乡。改革开放以来，随着海峡两岸关系的改善，到蒋氏故里游览的国内外游客越来越多，溪口也成了国家级风景名胜区。

对于蒋介石的了解，我除看过诸多有关蒋介石和宋美龄的书籍外，还到他在各地的相关住处参观过。如南京“总统府”，江西庐山牯岭蒋介石和宋美龄的别墅，河南与湖北交界处鸡公山上的蒋、宋避暑别墅，蒋介石当年在西安被张学良、杨虎城扣押时的住处，台北阳明山蒋介石的官邸等。但到他的出生地参观，这是唯一的一次。在这之前对溪口的了解，只是在电影电视中看到蒋介石下野后，回到故里溪口明养暗操纵国民党的场景。

溪口镇位于奉化正西偏北，相距约20公里，离宁波市也只有30多公里。这里群山环翠，剡溪横贯，水光山色，风景幽胜。1887年农历九月十五（公历10月31日），蒋介石出生在该镇玉泰盐铺的楼上，这里是他玩耍、上学、生活、结婚、祭祖的地方，也是他多次策划重要历史事件的地方。改革开放以后，党和政府专门设立“蒋氏故居风景区”，这个景区保存着较为完整的蒋氏故居遗址和民国时期的20多处建筑物，还原了蒋介石从乡村顽童到中华民国总统的历史环境。我们重点参观了被列为全省或全国重点文物保护单位的8处建筑物，如丰镐房、文昌阁、小洋房、玉泰盐铺、蒋氏公祠等。

丰镐房坐落在溪口中街章墙弄口，“镐”（hào）是西周时的国都镐京，位于陕西长安西北部，取周文王建“丰”（邑）、周武王建“镐”（京）之意。蒋家的这座祖传房屋原来只有6间，大门、小楼、报本堂等都是清代建筑。1928年蒋介石开始扩建，将25户邻居全部迁走，扩建成了占地4800平方米的规模。整座院落雕梁画栋，画中内容以蒋介石喜爱的历史故事居多，体现了他祈求飞黄腾达的意境。

丰镐房院内的正房名为“报本堂”，是蒋家敬天祭祖的祠堂。神龛内供奉着蒋介石的曾祖以下几代逝者的牌位。“报本”是报答祖上恩德，决不忘本之意。堂上有蒋介石亲书的对联一副：“报本尊亲是谓道德要道，光前裕后所望孝子顺孙”，匾额：“寓理帅气”。

西面的二层小楼是蒋母王采玉的旧居。我去参观时看到，小楼的楼梯非常窄，只能一个人上或下。导游解释说，蒋介石对他母亲很孝顺，他见母亲年迈且是小脚，怕她上下楼时摔倒，特意让人设计了两边都可扶着上下楼的窄梯，可见蒋氏之孝道。楼上的家具用具都是旧物，仍按原样摆放着，供游人参观。

二层小楼西面有一些平房，蒋家来的亲戚，以及蒋介石回溪口时带的随从人员和警卫都住在这些平房里。蒋介石的原配妻子、蒋经国的生母毛福海，因腿脚有毛病不能住楼房，平时也住在这儿的平房里。1939年日军飞机来轰炸丰镐房、文昌阁等目标时，她出门躲避，不料刚一出门，炸弹在后面的弄堂里爆炸，她被炸倒的墙压到下面而亡。蒋经国从江西赶回处理后事时，愤怒地写下了“以血还血”四字。

玉泰盐铺是蒋介石的出生地，位于溪口镇中街篾匠弄口（篾，miè，指竹片，篾匠是用竹片编制日用器物的手艺人）。临街门口的上方，从右至左写着“清庐”二字，白底黑字，非常醒目。大门右侧界墙上竖刻着蒋介石题写的“玉泰盐铺原址”；左侧的墙上镶有一块牌子，上面的一行小字从左至右是：“全国重点文物保护单位”；中间的四个大字是：“蒋氏故居”，下面的括弧里注明：“玉泰盐铺”；底下的署名：“中华人民共和国国务院”及年月日。

据介绍，这家盐铺是蒋介石的祖父蒋斯千于1871年开设的，后由他父亲蒋肇聪继承。其父死后，蒋介石与胞兄蒋介卿分家时，盐铺归其兄。1919年，其兄外出谋差事时关闭了盐铺，后因失火被毁。现在的玉泰盐铺是蒋介石1946年重建的，占地面积700多平方米。石砌大门，墙砌青砖，进门后分前后两进院，前楼房后平房，厨房厕所等一应俱全。

参观了蒋氏故居中的小洋房，我认为这是最洋气的一座建筑。这座西式洋房前临剡溪，后依武山，依山傍水，楼轩相接。前厅后堂，两厢四堂，室内装饰，富丽堂皇，就连那些拐弯抹角的小楼梯，也都显着“洋气”。楼的左右设有几个小花园，楼园相衬，更显阔气。蒋经国从苏联留学回国后，偕妻子蒋方良（苏联女子）、儿子蒋孝文，就住在这座洋房里。在过去那个年代里，当地百姓感到这座洋楼十分神秘，可望而不可至，他们做梦都不会想到，这座建筑竟如此洋气。

蒋介石的另一座故居“文昌阁”，也是有故事的。

据介绍，文昌阁始建于清雍正九年（1731年），是溪口的文昌会、文武会、锦溪书斋等民间组织祭祀文昌帝君和交流诗文活动的场所。1924年清明节，蒋介石回乡扫墓时，见文昌阁年久失修，行将坍塌，便出资委托其兄蒋介卿照原样重建，但要扩大规模。

蒋氏故居“清庐”

重建后的文昌阁系两层楼房，建筑面积500多平方米。块石垒台，青砖砌墙，飞檐翘角，雕梁画栋，四周廊窗，宫灯挂顶，颇有气派。蒋介石为其重新取名为“乐亭”，并作《武岭乐亭记》，但当地人仍习惯地称“文昌阁”。1927年蒋介石与宋美龄在上海完婚后回到故乡“光宗耀祖”，就住在文昌阁楼上，后来也常偕宋来此居住，这里也成了他俩的藏书楼。1939年12月，日军飞机轰炸溪口时，文昌阁亦被炸毁。我们去参观时所看到的是1987年照原样重建的，卧室里的大床、梳妆台、宋美龄听音乐的留声机和她的一些绘画作品，都给我留下了些许印象。

在玉泰盐铺对面有一座古院落，大门左侧的墙上砌有一块牌匾，上写

“蒋氏故里民国大杂院”，系浙江省非物质文化遗产，蒋介石小时候常到这里玩耍，故被人认为是蒋氏的“龙兴之地”。

经过整修的这个大杂院，生动地再现了民国时期江南民间老作坊360行的各种工具、农具、家具、绘画、木雕、竹艺和三教九流的传统文化等民间生活习俗，旨在保护、传承民间文化寓教于乐的功能。看看这些古董，大开眼界。

我们还去看了扼溪口古镇的武岭门，据说这是1929年拆除了这里的武岭庵，新建了这座仿古武岭城门。城楼东西两面的门洞上方，各有额书“武岭”二字，朝东方向的是国民党元老于右任所书；朝西方向的是蒋介石所写，中间的门洞是通道。

离武岭门不远，是一所学校，据说是1927年7月由蒋介石创办并命名为“武岭中学”，是溪口唯一的一所高中。1949年元旦，蒋介石在各方压力下宣布下野，带着家人回到溪口。大年三十除夕夜，蒋在武岭中学礼堂大摆宴席，慰问驻扎在溪口的警卫队团以上军官，讲了一些“家贫出孝子，国难出良将”之类的话。大年初一又领着家人去为母亲上坟。蒋从小受母亲的影响迷信神佛，他到武神庙拜神时竟抽起签来。他闭目摇签，从中抽出一支“中下签”，上写“大意失荆州，关公走麦城”，他看后不悦。又求一签，上写“困居长坂坡，失陷落凤坡”，批语是：“出师不利，丧妻失偶，早求退路”。对此，他整天闷闷不乐。当年蒋介石狼狈地逃到台湾，在过第一个春节时无奈地写下了“无根之萍，无源之水”八个字，可见其凄凉之境和怀乡之情达到了极点。

我们在溪口去看的最后一个景点是“蒋母墓道”。

据介绍，蒋介石的生母王采玉是蒋父的第三房妻。其父和前两房妻子早死，王采玉生前对自己的后事颇有考虑：如果与丈夫合葬，还是做“老三”，她不情愿。儿子蒋介石向她建议：干脆把父亲的灵柩移出来与母亲合葬。但王采玉怕乡党和族人有非议，故要求“自立门户”，单独安葬。1921年王采玉病死，蒋介石遵母遗嘱，请来风水先生选墓地，最终选中了溪口镇以北白岩山的山腰处。看白岩山很像一尊坐着的如来佛，将逝者葬在半山腰，如同埋在如来佛的肚脐上，可永远得到如来佛的护佑，子孙必定安全发达。蒋介石一听大喜，因他和母亲都信佛。于是选择“黄道吉日”，将其母葬到了白岩山的山腰处。

初建时，据说只是个方圆丈余的馒头状坟包，左右各立一碑，一块碑上刻着孙中生先生题写的“蒋母之墓”；另一块碑上刻着蒋介石的撰文：“祸及贤慈当日顽梗悔已晚，愧为逆子终身沉痛恨靡涯”。

随着蒋介石社会地位的提高，蒋母墓的规格也在不断扩大。1930年春，蒋介石大兴土木，建起了现在所看到的蒋母墓道。一是建了一座有5间厅室的慈庵，里面耸立着不少石碑。第一块石碑刻着《孙大总统祭蒋太夫人文》；第二块刻着“孤哀子蒋中正泣述”的《先妣 王太夫人事略》（“先妣”，指去世的母亲。“妣”念bǐ）。其余的是国民党元老们的祭碑。二是在慈庵南头盖了4间住宅，住宅后是卫兵们的住房和厨房。三是修了一座便于瞭望的八角形岗亭，并在山下盖了一座白岩庙。后来，蒋介石又下令用石头和水泥铺了一条两米宽、约一公里长的山道，从山下直通蒋母墓。在上山的入口处，用石头砌了一座牌楼，上书“蒋母墓道”，我们就是从这里上山的。上山后，围着蒋母墓转了一圈。

我去溪口参观时看到，街道整洁，溪水清澈，店铺林立，买卖兴旺。由于我老伴极爱吃竹笋，我便到一家较大的专卖店选购。正当我挑来挑去时，店主人从后面出来，一边向我介绍一边帮我挑选，光“开袋即食”的笋尖就有好几种，并买了几种干笋尖，满满两大包。

那家店主既热情，又善谈。我问他买卖怎么样。又问他，听说蒋介石逃台后，每年都派人到溪口买家乡的竹笋吃，是真的吗？

他毫无顾忌地说，改革开放前，我们溪口人精神压力比较大，因为这里出了个国民党头子蒋介石，我们到外地去，都不敢说是溪口人。改革开放后，我们的精神压力才得到真正解放。过去蒋介石经常派人从香港来买竹笋，大家都听说过，实际上政府也掌握。这些年游客特别多，买卖很好做，我们溪口人也都富起来了。说句玩笑话，一是感谢共产党，二是“感谢委员长”，如果这里不是蒋介石的故乡，谁到这里来旅游？

我笑了！认为他说的是大实话。

蒋宅抒怀

盐铺悲凉阴魂盘，败寇辞庙亦心酸。

“反攻”竟成黄粱梦，作茧自缚负地天。

锦山绣水千岛湖

千岛湖，顾名思义，湖中有1000多个岛屿。

我曾游览过两个千岛湖。2006年6月，我和老伴到美国、加拿大旅游时，曾在加拿大和美国的边界游览了共有1865个岛屿的千岛湖。这个与大西洋相通的湖，湖中心的分界线将湖一分为二，南岸是美国的纽约州，北岸是加拿大的安大略省，三分之二的岛屿在加拿大境内，但美国拥有的岛屿都比较大，且深水水道直通安大略湖等五大湖。我在《天涯览胜——境外旅游杂记》一书中，以“畅游加美千岛湖”为题，写了一篇游记并配发了照片。

我游览的另一个千岛湖，是位于我国浙江省西部淳安县境内的千岛湖。说是湖，其实并不是天然湖，而是 1959年9月建成的我国第一座大型水电站——新安江水电站，是一座截流蓄水而形成的湖泊，学名叫“新安江水库”。这个名字我有印象，当时在初中上学时，老师在政治时事课上专门讲过新安江水库，说“这是‘大跃进’的辉煌成果，是自古以来我国建的最大的一座水电站”等。

新安江水库中的1000多座岛屿，实则是原先的群山峻岭被库水淹没后露出水面的部分，面积在3亩以上的岛屿共有1078座，故名“千岛湖”。

据介绍，新安江发源于安徽省休宁县西部，流经黄山入歙县，然后往

作者爱人在千岛湖湖边留影

东南流入浙江淳安县，最后流入富春江。自古以来，颂扬新安江的名人墨客大有人在。南北朝时期的梁武帝萧衍赞美“新安大好山水”。南朝诗人沈约有诗云：“借问新安江，见底何如此？人行明镜中，鸟度屏风里。”南宋诗人杨万里赞道：“新安江水清见底，水边作纸明如水”，等等。

新安江水库大坝高105米，宽462米；湖长150公里，最宽处十几公里，水域面积580平方公里，比杭州西湖大104倍；平均水深30.44米，最深处100多米；蓄水量178亿立方米，相当于3184个西湖的容量；其水质在中国大江大湖中位居优质水之首，被誉为“天下第一水”。

千岛湖内大小岛屿星罗棋布，有些聚如草原上的马群，有的散若绿野中的孤雁；有的巍峨入云，有些披青盖绿。尤其那数百座小岛，随着库水的涨落，时沉时浮开合有致。我们乘船到几个岛上游览时，游船不断地拐来拐去，唯恐碰到隐蔽在水下的山峦。常年屹立于水面的岛屿近400座，高低不一，形状各异，甚至有的奇特，如“蜜山岛”就像一只老僧的巨鞋，“紫盖峰”宛若一顶将军头盔。也有的像乌龟，有的像山羊，千姿百态，惟妙惟肖。

千岛湖所在的淳安县，是个钟灵毓秀、物华天宝、人才辈出的地方，历史上考中进士的就有308人。看过古代著名小说《水浒传》的可能都知道，宋江等梁山好汉被朝廷招安后，命他们下江南征讨方腊，让两支起义军相互厮杀，以达到坐收渔利的目的。那个威震东南半壁江山的农民起义领袖方腊，就是淳安人。

另外，南宋著名思想家、文学家、教育家朱熹，明朝刚直不阿的清官海瑞，为中国人民的解放事业而英勇牺牲的方志敏烈士等，都在淳安留下了令后人缅怀的业绩。其中，自明朝嘉靖年间（1522—1566年）以来，社会流传最广、影响最大的还是被人们称作“海青天”的海瑞。关于海瑞的故事，笔者在后面写参观海瑞祠时将会提到。

筑巨坝，蓄江水，建水库，必然会淹没大批土地和村庄。据介绍，新安江水库淹没了淳安、遂安两座县城和8镇49个乡的1377个村庄，以及307838亩土地和255家工商企业。

众所周知，筑坝建库需要清除库底，拆除并推平原有的建筑，安置大批移民等。但当时处于“大跃进”的年代，讲究大干快上，又急于尽快建成为建国十周年献礼，因而清除库底的工作进行得比较仓促，就连一千多年前建的文渊狮城都来不及拆除。眼睁睁地看着沉入湖底。据有关部门前些年到水下勘探，这座古城沉入水底半个多世纪以来，至今相当完好。明清时代的城门、一里多长的古街、几十座牌坊、成片的徽式民居、精美的

砖雕等，清晰可见，令人惊叹不已！据说有关方面拟开辟水下旅游，让游客一睹湖底奇景。

那么，被淹没的两座县城，后来怎么样了呢？

我的一位好朋友、经常给我寄茶叶的淳安县供销合作社法制干部周先兢对我说，新安江水库建成后，国家将原来的淳安、遂安两县合并为淳安县，隶属杭州市。全县共有30个乡镇、899个行政村，是全省最大的一个县。新的淳安县城建在大坝对岸最高的排岭上，距大坝20公里。排岭是个半岛，三面环水，现已成为一座相当规模的小城市。

我和老伴是从杭州去千岛湖的。我们沿着富春江一路向西南方向行驶，途经富阳、桐庐等市县，行程130公里，到淳安后下榻于靠近千岛湖的一家宾馆，中午到一家餐馆去吃千岛湖鱼宴。

据介绍，千岛湖的鱼类非常丰富，淡水鱼近90种，所以各家餐馆饭店无不以鱼为主打菜肴，有些餐馆只做鱼肴，甚至办“千岛湖鱼全席”，可烹调上百种不同风味的鱼肴。烹饪方法虽然不外乎煎、炒、蒸、炸、煮、焖、熘、炖、氽、烩等十大类，但在配料和烹调技术方面汲取了京、川、苏、杭等地的长处，结合当地特点，独创了脍炙人口的“淳风鱼味”。无论是油煎、清蒸、红烧，还是醋熘、炒片、氽汤，都能熟练掌握火候，做到一菜一味，味醇而不杂，汁浓而不腻，脱骨不失形，滑嫩又爽口。正如一首诗所写：“一席菜肴分外鲜，清蒸红烩及油煎。色香肥嫩无穷味，胜似山珍口腹缘。”

朋友告诉我，到千岛湖吃鱼，最有特色的是清炖鳙鱼头。此鱼由于头很大，故而俗称胖头鱼。的确，鱼肉肥嫩，胶汁较多，鱼脑嫩滑，香气扑鼻。我爱吃的另一种鱼便是鳜鱼，千岛湖盛产这种名贵鱼，其做法除清蒸、红烧外，还有糖醋鳜鱼，松鼠鳜鱼，松子鳜鱼、鸳鸯鳜鱼、蝴蝶鳜鱼、麒麟鳜鱼等。我们吃的是松鼠鳜鱼，将鳜鱼造型，做成松鼠的模样，炸好后按上一对滴溜溜的眼睛，放到大盘里浇上汤汁，外脆里嫩，清香可口。

午餐后我们便从新安江码头登船，畅游千岛湖。

千岛湖很大很长，分为东南湖区、西南湖区、东北湖区、西北湖区、中心湖区和赋溪石林六个游览区，我们游览的是中心湖区。

游船起航后，先是拐了一个大弯，便绕过几个小岛向湖中心驶去。站立船头，呼吸着清新空气，眺望着万顷碧波，欣赏着“一湖风景画如诗”的美景，想起了郭沫若先生1963年畅游千岛湖时的赞美诗：“西子三千个，群山已失高。峰峦成岛屿，平地卷波涛。”

我们先后游览了神龙岛、龙山岛海瑞祠、宰相岛、钱币岛、锁岛、蛇岛等。我只简要谈谈给我印象较深的几个岛。

龙山岛是千岛湖的著名景点，位于湖中心偏北一点儿，西边是神龙岛，东边是宰相岛。四周绿水环绕，满山草木葱茏，海瑞祠掩映其间。在水库建造之前，这里是一个龙状的山峰。据史书记载，三国时期的东吴永安（景帝孙休年号）五年（262年）这座山上曾有一条黄龙显形，故名“龙山”。站在船上远看，龙山岛东西长，南北宽，隐爪藏尾，拱背扬头，优哉游哉地荡漾在万顷碧波之中，俨然一条深绿色的巨龙。

游船从容地靠近码头，我们从南麓沿着一条卵石山径步行了二三百步，穿过一片婀娜婆娑的竹林拾级而上，一座巍峨而富有民族特色的古式建筑映入眼帘，那便是名声显赫的“海瑞祠”。牌坊式大门朱栏画檐，肃穆庄重。匾额上的“海瑞祠”三字，是当代著名书法家、1954年8月至1960年10月曾任山东省委书记的舒同书写，金光闪闪，笔力不凡。一副对联更写出了海瑞在人民心目中的分量：“忧世匡时，刚烈肝胆昭日月；依山傍

水，巍峨祠宇壮湖天”。

走进祠堂，一种崇敬的神情油然而生。导游指着一根粗大的雕梁介绍说：“这是水底原祠堂里的栋梁，修水库时拆下来一直当宝物保存着，后来建这座祠堂时就用上了。”

看着这件珍贵的雕梁，凝视着威严的海瑞塑像，忽然想起了20世纪60年代初放映的电影《海瑞罢官》，想起了毛泽东先后两次对海瑞所作的截然不同的评价。1959年初毛泽东曾说：应当提倡魏徵（唐太宗时的谏议大夫，曾向皇帝李世民提出“兼听则明，偏信则暗”等200多条谏言）和海瑞精神，要宣传海瑞的刚正不阿精神。1965年12月21日，毛泽东在杭州会议上的讲话中则指出：“《海瑞罢官》的要害是‘罢官’。嘉靖皇帝罢了海瑞的官，1959年我们罢了彭德怀的官，彭德怀也是‘海瑞’。”

海瑞，祖籍海南琼山，自号“刚峰”，生于1514年，卒于1587年。他明朝嘉靖二十八年（1549年）写了一篇建议扑灭黎族人民起义的《平黎策》而中举人，被委任为浙江淳安知县。他上任伊始便立下规矩：对己，“清清白白做人，公公正正为官。”对官吏，“凡受贿者革职，重者惩办；接受馈送者，鞭笞四十，减一等”；“不管是达官，还是贵戚，招待一律从简”。在他任县令期间，将淳安治理得井井有条，官风民风大有好转，他审判的案件从未出错，件件水落石出，深受人民欢迎和爱戴。

在淳安，流传最广的是海瑞刚直不阿、清正廉洁、不畏权势、巧治浙江总督胡宗宪之子胡作非为的故事。

自古以来，有些投机取巧、善于钻营之徒，为了升官或发财，挖空心思地巴结上司或权势者。如果没有直接门路，便剑走偏锋，设法与权势者的亲属子女攀上关系，走“曲径通幽”之路，以达到自己的目的。而大公无私的海瑞对这一套却嗤之以鼻，不要说“剑走偏锋”，就连送上门来

千岛湖上“海瑞祠”

的“曲径”也要堵死，甚至不惜冒犯上司。

胡宗宪是朝廷奸臣、武英殿大学士严嵩的党羽，也是一个仗势欺人、无恶不作的奸贪。有一天海瑞正在县衙批阅文件，一名衙役跑来报告：“大人，胡总督的公子带着一大帮随从已到淳安。”

“知道了，将他们安置到官驿，按普通客人招待。”

从小娇生惯养的胡公子，倚仗当总督的父亲的淫威，不管走到哪里，谁敢对他不敬？不仅大吃海喝，走时还要给他塞送银两。到了淳安，竟让他住破旧的驿站，吃寒酸的饭菜。他怒从心头起，恶从胆边生，不仅乱砸一气，而且将驿吏吊起来毒打。海瑞听到急报后怒不可遏，决定好好教训教训这个目无国法胡作非为的胡衙内。

他立即亲率十几个差役赶到官驿，上前就把胡公子和其随从抓回县

衙，升堂严审。海瑞将惊堂木"啪"地一拍，厉声喝道："你是何人，竟敢假冒胡总督的公子，速速从实招来。"同时命衙役从胡公子的行装中搜出白银千两，作为罪证。胡公子哪见过这样森严的公堂，吓得脸色苍白，不敢申辩，被海瑞赶出了淳安。海瑞同时派人快马加鞭，将一份报告送给胡宗宪。胡总督拆开一看，上面写着："总督大人，有一群歹人竟冒充您的公子行骗，幸好在淳安被抓获，银子没收充公，人被赶出淳安。"等到胡宗宪见到哭哭啼啼的宝贝儿子回来，才知道吃了哑巴亏，只能打掉门牙往自己的肚子里咽。他告诫儿子："以后千万别去淳安惹海端，那可不是个好对付的主儿！"

此事传开。百姓夸赞海瑞是个不畏权势的好官。由于海瑞公正廉明，治理有方，政绩突出，淳安成了江浙吏治的楷模，四年后海瑞被调往朝廷，任户部主事。

据介绍，海瑞离开淳安不久，民间就自发地集资，在老城西的察院（明代的都察院简称"察院"）旁边建祠，以纪念海瑞为淳安做过的许多好事，而且竖起了一座"去思碑"。到了明朝万历年间，时任淳安知县的吴天洪嫌原来的海瑞祠过于低矮，便在旧城对面的南山重建了一座坐南朝北、正面对着县衙的新祠，其用意是"遗像仰瞻南山麓，凛然袍笏喜相亲"。

传说在新中国成立之前，淳安县衙的昏官或贪官在升堂判案时，只要向对面的海瑞祠看一眼，就会六神不安，不敢乱判，可见海瑞精神威力之大。改革开放以来，在千岛湖龙山岛上建的海瑞祠，也正对着湖南岸的县人民政府，这大概也是有寓意的吧！不管怎么说，海瑞祠的屡次移建，说明海瑞在历朝历代人们心中的位置的确不凡。

在海瑞祠前厅的碑廊里看到，那些碑上镌刻的颂扬海瑞的碑文或题字，都是古今名人的手笔，颇有历史收藏价值。祠的后堂里立有一尊九尺高的海瑞塑像，面容威严中蕴藉着和气。两边的墙壁上各挂有一组反映海瑞生前业绩的国画。看着这些，不免令人感叹：500年来，岁月的风尘淹没不了海瑞的灵魂，湖水的冲刷淘洗不掉海瑞的精神。千岛湖啊，你真是座有灵魂的湖泊，这“湖魂”就是海瑞；千岛湖啊，你就是一面明镜，照的是人的美丑与善恶，照的是人心和灵魂，“湖魂”鉴心哪！

下一个景点是温馨岛。下船后，我和爱人商量，这个岛不算大，我们不去看没有独特风格的人文建筑了，还是绕岛一周，欣赏湖光山色，来一次“温馨”旅游吧，按规定40分钟后开船，时间足够。我俩边走边欣赏风景边拍照，玩得很开心。从岛的东南角走到西北角时一看手表，“哎呀，不好，”离开船时间还有15分钟。我们立即连走带跑地往南再往东，气喘吁吁地回到码头，此时离开船时间仅有三四分钟。为我们开车的司机似有怨气：“都快把我急死了！这是今天最后一条船，如果把你们丢了，我可怎么交代啊！我真后悔没跟你们一起去。”

这“惊人”的一幕，给我们留下了深刻教训：外出旅游，对不熟悉的地方，千万不可单独行动。

离温馨岛不远就是鸟岛和锁岛。导游指着鸟岛说，现在这个岛上的鸟，主要是苍鹭、白鹭和老鹰。到了黄昏，这些鹭从四面八方飞来栖息，有时多得遮天蔽日，很是壮观。这些鸟落到松枝或岩石上不管不顾地拉屎，人在树下走，常被鸟屎浇，所以岛上很脏，我们的船绕岛一周，大家在船上看看就行了。

站在船上向鸟岛望去，满岛的松树上、灌木上、岩石上，甚至草丛上，到处是白色鸟粪。水边时见野鸭和鸳鸯，翠鸟则到处可见。我这个从小就爱和鸟打交道的人，本想到鸟岛上开开眼界，没想到却令人大失

作者夫妇在千岛湖锁岛上休息

所望。

锁岛，因岛的形状似锁，故名。后来干脆在岛上建锁具博物馆，收集、收藏、展览自古以来的几万把锁，并设立了几处挂锁的场地，以至于成为千岛湖的特色景点之一。

我们坐在去往锁岛的船上，老远就看见了耸立在岛上的一把巨型铜锁——平安锁。登上锁岛，犹如进入了锁的王国，到处挂着形态各异的锁具。如爱心锁、连心锁、同心锁、开心锁、孝心锁、吉祥锁、功德锁、平安锁、常青锁、长命锁、友谊锁、全家福锁，等等。在“12生肖广场”上挂满了12生肖属相的动物形态锁，“许愿墙”上挂着的则是表达心愿的各种锁。锁具博物馆里收藏着几千年来历朝历代的锁具，不仅有众多的铁、铜制锁，还有用翡翠碧玉制作的珍贵锁具。这些众多的锁具留在千岛湖上，不仅是人们对美好生活的向往，而且成了一种特殊的历史记载，更体现了中华文明的“锁文化”。

千岛湖的蛇岛也给我们留下了深刻印象。这是一个漂浮在湖中心的绿色小岛。上岸后沿着曲径进入幽林，小路两旁全是绿树。“当心，树枝上有蛇。”有人提醒。

“在哪里呢？”仔细看才发现在树枝上攀附着一条与树叶同一色的竹叶青毒蛇，伸着它那烙铁形的三角脑袋，一动不动地等着小鸟或昆虫自投罗网。导游还提醒：走路时仔细观察前面的路和草丛，以防毒蛇发动突然袭击，等等。

这真是一个充满阴谋的世界，表面上看着平静，但却到处潜伏着危险。所以在参观中始终提心吊胆，紧绷“危险”之弦。

再往前走，看到有几个依山就势而建的特大环形蛇池，池边植有青松，池中设有土丘、蛇洞、蛇屋、水池和灌木丛等。池里放养着几十个品种的300多条蛇，多数是毒蛇。如土黄色的蝮蛇，不时地竖起那可怕的脑袋并吐着火红芯子的眼镜蛇，满身黑白相间、常将三角纹身盘作一团酣睡的蕲（qí）蛇，喜欢在水边慢慢爬行寻找食物的银环蛇等，还有一些无毒的五花蛇和大蟒蛇。喂养的主要食物是从山上捕捉的各种鼠类和从水塘里捕捉的蛙类、鱼虾等。

由于淳安县山多水多，气候湿润，宜于蛇类生长，所以该县的各种蛇非常多。由此产生了蛇类加工企业，因为蛇尤其是毒蛇全身都是宝。蛇毒蛇胆是珍贵药材，蛇肉是名贵佳肴，蛇皮是上等皮革，可制作多种工艺品和二胡之类的乐器等。我和老伴在淳安逛街市时，看到许多商家在卖用蛇皮做的各种包包，如钱包、提包等，我老伴还买了好几个样式

的蛇皮包呢！

我与老伴畅游淳安千岛湖虽然已过去了20多年，但当时的游湖情景至今记忆犹新。我想，经过这些年旅游环境的不断改善和发展，千岛湖一定会更美丽更漂亮了，而且会越来越亮丽！

畅游千岛湖

才别大东海，又游千岛湖。
岛密疑繁星，坝高堪称奇。
湖魂顶天立，登峰瞻圣祠。
胜境一望收，名店品名鱼。

安吉竹乡美如画

安吉在哪里？不少人可能不知道。而知道江西省吉安市的人却不少，缘于毛泽东《减字木兰花·广昌路上》词中的最后一句："十万工农下吉安。"1966年10月中旬，我从南昌去井冈山的途中，路过吉安并曾住了一夜。

安吉是一个县，位于浙江省西北部的莫干山地区，西与安徽省广德县为邻，隶属湖州市。"安吉"之县名，是东汉中平二年（185年）汉灵帝刘宏所赐，取《诗经》"安且吉兮"之句。莫干山是中国四大避暑胜地之一（另三个是：江西省的庐山，河南、湖北两省交界处的鸡公山，河北省的北戴河），以竹、云、泉"三胜"驰名中外，其中安吉县境内的胜景最佳。

后来我又两次去安吉。第一次是1998年9月下旬，我和爱人乘车从淳安千岛湖直奔安吉，从天目山进入莫干山。莫干山并不高耸险峻，最高峰海拔只有719米，但山峰很多，仅吉安县境内就有78座，可以说是山连着山、峰连着峰。汽车始终行驶在曲折蜿蜒的山路上。公路两旁、山峰峡谷和半山岭上，到处可见翠竹绵延，大片大片的竹林如同一道道绿色屏障。正如陈毅元帅所说："莫干好，遍地是修篁（'篁'即竹子；'修篁'指修长的竹子）。夹道万竿成绿海，风来凤尾罗拜忙。"

第二次是2008年6月中旬是从杭州去安吉的，下榻于百草园的一家酒店，饭菜都是地道的无公害无污染的绿色农家菜，其中以竹产品、菌菇类和野生鱼虾居多。这次时间充裕，游览了两天，不仅在百草园中游览紫竹园、白茶园、红枫园、药材园，观看了动物和鸟类表演、佤族风情表演、跳竹竿舞等，而且游览了安吉竹乡的王牌景点——竹博园，又称“大竹海”。这个景区内有园中苑、竹迷宫、嬉竹乐园、温室竹、观竹楼、碧野景庄等景点。在翠竹林中，点缀着极具江南风情的亭、台、楼、坊和喷泉，曲径通幽，韵味无穷。然后到山峰对峙间的溪水中乘坐皮筏漂流，尽享大自然之美。最后到竹艺城购买竹艺品和笋尖、笋干等特色食品。

安吉的山上不仅有一望无涯的片片竹林，还有绿油油的梯形茶田，郁郁葱葱的松柏等其他树木，以及悬崖峭石、飞瀑流泉，更有山际间变化万千的烟云。南朝梁国文学家、史学家吴均曾以优美的诗句，描写他的家乡安吉山村的云和竹：“山际见来烟，竹中窥落日。鸟向檐上飞，云从窗里出。”

我第二次到安吉的时候，特意分别在清晨、黄昏和阵雨前后观赏过莫干山的云，的确变化无常。早晨云朵铺絮，风起云涌如梭，雨后宛若堆雪，黄昏彩云如霞。陈毅同志1952年7月在《莫干山纪游词》中这样描写：“莫干好，雨后看堆云。片片层层铺白絮，有天无地剩空灵，数峰长短亭。”

20世纪90年代，时任国务院总理的李鹏到安吉视察时，为安吉县题写了“中国竹乡”四字。这不仅对安吉的竹业发展起到了较好的促进作用，而且提升了安吉的社会声誉，以致有了“世界竹子看中国，中国竹子看安吉”的说法。可能很多人都看过李安导演的、荣获奥斯卡大奖的武打片《卧虎藏龙》，以及电视连续剧《像雾像雨又像风》吧？剧中凡有竹林的

作者爱人在安吉竹林中

场景，包括在竹林中打斗、湖边的竹林、古屋、山间、清溪等镜头，都是在安吉拍摄的。所以，我去竹乡安吉，目的在于看竹子，对其他景点并不感兴趣。

安吉的万亩大竹海，是中国的“四大竹海”之一（另三个是：四川蜀南竹海、湖北咸安竹海、贵州赤水竹海）。这里依山傍水，浩瀚无际。从下往山上看，犹如一幅层层叠叠的竹画长卷，蔚为壮观。

大竹海的竹子有300多个品种，以高达十几米的大毛竹为主。另外还有不少观赏竹，如叶子又宽又长的箬（ruò）竹，叶细如柳叶的大明竹，竹竿呈方形的方竹，竹竿上有斑斑黑晕的斑竹（又称“湘妃竹”），竹节间膨大如佛状的佛肚竹，竹节呈龟背状的龟甲竹，竹竿黄绿条纹相间的花毛

竹，低矮匍匐的菲白竹，节长而高大的篔筜竹，还有古怪扭曲如盆景的什么竹等。尤其那竹中珍品紫竹，极受人们青睐。当地村民娶媳妇，新郎需用紫竹竿挑起新娘的盖头，寓意着“紫气东来，多福多财”。当然，这不过是一种地方风俗和人们对美好生活的祝愿而已。

走进竹林，路两旁的大毛竹棵棵亭亭玉立，片片扶摇相依。沿着幽深的大路向前走去，只见路两边套着条条小路，毛竹也更为密集。路两旁的高大竹子被竹叶压弯了腰，向着竹路弯了下来，将路搭成了竹廊。一阵小雨袭来，打得竹叶沙沙作响。好在我们随身携带折叠雨伞，雨中赏竹，别有一番风趣。阵雨来得急，去得也快。霎时雨过天晴，阳光透过竹林的隙缝照射在身上，全身顿生暖意。那种尽情赏竹翠、曲径闻竹香的心境，甚为惬意。回家后我老伴以“浙江安吉竹园”为题，作七律诗一首：“淅沥缠绵观碧林，一片翠绿散幽馨。修长嫩叶悄声语，笔挺青竿矗立云。玉管露成鲜紫气，筠斑泣洒圣贞人。伞擎眺望烟波远，任是风清化韵魂。”

竹乡人都知道，竹子浑身是宝。北宋文学家苏东坡曾说：“食者竹笋，庇者竹瓦，载者竹筏，炊者竹薪（柴火），衣者竹皮，书者竹纸，簇者竹鞋，真可谓不可一日无此君也。”

从医药角度来说，竹子全身皆为妙药。唐代医药学家孙思邈在他的医学著作《千金要方》中写道：“竹笋主消渴，利水道，益气力，可久食。”竹根、竹叶，以及从竹子中提炼出来的竹沥、竹黄等，都是上等药材。

从现在技术来说，竹根、竹竿、竹梢、竹皮、竹叶等，全身都可利用。如我们知道的各种竹家具、竹用具、竹乐器、竹纤维、竹食品、竹饮料等，处处都有“竹”的身影，我家就有竹椅、竹沙发、竹地板、竹笔筒等。食竹笋更是长年不断，如新鲜的春笋和冬笋，笋干和开袋即食的笋尖等。我就会做油焖春笋、清炖冬笋、凉拌鲜笋等菜肴并熟悉竹笋的烹制方法，我和老伴都极爱吃竹笋，这也是我喜欢竹子的一个原因吧！

中国人爱吃竹笋由来已久。春秋后期，孔子整理编纂的《诗经》中，就有春天采集竹笋进献给神灵祖先“食用”的记载。东晋文人戴凯以四言韵语的形式撰写了《竹谱》一书，介绍了70多种竹子和多种竹笋，是我国古代最早的一部区域性植物志。

唐宋以来，食用竹笋便经常出现在名人的笔下。如唐代诗人白居易在《食笋》诗中写道：“紫箨（tuò，指竹皮、笋壳）折故锦，素肌擘（bò，即剖开）新玉。每日逐加餐，佳食不畏肉。久为京洛客，此味常不及。且食勿踟蹰，南风吹作竹。”唐代另一位诗人李商隐，则将色洁白、质细嫩、味清新的竹笋视为金子一般：“嫩箨香包初出林，五陵论价重如金。”

在历代文化名人中，最喜欢吃竹的当数北宋诗人苏轼，他曾写过不少赞美竹笋的诗。如在《初到黄州》诗中说：“久抛松菊犹细事，苦笋江豚那忍说？”难怪他的门下弟子、“苏门四学士”之一的黄庭坚（另三位是张耒、晁补之、秦观）调侃他：“公如端为苦笋归，明日春衫诚可脱。”是说苏轼为了吃到春笋，毅然脱下衣衫亲自去挖，可见他对春笋青睐到何种程度。

苏轼论笋，最精辟的是他在《于潜僧绿筠竹》中的惊世之语：“可使食无肉，不可居无竹。无肉令人瘦，无竹使人俗。人瘦尚可肥，士俗不可医。”其比喻可谓超凡脱俗，我老伴极为喜欢这段话，并成为她爱食笋的信条。

闻名全国的一代文豪苏轼如此爱食竹，在社会上产生了一定影响，食竹、赞竹者渐多，“无竹不成席”甚至成了一种时尚。当时有位叫赞宁的和尚，竟然编写了一部《笋谱》专著，较为详细地叙述了94种种笋、采

笋、烹笋的做法和经验，浙江省现在有不少烹制竹笋的食谱，就是那时候传承下来的，而且有所创新。

据我所知，清朝初年的著名戏剧家，浙江兰溪人李渔，也是一位食笋爱好者，他甚至将竹笋尊为“至鲜至美之物，蔬食中第一品”。清乾隆年间的进士、曾任山东范县和潍县县令、“扬州八怪”之一的郑燮（号“板桥”），在《竹笋》诗中盛赞鲜笋烧鲥鱼这道佳肴：“江南鲜笋趁时鱼，烂煮春风三月初。吩咐厨子休斫（zhuó，砍、削之意）尽，清光留此照摊书。”

“此处是竹乡，春笋满山谷。”这是安吉竹乡的真实写照。正如晚清至民国初期的安吉籍艺术大师吴昌硕（1844—1927年）所说：“家中虽有八宝尝，哪及山家野笋香？”

在安吉不仅能够尽情地观竹赏竹，享受大自然的恩赐，而且受到了竹文化的熏陶，了解到了更多的竹文化知识。竹文化是与我国的儒文化相得益彰的一种特有文化。人们在长期的生产生活中，从竹子身上看到了气节和风骨、虚心与谦恭、精神与物质的价值，因而竹子的风姿便常常出现在文人学士的诗文绘画及其他文学作品中，逐渐形成了一种独特的竹文化，同时产生了一些竹的故事和传说，如“竹林七贤”，以及植物中包括竹子在内的“岁寒三友”和“四君子”等。

“竹林七贤”，指的是魏和西晋时期的山涛、阮籍、嵇康、向秀、刘伶、阮咸、王戎七名文学家或音乐家，七人个个放荡不羁，浪漫主义色彩较浓，但相与友善，时常优游于竹林，故被人称为“竹林七贤”。毫无疑问，把他们与竹相连，是对他们的褒奖。按照文人雅士的说法，竹有八德：一是正直，宁折不弯；二是虚心，内心谦虚；三是虚怀，豁达大度；四是奋进，节节升高；五是质朴，花不常开；六是卓尔，高风亮节；七是坚韧，不畏寒暑；八是担当，为民造福。所以不少文人墨客常常自比竹子，以示清高。

在我国古代文化传统中，还有“岁寒三友”（松、竹、梅）和“四君子”（梅、兰、竹、菊）之说，其中都有竹。

历史上的文士之所以青睐松竹梅，看重的是吉祥的象征寓意。松树四季常青，象征长寿；竹子成长快，竹笋的“笋”谐音为“孙”，古人寓意“多子多孙”；梅花可以“老干发新枝”，象征着生命旺盛。因此，早在魏晋南北朝时期就有了赞扬松竹梅的诗篇。唐宋以来更是屡见不鲜。

南朝宋国诗人鲍照在《中兴歌》中写道：“梅花一时艳，竹叶千年色。愿君松柏心，采照无穷极。”赞扬梅竹松岁寒不改千年一色的品质。唐代也有不少诗人赞颂松竹梅的，如李颀（qí）的“秋声万户竹，寒色五陵松”；刘言史的“竹里梅花相并之，梅花正发竹枝垂。风吹总向竹枝上，直似王家雪下时”等。但将松、竹、梅真正称为“岁寒三友”是在南宋时期。当时不少名画家陆续画出了“岁寒三友”画作并配诗文，其中南宋著名画家、宋太祖赵匡胤的11世孙赵孟坚画的《岁寒三友图》和明末清初八大山人的《岁寒三友图》流传最为广泛。

将梅、兰、竹、菊称为“四君子”，是以它们不媚世俗的品德，比喻人在复杂的社会环境中应当始终坚守忠贞高洁的品格。如：

梅花象征君子冰清玉洁。“冰雪林中著此身，不同桃李混芳尘。忽然一夜清香发，散作乾坤万里春”（元・王冕・《白梅》）。

兰花象征君子洁身自好。“我爱幽兰异众芳，不将颜色媚春阳。西风寒露深林下，任是无人也自香”（明・薛纲《题徐明德墨兰》）。

竹子象征君子高风亮节。“虚怀千秋功过，笑傲严冬霜雪。一生宁静淡泊，一世高风亮节”（唐・白玉《咏竹》》。

菊花象征君子淡泊名利。“花开不并百花丛，独立疏篱趣未穷。宁可枝头抱香死，何曾吹落北风中”（宋·郑思肖《画菊》）。

我们在阅读书籍报刊中，时常会看到赞竹的诗文，如“生与竹同，意与竹通”；“苍苍竹林寺，杳杳钟声晚”；“堪把依松竹，良涂一处栽”；“解箨新篁不自持，婵娟已有岁寒姿”；“岁寒虚度有千秋，老景潇然清更幽。不杂嚣尘终冷淡，饱经霜雪自风流”；“竹笋初生黄犊角，蕨芽初长小儿拳。试寻野菜炊春饭，便是江南二月天”，等等。但写竹、画竹，颇有成就的还是宋代的苏轼和清代的郑燮。

苏东坡之所以对竹子情有独钟，大概与他生长及工作的环境有关。他出生在四川成都以南、乐山以北的眉山。1994年6月我到乐山开会时，坐汽车从成都一路往南，正好路过眉州。此地山清水秀，溪水泱泱，修竹耸翠，荷叶田田。他家院墙外就有一片苍翠的竹林，他从小就是在竹子的世界里长大的，对竹子有一种特殊的感情。他从政后，大都在有竹子的南方担任地方官，如浙江的杭州、湖州，湖北的黄州，广东的惠州，海南的儋州等。他被贬到黄州任团练副使时，他住的农舍西边就是一大片竹园，枝叶茂密，人行其中，不见天日。苏东坡由于当叶心情不好，便常到竹林中消磨时间，寻找干而平的竹皮，供夫人做鞋的衬里。他不管走到哪里，总爱与竹打交道。因此，他写竹、画竹、食竹的作品很多，据说与竹有关的诗词就有100多首。其中在《惠崇春江晚景》一诗中写道：“竹外桃花三两枝，春江水暖鸭先知。蒌蒿满地芦芽短，正是河豚欲上时。”整个画面里的桃花、春水、蒌蒿、芦芽和水上鸭，都以竹林为背景。从稀疏的竹林望去，几枝桃花摇曳生姿，桃竹相衬，红绿掩映，春日格外迷人。读来情趣盎然，浮想联翩。

从苏轼的大量诗词里，还看到了其他一些颂竹的诗句。如《初到黄州》中的“长江绕郭知鱼美，好竹连山觉笋香”。他在狱中写的《竹》诗中有“萧然风雪意，可折不可辱”，表现出了他刚直不阿的崇高气节。

关于苏轼以散文的形式写竹，给我印象最深的是《文与可画筼筜谷偃竹记》。善于画墨竹的苏轼与擅长画竹的大画家文与可交谊深厚。宋神宗元丰二年（1079年），文与可在陈州（今河南周口地区淮阳县）去世。当年7月7日，苏轼在浙江湖州晒画时，看到了文与可过去送给他的“筼筜谷偃竹画”。触画伤情，“废卷而哭失声”，遂写了这篇散文，记述他与文与可的友谊，回忆文与可送他画时说的“此竹数尺耳，而有万尺之势”。同时总结文与可画竹的经验及绘画理论。其中的“故画必先得成竹于胸中”一句系经验之谈。意思是起笔前，胸中必先构思出竹子的神韵与神态，然后“执笔熟视，乃见其欲画者，急起从之，振笔直遂，以追其所见，如兔起鹘（hú，即鹰隼）落，稍纵即逝矣”。这便是成语“胸有成竹”和“成竹在胸”的来历。

我对这篇散文之所以印象深刻，是因为20世纪80年代初我上电视大学时，专门学过这篇文章，老师布置作业时，要求写一篇评析这篇散文的文艺评论。我下功夫啃透了这篇文言文，然后以“托物明理，缘情而发”为标题，认真地写了一篇评论。老师给的评语是：“能够熟读原作，正确理解原作主题，所以对原作分析得比较透彻。尤其本文后一部分，更为自然流畅，清清楚楚地表明了自己的见解。”同时给了最高分——5分。

郑板桥是清代乾隆年间的进士，扬州画坛“八怪”之一，也是一位写竹、画竹的高手。他写的《题画竹石》诗：“咬定青山不放松，立根原在破岩中。千磨万击还坚劲，任尔东西南北风。”借画抒志，意在画外。竹象征节操，石象征坚劲，除含有自勉自励的意思外，也是对不畏

作者爱人在安吉竹种园

强暴、不怕挫折、意志坚定、节操凛然高尚品格的赞颂。郑板桥画的墨竹和题作，也都体现了这种精神。如他的另一首题竹诗：“衙斋卧听萧萧竹，疑是人间疾苦声。些小吾曹州县吏，一枝一叶总关情。”更是明确体现了这种精神。

竹文化的另一种表现形式是对仗工整、意味深长的竹联。如郑板桥的“虚心竹有低头叶，傲骨梅无仰面花”“咬定几句有用书，可忘饮食；养成数竿新出竹，直似儿孙”。

明朝文学家解缙的家门口正对着一家富豪的一片竹林。有一年春节解缙在家门上贴了一副对联：“门对千根竹，家藏万卷书”。意思是你家仅有千根竹，我家却有万卷书。富豪看到后很生气，吩咐家人把竹林砍掉。

解缙深知其意，便在对联下各添一字："门对千根竹短，家藏万卷书长"。富豪看到后更加恼火，下令将竹子连根刨掉。

解缙暗笑，在对联下又各添一字："门对千根竹短无，家藏万卷书常有"。富豪看后气得说不出话来。

过去有些竹器店贴的对联也挺有意思，如"虚心成大器，劲节见奇材"；"竹本无心，有意制成新产品；工原绝技，不难编成美花纹"；等等。

中国的竹文化独特而神奇，因为竹子本身就是一种神奇的植物。在竹乡流传着这样一首民谣："竹儿爹，竹儿娘，我长竹子一样长。"因为竹子也分公母，母竹产笋，并在竹节处生杈，公竹则无。但它们感情很好，风来时相互拥抱，竹根在地下也互相串门，交叉生长。竹的根系非常发达，竹子长多高，竹根就扎多深；竹冠有多大，竹根就会长多远。

毛竹还有一奇，是我过去没有听说过的。

据安吉当地人介绍，毛竹的寿命最多20年。有趣的是，它在生命终结前，都要开一次花，开完花后就慢慢死去。"开花"的严重性在于会"传染"，别的竹子一旦被传染，也会开花后死掉。为防止这种"传染病"，竹农只要发现将要开花的竹子，就立即将其砍掉，以绝后患。

改革开放以来的安吉，已将竹子作为一种产业进行科学种植和经营。全县有2000多家竹产品企业，从业人员多达十几万。全县竹子的年产值达200亿元左右，竹农的人均收入也达万元以上，真正地将"绿山青山"变成了"金山银山"。

参观安吉竹乡，不仅增长了见识，深入了解了竹文化，而且购买了各种干笋尖和其他竹食品。同去的同志有的买了竹制茶具、餐具，有的买了竹乐器和竹艺品等。

至今，每每想起安吉，总是难以忘怀山野的清风、灵性的游云、皎洁的明月、摇曳的竹影、满街的竹品那幅人世间的自然画卷，自然便有点儿感想。

游安吉竹乡随感

竹海起伏翠无边，挺拔雄劲冲云天。
雨后笋芽争面世，风来枝叶舞蹁跹。
东坡颂咏虚怀彰，板桥赞誉劲节坚。
千载铸就文化史，墨客挥毫作美篇。